DEAN R. KOONTZ

Los servidores del crepúsculo

Escrita originalmente
con el seudónimo de
Leigh Nichols

Traducción de
Manuel Vázquez

CÍRCULO DE LECTORES

DEAN R. KOONTZ

Los editores desean expresar su gratitud a las siguientes personas: Dawn Austin, Kathy Jo y Tony Camacho, Stan y Phyllis Mikol, Wayne Sommers, Dr. Stan Gurnick, Bertha Curl, Kurt Scharrer, a la gente de Book Crafters Inc., Ken Morris, Cindy Cargine, Deborah Neidlow, Luis Trevino, Raymond, Theresa y Mark Stadalsky, Tom Pas, Tony Hodes y Ann Cameron Williams.

Y, por supuesto, deben darse las gracias muy en especial a Dean y Gerda Koontz, así como a Phil Parks.

Este libro está dedicado a gente muy especial:
George y Jane Smith...
así como a su adorable hija, Diana Summers, y a sus gatos. Que tengan todo el éxito y la felicidad que tanto merecen. (Me refiero, por supuesto, a George, Jane y Diana, no a los gatos.) Y que se diviertan mucho cazando ratones y maullando encaramados en los muros. (Estoy hablando, por supuesto, de los gatos, *no de George, Jane ni Diana.)*

PRIMERA PARTE

LA HECHICERA

Y cuando la cena ha dado fin
y todas las cosas han sido recogidas,
nosotros, los niños,
nos sentamos alrededor del hogar
y nos divertimos de lo lindo
escuchando los cuentos de brujas
que Annie relata,
y el Engullidor de niños que te atrapará
¡si
no abres
bien los ojos!

JAMES WHITCOMB RILEY, *Little Orphant Annie*

... la Bruja Cenizas llegó rezongando. Will la vio en seguida, al levantar la vista. ¡No ha muerto!, pensó. Maltrecha, magullada y abatida sin duda, pero de vuelta ¡y enloquecida! Sí, Señor, enloquecida. ¡Y me busca sobre todo a mí!

RAY BRADBURY, *Something Wicked This Way Comes*

I

Todo comenzó a la luz del sol, no en una noche sombría y tormentosa.

Ella no se encontraba preparada para lo que sucedió, no estaba en guardia. ¿Quién hubiera esperado semejante percance en una tarde dominical tan encantadora como aquélla?

El cielo era de un azul translúcido. Hacía un calor sorprendente para últimos de febrero, incluso en la California meridional. La brisa soplaba suave, perfumada por las flores del invierno. Era uno de esos días en que todo el mundo parece destinado a vivir para siempre.

Christine Scavello fue a la South Coast Plaza en Costa Mesa para hacer algunas compras y se llevó consigo a Joey, al cual le gustaba el espacioso pabellón. Le fascinaba el arroyuelo que atravesaba saltarín un ala del edificio para descender hasta el centro del paseo público y desparramarse en mansa cascada. También le intrigaban los centenares de árboles y plantas que crecían en el interior; era un observador nato. Pero adoraba sobre todo el tiovivo del patio central. A cambio de una cabalgada en algún caballito, prometía un comportamiento sosegado y obediente durante las dos o tres horas que Christine dedicaba a la compra.

Joey era un buen chico, el mejor. No gimoteaba jamás, no cogía rabietas ni protestaba por nada. Cuando un día largo y lluvioso le dejaba preso dentro de casa, era capaz de entretenerse hora tras hora sin dar la menor señal de aburrimiento, inquietud o mal humor como hacen la mayoría de los niños.

A juicio de Christine, Joey semejaba algunas veces un anciano en el cuerpo menudo de un niño de seis años. A veces, decía cosas sorprendentes, propias de una persona adulta, y por lo general mostraba la paciencia de un adulto y una sabiduría que no respondía a su edad.

Sin embargo, en otras ocasiones... Sobre todo cuando preguntaba por su papá o se extrañaba de su ausencia o, sencillamente, permanecía callado, pero con miles de preguntas asomando a sus ojos... Entonces, parecía tan frágil e inocente, de una vulnerabilidad tan enternecedora, que ella se sentía obligada sin remedio a abrazarlo y estrecharlo contra sí.

Había momentos en los que esos abrazos estrechos no expresaban tan sólo su amor por él sino también una forma de eludir cualquier dilema que él hubiese planteado. Ella no había logrado encontrar jamás la fórmula adecuada para explicarle lo de su padre, y ése era un tema que deseaba dejar al margen mientras no estuviese dispuesta a suscitarlo. Era todavía demasiado pequeño para entenderlo. Y no quería mentirle. Al menos no con demasiada desfachatez. Tampoco le apetecía recurrir a rebuscados eufemismos.

Hacía sólo un par de horas, cuando iban camino del mercado, él le había preguntado otra vez por su padre, y ella le había respondido:

—Tu papá, cariño, no estaba preparado para asumir la responsabilidad de una familia. Eso es todo.

—¿Es que yo no le gustaba?

—¿Cómo podías no gustarle si él no llegó a conocerte siquiera? Se marchó antes de que nacieras.

—¡Ah! ¿Sí? ¿Y cómo pude haber nacido si él no estaba aquí? —había preguntado escéptico el chiquillo.

—Eso es algo que aprenderás en el colegio cuando tengas la asignatura de educación sexual —le había respondido divertida.

—¿Y cuándo la tendré?

—Bueno, dentro de seis o siete años, supongo.

—Es una espera muy larga —había suspirado cariacontecido—. Apuesto cualquier cosa a que él no me encontraba de su gusto y, claro, se marchó.

Ella le había contestado ceñuda:

—Quítate esa idea de la cabeza, corazón. Yo era quien no le gustaba a tu padre.

—¿Tú? ¿No le gustabas?

—Exacto.

Joey permaneció mudo a lo largo de una manzana o dos, pero al fin dijo:

—¡Hombre, si no te encontraba de su gusto debe haber sido tonto de remate!

Luego, intuyendo al parecer que aquel tema la incomodaba, lo había descartado por completo. Un anciano en el cuerpo menudo de un niño de seis años.

El hecho era que Joey no había sido el fruto de un asunto amoroso breve y apasionado, temerario y estúpido. A veces, mirando hacia atrás, ella no podía creer que hubiese sido tan ingenua... o hubiera estado tan desesperada como para patentizar así su femineidad e independencia.

Aquéllas habían sido las únicas relaciones en su vida que merecían la calificación de «devaneo», la única vez que se sintió arrebatada. Sólo por aquel hombre, y por ningún otro, ni antes ni después, sólo por aquél, ella había desechado sus principios morales y su sentido común, dejándose guiar tan sólo por el deseo urgente de la carne. Se había dicho a sí misma que era una aventura romántica, con letras mayúsculas, no mero amor sino el Gran Amor, incluso amor a primera vista. En realidad, se había comportado como una mujer débil, vulnerable, ansiosa de hacer el ridículo. Más tarde, cuando comprendió que Mr. Maravilloso le había mentido, que la había utilizado con un desprecio cínico y frío de sus sentimientos, cuando descubrió que se había entregado a un hombre que no la respetaba lo más mínimo y que carecía de todo sentido de responsabilidad, experimentó una vergüenza muy honda. A su debido tiempo percibió que el sonrojo y el remordimiento llevados a ciertos límites resultaban casi tan inmoderados y lamentables como el propio pecado que ocasionó tales emociones, y entonces decidió dejar a un lado el sórdido episodio y olvidarlo por completo.

Y lo habría conseguido si no hubiera sido porque Joey preguntaba sin cesar quién era su padre, dónde estaba su padre y la causa de que se hubiese marchado. ¿Y cómo se explica a un niño de seis años cómo son tus impulsos libidinosos, de qué modo te traiciona tu corazón y cuál es tu lastimosa capacidad para ponerte en ridículo? Si había algún modo de hacerlo, ella no lo veía. Sería preciso esperar hasta que el chico hubiese crecido lo suficiente para comprender que, a veces, los adultos son tan bobos y atolondrados como niños pequeños. Mientras tanto, lo distraía con respuestas vagas y evasivas que no satisfacían a ninguno de los dos.

Ella sólo deseaba que su hijo no ofreciera una estampa tan lastimera, tan encogida y vulnerable cuando le hacía preguntas acerca de su padre. Al verlo así le daban ganas de llorar.

Christine estaba obsesionada con la indefensión que percibía en el niño. Jamás había estado enfermo, se le podía catalogar como un chico sanísimo, lo que era de agradecer. No obstante, ella estaba leyendo siempre revistas y artículos periodísticos sobre enfermedades de la infancia, no sólo poliomielitis, sarampión y tos ferina (lo había vacunado contra ésas y muchas más) sino también otras horribles, paralizadoras e incurables, a veces raras, pero no menos estremecedoras por su propia rareza. Memorizaba los síntomas precoces de dolencias exóticas y estaba acechando sin cesar por si los percibía en Joey. Por tratarse de un niño muy activo tenía, claro está, su porción de contusiones y cortaduras; y la vista de su sangre la ponía frenética, aunque fuera sólo una gota que brotara de un rasguño superficial. Su preocupación por la salud de Joey era casi obsesiva, pero ella no permitía nunca que llegara a ser verdadera obsesión, pues tenía una noción clara de los problemas psicológicos que una madre excesivamente solícita podría crear a un niño.

Aquella tarde dominical de febrero, cuando la muerte se presentó de improviso y gesticulante ante Joey, ni los virus ni las bacterias fueron lo que inquietó a Christine. Fue sólo una mujer vieja con pelo grisáceo y estropajoso, rostro pálido y ojos grises de un tono similar al del hielo sucio.

Cuando Christine y Joey abandonaron el mercado por el lado del Bullock's Department Store serían las tres y cinco. El sol se reflejaba en los cromados parabrisas de los automóviles desde un extremo del espacioso aparcamiento hasta el otro. Su Pontiac Firebird estaba en la hilera que había frente a las puertas del Bullock's, ocupaba el duodécimo puesto de la línea. Cuando se aproximaban a él apareció ante su vista la vieja.

Se les cruzó en el camino surgiendo de entre el Firebird y una furgoneta Ford blanca.

Al principio, la mujer no dio la impresión de ser amenazadora. Se la veía un poco extraña, sin duda, pero nada más. Su larga y espesa cabellera gris parecía revuelta por el viento aunque soplara sólo una leve brisa. Tendría unos sesenta y tantos años, quizás incluso setenta, cuarenta más que Christine; sin embargo, su rostro apenas mostraba arrugas y su piel parecía tan tersa como la de un bebé; tenía la tumefacción anómala que se suele atribuir a las inyecciones de cortisona. Nariz puntiaguda, boca pequeña, labios gruesos, barbilla redonda con un hoyuelo. Llevaba un sencillo collar de turquesas, una blusa verde de manga larga, falda verde y zapatos verdes. En sus manos rollizas brillaban ocho sortijas, todas verdes: turquesa, malaquita, esmeraldas. La monotonía verde hacía pensar en algún uniforme singular.

La mujer miró parpadeante a Joey, sonrió y dijo:

–¡Cielos, eres un jovencito muy guapo!

Christine esbozó una sonrisa. Esos elogios espontáneos no eran nada nuevo para Joey. Con su pelo oscuro, sus ojos de un azul intenso y sus correctas facciones, era un niño de singular atractivo.

–Sí señor, una pequeña, pero auténtica estrella de cine –murmuró la anciana.

–Gracias –respondió Joey sonrojándose.

Christine inspeccionó con más atención a la desconocida y tuvo que rectificar su impresión inicial acerca de la supuesta tierna abuelita. Había no pocas pelusas en la arrugada falda de la vieja, dos pequeñas manchas de grasa en la blusa y numerosas motas de caspa sobre sus hombros. Las medias tenían bolsas en las rodillas y la izquierda una larga carrera. La mujer sostenía un cigarrillo medio apagado, y los dedos de su mano derecha revelaban el amarillo sucio de la nicotina. Era una de esas personas de quienes los chicos no deberían aceptar jamás caramelos, pasteles ni ninguna otra golosina..., no porque pareciera el tipo capaz de envenenar o molestar a los niños sino porque debía tener una cocina inmunda. Incluso examinada de cerca no pareció peligrosa, sólo desaseada.

Inclinándose sonriente hacia Joey sin prestar la menor atención a Christine, preguntó:

–¿Cómo te llamas, jovencito? ¿No quieres decirme tu nombre?

–Joey –repuso con timidez.

–¿Y cuántos años tienes?

–Seis.

–¡Vaya! ¡Sólo seis y ya lo bastante guapo para marear a las señoras!

El chiquillo se agitó confuso y evidenció el deseo de salir escapado hacia el coche, pero se mantuvo en su sitio y se comportó con cortesía tal como le había enseñado su madre.

La anciana dijo:

–Apuesto un dólar contra un bollo que sé cuál es el día de tu cumpleaños.

–Yo no tengo bollos –objetó Joey, tomando la apuesta al pie de la letra y advirtiendo con toda solemnidad que no podría pagar si perdía.

–¡Qué listo! –exclamó la vieja–. ¡Eres listísimo! Pero yo lo sé. Tú naciste la víspera de Navidad.

–Nada de eso –replicó Joey–. El dos de febrero.

–¿El dos de febrero? ¡Vamos, no bromees conmigo! –replicó desentendiéndose por completo de Christine y haciendo todavía una amplia sonrisa a Joey–. Tú naciste el veinticuatro de diciembre, tan cierto como que hace sol.

Christine se preguntó qué se propondría aquella mujer.

–Díselo, mamá –pidió Joey–. El dos de febrero. Ahora ella me debe un dólar, ¿verdad?

–No, ella no te debe nada, cariño –dijo Christine–. Porque no ha sido una apuesta auténtica.

–Bueno –razonó el chiquillo–. Si yo hubiese perdido, no habría podido darle ningún bollo, por lo tanto no importa que no me dé el dólar.

Por fin la vieja alzó la cabeza y miró a Christine.

Christine empezó a sonreír pero se quedó seria al ver los ojos de la desconocida. Eran unos ojos de mirada dura, fría, colérica. No los de una abuela ni los de una pícara inofensiva. Había en ellos energía, terquedad y aplomo. La vieja había dejado de sonreír.

«¿Qué está ocurriendo aquí?»

Antes de que Christine pudiera hablar, la mujer dijo:

–Nació la víspera de Navidad, ¿no es cierto? ¡Hum! ¿No es cierto? –Habló con tal apremio, con tanta precipitación que salpicó de saliva a Christine; sin esperar respuesta, prosiguió–. Estáis mintiendo acerca de ese dos de febrero. Vosotros dos estáis intentando ocultarlo, pero yo conozco la verdad. La conozco. No podéis engañarme. ¡A mí no!

De repente, la vieja parecía peligrosa.

Christine puso la mano sobre el hombro de Joey y le empujó hacia el coche rodeando a la arpía.

Pero la mujer dio un paso de costado y les cerró el camino. Apuntó con su cigarrillo a Joey y lanzándole una mirada fulminante exclamó:

–¡Sé quién eres! ¡Sé quién eres, sé todo sobre ti! ¡Todo! Te conviene creerme. ¡Ah, sí, lo sé, lo sé!

«Una lunática –pensó Christine sintiendo que el estómago le daba un vuelco–. Una vieja loca, el tipo capaz de cualquier cosa. ¡Haz que no sea agresiva, Dios mío!»

Con aire desconcertado Joey se apartó de la mujer, cogió la mano de su madre y se la apretó con fuerza.

–Apártese de nuestro camino, por favor –dijo Christine procurando conservar la calma. Mantuvo un tono razonable para no enfrentarse con aquella extraña aparición.

La vieja permaneció donde estaba. Se llevó el cigarrillo a los labios. Sus dedos temblaron.

Reteniendo la mano de Joey, Christine intentó esquivar a la desconocida.

Pero, una vez más, la mujer les bloqueó el paso. Dio una chupada nerviosa al cigarrillo y expulsó humo por la nariz. A todo esto no quitaba los ojos de Joey.

Christine miró a su alrededor. Algunas personas estaban apeándose de un coche pocas filas más allá, y dos hombres jóvenes marchaban en dirección contraria al extremo de aquella hilera; pero ninguno se hallaba lo bastante cerca para prestar ayuda en caso de que aquella loca se tornara violenta.

Arrojando su cigarrillo, la mujer lo miró con sus ojos saltones, cual un inmenso y malicioso sapo y farfulló:

—¡Conozco muy bien tus malignos y aborrecibles secretos, pequeño impostor! ¡Sí, los conozco muy bien!

Christine sintió que el corazón le empezaba a latir de modo descompasado.

—Apártese de nosotros y déjenos pasar —exigió con tono agudo olvidándose de permanecer serena o tal vez incapaz de hacerlo.

—No podéis engañarme con vuestra ficción...

Joey comenzó a llorar.

—Ni con tu falaz monería. Tampoco te ayudarán las lágrimas.

Por tercera vez Christine intentó esquivar a la mujer... y se vio detenida de nuevo.

La ira endureció el rostro del basilisco.

—Sé muy bien quién eres, pequeño monstruo.

Christine la empujó y la vieja retrocedió tambaleante.

Tirando de Joey, Christine se apresuró hacia el coche, se sintió como si protagonizara una pesadilla, corriendo a cámara lenta.

Encontró cerrada con llave la puerta del vehículo. Tenía el hábito de cerrar bien todas las puertas.

Por una vez, deseó haber sido más descuidada.

La vieja se escurrió jadeante detrás de ellos gritando algo que Christine no pudo entender porque los latidos frenéticos de su corazón y el llanto de Joey le llenaron los oídos.

—¡Mamá!

Un fuerte tirón la hizo casi perder a Joey. La mujer había enganchado dos manos como garfios en su camisa.

—¡Suéltelo, maldita sea! —dijo.

—¡Reconócelo! —le gritó la vieja—. ¡Confiesa quién eres!

Christine le dio otro empujón.

La desconocida no soltó su presa.

Entonces Christine la golpeó, primero con la mano abierta en el hombro, luego le cruzó la cara.

La vieja dio un traspié y Joey pudo zafarse de ella; pero la camisa se le desgarró.

Pese a sus temblorosas manos, Christine logró, sin saber cómo, introducir la llave en la cerradura. Abrió la puerta del coche y empujó a Joey hacia adentro. El pequeño gateó hasta su asiento mientras ella se colocaba al volante y cerraba la puerta con inmenso alivio. Luego, echó el seguro.

La anciana atisbó por la ventanilla del conductor.

–¡Escuchadme! –vociferó–. ¡Escuchad!

Christine puso la llave en el contacto, le dio media vuelta y pisó el acelerador. El motor rugió.

La enloquecida mujer aporreó el techo del coche con un puño blancuzco. Una vez y otra.

Christine hizo retroceder el «Firebird» fuera del aparcamiento, lo movió despacio, no queriendo lesionar a la mujer sino sólo dejarla atrás de una endiablada vez.

La lunática los siguió arrastrando los pies, encorvada, aferrándose al tirador de la puerta mientras fulminaba con la mirada a Christine.

–¡Él tiene que morir! ¡Tiene que morir!

–¡No dejes que me coja, mamá! –gritó Joey entre sollozos.

–No lo hará, cariño –lo tranquilizó Christine, y sintió la boca tan seca que apenas pudo pronunciar las palabras.

El pequeño se acurrucó contra su puerta derramando lágrimas; pero con los ojos muy abiertos y fijos en el rostro descompuesto de la desgreñada arpía apretado contra el cristal del lado de su madre.

Retrocediendo todavía, Christine aceleró un poco y, cuando hacía girar el volante, casi chocó con un coche que se acercaba despacio por el pasillo. El otro conductor hizo sonar su claxon. Christine se detuvo a tiempo con un chirrido de frenos.

–¡Él tiene que morir! –aulló la vieja.

El pálido puño golpeó la ventanilla casi con fuerza suficiente para romper el cristal.

«Esto no nos puede estar sucediendo –pensó Christine–. No es posible en un día tan soleado y en la pacífica Costa Mesa.»

La extraña mujer volvió a golpear la ventanilla.

–¡Él tiene que morir!

Su saliva salpicó el cristal.

Christine metió la primera velocidad y se puso en marcha, pero la vieja se obstinó. Christine aceleró. La anciana siguió aferrada al tirador de la puerta, resbaló y corrió a trompicones, a la par que el coche, tres metros, seis, nueve..., cada vez más aprisa. ¿Sería humana, Dios mío? ¿De dónde sacaría una mujer tan mayor la energía y la tenacidad necesarias para aguantar tanto? Miró de reojo por la ventanilla y percibió tal ferocidad en aquellos ojos que si hubiese arrancado de cuajo la puerta pese a su poca corpulencia y avanzada edad, no le habría extrañado lo más mínimo. Pero al fin la mujer se soltó con un aullido de cólera y frustración.

Cuando llegó al final de la hilera, Christine dobló a la derecha. Condujo con excesiva rapidez a través del aparcamiento y, no bien transcurrido un minuto, abandonaron el pabellón y tomaron la calle de Bristol en dirección norte.

Joey siguió llorando aunque con más suavidad.

—Ya pasó todo, corazón. Ahora estamos bien. Ya se ha ido.

Christine fue hasta el bulevar MacArthur, giró a la derecha y recorrió tres manzanas echando repetidas ojeadas por el retrovisor para ver si los seguía, aunque no lo consideraba probable. Por fin se acercó al bordillo e hizo alto.

Notó sus propios temblores. Y esperó que Joey no se apercibiera. Sacó un Kleenex de una cajita que había en la guantera.

—Toma, cariño. Sécate los ojos, suénate y demuestra lo valiente que eres para complacer a mamá. ¿De acuerdo?

—Sí —contestó el pequeño cogiendo el pañuelo. Al poco se reanimó.

—¿Te encuentras mejor?

—Bastante mejor.

—¿Asustado?

—Antes sí.

—Pero ahora no, ¿verdad?

El muchacho negó con la cabeza.

—Escucha —lo tranquilizó Christine—. En realidad esa mujer no se propuso hacer todas esas cosas malévolas que te ha dicho.

El niño la miró atónito. Su labio inferior tembló pero su voz se mantuvo firme.

—Entonces, ¿por qué las dijo si no se proponía hacerlas?

—Bueno... Es que no pudo remediarlo. Era una señora enferma.

—¿Quieres decir... como los enfermos de gripe?

—No, cariño. Quiero decir..., enferma mental..., perturbada.

—Estaba chalada, ¿no?

El pequeño había captado esa expresión de Val Gardner, la asociada comercial de Christine. Ésta era la primera vez que le oía emplearla, y se preguntó si él no habría pescado también otras palabras de menos aceptación social y procedentes de la misma fuente.

—¿Era una verdadera chalada, mamá? ¿Estaba loca?

—Perturbación mental, sí.

El niño frunció el ceño.

—Eso no lo hace más fácil de entender, ¿verdad, hijo?

—No. Porque, de todos modos, no entiendo lo que significa la locura cuando una persona no está encerrada en una habitación con paredes de goma. Y aunque ella sea una vieja señora loca, ¿por qué enloqueció aún más conmigo? ¿Eh? Yo no la había visto jamás.

—Bueno...

¿Cómo explicar el comportamiento psicótico a un niño de seis años? Ella no pudo concebir ninguna forma de hacerlo sin sentirse ridículamente simplista; sin embargo, en este caso, una respuesta simplificadora le pareció mejor que ninguna.

—Tal vez ella haya tenido en otro tiempo un niño pequeño, un niño al que quería mucho, pero quizás él no fuera un buen chico como tú. Tal vez, al hacerse mayor, se volviera muy malo y cometiera acciones terribles que apenaran a su madre. Algo de ese tipo habría podido desequilibrarla.

—Así que ahora aborrece a todos los niños pequeños tanto si los conoce como si no —dedujo Joey.

—Sí, quizá.

—Porque le recuerdan a su propio niño. ¿No es eso?

—Justo.

Durante un momento, el chiquillo caviló acerca de ello y luego asintió.

—Sí. Me parece que ya veo cómo pudo ocurrir.

Ella sonrió y le revolvió el pelo.

—Eh, te diré lo que podemos hacer... Detengámonos en Baskin-Robbins y compremos un helado. Según creo, el sabor del mes es mantequilla de cacahuete y chocolate. Ése es uno de tus favoritos, ¿verdad?

El chaval se mostró sorprendido a todas luces. Su madre no aprobaba la grasa excesiva en su dieta y por tanto seleccionaba con sumo cuidado sus comidas. El helado no figuraba entre las concesiones más frecuentes. Aprovechó la oportunidad y preguntó:

—¿Puedo tomar un cucurucho de eso y otro de limón?

—¿Dos nada menos?

—Es domingo... —arguyó él.

—La última vez que miré el calendario, el domingo no parecía ser tan especial. Cada semana tiene uno. ¿O es que eso ha cambiado?

—Bueno..., pero..., mira, yo... —Contrajo las facciones intentando idear una salida, movió la boca como si masticara un trozo de melcocha y por fin dijo-: Acabo de tener una experiencia *traumatática...*

—¿Experiencia traumática?

—Sí. Eso es.

Lo miró parpadeante.

—¿Dónde has aprendido esas palabras tan rimbombantes? ¡Ah, claro está! No hace falta que me lo digas. Val.

Según Valerie Gardner, persona muy proclive a la teatralidad, el simple hecho de levantarse por la mañana era una experiencia traumática. Val venía a tener alrededor de media docena de experiencias traumáticas cada día... y gozaba con ellas.

—Así que hoy es domingo y he tenido esa experiencia traumática —insistió Joey—. Creo que lo que más me conviene es tomar esos dos cucuruchos de helado para compensar. ¿Comprendes?

—Comprendo sólo que me parece preferible no saber de más experiencias traumáticas hasta dentro de diez años por lo menos.

—¿Y qué hay del helado?

Ella le miró la camisa desgarrada.

—Bueno. Dos cucuruchos.

—¡Huau! Esto está resultando un día imponente, ¿eh? ¡Una chalada de verdad y doble helado!

A Christine no dejaba nunca de sorprenderle el temple de los niños y sobre todo el del suyo. Había transmutado ya en su cerebro el encuentro con la vieja, transformando un momento de terror en una aventura que era casi tan gozosa como la visita a una heladería.

—Eres un chico de cuidado.

—Y tú una mamá de cuidado.

Joey encendió la radio y acompañó la música con feliz tarareo hasta que llegaron a Baskin-Robbins.

Christine continuó vigilando por el espejo retrovisor. Nadie les seguía. Se cercioró de ello. Pero mantuvo la vigilancia.

II

Después de haber tomado, junto con Joey, una ligera cena en la cocina, Christine fue a la mesa del estudio para poner al día el papeleo atrasado. Val Gardner y ella poseían en Newport Beach una tienda de exquisiteces culinarias denominada Wine & Dine donde vendían también vinos nobles, platos especiales del mundo entero, utensilios de cocina caracterizados por su alta calidad, e incluso artilugios más o menos exóticos, como aparatos para hacer pasta y cafeteras exprés. El establecimiento funcionaba desde hacía seis años y tenía sólidos fundamentos; estaba aportando unos beneficios bastante más considerables de los que Christine y Val se habían atrevido a esperar cuando ambas abrieron sus puertas para iniciar el negocio. Ahora las dos proyectaban inaugurar una sucursal aquel mismo verano y luego una tercera tienda en Los Ángeles oeste el año próximo. Su éxito era emocionante y remunerador; pero les exigía cada vez más tiempo. Éste no era el primer fin de semana dedicado a poner al día el papeleo atrasado.

Sin embargo, Christine no se quejaba. Antes de tener Wine & Dine había trabajado como camarera seis días a la semana atendiendo dos empleos al mismo tiempo: un turno de cuatro horas para el almuerzo, en un hostal, y otro de seis horas para la cena en un restaurante francés relativamente caro, Chez Lavelle. Y como era una camarera cortés y diligente que sabía mover el trasero, las propinas habían sido buenas en el hostal y excelentes en Chez Lavelle; pero, al cabo de unos cuantos años, el trabajo había empezado a entumecerla y envejecerla: sesenta horas semanales, ayudantes de camarero que solían acudir a trabajar con una dosis tan alta de drogas que ella debía echarles un capote y afanarse por partida doble, y parroquianos lascivos que almorzaban en el hostal y eran groseros, repelentes y de una persistencia horrible pero a quienes se debía rechazar con frivolidad y buen humor por mor del negocio. Permanecía de pie muchas horas y, en su día libre, no hacía más que estar sentada con las doloridas piernas apoyadas sobre una otomana mientras leía los periódicos dominicales dedicando una atención especial a la sección financiera y soñando con poder fundar algún día su propio negocio.

Pero, gracias a las propinas y a la frugalidad de su vida (se había pasado dos años sin coche), logró ahorrar lo suficiente para pagarse un crucero a México a bordo de un lujoso transatlántico, el *Aztec Prin-*

cess, y dejar aparte una cantidad lo bastante grande para que Val y ella pudieran abrir su tienda de exquisiteces gastronómicas. Tanto el crucero como la tienda habían representado un cambio radical de su vida.

Pasar demasiadas tardes con el papeleo era preferible a trabajar como camarera, también era una vida muchísimo mejor que la de los dos años que precedieron a sus empleos en el hostal y Chez Lavelle. ¡Los años perdidos! Así veía ella aquel período, ahora ya distante en el pasado, aquellos años perdidos tan desapacibles y miserables, tan tristes y estúpidos.

Comparado con aquella etapa de su vida, el papeleo era un placer, una delicia, un verdadero carnaval...

Cuando llevaba ya una hora larga ante su mesa, se apercibió de que Joey había estado excepcionalmente silencioso desde que ella entró en el estudio. Desde luego él no fue nunca un niño revoltoso. Solía jugar solo durante horas sin hacer el menor ruido. Pero, después del perturbador encuentro de aquella tarde con la espantosa vieja, Christine estaba un poco nerviosa y aquel silencio tan normal se le antojaba extraño y amenazador. No se hallaba asustada. Sólo sentía ansiedad. Si le ocurriera algo a Joey...

Soltó la pluma e hizo callar a la zumbadora máquina de calcular. Tendió el oído.

Nada.

En una cámara de la memoria, le pareció escuchar como un eco la voz de la vieja mujer: «Él tiene que morir, tiene que morir...».

Christine se levantó, abandonó el estudio, cruzó presurosa la sala, bajó al vestíbulo y llegó al dormitorio del pequeño.

La puerta estaba abierta, la luz encendida y él se encontraba allí, a salvo, jugando en el suelo con su perro *Brandy,* un spaniel dorado de mirada dulce, e infinitamente paciente.

—Mamá, ¿quieres jugar con nosotros a la guerra de las galaxias? Yo soy Han Solo y *Brandy,* mi compañero Chewbacca, el Wookie. Tú puedes ser la princesa si te gusta.

Brandy estaba sentado en el centro del suelo, entre la cama y las puertas corredizas del armario. Llevaba una gorra de béisbol con el lema EL RETORNO DEL JEDI, y sus largas orejas peludas colgándole a los lados. Joey le había puesto también alrededor del cuerpo una bandolera con balas, y una funda conteniendo una pistola de aspecto futurista, todo de plástico. Jadeante y con ojos relucientes, Brandy parecía avenirse a cuanto su amo quería, se diría incluso que estaba sonriendo.

–Hace un Wookie estupendo –observó Christine.

–¿Quieres jugar?

–Lo siento, jefe, pero tengo montañas de trabajo. Sólo pasé por aquí para ver si..., si estabas bien.

–Bueno, lo que ha sucedido es que casi nos ha vaporizado un crucero de combate del imperio –dijo Joey–. Pero ahora nos encontramos en forma.

Brandy dejó oír un resoplido de aprobación.

Ella sonrió a Joey.

–Ten cuidado con Darth Vader.

–¡Ah, sí, seguro! Lo hago siempre. Estamos siempre muy atentos, porque sabemos que él está en algún lugar por esta parte de la galaxia.

–Me reuniré contigo dentro de un rato.

Christine dio media vuelta; pero cuando apenas había avanzado un paso hacia la puerta, Joey le dijo:

–¡Mamá! ¿No temes que esa vieja señora loca aparezca otra vez?

Christine se volvió hacia él.

–No, no –dijo, a pesar de que era lo que estaba pensando–. Es imposible que ella sepa quiénes somos y dónde vivimos.

Los ojos de Joey parecieron más azules y brillantes que de costumbre; se encontraron con los de su madre y dejaron entrever intranquilidad.

–Yo le dije mi nombre, mamá. ¿Te acuerdas? Ella me preguntó y yo se lo dije.

–Sólo tu nombre de pila.

Él arrugó el entrecejo.

–¡Ah! ¿Sí?

–Dijiste sólo «Joey».

–Sí, es verdad.

–No te preocupes, cariño. No la verás nunca más. Eso es un asunto concluido. No era más que una triste pobre anciana que...

–¿Y qué hay de la matrícula?

–¿Qué quieres decir?

–Bueno, fíjate, si ella cogió el número tal vez tenga alguna forma de utilizarlo. Para averiguar quiénes somos. Como hacen a veces los detectives en los telefilmes...

Esa posibilidad la desconcertó; pero así y todo respondió:

–Lo dudo. Creo que sólo los policías pueden seguir la pista al propietario de un coche mediante el número de matrícula.

–Tal vez sí –insistió preocupado el muchacho.

—Nos alejamos tan aprisa que no tuvo tiempo de memorizar el número. No pensaba con la suficiente serenidad para observar la matrícula. Además, estaba histérica. Como te he dicho, es asunto concluido. De verdad. ¿Queda claro?

Él vaciló unos instantes antes de decir:

—Sí. Pero... Mamá, he estado pensando...

—¿Qué?

—Esa vieja señora loca..., ¿no podría ser... una bruja?

Christine estuvo a punto de reírse cuando se apercibió de que él hablaba con suma seriedad. Reprimió, pues, toda muestra de hilaridad y, adoptando una expresión lo bastante grave para que no desentonara de la suya, respondió:

—¡Oh! Estoy segura de que no era una bruja.

—No quiero decir como Hilda, sino una bruja auténtica. Y, ya sabes, una verdadera bruja no necesitaría conocer nuestro número de matrícula. No necesitaría nada de nada. Nos olfatearía. Cuando una bruja te persigue no hay ningún lugar del universo en el que puedas ocultarte. Las brujas tienen poderes mágicos.

Una de dos, o él sabía ya a ciencia cierta que la vieja era una bruja o estaba convenciéndose muy aprisa de ello. De una forma o de otra, se estaba asustando sin necesidad, porque lo cierto era que ellos no volverían a verla nunca más.

Christine recordó la forma en que se pegaba al coche la extraña mujer, aferrando el tirador de la puerta cerrada, corriendo a la par del automóvil a medida que se alejaban, sin cesar de vociferarles acusaciones demenciales. Sus ojos, y todo el rostro, irradiaban una energía y una furia perturbadoras como si fuera capaz de detener el Firebird con las manos. ¿Una bruja? Desde luego era comprensible que una criatura pudiera creerla dotada de poderes sobrenaturales.

—Una bruja auténtica —repitió Joey con cierto temor en la voz.

Christine comprendió que debería atajar ese curso de ideas antes de que el chico se obsesionara con brujas. El año anterior estuvo convencido, durante casi dos meses, de que una serpiente blanca mágica (como la que había visto en una película) se escondía en su habitación y esperaba a que se durmiera para deslizarse hasta él y morderle. Fue necesario que ella se quedase cada noche a su lado hasta comprobar que se quedaba dormido. Algunas veces había tenido que llevárselo a su propia cama para tranquilizarlo. El pequeño superó la manía de la serpiente el mismo día en que Christine decidió llevarlo a un psicólogo de niños. Canceló la consulta. Transcurridas unas semanas, convencida ya de que la mención de la serpiente no desencadenaría otra vez la manía, le preguntó qué había sido del animal. El chico la miró confuso y dijo:

–Sólo estaba en mi imaginación, mamá. Me he comportado como un niño pequeño medio tonto, ¿verdad?

Desde entonces, no volvió a mencionar la serpiente blanca. El chico poseía una imaginación desbordante, saludable, y ella tenía el deber de moderarla cuando se saliera de cauce. Como ahora.

Aunque estimara necesario poner punto final al asunto de la bruja, no pudo decirle que no había tal cosa; pues, en tal caso, él pensaría que había hecho el ridículo portándose como un bebé. Sería preciso dar por supuesta la existencia de brujas como Joey creía, y entonces emplear la lógica infantil para hacerle ver que la vieja mujer del aparcamiento no podía ser una bruja en modo alguno. Así pues, dijo:

–Bueno, me parece natural que te preguntes si no será una bruja. Porque, desde luego, tenía algo de lo que se supone corresponde a las brujas, ¿verdad?

–Más que algo.

–No, no, sólo un poco. Seamos justos con la pobre anciana.

–Tenía el aspecto exacto de una bruja malvada –insistió el pequeño–. Exacto. ¿No es cierto, *Brandy?*

El perro resopló como si entendiera la pregunta y estuviese de acuerdo por completo con su joven amo.

Christine se acuclilló, rascó al perro detrás de las orejas y bromeó:

–¿Qué sabes tú de eso, cara peluda? Ni siquiera estabas allí.

Brandy bostezó.

Christine argumentó:

–Si lo piensas bien, verás que no tenía mucho de bruja.

–Sus ojos daban miedo –respondió el chico–, parecían saltársele de la cara. Como salvajes. ¡Tú lo viste, córcholis! Y sus pelos tiesos parecían los de una bruja.

–Pero no tenía una nariz enorme y ganchuda con una verruga en la punta. ¿A que no?

–No –admitió Joey.

–Ni iba vestida de negro, ¿verdad?

–No. Pero sí toda de verde.

Por el tono de su voz se evidenció que el atuendo de la vieja le había parecido tan raro como a la propia Christine.

–Las brujas no visten de verde. Tampoco llevaba un sombrero negro alto y picudo.

Joey se encogió de hombros.

—Ni la acompañaba un gato.

—¿Y qué?

—Una bruja no va a ninguna parte sin su gato.

—¿No?

—No. Él es su pariente.

—¿Qué quiere decir eso?

—El pariente de la bruja es su contacto con el demonio. Mediante ese pariente, el gato, el demonio le transmite poderes mágicos. Sin ese animal, ella es sólo una vieja horrenda.

—¿Quieres decir que el gato la vigila para asegurarse de que no haga nada que disguste al demonio?

—Así es.

—Yo no vi gato alguno —reconoció el niño frunciendo el entrecejo.

—No había gato porque ella no es bruja. No tienes nada de qué preocuparte, cariño.

Su rostro se iluminó.

—¡Bueno, me tranquilizas! Si hubiera sido una bruja podría haberme transformado en un sapo o algo parecido.

—Bueno, vivir como un sapo no debe ser tan malo —comentó Christine bromeando—. Basta estar plantado durante todo el día en un macizo de lirios de agua y tomarlo con tranquilidad.

—Los sapos comen moscas —dijo él con un gesto de repugnancia—. ¡Y yo que no puedo soportar ni la ternera!

Ella se rió, e inclinándose hacia adelante lo besó en la mejilla.

—Aunque fuera una bruja —arguyó el pequeño—, no habría cuidado, porque yo tengo a *Brandy*, que no permitiría que se me acercaran los gatos.

—Sí, puedes confiar en *Brandy* —convino Christine; y mirando al perro con cara de payaso, añadió—: Tú eres la Némesis de todos los gatos y brujas, ¿verdad, cara peluda?

Ante su sorpresa, *Brandy* alargó el hocico y le lamió debajo de la barbilla.

—¡Caramba! —exclamó—. Sin querer ofender a nadie, debo decir, cara peluda, que no estoy segura de que besarme contigo sea mejor que comer moscas.

Joey se rió por lo bajo y abrazó al perro.

Christine regresó al estudio. Le pareció que el montón de documentos había crecido durante su ausencia.

Apenas se hubo acomodado en la butaca detrás de la mesa, el teléfono sonó. Lo cogió.

—¿Diga?

Nadie contestó.

—¿Diga? —repitió.

—Me he equivocado —dijo suavemente una mujer, y colgó.

Christine dejó el auricular en su sitio y reanudó el trabajo. Olvidó por completo la llamada.

III

La despertaron los ladridos de *Brandy,* lo cual era desusado porque era un perro que ladraba muy poco. Entonces oyó la voz de Joey.

—¡Mamá! ¡Ven de prisa! ¡Mamááá!

No era una mera llamada; la estaba reclamando a gritos.

Mientras echaba hacia atrás las sábanas y saltaba de la cama, Christine miró los rojos y fosforescentes números del despertador digital: la una y veinte de la madrugada.

Atravesó rauda la puerta abierta de la alcoba y se precipitó por el vestíbulo hacia el dormitorio de Joey, encendiendo luces a medida que pasaba.

El chico se hallaba sentado en la cama apretándose contra la cabecera como si intentara atravesarla y cruzar por arte de magia la pared que había detrás para esconderse donde pudiera. Agarraba con ambas manos grandes puñados de sábana y manta. Su rostro estaba pálido.

Brandy se encontraba ante la ventana con las zarpas delanteras sobre el alféizar. Ladraba a algo en la noche, más allá del cristal. Cuando Christine entró en la habitación, el perro cesó de ladrar, se acercó calladamente a la cama y miró inquisitivo a Joey como si pidiera consejo.

—Alguien estaba ahí fuera —dijo el niño—. Mirando hacia adentro. Era esa vieja señora loca.

Christine se dirigió a la ventana. No había mucha luz en el exterior. El resplandor amarillento del farol de la esquina alcanzaba apenas aquella zona. Aunque la luna adornara el cielo no era llena, e irradiaba un resplandor tenue, lechoso, que escarchaba las aceras y plateaba los coches aparcados a lo largo de la calle pero desvelaba muy pocos secretos de la noche. La mayor parte del césped y de los arbustos estaban sumidos en una oscuridad profunda.

—¿Está todavía ahí? —inquirió Joey.

—No.

Christine se apartó de la ventana y aproximándose a su hijo, se sentó sobre el borde de su cama. El pequeño, aún muy pálido, se estremeció.

—Cariño, ¿estás seguro...?

—¡Ella estaba ahí!

—¿Qué fue exactamente lo que viste?

—Su cara.

—¿La de la vieja?

—Sí.

—¿Estás seguro de que era ella y no cualquier otra persona?

Él afirmó con la cabeza.

—Ella.

—¡Está tan oscuro fuera! ¿Cómo pudiste ver lo bastante para...?

—Vi a alguien en la ventana, una especie de sombra a la luz de la luna. Entonces encendí la luz, y era ella. Pude verlo. ¡Era ella!

—Pero, cariño, no veo cómo puede habernos seguido hasta aquí. Es más, sé que no lo hizo. Y no puede haber averiguado de otro modo dónde vivimos. Por lo menos no tan pronto.

Él no dijo nada. Se limitó a mirarse las manos convertidas en puños y soltó muy despacio la sábana y la manta, mostrando unas palmas llenas de sudor.

—Tal vez estuvieras soñando, ¿no?

El pequeño lo negó enérgico con la cabeza.

—A veces —le explicó su madre—, cuando despiertas de una pesadilla estás tan confuso durante unos segundos, que no sabes qué es real y qué es lo que pertenece al sueño. ¿Comprendes? No tiene importancia. Le sucede a todo el mundo alguna vez.

Él le sostuvo la mirada.

—No fue así, mamá. *Brandy* empezó a ladrar, entonces yo me desperté y ahí, en la ventana, estaba la vieja señora loca. Si hubiera sido sólo un sueño, ¿por qué habría de ladrar *Brandy*? Él no ladra sin motivo. Jamás lo hace. Ya sabes cómo es.

Christine miró atenta a *Brandy*, el cual, entretanto, se había tumbado junto a la cama, y empezó a sentirse otra vez intranquila. Por fin se levantó para aproximarse de nuevo a la ventana.

Fuera, en la noche, había muchos lugares donde la lobreguez tendía con firmeza sus tentáculos, y en los que podría ocultarse y esperar cualquier merodeador.

—¡Mamá!

Ella lo miró.

—No es como la otra vez —declaró el niño.

—¿Qué quieres decir?

—Esto no es una serpiente blanca imaginaria debajo de mi cama. Esto es de verdad. Palabra de honor.

Una ráfaga súbita de viento agitó las hojas e hizo sonar un canalón suelto.

—Vamos —le invitó ella tendiéndole la mano.

Joey salió a gatas de la cama y la acompañó hasta la cocina.

Brandy les siguió. Durante un momento, se detuvo en el umbral golpeando el marco con su peluda cola; luego, reanudó la marcha y se enroscó en un rincón.

Joey, con su pijama azul cuya pechera lucía el letrero en rojo PATRULLA SATURNO, se sentó ante la mesa. Miró ansioso hacia las ventanas encima del fregadero mientras Christine telefoneaba a la Policía.

Los dos agentes permanecieron en el porche y escucharon corteses mientras Christine, en la puerta abierta, con Joey a su lado, les refería la historia... Lo poco que podía contarles. El más joven de los dos, el agente Statler, se mostró dubitativo y llegó a la presurosa conclusión de que el tal merodeador habría sido sólo un fantasma en la imaginación de Joey; pero el hombre de más edad, el agente Templeton, les concedió el beneficio de la duda. A instancias suyas, Statler y él escudriñaron los alrededores con sus linternas de largo mango. Examinaron los arbustos, contornearon la casa, inspeccionaron el garaje e incluso echaron un vistazo a los patios contiguos. No encontraron a nadie.

Cuando regresaron a la puerta principal, donde les esperaban Christine y Joey, Templeton se mostró menos dispuesto a creer su historia.

—Bien, Mrs. Scavello, si es cierto que esa anciana estuvo por aquí, ahora se ha ido. Una de dos, o sus propósitos no tenían nada de particular..., o tal vez se asustara al ver el coche patrulla. Quizás ambas cosas. Es muy probable que sea inofensiva.

—¿Inofensiva? Esta tarde en la South Coast Plaza, no me pareció tan inofensiva —dijo Christine—. La creí más bien bastante peligrosa.

—Bueno... —El policía se encogió de hombros—. Ya sabe cómo son esas cosas. Una anciana..., quizás algo senil, diciendo disparates sin querer.

—No creo que sea ése el caso.

Templeton eludió su mirada.

—Bien, pues si la ve otra vez o si tiene cualquier otro percance no dude en llamarnos.

—¿Se van ustedes?

—Sí, señora.

—¿No piensan hacer nada más?

El agente se rascó la cabeza.

—No sé qué más podemos hacer. Usted ha dicho que no conoce el nombre de esa mujer ni sus señas, de modo que no nos es posible tener una charla con ella. Como le he indicado, si reaparece, avísenos tan pronto como la localice y nos tendrá aquí en seguida.

Con una inclinación de cabeza, el hombre dio media vuelta y se alejó por el camino de entrada hacia la calle donde le esperaba su compañero.

Un minuto después, cuando Christine y Joey se apostaban ante las ventanas de la sala para ver partir el coche patrulla, el niño dijo:

—La vieja estaba ahí fuera, mamá. ¡De verdad! ¡De verdad! Esto no es como lo de la serpiente.

Ella le creyó. Lo que el pequeño había visto en la ventana pudo ser una ensoñación o la imagen residual de una pesadilla... Pero no era ni una cosa ni otra. Él había visto lo que afirmaba: a la propia anciana en carne y hueso. Christine no supo explicarse por qué estaba tan segura de ello, pero lo estuvo. A ciencia cierta.

Le propuso que pasara el resto de la noche con ella, en su habitación; pero él optó por la valentía.

—Dormiré en mi cama —dijo—. *Brandy* estará aquí y olerá a esa vieja bruja a un kilómetro. Pero... ¿no podríamos dejar encendida una lámpara?

—¡Claro que sí! —concedió la madre; aunque no hacía mucho que consiguió quitarle la costumbre de la lamparilla.

Dicho esto, Christine fue al dormitorio de él y corrió las cortinas a conciencia, sin dejar ni la más mínima rendija por la que pudiera atisbar alguien desde fuera. Lo arropó, le dio un beso y lo dejó al cuidado de *Brandy*.

De vuelta en su cama, con todas las luces apagadas, miró fijamente el sombrío techo. Le fue imposible conciliar el sueño. Se pasó el tiempo esperando oír un ruido desusado: cristales rotos, puertas apalancadas... Pero la noche transcurrió en calma.

Sólo el viento de febrero perturbó la quietud nocturna con alguna racha ocasional.

Mientras tanto, Joey, en su habitación, apagó la lámpara que le había dejado encendida su madre. La oscuridad fue absoluta.

Brandy se encaramó de un salto a la cama, donde se sabía que no debía estar jamás (una orden terminante de mamá: nada de perros en la cama); pero su amo no lo rechazó. *Brandy* se acomodó a su gusto y fue bien acogido.

Joey escuchó el viento de la noche; le sonó como una cosa viva que olisqueara y lamiera la casa. Se subió la manta hasta la nariz, igual que si fuera un escudo capaz de protegerlo de cualquier daño.

Al cabo de un rato dijo:

—La bruja está todavía ahí fuera en alguna parte.

El perro alzó su cabezota cuadrada.

—Está esperando, *Brandy*.

El animal enderezó cuanto pudo una oreja.

—Y volverá.

Brandy emitió un profundo gruñido.

Joey puso la mano sobre su peludo compañero.

—Tú lo sabes, ¿verdad, muchacho? Tú sabes que ella está ahí fuera, ¿verdad?

El chucho dejó escapar un ronquido suave.

El viento gimió.

El muchacho escuchaba.

La noche progresó lenta hacia el alba.

IV

Mediada la noche, sintiéndose incapaz de dormir, Christine marchó escaleras abajo al dormitorio de Joey para echarle una ojeada. La lámpara se hallaba apagada y la habitación estaba tan oscura como una tumba. El temor le cortó el aliento por unos instantes. Pero, al encender la luz, vio que Joey se encontraba en la cama, dormido y seguro.

Brandy, que se hallaba también acurrucado en el lecho con toda comodidad, se despertó en cuanto Christine apretó el interruptor. Bostezó, se lamió el hocico y le lanzó una mirada cargada de culpabilidad canina.

—Conoces las reglas, trasero peludo —susurró ella—. ¡Al suelo!

Brandy saltó de la cama sin despertar a Joey, se escurrió hasta el rincón más cercano y se enroscó en el suelo. Luego, la miró cariacontecido.

—Buen perro —le susurró.

El animal meneó la cola barriendo la alfombra a su alrededor.

Christine apagó la luz y emprendió el regreso a su habitación. Apenas había dado unos pasos, oyó movimiento en la habitación del chico y supuso que *Brandy* había vuelto a la cama. Sin embargo, aquella noche no le importó que luego aparecieran pelos de perro en sábanas y mantas. Aquella noche lo único que contaba era que Joey estuviese a salvo.

Christine se acostó de nuevo y dormitó entre espasmos y sacudidas, murmurando dormida mientras la noche reptaba hacia el amanecer. En sueños, se le apareció una vieja con rostro verde, pelo verde y largas uñas verdes que se curvaban malévolas para formar afiladas garras.

Por fin despuntó la mañana del lunes, un día soleado. Demasiado soleado, el maldito. Se despertó temprano. La luz, asaeteando las ventanas del dormitorio, le hizo dar un respingo. Los ojos, irritados e hipersensibles le daban la impresión de estar llenos de arena.

Tomó una ducha caliente, larga, que la alivió un poco de su fatiga. Luego, se vistió para ir al trabajo. Se puso una blusa marrón, una sencilla falda gris y unos zapatos grises.

Colocada ante el espejo de cuerpo entero que había en la puerta del cuarto de baño, se examinó con espíritu crítico; aunque siempre la desconcertaba un poco contemplar su imagen reflejada. No había ningún misterio en esa timidez; ella sabía que su turbación era el resultado de las cosas que se le enseñaron durante los años perdidos, que fueron de los dieciocho a los veinte. A lo largo de ese período, ella se había esforzado por desechar toda vanidad así como por anular su individualidad, en gran medida porque la uniformidad gris era lo que le exigían por aquel entonces. Esa gente había esperado de ella que fuera humilde, recatada y vulgar. Cualquier muestra de interés por su propia apariencia o de enorgullecimiento por su buen palmito, habría provocado la acción disciplinaria inmediata de sus superiores. Por mucho que Christine hubiera procurado olvidar aquellos años solitarios, los torvos acontecimientos surtían en su ánimo un efecto retardado que le era imposible negar.

Ahora, casi para demostrar cuán completo había sido su triunfo sobre los años perdidos, Christine se sobrepuso resuelta a su confusión y examinó la imagen del espejo con toda la vanidad que pudo extraer de un alma medio despojada de ella. Su figura, aunque buena, no era el tipo de cuerpo que, fotografiado en bikini, desencadenara la venta de un millón de pósters. Tenía piernas esbeltas y bien formadas. Sus caderas se curvaban lo necesario y el talle era incluso demasiado estrecho, si bien esa esbeltez favorecía la línea del busto (de tamaño corriente) haciéndole parecer más exuberante. A veces, ella hubiera deseado tener tanta pechuga como Val; pero su amiga decía que los pechos muy grandes representaban una maldita carga más que una bendición, que eran como llevar siempre a cuestas unas alforjas, y que algunas noches los hombros le dolían del esfuerzo ocasionado por semejante cargamento. Aunque fuera verdad lo que afirmaba Val, y no una mera mentira piadosa para consuelo de las peor dotadas, a Christine le habría gustado tener grandes tetas, pues ella sabía que ese deseo, esa vanidad sin esperanza, significaba una reacción patente (o una actitud negativa) contra todo lo que le enseñaron en aquel lugar gris, sórdido, donde había vivido desde los dieciocho años hasta los veinte.

Ahora, con rostro sonrojado, se impuso la obligación de permanecer unos minutos más ante el espejo hasta cerciorarse de que tenía el pelo bien peinado y de que el maquillaje era discreto y uniforme. Ella sabía que era bonita. No encantadora. Pero tenía un cutis terso, una línea delicada de barbilla y mandíbula y una nariz muy aceptable. Los ojos eran lo mejor de sus facciones, grandes, oscuros y límpidos. Su cabello era también oscuro, casi negro. Val decía que ella cambiaría en cualquier momento sus grandes tetas por un pelo semejante; pero Christine sabía que eso era sólo de boquilla. Desde luego su pelo tenía muy buen aspecto cuando el tiempo era bueno; pero tan pronto como la humedad alcanzaba cierto punto, se ponía lacio o hirsuto y entonces ella semejaba una «vampira» o bien Gene Shalit.

Por fin, enrojeciendo como un tomate pero sintiéndose triunfadora sobre la excesiva modestia que le inculcaron tiempo atrás, Christine se alejó del espejo.

Fue a la cocina para hacerse café y tostadas y allí encontró a Joey sentado ya ante la mesa. El chico no parecía estar comiendo nada, sino tan sólo mirando por la ventana el césped del patio trasero salpicado de sol.

Mientras cogía un filtro de papel y lo ajustaba al dispositivo de la cafetera, Christine preguntó:

—¿Qué te hago para desayunar, jefe?

Él no contestó.

Mientras echaba cucharaditas de café dentro del filtro, insistió: ¿Qué te parece cereales, mantequilla de cacahuete y tostada? ¿O bollos ingleses? Tal vez prefieras un huevo...

El chico siguió sin responder. Algunas veces, no a menudo, se mostraba malhumorado por la mañana, pero siempre era posible hacerle reír gastándole bromas. Era, por naturaleza, demasiado bonachón para mantener su hosquedad por mucho tiempo.

Al tiempo que encendía la cafetera y vertía agua por la parte superior, Christine dijo:

—Bueno. Si no quieres cereales, ni tostada, ni huevo, puedo ofrecerte espinacas, coles de Bruselas o brécol. Son tus platos favoritos, ¿no es así?

El niño no picó el cebo. Continuó mirando por la ventana. Inmóvil. Silencioso.

—También puedo meter un zapato viejo en el microondas y cocinarlo bien tierno y jugoso para ti. ¿Te apetece? ¡Nada tan sabroso para el desayuno como una zapato viejo! ¡Huuuummm! ¡Eso te levanta el ánimo!

Joey no dijo nada.

Christine sacó el tostador del armario, lo puso sobre el poyo de la cocina y lo encendió... De repente, se dio cuenta de que el chico no tenía sólo mal humor. Algo marchaba mal.

Mirándole la nuca con fijeza, le habló en tono dulce:

—Escúchame, cariño.

Él pareció ahogar un gemido.

—¿Qué ocurre, corazón?

Por fin el pequeño se volvió y la miró. El pelo revuelto le caía sobre los ojos, unos ojos de mirada tétrica, expresando una desolación tan intensa para un niño de seis años que el corazón de Christine empezó a latir desacompasado. Unas lágrimas relucientes resbalaron por sus mejillas.

Christine se le acercó presurosa y le cogió la mano. Estaba helada.

—¿Qué ha sucedido, mi vida? Cuéntamelo.

Joey se frotó con la otra mano los ojos enrojecidos. Luego, se pasó la manga por la húmeda nariz.

Su palidez era sobrecogedora.

Cualquiera que hubiese sido la causa del disgusto, no podía tratarse de una simple contrariedad, de un trauma infantil corriente y sin importancia. Lo intuyó en seguida y notó que el miedo le secaba la boca.

El chiquillo intentó hablar y, como no consiguió pronunciar ni una palabra, señaló la puerta de la cocina. Por fin hizo una profunda inspiración, comenzó a temblar y balbuceó:

—El por... porche.

—¿Qué pasa en el porche?

No pudo explicárselo.

Frunciendo el ceño, Christine se encaminó hacia la puerta, vaciló unos instantes y la abrió. Apenas lo hizo se tambaleó horrorizada ante el espectáculo que se le ofreció.

¡Brandy! Su cuerpo dorado y peludo yacía sobre el borde del porche, junto a los escalones. Pero su cabeza estaba en el umbral, a sus pies. El perro había sido decapitado.

V

Christine y Joey tomaron asiento en el sofá beige de la sala. El niño había cesado ya de llorar, pero se mostraba consternado.

El policía que hacía el informe, agente Wilford, se sentó en uno de los sillones Queen Anne. Era un hombre alto y fornido, con facciones ásperas, cejas tupidas y un aire de suficiencia bronca; el tipo humano que, con toda probabilidad, sólo se sentiría a sus anchas al aire libre, sobre todo en bosques y montañas, cazando o pescando. Estaba colgado, por así decirlo, sobre el borde del sillón y tenía su bloc sobre las rodillas, una postura tan modosa como divertida para un hombre de su tamaño. Al parecer, le preocupaba la posibilidad de estropear o ensuciar el mueble.

—¿Pero quién hizo salir al perro? —inquirió después de haber hecho todas las preguntas que le vinieron a la imaginación.

—Nadie —contestó Christine—. El animal salió por su cuenta. La puerta de la cocina tiene al pie una gatera.

—Ya la he visto —respondió Wilford—. No lo bastante grande para el tamaño de un perro.

—Lo sé. Estaba ya aquí cuando compré la casa. Brandy la utilizaba muy raras veces; pero si necesitaba salir a toda costa y no había nadie cerca para sacarlo, pegaba la cabeza al suelo, se arrastraba sobre el vientre y se escurría a través de la pequeña abertura. Siempre he tenido la intención de taparla por miedo a que el perro se quedase atascado ahí un día u otro. Si lo hubiese hecho así, estaría todavía vivo.

—La bruja lo atrapó —murmuró Joey.

Christine pasó un brazo alrededor de su hijo.

—Así pues continuó Wilford—, ¿creen que utilizarían carne o galletas de perro para hacerle salir?

—No —replicó Joey con sequedad, anticipándose a su madre y ofendido a todas luces por la sugerencia de que la glotonería hubiese ocasionado la muerte de su amigo canino—. *Brandy* salió para protegerme. Él sabía que la vieja bruja estaba todavía por los alrededores. Por lo tanto salió para atacarla; pero sucedió al revés... Ella le atacó primero.

A sabiendas de que la sugerencia de Wilford sería con toda probabilidad la explicación correcta, Christine comprendió que Joey aceptaría mejor la muerte de *Brandy* si pudiera creer que su perro había perecido por una causa noble.

—Era un perro muy valiente, mucho —dijo—, y nosotros nos sentíamos orgullosos de él.

Wilford asintió.

—Estoy seguro de que ustedes tienen todas las razones imaginables para sentirse orgullosos. Es una vergüenza. ¡Un spaniel dorado de raza tan pura! ¡Con esa expresión tan sumisa y esa disposición tan afable...!

—La bruja lo atrapó —repitió Joey como si le hubiese anonadado esa terrible verificación.

—Tal vez no —observó Wilford—. Quizá no fue la vieja.

Christine lo miró ceñuda.

—¡Vaya si lo fue!

—Comprendo que les haya impresionado el incidente de ayer en la South Coast Plaza —dijo Wilford—. Y que ustedes propendan a establecer una conexión entre la vieja y lo acaecido con el perro. Pero no hay ninguna prueba consistente, ninguna razón para pensar que ambas cosas estén relacionadas. Dar por hecho que es así podría ser un grave error.

—Pero la vieja estuvo anoche ante la ventana de Joey —arguyó exasperada Christine–. Ya se lo he dicho. Y también se lo dije a los agentes que estuvieron aquí anoche. ¿Es que nadie quiere escucharme? Ella estuvo ante la ventana de mi hijo, mirándolo, y *Brandy* le ladró.

–Pero no estaba ya cuando usted llegó –le recordó Wilford.

–Sí –admitió Christine–. No obstante...

Sonriendo, Wilford se dirigió a Joey:

–Escucha hijo, ¿estás absolutamente seguro de que era esa señora vieja quien estaba ante tu ventana?

Joey asintió enérgico.

–Sí, la bruja.

–Mira, cuando levantaste la vista y descubriste a alguien ante la ventana, pudiste imaginar que era la mujer vieja, lo cual es muy natural. Después de todo, ella te había dado ya un buen susto al comienzo del día y por tanto la tenías muy presente. Entonces, cuando encendiste la luz y echaste una ojeada a la figura que estaba al otro lado de la ventana, quizá tuvieras tan grabado en la mente el rostro de la señora loca que de todas formas lo habrías visto quienquiera que fuese el que se acercara.

Joey parpadeó, incapaz de entender el razonamiento del policía. Así que insistió tozudo:

–Era ella. La bruja.

El agente Wilford dijo a Christine:

–Yo me siento inclinado a creer que el merodeador fue quien mató más tarde al perro... Pero no que la mujer vieja fuese ese merodeador. Mire, cuando un perro es envenenado, ocurre casi siempre, y más a menudo de lo que usted pueda imaginar, que el atropello no ha sido obra de un total desconocido, sino de alguien que habita en la misma manzana. Un vecino. En mi opinión, algún vecino estaba merodeando en busca del perro, y no de Joey cuando éste lo vio ante la ventana. Más tarde esa persona encontró al perro y le hizo lo que había venido a hacer.

–Eso es ridículo –protestó Christine–. Aquí tenemos muy buenos vecinos. Ninguno de ellos mataría a nuestro perro.

–Eso ocurre con frecuencia –insistió Wilford.

–En este vecindario, no.

–En cualquier vecindario –porfió Wilford–. Perros que ladran día tras día, noche tras noche..., acaba sacando los nervios de quicio a ciertas personas.

–*Brandy* ladraba muy poco.

—Bueno, ese «muy poco» de usted pudiera parecer «todo el tiempo» a alguno de sus vecinos.

—Además, *Brandy* no ha sido envenenado. Lo han matado de forma mucho más violenta, diablos. Usted lo ha visto. Violencia demencial. Una cosa así no la hace ningún vecino mío.

—Le sorprendería lo que pueden hacer algunos vecinos —comentó Wilford—. A veces, incluso se matan entre sí. Eso no es desusado, ni mucho menos. Vivimos en un extraño mundo.

—Usted se equivoca —dijo Christine acalorada—. Fue la vieja. El perro y el rostro ante la ventana..., ambas cosas están conectadas con la mujer de verde.

El policía suspiró.

—Tal vez tenga razón.

—La tengo.

—Yo quise sugerir tan sólo que mantuviéramos abiertas nuestras miras.

—Excelente idea —dijo incisiva ella.

El hombre cerró su agenda.

—Bien, me parece que tengo ya todos los detalles que necesito.

Christine se levantó al mismo tiempo que el agente abandonaba su sillón, y planteó:

—¿Y ahora qué?

—Archivaremos el informe, claro está, incluida su declaración, y le asignaremos un número de caso abierto.

—¿Qué es un caso abierto?

—Si sucede algo más, y esa mujer vieja reaparece, usted deberá citar el número del caso cuando nos telefonee, y los agentes que reciban su llamada conocerán la historia antes de presentarse aquí; ellos sabrán dónde mirar por el camino, de modo que, si la mujer abandonara este lugar antes de que ellos llegaran, podrían localizarla al pasar y detenerla.

—¿Y por qué no nos dieron un número de caso después de lo sucedido anoche?

—¡Ah! No se abre expediente por un informe sobre merodeadores —explicó Wilford—. Mire, anoche no se cometió crimen alguno... Por lo menos que nosotros sepamos. No existía evidencia de ninguna clase de delito. Pero esto es... un poco peor.

—¡Un poco! —exclamó Christine al recordar la cabeza sangrante de *Brandy* y los ojos vidriosos vueltos hacia ella.

—Bueno, no me he expresado bien. Lo siento. Pero es que, comparado con otras muchas cosas que vemos en nuestro trabajo, un perro muerto es...

—Bien, bien —dijo Christine sintiéndose cada vez más incapaz de disimular su cólera e impaciencia—. Así que usted nos telefoneará para darnos el número del caso. ¿Pero qué más piensa hacer?

Wilford parecía incómodo. Cuadró los anchos hombros y se rascó el grueso cuello.

—La descripción que usted nos ha dado es lo único que tenemos para investigar, y eso no representa gran cosa. La pasaremos por el ordenador e intentaremos llegar a algún sospechoso mediante el método de eliminación. La máquina nos procurará los nombres de todos cuantos hayan tenido complicaciones con nosotros y coincidan en siete puntos por lo menos de los diez que requiere la comparación física estándar. Entonces, sacaremos copias de las fotos correspondientes que tengamos en nuestros archivos. Tal vez el ordenador nos procure varios nombres, por lo cual tendremos fotos de más de una mujer anciana. Si fuera así, le traeríamos aquí todas esas fotografías para que las examinara. Tan pronto como nos dijera usted que la habíamos encontrado... Bueno, pues podríamos ir a charlar con ella y averiguar a qué viene todo esto. Como puede ver, Mrs. Scavello, no es un caso sin esperanza.

—¿Y qué pasará si ella no ha tenido complicaciones con ustedes y por tanto no figura en sus archivos?

Mientras se dirigían hacia la puerta de la calle, Wilford dijo:

—Tenemos acuerdos para el intercambio de datos con todas las comisarías de Orange, San Diego, Riverside y Los Ángeles. Podemos conectar con sus ordenadores a través del nuestro. Acceso instantáneo. Conexión de datos, así le llaman. Si esa persona aparece en alguno de sus archivos la encontraremos tan aprisa como si se hallara en el nuestro.

—Sí, por descontado. ¿Pero y si ella no ha tenido complicaciones en parte alguna? —preguntó acuciante Christine.

Al tiempo que abría la puerta, Wilford la animó:

—¡Ah, no se preocupe, encontraremos algo con toda probabilidad! Casi siempre lo conseguimos.

—Eso no basta —objetó ella.

Habría dicho lo mismo aunque le hubiese dado crédito; y no era así. Ellos no encontrarían nada.

—Lo siento, Mrs. Scavello, pero eso es todo cuanto podemos hacer.

—Mierda.

El agente frunció el entrecejo.

—Comprendo su frustración y quiero asegurarle que no archivaremos esto para olvidarlo. Pero no podemos hacer milagros.

—Mierda.

Su ceño se acentuó. Las pobladas cejas se unieron para formar una gruesa barra.

—Escuche, señora, aunque no sea asunto mío, no creo que usted deba emplear palabras como ésa delante de su niño.

Ella lo miró atónita. Luego, su estupor se tornó ira.

—¡Ah! ¿Sí? ¿Y qué es usted? ¿Un cristiano redivivo?

—De hecho lo soy; sí, señora. Y, a mi juicio, es en extremo importante dar buen ejemplo a nuestros jóvenes para que crezcan a imagen y semejanza de Dios. Debemos...

—Yo no creo eso —repuso Christine—. Usted me dice que he dado mal ejemplo por emplear una palabra normal, una palabra inofensiva...

—Las palabras no son nunca inofensivas. El demonio delude y persuade con palabras. Las palabras son el...

—¿Y qué le parece el ejemplo que está usted dando a mi hijo? ¿Eh? Con su actuación le muestra que la Policía no puede dar una protección verdadera a nadie, no presta una ayuda verdadera; lo único que hace es acudir después de los hechos para recoger los despojos.

—Me gustaría que usted no lo viera así —dijo Wilford.

—¿Y cómo diablos he de verlo?

Él suspiró.

—Telefonearemos para darle el número del caso.

Dicho esto, dio media vuelta y se alejó andando envarado por el camino de salida.

Un momento después, Christine corrió en pos de él, lo alcanzó y le puso una mano sobre el hombro.

—Por favor.

El policía se detuvo y volvió la cara hacia ella. Su rostro fue severo, su mirada fría.

—Lo siento —se disculpó Christine—. De verdad. Es que estoy trastornada. No sé qué pensar. De repente no encuentro a dónde dirigirme.

—Lo comprendo —repitió él, por tercera vez. Pero no se vio la menor comprensión en su rostro granítico.

Echando una mirada hacia atrás para cerciorarse de que Joey seguía en el umbral, lo bastante lejos para no oírla, Christine se justificó:

–Lamento haber perdido los estribos. Y supongo que usted tiene razón al decir que cuide mi lenguaje delante de Joey. Lo hago así casi siempre, créame; pero hoy no hago nada a derechas. Esa mujer medio loca dijo que mi pequeño debía morir. Fue lo que dijo. Tiene que morir. Y ahora el perro está muerto, ese pobre y viejo cara peluda. ¡Yo quería mucho al chucho, Dios mío! Ahora él está muerto, y Joey vio una cara en la ventana a medianoche. El mundo entero se ha vuelto del revés en un instante, y estoy asustada. Estoy asustada de verdad, porque creo, sin poder explicármelo, que esa loca nos siguió, y me hallo convencida de que se propone hacerlo, que lo va a intentar, que trata de matar a mi pequeño. Y no sé por qué. No puede existir motivo alguno. Ninguna razón comprensible. Pero eso tiene poca importancia en estos tiempos, ¿verdad?, cuando los periódicos están repletos de reseñas sobre hampones, violadores de niños y lunáticos de toda especie que no necesitan ningún móvil para hacer lo que hacen.

Wilford la reconvino:

–Por favor, Mrs. Scavello, procure dominarse. Se está mostrando usted melodramática, no diré histérica, pero sí melodramática del todo. La cosa no está tan mal como usted la pinta. Nosotros pondremos manos a la obra en este asunto, tal como le he dicho. Mientras tanto, deposite usted toda su confianza en Dios, y saldrán bien librados usted y su hijo.

No podría conmover a aquel hombre. Jamás. Ni en un millón de años. Ella no conseguiría hacerle sentir su propio terror; no lograría que entendiese lo que llegaría a representar para ella la pérdida de Joey. Un caso sin esperanza después de todo.

Apenas pudo permanecer en pie. Le pareció que todas sus energías la abandonaban de pronto.

–Sin embargo, me alegra oírle decir que cuidará de su lenguaje delante del chico –dijo él–. En este país, hemos estado criando muy mal a las dos últimas generaciones, y somos culpables de que ahora haya unos mocosos antisociales que creen saberlo todo y no respetan nada. Si queremos tener una sociedad buena, pacífica, amante y temerosa de Dios, deberemos educar a los pequeños empezando por darles buen ejemplo.

Christine no dijo nada. Se sintió como si estuviera dialogando con alguien de otro continente, quizás incluso de otro planeta. No sólo hablaba un lenguaje distinto, sino que carecía también de capacidad para aprender. No hubo forma de hacerle captar sus problemas, valorar su preocupación. Se distanciaban entre sí miles de kilómetros para todas las cosas que importaban, y no había ninguna vía que los uniera.

Los ojos diamantinos de Wilford relucieron con la pasión de un verdadero creyente cuando añadió:

—Y le recomiendo asimismo que no vaya sin sujetador delante de su hijo, como hace ahora. Una mujer con una constitución como la suya, incluso con la blusa suelta que lleva ahora, tiene ciertas formas de volverse o estirarse... que acaban siendo sin remedio... provocadoras.

Ella lo contempló incrédula. Le vinieron al pensamiento varias observaciones tajantes que le habrían dejado clavado; pero por alguna razón inexplicable las palabras no quisieron acudir a sus labios. Desde luego, su reticencia fue en parte el resultado de haber tenido una madre que habría hecho parecer muy tierno al mismísimo general George Patton, una madre que había insistido hasta la saciedad en los buenos modales y la cortesía a ultranza. También estuvieron presentes las lecciones que le inculcó la Iglesia, sobre todo la de ofrecer la otra mejilla. Christine se dijo que se había librado de todo aquello, que lo había dejado muy atrás; pero ahora su incapacidad para poner en su sitio a Wilford fue una prueba irrefutable y desalentadora de que ella era todavía prisionera de su pasado hasta cierto punto.

Wilford siguió parloteando sin percatarse de su enfurecimiento.

—Tal vez el muchacho no se aperciba ahora; pero dentro de dos o tres años lo observará sin la menor duda, y un chico no debiera tener esa clase de pensamientos acerca de su madre. Entonces, usted le estaría conduciendo por los caminos del demonio.

Si no hubiese estado tan débil, Christine se habría sobrepuesto a la terrible percepción de un desamparo y el de Joey, se habría reído en la cara de aquel hombre. Pero en ese instante no tenía ningunas ganas de reír.

—Bien —dijo Wilford—. Ya tendrá noticias mías. Y confíe en Dios, Mrs. Scavello. Confíe en Dios.

Christine se preguntó lo que opinaría el agente si le dijese que no había nada de «Mrs.» Scavello. ¿Qué diría si le dijese que Joey había nacido fuera del matrimonio, que era un hijo bastardo? ¿Trabajaría con menos ahínco en el caso? ¿Le interesaría preservar la vida de un hijo ilegítimo?

«¡Malditos sean todos estos hipócritas!»

Le acometieron deseos de golpear a Wilford, de darle de patadas, de pagar con él su frustración; pero se limitó a mirar cómo subía al coche patrulla donde le esperaba su compañero. El hombre volvió la vista, alzó una mano y la agitó por la ventanilla en un breve saludo.

Ella regresó a la puerta principal.

Joey la esperaba todavía allí.

Christine quiso decirle algo alentador. Era evidente que el chico lo necesitaba. No obstante, aunque hubiese encontrado las palabras, no habría sido capaz de pronunciarlas para engañarle. Por lo pronto, y mientras ninguno de los dos supiera qué diablos estaba ocurriendo allí, lo mejor sería seguir asustados. Si él sentía temor, se mostraría cauteloso, vigilante.

Christine intuyó que se cernía el desastre.

¿Era melodramático su comportamiento?

¡No!

Joey tuvo la misma intuición. Su madre percibió en los ojos del pequeño un anticipo de terror.

VI

Christine entró en la casa, cerró la puerta y echó la llave.

Luego, le revolvió el pelo a Joey.

—¿Te encuentras bien, cariño?

—Notaré la falta de *Brandy* —dijo él con voz trémula, intentando parecer un bravo hombrecito, aunque sin mucho éxito.

—Yo también —murmuró Christine, y recordó lo gracioso que había estado el perro en su papel de Chewbacca el Wookie.

—He pensado... —balbuceó Joey.

—¿Qué?

—Tal vez fuera una buena idea...

—¿Cuál?

—Traer pronto otro perro.

Ella se acuclilló para ponerse a su nivel.

—¡Oye, esa idea es de una persona muy madura! Y muy sabia, me parece a mí.

—¡No quiero decir que desee olvidar a *Brandy*!

—¡Claro que no!

—Yo no podré olvidarle jamás.

—Nosotros recordaremos siempre a *Brandy*. Ocupará un lugar muy especial en nuestro corazón. Y estoy segura de que él entendería que decidamos traer sin tardanza otro perro. De hecho, sé que él quiere que lo hagamos.

—Así estaré protegido —argumentó Joey.

—Exacto. *Brandy* querrá que tú estés protegido.

El teléfono sonó en la cocina.

—Bueno —dijo ella—. Ahora contestaré a esa llamada y luego tomaremos medidas para enterrar a *Brandy*.

El teléfono dio otro timbrazo.

—Buscaremos un bonito cementerio de animales domésticos, o algo parecido, y sepultaremos los despojos de *Brandy* con todos los honores.

—Eso me gustaría.

El teléfono sonó por tercera vez.

Mientras se encaminaba hacia la cocina, añadió:

—Después iremos en busca de un cachorro —cogió el auricular cuando se oía el quinto timbrazo—. ¿Diga?

Una voz femenina preguntó:

—¿Es usted parte de ello?

—Perdón, no entiendo.

—¿Es usted parte de ello... o ignora lo que está sucediendo? —inquirió la mujer.

Aunque su voz le fuera vagamente familiar, Christine contestó:

—Creo que se ha equivocado de número.

—¿No es usted Miss Scavello?

—Sí. ¿Y usted quién es?

—Necesito saber si usted forma parte de ello. ¿Es usted una de ellos? ¿O tal vez inocente? Necesito saberlo.

De repente, Christine reconoció la voz, y sintió un escalofrío a lo largo de la espina dorsal.

La anciana siguió preguntando:

—¿Sabe usted lo que es su hijo? ¿Sabe usted cuánta maldad hay en él? ¿Sabe usted por qué él ha de morir?

Christine soltó de golpe el auricular.

Joey, que la había seguido hasta la cocina, se mantuvo inmóvil en la puerta que daba al comedor mordiéndose la uña del pulgar. Le pareció de una pequeñez patética, desvalida, con su camisa a rayas y los zapatos de lona algo raídos.

El teléfono sonó de nuevo.

Haciendo caso omiso, Christine dijo:

—Vamos, jefe. Quédate conmigo. No te alejes de mí.

Lo condujo fuera de la cocina, a través del comedor, de la sala y, escaleras arriba, al dormitorio principal.

Él no le preguntó lo que iba mal. Christine dedujo por la expresión de su rostro que tal vez lo hubiese adivinado.

El teléfono siguió sonando.

Ya en el dormitorio, ella abrió el cajón superior de la cómoda, rebuscó bajo un montón de suéters y sacó una pistola de aspecto inquietante, una automática Astra Constablert del treinta y dos, con doble acción selectiva y cañón corto. La había comprado hacía varios años, antes de que naciera Joey, cuando empezó a vivir sola. También había aprendido a utilizarla. El arma le había proporcionado la sensación de seguridad que tanto necesitaba... y ahora se la dio una vez más.

El teléfono sonó y sonó.

Cuando Joey entró en su vida, y sobre todo cuando empezó a andar, ella temió que, en su curiosidad insaciable, encontrase el arma y se pusiera a jugar con ella. Había habido que elegir entre la protección contra los malhechores y la posibilidad más probable, más aterradora, de que Joey se hiciese daño sin querer. Había descargado la pistola, había puesto el cargador vacío en un cajón del tocador, y había escondido el arma en la cómoda, debajo de la ropa. Por fortuna no la había necesitado nunca.

Hasta ahora.

El sonido estridente del teléfono se hizo cada vez más sonoro e irritante.

Empuñando la pistola, Christine se acercó al tocador y localizó el cargador vacío. Luego, corrió al armario, al fondo de cuyo estante superior guardaba una caja de municiones. Con dedos temblorosos y desmañados, metió balas en el cargador hasta llenarlo; luego, lo introdujo en la culata del arma con el suficiente ímpetu para dejarlo encajado.

Joey la observó fascinado, con ojos como platos.

Por fin el teléfono enmudeció.

El silencio súbito surtió el efecto de un golpe. Aturdió por un momento a Christine.

Joey fue el primero en hablar. Mordiéndose todavía la uña del pulgar, preguntó:

—¿Estaba la bruja en el teléfono?

Como no había razón para ocultárselo, así como tampoco había necesidad de explicarle que la anciana no era una bruja, contestó:

—Sí, era esa mujer.

—Mami..., estoy asustado.

Durante los últimos meses, desde que él superó su pánico acerca de aquella imaginaria serpiente blanca que perturbaba su sueño, él la había llamado «mamá» en vez de «mami» porque intentaba comportarse como un chico mayor. Su vuelta al apelativo «mami» denotó cuánto era su terror.

—Todo acabará bien. No permitiré que nos ocurra nada..., ni a ti ni a mí. Si andamos con cuidado, no pasará nada malo.

Ella esperó oír de un momento a otro una llamada en la puerta o ver un rostro pegado a la ventana. ¿Desde dónde habría telefoneado la vieja? ¿Cuánto tiempo tardaría en llegar allí, ahora que los agentes se habían ido, ahora que tenía el campo libre para hacerse con Joey?

—¿Qué vamos a hacer? —preguntó el niño.

Su madre dejó la pistola sobre la cómoda de seis cajones y sacó a rastras dos maletas del fondo del armario.

—Haré una maleta para cada uno y luego nos largaremos de aquí.

—¿A dónde iremos?

Arrojó una de las maletas sobre la cama y la abrió.

—No lo sé con seguridad, corazón. A cualquier parte. Tal vez a un hotel. Nos instalaremos donde esa hechicera medio loca no pueda encontrarnos por mucho que busque.

—¿Y luego qué?

Mientras plegaba la ropa dentro de la maleta. Christine respondió:

—Luego, buscaremos a alguien que quiera ayudarnos... Que nos ayude de verdad.

—¿No como los policías?

—No como los policías.

—¿Quién?

—No lo sé muy bien. Quizás... un detective privado.

—¿Como Magnum en la tele?

—No exactamente como Magnum.

—¿Como quién, entonces?

—Necesitamos una empresa que nos pueda proporcionar guardaespaldas y todo lo demás mientras sigue la pista a esa vieja. Una organización de primera fila.

—¿Como las de las películas antiguas?

—¿Cuáles son esas películas antiguas?

–Ya sabes, esas en que la gente tiene muchos líos y al fin dicen, «contrataremos a Pinkelton».

–Pinkerton –le corrigió–. Sí. Algo parecido a Pinkerton. Yo puedo permitirme contratar a unos profesionales semejantes, y por Dios que lo haré. No seremos un par de blancos fáciles, como pretende la Policía.

–Yo me sentiría mejor si contratáramos a Magnum –dijo Joey.

Christine no tenía tiempo para explicar a un niño de seis años que Magnum no era un detective privado de carne y hueso. De modo que le siguió la corriente.

–Bueno, quizá tengas razón. Tal vez contratemos a Magnum.

–¿Sí?

–Sí.

–Él hará un buen trabajo –aseguró solemne Joey–. Siempre lo hace.

Siguiendo las indicaciones de su madre, cogió la maleta vacía y se encaminó hacia su dormitorio. Ella le siguió llevando la suya, que ya había hecho... y también la pistola.

Decidió dejar lo del hotel para después. Primero irían a una agencia de detectives sin pérdida de tiempo.

Sintió la boca como papel de lija. El corazón le latió aprisa. La respiración se le hizo rasposa, anhelante.

Una visión terrible se le apareció en el pensamiento, la imagen de un cuerpo sangrante y decapitado sobre el suelo del porche trasero. Pero los despojos sanguinolentos que aparecían en la visión no eran los de *Brandy,* sino los del propio Joey.

VII

Charlie Harrison se enorgullecía de sus logros. Él había comenzado con nada, siendo sólo un chico pobre del distrito más sórdido de Indianápolis. Ahora, a sus treinta y seis años, era propietario de un negocio floreciente. Propietario único desde que se jubiló el fundador de la empresa, Harvey Klemet, el cual se estaba dando ahora muy buena vida en la California meridional. Aunque él no hubiese alcanzado aún la cumbre del mundo, había recorrido por lo menos el ochenta por ciento del camino hacia allí, y el panorama que contemplaba desde su altura actual era muy satisfactorio.

Las oficinas de Klemet-Harrison no eran ni mucho menos como los míseros domicilios de los investigadores privados en novelas y películas. Estas estancias, abarcando todo el quinto piso de un edificio de cinco plantas en una calle tranquila de Costa Mesa, eran cómodas y se hallaban decoradas con buen gusto.

El vestíbulo de recepción causaba muy buena impresión a los clientes recién llegados. Tenía mullidas alfombras y paredes cubiertas de paño verde. El mobiliario era flamante... y no provenía de la fabricación de pacotilla. Las paredes no estaban decoradas con litografías baratas; había tres serigrafías «Eyvind Earle» de quince mil dólares cada una.

El despacho de Charlie era todavía más lujoso que el área de recepción y, no obstante, allí se había procurado evitar la atmósfera ponderosa, solemne que gusta a los abogados y a otros muchos profesionales. Paneles de madera esmaltada en blanco alcanzaban hasta la mitad de la pared, haciendo juego con las persianas; una mesa contemporánea Henredon, sillones tapizados con un alegre estampado verde de Brunschwig & Fils. En los testeros, colgaban dos grandes y luminosas pinturas de Martin Green, paisajes submarinos de vida vegetal etérea fluctuando delicadamente en misteriosas corrientes. Unas cuantas plantas de gran tamaño, sobre todo helechos y potiáceas, pendían del techo o se alineaban en jardineras de palo de rosa. El efecto era casi subtropical; sin embargo, producía una sensación refrescante que estimulaba.

Pero cuando Christine Scavello atravesó la puerta, Charlie sintió de repente que la estancia era lastimosamente inadecuada. Sí, había sido siempre alegre y bien equilibrada, costosa y exquisita de verdad. No obstante, comparada con aquella mujer sorprendente, resultaba recargada, amazacotada e incluso chillona. Charlie, que se hallaba tras su mesa, se levantó y dijo:

—Mrs. Scavello, soy Charlie Harrison. Celebro mucho conocerla.

Ella aceptó la mano tendida y contestó que también le agradaba conocerlo.

Su pelo era espeso, reluciente, de un castaño muy oscuro, casi negro. Al detective le habría encantado pasarle la mano, enterrar la cara en él y aspirar su perfume.

No habituado a reaccionar de forma tan intensa e inmediata ante alguien, Charlie procuró moderarse. La miró con mayor atención de la forma más desapasionada posible. Se dijo que la mujer no era perfecta, no de una belleza para cortar la respiración, por supuesto. Bonita, sí; pero no despampanante. Su frente era algo más despejada de lo necesario, sus pómulos parecían un poco protuberantes y su nariz demasiado fina.

Pese a todo, habló con tono ansioso y algo zalamero, lo que era impropio de él:

—Debo disculparme por las condiciones de este despacho.

Le asombró y desazonó oír su propia voz diciendo semejante necedad.

Christine lo miró perpleja.

—¿Por qué disculparse? Es encantador.

Él parpadeó.

—¿Lo cree así, de verdad?

—Por descontado. Es insólito. No como yo pensaba que sería la oficina de un detective privado. Pero eso lo hace incluso más interesante, más atrayente.

Los ojos de la mujer eran enormes y oscuros. La mirada clara, directa. Cada vez que él la encontraba se quedaba sin aliento por un instante.

—Lo hice yo mismo —explicó, decidiendo para sus adentros que la habitación no tenía tan mal aspecto después de todo—. No contraté a ningún decorador de interiores.

—Tiene usted verdadero talento para esto.

Charlie le señaló una butaca y, cuando la mujer se sentaba, observó que tenía piernas encantadoras y unos tobillos torneados a la perfección.

«Pero yo he visto otras piernas no menos encantadoras, otros tobillos tan bien torneados como ésos», pensó Charlie algo desconcertado, sin sentir jamás este anhelo de adolescente ni este acuciamiento ridículo y súbito del sector hormonal.

Una de dos, o él era más impresionable de lo que pensaba, o estaba reaccionando ante algo más que la mera apariencia de aquella mujer.

Quizá el atractivo estribase más en su forma de andar, de estrecharle la mano, de moverse con soltura y gracia, sin aparente esfuerzo. Y también en su modo abierto de sostenerle la mirada. A despecho de las circunstancias que presidían aquella entrevista, a pesar del grave problema que seguramente la intranquilizaría, ella irradiaba una serenidad interna poco común, la cual le intrigó.

«Pero ésa no es tampoco la explicación —pensó—. ¿Desde cuándo he deseado correr a la cama con una mujer por el simple hecho de que ella irradie una serenidad interna poco común?»

Se vio incapaz de analizar ese sentimiento, al menos de momento, y lo dejó. Tendría que examinarlo más adelante e intentar desentrañarlo.

Mientras se sentaba ante su mesa, Charlie dijo:

—Quizá yo no debiera haberle dicho que soy aficionado a la decoración interior. Tal vez eso dé una imagen equívoca de un detective privado.

—Todo lo contrario —declaró ella—. Me indica que usted es observador, perceptivo y, con toda probabilidad, muy sensitivo. Además denota que tiene excelente vista para los detalles. Todas esas cualidades son lo que yo deseaba encontrar en un hombre de su profesión.

—¡Justo! ¡Exacto! —exclamó él radiante, encantado con ese panegírico.

Le dominó un deseo casi irresistible de besarle la frente, los ojos, el puente de la nariz, y también la punta, las mejillas, la barbilla y, por último, los excelsos labios.

Pero todo cuanto hizo fue decir:

—Bien, Mrs. Scavello, ¿en qué puedo servirle?

Ella le explicó todo lo de la vieja y extraña mujer.

Charlie se sintió consternado, solidario e intrigado; pero también inquieto, porque no se sabía nunca lo que se podía esperar de los tipos con demasiadas escamas como esa vieja. Podría suceder cualquier cosa, y era probable que sucediese. Por añadidura, sabía cuán difícil resultaba sorprender *in fraganti* y dominar a quienes practicaban esa clase de acoso. Él prefería los infractores con móviles claros, comprensibles. Los móviles comprensibles eran la razón de la existencia de su oficio: codicia y lujuria; envidia y celos; venganza, amor y odio... representaban la materia prima de su industria. Él debía agradecer a Dios las flaquezas e imperfecciones de la Humanidad, porque, de lo contrario, se hallaría sin trabajo. Estaba también inquieto porque temía fallar a Christine Scavello; y, si le fallase, la mujer desaparecería de su vida para siempre. Y, si ella desapareciera de su vida para siempre, él tendría que conformarse con soñar... y ¡qué diablos! ¡era ya demasiado viejo para sueños de esa especie!

Cuando Christine terminó de referirle los acontecimientos de aquella mañana; a saber, la muerte del perro y la llamada telefónica de la anciana, Charlie preguntó:

—¿Dónde está ahora su hijo?

—En su sala de espera.

—Muy bien. Ahí estará seguro.

—No creo que esté seguro en parte alguna.

—Cálmese. Esto no es el fin del mundo. No lo es, de verdad.

Charlie le sonrió para demostrarle que era verdad lo que decía. Deseaba que la mujer le devolviera la sonrisa porque, cuando sonriese, su rostro sería todavía más encantador, estaba seguro de ello. Pero ella, al parecer, no tenía en absoluto el menor deseo de sonreír.

—Está bien, hablemos un poco más de esa anciana... —dijo con aire emprendedor—. Usted me ha dado una descripción bastante completa de ella —echó una ojeada a las notas que había tomado mientras ella hablaba—. ¿Hay algo más que pudiera ayudarnos a identificarla?

—Le he referido todo cuanto recuerdo.

—¿Qué me dice de cicatrices? ¿Tenía alguna?

—No.

—¿Llevaba gafas?

—No.

—Usted dijo que contaría unos sesenta y tantos años o incluso setenta...

—Sí.

—Sin embargo, su cara apenas tenía arrugas.

—Eso es.

—Una tersura nada natural, algo hinchada, según dice usted.

—Su piel, sí. Yo tuve una tía que se ponía inyecciones de cortisona para la artritis. Su cara era como el rostro de esa mujer.

—Así pues, usted supone que ella estaría sometida a algún tratamiento para la artritis, ¿no?

Christine se encogió de hombros.

—No lo sé. Podría ser.

—¿Llevaba un brazalete de cobre o algún anillo de cobre?

—¿Cobre?

—Es un camelo, desde luego; pero muchas personas creen que la bisutería de cobre alivia la artritis. Yo tuve también una tía artrítica, y llevaba un collar de cobre, un par de brazaletes en cada muñeca, varios anillos e incluso una ajorca de cobre en el tobillo. Era una mujer tan menuda como un pájaro, iba cargada de chatarra y juraba por lo más sagrado que le hacía mucho bien; pero lo cierto era que no se movió nunca con desenvoltura ni experimentó jamás el menor alivio de sus dolores.

—Esta mujer no llevaba bisutería de cobre. Mucha joyería de otra clase, como le he dicho; pero nada de cobre.

Él miró atento sus notas.

–¿No le dijo su nombre...?

–No.

–Pero tal vez llevara un monograma... por ejemplo en la blusa...

–No.

–¿O quizás unas inciales en alguna de sus sortijas?

–No lo creo. Y si las había, yo no me fijé.

–¿Y no vio usted de qué dirección llegaba ella?

–No.

–Si supiéramos cuál era la marca y el modelo del coche que la llevaba...

–No tengo la menor idea. Nosotros estábamos casi junto a nuestro coche y ella surgió por el pasillo de al lado...

–¿Cuál era el modelo del coche aparcado junto al suyo?

Ella frunció el entrecejo en un esfuerzo por recordar.

Mientras pensaba, Charlie estudió su rostro en busca de imperfecciones. En este mundo nada se libra de ellas, se dijo; todo tiene por lo menos una tacha. Incluso una botella de Lafite Rothschild puede tener un corcho defectuoso o demasiado ácido tánico. Ni siquiera un Rolls Royce posee una pintura impecable; la mantequilla de cacahuete Reese es deliciosa sin la menor discusión, pero engorda. Sin embargo, aun siendo muy meticuloso en su examen del rostro de Christine Scavello, Charlie no pudo encontrar nada imperfecto. ¡Ah, sí! Bueno, la nariz demasiado fina, los pómulos protuberantes y la frente excesivamente despejada, pero, en ella, ninguna de esas cosas le pareció una imperfección sino tan sólo... variantes de la definición ordinaria de belleza, desviaciones menores que le daban carácter, una individualidad muy peculiar...

«¿Pero qué diablos me pasa? –se preguntó–. Debo dejar de fantasear sobre ella como si fuera un estudiante enamoradizo.»

Por una parte, le gustó su forma de sentir; era inspiradora y estimulante. Por otra, le desagradó porque no la comprendía, y él era, por naturaleza, una persona empeñada en comprenderlo todo. Ésa era la razón de que se hubiese hecho detective: para buscar respuestas, para comprender.

Ella levantó la vista y lo miró parpadeante.

–Ahora lo recuerdo. No era un coche el vehículo aparcado junto a nosotros sino una furgoneta.

–¿Una furgoneta revestida con paneles de madera? ¿Qué tipo?

–Blanca.

–Quiero decir qué modelo.

Ella volvió a arrugar la frente intentando recordar.

–¿Vieja o nueva? –preguntó él.

–Flamante. Limpia y reluciente.

–¿Observó usted algunas abolladuras o rasguños?

–No. Y era una Ford.

–Bien. Muy bien. ¿Sabe de qué año?

–No.

–¿Un vehículo de recreo tal vez? ¿Con una de esas ventanas redondas en el costado? ¿O quizá con un lateral pintado?

–No. Muy funcional. Como una furgoneta de las que se utilizan para trabajar.

–¿Llevaba el nombre de alguna compañía en el lateral?

–No.

–¿Algún mensaje escrito en él?

–No. Era toda lisa y blanca.

–¿Vio la matrícula?

–No; no la vi.

–Usted pasaría por la parte trasera de la furgoneta. Puesto que observó que era una Ford. La matrícula tenía que estar precisamente allí.

–Por supuesto. Pero no la miré.

–Si es necesario, podremos sacárselo, probablemente, mediante la hipnosis. Ahora tenemos por lo menos un pequeño dato para empezar.

–Suponiendo que ella saliera de esa furgoneta.

–Como comienzo lo supondremos.

–Y será con toda probabilidad un error.

–Pero quizá no lo sea.

–Pudo haber llegado de cualquier parte del aparcamiento.

–Sin embargo, como habremos de tener algún dato de partida, tanto da que sea la furgoneta –dijo él, paciente.

–Ella podría haber salido de cualquier hilera de coches. Y nosotros estaríamos perdiendo el tiempo. No quiero que sea así. Ella no lo pierde. Tengo la horrible impresión de que no nos queda mucho tiempo.

Sus movimientos nerviosos, desordenados, se acrecentaron hasta ser temblores ingobernables que le sacudieron todo el cuerpo. Charlie comprendió que le había costado un gran esfuerzo mantener su compostura.

—Tranquila —le aconsejó—. Ahora mucha tranquilidad. Todo saldrá a pedir de boca. No permitiremos que le suceda nada a su chico.

Ella palideció aún más. Su voz fue trémula cuando habló:

—¡Él es tan bueno! ¡Es un niño tan dócil...! Representa el centro de mi vida. ¡El centro de todo! Si le sucediera algo...

—Nada le va a pasar. Se lo garantizo.

Christine rompió a llorar. No gimoteó ni se puso histérica. Sólo hizo inspiraciones profundas, los ojos se le humedecieron y las lágrimas le resbalaron por las mejillas.

Charlie echó hacia atrás su sillón y se levantó con el propósito de consolarla, aunque se sintió desmañado y sin recursos.

—Creo que usted necesita una copa.

Ella negó con la cabeza.

—Le aliviará.

—Bebo muy poco —dijo ella temblorosa mientras las lágrimas fluían cada vez más copiosas.

—Sólo un sorbo.

—Es demasiado temprano.

—Son más de las once y media. Casi hora de almorzar. Además es medicinal.

Diciendo esto, Charlie se acercó al bar y se detuvo junto a una de las dos grandes ventanas. Abrió las puertas de abajo, sacó una botella de Chivas Regal y un vaso, los puso sobre el mostrador de mármol y vertió el whisky.

Cuando estaba cerrando la botella, echó una mirada casual por la ventana... y se quedó rígido. Al otro lado de la calle estaba aparcada una furgoneta blanca Ford, flamante y reluciente, sin letreros ni anuncios. Atisbando por encima de la copa de un inmenso datilero que se alzaba casi hasta su ventana del quinto piso, Charlie vio un hombre vestido de oscuro y respaldado contra el costado de la furgoneta.

¡Notable coincidencia!

El sujeto parecía estar comiendo. Sencillamente un trabajador que se había detenido en una calle apartada y tranquila para tomar su almuerzo. Eso era todo. No podía tener ningún otro significado.

Pura coincidencia.

¿O tal vez no? El hombre de abajo parecía estar vigilando la fachada del edificio que tenía ante él. Daba la impresión de estar tomando un bocado y desempeñando al mismo tiempo una misión de acecho. Al correr del tiempo, Charlie se había familiarizado con ese tipo de misiones, había participado en docenas de ellas, y ésta era una más, tan seguro como que era de día; aunque fuese poco discreta y con todas las marcas del aficionado.

Detrás de él Christine preguntó:

—¿Sucede algo?

Le sorprendió su perspicacia, su diligencia para sintonizar con él, en especial cuando estaba todavía llorosa y sumamente agitada.

—Espero que le guste el whisky escocés —dijo. Se apartó de la ventana y le tendió el vaso.

Ella aceptó sin más protestas. Lo cogió con ambas manos pero no pudo reprimir el temblor. Tomó un sorbo con cierto remilgo.

—Bébalo de golpe —le aconsejó Charlie—. En dos tragos. Debe penetrar aprisa dentro del cuerpo para surtir efecto.

Ella lo hizo así y le demostró que era verdad que no bebía mucho, porque hizo algunas muecas al notar el amargor del whisky, pese a que el Chivas fuera la bebida más suave que jamás salió de una destilería.

Charlie le cogió el vaso vacío, lo llevó al bar y, después de enjuagarlo en el pequeño fregadero, lo puso en el escurridor.

Luego, miró otra vez por la ventana.

La furgoneta blanca seguía allí.

Y también el hombre de camisa y pantalones oscuros comiendo su almuerzo con afectada naturalidad.

Volviendo a Christine, Charlie le preguntó:

—¿Se encuentra mejor?

Ella asintió. Sus mejillas recobraron parte del color habitual.

—Siento haberle dado este espectáculo.

Él se sentó sobre el borde de su mesa apoyando un pie en el suelo. Le sonrió.

—No tiene por qué disculparse. La mayoría de las personas, si se hubiesen llevado un susto como el suyo, habrían entrado por esa puerta balbuceando incoherencias y estarían todavía tartamudeando. Usted lo ha afrontado muy bien.

—No me siento capaz de afrontar nada —Christine sacó un pañuelo del bolso y se sonó—. Pero supongo que usted tiene razón. Una anciana medio loca no significa el fin del mundo.

—Exacto.

—Y no será tan difícil hacerle frente.

—Ésa es la forma de abordarlo —aprobó él.

No obstante, se preguntó: «¿Una anciana medio loca? ¿Entonces, quién es el sujeto de la furgoneta blanca?».

VIII

Grace Spivey se sentó en una silla de duro roble, sus ojos de un gris glacial brillaron en la penumbra.

Hoy era un día rojo en el mundo espiritual, uno de los días más rojos que jamás conociera, y por tanto se había vestido toda de rojo para armonizar con él, al igual que el día anterior se vistió toda de verde porque el mundo espiritual había pasado por una fase verde. Muchas personas no se apercibían de que el mundo espiritual en torno suyo cambiaba de color de un día a otro; desde luego la mayoría de la gente no podía ver el reino sobrenatural con tanta nitidez como lo veía Grace cuando se lo proponía; de hecho, casi nadie era capaz de verlo y, por consiguiente, no podían comprender su manera de vestir. Sin embargo, para Grace, que era una médium con poderes psíquicos, lo esencial era estar en armonía con el color del mundo espiritual porque así podía recibir mejor las visiones clarividentes del pasado y del futuro. Estas visiones se las enviaban los espíritus benignos, quienes se las transmitían en rayos energéticos de brillantes colores, unos rayos que hoy tenían todos los matices del rojo.

Si ella hubiera intentado explicarlo, casi todo el mundo la habría tomado por demente. Pocos años antes, su propia hija la ingresó en un hospital para un examen psiquiátrico; pero ella se había zafado de la trampa, había repudiado a su hija y, desde entonces, había procurado proceder con más cautela.

Hoy llevaba zapatos de un rojo vivo, falda de un rojo vivo y blusa a rayas en dos tonos de rojo. Todas sus joyas eran rojas: un collar doble de cuentas carmesí, y brazaletes haciendo juego en cada muñeca; un broche de porcelana tan brillante como el fuego; dos sortijas de rubíes; un anillo con dos deslumbrantes óvalos de cornalina pulidísima; y otras cuatro sortijas con vidrio rojo barato, esmalte bermellón y porcelana escarlata. Todas las piedras de sus sortijas, fueran finas, semipreciosas o falsas, destellaban y chispeaban a la luz vacilante del candelabro.

Las llamas trémulas, danzando sobre los extremos de los pábilos, proyectaban sombras extrañas que se retorcían en las paredes del sótano. El recinto, aunque era espacioso, parecía pequeño porque las velas estaban agrupadas al fondo, de modo que su luz ambarina y vacilante no alcanzaba a tres cuartas partes de la estancia. Había doce velas en total, todas ellas gruesas y blancas, cada una de ellas encajada en una palmatoria de bronce con pie ornamentado, y cada palmatoria sostenida por un prosélito de Grace. Todos esperaban ansiosos oírla hablar. De los once, seis eran hombres y cinco mujeres. Los había jóvenes, de edad mediana y más viejos. Estaban sentados en el suelo formando semicírculo alrededor de la silla que ocupaba Grace. Sus rostros aparecían extrañamente desfigurados por el trémulo resplandor espectral.

Esas once personas no constituían el cuerpo principal de sus seguidores. Otros cincuenta o más estaban en la habitación del piso superior, esperando ansiosas el resultado de esa sesión. Y existían otras mil diseminadas por cien lugares distintos realizando las tareas que Grace les había asignado. Sin embargo, las once que se hallaban a sus pies eran sus lugartenientes más fiables, valiosos y capacitados, los que ella más amaba.

Incluso conocía de memoria sus nombres, aunque hoy día no le resultara nada fácil recordar nombres (ni muchas otras cosas), no tan fácil como lo era antes de que se le otorgase el Don. El Don la colmaba, le llenaba la mente y arrinconaba muchas cosas que antes había dado por supuestas... Como la capacidad para recordar nombres y rostros. Y la capacidad para seguir la pista al tiempo. No sabía nunca qué hora era; incluso cuando miraba un reloj, le parecía con frecuencia carente de significado. Ahora los segundos y los minutos, las horas y los días, se le antojaban unas medidas del tiempo ridículas y arbitrarias; quizá fueran todavía útiles para las personas ordinarias; pero ella había alcanzado una fase en que no le hacían ninguna falta. A veces, cuando ella creía que había transcurrido sólo un día, descubría que toda una semana había quedado atrás. Eso era pavoroso, pero le causaba también un curioso regocijo, porque la hacía consciente en todo momento de que ella era algo especial, una Elegida. El Don la había hecho descartar asimismo el sueño. Había noches en las que no dormía ni un instante. Por lo general solía dormir una hora, nunca más de dos; pero no parecía necesitar ya el sueño y, por tanto, le importaba poco que éste fuera corto. El Don arrinconaba todo cuanto pudiera interferirse en la inmensa y sagrada tarea que le había sido encomendada.

No obstante, ella recordaba los nombres de estas once personas porque eran los miembros más puros de su rebaño, lo mejor de lo mejor, almas sin corromper, que eran las más merecedoras de llevar a cabo las absorbentes misiones en proyecto.

Había otro hombre en el sótano. Se llamaba Kyle Barlowe. Tenía treinta y dos años, pero parecía mayor. Mayor y sombrío, además de perverso y peligroso. Tenía pelo castaño lacio, espeso pero sin lustre. Su ancha frente terminaba en un sólido seno frontal bajo el cual vigilaban, taimados, desde sus profundas órbitas, unos ojos castaños. La nariz era enorme, pero no regia ni altiva; se la habían roto por varios sitios y estaba llena de bultos. Sus mandíbulas y pómulos eran macizos, hechos a golpes, igual que la placa ósea con que había sido esculpida su frente. Aunque casi todas sus facciones fueran desmesuradas y deformes, tenía unos labios finos tan anémicos y pálidos que parecían más delgados aún de lo que eran en realidad; de resultas, su boca parecía un corte que le atravesaba la cara. Se trataba de un hombre de extraordinaria estatura, de dos metros diez, con cuello de toro, hombros como losas, musculosos brazos y pecho. Daba la impresión de ser capaz de partir a un hombre en dos... Y de hacerlo con frecuencia por puro placer.

A decir verdad, durante los tres últimos años, desde que Kyle se hizo adepto de Grace, pasó luego a ser miembro de su círculo íntimo y, por fin, su ayudante más fiable, él no había levantado la mano a nadie. Antes de que Grace lo encontrara y salvara, había sido un hombre taciturno, violento y brutal. Pero esos días quedaban ya atrás. Grace había sabido ver, a través del impresionante físico de Kyle Barlowe, la buena alma que anidaba en él. Se había descarriado, sí; pero evidenció el deseo de volver al cauce de los justos. Todo cuanto necesitaba era que alguien le mostrara el camino. Grace se lo había mostrado, y él la siguió. Ahora, ni sus poderosos brazos ni sus puños demoledores harían daño a una persona virtuosa; sólo aniquilarían a quienes fuesen enemigos de Dios e, incluso entonces, sólo en el caso de que Grace le ordenara hacerlo.

Ella descubría a los enemigos de Dios apenas los veía. Esa capacidad para reconocer al instante un alma corrupta sin remisión, era sólo una pequeña porción del Don conferido por Dios. Cruzar la mirada con su interlocutor durante una fracción de segundo era, por lo general, todo cuanto Grace necesitaba para determinar si tal o cuál persona era una pecadora habitual o irredimible. Tenía el Don. Ella y nadie más. Era la Elegida. Sólo ella percibía el mal en las voces de los malvados y veía el mal en sus ojos. Nadie podía esconderse de su mirada avizorante.

Ciertas personas habrían dudado si se les hubiese conferido el Don; se habrían preguntado si no estarían equivocadas o incluso locas. Pero Grace no dudó nunca de sí misma ni cuestionó su lucidez. ¡Jamás!

Ella se sabía especial, se hallaba convencida de que era siempre justa en esos asuntos porque Dios le había dicho que tenía razón.

Se aproximaba aprisa el día en que ella convocaría a Kyle, y a algunos otros, para aniquilar a muchos de esos discípulos de Satanás. Ella le indicaría quiénes eran los malvados, y Kyle los destruiría. Él sería el martillo de Dios. ¡Qué maravilloso iba a ser ese día! En el sótano de su iglesia, ocupando la silla de duro roble ante su círculo íntimo de creyentes, Grace se estremeció con una sensación anticipada de placer. ¡Sería tan hermoso, tan satisfactorio, contemplar cómo los músculos del hombretón se contraían y disparaban para descargar la ira del Señor sobre los infieles y satánicos!

Ocurriría pronto. La hora se avecinaba. El Crepúsculo.

La luz de la vela parpadeó y Kyle susurró:

–¿Estás dispuesta, madre Grace?

–Sí contestó ella.

Luego, cerró los ojos. Por unos instantes no vio nada, sólo oscuridad, pero estableció contacto aprisa con el mundo espiritual y unas luces aparecieron detrás de sus ojos, explosiones y volutas, surtidores, lunares y formas cambiantes, sinuosas de luz, unas brillantes y otras tenues, en todas las tonalidades del rojo; cosa natural, porque eran espíritus y energías espectrales, y éste era un día rojo en su plano de resistencia. Fue el día más rojo que Grace jamás conociera.

Los espíritus bulleron a su alrededor, y ella fluctuó entre ellos como si fuera a la deriva en un mundo que estaba pintado en la cara interior de sus párpados. Al principio flotó con lentitud. Sintió que su pensamiento y espíritu se separaban del cuerpo y, poco a poco, dejaban atrás la carne. Percibió todavía el plano temporal en el que existía su cuerpo..., el olor de velas encendidas, el duro roble debajo de ella, los murmullos ocasionales de sus discípulos... Pero, al rato, todo se desvaneció. Aceleró la marcha hasta salir proyectada. Luego, voló por fin y atravesó como un cohete el vacío salpicado de luces, cada vez más aprisa, con velocidad embriagadora, ora mareante, ora terrorífica...

Quietud súbita.

Llegó a las honduras del mundo espiritual. Quedó inmóvil, fluctuante, como si fuese un asteroide suspendido en un remanso distante del espacio. Ya no pudo ver, ni oír, ni oler ni sentir el mundo que había dejado atrás. A través de una noche infinita, espíritus rojizos de indescriptible variedad se movieron en todas direcciones, unos raudos y otros despaciosos; unos resueltos y otros erráticos, para realizar empresas y sagrados cometidos cuyo significado le resultaba indescifrable.

Grace pensó en el muchacho. Supo lo que él era en realidad, y supo que él debía morir. Pero no supo si había llegado la hora de eliminarlo. Ella había hecho esa travesía por el mundo espiritual con la única finalidad de preguntar cuándo y cómo debería eliminar al muchacho.

Esperó que se le ordenara darle muerte. ¡Anhelaba tanto hacerlo!

IX

Parecía que los tragos de Chivas Regal habían tranquilizado a Christine, aunque no por completo. Por fin ella se respaldó en su butaca y estiró las agarrotadas manos, pero siguió tensa y temblorosa.

Charlie siguió sentado sobre el borde de su mesa con un pie en el suelo.

—Por lo menos mientras no sepamos quién es esa anciana ni con qué tipo de persona nos las estamos habiendo, creo que deberíamos poner dos guardaespaldas a Joey durante las veinticuatro horas del día.

—Está bien. Hágalo.

—¿Va al colegio el chico?

—Enseñanza preescolar. El próximo curso empezará sus estudios escolares.

—Lo mantendremos en la enseñanza primaria hasta que el peligro desaparezca.

—No desaparecerá —dijo nerviosa.

—Bueno; desde luego no quiero decir que vayamos a esperar sentados. Me refiero a que lo mantendremos en la primera enseñanza mientras no pongamos fin a este asunto.

—¿Serán suficientes dos guardaespaldas?

—En realidad, serán seis. Tres parejas haciendo turnos de ocho horas.

—Así y todo, serán sólo dos hombres en cada turno, y yo...

—Dos bastarán para hacer el trabajo. Están bien adiestrados. Por otra parte, todo esto puede resultar muy costoso. Si...

—Puedo permitírmelo —declaró ella.

—Mi secretaria le entregará un impreso de honorarios...

–Lo que haga falta. Lo pagaré.

–¿Y qué dice su marido?

–¿Marido?

–Sí. ¿Qué opina él de todo esto?

–No tengo marido alguno.

–¡Oh! Siento haberla...

–Las condolencias son innecesarias. No soy viuda ni estoy divorciada. –Acababa de aparecer la franqueza que Charlie había intuido en ella; esa negativa a comportarse de forma evasiva fue reconfortante–. No he estado casada jamás.

–¡Ah! –murmuró él.

Aunque Charlie estaba seguro de que su voz no había tenido el más leve acento desaprobador, Christine se enderezó como si él la hubiera insultado. Con una cólera súbita e irracional, pero también incisiva, que le sorprendió, ella dijo:

–¿Qué intenta insinuar usted? ¿Necesita dar el visto bueno a la moralidad de sus clientes antes de aceptar un caso?

Él la miró boquiabierto y atónito ante ese brusco cambio de actitud.

–¡Claro que no!

–Porque yo no pienso quedarme sentada aquí como una delincuente en un juicio...

–Espere, espere... ¿Qué he hecho mal? ¿Qué he dicho que le ha sentado tan mal? ¡Santo cielo! ¿Qué me importa a mí si usted ha estado casada o no?

–Estupendo. Celebro que piense así. Veamos ahora: ¿Cómo se propone averiguar la identidad de esa vieja?

La cólera subsistió en sus ojos y en su voz cual un fuego latente. Charlie no pudo comprender por qué ella se mostraba tan sensitiva y defensiva sobre la falta de un padre legal para su hijo. Era una desgracia, por supuesto, y ella desearía con toda probabilidad que la situación fuese distinta. Pero, en verdad, no representaba un estigma social tan terrible en los tiempos que corrían. Ella actuaba como si estuviese viviendo en los años cuarenta y no en los ochenta.

–Lo digo de verdad –insistió–. No me importa nada.

–Grandioso. Enhorabuena por su amplitud de miras. Usted debería recibir el premio Nobel de humanitarismo si eso dependiera de mí. Ahora, ¿le parece bien que dejemos aparte el tema?

«¿Qué diablos le ocurre?», se preguntó el detective. ¡Pero si él celebraba que no hubiese ningún marido! ¿Es que la mujer no percibía su interés por ella? ¿No deducía nada de su poco ortodoxa conducta profesional? ¿No veía cómo le había impresionado? Casi todas las mujeres tenían un sexto sentido para tales cuestiones.

—Si cree usted que no la estoy tratando del modo adecuado —dijo—, puedo trasladar este caso a alguno de mis ayudantes...

—No, yo...

—Todos son de entera confianza, y muy capaces. Pero le aseguro que no tuve intención de menospreciarla o ridiculizarla... ni de inferirle cualquier otra endiablada ofensa que usted se haya imaginado. Yo no soy como el poli de esta mañana, ese que la reprendió por usar una palabra que no tiene nada de particular.

—El agente Wilford.

—Yo no soy como Wilford. Soy tratable. ¿De acuerdo? ¿Hacemos las paces?

Después de titubear unos instantes ella asintió. La rigidez desapareció. La ira se esfumó dando paso a la turbación.

—Siento haberle increpado así, señor Harrison...

Él sonrió.

—Llámeme Charlie. Y usted puede increparme cuando le apetezca. Pero tendremos que hablar sobre el padre de Charlie porque tal vez él esté conectado con esto.

—¿Con la vieja?

—Podría ser.

—¡Oh! Lo dudo.

—Quizás él quiera la custodia de su hijo.

—Entonces ¿por qué no presentarse y pedirla?

Charlie se encogió de hombros.

—La gente no aborda siempre un problema desde un punto de vista lógico.

Ella meneó la cabeza.

—No. No es el padre... de Joey. Que yo sepa, él no se ha enterado siquiera de que Joey existe. Además, esa vieja estaba diciendo que Joey debía morir.

—Sigo creyendo, sin embargo, que debemos considerar también esa posibilidad y hablar acerca de su padre, aunque ello le resulte penoso. No debemos dejar ninguna posibilidad sin explorar.

Ella asintió.

—Sólo ocurre que, cuando quedé embarazada, el contratiempo anonadó a Evelyn..., mi madre. ¡Ella había esperado tanto de mí...! Me hizo sentir una tremenda culpabilidad. —Exhaló un suspiro—. Creo que, a consecuencia del trato que me dio mi madre, soy todavía sobremanera sensitiva en lo que se refiere a la ilegitimidad... de Joey.

—Lo comprendo.

—No. Usted no lo comprende. No puede.

Él esperó y escuchó. Era un oyente paciente, pues eso formaba parte de su trabajo.

—Evelyn..., mi madre..., no tiene mucho apego a Joey. No se interesa demasiado por su suerte. Le reprocha su ilegitimidad. Algunas veces lo trata incluso como si..., como si fuese malvado o algo parecido. Eso es erróneo, enfermizo, no tiene el menor sentido; pero es el estilo de mi madre, culparle a él porque mi vida no ha seguido el curso que ella proyectaba.

—Si le desagrada tanto Joey, ¿no sería posible que su madre estuviese detrás de todo ese asunto de la vieja?

Esa idea la sorprendió a todas luces. Pero luego meneó la cabeza.

—No. Seguro que no. No es su sistema. Ella es muy directa. Te dice lo que piensa a sabiendas de que va a herirte, de que cada palabra suya será como un clavo introduciéndose dentro de ti. Ella no pediría a sus amigos que acosaran al niño. Eso es ridículo.

—Podría no estar implicada de una forma directa. Quizás haya hablado de usted y Joey a otras personas, y esa mujer vieja que vio en el mercado sea una de ellas. Es posible que haya dicho cosas inmoderadas sobre el chico sin darse cuenta de que esa anciana está desequilibrada y podría interpretar mal lo que oyera, tomarlo al pie de la letra y actuar en consecuencia.

—Tal vez... —murmuró Christine, con el ceño fruncido.

—Parece demasiado elaborado, lo sé; pero está dentro de lo posible.

—Sí. Conforme.

—Entonces hábleme de su madre.

—Le aseguro que ella no puede estar complicada en este asunto.

—Cuénteme de todas formas —la apremió él.

Christine suspiró y dijo:

—Mi madre es draconiana. Usted no puede entenderlo ni yo puedo explicárselo, porque es preciso vivir con ella para conocer su manera de ser. Durante muchos años, ella me tuvo bajo su férula..., intimidada..., inhibida...

Durante muchos años...

Su pensamiento dio un salto atrás a pesar suyo. Sintió una presión en el pecho y empezó a encontrar dificultad para respirar, pues la sensación predominante entre todas las asociadas a su infancia era el ahogo.

Le pareció estar viendo la casa de Pomona, aquella destartalada edificación victoriana que había sido transferida por su abuela Giavetti a Evelyn, y donde ellas habían vivido desde que Christine tenía un año y en la que Evelyn seguía viviendo. La rememoración representó una carga por demás ingrata. Aunque ella sabía que era una casa blanca, con cortinas y toldos de un amarillo pálido, ornamentación recargada pero deliciosa, y numerosas ventanas para dar entrada al sol, la vio siempre agazapada entre sombras, rodeada de árboles desnudos bajo un cielo grisáceo y amenazador. Pudo oír el monótono tictac del reloj de caja en el vestíbulo, un sonido omnipresente que en aquellos días parecía burlarse de ella como un constante recordatorio de que su mísera niñez se prolongaría casi hasta la eternidad y equivaldría a millones y millones de segundos plomizos. Vio otra vez, en cada habitación, muebles macizos y sofocantes, demasiado juntos, y supuso que su recuerdo hacía aún más impresionante el ruido del reloj, más fuerte, enloquecedor y obsesivo de lo que era en realidad; el mobiliario tampoco había sido tan imponente y abrumador, tan detestable y sombrío como en su evocación.

Su padre, Vincent Scavello, había encontrado aquella casa y aquella vida tan deprimentes como aparecían en la memoria de Christine; y los abandonó cuando ella tenía cuatro años y su hermano Tony once. No volvió. No lo vio nunca más. Era un hombre débil, con complejo de inferioridad, y Evelyn le hacía sentirse todavía más incapaz, porque ella exigía a todo el mundo un nivel de eficiencia exagerado. Nada de lo que él hiciera podía satisfacerla. Nada de lo que hiciese nadie (sobre todo Christine y Tony) alcanzaba siquiera a la mitad de lo que esperaba Evelyn. Y como a Vincent no le fue posible dar la medida impuesta por sus exigencias, empezó a tener problemas con la bebida, lo cual la indujo a acosarlo todavía más hasta obligarlo a que los abandonase. Dos años después, murió. En cierto modo fue un suicidio, aunque no con una pistola... De un modo menos melodramático. Se debió a conducción bajo los efectos del alcohol: arremetió contra el contrafuerte de un puente a setenta kilómetros por hora.

El mismo día en que Vincent se ausentó, Evelyn se puso a trabajar, y no sólo mantuvo a su familia, sino que también prosperó, alcanzando el alto nivel de vida que ella se había propuesto. Ello empeoró aún más las cosas para Christine y Tony.

—Tenéis que ser los mejores en todo cuanto hagáis; y, si no lo sois, más os valdrá no hacerlo —les había dicho Evelyn... mil veces por lo menos.

Christine recordó de forma especial cierta velada muy tensa pasada ante la mesa de la cocina después de que Tony trajera a casa una papeleta de calificaciones con una D en matemáticas, un fracaso que, a juicio de Evelyn, no quedaba compensado por el hecho de que hubiese tenido una A en todas las demás asignaturas. Por si eso no fuera suficiente, aquel mismo día el director del colegio le había amonestado por fumar en los servicios de los chicos. Aunque se tratara de una cosa bastante normal en un muchacho de catorce años, su madre se enfureció. Aquella noche el sermón duró casi tres horas mientras Evelyn paseaba arriba y abajo o se sentaba ante la mesa y se sujetaba la cabeza con ambas manos entre sollozos y gritos, súplicas y puñetazos sobre el tablero. «¡Eres un Giavetti, Tony! ¡Más Giavetti que Scavello! Llevas el apellido de tu padre; pero, por Dios, que tienes más sangre mía: ha de ser así. Yo no puedo soportar el pensamiento de que tu sangre sea en parte del débil e infeliz Vincent porque, si fuera así, sólo Dios sabe lo que sería de ti. ¡Y no lo toleraré! ¡En absoluto! Yo me dejo la piel trabajando para procurarte las mejores oportunidades, y no toleraré que me escupas a la cara, pues a eso equivale todo lo que haces, golfeando en el colegio, golfeando en la clase de matemáticas... ¡Es lo mismo que escupirme a la cara!» La ira dio paso a las lágrimas, y Evelyn se levantó de la mesa, cogió la caja de Kleenex, sacó un puñado de pañuelos y se sonó con energía. «¿De qué me sirve preocuparme por ti, inquietarme por lo que pueda sucederte? A ti te importa poco. Llevas en tus venas unas cuantas gotas de sangre paterna, sangre de holgazán, y bastan pocas gotas para contaminarte. Es como una enfermedad. La enfermedad de Scavello. Pero tú eres también un Giavetti, y los Giavetti trabajaron siempre con ahínco y estudiaron con más ahínco si cabe, pues es lo único justo, lo adecuado. Dios no nos ha creado para gandulear y desperdiciar nuestras vidas como algunos que yo me sé. Tú debes tener A en todo lo del colegio; y si no te gustan las matemáticas, deberás trabajar mucho más hasta alcanzar la perfección, porque en este mundo se necesitan las matemáticas. Tu padre, Dios se apiade de él, era fatal con los números, y yo no quiero que seas como ese débil e infeliz Vincent; eso me asusta. No admito que mi hijo sea un haragán; y temo ver al haragán en ti, una repetición de tu padre, das muestras de su misma debilidad. Ahora bien, tú eres un Giavetti, no lo olvides. Los Giavetti se han esforzado siempre al máximo, y este máximo ha sido en todo momento tan bueno como el del primero. Y no me digas que pasas ya casi todo tu tiempo estudiando, no me digas que los fines de semana trabajas en la tienda de comestibles. El trabajo es bueno para ti. Te busqué ese empleo porque donde haya un adolescente sin una obligación complementaria, habrá un futuro holgazán. ¡Pero qué digo! Aun contando tu empleo, tus estudios y las chapuzas que haces por aquí, te sobra todavía mucho tiempo. Demasiado. Deberías incluso trabajar una noche o dos a la semana en el mercado. Siempre habrá más tiempo si te molestas en buscarlo. Dios hizo el mundo entero en seis días, y no me respondas que tú no eres Dios; porque, si has aprendido bien tus lecciones de catecismo, sabrás que se te ha hecho a imagen y semejanza suya, y recuerda que eres un Giavetti, lo cual significa que se te ha hecho a imagen y semejanza suya un poco mejor que a otras personas que yo podría citar, como Vincent Scavello; pero prefiero abstenerme. ¡Fíjate en mí! Yo trabajo todo el día y además os hago la comida y, junto con Christine, mantengo inmaculada esta enorme casa, absolutamente inmaculada, Dios es mi testigo, y aunque a veces me sienta fatigada e incapaz de continuar, sigo adelante por ti. ¡Por ti sigo adelante! Y plancho tu ropa. ¿O no? Y tus calcetines están siempre zurcidos. ¡Dime si has llevado alguna vez calcetines llenos de agujeros! Así pues, si yo puedo hacer todo eso sin caerme muerta, sin emitir ni una queja, tú puedes ser un hijo capaz de enorgullecerme. ¡Y por Dios que lo serás! En cuanto a ti, Christine...»

Evelyn no cesaba jamás de sermonearles. Siempre, día tras día, fiestas y cumpleaños... Ninguna fecha escapaba a sus sermones. Christine y Tony se sentaban aturdidos, sin atreverse a replicar, porque eso habría suscitado el desdén más mordaz, el castigo más radical..., y por añadidura habría acrecentado el sermoneo. Ella los hostigaba sin descanso, les exigía los mayores logros posibles en todo cuanto hacían, lo cual no tenía que considerarse malo; incluso podría haberles beneficiado. Sin embargo, cuando ellos alcanzaban la marca más alta, los supremos galardones, escalaban hasta los primeros puestos en sus secciones de la orquesta escolar, cuando hacían todo eso y más, mucho más, no satisfacían nunca a su madre. Lo mejor no era nunca suficiente para Evelyn. Cuando ellos lograban lo máximo, coronaban el pináculo, ella les reprochaba no haberlo hecho antes, les fijaba nuevos objetivos y los acusaba de estar tentando su paciencia y de retrasar el momento en que debían enorgullecerla.

Cuando consideraba que los sermones eran insuficientes, empleaba el último recurso: las lágrimas. Lloraba y se atribuía la culpa de sus fracasos.

—Vosotros dos terminaréis mal, y será todo culpa mía. Yo seré la culpable, porque no he sabido cómo conmoveros, cómo haceros distinguir lo que es importante. No hice lo suficiente por vosotros, no supe ayudaros a superar la sangre Scavello que lleváis en vuestras venas; y yo debiera haberlo sabido y haberme esforzado por hacerlo mejor. ¿Qué tengo de bueno como madre? Nada bueno, nada de madre.

... durante muchos años...

Y parecía como si hubiese sido ayer.

Christine no pudo contarle a Charlie Harrison todo sobre su madre, y explicarle aquella niñez claustrofóbica, con habitaciones tenebrosas y pesados muebles victorianos, cargando con una pesada culpabilidad victoriana. Habría necesitado horas para describirlo. Además, ella no solicitaba compasión y no era, por naturaleza, una persona dada a compartir sus intimidades con nadie..., ni siquiera con amigos, y menos aún con este desconocido, por muy cordial que fuera. Empleó sólo unas cuantas frases para aludir a su pasado; pero dedujo de su expresión que él intuía y entendía más de lo que le había contado. Quizás hubiese percibido el dolor en sus ojos, en la expresión de su rostro, cosa no tan difícil como ella suponía.

—Aquellos años fueron peores para Tony que para mí —siguió contándole al detective—. Porque, además de todo lo que Evelyn esperaba de él, se había empeñado en hacerle sacerdote. Los Giavetti habían tenido dos sacerdotes en su generación, y eran los miembros más reverenciados de la familia.

Aparte del tradicional servicio a la Iglesia propugnado por los Giavetti, Evelyn era una mujer religiosa, e incluso sin esos antecedentes familiares ella habría empujado a Tony hacia el sacerdocio. Y lo hizo con éxito, porque él se fue derecho desde la escuela parroquial al seminario. No se le ofrecía otra opción. Por entonces el chico tenía doce años. Evelyn le había lavado el cerebro sin darle la posibilidad de imaginar lo que sería cualquier otra profesión.

—Evelyn esperaba que Tony fuese párroco —dijo Christine a Charlie Harrison—. Quizá monseñor a su debido tiempo, e incluso obispo. Como he dicho, se marcaba unos niveles muy altos. Pero cuando Tony fue ordenado, solicitó que se le asignara un puesto como misionero... y marchó a África. ¡Cuánto se incomodó mi madre! Fíjese, en la Iglesia, al igual que en la administración pública, el politiqueo astuto es el principal recurso para ascender por la escala jerárquica. Pero si uno está apartado en cualquier misión africana remota, no puede ser una presencia constante, visible en los pasillos del poder. Nuestra madre se enfureció.

—¿Escogió él ese trabajo en las misiones porque sabía que así la contrariaba? —inquirió el detective.

—No. El problema consistió en que mi madre veía el sacerdocio como un medio para que Tony aportara honor a ella y a la familia. Sin embargo, para mi hermano el sacerdocio representaba una oportunidad de servir. Él se tomó muy en serio sus votos.

—¿Está todavía en África?

—Ha muerto.

Charlie Harrison dijo sorprendido:

—¡Oh! Lo siento. Yo no...

—No es una pérdida reciente —le tranquilizó ella—. Hace once años, cuando yo era estudiante de bachillerato superior, Tony murió a manos de unos terroristas. Revolucionarios africanos. Durante algún tiempo, mi madre estuvo inconsolable; pero, poco a poco, el dolor se tornó... cólera enfermiza. De hecho se encolerizó con Tony por dejarse matar..., como si él hubiera huido hacia esa salida, al igual que mi padre. Me convenció de que yo estaba obligada a resarcirla por la forma en que le habían fallado papá y Tony. Acuciada por mi propio dolor, confusión y sentido de culpabilidad..., dije que quería hacerme monja; y Evelyn..., mi madre, celebró jubilosa la idea. Así que, al terminar el bachillerato, ingresé en un convento a instancias suyas... Y aquello fue un desastre...

A pesar del tiempo transcurrido, fue muy vívido el recuerdo de cuanto había sentido al ponerse por vez primera los hábitos de novicia: el insospechado peso de aquel ropaje, la áspera textura del tejido negro, cómo las faldas se le enganchaban en picaportes y muebles, y todos los contratiempos que se le presentaron por no estar familiarizada con tan voluminosas ropas. Sentirse atrapada por el venerable uniforme, dormir dentro de su angosto cubículo pétreo sobre un primitivo catre, pasarse un día tras otro dentro de los tristes confines de aquel convento ascéticamente amueblado..., todo había pervivido en ella a pesar de sus esfuerzos para olvidar. Aquellos años perdidos habían sido tan similares a la vida asfixiante en la casa victoriana de Pomona que, a semejanza de los pensamientos sobre la infancia, cualquier remembranza de su época conventual le ocasionaba cierta opresión en el pecho y le dificultaba la respiración.

—¿Una monja? —exclamó Charlie Harrison, incapaz de disimular su estupor.

—Una monja.

Charlie Harrison trató de imaginarse a aquella mujer vibrante y sensual con los hábitos monjiles. Le fue imposible hacerlo. Su imaginación se rebeló.

Pero comprendió al menos por qué aspiraba ella a una tranquilidad interna poco común. Dos años de vida en el claustro, dos años de largas sesiones diarias de meditación y oración, dos años aislada y ajena a las corrientes turbulentas de la actividad social, debían surtir por fuerza un efecto duradero.

Pero nada de eso explicó por qué ejercía ella una atracción tan poderosa e inmediata sobre él, ni por qué en su compañía se sentía como un adolescente lascivo. Eso seguía siendo un misterio; un misterio grato pero, así y todo, misterio.

—Aguanté durante dos años intentando convencerme de que tenía vocación para vivir en una comunidad religiosa —manifestó ella—. Fue inútil. Cuando dejé el convento, Evelyn se vino abajo. Su familia entera le había fallado. Luego, un par de años después, cuando quedé embarazada, Evelyn fue presa del más espantoso horror. ¡Su hija única, que podía haber sido monja, resultaba ser una mujer liviana, una madre soltera! Acumuló culpas sobre mí hasta ahogarme.

Christine bajó la vista e hizo una pausa para rehacerse.

Charlie esperó. Él sabía esperar, tanto como escuchar.

Al fin ella prosiguió:

—Por aquel tiempo, yo era una católica extraviada. Había perdido mucho de mi religión... o me habían apartado de ella. Ya ni iba a misa. Pero era todavía lo bastante católica para aborrecer la idea del aborto. Conservé a Joey, y nunca lo he lamentado.

—¿Y su madre? ¿No ha cambiado de parecer?

—No. Nos hablamos, pero entre nosotras hay una vasta laguna. Y ella no quiere saber mucho de Joey.

—Mala cosa.

—Aunque parezca irónico, casi desde el día en que quedé embarazada mi vida experimentó un gran cambio. Todo mejoró cada vez más desde entonces. Yo llevaba todavía conmigo a mi hijo cuando emprendí un negocio con Val Gardner, una amiga mía, y fundé la Wine & Dine. Joey acababa de cumplir un año, y yo mantenía ya a mi madre. He logrado mucho éxito; sin embargo, ella no lo aprecia lo más mínimo; no es lo suficiente a su entender; sobre todo pensando que he sido monja y ahora soy una madre soltera. Ella sigue amontonando culpas sobre mí cada vez que nos vemos.

—Bueno, ahora puedo comprender por qué es usted tan sensible al respecto.

—Sí, tan sensible que... cuando empezó ayer todo eso de la vieja... Bueno, he llegado a preguntarme, de modo casi subconsciente, si no estaría escrito.

—¿Qué quiere decir?

—Quizás haya estado escrito que yo pierda a Joey. Tal vez sea inevitable. Incluso... algo predestinado.

—No la comprendo...

Ella se agitó, estuvo a punto de mostrarse iracunda y desalentada, asustada y confusa, todo al mismo tiempo. Se aclaró la garganta y, haciendo una profunda inspiración, dijo:

—Bien..., tal vez pudiera ser...; no sé; pero cabe pensar que Dios haya elegido ese camino para castigarme por no haber querido ser monja, por destrozar el corazón de mi madre, por apartarme de la Iglesia después de haber estado tan unida a ella.

—Pero eso es...

—¿Ridículo? —sugirió Christine.

—Bueno, sí.

Ella asintió.

—Lo sé.

—Dios no es vengativo.

—También lo sé —murmuró, abrumada—. Es una idea tonta, absurda. Una sandez absoluta. No obstante, me agobia. Las bobadas pueden ser ciertas a veces. —Suspiró y movió la cabeza—. Yo me siento orgullosa de Joey, orgullosísima; pero no estoy orgullosa de ser una madre soltera.

—Usted iba a hablarme del padre..., por si él tuviera que ver algo con esto. ¿Cómo se llama?

—Me dijo que se llamaba Luke... En realidad Lucius... Under[1].

—¿Debajo de qué?

—Under es su apellido. Lucius Under; pero él me pidió que le llamara Luke.

1. Juego de palabras: *under* = debajo. *(N. del T.)*

—Under... Es un apellido desusado.

—Es un apellido falso. Él pensaría, con toda probabilidad, que conseguiría desprenderme de mi ropa interior tan pronto como se lo propusiera —exclamó ella encolerizada, y luego se sonrojó; pues, a todas luces, le avergonzó hacer esas revelaciones tan íntimas, pero siguió adelante sin amilanarse—. Todo sucedió a bordo de un barco en ruta hacia México, una de esas travesías tipo *Vacaciones en el mar*. —Se rió sin ganas al hablar de amor en semejantes circunstancias—. Cuando dejé la congregación, me pasé algunos años trabajando como camarera, y aquel viaje fue el primer premio que me otorgaba a mí misma. Conocí a un hombre cuando estábamos sólo a pocas horas de Los Ángeles. Muy guapo..., encantador. Dijo que se llamaba Luke. Una cosa condujo a la otra. Él debió de haber intuido lo vulnerable que era yo, porque actuó con la celeridad de un tiburón. Entonces yo era muy diferente, compréndame, muy tímida, la clásica ex monja, virgen e inexperta por completo. Pasamos juntos cinco días en aquel barco, y la mayor parte del tiempo en mi camarote..., dentro de la cama. Pocas semanas después, cuando supe que estaba embarazada, intenté establecer contacto con él. No para pedirle ayuda económica, sino porque pensé que tenía derecho a tener conocimiento de la existencia de su hijo. —Otra risa amarga—. Él me había dado unas señas y un número telefónico. Ambos eran falsos. Consideré la posibilidad de seguirle la pista mediante la compañía marítima, pero eso habría sido demasiado... humillante. —Sonrió pesarosa—. Desde entonces, he hecho una vida muy morigerada, créame. Incluso antes de saber que estaba embarazada. Me sentí... mancillada por ese hombre, por esa aventura a bordo de un barco. No quise sentir eso otra vez. De modo que he sido..., bueno, no exactamente una reclusa respecto a lo sexual, pero sí muy cautelosa. Tal vez sea todo lo que queda de monja en mí. Y sin duda esa ex monja me hace pensar que debo pagar por lo que he hecho, que tal vez Dios quiera castigarme por medio de Joey.

Él no supo qué decir. Estaba habituado a procurar alivio físico, emocional y mental a sus clientes, pero no sabía cómo proporcionar consuelo espiritual.

—Ese tema me enloquece un poco —confesó ella—. Y, probablemente, le enloqueceré a usted otro poco con todas mis preocupaciones. Temo a cada momento que Joey enferme o salga malparado en un accidente. No estoy hablando de una inquietud maternal corriente. Algunas veces casi me obsesiona la preocupación por él. Y, para colmo, ayer aparece esa vieja demente y me dice que mi niñito es maligno, que debe morir. Después, merodea por nuestra casa en plena noche y mata a nuestro perro... Bueno, quiero decir, Dios mío, que esa persona parece tan implacable, tan insoslayable...

—No lo es —aseguró Charlie.

—Ahora que usted sabe ya algo sobre Evelyn, mi madre, ¿no cree absurdo el pensar que ella pueda estar complicada en esto?

—Sí, la verdad. Pero es posible que la anciana oyera hablar a su madre sobre usted, y sobre Joey, y de resultas surgiera esa idea fija.

—Considero probable que se tratara de un hecho casual. Estuvimos en el lugar menos conveniente a la hora menos conveniente. Si otra mujer con un niño pequeño hubiese estado allí en mi lugar, esa vieja bruja les habría acometido como a mí.

—Me parece que tiene razón. —Se levantó y añadió—: Pero no se preocupe por esa persona demente. La encontraremos. —Se acercó a la ventana—. Pondremos coto al hostigamiento. Ya lo verá.

Dicho esto miró hacia la copa del datilero. La furgoneta blanca seguía aparcada al otro lado de la calle. El hombre de ropa oscura estaba todavía apoyado en el parachoques delantero, pero había terminado su almuerzo. Ahora se limitaba a esperar allí, con los brazos cruzados sobre el pecho y un tobillo sobre otro, vigilando la entrada principal del edificio.

—Acérquese un momento —le pidió Charlie.

Christine se aproximó a la ventana.

—¿Podría ser ésa la furgoneta que estaba aparcada junto a su coche en el mercado?

—Sí. Era una como ésa.

—Pero ¿podría ser esa misma?

—¿Cree usted que me han seguido esta mañana?

—¿Se habría apercibido usted si hubiese sido así?

Ella frunció el entrecejo.

—Yo estaba en un estado tal... Tan nerviosa... y contrariada... Tal vez no me habría dado cuenta de que me seguían, al menos si lo hubieran hecho con cierta discreción.

—Entonces podría ser la misma furgoneta.

—O sólo una casualidad.

—Yo no creo en las casualidades.

—Pero si es la misma furgoneta, si me han seguido, ¿quién puede ser el hombre que se apoya contra ella?

El desconocido estaba demasiado lejos para que ellos pudieran estudiar su rostro. A semejante distancia no era posible decir mucho sobre sus rasgos. El tipo podría ser viejo, joven o de edad mediana.

–Quizá sea el marido de la vieja. O su hijo –sugirió Charlie.

–Pero si él me sigue, tendrá que estar tan loco como ella.

–Es lo más probable.

–¡No puede estar chiflada toda la familia! –exclamó Christine.

–Nadie se lo impide.

Charlie fue hacia su mesa y llamó por el teléfono interior a Henry Rankin, uno de sus mejores hombres. Explicó a Rankin lo de la furgoneta de la acera de enfrente.

–Quiero que pases por allí, anotes la matrícula y eches una ojeada al individuo que la custodia para poder reconocerlo más adelante. Memoriza cualquier otra cosa que puedas detectar sin llamar la atención. Pero sal y entra por la puerta trasera y da la vuelta a la manzana para que él no se percate de dónde provienes.

–Descuida –dijo Rankin.

–Una vez hayas anotado la matrícula, consulta por teléfono con el Departamento de Vehículos de Motor y averigua quién es el propietario.

–Lo haré.

–Luego infórmame.

–Ya estoy en camino.

Charlie colgó y se acercó otra vez a la ventana.

–Esperemos que sea sólo una casualidad –comentó Christine.

–Todo lo contrario. Esperemos que sea la misma furgoneta. Será la mejor pista que se nos pueda ofrecer.

–Pero si es la misma furgoneta, si ese individuo va con ella...

–Seguro que va con ella.

–Entonces no será sólo la vieja quien amenaza a Joey. Serán dos.

–O más.

–¿Cómo?

–Pudiera haber dos o tres personas a quienes no hemos visto.

Un pájaro pasó raudo ante la ventana.

Las hojas de la palmera se agitaron con la abrasadora brisa.

El resplandor solar plateó las ventanillas de los coches alineados a lo largo de la calle.

El desconocido siguió esperando delante de la furgoneta.

–¿Qué diablos está ocurriendo aquí? –preguntó Christine.

X

En el sótano sin ventanas, once velas ahuyentaron a las persistentes sombras.

Lo único que se oía era la respiración cada vez más dificultosa de madre Grace Spivey a medida que entraba en trance. Ninguno de los discípulos emitió el menor ruido.

Kyle Barlowe se mantuvo asimismo silencioso y por completo inmóvil, a pesar de que se sentía muy incómodo. La silla de roble que ocupaba era demasiado pequeña para él. La culpa no era de la silla pues aquel mueble habría proporcionado asiento confortable a cualquiera de las personas presentes en el recinto. Pero Barlowe era tan inmenso que, a su juicio, casi todo el mobiliario parecía haber sido diseñado y construido para pigmeos. A él le gustaban las sillas de asientos profundos y rellenos, así como los anticuados sillones de orejas; pero sólo si las orejas formaban un ángulo lo bastante abierto para acomodar sus espaldas. Le gustaban las camas de dimensiones monumentales, los reclinatorios Lay-Z-Boy y las antiguas bañeras con pies de garra cuya considerable longitud no le obligaba a sentarse con las piernas plegadas como si fuera un bebé bañándose en una palangana. Su apartamento en Santa Ana estaba amueblado con arreglo a sus proporciones; pero cuando él no estaba en casa, solía sentirse incómodo por una razón o por otra.

Sin embargo, a medida que madre Grace se sumía en su trance, Barlowe experimentó cada vez más ansia por saber el mensaje que ella traería del mundo espiritual, y olvidó poco a poco la sensación de haberse sentado en la sillita de un niño.

Él adoraba a madre Grace. Ella le había hablado sobre la venida del Crepúsculo y él creyó cada palabra. ¡Crepúsculo! Sí, la cosa tenía sentido. Al advertirle sobre su llegada y al solicitar su ayuda para preparar a la Humanidad, madre Grace le había brindado una oportunidad para redimirse antes de que fuese demasiado tarde, salvándole así en cuerpo y alma.

Antes de conocerla, Barlowe había dedicado casi todos sus veintinueve años a la persecución de un objetivo único: destruirse a sí mismo. Había sido alcohólico, bravucón de taberna, toxicómano, violador e incluso asesino. También había sido promiscuo acostándose por lo menos con una mujer distinta cada semana, casi todas drogadictas, prostitutas o ambas cosas. Había contraído blenorragia siete u ocho veces, sífilis dos, y lo sorprendente era que no le hubiesen contagiado ambas enfermedades con más frecuencia.

En algunas raras ocasiones, llegó a estar lo bastante sobrio y lúcido para disgustarse e incluso asustarse por su estilo de vida. Pero luego había racionalizado su conducta diciéndose que el aborrecimiento de sí mismo y la violencia antisocial eran, sencillamente, las respuestas naturales a la irreflexiva y algunas veces intencionada crueldad con que lo trataban casi todas las personas.

Él era, para el mundo en general, un engendro, un gigante de torpes movimientos, con rasgos de hombre de Neanderthal, que asustaría a un oso gris. Los niños pequeños se aterrorizaban al verlo. Personas de todas las edades lo miraban asombrados, algunas sin disimulo, otras de reojo. Y no faltaban las que incluso se reían de él cuando creían que no las miraba, y hacían chistes ofensivos a sus espaldas. Barlowe fingía no darse cuenta... Siempre y cuando su talante del momento no le indujese a romper brazos y moler los traseros a patadas. Pero se apercibía siempre, y eso le dolía. Algunos adolescentes eran los peores, y sobre todo ciertas chicas que reían ante su presencia unas veces por lo bajo y otras soltando francas carcajadas. Y no eran pocas las veces en las que cuando se hallaban a una distancia segura, le provocaban. Él no había sido nunca nada más que un intruso, desechado y solitario.

Durante muchos años, su vida violenta y suicida había sido fácil de justificar ante su propia conciencia. Amargura, odio y furia constituían una coraza esencial contra la crueldad de la sociedad. Sin su temerario desprecio del bienestar personal y sin su avidez insaciable de venganza, él se habría sentido indefenso. El mundo insistía en convertirlo en un proscrito, se empeñaba en verlo como un bufón de dos metros diez con rostro simiesco, o cual un monstruo amenazador. Pues bien, él no era un bufón pero tampoco le importaba representar el papel de monstruo ante ellos; no le importaba demostrarles lo perverso y monstruoso que podía ser cuando se lo proponía. Ellos lo habían hecho como era. Y no podían responsabilizarlo de sus crímenes. Era malo porque le hicieron malo. Durante la mayor parte de su vida, se había repetido eso a sí mismo.

Hasta que conoció a madre Grace Spivey.

Ella le demostró que su comportamiento era el de un pobre diablo lamentándose de la propia suerte. Le hizo ver que sus alegatos para justificar una conducta pecaminosa e inmoderada carecían de fundamento. Le enseñó que un proscrito podría extraer vigor, coraje e incluso orgullo de su propia condición. Le ayudó a percibir la presencia de Satanás dentro de su ser y le mostró el modo de librarse del demonio.

Le hizo comprender que era preciso utilizar su gran fuerza y su singular talento tan sólo para sembrar el terror entre los enemigos de Dios y castigarlos.

Ahora, sentado frente a madre Grace mientras ella se abismaba en el trance, la miró con desmesurada adoración. No vio que su descuidada cabellera estaba hirsuta, enredada y grasienta; para él, su pelo, reluciendo al parpadeante resplandor dorado, era como un nimbo sagrado enmarcando el rostro, un halo. No advirtió que su ropa estaba lastimosamente arrugada; no percibió los hilachos y las pelusas, la caspa y las manchas aceitosas que la decoraban. Vio sólo lo que él deseaba, y deseaba ver salvación.

La mujer gimió. Sus párpados se agitaron pero sin llegar a alzarse.

Sentados todavía en el suelo y sosteniendo con firmeza sus velas, los once discípulos del consejo interior contrajeron los músculos; pero ninguno de ellos habló, en evitación de cualquier ruido que pudiera romper el frágil sortilegio.

—¡Oh, Dios! —exclamó madre Grace como si acabase de ver algo pasmoso o quizás aterrador—. ¡Oh Dios, oh Dios, oh Dios!

Dio un respingo. Se estremeció. Muy nerviosa, empezó a relamerse los labios.

El sudor le bañó la frente.

Jadeó con creciente agitación. Abrió la boca y emitió un sonido ronco como si se ahogara. Luego, apretó los dientes y respiró entre ellos dejando oír un ruido sibilante.

Barlowe esperó paciente.

Madre Grace alzó las manos como si intentara agarrar el aire. Después las dejó caer sobre el regazo, las movió un poco, imitando el aleteo de un pájaro agonizante y se quedó quieta.

Por fin habló con voz débil, trémula, una voz que apenas fue reconocible como la suya.

—Matadlo.

—¿A quién? —inquirió Barlowe.

—Al muchacho.

Los once discípulos recobraron el movimiento, cruzaron entre sí miradas significativas, y las oscilaciones de sus velas hicieron que las sombras se retorcieran y superpusieran por toda la estancia.

—¿Te refieres a Joey Scavello? —preguntó Barlowe.

—Sí. Tenéis que matarlo —respondió desde una gran distancia—. ¡Ahora!

Por alguna razón que resultaba inexplicable tanto para Barlowe como para madre Grace, él era la única persona que podía comunicar con ella cuando se hallaba en trance. Si otros le hablasen, no los oiría. Ella era el único contacto que los demás tenían con el mundo espiritual, la conducción exclusiva para todos los mensajes del otro lado, pero era Barlowe quien, mediante su interrogatorio paciente y minucioso, aseguraba que esos mensajes fueran siempre claros e inequívocos hasta el menor detalle. Esa función suya, ese don inestimable era, más que ninguna otra cosa, lo que le convencía de ser una persona elegida por Dios, tal como le había asegurado madre Grace.

—Matadlo..., matadlo —canturreó ella con voz rasposa.

—¿Estás segura de que es ése el muchacho? —preguntó Barlowe.

—Sí.

—¿No hay ninguna duda?

—Ninguna.

—¿Cómo se le debe matar?

El rostro de madre Grace se relajó. Las arrugas aparecieron en su piel, habitualmente tersa. Su carne pálida le colgó cual un paño arrugado.

—¿Cómo debemos eliminarlo? —insitió Barlowe.

Ella no contestó. La mandíbula inferior se le cayó. En su garganta hubo un estertor. La saliva le resbaló por una comisura, se acrecentó y formó un reguero hasta la barbilla.

—¿Madre Grace? —la acució Barlowe.

—Matadlo... como mejor os parezca.

—¿Con una pistola? ¿Con un cuchillo...? ¿Por medio del fuego?

—Cualquier arma... será buena... pero sólo si actuáis pronto.

Su voz se hizo cada vez más débil.

—¿Qué entiendes por pronto?

—El tiempo se agota... y él se hace más poderoso cada día, menos vulnerable.

—¿Deberemos seguir algún ritual cuando le demos muerte? —preguntó Barlowe.

—Sólo que... una vez muerto... el corazón...

—¿Qué pasa con el corazón?

—Deberéis... arrancárselo —dijo ella con tono algo más enérgico e incisivo.

—¿Y entonces?

–Se tornará negro.

–¿Se pondrá negro su corazón?

–Como el carbón. Y se pudrirá. Y vosotros veréis...

Madre Grace se enderezó en su silla. El sudor de la frente le bañó el rostro. Diminutas perlas le brotaron en el labio superior. Sus manos blancuzcas aletearon en el regazo como un par de polillas atontadas. El color volvió a su cara, si bien los ojos continuaron cerrados. Dejó de babear, aunque la saliva brilló todavía en su barbilla.

–¿Qué veremos cuando le arranquemos el corazón? –inquirió Barlowe.

–Gusanos –respondió ella con gesto de repugnancia.

–¿En el corazón del muchacho?

–Sí. Y pequeños escarabajos. Retorciéndose.

Algunos de los discípulos murmuraron entre sí. No tuvo importancia. Ahora nada podía perturbar a madre Grace en su trance. Se encontraba inmersa por completo en él, arrebatada por sus visiones.

Inclinándose hacia adelante para apoyar sus inmensas manos sobre los muslos carnosos, Barlowe la interrogó:

–¿Qué debemos hacer con su corazón cuando se lo arranquemos?

La mujer se mordió los labios con tal fuerza que él temió se hiciera sangre. Alzó otra vez las espasmódicas manos y batió el aire como si pudiera extraer la respuesta del éter.

Al fin habló.

–Sumergid el corazón...

–¿En qué? –inquirió Barlowe.

–En una pila de agua bendita.

–¿La de una iglesia?

–Sí. El agua permanecerá fría... pero el corazón hervirá... se tornará vapor oscuro... y se esfumará.

–¿Y podremos tener ya la certeza de que el muchacho está muerto?

–Sí. Muerto. Para siempre. Incapaz de retornar mediante otra encarnación.

–¿Entonces, hay esperanza? –preguntó Barlowe atreviéndose apenas a creer que sería así.

–Sí –farfulló ella–. Esperanza.

–¡Alabado sea Dios! –exclamó Barlowe.

–¡Alabado sea Dios! –corearon los discípulos.

Madre Grace abrió los ojos. Bostezó, suspiró, parpadeó y por fin miró confusa en torno suyo.

–¿Qué es esto? ¿Qué ha sucedido? Me siento pegajosa por todas partes. ¿Me he perdido las noticias de las seis? No debo perdérmelas. Necesito saber lo que está urdiendo el pueblo de Lucifer.

—Faltan pocos minutos para el mediodía —le comunicó Barlowe—. Las noticias de las seis han quedado varias horas atrás.

Ella lo miró pasmada, con esa mirada familiar, turbia y cansina que subrayaba siempre su regreso de un trance profundo.

—¿Quién eres tú? ¿Te conozco? Me parece que no.

—Soy Kyle, madre Grace.

—¿Kyle? —murmuró ella como si no hubiese oído jamás semejante nombre. Sus ojos dejaron entrever un destello de sospecha.

—Cálmate —le aconsejó—. Cálmate y reflexiona. Has tenido una visión. Lo recordarás de un momento a otro. Volverá pronto a tu memoria.

Le tendió las enormes manos encallecidas. A veces, cuando ella salía de un trance, se mostraba tan asustada y perdida que necesitaba un contacto amigo. Por lo general, cuando ella le asía las manos, extraía energía de sus grandes reservas de fuerza física y recobraba pronto todos sus sentidos, como si él fuera una batería de carga.

Pero esta vez la mujer se apartó ceñuda. Se secó la barbilla húmeda de saliva. Miró las velas y contempló a los discípulos con desconcierto evidente.

—¡Cuánta sed tengo, Dios mío! —susurró.

Uno de los discípulos salió disparado para traerle agua.

Ella miró a Kyle.

—¿Qué quieres de mí? ¿Por qué me has traído aquí?

—Pronto lo recordarás —contestó él paciente, con una sonrisa alentadora.

—No me gusta este lugar —dijo ella con voz tenue y quejumbrosa.

—Es tu iglesia.

—¿Iglesia?

—La cripta de tu iglesia.

—Está muy oscuro —gimió.

—Aquí te hallas a salvo.

La vieja hizo pucheros como un niño; luego, dijo enfurruñada:

—No me gusta la oscuridad. Tengo miedo de la oscuridad. —Se apretó el cuerpo con ambos brazos—. ¿Para qué me habéis traído aquí, a esta oscuridad?

Uno de los discípulos se levantó y encendió las luces.

Los otros soplaron y apagaron las velas.

—¿Iglesia? —volvió a decir madre Grace mirando las paredes recubiertas con paneles del sótano y el techo con las vigas descubiertas. Se esforzó por hacerse cargo de la situación, pero siguió desorientada.

Barlowe no pudo hacer nada para ayudarla. Algunas veces ella necesitaba hasta diez minutos para disipar la confusión que seguía siempre a un viaje por el mundo espiritual.

Por fin se levantó.

Barlowe hizo lo mismo, dominándola con su estatura.

—Tengo mucha necesidad de orinar —declaró ella—. Muchísima. —Gesticuló y se llevó una mano al abdomen—. ¿No hay ningún sitio para orinar en este lugar? ¿Eh? Necesito orinar.

Barlowe hizo una seña a Edna Vanoff, una mujer pequeña y robusta que era miembro del consejo interior, y ella se dispuso a conducir a madre Grace hasta los lavabos, en el otro extremo del sótano. La anciana se mostró poco firme; se apoyó en Edna para caminar, y continuó mirando alrededor extrañada.

Con voz estentórea, que resonó por toda la habitación, madre Grace dijo:

—¡Hombre, necesito tanto orinar que creo que voy a reventar!

Barlowe suspiró hastiado y se sentó en aquella silla tan pequeña y tan dura.

Lo más difícil para él, y para los demás discípulos, era entender y aceptar el insólito comportamiento de madre Grace después de una visión. En ocasiones como ésta, ella no tenía ni mucho menos la estampa de un gran líder espiritual. Parecía más bien una vieja tontiloca. Dentro de diez minutos como máximo, ella recuperaría sus luces, igual que ocurría siempre: sería otra vez la mujer clarividente y sagaz que lo salvó de una vida pecaminosa. Entonces, no existiría quien dudara de su sutileza, poder y santidad; nadie cuestionaría la verdad de su exaltada visión. Ahora bien, durante esos escasos pero desconcertantes minutos, y a pesar de haberla visto ya muchas veces en tan lamentables condiciones, Barlowe se sentía inquieto e inseguro hasta casi enfermar.

Sí, dudaba de ella.

Y se aborrecía por tener tales dudas.

Él suponía que Dios ponía a madre Grace en ese indigno y lastimoso estado de desorientación con el propósito de someter a prueba la fe de sus seguidores. Eran los caminos de Dios para tener la certidumbre de que sólo los discípulos más devotos de madre Grace la rodearían, asegurando así una iglesia sólida para afrontar las dificultades de días venideros. Sin embargo, cada vez que ella se comportaba así, Barlowe quedaba consternado ante su apariencia y actuación.

Miró a los miembros del consejo interior que continuaban sentados en el suelo. Todos ellos parecían turbados y estaban orando. Él se figuró que rezaban suplicando entereza para no dudar de madre Grace, al igual que estaba haciendo él. Barlowe cerró también los ojos y empezó a orar.

Iban a necesitar toda la energía, fe y confianza que pudieran acumular, pues no era empresa fácil matar al muchacho. No se trataba de un niño ordinario, madre Grace se lo había advertido con claridad meridiana. El pequeño poseía poderes portentosos, y quizá fuera capaz de destruirles apenas se atrevieran a levantar la mano contra él. Mas ellos deberían intentarlo en aras de la Humanidad.

Barlowe esperó que madre Grace le permitiera asestar el golpe mortal. Aunque ello le acarreara la propia muerte, quiso ser el verdugo del muchacho, pues quienquiera que lo eliminara (o muriese en el intento) se aseguraría un lugar en el cielo próximo al trono de Dios. Se hallaba convencido de que eso era cierto. Si él empleara su tremenda fuerza física y su furia acumulada para hacer desaparecer a aquel niño maligno, repararía todas las felonías cometidas contra seres inocentes en aquellos días ya lejanos, cuando madre Grace le convirtió a la fe.

Sentado en la dura silla de roble, orando con los ojos entornados, Barlowe fue cerrando las manos hasta convertirlas en puños. Su respiración se agitó por momentos. La ansiedad fue aparente en el encorvamiento de la espalda, en la tensión muscular de cuello y mandíbulas. Fuertes temblores sacudieron su cuerpo. El hombre ansió con impaciencia hacer el trabajo de Dios.

XI

Veinte minutos escasos después de su marcha, Henry Rankin regresó a la oficina de Charlie Harrison con el informe del Departamento de Vehículos de Motor sobre la matrícula de la furgoneta blanca.

Rankin era un hombre menudo, un metro cincuenta y ocho, esbelto, de gracioso porte atlético. Christine se preguntó si no habría sido jockey en otro tiempo. Iba bien vestido, con mocasines negros

Bally, traje gris claro, camisa blanca, y una corbata azul de nudo; lucía además un ostensible pañuelo azul en el bolsillo superior de su chaqueta. No ofrecía ni mucho menos la imagen de un investigador privado, según la imaginaba Christine.

Una vez hechas las presentaciones, Rankin entregó una hoja de papel a Charlie y dijo:

–Según el DVM, la furgoneta pertenece a una compañía editora llamada La Palabra Verdadera.

A decir verdad, Charlie Harrison no parecía tampoco un investigador privado. Ella había supuesto que un hombre que ejerciera esa profesión sería alto. Charlie no era bajo como Rankin pero mediría sólo un metro setenta y cinco, lo cual no correspondía a la imagen que tenía en su imaginación de un hombre constituido como un camión, capaz de topar contra una pared de ladrillo y atravesarla. Charlie era delgado y, aunque pareciese muy capacitado para cuidar de sí mismo, no podría atravesar jamás una pared, fuese de ladrillo o de cualquier otro material. Ella esperaba que un investigador privado tuviera al menos un aspecto un poco peligroso, con cierta expresión de violencia en sus ojos y, quizás, una boca cruel de labios finos. Charlie daba la impresión de ser inteligente, eficiente y capaz..., pero nada peligroso. Tenía un rostro poco llamativo pero de facciones correctas, enmarcado por espeso pelo rubio peinado con esmero. Los ojos eran su mayor atractivo, de un gris verdoso, claros y directos; ojos amigables, de mirada cálida, sin el menor signo de violencia en ellos, al menos evidente.

Aunque ni Charlie ni Rankin se asemejaran a Magnum, a Sam Spade o a Philip Marlowe, Christine intuyó que había acudido al lugar adecuado. Charlie Harrison era cordial, tenía aplomo y llaneza. Caminaba, se movía y efectuaba sus tareas con una gran economía de energía, y sus gestos eran asimismo sobrios y precisos. Proyectaba un aura de competencia y fiabilidad. Intuyó que aquel hombre no fallaría casi nunca en el cumplimiento de su tarea. Hacía que se sintiera segura.

Pocas personas le habían causado tal efecto en su vida. ¡Endiabladamente pocas! Sobre todo si pertenecían al sexo masculino. En el pasado, cuando los hombres le inspiraban todavía confianza, ella no había depositado siempre su fe donde debiera. Sin embargo, el instinto le dijo que Charlie Harrison era diferente a casi todos los demás, y que no lamentaría haber confiado en él.

Charlie apartó la vista del papel que le había dado Rankin.

—La Palabra Verdadera, ¿eh? ¿Algo sobre ella en nuestros archivos?

—Nada.

Charlie miró a Christine.

—¿Ha oído hablar usted de esa gente?

—Nunca.

—¿No recibe usted folletos o cualquier otro material impreso en esa tienda que tiene?

—Claro que sí. Pero esa editora no guarda ninguna relación con nosotros.

—Bien —dijo Charlie—. Tal vez tenga que hablar usted con su madre acerca de ello, Mrs. Scavello.

—Preferiría no hacerlo —dijo ella—. A menos que sea absolutamente necesario.

—Está bien... Pero es probable que se haga imprescindible. Por ahora..., usted puede proseguir con su trabajo sin cuidado. Necesitaremos algún tiempo para escudriñar en esto.

—¿Y qué hay de Joey?

—Esta tarde puede quedarse conmigo —propuso Charlie—. Quiero ver lo que sucede cuando usted salga de aquí sin el muchacho; si la sigue a usted ese tipo de la furgoneta... o si espera hasta que salga Joey. Necesito descubrir cuál de los dos le interesa más.

«Esperará a Joey», pensó sombría Christine. «Porque es a él a quien quieren matar.»

Sherry Ordway, la recepcionista de Klemet-Harrison, se preguntó si Ted, su marido, no habría cometido un error. Seis años antes, después de tres de matrimonio, ambos habían decidido que no querían tener hijos, y él se había hecho la vasectomía. Sin niños, ellos podrían permitirse una casa mejor, un mobiliario mejor, un coche más bonito, y además tendrían libertad para trabajar y pasar siempre unas veladas tranquilas, perfectas, enredándose con un libro... o entre ellos dos. Casi todos sus amigos estaban encadenados por sus familias, y cada vez que Ted y ella observaban la brusquedad, o incluso malevolencia, del hijo de cualquier otra pareja se felicitaban por haber soslayado tan sabiamente la paternidad. Disfrutaban de su libertad, Sherry no había lamentado nunca la falta de un hijo. Hasta ahora. Mientras contestaba al teléfono, mecanografiaba cartas y consultaba el archivo, observó con disimulo a Joey Scavello y empezó a desear (sólo un poco) que aquel chico fuera suyo. Él hojeó algunas revistas, miró las fotografías y tarareó muy bajo para sí. ¡Era la criatura más salada que ella había visto!

Después de terminar una carta, Sherry estudió cautelosa al chico: entre muchas gesticulaciones y largo mordisqueo de la lengua, éste inspeccionó los lazos de sus zapatos y se rehízo uno de ellos. Cuando ella estaba a punto de preguntarle si le gustaría tomar otro batido Life Saverse, el teléfono sonó.

—Klemet-Harrison —dijo.

Una mujer habló.

—¿Está ahí Joey Scavello? Es un niño pequeño, de sólo seis años. Si se encuentra ahí, no le podrá pasar inadvertido; es un verdadero encanto.

Sorprendida de que alguien preguntara por el chico, Sherry vaciló.

—Soy su abuela —explicó la mujer—. Christine me comunicó que pensaba llevarlo a su oficina.

—¡Oh! ¡Su abuela! Sí, claro, ellos están aquí ahora. Mrs. Scavello se halla en el despacho de Mr. Harrison. No puede ponerse en este momento, pero estoy segura de que...

—Bueno, es con Joey con quiero hablar. ¿Está él también con Mr. Harrison?

—No. Ahora mismo se encuentra conmigo.

—¿Cree usted que me sería posible hablar con él unos instantes? —pidió la mujer—. Si no es demasiada molestia.

—¡Oh, no! En absoluto...

—No le ocuparé mucho la línea.

—¡Por favor! Un momento —dijo Sherry; se apartó el auricular de la cara, y se dirigió a Joey—: Es para ti, Joey. Tu abuela.

—¿La abuela? —se sorprendió.

Se acercó a la mesa. Sherry le cedió el auricular y él dijo «hola», pero no articuló ni una sílaba más. Se puso rígido, su manita apretó tanto el aparato que parecía que los nudillos estaban a punto de atravesar la piel. Quedó plantado e inmóvil, escuchando con ojos desorbitados. Su rostro palideció. Los ojos se le llenaron de lágrimas. Súbitamente se estremeció y dando un grito ahogado, soltó el auricular.

Sherry se sobresaltó.

—¡Joey! ¿Qué ocurre?

Los labios del niño temblaron.

—¡Joey!

—Era... e... ella.

—Tu abuela.
—No. La bru... bruja.
—¿Bruja?
—Me ha dicho... que va a... arrancarme el corazón.

Charlie hizo pasar a Joey a su despacho con Christine, cerró la puerta y se quedó fuera para realizar varias preguntas a Sherry, la cual se mostró desconsolada.

—No debí haberle permitido que le hablara. No me imaginé que...

—No fue culpa tuya —la tranquilizó Henry Rankin.

—Claro que no —corroboró Charlie.

—¿Qué clase de mujer es la...?

—Eso es lo que estamos intentando averiguar —contestó el jefe—. Quiero que reflexione sobre esa llamada y me responda a unas cuantas cosas.

—No dijo mucho.

—¿Aseguró que era su abuela?

—Sí.

—¿Dijo ser Mrs. Scavello?

—Bueno... no. No mencionó su nombre. Pero ella sabía que el niño estaba aquí con su madre, y a mí no se me ocurrió sospechar... Bueno, quiero decir que ella daba la impresión de ser su abuela.

—¿Cuál fue exactamente la impresión que le dio?

—Dios mío, no sé..., una voz muy agradable —repuso Sherry.

—¿Hablaba con algún acento? —inquirió Charlie.

—No.

—No es un acento muy marcado lo que ha de ayudarnos —dijo Henry—. Casi todo el mundo habla con un acento o con otro, más o menos perceptible.

—Bueno, pues si lo tenía, yo no lo percibí —contestó Sherry.

—¿Oyó usted algo al fondo? —preguntó Charlie.

—¿De qué tipo?

—Algún ruido, de cualquier clase que fuera.

—No.

—Por ejemplo, si ella hubiese hablado desde una cabina telefónica le habrían llegado los ruidos de la circulación, ruidos callejeros de cualquier clase.

—No hubo nada de eso.

—¿Algún otro tipo de sonido que nos ayude a conjeturar desde qué lugar estaba telefoneando?

—No; sólo su voz —dijo Sherry—. ¡Era tan dulce...!

XII

Después de su visión, madre Grace despidió a todos sus discípulos excepto a Kyle Barlowe y Edna Vanoff. Luego, utilizando el teléfono del sótano, hizo una llamada a la agencia de detectives adonde habían ido Joey Scavello y su madre, y mantuvo una breve conversación con el muchacho. Kyle pensó que aquello carecía de sentido, pero madre Grace pareció complacida.

—Matarlo no es suficiente —declaró—. Debemos aterrorizarlo y desmoralizarlo. A través del chico, amedrentaremos y desalentaremos al propio Satanás. Al fin haremos comprender al demonio que el Señor no le permitirá jamás gobernar la tierra, y entonces él abandonará de una vez sus maquinaciones y sus esperanzas de gloria.

Kyle adoraba esa forma de hablar. Cuando escuchaba a madre Grace, se daba cuenta de que él era una parte vital de los acontecimientos más importantes en la historia del mundo. El pasmo y la humildad le produjeron temblor de rodillas.

Grace condujo a Kyle y a Edna hacia el otro extremo del sótano, donde la pared revestida de paneles tenía una puerta hábilmente disimulada. Más allá de aquella puerta había una estancia de seis metros por ocho. Estaba llena de armas.

Al comienzo de su misión, madre Grace había tenido una visión en la que se le advertía que, cuando el Crepúsculo llegase, ella debería estar preparada para defenderse con algo más que oraciones. Y había tomado esa advertencia al pie de la letra. Ése no era el único arsenal de la iglesia.

Kyle ya había estado allí muchas veces. Disfrutaba con el frescor de la estancia y el vago olor de lubricante. Pero lo que más le placía era la certidumbre de que una destrucción terrible esperaba, quieta, en aquellas estanterías como un genio poderoso dentro de una botella que lo único que necesitaba era una mano que quitara el corcho.

Kyle gustaba de las armas. Le encantaba darles vueltas y más vueltas entre sus enormes manos, palpando el poder del mismo modo que un ciego encuentra significado en unas líneas de Braille.

Algunas veces, cuando su sueño era especialmente profundo y tenebroso, soñaba que cogía con ambas manos un arma inmensa y apuntaba con ella a la gente. Era una Magnum 357 con un cañón tan grande como para lanzar un obús, y cuando rugía semejaba la voz de un dragón. Cada vez que saltaba en su mano le causaba un éxtasis indescriptible.

Durante algún tiempo, le habían preocupado esas fantasías nocturnas porque, según creía, significaban que, después de todo, el demonio no había sido expulsado de su ser. Pero terminó viendo que las personas a quienes apuntaba en su sueño eran enemigas de Dios y que le convenía fantasear sobre su destrucción. Él estaba destinado a ser un instrumento de la justicia divina. Grace se lo había dicho.

Ahora, en el almacén de las armas, madre Grace caminó a lo largo de los estantes alineados en la pared a la izquierda de las puertas. Bajó una caja, la abrió, sacó de ella un revólver envuelto en plástico y lo colocó sobre la mesa. El arma elegida era un Smith & Wesson 38 Chiefs Special, de cañón corto, que soltaba buenas andanadas. Luego, extrajo otro de una segunda caja del estante, y lo puso junto al primero.

Edna Vanoff quitó los plásticos de las armas.

Antes de que expirara el día, el muchacho estaría muerto, y una de aquellas dos armas podría ser la que lo destruyera.

Madre Grace cogió de otra estantería un rifle Remington de calibre veinte y lo depositó encima de la mesa de trabajo.

La agitación de Kyle aumentó.

XIII

Joey se sentó en la butaca de Charlie detrás de la enorme mesa, y empezó a beberse la Coca-Cola que el investigador le había servido.

Christine se acomodó una vez más en la butaca del cliente. Mostró honda perturbación. Charlie la vio llevarse una uña a los dientes dos o tres veces, y morder con rabia antes de recordar que estaba untada con ácido acrílico.

A Harrison le desagradó que ellos hubiesen sido alcanzados y molestados allí, en sus propias oficinas, a las que habían acudido solicitando ayuda y protección. Ahora estaban otra vez aterrados.

Se sentó en el borde de su mesa y, mirando a Joey, dijo:

—Comprendo que no quieras hablar acerca de la llamada telefónica. Pero no tengo más remedio que hacerte algunas preguntas.

Joey se dirigió a su madre:

—Creí que contrataríamos a Magnum.

—Escucha, cariño —le contestó ella—. ¿Has olvidado que Magnum está en Hawai?

—¡Ah, sí; es verdad! —exclamó el niño y se mostró un poco confuso—. Magnum habría sido el mejor para ayudarnos.

Por unos instantes, Charlie no supo de qué hablaba el muchacho, hasta que recordó la serie de Televisión y sonrió.

Joey tomó un largo trago de Coca-Cola mientras estudiaba a Charlie por encima del vaso. Por fin dijo:

—Creo que tú podrás pasar.

Harrison estuvo a punto de soltar la carcajada.

—No te arrepentirás de haber acudido a nosotros. Y, ahora veamos: ¿Qué te dijo por teléfono esa mujer?

—«No puedes esconderte de mí»..., dijo...

Charlie percibió casi el pavor rezumando en la voz del niño y se apresuró a contestar.

—Bueno, está muy equivocada. Si es preciso esconderte de ella, nosotros lo haremos. No te preocupes por eso. ¿Qué más dijo?

—Que ella sabía quién era yo.

—¿Qué crees que puede significar eso?

El niño se mostró desconcertado.

—No lo sé.

—¿Y qué más?

—Dijo..., dijo que me arrancaría el corazón.

Christine dejó oír un sonido ahogado. Se levantó al tiempo que agarraba nerviosa su bolso.

—Creo que debo llevarme a Joey... lejos, adonde sea.

—Tal vez convenga a su debido tiempo —respondió Charlie con tono aplacador—. Pero de momento, no.

—Éste es el momento... Antes de que suceda algo. Podríamos ir a San Francisco. O más allá. Yo no he estado nunca en el Caribe. Nos hallamos en una buena época del año para visitar el Caribe, ¿verdad?

—Concédame al menos veinticuatro horas —pidió Charlie.

—¿Veinticuatro horas? ¿Y qué pasará si esa bruja nos alcanza entretanto? No. Debemos marcharnos ahora mismo.

—¿Y cuánto tiempo se propone estar fuera? ¿Una semana? ¿Un mes? ¿Un año?

—Dos semanas serán suficientes. Usted la encontrará en dos semanas.

—No se puede asegurar.

—Entonces, ¿cuánto?

Aunque comprendiera la inquietud de Christine y quisiera ser afable con ella, Charlie se creyó obligado a mostrarse riguroso.

—Es evidente que ella tiene alguna idea fija acerca de Joey, una extraña obsesión. El niño es quien mantiene en marcha su motor, por decirlo así. Si él no está por aquí, ella podría replegar los cuernos. Lo más probable es que se evaporase. Y si Joey no está presente para hacerla salir de su madriguera, tal vez no la encontremos jamás. ¿Piensa usted estar de vacaciones para siempre?

—¿Está diciendo usted que se propone utilizar a mi hijo como cebo?

—No. No es eso. Nosotros no lo colocaremos jamás en la boca de una trampa. Más bien lo utilizaremos como acicate.

—¡Eso es indignante!

—Pero constituye el único medio de llegar a ella. Si el niño no está por esta zona, ningún motivo habrá para que ella se deje ver. —Charlie se acercó a Christine y le puso una mano en el hombro—. Su pequeño estará vigilado en todo momento. A salvo.

—¡Qué va, diablos!

—Se lo juro...

—Usted tiene ya la matrícula de la furgoneta.

—Eso podría ser insuficiente; no conducir a parte alguna.

—También tiene el nombre de la compañía propietaria. La Palabra Verdadera.

—Tampoco basta. Y si no es suficiente ni conduce a ninguna parte, Joey deberá estar presente a fin de que la vieja tenga un motivo para arriesgarse y dejarse ver.

—Me parece que seremos nosotros los únicos que nos arriesgaremos.

—Confíe en mí —la calmó Charlie bajando la voz.

Ella buscó su mirada.

—Vamos, siéntese. Deme una oportunidad. Más adelante, si veo alguna señal, aunque sea la más leve, de que podríamos vernos imposibilitados de dominar la situación, los enviaré fuera por una temporada a usted y a Joey. Pero, por favor, todavía no.

Ella miró más allá de él, a su hijo, el cual había dejado su vaso de Coca-Cola y se había sentado en la orilla misma de la enorme butaca. Creyó adivinar que su propio pánico se transmitía al muchacho y decidió sentarse y recobrar su compostura, como le solicitaba Charlie.

Él se sentó otra vez sobre el borde de su mesa.

—Escucha, Joey, no te preocupes acerca de esa bruja. Yo sé cómo tratar a las brujas. Ahora veamos... Tú te pusiste al teléfono y ella dijo que quería arrancarte... lo que fuera. ¿Qué más dijo después de eso?

El niño contrajo la cara intentando recordar.

—No mucho..., sólo algo sobre jueces.

—¿Jueces?

—Sí —contestó Joey—. Me dijo que estaba trayendo a esos jueces contra mí. Que Dios no permitiría que yo me escapara de sus manos. —Miró a su madre—. ¿Por qué quiere Dios que esa vieja bruja me coja?

—Él no quiere que te coja, cariño. Esa mujer mentía. Está loca. Dios no tiene nada que ver con esto.

Con el ceño fruncido, Charlie dijo:

—Tal vez tenga que ver de una forma indirecta. Cuando Henry me comunicó que la furgoneta era propiedad de una compañía impresora llamada La Palabra Verdadera me pregunté si no sería una editorial de carácter religioso. La Palabra Verdadera..., significando la palabra sagrada, las Escrituras, la Biblia. Quizá nos las estemos habiendo con una persona fanática de la religión.

—O con dos —apuntó Christine echando una mirada hacia la ventana, pues había recordado al hombre de la furgoneta blanca.

«O con más», pensó intranquilo Charlie.

Durante el último par de décadas, cuando se había puesto de moda desconfiar de las instituciones sociales y desacreditarlas (como si su creación hubiese carecido de sabiduría y sensatez), surgieron múltiples sociedades y cultos religiosos deseosos de llenar ese vacío de poder. Algunos fueron vástagos honestos, serios, de religiones ancestrales; pero hubo muchas organizaciones desatinadas creadas para beneficio de sus fundadores, los cuales tenían como fin enriquecerse o difundir sus evangelios de locura, violencia e intolerancia. California transigió con esos cultos, fueran buenos o malos, más que ningún otro estado de la Unión. No sería extraño, pues, que por alguna razón extravagante, una de esas sectas estuviese buscando chivos expiatorios, víctimas propiciatorias y hubiera puesto sus miras en un niño inocente de seis años. Disparatado, por supuesto, pero nada sorprendente.

Charlie esperó que no fuera eso lo que les estaba sucediendo a los Scavello. No había hueso tan duro de roer como un fanático religioso.

Entonces, cuando Charlie apartaba la vista de Christine para mirar otra vez al chico, sucedió algo horrible. Pavoroso.

Durante un instante, la piel joven y suave del niño pareció hacerse traslúcida y luego casi trasparente. De forma asombrosa, el cráneo fue distinguible debajo de la piel. Charlie vio unas órbitas profundas, oscuras, que le fulminaban con la mirada. En las profundidades de esas simas, se retorcían gusanos. Sonrisa de calavera. Boquetes negros donde debiera estar la nariz. No obstante, la cara de Joey siguió allí, aunque fuera como una fotografía borrosa superpuesta a la estructura ósea. Un presentimiento de muerte.

Consternado, Charlie se levantó y carraspeó.

La fugaz visión le abandonó tan aprisa como llegó, fluctuó ante su vista durante una fracción de segundo.

Se dijo que debió de haber sido su imaginación, aunque nada semejante le había ocurrido hasta entonces.

El miedo se retorció en su estómago cual una serpiente de hielo. ¡Pura imaginación! ¡Nada de visión! ¡No existían esas cosas llamadas visiones! Charlie no creía en lo sobrenatural, ni en los fenómenos psíquicos ni en ningún otro tipo de charlatanería. Era un hombre realista, y se enorgullecía de su naturaleza sólida, fiable.

Para disimular su sorpresa y su miedo, pero también para apartar de su pensamiento la horrenda imagen, dijo:

–Entonces, Christine creo que ahora usted debería volver al trabajo. Intente comportarse con la mayor naturalidad posible, como si éste fuera un día igual que los demás. Sé que no le será fácil. Pero debe proseguir con su negocio y su vida mientras nosotros esclarecemos esta situación. Henry Rankin la acompañará. Ya le he hablado al respecto.

–¿Quiere decir usted... que él vendrá conmigo como guardaespaldas?

–Sé que no es un hombretón –reconoció Charlie–; pero sí un experto en artes marciales y va armado. Si yo hubiera de elegir entre los empleados de mi plantilla para confiarle mi propia vida, creo que optaría por Henry.

–No dudo de su competencia. Pero yo no necesito guardaespaldas. Es Joey el objetivo de esa mujer.

—Y hacerse con usted es una forma indirecta de hacerse con él —observó Charlie—. Henry la acompañará.

—¿Y qué pasa conmigo? —terció Joey—. ¿Puedo irme ya al cole? —Miró su reloj Mickey Mouse—. Se me ha hecho tarde.

—Hoy no habrá cole —dijo Charlie—. Tú te quedarás a mi lado.

—¿Sí? ¿Y he de ayudarte a hacer esa investigación?

El investigador sonrió.

—Claro. Me vendrá bien un ayudante joven e inteligente.

—¡Huau! ¿Has oído, mamá? Voy a ser como Magnum.

Christine les dirigió una sonrisa forzada que, pese a su falsedad, dio todavía más encanto a aquel rostro. Charlie ansió verla sonreír de verdad, de forma cálida y genuina.

La mujer dio un beso de despedida a su hijo, y Charlie pudo observar lo difícil e incluso penoso que resultaba para ella abandonar al pequeño en semejantes circunstancias.

Harrison la escoltó hasta la puerta mientras, a sus espaldas, Joey cogía otra vez su Coca-Cola.

—¿Debo volver aquí después de mi trabajo? —inquirió ella.

—No. Nosotros lo llevaremos a la tienda hacia las... ¿Qué le parece las cinco?

—Estupendo.

—Desde allí, irán a casa escoltados por los guardaespaldas, los cuales permanecerán con ustedes toda la noche. Dos de ellos dentro de la casa. Y, probablemente, apostaré un hombre en la calle para vigilar a la gente que no parezca del vecindario.

Charlie Harrison abrió la puerta entre su despacho y la recepción; pero de improviso Joey llamó a su madre y ésta se volvió.

—¿Qué hay del perro? —preguntó el niño levantándose y contorneando la mesa.

—Mañana buscaremos uno, cariño.

Aunque el chico no había mostrado ningún desasosiego apreciable durante los últimos minutos, se puso otra vez tenso y pareció alterado.

—¡Hoy! —dijo—. Lo has prometido. Dijiste que hoy tendríamos otro perro.

—Escucha, cariño...

—Yo necesito un perro hoy, antes de que se haga oscuro —gimoteó—. ¡Lo necesito, mamá, lo necesito!

—Yo puedo llevarlo a comprar un perro —propuso el investigador.

—Usted tiene su trabajo —objetó ella.

—Ésta no es una organización rígida, querida señora. Además tengo una plantilla dedicada a la labor rutinaria. De momento, mi trabajo consiste en velar por Joey; y, si buscar un perro es parte de ello, yo le ayudaré a hacerlo. No es problema. ¿Tiene preferencia por algún establecimiento de animales domésticos en particular?

—Nosotros encontramos a *Brandy* en la perrera —informó Joey—. Lo salvamos de una muerte segura.

—¡Ah! ¿Sí? —comentó Charlie divertido.

—Sí. Iban a dormirlo. Sólo que no era sueño, ¿sabes? Lo que era... Bueno, era sueño, sí; pero mucho peor.

—Puedo llevarlo a la perrera —informó Charlie a Christine.

—¡Rescataremos a otro! —exclamó entusiasmado Joey.

—Si no es demasiada molestia... —murmuró la mujer.

—Me parece que nos vamos a divertir —susurró Harrison.

Ella lo miró con evidente gratitud, y él le hizo un guiño. Entonces Christine sonrió a medias, una sonrisa de verdad esta vez. A él le apeteció besarla; pero no lo hizo.

—Que no sea un pastor alemán —recomendó Christine—. Me asustan un poco.

—¿Qué le parece un gran danés? —preguntó Charlie en broma—. ¿O quizás un San Bernardo? ¿O un dóberman?

—¡Eso, eso! —gritó excitado Joey—. ¡Un dóberman!

—¿Y por qué no un enorme y fiero lobo alsaciano con colmillos de ocho centímetros?

—Es usted incorregible —protestó Christine, dirigiéndole otra vez esa sonrisa que él se esforzaba tanto por provocar.

—Conseguiremos un buen perro —aseguró Charlie—. No se preocupe. Confíe en mí.

—Tal vez le llamemos *Pluto* —dijo Joey.

Charlie fingió alarma y desconfianza.

—¿Por qué quieres llamarme *Pluto*?

Joey se rió.

—¡A ti no! Al nuevo perro.

—*Pluto* —murmuró caviloso Charlie—. No está mal.

Durante unos momentos dichosos, pareció como si todos estuviesen contentos con el mundo. No existieron, al parecer, cosas tan horribles como la muerte. Y, por primera vez, Charlie tuvo la sensación de que ellos tres formaban un grupo compacto, de que sus destinos estaban ligados y tenían un futuro más allá de las relaciones entre cliente e investigador. Fue una sensación grata, cálida. ¡Lástima que no fuera también duradera!

XIV

Sobre la mesa de trabajo que había en el arsenal, se hallaban dos revólveres y dos rifles. Acababan de ser cargadas las cuatro armas. Junto a ellas, se encontraban varias cajas de munición.

Entretanto, madre Grace había enviado a Edna Vanoff a realizar un encargo, quedando a solas con Kyle, el cual cogió un rifle.

–Yo dirigiré el ataque.

–No –dijo madre Grace.

–¿No? Pero si tú has dicho siempre que me permitirías...

–No será fácil matar al chico –argumentó madre Grace.

–¿Cómo es eso?

–No es del todo humano. Una sangre demoníaca fluye por sus venas.

–A mí eso no me asusta.

–Debería asustarte. Sus poderes son grandes y aumentan cada día.

–Pero yo cuento con el poder de Dios Todopoderoso.

–No obstante, este primer ataque fallará casi con seguridad.

–Estoy dispuesto a morir –declaró.

–Lo sé, querido muchacho, lo sé. Pero no quiero arriesgarme a perderte apenas comenzada esta batalla. Eres demasiado valioso. Eres mi enlace entre este mundo y el reino espiritual.

–También soy el martillo –añadió petulante el hombretón.

–Conozco de sobra tu fuerza.

Diciendo esto, madre Grace le quitó el rifle y lo colocó de nuevo sobre la mesa.

Él sintió una terrible y apremiante necesidad de arremeter contra algo..., siempre y cuando arremetiera en nombre de Dios, por descontado. No necesitaba ya sembrar el dolor y la destrucción entre los inocentes sólo para darse esa satisfacción. Tales tiempos habían pasado para siempre. Anheló ser un soldado de Dios. Aquella necesidad le oprimió el pecho, le retorció el estómago.

Había estado esperando impaciente el ataque de esa noche. La expectación le había dejado los nervios a flor de piel.

–El martillo de Dios –dijo una vez más.

–Y se utilizará a su debido tiempo –le aseguró ella.

–¿Cuándo?

–Cuando se presente la verdadera oportunidad para destruir al chico.

–¡Hum! Si no hay ocasión de aplastarlo esta noche, ¿cuál es el objeto de ir en busca del pequeño bastardo? ¿Por qué no esperar?

–Porque, si tenemos suerte, podremos al menos hacerle daño, herirle –explicó madre Grace–. Y eso alterará su aplomo. Ahora mismo, la pequeña bestia piensa que no podremos causarle jamás daño alguno. Si empieza a creerse vulnerable, lo será cada vez más. Primero debemos debilitar la confianza que tiene en sí mismo. ¿Lo has comprendido?

Kyle asintió a pesar suyo.

–Y, si tenemos mucha suerte –prosiguió Grace–, si Dios está con nosotros y cogemos desprevenido al demonio, podremos matar a la madre. Entonces el muchacho se quedará solo. Ya ha desaparecido el perro. Si eliminamos también a la madre, el chico no tendrá a nadie y su entereza se vendrá abajo. Será vulnerable en extremo.

–Déjame, pues, matar a la madre –suplicó Kyle.

Ella le sonrió y meneó la cabeza.

–Hijo mío, cuando Dios quiera que seas su martillo, te lo participaré. Hasta entonces debes ser paciente.

Charlie se apostó ante la ventana con unos potentes prismáticos que servían también de cámara fotográfica. Enfocó con ellos al hombre plantado junto a la furgoneta blanca que se hallaba en la calle. El desconocido media más o menos un metro ochenta, era un tipo delgado, pálido, con boca de labios apretados, nariz estrecha y cejas gruesas, oscuras y juntas. Un hombre de mirada intensa y que no podía tener quietas las manos. Con una se aflojaba el cuello de la camisa; con la otra se alisaba el pelo para pellizcarse poco después el lóbulo de la oreja y rascarse a continuación la barbilla. Luego, se quitaba alguna pelusa de la chaqueta. Por fin se alisaba otra vez el pelo. Aquel hombre no podría pasar jamás por un vulgar obrero tomándose tranquilamente su almuerzo.

Charlie le hizo varias instantáneas.

Cuando Christine Scavello y Henry se marcharon en el Firebird gris de la mujer, el vigilante pareció a punto de subir a la furgoneta para seguirlos; pero vaciló, miró desconcertado en torno suyo y por último decidió quedarse donde estaba.

Joey se plantó junto a Charlie. Era lo bastante alto para mirar por la ventana.

–Me está esperando, ¿verdad?

—Así parece.

—¿Por qué no sales y disparas contra él?

Harrison se rió.

—No puedo ir por ahí disparando contra las personas. Al menos, en California. Tal vez si esto fuera Nueva York...

—Pero tú eres un detective privado —razonó Joey—. ¿Es que no tienes licencia para matar?

—Eso le corresponde a James Bond.

—¿También lo conoces?

—A él no, la verdad. Pero conozco a su hermano.

—¿Sí? No he oído hablar nunca de su hermano. ¿Cómo se llama?

—Municipal Bond.

—¡Vaya nombre extraño! —exclamó Joey sin darse cuenta de la broma.

«Tiene sólo seis años —se dijo Charlie—. Pero algunas veces el chico se comporta como si tuviera bastantes más, y se expresa con una precisión que nadie esperaría de un párvulo.»

El niño miró otra vez por la ventana. Permaneció silencioso durante un momento mientras Charlie tomaba dos últimas fotografías del tipo de la furgoneta blanca, y entonces dijo:

—No entiendo por qué no podemos disparar contra ese hombre. Él lo haría contra mí si tuviese la oportunidad.

—¡Bah! No creo que llegara a ese extremo —contestó Charlie con intención de infundirle ánimo.

Pero, haciendo gala de una ecuanimidad y una firmeza de voz que, dadas las circunstancias, eran impropias de sus años, el chiquillo dijo:

—¡Ah! ¡Sí! ¡Vaya si lo haría! Dispararía contra mí si pudiese hacerlo con impunidad. Dispararía y me arrancaría el corazón. ¡Eso es lo que haría!

Cinco plantas más abajo, el vigilante se alisó el pelo con una mano de dedos largos y huesudos.

SEGUNDA PARTE

EL ATAQUE

¿Se aproxima el fin del mundo?
¿Es el diablo ese ser a quien ellos oyen canturrear?
¿Son las campanas del Juicio Final las que tañen?
¿Es el diablo ese ser a quien ellos oyen cantar?

¿O son exagerados sus sombríos temores?
¿Están ofuscados los pregoneros de la hecatombe?

Aquellos que temen la venida de todos los infiernos,
son quienes debieran temerse a sí mismos.

The Book of Counted Sorrows

Un fanático hace lo que, según él, haría el Señor, si conociese el caso.

FINLEY PETER DUNNE

XV

La Wine & Dine estaba enclavada en un atrayente centro comercial de alto copete, todo ladrillo y madera noble, a media manzana del puerto recreativo de Newport Beach. Incluso en lunes, la tienda recibió una corriente incesante de clientes afluyendo a la sección de comestibles importados; y otra, casi similar, a la de vinos y licores. En todo momento hubo por lo menos dos o tres personas curioseando en el departamento de utensilios culinarios, inspeccionando sartenes y cazuelas, máquinas heladoras de importación, dispositivos para el tratamiento de alimentos y otros aparatos de cocina. Durante la tarde, Christine, Val y su dependiente, Tammy, vendieron, además de comestibles, vinos y pequeños artefactos, dos estupendas máquinas para hacer pasta, un costoso juego de cubertería, un Cuisinart, un hermoso *buffet* calefactor de cobre y una máquina *cappuccino,* con ornamentos de cobre amarillo, que costaba novecientos dólares.

Aunque de forma misteriosa, la tienda había funcionado a la perfección casi desde el día de su apertura, y a pesar de que comenzó a ser rentable en la tercera semana de funcionamiento (hecho insólito para un establecimiento recién abierto), Christine estaba todavía sorprendida y encantada al ver que la caja registradora seguía dejando oír sus timbrazos día tras día. Seis años y medio de rentabilidad segura no la habían familiarizado aún con el éxito.

El bullicio de Wine & Dine hizo transcurrir la tarde del lunes mucho más aprisa de lo que ella hubiera creído posible cuando dejó de mala gana a Joey con Charlie Harrison. La demencial vieja siguió presente en el fondo de su pensamiento, por supuesto. Rememoró varias veces el cuerpo decapitado de *Brandy* en el porche trasero y, durante unos minutos, sintió desmayo y sequedad en la boca. Henry Rankin estuvo presente por doquier, ayudando a envolver las compras, poniendo precios en algunos artículos recién adquiridos, colaborando en cualquier cosa en la que su ayuda pudiera ser de utilidad. Fingía ser un empleado, pero sin dejar de acechar a los clientes y dispuesto a intervenir tan pronto como algún peligro amenazase a Christine. No obstante, a despecho de las imágenes cruentas del perro que la torturaban y a pesar del recordatorio constante que era la presencia de Henry, las horas pasaron volando y estar atareada representó un alivio.

También ayudó lo suyo Val Gardner. No sin cierta aprensión, Christine le había explicado la situación, a pesar de su temor de que Val la abrumara con preguntas durante todo el tiempo y la hiciera enloquecer antes de que dieran las cinco. Val parecía florecer con los contratiempos ínfimos; aseguraba haber quedado «traumatizada» tras unas contrariedades tan simples como un grifo del baño averiado o una carrera en la media. Val encontraba drama e incluso tragedia en un resfriado o una uña rota; pero nunca la deprimían ni inquietaban de verdad las pequeñas alteraciones del destino que propiciaban su histrionismo; disfrutaba siendo la heroína de su propio sainete, dramatizando su vida, dándole más colorido para solazarse. Y, cuando a veces le faltaba un trauma que iluminara su vida, se contentaba con los problemas de sus amigas, los asumía sin reservas como si fuesen una combinación de la querida abuelita y Atlas con el mundo sobre sus espaldas. Pero era también una mujer bien intencionada con excelente sentido del humor, honradez y laboriosidad. Y ahora, ante la sorpresa relativa de Christine, Val demostró ser lo bastante sensitiva para abstenerse de todo comentario sobre la mujer loca y las amenazas contra la vida de Joey; mantuvo quieta la lengua aunque sin duda la acuciaban un millar de preguntas mordientes.

A las cinco, Charlie Harrison se presentó con Joey y dos individuos que parecían aspirantes a protagonizar una nueva película sobre Hércules. Eran los guardaespaldas que prestarían servicio hasta que otra pareja los sustituyera a media noche.

Uno se llamaba Pete Lockburn, medía un metro ochenta y siete, tenía pelo rubio rizado, rostro solemne y ojos vigilantes. Debajo de su chaqueta parecía que, en lugar de hombreras, hubiera dos traviesas de ferrocarril; pero no existía otra cosa que el cuerpo de Pete. El otro, Frank Reuther, era un hombre negro tan formidable como Lockburn, apuesto y con las manos más gigantescas que Christine había visto. Lockburn y Reuther vestían con pulcritud, traje completo y corbata. Ambos eran corteses y afables; pero nadie los confundiría con un pastor baptista o un contable. Daban la impresión de estar habituados a forcejear con osos grises y a partir por la mitad gruesos robles para mantenerse en forma.

Val los miró estupefacta, y su mirada pasó del estupor a la preocupación cuando se volvió hacia Christine.

—¡Oh! Escucha, Christine, chica, supongo que el asunto no me ha impresionado hasta la aparición de este ejército tuyo. Parece que... es algo serio, ¿verdad?

—Sí, muy serio —convino Christine.

Los dos hombres que madre Grace había elegido para la misión eran Pat O'Hara y Kevin Baumberg. El primero, un irlandés de veinticuatro años, de robustez algo excesiva, un converso del catolicismo. El segundo, un hombre bajo y macizo con espesa barba negra. Había renunciado al judaísmo, después de toda una vida; también había renunciado a una familia y a un próspero negocio de joyería, con objeto de ponerse bajo las órdenes de madre Grace y ayudarle a preparar el mundo para el Crepúsculo, ante la llegada del anticristo. Ella los había seleccionado para el intento de asesinato, porque ambos simbolizaban dos cosas importantes: la atracción universal de su mensaje y la hermandad de todos los hombres buenos que era el único poder capacitado para aplazar o evitar el fin del mundo.

Pocos minutos después de las cinco, O'Hara y Baumberg abandonaron el sótano de la iglesia en Anaheim, acarreando dos sacos de ropa sucia. Subieron un tramo de escalones de cemento que llevaban a un aparcamiento asfaltado.

El anochecer invernal, extendiéndose en el cielo cual un inmenso ejército negro, había ahuyentado ya casi toda la luz hacia el horizonte occidental. Unas pocas nubes amenazadoras habían llegado del mar y el aire era frío y húmedo.

O'Hara y Baumberg colocaron los sacos de ropa en el portaequipajes de un turismo Chrysler blanco, que pertenecía a la iglesia. Los sacos contenían dos rifles, dos revólveres y la munición. Todo ello había sido bendecido por madre Grace.

Tensos y preocupados con pensamientos de mortalidad, ni uno ni otro sintieron deseo de hablar. Así que salieron en silencio del aparcamiento a la calle, donde un viento súbito agitó las ramas de los árboles de la acera e hizo volar hojas secas a lo largo de las cunetas.

XVI

Mientras Tammy despachaba a los últimos clientes de la jornada, Charlie preguntó a Christine:

—¿Ha habido problemas? ¿Alguien la ha molestado?

—No. Todo ha estado muy pacífico.

—¿Indagaste algo sobre La Palabra Verdadera? —inquirió Rankin.

—Explicártelo requeriría demasiado tiempo —contestó Charlie—. Ahora quiero llevar a Christine y Joey a su casa y cerciorarme de que todo está seguro allí. He de dejarlos bien instalados para la noche. Pero he traído tu coche. Está ahí fuera y, en el asiento delantero, encontrarás una copia del expediente hasta la fecha. Puedes leerlo más tarde y ponerte al corriente.

—¿Necesitas algo de mí esta noche?

—No.

Y Joey dijo:

—Ven mamá. Ven al coche. Quiero enseñarte algo bonito de verdad.

—Un segundo, cariño.

Aunque tanto Lockburn como Reuther fueran, al menos por su aspecto físico, el tipo de hombres que encandilan a muchas mujeres, Val Gardner no se dignó echarles una segunda ojeada. Ella enfiló a Charlie tan pronto como éste terminó de hablar con Henry Rankin y le descargó todo su encanto hasta hacerlo más devorador que una llama de soplete.

—Siempre he deseado conocer a un detective —dijo con respiración entrecortada—. ¡Debe de ser tan emocionante...!

—A decir verdad, resulta aburrido por lo general —respondió Harrison—. La mayor parte de nuestro trabajo consiste en buscar y acechar, una hora de tedio tras otra.

—Pero a ratos... —apuntó insinuante Val.

—Bueno, claro, de cuando en cuando hay algunos fuegos artificiales.

—Apostaría cualquier cosa a que usted vive para disfrutar de esos momentos.

—A nadie le gusta que le larguen un balazo ni que un marido iracundo le aporree la cara en un caso escabroso de divorcio.

—Veo que peca de modestia —dijo Val amenazándole con el dedo mientras le guiñaba un ojo con toda la picardía de que era capaz.

«Y está muy capacitada para esto», pensó Christine. Val era una mujer en extremo atractiva, con abundante pelo castaño, luminosos ojos verdes y una figura impresionante. Christine envidiaba sus formas exuberantes. Eran pocos los hombres que habían llamado hermosa a Christine; pero, de todas formas, ella no había dado nunca mucho crédito a quienes le hacían semejante cumplido. Según su madre, ella no había sido atractiva jamás; la había catalogado como una criatura «corriente» y aun cuando supiera que el criterio de su madre alcanzaba unas cotas absurdas y que sus opiniones no eran racionales ni justas, Christine se creía una mujer discretamente bonita, más adecuada para ser monja que sirena. Algunas veces, cuando Val se vestía de tiros largos y optaba por la coquetería, Christine se sentía, comparada con ella, como un mancebo.

Val siguió diciendo a Charlie:

—Apostaría cualquier cosa a que usted es el tipo de hombre que necesita un poco de peligro para salpimentar su vida y que sabe cómo afrontar el riesgo.

—Mucho me temo que usted se esté formando una opinión muy romántica de mí.

Pero Christine sospechó que las lisonjas de Val le estaban haciendo disfrutar.

—Ven, mamá, por favor —clamó Joey—. Ven al coche. Tenemos un perro. Una verdadera belleza. Ven a verlo.

—¿Es de la perrera? —preguntó Christine a Charlie cortando en seco el juego de Val.

—Sí —contestó él—. Intenté convencer a Joey de que eligiera un mastín de setenta kilos llamado *Asesino;* pero no quiso escucharme.

Christine sonrió.

—Vamos a verlo, mamá —insistió Joey—. Por favor.

Diciendo esto, le cogió la mano y tiró de ella arrastrándola hacia la puerta.

—¿Querrás ocuparte del cierre, Val? —preguntó Christine.

—No me quedo sola, aquí está Tammy. Tú vete a casa. —Lanzó una mirada melancólica a Charlie dándole a entender sin rebozo que le hubiera gustado tener más tiempo para hacer un buen trabajo con él; luego se dirigió a Christine—: Y si no quieres venir mañana, da lo mismo, no te preocupes.

—¡Ah, no! —exclamó Christine—. Estaré aquí. Eso me ayudará a pasar el día. Esta tarde me habría vuelto loca si no hubiese podido trabajar.

—Celebro haberla conocido —dijo Charlie dirigiéndose a Val.

—Espero verlo otra vez —respondió ella favoreciéndole con una sonrisa de alta tensión.

Pete Lockburn y Frank Reuther salieron antes de la tienda, examinaron el paseo a lo largo de los establecimientos comerciales, inspeccionaron recelosos el aparcamiento. Christine se sintió violenta en su compañía. No se creyó lo bastante importante para necesitar guardaespaldas. La presencia de los guardianes armados la incomodó haciéndola creerse extrañamente pretenciosa, como si se diera aires de grandeza.

El cielo estaba negro por el este. En la parte de arriba, era de un azul intenso. Hacia el oeste, sobre el océano, una llamativa puesta de sol, con sus luces anaranjadas y amarillas, rojas y ocres, iluminaba un tenebroso frente de nubes de tormenta. Aunque el día hubiese sido bastante cálido para febrero, el aire era ya muy fresco. Más tarde sería frío. En California, los días invernales tibios eran un frecuente obsequio de la Naturaleza, la cual, sin embargo, raras veces extendía su generosidad a las noches de invierno.

Un Chevrolet verde oscuro de la Klemet-Harrison estaba aparcado junto al Firebird de Christine. En el asiento trasero, había un perro mirándolos por la ventanilla y cuando Christine lo vio, se quedó sin aliento.

¡Era *Brandy*! Durante unos segundos quedó pasmada, incapaz de dar crédito a sus ojos. Luego, comprendió que no podía ser *Brandy* sino otro spaniel dorado de tamaño, edad y capa idénticos.

Joey se adelantó corriendo y abrió la puerta. El perro saltó a tierra lanzando un breve y hondo ladrido de felicidad; olfateó las piernas del muchacho y luego le saltó al pecho poniéndole las zarpas sobre los hombros con tal ímpetu que casi le hizo caer.

Joey rió y le revolvió la larga pelambrera.

—¿Verdad que es simpático, mamá? Tiene pinta de algo, ¿eh?

Ella miró a Charlie, cuya sonrisa era casi tan radiante como la de Joey. Estando todavía a unos diez metros del niño, sin posibilidad de que éste pudiera oírlos, Christine habló en voz baja con evidente irritación.

—¿No cree usted que habría sido preferible cualquier otra raza?

Charlie pareció aturdido ante aquel tono acusatorio.

—¿Quiere decir usted que es demasiado grande? Según me dijo Joey, viene a tener el mismo tamaño que el del perro que... han perdido.

—No sólo tiene el mismo tamaño sino que es también el mismo perro.

—¿Quiere decir que *Brandy* era un spaniel dorado?

—¿Acaso no se lo dije?

—Usted no mencionó en ningún momento la raza.

—¡Oh! Bueno. ¿Es que no lo hizo Joey?

—Él no dijo ni palabra al respecto.

—Ese perro es una réplica exacta de *Brandy* —murmuró inquieta Christine—. No me parece una buena idea... desde el punto de vista psicológico, quiero decir.

Sujetando al spaniel por el collar, Joey se volvió hacia ellos y confirmó el temor intuitivo de su madre al exclamar:

—¿Mamá, sabes cómo le llamaré? *¡Brandy! ¡Brandy II!*

—Ya veo a lo que se refiere usted —dijo Charlie a Christine.

—Su subconsciente intenta negar que *Brandy* está muerto —dijo ella—, y eso no es saludable.

En el mismo momento en que las lámparas de sodio se encendían en el aparcamiento proyectando una luz amarillenta hacia la lobreguez crepuscular, Christine se acercó a su hijo y se detuvo.

El perro la olfateó, le pasó revista, ladeó la cabeza y la miró como si intentara calcular cómo encajaba ella allí. Por último, le puso una pata sobre la pierna. Parecía estar pidiéndole la garantía de que ella iba a quererlo tanto como su nuevo amo.

Comprendió que era demasiado tarde para devolver el perro y observó desalentada que Joey se había encariñado ya con el animal; pero decidió hacerle desistir, por lo menos, de que le llamara *Brandy.*

—Escucha, cariño, creo que sería una buena idea pensar en otro nombre para él.

—Me gusta *Brandy.*

—Pero usar otra vez ese nombre... sería como una ofensa para el primer *Brandy.*

—¿Sí?

—Daría la impresión de que intentas olvidarlo.

—¡Eso no! —exclamó furioso—. ¡Jamás lo podré olvidar!

Una vez más, se le saltaron las lágrimas.

—Este perro debería tener un nombre que fuera sólo suyo —insistió cariñosa ella.

—Es que el nombre *Brandy* me gusta, de verdad.

—Vamos. Piensa otro.

—Bueno...

—¿Qué te parece... *Príncipe*?

—Bobo. Quizá... *Randy*.

Ella frunció el entrecejo y meneó la cabeza.

—No, cariño. Busca otra cosa. Algo diferente por completo. ¿Y si le pusieras algo relacionado... con *La guerra de las galaxias*? ¿No sería gracioso tener un perro llamado *Chewbacca*?

Su rostro se iluminó.

—¡Sí! *¡Chewbacca!* ¡Grandioso!

Como si hubiese entendido cada palabra y voceara su aprobación, el perro lanzó un ladrido y le lamió la mano a Christine.

—Bueno —intervino Charlie—. Pongamos a *Chewbacca* en su Firebird. Quiero que salgamos cuanto antes de aquí. Joey, usted y yo iremos en el Chevy. Conducirá Frank. Pete nos seguirá en su coche con *Chewbacca*. Por cierto, tenemos compañía.

Christine miró en la dirección que le señalaba Charlie. La furgoneta blanca se hallaba en el otro extremo del aparcamiento, iluminada a medias por el resplandor amarillento de las altas farolas. El conductor no fue distinguible más allá del negro parabrisas pero ella supo quién estaba allí acechando.

XVII

Entretanto la noche había caído.

Las nubes tormentosas seguían progresando desde occidente. Eran más negras que la propia noche y cubrían aprisa las estrellas.

O'Hara y Baumberg marcharon despacio en el Chrysler blanco examinando las casas de aspecto costoso a ambos lados de la calle. Condujo O'Hara, cuyas manos resbalaron sin cesar sobre el volante porque las cubría un sudor frío. Él sabía que era un agente de Dios en este asunto, pues así se lo había dicho madre Grace. Lo que estaba haciendo era bueno, justo y necesario. Lo sabía bien; sin embargo, no se veía a sí mismo como un asesino, fuera santo o no. Estaba seguro de que Baumberg sentía lo mismo, porque la respiración del antiguo joyero era demasiado agitada para un hombre que no había hecho todavía el menor esfuerzo físico. Las pocas veces que dijo algo, su voz había sido más temblorosa y estridente que de costumbre.

Ni uno ni otro tenía dudas acerca de su misión o sobre madre

Grace. Ambos poseían una fe profunda y respetuosa en la anciana. Y harían lo que se les había ordenado. O'Hara sabía que el chico debería morir, conocía el porqué y creía en las razones aducidas. Asesinar a ese niño no le perturbaba, y sabía que a Baumberg tampoco. Estaban sudorosos y nerviosos por la sencilla razón de que tenían miedo.

A lo largo de aquella calle casi escondida entre árboles, varias casas estaban a oscuras. Una de ellas podría serles útil. Pero acababa de anochecer y muchas personas circulaban de vuelta del trabajo. No querían que, después de seleccionar una casa y asaltarla los descubriera, y quizá los atrapara, cualquier tipo que volviera a su domicilio con un portafolios en la mano.

O'Hara estaba preparado para matar al chico, a su madre y a los guardaespaldas contratados para protegerlos porque todos ellos se hallaban al servicio de Lucifer. Madre Grace lo había convencido de eso. Pero O'Hara no estaba preparado para matar a cualquier peatón inocente que se cruzara en su camino. Por consiguiente, tendrían que seleccionar con sumo cuidado la casa.

Lo que ellos estaban buscando era un lugar en cuyo porche se acumulasen los periódicos de fechas pasadas, o que tuviera un buzón rebosante de cartas, cualquier señal de que sus inquilinos estaban ausentes. Debería ser en aquella manzana y por tanto resultaba muy poco probable que lo encontraran. De no conseguirlo, se precisaría poner en marcha otro plan alternativo de ataque.

Cuando habían alcanzado casi el extremo norte de la manzana, Baumberg dijo:

—¡Allí! ¿Qué opinas de esa casa?

Era una vivienda de estilo hispánico de dos plantas, estucada de beige claro y con tejado de pizarra, casi oculta por grandes árboles, y entre macizos de verónica y arriates de azalea. La luz de la calle iluminaba el letrero de una empresa inmobiliaria plantado en el césped cerca de la acera. La casa estaba en venta y todas las ventanas permanecían oscuras.

—Tal vez esté desocupada —se ilusionó Baumberg.

—No tendremos tanta suerte —rezongó O'Hara.

—Vale la pena echar un vistazo.

—Creo que sí.

O'Hara condujo el vehículo hasta la siguiente manzana y aparcó junto al bordillo. Cogió una bolsa de líneas aéreas que él había cargado en la iglesia, acompañó a Baumberg hasta la casa de estilo hispánico, recorriendo un camino de entrada flanqueado por floridas begonias, y se detuvo ante la verja de un atrio. Allí permanecieron al amparo de unas sombras profundas. O'Hara esperó que no los descubrieran desde la calle.

Un viento frío suspiró entre las ramas de los árboles y agitó las brillantes hojas de verónica. A O'Hara le pareció que la propia noche les acechaba con propósitos hostiles. ¿No podría ser que una entidad demoníaca les hubiese seguido hasta allí y ahora estuviese con ellos, entre aquellas sombras tétricas, un emisario de Satanás esperando pillarlos desprevenidos para hacerlos pedazos?

Madre Grace había dicho que Satanás haría cualquier cosa para malograr su misión. Y ella vislumbraba esas cosas. Madre Grace conocía la verdad y la proclamaba. Madre Grace era la verdad misma.

Su corazón latió desacompasado. O'Hara miró sin verlos los recovecos impenetrables de la negrura, intentando captar la visión fugaz de un monstruo en acecho. Pero no vio nada fuera de lo común.

Baumberg se apartó de la verja de hierro forjado, penetró en el césped y se aproximó a un macizo lleno de azaleas y begonias de hojas oscuras que, en la profunda tenebrosidad, parecieron negras. Atisbó por una ventana y dijo en voz baja:

—Ninguna cortina... No creo que esté amueblada siquiera.

O'Hara se acercó a otra ventana, apretó la cara contra el cristal, entornando los ojos, y percibió también las mismas señales de vacío.

—Bingo —exclamó Baumberg.

¡Habían encontrado lo que buscaban!

A un costado de la casa, la entrada en el césped trasero estaba protegida también por una verja, pero con la cancela entornada. Cuando Baumberg la empujó, la barrera de hierro forjado dejó oír el chirrido de unos goznes sin engrasar.

—Volveré al coche y traeré los sacos de ropa —dijo Baumberg.

Se alejó deslizándose entre los cortinajes negros de la noche.

O'Hara pensó que eso de separarse no era una buena idea; pero Baumberg desapareció antes de que él pudiera objetar nada. A solas, le resultó más difícil reprimir el miedo. Y el miedo era el alimento del demonio. El miedo atraía a la Bestia. O'Hara miró alrededor de la palpitante oscuridad y se dijo que su fe era la mejor armadura. Nada podría dañarle mientras él confiase la armadura de sus creencias a madre Grace y a Dios. Pero eso no era fácil.

Algunas veces, añoraba los días que precedieron a su conversión, cuando él no conocía aún la próxima llegada del Crepúsculo, cuando no se daba cuenta todavía de que Satanás andaba suelto por la tierra y de que el Anticristo acababa de nacer. Él había sido un ignorante inefable. Las únicas cosas que había temido eran los polis, la cárcel y el cáncer, porque el cáncer había matado a su padre. Ahora temía todo lo comprendido entre el ocaso y el alba, porque era en las horas oscuras cuando el demonio se mostraba más audaz. A la sazón, su vida estaba configurada por el miedo. A veces, la carga que representaba la verdad de madre Grace resultaba casi insoportable.

Decidió no esperar a Baumberg. Cargado con la bolsa de la compañía aérea, O'Hara reemprendió la marcha hacia la parte trasera del edificio. ¡Él le demostraría al demonio que no se dejaría intimidar!

XVIII

Joey quiso ir delante con Pete Lockburn a quien habló sin tregua, y lleno de entusiasmo, durante todo el recorrido hasta casa.

Christine se acomodó detrás con Charlie, el cual se volvió a ratos para mirar por la ventanilla trasera. Frank Reuther los siguió en el Pontiac Firebird de Christine. Entre los pocos coches que marchaban detrás de Reuther, se dejó ver la furgoneta blanca, fácilmente identificable de noche porque tenía un faro más brillante que el otro.

—Me es imposible catalogar a ese individuo —dijo Charlie—. ¿Será tan tonto como para creer que no nos apercibimos de su presencia? ¿Estará convencido de que su actuación es discreta?

—Tal vez no le importe que lo hayamos localizado —comentó Christine—. ¡Ellos parecen ser tan... arrogantes!

Charlie se olvidó de la ventanilla trasera y suspiró.

—Probablemente tiene usted razón.

—¿Qué ha averiguado usted acerca de la compañía impresora... La Palabra Verdadera? —inquirió Christine.

—Lo que sospechaba. La Palabra Verdadera imprime material religioso... Folletos, octavillas, propaganda de toda especie. Su propietaria es la Iglesia del Crepúsculo.

—Jamás oí hablar de ella —manifestó Christine—. ¿Un culto de lunáticos tal vez?

—Sí, hasta donde llegan mis averiguaciones. Chiflados totales.

—No debe de ser un grupo muy nutrido, pues de lo contrario habría oído mencionarlos alguna vez.

—Nutrido no; pero sí rico —informó Charlie—. Tal vez lo formen unas mil personas.

—¿Peligroso?

—No ha estado complicado en grandes disturbios. Pero el potencial está ahí: el fanatismo. Nosotros hemos tenido ya un litigio con ellos por cuenta de otro cliente. Hace siete meses. La esposa de ese individuo lo abandonó para incorporarse al culto, y se llevó consigo a sus dos hijos..., uno de tres años y otro de cuatro. Esos iluminados se negaron a decirle dónde estaba su mujer y no le dejaron ver a los niños. La Policía no ayudó mucho que digamos. No hace nunca acto de presencia en tales casos. ¡Todo el mundo es tan cuidadoso de no pisotear las libertades religiosas! Además, los niños no habían sido secuestrados. Estaban con su madre. Una madre puede llevar a sus hijos adonde le plazca siempre que no viole un acuerdo de custodia en situaciones de divorcio, lo cual no era el caso. Fuera como fuera, encontramos a los niños, nos los llevamos y se los devolvimos al padre. No pudimos hacer nada acerca de la mujer. Ella permanecía con el culto por su propia voluntad.

—¿Viven en comuna? ¿Como esas gentes de Jonestown hace pocos años?

—Algunos sí; otros tienen sus hogares y apartamentos... Pero sólo si madre Grace les confiere ese privilegio.

—¿Quién es madre Grace?

Harrison abrió un portafolios del que sacó un sobre y una pequeña linterna. Le entregó el sobre, encendió la luz y dijo:

—Eche una mirada.

El sobre contenía una instantánea ampliada de veinte por veinticinco. Era una fotografía de la anciana que les había importunado en el aparcamiento. Incluso en una foto, hasta en dos dimensiones, los ojos de la vieja eran temerosos; había destellos de locura en ellos. Christine se estremeció.

XIX

A lo largo de la pared trasera, se alineaban las ventanas del comedor, la cocina, el cuarto de desayuno y la sala de estar, a la que conducían unas puertas francesas. O'Hara intentó abrirlas a sabiendas de que las encontraría cerradas con llave. Y así fue.

El patio estaba desnudo. No había tiestos ni muebles de jardín. La piscina había sido vaciada, tal vez para reparaciones.

Plantado ante las puertas francesas, O'Hara miró la casa situada al norte de ésta. Una pared formada con bloques de escoria, y que medía aproximadamente un metro ochenta, separaba esta propiedad de la siguiente. Por tanto, él no podía ver más que el segundo piso de la otra casa. Estaba a oscuras. Hacia el sur, más allá de otra pared, era visible la segunda planta de otra casa. Se hallaba inundada de luz. Al menos no había nadie mirando por las ventanas.

La parte trasera de la propiedad tenía también una pared divisoria. El edificio de ese lado era a todas luces de una sola planta, pues no se veía nada desde el patio donde estaba O'Hara.

Entonces, sacó una linterna de la bolsa y la utilizó para examinar el acristalado de las puertas francesas y de una de las ventanas. Se movió aprisa, temeroso de ser descubierto. Buscó alambres conductores. Células fotoeléctricas..., cualquier cosa que indicara la presencia en la casa de un dispositivo de alarma contra el allanamiento. Aquél era el vecindario típico en el que una tercera parte de las viviendas estaría equipada de esa forma. No encontró ningún indicio de que perteneciera a esa tercera parte.

Apagó la linterna, rebuscó en la bolsa y por fin extrajo un artefacto electrónico, alimentado con batería, cuyo tamaño venía a ser como el de una pequeña radio de transistores. De un extremo salía un cable de unos cuatro metros y medio, que terminaba en una especie de campana similar a la tapadera de un frasco de mahonesa. La aplicó al cristal de una puerta.

Una vez más tuvo la espeluznante sensación de que algo peligroso lo estaba acechando; un escalofrío le recorrió la espina dorsal cuando se volvió para atisbar el patio trasero envuelto en sombras. El viento silbó en el follaje espeso y un poco quebradizo de un inmenso sicomoro, agitó las frondas de dos palmeras e hizo que los arbustos se balancearan como si estuviesen vivos. Pero la piscina vacía fue lo que más atrajo la atención de O'Hara hasta convertirse en foco de su miedo. Tuvo la idea súbita de que algo enorme y aborrecible se agazapaba en aquel foso de cemento, lo espiaba, esperando el momento oportuno para saltar sobre él. Lo que quiera que fuese había sido creado mediante una acción de coalescencia en la oscuridad. Surgía de las simas del averno, y era enviado por alguien para impedirles que mataran al muchacho. Al fondo de los múltiples sonidos producidos por el viento, creyó oír otro ruido siniestro, viscoso y deslizante que provenía de la piscina, y sintió que, de repente, se le helaba la médula.

Baumberg reapareció con los dos sacos de ropa, sobresaltando a O'Hara.

—¿Lo has notado también? —preguntó Baumberg.

—Sí —repuso O'Hara.

—Está por aquí. Es la propia Bestia. O alguno de sus mensajeros.

—En la piscina —indicó O'Hara.

Baumberg miró pasmado al inmenso y negro boquete en el centro del césped. Por fin asintió.

—Sí, lo siento. Ahí, en el fondo.

«Sólo podrá dañarnos si empezamos a dudar del poder de madre Grace para protegernos —se dijo O'Hara—. Únicamente podrá detenernos si perdemos nuestra fe o dejamos que el miedo nos abrume.»

Eso era lo que madre Grace les había advertido.

Y madre Grace no se equivocaba nunca.

O'Hara centró otra vez su atención en las puertas francesas. Movió una llave del pequeño dispositivo al que estaba unida la ventosa y un pequeño dial cubierto de cristal se encendió en el centro del instrumento. El dispositivo, un detector de ondas sónicas, les revelaría si la casa estaba equipada con un sistema de alarma inalámbrico para protegerla mediante la localización de cualquier movimiento. El dial iluminado no se alteró, lo cual significó que no había ninguna actividad de ondas de radio dentro de la sala al otro lado de las puertas.

Antes de que madre Grace le convirtiera, O'Hara había sido un ladrón profesional muy dinámico y endiabladamente eficiente en su oficio. Porque madre Grace era propensa a buscar conversos entre aquellos que más se habían apartado de Dios. La Iglesia del Crepúsculo disponía, pues, de un sinfín de habilidades y conocimientos que no estaban al alcance de la Iglesia común cuyos miembros pertenecían a los segmentos cívicos de la población. Algunas veces eso era una verdadera bendición.

O'Hara separó del cristal la copa de absorción, apagó el detector de ondas y lo metió otra vez en la bolsa. Luego, sacó unas tijeras y un rollo de cinta adhesiva. Cortó varios trozos y los pegó en el cristal más próximo al picaporte. Cuando estuvo totalmente cubierto, le asestó un golpe seco y potente. El cristal se quebró; pero con poco ruido, y todos los fragmentos quedaron adheridos a la cinta. Los retiró del marco, los dejó a un lado y, metiendo la mano, accionó el cerrojo y abrió la puerta.

Tuvo ya la plena seguridad de que no había sistema de alarma, pero le quedaba una cosa por hacer. Se arrodilló, alargó el brazo a través del umbral y levantó la alfombra después de soltar las tachuelas que la mantenían fija. Debajo, no había ningún felpudo de alarma, sólo la guata ordinaria.

Volvió a colocar la alfombra como estaba. Baumberg y él entraron en la casa llevando los sacos de ropa y la bolsa.

O'Hara cerró las puertas francesas y corrió el cerrojo.

Luego, echó un vistazo a la parcela de césped. Todo parecía tranquilo.

—Ya no está ahí fuera —declaró Baumberg.

—No —convino O'Hara.

Baumberg echó una ojeada por la penumbrosa sala, el cuarto del desayuno y la tenebrosa cocina que se encontraba más allá.

—Ahora está aquí adentro, con nosotros —dijo.

—Sí —murmuró O'Hara, que había sentido la presencia hostil dentro de la casa apenas cruzó el umbral.

—Me gustaría poder encender algunas luces —manifestó inquieto Baumberg.

—La casa se tiene por desocupada. Los vecinos se sorprenderían de ver luces y tal vez decidieran llamar a los polis.

Sobre sus cabezas, en la habitación del piso superior, el parqué crujió.

Antes de convertirse a la fe de madre Grace, cuando él era todavía un ladrón que iba hurtando todo cuanto podía a lo largo del camino hacia el infierno, O'Hara habría pensado al oír aquel crujido que era un mero reajuste de la madera, uno de los múltiples e insignificantes sonidos que las casas vacías producen al dilatarse o contraerse las maderas a causa de la humedad o sequedad del ambiente. Pero aquella noche tenía el convencimiento de que allí no había reajuste alguno.

Sus viejos amigos y algunos de sus familiares le decían que se había vuelto un paranoico desde su incorporación a la Iglesia del Crepúsculo. Ellos no lo entendían, eso era todo. Su comportamiento parecía paranoico porque él había visto la verdad tal como la enseñaba madre Grace, mientras que ni sus amistades ni sus parientes tuvieron la fortuna de ser salvados. A él se le habían abierto los ojos; los de ellos seguían ciegos.

Más crujidos arriba.

—Nuestra fe es una coraza —dijo estremecido Baumberg—. No nos atrevamos a dudarlo.

—La Madre nos ha provisto con una coraza —corroboró O'Hara.

Criiioooaaac.

—Estamos haciendo la obra de Dios —afirmó Baumberg desafiando a la oscuridad que llenaba la casa.

O'Hara encendió la linterna cubriéndola con la otra mano al objeto de tener sólo la luz indispensable para verse sin correr el riesgo de que los descubriesen desde fuera.

Baumberg le siguió y ambos marcharon escaleras arriba al segundo piso.

XX

—Se llama Grace Spivey —informó Charlie mientras su coche avanzaba en la noche cada vez más desapacible.

Christine no pudo apartar los ojos de la fotografía. La mirada de la anciana era hipnótica, incluso en blanco y negro, parecía emitir una radiación fría.

En el asiento delantero, Joey siguió charlando con Pete Lockburn sobre *E.T.*, la película de Steven Spielberg que él había visto ya cuatro veces y que Lockburn parecía haber visto todavía más. La voz de su hijo le sonó muy lejana, como si el niño se hallase en una montaña distante y estuviera ya perdido para ella.

Harrison apagó la pequeña linterna.

Christine sintió alivio cuando la oscuridad cayó sobre la fotografía rompiendo el sortilegio que había ejercido sobre ella. La metió en el sobre y se la devolvió al investigador.

—¿Es ella la cabeza rectora de ese culto?

—Ella misma es el culto. Se trata ante todo de un culto a la personalidad. Su mensaje religioso no tiene nada de especial ni único: todo estriba en su forma peculiar de difundirlo. Si le sucediera algo a Grace, sus seguidores se dispersarían y la iglesia se disolvería con toda probabilidad.

—¿Cómo es posible que semejante vieja loca tenga adictos? No me parece carismática ni mucho menos.

—Pues lo es. Yo no he hablado nunca con ella; pero Henry Rankin sí. Él llevó el caso que he mencionado antes, esos dos niños pequeños cuya madre se llevó para incorporarse a la congregación. Y él me dijo que Grace posee sin duda cierto magnetismo, una personalidad muy vigorosa. Y aunque su mensaje no tenga nada de insólito, es dramático y emotivo, el tipo de comunicación a la que responden con entusiasmo determinadas personas.

—¿Y cuál es ese mensaje?

—Ella afirma que estamos viviendo los últimos días del mundo.

—Todo lunático religioso, desde aquí hasta Maine, ha proclamado eso en alguna ocasión.

—Desde luego.

—Por tanto debe de haber algo más. ¿Qué otras cosas dice?

Charlie titubeó, y Christine intuyó que temía contarle el resto.

—¿Qué cosas?

Él suspiró.

—Grace afirma que el Anticristo ha nacido ya.

—También he oído decir eso. Por ahí hay un culto según el cual el Anticristo es el rey de no sé qué país.

—¡Eso si que no lo sabía yo!

—Otros aseguran que el Anticristo será el hombre que asuma el gobierno de Rusia después del actual Primer Ministro.

—Eso me parece más comprensible que imputárselo a un rey.

—Yo no me sorprendería si hubiese por ahí algún culto que creyera ver el Anticristo en Burt Reynolds, Stephen King o Rodney Dangerfield.

Charlie no sonrió al oír la ocurrencia.

—Vivimos en unos tiempos esotéricos —murmuró.

—Nos estamos aproximando al final de un milenio —apuntó Christine—. Por una razón o por otra, eso provoca numerosas reacciones. Según se dice, la última vez, o sea, cuando se aproximaba el año mil, hubo toda clase de cultos extraños, signos de decadencia y actos violentos asociados a los temores de la Humanidad ante el fin del mundo. Me figuro que ahora sucederá lo mismo ante la próxima llegada del dos mil. ¡Qué demonios, si ya han empezado!

—Seguro —murmuró él.

Christine percibió que no le había dicho todo cuanto creía saber sobre Grace Spivey. Incluso con la poca luz que entraba por las ventanillas del coche, pudo apreciar en su rostro una expresión de turbación profunda.

—Bueno... —le apremió.

—Grace dice que estamos en el Crepúsculo, ese período que sobreviene poco antes de que el hijo de Satanás asuma el poder sobre la tierra y gobierne durante mil años. ¿Conoce usted bien la Biblia... o en particular las profecías?

–Hace tiempo estaba muy familiarizada con ella –respondió Christine–. Pero ya no. La verdad es que no recuerdo gran cosa.

–Entonces puede unirse a mi club. Pero, por lo que he podido entender de las prédicas de Grace Spivey, la Biblia dice que el Anticristo gobernará durante mil años acarreando sufrimientos indescriptibles a la Humanidad, después de lo cual se librará la batalla de Armagedón y, al fin, Dios descenderá y destruirá para siempre a Satanás. Ella asevera que Dios le ha concedido la última oportunidad para evitar el dominio milenario del demonio. Según afirma también, el Señor le ha ordenado que intente salvar a la Humanidad instituyendo una iglesia de gentes cabales que detenga al Anticristo antes de que alcance una posición de Poder.

–Si yo no supiese que hay personas fanáticas... y tal vez peligrosas, que creen en esas insensateces, lo encontraría divertido. ¿Y cómo piensan ellas que su pequeña banda de gentes cabales va a combatir contra el portentoso poder de Satanás, suponiendo en primer lugar que exista ese portentoso poder satánico?

–Yo, desde luego, no creo en él. Pero, según mis informes, sus planes de batalla constituyen un secreto conocido sólo entre aquellos que se han hecho miembros de la iglesia. Sin embargo, creo adivinar lo que se proponen.

–¿Y qué es?

Vaciló unos instantes antes de responder.

–Intentan darle muerte.

–¿Al Anticristo?

–Sí

–¿Así de fácil?

–No me figuro que ellos lo consideren tan fácil.

–¡Y no me extraña! –exclamó Christine sonriendo a pesar de la situación–. ¿Qué clase de demonio sería el que se dejase matar con facilidad? De todos modos, esa lógica me parece inconsciente. El Anticristo, si existiera, sería una figura sobrenatural. Y los seres sobrenaturales no pueden dejarse matar.

–Yo sé que el catolicismo romano tiene la costumbre tradicional de justificar los puntos de la doctrina mediante procesos lógicos –dijo Charlie–. Por ejemplo, santo Tomás de Aquino y sus escritos. Pero estas personas con quienes nos las habemos, son tipos marginados. Fanáticos. Ni la consistencia ni la lógica son cosas que los fanáticos religiosos requieran de sus correligionarios. –Lanzó un suspiro–. Ahora bien, suponiendo que se crea en toda esa mitología tal y como la expresa la Biblia y la presenta Grace..., tal vez su lógica no sea tan descabellada. Después de todo, se considera a Jesús un ser sobrenatural, el hijo de Dios; sin embargo, lo mataron.

–Eso es diferente –argumentó ella–. Según la historia de Cristo, era ésa su misión, su finalidad, su destino... Tenía que dejarse matar para salvarnos de las gravísimas consecuencias de nuestros pecados. ¿No es así? Pero me parece difícil de creer que el Anticristo sean tan altruista.

–Usted está pensando otra vez de forma lógica. Si quiere entender a Grace y a la Iglesia del Crepúsculo tendrá que arrinconar la sensatez.

–De acuerdo. Entonces, ¿quién dice ella que es el Anticristo?

–Cuando rescatamos a esos dos pequeños del culto –explicó Charlie–, Grace no había identificado aún al Anticristo. Tenía que encontrarlo. Pero ahora creo que ya lo tiene.

–¡Ah! ¿Sí? ¿Quién? –inquirió Christine. Pero antes de que Charlie pudiera responder, la respuesta la golpeó con la fuerza de un martillo pilón.

Delante, Joey seguía perorando con Pete Lockburn, ajeno por completo a la conversación que se desarrollaba entre su madre y Charlie Harrison.

No obstante, Christine bajó la voz hasta el susurro.

–¿Joey? ¡Dios mío! ¿Acaso esa demente cree que mi pequeño es el Anticristo?

–Yo apostaría a que sí.

Christine creyó estar oyendo aquella voz rebosante de odio surgiendo entre retazos vagos de la memoria: «¡Tiene que morir! ¡Tiene que morir!».

–¿Pero por qué él? ¿Por qué Joey? ¿No podía obcecarse con cualquier otro niño?

–Tal vez fuera como dijo usted: estuvo en el lugar menos adecuado en el momento menos oportuno. Si otra mujer cualquiera, acompañada de otro niño, hubiese estado en el aparcamiento de la South Coast Plaza a la misma hora del pasado domingo, es posible que ahora ese otro niño fuera el objetivo de Grace en lugar de Joey.

Christine comprendió que era probable que tuviese razón. Pero eso no impidió que la idea le causara vértigo. Era un desvarío estúpido, cruel, maligno. ¿En qué mundo se vivía si un inocente recorrido por el mercado les hacía candidatos al martirio?

—Pero... ¿cómo podremos detenerla? —preguntó.

—Si ella recurre a la violencia, utilizaremos la disuasión. Y si no podemos disuadirla... Bueno, entonces haremos saltar por los aires a su gente antes de que pueda tocar a Joey. Esto no es una cuestión de responsabilidad legal. Usted nos ha contratado para que los protejamos, y nosotros contamos con la sanción legal para recurrir a la fuerza, si fuera necesario e inevitable, en cumplimiento de nuestro deber.

—No. Yo quiero decir que cómo podríamos hacerle cambiar de idea. ¿Qué forma hay para hacerle reconocer que Joey es sólo un niño pequeño? ¿De qué modo inducirla a retirarse?

—No lo sé. Me imagino que una fanática semejante es tan obcecada que no atiende a ninguna razón. Será dificilísimo hacerle cambiar de idea sobre nada, y menos todavía acerca de un asunto tan importante para ella como éste.

—Pero usted ha dicho que tiene un millar de seguidores.

—Quizás incluso algunos más a estas alturas.

—Si los envía en persecución de Joey, no podremos matarlos a todos. Tarde o temprano, alguno burlará nuestras defensas.

—No pienso permitir que esto se eternice —le aseguró él—. Ni darles muchas oportunidades para hacer el mal a Joey. Haré cambiar de idea a Grace, la obligaré a replegarse y desaparecer.

—¿Cómo?

—Todavía no lo sé.

La imagen de la arpía en el aparcamiento reapareció ante Christine... Pelo revuelto, ojos desorbitados, ropas llenas de pelusas y manchas grasientas... Sintió que la desesperación la atenazaba.

—Será imposible hacerle modificar su pensamiento.

—Tiene que haber algún medio —insistió Charlie—. Yo lo encontraré.

—Ella no se detendrá jamás.

—Mañana tengo una cita con un excelente psicólogo. El doctor Denton Boothe. Le interesa de un modo especial la psicología del culto. Me propongo discutir el caso con él, darle todos nuestros datos sobre Grace y pedirle que colabore con nosotros para descubrir su punto flaco.

Christine no encontró muy prometedora esa táctica. Pero al fin y al cabo, tampoco vio que lo fuera ninguna otra.

Charlie le cogió la mano mientras el coche volaba a través de la tempestuosa oscuridad.

—No la dejaré en la estacada.

Pero ella se preguntó por vez primera si sus promesas no serían vacuas.

XXI

En el segundo piso de la casa vacía, O'Hara y Baumberg se apostaron ante las ventanas del espacioso dormitorio principal.

Ambos sintieron todavía la amenazadora presencia de una entidad diabólica observándolos. Intentaron desecharla aferrándose a su fe y a su determinación de completar la tarea que les había encomendado madre Grace.

Fuera, el patio trasero entre tinieblas sufrió los embates de un viento creciente. Desde allá arriba, ellos pudieron ver el fondo de la piscina. Ninguna bestia se agazapaba en la cavidad de cemento. Ahora no. Ahora estaba con ellos dentro de la casa.

Más allá de esa propiedad, había otra parcela de césped y otra casa, una vivienda estilo rancho de una sola planta, con una piscina llena e iluminada desde el fondo; era como una reluciente joya de un azul verdoso con forma de riñón.

Entretanto, O'Hara había sacado de la bolsa que tenía a sus pies unos prismáticos para ver de noche. Aprovechaban la escasa luz disponible para hacer resaltar la imagen de los paisajes oscuros. Gracias a ellos se le ofrecía una excelente panorámica de todas las fincas que colindaban con los patios traseros de las que se alineaban en la calle. Las fachadas daban a otra vía paralela a ésa.

—¿Cuál es la vivienda de Scavello? —preguntó Baumberg.

O'Hara se volvió despacio hacia la derecha tendiendo la vista al norte.

—La que se halla detrás de ésta, no. La siguiente, la de la piscina rectangular y los columpios.

—No veo columpio alguno —dijo Baumberg.

O'Hara le entregó los prismáticos.

—A la izquierda de la piscina. Un juego de columpios para niños y un gimnasio estilo laberinto. ¿Lo ves?

–Justo dos puertas más allá –dijo Baumberg.
–Sí.
–Ninguna luz encendida.
–No han llegado todavía.
–Quizá no vayan a casa –advirtió Baumberg.
–Irán.
–¿Y si no van?
–Los buscaremos –respondió O'Hara.
–¿En qué lugar?
–Iremos adonde Dios nos envíe.
Baumberg asintió.
O'Hara abrió uno de los sacos y sacó un rifle.

XXII

Cuando doblaron la esquina de la manzana de Christine y tuvieron su casa al alcance de la vista, Charlie preguntó:

–¿Ve usted esa caravana?

Al otro lado de la calle había aparcada una camioneta de reparto y, enganchada a su parte trasera, una caravana. Era un remolque corriente; ella la había visto ya pero no le había concedido importancia. Súbitamente se le antojó siniestra.

–¿Es también de ellos? –preguntó.

–No. Ésa es nuestra –la tranquilizó Charlie–. Tengo apostado ahí un hombre para vigilar cada vehículo que circule por esta calle. Tiene una cámara con película infrarroja para fotografiar todos los números de matrícula incluso en la oscuridad. Posee también un teléfono portátil para llamarla a usted, a la Policía o comunicarse conmigo en caso de urgencia.

Pete Lockburn aparcó el Chevrolet verde frente a la casa de los Scavello, en tanto que Frank Reuther metía el Firebird de Christine en la rotonda de la casa.

La furgoneta Ford blanca que los había seguido pasó de largo. La miraron en silencio mientras su conductor la llevaba hasta la manzana siguiente, buscaba un sitio para aparcar y apagaba los faros.

–¡Aficionados! –comentó desdeñoso Pete Lockburn.

–O arrogantes bastardos –murmuró Christine.

Reuther se apeó del Firebird, dejando al perro dentro, y se acercó a su coche.

Al bajar el cristal de la ventanilla para hablar con Frank, Charlie pidió a Christine la llave de su casa. Cuando la sacó del bolso, él la cogió y se la entregó a Frank.

—Adelántate e inspecciona la casa. Asegúrate de que nadie nos espera allí.

—Conforme —dijo Frank desabotonándose la chaqueta para tener a mano el arma que llevaba en la sobaquera, y se encaminó hacia la puerta principal.

—¿Es ahora cuando aparecen los malos? —preguntó Joey.

—Esperemos que no, cariño.

Había muchos árboles y no demasiados faroles. Charlie empezó a sentir intranquilidad, quieto allí junto al bordillo, así que se apeó del Chevy, advirtiendo a Christine y Joey que no se movieran de su sitio. Se plantó en su costado del coche, dando la espalda a Pete Lockburn, para vigilar las posibles maniobras de aproximación en esa dirección.

De tanto en tanto, algún coche doblaba la esquina y se acercaba a la manzana para pasar de largo o entrar en una de las casas vecinas. Cada vez que veía aparecer un par de faros, Harrison contraía los músculos y se llevaba la mano a la culata del revólver, bajo la chaqueta.

Tuvo frío. Lamentó no haber traído un abrigo.

El resplandor de unos relámpagos palpitó lívido en el cielo occidental. Un eco distante de trueno le hizo recordar los trenes mercancías que desfilaban por delante de la pequeña y sórdida casa donde él creció allá en Indiana. Le pareció que había transcurrido un siglo desde entonces.

Por alguna razón inexplicable, aquellos trenes no habían constituido nunca símbolos de libertad y fuga, como pudieran haberlo sido para otros chicos en su situación. El joven Charlie, tendido sobre su estrecha cama en su angosta habitación, e intentando olvidar el último estallido de violencia de su alcohólico padre, interpretaba el estruendo de aquellos trenes como un recordatorio que le impedía olvidar que él vivía en el lado de la vía. El traqueteo chirriante de las ruedas había sido la voz de la pobreza, el sonido de la escasez, el miedo y la desesperación.

Le sorprendió que ese trueno lejano le hiciera rememorar con una claridad tan enojosa el paso estrepitoso de aquellas ruedas de tren. No menos sorprendente fue que el recuerdo de esos trenes pudiera evocar los temores infantiles y la tremenda sensación de estar apresado que formó parte de su juventud.

A ese respecto, tenía mucho en común con Christine. Su infancia había sido destruida por la prepotencia física; la de ella, por el dominio psicólogico. Ambos habían vivido bajo el puño, el uno literal, el otro figurado, y, como niños, se habían sentido apresados, claustrófobos.

Charlie bajó la vista y miró por la ventanilla del Chevrolet. Vio que Joey le atisbaba, y entonces le hizo la señal del pulgares arriba. El niño le contestó de la misma forma sonriendo.

Como, en otro tiempo, había sido objeto del abuso, Charlie era muy sensitivo respecto a los niños que eran víctimas de la violencia. Nada le encolerizaba tanto como los adultos que vapuleaban a los pequeños. Los crímenes contra chiquillos indefensos los consideraba fruto de una frialdad glacial, enfermiza, que le llenaba de odio y desesperación. Ninguna otra cosa podía exasperarle tanto.

Él no permitiría que nadie hiciera daño a Joey.

No le fallaría. No se permitiría fallarle; porque, si lo hiciera, le sería imposible vivir con su propia conciencia.

Pareció haber transcurrido largo rato hasta la reaparición de Frank, el cual se mostró todavía avizor, pero algo más tranquilo que cuando entró en la vivienda.

—Despejado, Harrison —dijo—. Miré también en el patio trasero. Nadie por los alrededores.

Los tres escoltaron a Christine, Joey y *Chewbacca* hasta el interior, rodeando a la mujer y al niño mientras caminaban hasta interponerse en una posible línea de fuego.

Aunque Christine le había hablado de su éxito, Charlie no esperaba encontrar una casa tan espaciosa y bien amueblada. La sala tenía una inmensa chimenea encuadrada por un repisa esculpida y estanterías de roble hasta los rincones. Una enorme alfombra china proveía la base para una feliz combinación de antigüedades orientales y europeas, más algunas reproducciones de gran calidad. A lo largo de la pared, había un biombo de palo de rosa tallado a mano, con un tríptico doble representando una cascada, un puente y una antigua villa japonesa, todo ello compuesto laboriosamente con pequeñas piezas de esteatita.

Joey quiso ir a su habitación para jugar con el nuevo perro. Frank Reuther lo acompañó.

A instancias de Charlie, Pete Lockburn recorrió la casa de arriba abajo, y luego por segunda vez, asegurándose de que todas las puertas y ventanas estuviesen cerradas y corriendo todas las cortinas, de modo que nadie desde fuera, pudiera ver el interior.

—Iré a buscar algo para la cena —dijo Christine—. Tendré que hacer perritos calientes. Salchichas es lo único que tengo en cantidad.

—No se preocupe —le aconsejó Charlie—. He dispuesto ya que un muchacho nos traiga un tentempié a las siete.

—¡Piensa usted en todo!

—Esperemos que eso sea cierto.

XXIII

O'Hara enfocó sus prismáticos hacia una ventana alta de la casa Scavello; luego, a otra contigua, y a otra; después escudriñó también la primera planta. Había luz en cada habitación, pero todos los cortinajes estaban cerrados sin dejar el menor intersticio.

—Tal vez ella esté en casa, pero haya dejado al muchacho en cualquier otra parte para pasar la noche.

—No. El muchacho está ahí —dijo O'Hara.

—¿Cómo lo sabes?

—¿Acaso no sientes su presencia?

Baumberg miró por la ventana contrayendo los ojos.

—¡Siéntelo! —susurró O'Hara con voz ronca y temerosa.

Baumberg sondeó mentalmente la cognición intuitiva que había aterrorizado a su compañero.

—La tenebrosidad. Concéntrate para percibir la singular tenebrosidad que proviene del muchacho, esa horrible niebla oscura que él difunde a oleadas como un nubarrón de tempestad.

Baumberg aguzó los sentidos.

—La malevolencia —precisó O'Hara con la voz reducida a un bronco susurro—. ¡Percíbela!

Baumberg plantó ambas manos sobre el frío cristal, apretó la frente contra él y miró con fijeza la casa de los Scavello. Al cabo de un rato, la sintió tal como le había dicho O'Hara. La tenebrosidad. La malevolencia. Emanó de la casa cual la radiación atómica de un bloque de plutonio. Se difundió por la noche, atravesó el cristal que Baumberg tenía delante y lo contaminó con una energía maligna que no generaba calor ni luz, una energía lúgubre, fuliginosa, gélida.

O'Hara bajó de pronto los prismáticos, se apartó de la ventana y volvió la espalda a la casa Scavello, como si la energía malévola que surgía de ella le resultara insoportable.

—Ha llegado el momento —dijo Baumberg cogiendo un rifle y un revólver.

—No —objetó O'Hara—. Déjalos acomodarse. Deja que se serenen. Dales una oportunidad de bajar la guardia.

—¿Entonces, cuándo?

—Saldremos de aquí... a las ocho y media.

XXIV

Siete menos cuarto.

Christine observó cómo Charlie desconectaba el teléfono en su estudio y lo sustituía por un dispositivo que había traído consigo, y que parecía una combinación de teléfono, aparato contestador y calculador electrónico no mayor que una cartera.

Charlie levantó el auricular y Christine pudo oír la señal de línea libre aunque se hallara a varios metros de distancia.

Mientras devolvía el aparato a su horquilla, el investigador dijo:

—Si alguien telefonea, nosotros acudiremos para contestar.

—¿Es para grabar la conversación?

—Sí. Pero también y, ante todo, es un teléfono detector. Es como el equipo que tiene la Policía cuando se llama a su número de urgencia.

—¿El nueve once?

—Exacto. Cuando usted llama al nueve once, ellos saben desde qué número y dirección se les está telefoneando, porque tan pronto como levantan su auricular y establecen comunicación con usted, esa información queda grabada allí. —Charlie señaló lo que semejaba una cinta de máquina de sumar surgiendo por una rendija del dispositivo que él había colocado sobre su mesa—. Nosotros tendremos una información idéntica sobre cualquiera que llame aquí.

—De modo que, si Grace Spivey telefonea, tendremos no sólo una grabación de su voz sino también la prueba de que se ha hecho esa llamada utilizando su teléfono... o alguno perteneciente a su iglesia.

—Probablemente, los tribunales no lo admitirían como prueba fehaciente, pero si podemos probar que ella está formulando amenazas contra Joey, la Policía se interesará.

Siete de la tarde.

El tentempié llegó con puntualidad, y Christine observó que a Charlie le había complacido la prontitud de su empleado.

Los cinco cenaron en la mesa del comedor. Costillas de ternera, pollo asado y ensalada de col. Charlie amenizó el yantar con anécdotas cómicas sobre diversos casos que su agencia había diligenciado. Joey escuchó fascinado aunque no entendía muchas cosas ni captaba la sutileza de algunos pormenores.

Christine percibió que su hijo observaba muy atento al investigador Harrison. Apenada como nunca, vio lo que el chico se había perdido por no tener un padre o cualquier otra figura masculina próxima a la que admirar y de quien aprender.

Chewbacca, el nuevo perro comió en la cazuela que le pusieron en un rincón del comedor; luego, se estiró cuan largo era y colocó la cabeza entre las patas esperando a Joey. Era evidente que el animal había pertenecido a una familia que se cuidaba de él y le adiestraba bien. Se adaptaría aprisa y con facilidad a la nueva situación. Christine permanecía desconcertada ante su semejanza con *Brandy*; pero comenzó a pensar que, no obstante, la cosa funcionaría.

Hacia las siete y veinte, los truenos, que hasta entonces se percibían distantes y a intervalos, se aproximaron de súbito. Un fucilazo rasgó el cielo nocturno y las ventanas trepidaron.

Sobresaltada, Christine dejó caer el tenedor. Durante un instante creyó que una bomba había caído fuera de la casa. Cuando se dio cuenta de que era sólo un trueno, se sintió avergonzada. Pero una ojeada fugaz a los demás le reveló que ellos se habían sobresaltado también.

Unas gruesas gotas de lluvia golpearon el tejado y las ventanas.

Hacia las ocho menos veinticinco, Frank Reuther acabó de comer y se levantó de la mesa para hacer una ronda completa por la casa, inspeccionando todas las puertas y ventanas que Pete ya había revisado antes.

Cayó una lluvia ligera, pero persistente.

A las ocho menos cuarto, concluida la cena, Joey propuso a Pete Lockburn que jugara a algo, y el guardaespaldas aceptó. Ambos fueron a la habitación con el perro brincando alegre tras sus talones.

Frank colocó una silla para encaramarse ante una ventana y, por una estrecha rendija de las cortinas, escrutó la calle bajo la lluvia.

Charlie ayudó a Christine a retirar los platos y las servilletas de papel. Los llevaron a la cocina. Allí el estrépito de la lluvia era mayor, pues caía sobre la marquesina del patio trasero.

—¿Y ahora qué? —inquirió Christine mientras arrojaba platos al cubo de basura.

—Pues pasaremos la noche.

—¿Y luego?

—Si la vieja no nos telefonea ni nos da ningún motivo para acusarla, mañana hablaré con el doctor Boothe, el psicólogo que ya le he mencionado. Él tiene un interés especial por las neurosis y psicosis religiosas. Ha concebido, y aplicado con éxito, algunos métodos para la rehabilitación de personas a quienes se les ha lavado el cerebro mediante alguno de esos procedimientos esotéricos. Sabe cómo piensan los líderes de semejantes cultos; por tanto tal vez pueda ayudarnos a encontrar el punto flaco de Grace Spivey. También me propongo, si es posible, hablar cara a cara con la mujer.

—¿De qué manera va a concertar esa entrevista?

—Telefonearé a la Iglesia del Crepúsculo y pediré hora, sencillamente.

—¿Y cree usted que ella le recibirá?

Se encogió de hombros.

—Tal vez le intrigue la audacia de ese movimiento.

—¿Y no podemos ir ahora a la Policía?

—¿Con qué?

—Usted tiene pruebas de que Joey y yo somos objeto de persecución.

—Seguir a alguien no es un delito.

—Esa Spivey llamó a su despacho y amenazó a Joey.

—No tenemos pruebas de que se tratara de Grace Spivey. Y Joey fue el único que oyó la amenaza.

—Quizá si nosotros explicásemos a la Policía que esa loca toma a Joey por el Anticristo...

—Eso es sólo una teoría...

—Bueno..., tal vez podamos encontrar a alguien que, habiendo pertenecido a ese culto, lo haya abandonado, y entonces la Policía pueda desentrañar esa insensatez del Anticristo.

—La gente no abandona la Iglesia del Crepúsculo —dijo Charlie.

—¿Qué quiere decir?

—Cuando se nos contrató para rescatar del grupo a esos dos pequeños, se nos ocurrió primero sonsacar a algún ex seguidor de Grace Spivey, alguien que se hubiese desilusionado y pudiera revelarnos dónde estaban los niños y cuál era el mejor procedimiento para rescatarlos. Pues bien, no encontramos a nadie que hubiese abandonado la iglesia. Una vez se unen a ella, parecen comprometerse de por vida.

—Siempre hay gente decepcionada, frustrada...

—En la Iglesia del Crepúsculo, no.

—¿Con qué clase de presa los atenaza esa vieja lunática?

—Una tan dura como el hierro y tan prieta como un torno —respondió Charlie.

El relámpago despidió tal destello que fue visible por entre las casi imperceptibles rendijas de las persianas Levolor.

El trueno retumbó haciendo vibrar las ventanas, y la lluvia cayó con más fuerza que nunca.

A las ocho menos cuarto, Charlie se marchó después de dar algunas instrucciones finales a Lockburn y Reuther.

Insistió en que Christine cerrara con llave la puerta antes de que él saliera siquiera del porche.

Ella descorrió un poco la cortina de la ventana próxima a la puerta y miró cómo él corría hacia el Chevrolet verde, saltando sobre los negros charcos, fustigado por el viento húmedo, y penetraba raudo en las densas sombras nocturnas, que parecían ondularse y superponerse como negras cortinas.

Frank Reuther le aconsejó que se retirara de la ventana, y ella siguió a regañadientes su recomendación. Por alguna razón inexplicable, tuvo la sensación de que se sentiría segura mientras pudiese ver a Charlie Harrison. Así que apenas dejó caer la cortina y se apartó de la ventana, percibió con claridad abrumadora la vulnerabilidad de Joey y la suya propia.

Sabía que Pete y Frank eran expertos, competentes y fiables, pero ninguno de los dos le dio la sensación de seguridad que le proporcionaba Charlie.

Ocho y veinte.

Christine fue a la habitación de Joey. Pete y él se hallaban sentados en el suelo jugando a las cartas.

—¡Eh, mamá! ¡Estoy ganando!

—Es un verdadero tiburón de los naipes —dijo Pete—. Si esto llega a oídos del personal en la oficina, quedaré desprestigiado.

Chewbacca, acurrucado en un rincón, miraba atento a su amo con lengua colgante.

Christine estuvo a punto de creer que *Chewbacca* era en realidad *Brandy*, que no había habido ninguna decapitación, que Pete y Frank eran sólo amigos de la familia y que aquello era una sencilla velada en casa. Estuvo a punto de creerlo; pero nada más.

Fue a su estudio y se sentó ante la mesa mirando las dos ventanas cubiertas y escuchando la lluvia. Sonaba como si miles de personas estuvieran cantando a tal distancia que no se podían percibir sus palabras sino sólo el murmullo lejano y confuso de muchas voces vibrantes.

Intentó trabajar; pero no pudo concentrarse. Cogió un libro de la estantería, una novela ligera. Tampoco consiguió centrar su atención en ella.

Por un momento, consideró la conveniencia de llamar a su madre. Necesitaba un hombro amigo sobre el que llorar. Sin embargo, Evelyn no podría proporcionarle el consuelo y la comprensión que ella requería.

Deseó que su hermano viviera. Ansió poder telefonearle y pedirle que viniera a hacerle compañía. Pero Tony se había ido para siempre. También su padre se había ido para siempre y, aunque ella le hubiese conocido apenas, ahora lo echaba de menos como nunca lo hizo.

Si por lo menos Charlie estuviera aquí...

A pesar de Frank y Pete, y del desconocido vigilando la casa desde la caravana aparcada fuera, Christine se sintió terriblemente sola.

Miró el teléfono detector que se encontraba sobre su mesa. Quería que esa vieja loca llamara y amenazara a Joey. Por lo menos habría evidencia suficiente para interesar a la Policía.

Pero el teléfono no sonó.
Los únicos ruidos fueron los de la tormenta.

A las nueve menos veinte, Frank Reuther entró en el estudio y le dijo sonriente:

—No se alarme. Sólo estoy haciendo la ronda.

Se acercó a la primera ventana, descorrió la cortina, escrutó la oscuridad durante un segundo y luego puso otra vez la gruesa tela en su sitio.

Al igual que Pete Lockburn, Frank se había quitado la chaqueta y se había arremangado la camisa. La sobaquera le colgaba bajo el brazo izquierdo. Durante un instante, la culata del revólver captó la luz y despidió destellos negruzcos.

Por un momento, y en un intercambio inexplicable entre fantasía y realidad, Christine se sintió inmersa en una película de gangsterismo de los años treinta.

Frank apartó la cortina de la segunda ventana... y lanzó un alarido.

El estampido fue más sonoro que el de la chispa de la aparatosa tormenta.

La ventana explotó hacia adentro.

Christine dio un saltó al caer sobre ella una cascada de cristales y sangre.

Sin tiempo de empuñar su pistola, Frank se elevó en el aire por la fuerza del impacto y cayó hacia atrás.

La butaca de Christine volcó con estruendo.

El guardaespaldas se desplomó sobre la mesa que tenía ante ella. Su rostro había desaparecido. Los gruesos perdigones del rifle le habían horadado y reventado el cráneo convirtiéndolo en un ensangrentado despojo.

Fuera, el pistolero hizo fuego otra vez.

El abanico de perdigones encontró la lámpara del techo y la pulverizó, haciendo caer más vidrio, trozos de yeso y oscuridad. La lámpara de mesa había caído ya al suelo cuando Frank se derrumbara sobre ella. La habitación quedó a oscuras, salvo por el resplandor tenue que llegaba desde el vestíbulo a través de la puerta abierta.

Las cortinas, llenas de perdigonazos, se agitaron con una ráfaga intrusa de viento. Los jirones desprendidos se azotaron unos a otros, giraron y revolotearon en el aire como los ropajes funerarios pútridos de un cadáver animando en una representación carnavalesca.

Christine oyó gritar a alguien. Pensó que sería Joey. Luego, se apercibió de que era una mujer, y por fin descubrió que se trataba de su propia voz.

Un golpe de lluvia fustigó los desgarrados cortinajes. Pero el agua no fue lo único que intentó penetrar allí. El asesino de Frank Reuther se encaramó también por la maltrecha ventana.

Christine huyó como una exhalación.

XXV

Consumida por una fiebre abrasadora, anegada en adrenalina a causa del miedo, con la sensación apremiante de una pesadilla y, no obstante, a un ritmo que le pareció de una lentitud desesperante, Christine corrió desde su estudio hasta la sala. El breve recorrido requirió sólo unos cuantos segundos; no obstante, se le antojó que la distancia desde un extremo de la casa al otro era de cien kilómetros y que transcurrían horas mientras cruzaba las habitaciones. Sabía que estaba despierta; sin embargo se sintió como si se hallara dormida. Aquello era real e irreal a un tiempo.

Cuando al fin llegó a la sala, Pete Lockburn y Joey entraban en ella desde el dormitorio del niño. El hombre empuñando un revólver.

Chewbacca venía detrás de ellos con las orejas gachas, la cola caída y lanzando sonoros ladridos.

Un escopetazo deshizo la cerradura de la puerta principal. Cuando las astillas volaban todavía por los aires, un hombre irrumpió en la casa y, enarbolando un rifle, se agazapó en el vestíbulo que comunicaba con la sala. Tenía los ojos desorbitados, un rostro pálido lleno de cólera o terror, o ambas cosas. Era un hombre ordinario, de apariencia incongruente, bajo y robusto, con una espesa barba negra salpicada de lluvia. El intruso vio primero a Christine y le apuntó con su arma.

Joey gritó.

Una explosión seca, ensordecedora hizo temblar la habitación, y Christine estuvo segura de hallarse en la última milésima de segundo de su vida.

Pero fue el asaltante quien recibió el impacto. En su camisa floreció una horrible flor roja de sangre.

Pete Lockburn se le había adelantado. Disparó otra vez. Un chorro de sangre surgió del hombro del agresor. El desconocido dejó escapar el arma y retrocedió tambaleante. El tercer disparo de Lockburn le atravesó el cuello haciéndole saltar hacia atrás. Ya muerto, su cuerpo se desplomó sobre un pequeño aparador; la cabeza golpeó contra el espejo del mueble, y lo rompió. Luego, todo el cuerpo se desmadejó formando un sangriento montón.

Mientras Joey se arrojaba a los brazos de Christine, ésta gritó:

—¡Hay otro hombre! En el estudio...

Demasiado tarde. El pistolero que había matado a Frank Reuther se plantó en la sala.

Lockburn giró sobre sí mismo. Fue rápido; pero no lo suficiente. El rifle rugió.

Chewbacca supo a quién le debía lealtad, a pesar de ser su perro desde hacía menos de un día. Gruñendo y enseñando los dientes, saltó sobre el pistolero y le clavó los colmillos con todas sus fuerzas en la pierna izquierda, sin soltar presa.

El hombre gritó y, alzando el rifle, descargó la pesada culata sobre la cabeza dorada del spaniel. El perro aulló y se desplomó formando un bulto informe.

—¡No! —vociferó Joey, como si la pérdida de una segunda mascota fuera más lamentable que la perspectiva de la propia muerte.

Gimiendo de dolor y aterrorizado a todas luces, el pistolero gritó:

—¡Dios me ayude, Dios me ayude, Dios me ayude! —Entretanto, apuntó con los cañones del veinte a Christine y Joey.

Ella vio que aquel hombre, a semejanza del barbudo, no parecía estar loco ni ser un degenerado o un malvado. La ferocidad resultante del pánico que le atenazaba, era lo único desusado en su persona. Aparte de eso, era un tipo corriente. Joven, de veinte y tantos años. Algo grueso. De piel clara con algunas pecas y pelo rojizo empapado de agua y pegado a la cabeza. Y era esa personalidad tan común lo que le hacía más aterrador; si aquel hombre podía convertirse en un asesino despiadado bajo el influjo de Grace Spivey, entonces la vieja sería capaz de corromper a cualquiera; no habría nadie digno de confianza; cualquiera asesinaría a su voz de mando.

El hombre apretó el gatillo.

Se oyó un clic seco.

Estaba claro que el sujeto había olvidado que ambos cañones estaban descargados.

Chillando y gimiendo como si fuera él quien estuviese en peligro, el asesino rebuscó en los bolsillos de su chaqueta y sacó por fin un par de cartuchos.

Con energía y agilidad nacidas del terror, Christine cogió en brazos a Joey y corrió, no hacia la puerta principal y la calle, porque éste habría sido sin duda el escenario de su muerte, sino hacia la escalera y el dormitorio principal, donde ella había dejado el bolso... en el que se encontraba su propia pistola. Joey se le agarró desesperado al cuello, y parecía no pesar nada; durante breves instantes ella poseyó una energía más que humana; bajo sus piernas actuando como pistones, las escaleras fueron una nadería. Pero, al llegar arriba, Christine tropezó y se agarró desesperada a la barandilla para no caer.

Sin embargo, el traspié fue una verdadera suerte, porque el pistolero de abajo abrió fuego en ese preciso instante, descargando ambos cañones. Dos descargas de perdigones se estrellaron contra la barandilla de arriba reduciendo a astillas el pasamanos de roble, arrancando yeso de la pared, pulverizando la lámpara del techo en el mismo lugar donde ella habría estado si no hubiese dado el tropezón.

Mientras el asesino cargaba de nuevo su arma, Christine se precipitó al vestíbulo del piso superior. Vaciló un momento, aferrando a Joey, balanceándose desorientada. Aunque aquélla fuera su propia casa, un lugar con el que estaba familiarizada como con ningún otro en el mundo, esa noche se le antojó extraña; las proporciones, la luz en las habitaciones, los ángulos le parecieron anómalos, diferentes. Por ejemplo, el pasillo era infinitamente largo, con paredes deformes como el túnel de un laberinto de feria. Christine parpadeó e intentó reprimir el pánico que desfiguraba sus percepciones. Se lanzó hacia adelante en dirección al dormitorio principal.

Detrás de ella, se hicieron perceptibles los pasos del asesino que corría por la escalera en su persecución arrastrando la pierna mordida.

Christine irrumpió en el dormitorio, cerró de un portazo, echó el pestillo y dejó a Joey en el suelo. Su bolso estaba sobre la mesilla de noche. Lo arrebató justo cuando el asesino alcanzaba la puerta y hacía girar furioso el picaporte. Sus dedos, demasiado frenéticos para obedecerla, no acertaban con el tirador de la cremallera. Por fin logró abrir el bolso y sacar la pistola.

Entretanto, Joey se arrastró hasta un rincón junto a la cómoda. Allí se acurrucó intentando hacerse lo más pequeño posible.

La puerta del dormitorio trepidó y se deshizo en parte bajo una tormenta de perdigones. Un gran boquete se abrió en el lado derecho. Una bisagra se desprendió del marco, saltó por los aires y, después de rebotar contra una pared, cayó estrepitosa sobre el tocador.

Asiendo la pistola con ambas manos y percibiendo desalentada su falta de firmeza, Christine se volvió hacia la puerta.

Otra descarga ensordecedora hizo saltar la cerradura, y la puerta cayó hacia adentro colgando de una sola bisagra.

El joven asesino pelirrojo apareció en el umbral. Su aspecto era de estar incluso más aterrado que la propia Christine. Balbuceó desatinos. Hasta sus manos temblaban más que las de la mujer. El moco le colgaba de la nariz sin que él pareciera darse cuenta.

Ella le apuntó con la pistola y apretó el gatillo.

No sucedió nada.

¡El seguro estaba echado!

El asesino pareció sorprendido de encontrarla armada. Su rifle quedó vacío otra vez. Lo dejó caer y sacó el revólver que llevaba en el cinturón.

Christine se oyó decir a sí misma:

—¡No, no, no, no!

Canturreó de puro miedo mientras manoseaba los dos seguros de la pistola. Por fin consiguió quitarlos y apretó el gatillo una vez, y otra, y otra.

El estampido atronador de su propia arma rebotando en las paredes fue el sonido más grato que jamás oyó en su vida.

El intruso se derrumbó de rodillas bajo el impacto de las balas; luego, cayó de bruces. El revólver se escapó de su mano inerte.

Joey empezó a llorar.

Christine se aproximó cautelosa al cuerpo. La sangre comenzó a empapar la alfombra en torno suyo. Empujó con un pie al hombre. Era un peso muerto. Luego, anduvo hacia la puerta, miró el tenebroso vestíbulo sembrado con trozos de madera de la barandilla y cristales de la lámpara del techo que los perdigones habían hecho trizas. Vio sobre la alfombra un rastro de sangre que la pierna herida del pistolero dejó desde lo alto de las escaleras.

Christine tendió el oído. De abajo, no le llegó ninguna señal de movimiento ni de voces. No hubo pasos sigilosos.

¿Eran sólo dos los asesinos?

Se preguntó cuántas balas le quedarían. El cargador contenía diez. Creyó haber disparado cinco. Así que le quedarían otras tantas.

Joey gimoteó desconsolado.

–¡Ma... má!

–¡Chist!

Ambos escucharon.

Viento. Truenos. Lluvia sobre el tejado y tamborileando en las ventanas.

Cuatro hombres muertos. Cobró conciencia de ese desastre y sintió que las náuseas le revolvían el estómago. La casa era un matadero, un camposanto.

El viento arreció, una rama rascó el muro del edificio.

Dentro, el silencio fúnebre se hizo más profundo.

Por fin, miró a Joey.

El niño estaba lívido. El pelo le caía sobre la cara. La mirada era huidiza. En un momento de terror se había mordido el labio, y la sangre trazó un hilillo rojo hasta la barbilla, a lo largo de la mandíbula y descendiendo un poco por el cuello. A ella le trastornó, como siempre, la vista de su sangre. Sin embargo, considerando lo que podría haberle sucedido, aquella lesión mínima le resultó soportable.

La quietud de cementerio aflojó al fin su presa glacial sobre la noche. Fuera, a lo largo de la calle, se oyeron gritos, no de cólera sino de miedo y curiosidad cuando los vecinos se aventuraron a salir de sus hogares. En la lejanía aulló una sirena.

TERCERA PARTE

LOS PODENCOS

Satanás no tiene ni un solo ayudante asalariado; la Oposición da empleo a un millón.

MARK TWAIN

Los podencos, los podencos
llegan ladrando a sus talones.
¡Los podencos, los podencos!
El aliento de la muerte.
Él lo siente.

The Book of Counted Sorrows

XXVI

Mientras las autoridades desempeñaban su tarea, Christine y Joey esperaron en la cocina, pues era una de las pocas habitaciones que no estaba salpicada de sangre.

Christine no había visto jamás tantos policías concentrados en un solo sitio. Su casa fue invadida por agentes uniformados, detectives de paisano, técnicos de laboratorio y un fotógrafo de la Policía, más un juez instructor y su ayudante. Al principio, ella había recibido agradecida a los representantes de la ley, porque su presencia le proporcionaba una sensación de seguridad. Pero, al cabo de un rato, se preguntó si algunos de ellos no serían prosélitos de la madre Grace y de la Iglesia del Crepúsculo. La idea no parecía tan descabellada. De hecho, la suposición lógica sería que un culto religioso militante, deseoso de impedir sus opiniones a la sociedad en general, se esforzara por introducir a su gente en diversas instituciones relacionadas con la aplicación de la ley, y por convertir a quienes actuasen ya en esa especialidad. Recordó al agente Wilford, el cristiano redivivo que desaprobara su lenguaje y su forma de vestir, y se preguntó si madre Grace no habría sido la comadrona de su «segundo nacimiento».

Paranoia.

Pero considerando la situación presente, tal vez cierta medida de paranoia no fuese un síntoma de enfermedad mental; antes al contrario, quizá fuera algo prudencial y necesario para la supervivencia.

Mientras la lluvia continuaba fustigando las ventanas y el trueno imponía a la noche su violenta intervención, ella observó cautelosa a los «polis» y consideró con recelo cada movimiento desusado. Comprendió que no podría seguir así el resto de su vida, desconfiando de todo el mundo; ello requeriría una vigilancia constante y un grado de tensión que minarían por completo sus energías físicas, emocionales y mentales. Sería como pasar la existencia sobre la cuerda floja. Sin embargo, no podía serenarse; de momento, permaneció en guardia, alerta, con los músculos medio contraídos, presta a saltar contra cualquiera que hiciera un ademán amenazador hacia Joey.

Una vez más, le sorprendió la variabilidad del pequeño. Cuando la Policía llegó allí, él presentaba el aspecto de acabar de sufrir un trauma. Sus ojos tenían una mirada vidriosa, y fue incapaz de pronunciar ni una palabra. La vista de tanta violencia cruenta y la amenaza de muerte, le habían causado tal impresión que, durante un rato, permaneció en un ensimismamiento inquietante. Christine comprendió que esa experiencia le marcaría para toda la vida; eso sería insoslayable. Sin embargo, durante cierto tiempo, ella había temido que los atroces acontecimientos de las dos últimas horas le dejasen en un estado catatónico o precipitasen cualquier forma peligrosa de retraimiento psicológico. Pero él se había recuperado a su debido tiempo y ella le sugirió que cogiera su juego Pac-Man, alimentado con baterías, y se distrajera con él. El tema musical del electrónico Pac-Man y el gorgoteo del círculo amarillo, engullidor de galletas, en el tablero del juego, representaron un extraño contrapunto frente a lo torvo del asesinato y la gravedad de la investigación policial que se llevaba a cabo en torno suyo.

La recuperación de Joey se había debido también, en parte, a la milagrosa curación de *Chewbacca* después del golpe que le propinó en la testa, con la culata del rifle, uno de los asesinos. El perro había quedado sin conocimiento, con una desolladura ligera del cuero cabelludo, y la leve hemorragia había cesado tras aplicarle Christine unas compresas antisépticas. No había señales de fractura. El chucho estaba casi como nuevo, se mantenía cerca de ellos, tendido casi todo el rato sobre el suelo, ante la butaca de Joey, levantándose de cuando en cuando para mirar el juego Pac-Man y ladeando la cabeza como si quisiera desentrañar el objeto de aquel ruidoso artefacto.

No estuvo ya segura de que la gran semejanza de este perro con *Brandy* fuera perjudicial. Para soportar tanto horror y desbarajuste, Joey necesitaría algunos recordatorios de tiempos más plácidos, le haría falta experimentar una sensación de continuidad que, tendida como un puente, le permitiera atravesar este período caótico con su cordura intacta. *Chewbacca* podría desempeñar esas funciones, sobre todo por su parecido con *Brandy*.

Charlie Harrison entraba en la cocina cada diez o quince minutos para interesarse por ellos, así como por los dos nuevos guardaespaldas que les había asignado. Uno de ellos, George Swarthout, estaba encaramado a un alto taburete, junto al teléfono de la cocina, bebiendo café, observando a Joey, a los policías que entraban y salían, y a Christine, la cual, a su vez, no perdía de vista a los agentes. El otro, Vince Fields, se hallaba fuera, en el patio, guardando la parte trasera de la casa. No era probable que la gente de Grace Spivey desencadenara un segundo ataque mientras la vivienda bullese de «polis»; pero tampoco se podía excluir semejante posibilidad. Después de todo, las misiones «kamikaze» gozaban de cierta popularidad entre los fanáticos religiosos.

En cada una de sus visitas a la cocina, Charlie bromeaba con Joey, jugaba una partida de Pac-Man, rascaba las orejas a *Chewbacca* y hacía cuanto podía para animar al pequeño y hacerle olvidar la carnicería ocurrida en el propio hogar. Cuando la Policía quería interrogar a Christine, Charlie se quedaba con Joey y la enviaba a otra habitación para que el niño no escuchara la espantosa conversación. La Policía quería interrogar también a Joey; pero Charlie había conseguido que el interrogatorio del pequeño quedara reducido a un mínimo. Christine comprendía que no era fácil para él comportarse como una roca, como una fuente proveedora de aliento. Acababa de perder a dos de sus hombres, que no habían sido sólo empleados, sino también amigos. Ella le agradecía que se mostrara dispuesto a disimular su propio horror, su tensión y su pesadumbre en beneficio de Joey.

A las once en punto, justo cuando Joey empezaba a cansarse de jugar con su Pac-Man, Charlie entró, arrastró una silla hasta la mesa de cocina, se sentó y dijo:

—Esas maletas que hizo usted esta mañana...

—Se encuentran todavía en mi coche.

—Haré que las trasladen al mío. Reúna todas las cosas adicionales que pueda necesitar para..., digamos..., una semana. Nos marcharemos de aquí tan pronto como se halle usted dispuesta.

—¿A dónde vamos?

—Preferiría no decírselo por el momento. Tal vez nos aceche alguien.

¿Acaso habría considerado también él la posibilidad de que algún elemento de Grace Spivey trabajara como policía? Christine no estuvo segura de que su paranoia la hiciera sentirse mejor.

—¿Vamos a escondernos en alguna madriguera? —inquirió Joey.

—Sí —respondió Charlie—. Eso es exactamente lo que vamos a hacer.

Joey frunció el entrecejo.

–La bruja tiene radar mágico. Nos encontrará.

–No donde me propongo llevarte –dijo Charlie–. Hemos hecho que un hechicero lance un sortilegio sobre ese lugar de modo que ella no pueda detectarnos.

–¿Sí? –exclamó fascinado Joey inclinándose hacia adelante–. ¿Y conoces bien a ese hechicero?

–¡Ah, no te preocupes! Es un tipo muy decente. No practica la magia negra ni nada semejante.

–Bueno, claro –dijo muy serio el pequeño–. No se me ocurriría nunca que un detective privado trabajara con un hechicero malo.

Christine quiso hacer mil preguntas a Harrison; pero no creyó conveniente hacerlo delante de Joey, pues podría perturbar su frágil equilibrio. Así que marchó escaleras arriba, donde el juez instructor estaba inspeccionando el levantamiento de un cadáver, el del asesino pelirrojo, e hizo otra maleta. Abajo, en la habitación de Joey, preparó otra para él y, tras cierto titubeo, metió algunos de sus juguetes favoritos en otra bolsa.

La inquietó el presentimiento perturbador de que no volvería a ver esa casa nunca más.

La cama de Joey, los pósters sobre *La Guerra de las Galaxias,* su colección de figuras de plástico y de naves espaciales, le parecieron cosas borrosas, como si no estuviesen materialmente allí, como si fuesen imágenes en una fotografía. Tocó los barrotes de la cama y el muñeco E. T.; pasó una mano por la superficie fría del encerado instalado en un rincón. Sintió esas cosas bajo sus dedos; pese a ello, no le parecieron ya reales aunque no supiera explicárselo. Era una sensación extraña, fría, ominosa, que le dejó un vacío abominable.

«No –pensó–. Volveré. ¡Claro que volveré!»

Pero la sensación de pérdida persistió en su mente cuando abandonaba el cuarto de su hijo.

Primero sacaron a *Chewbacca* para meterlo en el Chevrolet verde.

Luego, cubiertos con impermeables y escoltados por Charlie y sus hombres, los dos abandonaron la casa. Christine se estremeció cuando la lluvia fría le fustigó el rostro.

Fuera los esperaban periodistas, equipos de televisión y una unidad móvil de una emisora radiofónica. Tan pronto como aparecieron Christine y Joey, los captaron unos potentes reflectores. Numerosos reporteros se empujaron unos a otros para ocupar las mejores posiciones y todos ellos hablaron a la vez.

–Mrs. Scavello...

–Un momento, por favor...

–Sólo una pregunta...

Ella entornó los ojos cuando las luces la asaltaron.

–¿Quién podría quererla matar a usted y a...?

–¿Es un caso de drogas por casualidad...?

Ella apretó contra sí a Joey sin detenerse.

–¿Cree usted...?

–¿Puede usted...?

Los micrófonos la acosaron.

–¿Tiene usted...?

–¿Quiere usted...?

Un caleidoscopio de rostros extraños se formó y transformó ante ella; algunos entre sombras, otros de una palidez anómala y fosforescente bajo los chorros luminosos de los focos de las cámaras.

–Cuéntenos lo que se siente al pasar por todo eso...

Ella tuvo una visión fugaz de un rostro familiar, un hombre de la KTLA. *Noticias a las diez.*

–Díganos...

–¿Qué...?

–¿Cómo...?

–¿Por qué...?

–Esos terroristas, o lo que quiera que fuesen, ¿habían...?

La lluvia fría se escurrió por debajo del cuello de su abrigo.

Joey le apretó muy fuerte la mano. Sintió miedo de los periodistas.

A ella le apetecía gritarles que se fueran, que se mantuvieran a distancia, que se callaran.

Ellos se le acercaron aún más.

La acosaron.

Christine se sintió como si se abriera camino entre animales hambrientos.

De pronto, en pleno alboroto y griterío, apareció un rostro nuevo y hostil: un hombre de unos cincuenta años con pelo gris y pobladas cejas grises. Empuñando una pistola.

¡No!

Christine no pudo respirar. Sintió una presión terrible en el pecho.

¡No podía suceder otra vez! ¡No tan pronto! ¡Era increíble que ellos intentaran asesinar delante de tantos testigos! ¡Una verdadera locura!

Charlie descubrió el arma y apartó a Christine y a Joey.

En ese instante, una periodista vio también la amenaza e intentó golpear la mano armada del asaltante, pero recibió un balazo en el muslo por pasarse de audaz.

¡Locura!

La gente gritó, los policías vociferaron, todo el mundo se arrojó al suelo empapado de lluvia. Todos menos Christine y Joey, los cuales corrieron hacia el Chevrolet verde franqueados por Vince Fields y George Swarthout. Cuando ella estaba a unos seis metros del coche, sintió un raro tirón y un dolor agudo a lo largo del costado derecho, por encima de la cadera; pero no se desplomó, ni siquiera se tambaleó en la resbaladiza acera, su único deseo fue seguir avanzando, jadeante, con el corazón latiendo tan fuerte que cada palpitación le dolía, se aferró a Joey, no miró hacia atrás, no supo si el pistolero los estaba persiguiendo, tan sólo oyó un tremendo tiroteo y la voz de alguien gritando:

–¡Traigan una ambulancia!

Se preguntó si Harrison habría abatido al asaltante.

Pero..., ¿y si Charlie hubiese resultado herido?

Ese pensamiento la hizo casi detenerse cuando ya estaban delante del Chevrolet.

George Swarthout abrió de un tirón la puerta del coche y les empujó hacia el interior, donde estaba *Chewbacca* ladrando muy agitado.

Vince Fields corrió a ocupar el asiento del conductor.

–¡Al suelo! –gritó Swarthout–. ¡Permanezcan así!

Y entonces apareció Charlie, cayendo casi sobre ellos, escudándoles.

El motor del Chevrolet rugió, el vehículo se apartó del bordillo con un chirrido de neumáticos, y salió disparado calle abajo, distanciándose de la casa, abismándose en la noche y la lluvia, en un mundo que no podría haber sido más hostil si todo eso hubiera ocurrido en un planeta extraño de otra galaxia.

XXVII

Kyle Barlowe temió llevar la mala nueva a madre Grace, aunque supusiera que ella tendría ya noticias por medio de una visión.

Entró por la parte trasera de la iglesia y permaneció inmóvil unos instantes, llenando el hueco de la puerta entre el pórtico y la nave. Sus anchos hombros tocaban casi las jambas. Quiso extraer energía de la colosal cruz de bronce que estaba sobre el altar, de las escenas bíblicas representadas en las vidrieras de colores, de la quietud reverente, del dulzón olor a incienso...

Al lado izquierdo de la iglesia, Grace se hallaba sentada a solas en el segundo banco. Si oyó llegar a Barlowe no lo dejó entrever de ninguna forma. Siguió contemplando estática la cruz que tenía ante ella.

Por fin Barlowe caminó por el pasillo y se sentó a su lado. Como vio que estaba rezando, esperó a que terminara. Entonces dijo:

—Ha fracasado también la segunda tentativa.

—Lo sé —contestó ella.

—¿Y qué hacemos ahora?

—Les seguiremos.

—¿A dónde?

—Adonde sea.

Al principio, madre Grace habló en un tono tan susurrante que él no pudo oírla apenas; pero su voz se fue alzando poco a poco, ganando fuerza y convicción, hasta que sus ecos resonaron espectrales entre las paredes tenebrosas de la nave.

—No les daremos paz, ni descanso, ni abrigo, ni tregua. Deberemos ser despiadados e inexorables, no dormiremos ni vacilaremos. Seremos podencos. Los podencos del cielo. Les pisaremos los talones, saltaremos a sus gargantas y los derribaremos, tarde o temprano, aquí o allá, cuando Dios lo quiera. Triunfaremos. Estoy segura de ello.

Mientras hablaba, miraba con fijeza la cruz; pero de pronto volvió los inexpresivos ojos grises hacia Barlowe, el cual sintió, como siempre, que aquella mirada le penetraba hasta la médula, hasta el alma misma.

—¿Qué quieres que haga? —preguntó.

—De momento, vete a casa. Duerme. Prepárate para mañana.

—¿No les seguiremos esta noche?

—Primero debemos encontrarlos.

—¿Cómo?

—Dios nos conducirá hasta ellos. Ahora ve. Duerme.

El hombretón se levantó y salió al pasillo.

—¿Dormirás también tú? —Y añadió preocupado—: Necesitas descanso.

La voz de ella se fue apagando hasta ser otra vez un susurro ronco que denotaba extenuación.

—Yo no puedo dormir, hijo mío. Una hora cada noche a lo sumo. Luego, me despierto y mi mente se llena de visiones, mensajes de los ángeles, contactos del mundo espiritual, preocupaciones, temores y esperanzas, atisbos de la tierra prometida, escenas de gloria... y el tremendo peso de las responsabilidades que Dios me ha asignado. —Se secó la boca con el dorso de la mano—. ¡Cómo ansío poder dormir! ¡Cuánto añoro el sueño para reponerme de tantas demandas y ansiedades! Pero el Señor me ha transformado de tal modo que puedo mantenerme sin dormir durante esta crisis. Yo no dormiré bien de nuevo hasta que Dios lo quiera. Por razones que no entiendo, Él me necesita bien despierta, insiste en ello, me infunde energía para resistir sin dormir, me mantiene alerta, casi demasiado alerta. —Su voz tembló, y Barlowe imaginó que serían el pasmo y el pavor lo que la hacían temblar—. Te aseguro, querido Kyle, que ser instrumento de la voluntad divina es a un tiempo glorioso y tremendo, prodigioso y temible, estimulante y agotador.

Dicho esto abrió su bolso, sacó un pañuelo y se sonó. De repente observó que el moquero tenía manchas parduscas y amarillentas, repelentes costras de mocos secos.

—Mira esto —dijo mostrándole el recuadro de tela—. Es horrible. Yo solía ser muy limpia. ¡Mucho! Mi marido, bendita sea su alma, me decía siempre que mi casa estaba más limpia que un quirófano. Y yo prestaba mucha atención a acicalarme. Vestía muy bien. Nunca habría llevado un pañuelo tan repugnante como éste. Jamás. Antes de que me fuese conferido el Don y yo tuviera que desechar muchos pensamientos vulgares... —Unas lágrimas brillaron en los ojos grises—. Algunas veces me siento horrorizada... Estoy agradecida a Dios por el Don, sí; agradecida por lo que he ganado..., pero también horrorizada por lo que he perdido...

El gigante quiso comprender lo que tenía que significar para ella ser instrumento de la voluntad divina; pero no pudo entender el curso de sus ideas ni las poderosas fuerzas que actuaban dentro de su ser. No supo qué decirle. Le deprimió no ser capaz de consolarla.

—Ve a casa y duerme —le ordenó ella—. Mañana mataremos al muchacho. Quizá.

XXVIII

En el coche, recorriendo a gran velocidad las calles azotadas por la tormenta, Charlie insistió en echar una ojeada a la herida de Christine; a pesar de que ella dijese que no era nada serio. Se tranquilizó al descubrir que la mujer tenía razón: era sólo un rasguño, la bala había trazado un surco superficial de veinticinco centímetros por encima de la cadera. Era una abrasión más que una herida, casi cauterizada por el calor de la bala. El proyectil no había penetrado y había muy poca sangre. No obstante, se detuvieron ante una farmacia para comprar alcohol, yodo y vendas, y Charlie vendó la herida mientras Vince, al volante, los llevaba otra vez a la carretera. Cambiaron de una calle a otra, deshicieron camino, corrieron en círculo por la noche ahogada de lluvia, al igual que un insecto volador reacio a posarse por miedo de que lo aplasten.

Tomaron todas las precauciones posibles para asegurarse de que nadie los seguía, y no llegaron a la casa salvadora en Laguna Beach hasta casi la una de la madrugada. El edificio se hallaba hacia la mitad de una calle larga con vistas al océano; una vivienda pequeña, casi un bungalow con dos dormitorios y un baño, una edificación pintoresca, con cerca de cuarenta años de antigüedad, pero muy bien conservada. Tenía un porche delantero con emparrado y postigos decorados; estaba envuelta en buganvilla, que trepaba por una pared y cubría casi todo el tejado. La casa pertenecía a una tía de Henry Rankin que estaba pasando unas vacaciones en México. Ni Grace Spivey ni nadie de la Iglesia del Crepúsculo podían tener conocimiento de su existencia.

Charlie lamentó no haber ido allí antes, se arrepintió de haber permitido que Christine y Joey regresaran a su casa. Desde luego él no pudo prever que Grace Spivey emprendiera tan pronto una acción drástica y violenta. Matar a un perro era una cosa; pero emplear asesinos armados con rifles para invadir un tranquilo barrio residencial... La verdad era que él no llegó a imaginar que esa mujer pudiera estar tan loca. Y, ahora, había perdido a dos de sus hombres, a dos amigos suyos. Un ácido emocional y corrosivo, producto del pesar y del remordimiento, le devoró. Él conocía a Pete Lockburn desde nueve años atrás, y a Frank Reuther desde hacía seis, y había simpatizado mucho con ambos. Aunque sabía que lo ocurrido no era culpa suya, no pudo evitar hallarse culpable; se sintió todo lo vacío que puede estar un hombre sin llegar al extremo del suicidio.

Procuró disimular la intensidad de su dolor y de su furia porque no quería trastornar aún más a Christine, la cual se mostró muy turbada por los asesinatos, y tendía a considerarse responsable, al menos en parte. Charlie intentó razonar con ella: Frank y Pete conocían el riesgo cuando asumieron la misión; si ella no hubiese contratado a Klemet-Harrison, los cuerpos que irían ahora camino del depósito de cadáveres serían el suyo y el de Joey. Por lo tanto, había hecho bien buscando ayuda. No obstante los argumentos esgrimidos, ella no pudo desechar la triste impresión de saberse responsable.

Entretanto, Joey se había quedado dormido en el coche. Así que Charlie lo llevó en brazos hasta la casa, bajo la lluvia sesgada en la quietud nocturna de las colinas de Laguna. Lo dejó sobre la cama del dormitorio. El niño no hizo el menor movimiento; sólo murmuró algo y suspiró. Charlie y Christine lo desnudaron y lo metieron entre las sábanas.

–Supongo que no pasará nada si el chico deja de limpiarse los dientes una noche –dijo ella preocupada.

Charlie no pudo evitar una sonrisa y, al verle sonreír, ella se apercibió de lo absurdo que era preocuparse por las caries cuando hacía sólo unas horas el muchacho había escapado por milagro a tres asesinos. Se sonrojó y dijo:

–Me figuro que si Dios lo libró de las balas, también lo librará de la afección dental, ¿verdad?

–Excelente conjetura.

Chewbacca se enroscó en un lado de la cama y bostezó con ganas.

Vince Fields se acercó a la puerta y preguntó:

–¿Dónde debo colocarme?

Charlie titubeó recordando a Pete y a Frank. Él los había apostado en primera línea. Y no quiso poner también a Vince. Pero era ridículo pensar así. No podía decir a Vince que se escondiera en el fondo del armario porque era un lugar seguro. Tenía el deber de estar en primera línea si era necesario. Vince lo sabía, y él también. Ambos sabían que el trabajo del jefe era dar órdenes cualesquiera que fuesen las consecuencias. Así pues, ¿a qué estaba esperando? Una de dos: o se tenía coraje suficiente para aceptar el riesgo de este trabajo, o no se tenía.

Se aclaró la garganta y dijo:

–¡Hum...! Aquí mismo, Vince. Sentado en una silla. Junto a la cama.

Vince tomó asiento.

Charlie condujo a Christine hasta la pequeña pero inmaculada cocina, donde George Swarthout había hecho una gran cantidad de café y había preparado tazas para Vince y para él. Charlie lo envió a las ventanas de la sala para vigilar la calle; luego, sirvió café a Christine y también para sí.

—Miriam..., la tía de Henry..., es una gran bebedora de brandy. ¿Le gustaría un chorro en ese café?

—Tal vez sea buena idea —aceptó Christine.

Charlie encontró el brandy en el bargueño junto al frigorífico, y echó en ambas tazas.

Ambos se sentaron frente a frente ante la pequeña mesa, junto a una ventana que miraba hacia un jardín batido por la lluvia, y donde sólo florecían de momento las sombras.

—¿Cómo va su cadera? —inquirió él.

—Sólo unas leves punzadas.

—¿Seguro?

—Claro. Escuche. ¿Qué sucederá ahora? ¿Hará algún arresto la Policía?

—No puede. Todos los asaltantes están muertos.

—Pero la mujer que los envió no está muerta. Ella es parte activa de unos asesinatos. La instigadora. Tan culpable como los otros.

—No tenemos pruebas de que Grace Spivey los enviara.

—Si esos tres eran miembros de su Iglesia...

—Eso sería un indicio importante. El problema es cómo demostrar que ellos eran miembros de la tal Iglesia.

—La Policía puede interrogar a sus amigos, a sus familiares.

—Cosa que hará sin duda... Suponiendo que pueda encontrar a sus amigos y familiares.

—¿Qué quiere decir?

—Ninguno de esos pistoleros llevaba documentos de identidad. Ni carteras, ni tarjetas de crédito, ni permisos de conducir... Nada.

—¿Y no pueden ser identificados mediante sus huellas dactilares?

—Por supuesto. La Policía seguirá ese rastro. Pero, a menos que esos hombres hayan servido en el Ejército, o cumplido alguna condena o desempeñado algún trabajo de seguridad que requiriese la impresión de sus huellas dactilares, no se encontrará ese dato sobre ellos en archivo alguno.

—Así que podríamos no saber jamás quiénes eran, ¿verdad?

—Tal vez. Y mientras no podamos identificarlos, no habrá forma de relacionarlos con Grace Spivey.

Ella arrugó la frente, mientras tomaba unos sorbos de su café con brandy, cavilando sobre la situación, intentando ver lo que podría haberles pasado inadvertido, buscando algún medio para relacionar a los asesinos con la Iglesia del Crepúsculo. Charlie podría decirle que estaba perdiendo el tiempo, que Grace Spivey había tomado todas las precauciones posibles; pero Christine necesitaba llegar a sus propias conclusiones. Por fin dijo:

—El hombre que nos atacó delante de la casa..., ¿no será, por ventura, el conductor de la furgoneta?

—No. No es el hombre que observé con los prismáticos.

—Pero si iba en esa furgoneta, al menos como pasajero, tal vez el vehículo siga aparcado cerca de mi casa.

—No. La Policía lo buscó allí. No había ninguna furgoneta blanca en la vecindad. Nada que apuntase hacia «La Palabra Verdadera» o la Iglesia del Crepúsculo.

—¿Y qué hay de sus armas?

—También las están analizando. Pero me temo que no hayan sido adquiridas por la vía legítima. No habrá forma de encontrar a su vendedor.

Con rostro amargado por la frustración, la mujer insistió:

—Pero nosotros sabemos que Grace Spivey amenazó a Joey, y sabemos que uno de los suyos nos ha estado siguiendo con una furgoneta. ¿No es eso razón suficiente, después de lo sucedido esta noche, para que los agentes la interroguen por lo menos?

—Sí. Y piensan hacerlo.

—¿Cuándo?

—Ahora mismo. Si no lo han hecho ya. Pero lo negará todo.

—¿La mantendrán bajo vigilancia?

—No. De todas formas resultaría inútil. Podrían vigilarla pero no acechar a cada miembro de su Iglesia. Ello requeriría muchos más efectivos de los que tienen. Además sería anticonstitucional.

—Entonces estamos otra vez en el punto de partida —concluyó desalentada.

—No. Algún día, tal vez no de forma inmediata pero a su debido tiempo, uno de esos muertos anónimos, o sus armas, o las fotografías que tomé del hombre de la furgoneta, nos proporcionará una conexión concreta con Grace Spivey. Esas gentes no son perfectas. En cualquier momento, habrán pasado por alto un detalle, y entonces nosotros le sacaremos provecho. Cometerán otros errores y, tarde o temprano, contaremos con las pruebas suficientes para crucificarlos.

—¿Y entretanto?

—Joey y usted permanecerán escondidos.

—¿Aquí?

—Por ahora.

—Ellos nos encontrarán.

—No.

—Lo conseguirán —murmuró, sombría.

—Nadie sabe dónde están; ni la Policía siquiera.

—Pero sí la gente de su agencia.

—Nosotros estamos de su parte.

Ella asintió. Sin embargo, Charlie adivinó que quería decir algo más, algo que le desagradaba manifestar pero no podía reprimir.

—¿De qué se trata? —la acució él—. ¿Qué está pensando usted?

—¿No es posible que alguien de su personal pertenezca a la Iglesia del Crepúsculo?

La pregunta le sorprendió. Él mismo escogía a su gente, la conocía bien, le tenía aprecio, le daba toda su confianza.

—¡Imposible!

—Después de todo, su agencia tuvo cierta conexión con la Spivey. Ustedes rescataron de su congregación a esos dos pequeños, se los arrebataron a su madre. Yo diría que Grace Spivey tiene buenas razones para recelar de ustedes, las suficientes para introducir a alguien en su organización. Ella podría haber convertido a uno de sus hombres.

—No. Imposible. Apenas intentase establecer contacto con alguno de ellos, él me lo participaría sin tardanza.

—Quizá sea uno de sus nuevos empleados, alguien que fuera discípulo de Spivey antes de trabajar con usted. ¿Ha contratado a alguna persona después de rescatar a esos niños?

—A unas cuantas. Pero nuestros empleados quedan sometidos a una rigurosa investigación de sus antecedentes como medida previa a su contratación...

—Se puede ocultar la afiliación a la Iglesia, mantenerla secreta.

—Sería difícil.

—Observo que usted ha dejado de decir «imposible».

Christine le había desasosegado. A él le gustaba creer que pensaba siempre en todo, que estaba preparado para cualquier contingencia. Pero aquello no se le había ocurrido nunca. Primero, porque conocía a su gente demasiado bien para albergar la sospecha de que alguno de ellos fuese lo bastante mentecato como para afiliarse a un culto demencial. Por otra parte, había personas muy extrañas, sobre todo en estos tiempos, de los cuales lo único que podía sorprender era que ellas no te sorprendieran jamás.

Tomó un sorbo de café y dijo:

—Haré que Henry Rankin abra una segunda investigación sobre todo aquel que se haya incorporado a nuestra firma con fecha posterior al caso Spivey. Si se pasó por alto algo la primera vez, Henry lo descubrirá. Él es lo mejor que hay.

—¿Y está usted seguro de poder confiar en Henry?

—¡Por Dios, Christine! Es para mí como un hermano.

—Recuerde a Caín y Abel.

—Escuche, Christine, un poco de recelo, un toque de paranoia..., no es mala cosa. Yo lo recomiendo incluso. Te hace más cauto. Pero no se debe exagerar. Es preciso confiar en alguien. No puedes afrontar esto solo.

Ella asintió, bajó la vista y examinó su café con brandy tomado a medias.

—Tiene usted razón. Temo no haber sido muy caritativa al poner en duda la lealtad de su gente cuando dos de ellos han muerto ya por nosotros.

—Ellos no murieron por usted —rectificó él.

—Sí.

—Sólo...

—Murieron por mí.

Harrison suspiró y optó por callar. Christine era una mujer demasiado sensitiva para no sentir cierta culpabilidad acerca de Pete Lockburn y Frank Reuther. Ella debería solventarlo por sí sola... Lo mismo que le correspondía hacer a él.

—Está bien —admitió Christine—. Mientras Joey y yo permanecemos ocultos, ¿qué hará usted?

—Antes de que abandonáramos su casa telefoneé a la rectoría de la iglesia.

—¿La de ella?

—Sí. La mujer no estaba. Pero pedí a su secretaria que concertara una entrevista para mañana. Le hice prometer que llamaría esta noche a Henry Rankin, a cualquier hora que fuese, para comunicarle cuándo deberé presentarme allí.

—Entrando en el cubil del león.

—No es tan dramático ni tan peligroso.

—¿Qué espera obtener usted de esa entrevista?

—No lo sé. Pero parece el siguiente paso y el más lógico.

Ella se agitó en la silla, cogió su taza de café, volvió a dejarla sin tomar ni un sorbo y se mordisqueó nerviosa el labio inferior.

—Temo...

—¿Qué es lo que teme?

—Que si usted se comunica con esa mujer..., ella le inducirá a revelarle el lugar donde estamos.

—No soy tan incauto.

—Pero ella podría utilizar drogas, o torturarle, o...

—Créame, Christine, yo sé bien cómo manejar a esa vieja y a su banda de dementes.

Ella lo miró durante largo rato.

Sus ojos eran de una belleza hipnótica.

—Puede hacerlo, lo sé —dijo al fin—. Creo que es capaz de manejarlos. Yo tengo mucha fe en usted, Charlie Harrison. Es algo... instintivo. Estoy segura de que está preparado para ello. No lo dudo. De verdad. Pero sigo asustada.

A la una y media, un empleado de Klemet-Harrison trajo el Mercedes gris de Charlie a la casa de Laguna Beach, para que él pudiera volver cuando lo juzgase oportuno. A las dos y cinco, con ojos enrojecidos y molido hasta la médula, el investigador echó una mirada al reloj y dijo:

—Bueno, creo que va siendo hora de que me marche.

Se encaminó hacia el fregadero para enjuagar su taza de café.

Cuando se volvía, después de poner la taza a escurrir, vio que ella estaba plantada ante la ventana de la cocina junto a la puerta, escrutando el oscuro jardín, y ciñéndose el cuerpo con ambos brazos.

Él se le acercó.

—Christine...

Ella dio media vuelta.

—¿Se encuentra bien?

Ella asintió simulando entereza.

—Fue sólo un escalofrío.

Los dientes le entrechocaron al hablar.

Obedeciendo a un impulso, Charlie la rodeó con ambos brazos. Ella se le apretó sin la menor reserva, dejó que la estrechara e incluso descansó la cabeza en su hombro. Luego, lo abrazó también y ambos quedaron enlazados. No hubo nada tan grato para él como aquella aproximación. El pelo de Christine le rozó la mejilla, las manos le oprimieron la espalda, el cuerpo se ajustó al suyo transmitiéndole su calor, su aroma. Aquel abrazo tuvo la condición electrizante de una nueva experiencia esperada durante mucho tiempo, y a la vez representó una participación sedante, familiar. Resultó difícil creer que hacía menos de un día que la había conocido. Tenía la impresión de haber deseado aquello mucho antes... Y, desde luego, había sido así, aunque no hubiera sabido hasta el momento de verla que ella era la persona a quien había deseado durante muchos años.

Pudo haberla besado entonces. Deseó ponerle la mano bajo la barbilla, levantarle la cara y apretar los labios contra los suyos... Sabía que no se habría resistido, que incluso se prestaría a ello. Pero no hizo más que abrazarla porque intuyó que no era el momento oportuno para el compromiso que se derivaría de un beso apasionado. Ahora sería un beso que ella buscaría en parte por miedo y en parte por la necesidad desesperada de consuelo. Él quiso que cuando la besara de verdad, fuese por otras razones muy distintas: deseo, afecto, amor. Aspiró a que el comienzo fuera perfecto para ambos.

Cuando al fin ella se apartó, pareció cohibida. Sonrió tímida y murmuró:

–Lo siento. No fue mi intención amilanarme y refugiarme en usted. Tengo que ser fuerte. Lo sé. No hay lugar para la debilidad en esta situación.

–Bobadas –respondió él, afable–. Yo necesitaba también que me dieran ánimo.

–¿Sí?

–A nadie le viene mal un oso *teddy* de cuando en cuando.

Ella le sonrió.

Charlie se aborreció a sí mismo por abandonarla así. Durante todo el camino hasta el coche, con el viento tirando de su chaqueta y la lluvia martilleándole la cabeza descubierta, sintió el impulso de dar media vuelta y regresar para decirle que algo especial estaba ocurriendo entre ellos, algo que no debiera haber sucedido tan aprisa, un hecho que se veía en las películas, pero jamás en la vida real. Deseó decírselo en ese mismo momento, aunque no fuese el oportuno; porque, a despecho de sus palabras alentadoras, no se hallaba seguro de poder manejar a la Spivey y a su cohorte de dementes... Cabía la posibilidad, por detestable que fuese, de que no se le brindara nunca más otra oportunidad, de que no viera ya jamás a Christine Scavello.

Charlie vivía en las colinas de North Tustin, y estaba casi a mitad de camino, atravesando un solitario trecho del Irvine Boulevard, cavilando sobre Frank Reuther y Pete Lockburn, cuando los acontecimientos de las últimas horas resultaron demasiado inabordables y le cortaron el aliento de repente. Se vio obligado a desviarse a la cuneta y frenar. A un lado de la carretera vio naranjales, al otro fresales. Y tenebrosidad por todas partes. A aquella hora no había tránsito. Derrengado en su asiento, miró absorto el parabrisas salpicado de lluvia donde el agua trazaba dibujos fantasmales, caprichosos al resplandor de los propios faros, esquemas de corta vida al ser borrados por el rítmico movimiento de las escobillas. Era inquietante y desalentador comprobar que las vidas humanas podían ser eliminadas con tanta facilidad y presteza como esos dibujos de la lluvia sobre el cristal. Entonces lloró.

A lo largo de sus años de funcionamiento, la agencia Klemet-Harrison había perdido sólo otro hombre en el cumplimiento del deber, el cual se dejó la vida en un accidente automovilístico durante la jornada de trabajo, si bien el hecho no había tenido la menor relación con su cometido, y lo mismo habría podido tener lugar en sus horas libres. Unos cuantos hombres habían recibido balazos durante esos años, y los autores habían sido, por lo general, maridos divorciados o separados que se habían propuesto acosar a sus ex esposas aunque los tribunales les hubiesen prevenido contra esa actitud. Pero, hasta el momento, ninguno había sido asesinado ¡por el amor de Dios! El negocio de la investigación privada era mucho menos violento, mucho menos peligroso de como lo representaban la televisión y el cine. Algunas veces te vapuleaban un poco o necesitabas vapulear a alguien, y existía siempre, en potencia, una asechanza de hechos violentos; pero casi nunca llegaban a producirse.

Charlie Harrison no tenía miedo de lo que pudiera ocurrirle; por quienes temía era por sus hombres, por las personas que trabajaban a sus órdenes y confiaban en él. Al aceptar este caso, les había mezclado en algo inextricable, cuando quizá no debiera haberlo hecho. Al suscribir el contrato asumiendo la protección de Christine y Joey, tal vez había firmado también las sentencias de muerte para él y sus colaboradores. ¿Qué sabía nadie lo que se podía esperar cuando era necesario habérselas con fanáticos religiosos? ¿Quién podía prever hasta dónde sería capaz de llegar esa gente?

Por otra parte, todos los que trabajaban con él conocían los riesgos, aunque por lo general esperasen mejor suerte que ésa. ¿Y qué agencia de detectives sería la suya, qué guardaespaldas serían los que se inhibiesen del primer caso verdaderamente peliagudo que abordaran? ¿Y cómo podría él desdecirse de su palabra ante Christine Scavello? Si la dejara indefensa, sería incapaz de mirarse en el espejo por la mañana. Además, estaba más seguro que nunca de haberse enamorado de aquella mujer con un apresuramiento irracional, pero no del todo involuntario.

Pese al repiquetear de la lluvia sobre el techo y al golpeteo monótono de los limpiaparabrisas, la noche fue de una quietud insoportable en el ambiente húmedo y opresivo del coche. No hubo ningún sonido significativo, sólo los ruidos ocasionales de la tormenta le recordaron, por su propio carácter fortuito, el abismo caótico en el que se estaba sumiendo su vida junto con las de otros. De momento, prefirió no profundizar en ese pensamiento. Salió de nuevo a la carretera, aceleró y proyectó dos plumeros gemelos al pasar sobre un charco hondo, camino de las colinas y de casa.

XXIX

Christine creyó que iba a ser incapaz de dormir. Se tendió sobre la cama en la que Joey yacía como un tronco; pero supuso que sólo iba a permanecer allí con los ojos cerrados, descansando, hasta que él despertara. Debió de haberse sumido al instante en el sueño.

Se despertó una vez durante la noche y notó que la lluvia había cesado. Reinaba un silencio profundo. George Swarthout ocupaba su silla en el rincón, y leía una revista al resplandor tenue de una lámpara de mesa con pantalla gris perla. Ella quiso hablarle, saber si todo marchaba bien; pero no tuvo fuerzas para sentarse ni pronunciar palabra. Cerró de nuevo los ojos y se sumió otra vez en las tinieblas.

Despertó por completo antes de las siete, sintiéndose algo aturdida después de cuatro horas y media de sueño. Joey lanzó leves ronquidos. Ella dejó a George vigilando al niño, fue al cuarto de baño y tomó una larga ducha caliente, dando un respingo cuando el agua se coló por la venda de su cadera y le produjo dolorosas punzadas en la herida todavía abierta.

Al fin salió de la ducha, se secó con energía, se colocó una venda limpia y, cuando estaba vistiéndose, presintió que Joey iba a tener complicaciones, unas complicaciones terribles e inmediatas. Creyó oírle gritar por encima del estruendoso gorgoteo del desagüe. ¡Oh, Dios mío, no! ¡Unos maníacos de la Biblia lo estaban degollando en el dormitorio, haciéndole picadillo! El estómago le dio un vuelco, se le puso la piel de gallina. Además del quejumbroso extractor del cuarto de baño, le pareció oír algo más, como golpes asestados con un objeto contundente. ¡Deben de estar aporreándole también, apuñalándole y golpeándole! Los pulmones le negaron el aire para respirar... Lo presintió... Presintió que Joey estaba ya muerto. ¡Dios santo! Presa de pánico se subió la cremallera de los vaqueros y, sin acabar de abotonarse la blusa, salió a trompicones del baño, descalza, con el pelo húmedo colgándole en relucientes mechones.

¡Se lo había imaginado todo!

El niño se hallaba a salvo.

Estaba sentado en la cama escuchando con ojos como platos la historia que le contaba George Swarthout acerca de un loro mágico y el rey de Siam.

Más tarde, pensando apenada que su madre se enteraría de sus problemas por las telenoticias o los periódicos, la telefoneó; pero se arrepintió al instante de haberlo hecho. Evelyn escuchó todos los detalles y mostró la obligada consternación. Sin embargo, en lugar de hacerle presente su solidaridad, emprendió un interrogatorio que sorprendió y encolerizó a Christine.

—¿Qué le hiciste a esa gente?

—¿Qué gente?

—La gente de esa iglesia.

—Yo no les he hecho nada, madre. Ellos están intentando hacérnoslo a nosotros. ¿Acaso no has oído lo que te he contado?

—¡No te van a molestar sin razón alguna! —arguyó Evelyn.

—Están locos, madre.

—No puedes llamarles locos a todos, a una iglesia entera.

—Pues bien, lo son. Es mala gente, madre, personas malas de verdad.

—No pueden ser tan malos. No existen personas religiosas como ésas. No todos van a perseguirte por pura diversión.

—Ya he te dicho por qué nos persiguen. Se les ha ocurrido la desatinada idea de que Joey...

—Eso es lo que me dices tú —contestó Evelyn—; pero no puede ser cierto. No es real. Tiene que haber algo más. Tú les harías algo que les enfurecería. Pero, aun estando furiosos, tengo la seguridad de que ellos no se proponen matar a nadie.

—Ya te lo he dicho, madre, ellos llegaron con armas y unos hombres resultaron muertos...

—Entonces esas personas que llevaban armas no serían miembros de esa iglesia —sentenció Evelyn—. Te has equivocado de parte a parte. Se tratará de alguien distinto.

—No me he equivocado, madre. Yo...

—¡Las gentes de iglesia no usan armas, Christine!

—Las de esa iglesia sí.

—Ha de ser alguien ajeno —porfió Evelyn.

—Pero...

—Tú le guardas rencor a la religión. Siempre ha sido así. Un rencor permanente contra la Iglesia.

—Yo no tengo ningún rencor, madre...

—Ésa es la razón de que culpes sin reflexionar a las personas religiosas, cuando resulta evidente que eso es obra de alguien que no tiene nada que ver, tal vez esos terroristas políticos de los que oyes hablar todo el tiempo en las noticias, o quizá te hayas enredado con algo que no debieras, y ahora se está desmandando, lo cual no me sorprendería. ¿Te has enredado con algo, Christine, como drogas, por las que se están matando siempre unos a otros, según se ve en la televisión? Los traficantes se pasan todo el tiempo intercambiando disparos... ¿Existe algo de eso, Christine?

Ella creyó estar oyendo el reloj del abuelo que hacía sonar su monótono tictac al fondo. De repente le faltó la respiración.

La conversación continuó al mismo tenor hasta que Christine no pudo aguantarlo más. Dijo que debía marcharse y colgó antes de que su madre tuviera tiempo de protestar. A Evelyn no se le ocurrió decir ni una sola vez «hija mía» o «ten cuidado», o «estoy preocupada por ti», o «haré lo que haga falta para ayudarte».

Sería lo mismo que su madre se hallase muerta; sus relaciones lo estaban sin duda.

A las siete y media, Christine hizo el desayuno para George, Vince, para Joey y para ella. Cuando estaba untando de mantequilla las tostadas, empezó otra vez a llover.

La mañana se presentó tan sombría, las nubes se encontraban tan bajas, la luz era tan tenue y gris que lo mismo podría haber sido el final del día que el comienzo. La lluvia cayó del tenebroso cielo con la fuerza de una inundación desaguando por las alcantarillas. La niebla persistió y, al no haber sol, se quedaría allí todo el día y se haría impenetrable por la noche. Era la época del año en que las implacables tormentas en cadena solían asaltar California avanzando desde el Pacífico, batiendo las áreas costeras hasta que los torrentes arrollaban todo, los embalses se desbordaban y los corrimientos de tierra arrastraban casas hacia el fondo de los barrancos con una celeridad letal. A juzgar por el aspecto del tiempo, ahora ellos corrían peligro de ser arrollados por una de esas tormentas.

La perspectiva de un temporal prolongado hizo todavía más aterradora la amenaza de la Iglesia del Crepúsculo. Cuando las lluvias invernales arreciaban de ese modo, las calles se inundaban, las autopistas sufrían atascos increíbles, la movilidad menguaba y California parecía encogerse, con las montañas contrayéndose hacia la costa y estrujando la tierra entre ellas. En los peores momentos de la temporada lluviosa, California daba la impresión de padecer claustrofobia, y adquiría un aspecto que no se reflejaba nunca en los folletos turísticos ni se veía en las tarjetas postales. Con un tiempo así, Christine se sentía siempre un poco atrapada, incluso aunque no la persiguieran unos lunáticos armados hasta los dientes.

Llevó el plato de *bacon* y huevos a Vince Fields, apostado junto a la entrada principal.

—Debe usted estar cansado —dijo—. ¿Cuánto tiempo pueden aguantar esto?

Él le dio las gracias por el desayuno, echó una ojeada a su reloj y respondió:

—Nos queda sólo una hora más o menos. Entonces llegará el relevo.

¡Claro! La pareja de relevo. Un nuevo turno. Eso debería habérsele ocurrido. Pero ella se había habituado a Vince y a George, confiaba en ellos. Si cualquiera de los dos hombres hubiese sido miembro de la Iglesia del Crepúsculo, Joey y ella se encontrarían muertos a estas alturas. Le habría gustado que ambos se quedaran; pero ellos no podían permanecer despiertos y en guardia de modo permanente. ¡Qué mentecatez la suya al no comprenderlo así!

Ahora tendría que preocuparse acerca de los nuevos guardaespaldas. Uno de ellos podría haber vendido su alma a Grace Spivey.

Tras esas reflexiones, Christine regresó a la cocina. Joey y George

Swarthout estaban desayunando en la mesa semicircular de pino que sólo tenía espacio para acercar tres sillas. Se sentó ante su plato, pero perdió el apetito de repente. Mientras comía con desgana dijo:

–Escuche, George, el próximo turno de guardaespaldas...

–Llegará pronto –se apresuró a responder él con la boca llena de huevo y tostada.

–¿Sabe usted a quiénes envía Charlie..., el señor Harrison?

–¿Se refiere a sus nombres?

–Sí, sus nombres.

–No. Puede ser cualquiera de los compañeros. ¿Por qué?

Ella no supo explicarse a qué se debía que se sintiese mejor si sabía cómo se llamaban. No estaba familiarizada con el personal de Charlie. Sus nombres no le dirían nada. No podría inferir de ellos que alguien perteneciera a la gente de Grace Spivey. No estaba pensando de forma racional.

–Si usted conoce a algunos de los nuestros y los prefiere para que hagan el turno aquí, deberá decírselo a Mr. Harrison –indicó George.

–No. No conozco a nadie. Sólo... Bueno..., no se preocupe. No tiene importancia.

Joey pareció intuir la naturaleza de su temor. Cesó de burlar a *Chewbacca* con un trozo de *bacon,* puso una mano menuda sobre el brazo de Christine para animarla, como había visto hacer a Charlie, y dijo:

–No te preocupes, mamá. Ellos serán buenos. Si los envía Charlie tienen que ser buenos de verdad.

–De lo mejor –convino George.

Joey se dirigió a George:

–¡Eh, cuéntale a mamá esa historia de la jirafa parlante y la princesa que no tenía cabalgadura!

–Dudo que ese tipo de historias interesen a tu madre –respondió sonriente George.

–Entonces cuéntamela a mí otra vez –pidió–. Por favor.

Mientras George le relataba el cuento, que parecía ser de su propia inventiva, Christine trasladó su atención al lluvioso día, observando más allá de la ventana. Por algún lugar se estarían acercando los dos hombres de Charlie, y ella tenía la sospecha creciente de que, por lo menos uno, sería discípulo de esa criatura Spivey.

¡Paranoia! Se daba cuenta de que la mitad de sus problemas eran psicológicos, de que se estaba preocupando sin necesidad. Charlie la había prevenido contra esa tendencia a abismarse. Ella no sería de mucha ayuda para Joey si empezaba a ver malvados en cada sombra. La culpa sería del maldito tiempo que los cercaba, de la lluvia y la niebla matinal tendiendo celajes a su alrededor. Christine se sintió atrapada, asfixiada, y su imaginación trabajó horas extra.

Ella se apercibió de eso.

No le importó.

Le fue imposible disipar su miedo. Sabía que iba a suceder algo malo cuando esos dos hombres se presentaran.

XXX

A las ocho del martes, Charlie se encontró con Henry Rankin frente a la Iglesia del Crepúsculo: era un edificio de estilo español, con ventanas de vidrio coloreado, tejado rojo, dos campanarios y una ancha escalinata que conducía a seis puertas de roble macizo y tallado. La lluvia caía sesgada contra ellas, corría por los peldaños y formaba sucios charcos en la resquebrajada acera. Las puertas necesitaban reparaciones y el edificio estaba pidiendo a gritos un encalado; tenía un aspecto sórdido, descuidado; pero eso hacía juego con la vecindad que se venía deteriorando desde hacía décadas. Antaño, aquella iglesia fue el hogar de una congregación presbiteriana, que había huido para refugiarse diez manzanas más allá en una nueva sede que no estaba rodeada de tantos almacenes abandonados, comercios poco prósperos y casas desmoronadizas.

—Pareces agotado —comentó Henry plantado al pie de la escalinata con un enorme paraguas negro, y un tanto ceñudo al ver aproximarse a Charlie sosteniendo su propio paraguas.

—No me he acostado hasta las tres y media —informó.

—Intenté concertar esta cita para más tarde —explicó Henry—. Pero ésta era la única hora en que esa mujer podía vernos.

—No te preocupes. Si hubiese sido más tarde, me habría pasado el tiempo tumbado y mirando el techo. ¿Habló la Policía con ella anoche?

Henry asintió.

—Esta mañana he conversado con el teniente Carella. Han interrogado a la Spivey y ella lo negó todo.

—¿Y se lo creyeron?

—Ellos sospechan, aunque sólo sea porque tienen también sus propios problemas con algunos de esos cultos.

Cada vez que pasaba un coche por la calle sus neumáticos silbaban sobre el pavimento húmedo como si los dominara una cólera viperina.

—¿Les ha sido posible identificar a alguno de esos tres muertos?

—Todavía no. Respecto a las armas, sus números de serie corresponden a un cargamento que expidió un mayorista de Nueva York a una cadena comercial de artículos deportivos del Sudoeste, hace dos años. Aquel cargamento no llegó nunca a destino. Lo robaron. Así que esas armas han sido compradas en el mercado negro. No hay forma de averiguar quién las vendió ni quién las adquirió.

—Ellos borran bien su rastro —comentó Charlie.

Llegó la hora de hablar con Grace Spivey. No esperaba gran cosa de ello, pues tenía muy poca paciencia con el charloteo psicótico al que solían entregarse esos tipos de los cultos. Además, después de la pasada noche, cualquier cosa parecía posible; aquellos exaltados podrían arriesgarse incluso a cometer asesinatos en su propio umbral.

Miró hacia su coche, junto al bordillo, donde uno de sus hombres, Carter Rilbeck, esperaba al volante. Carter aguardaría allí y pediría ayuda si ellos no salían al cabo de media hora. Por añadidura, tanto Henry como él llevaban pistolas en las fundas sobaqueras.

La rectoría estaba a la izquierda del templo, apartada de la calle, ante un cuadro de césped, entre dos árboles que pedían a gritos una poda. Se hallaba rodeada por unos macizos que evidenciaban encontrarse ayunos de cuidados durante meses. A semejanza de la iglesia, la rectoría requería reparaciones urgentes. Según dedujo Charlie, si uno pensaba que el fin del mundo era inminente, como creían a pies juntillas aquellos «crepusculares», era lógico no perder el tiempo en naderías como atender el jardín y reparar la casa.

El porche de la rectoría tenía una puerta chirriante, y el timbre dejaba oír un sonido tenue, destemplado e irregular, que parecía más el chillido de un animal que un sonido mecánico.

De súbito, se descorrió la cortina que cubría el ventanillo en el centro de la puerta. Apareció el orondo rostro de una mujer gruesa que los miró con protuberantes ojos verdes durante un largo momento; luego, corrió otra vez la cortina, les franqueó la entrada y les hizo pasar a un sórdido vestíbulo.

Cuando la puerta estuvo cerrada de nuevo y la voz susurrante de la tormenta decreció un poco, Charlie dijo:

—Me llamo...

—Sé quién es usted —le interrumpió con sequedad la mujer.

Los condujo a través del vestíbulo hacia una cámara que se hallaba a mano derecha y cuya puerta estaba entornada. La abrió del todo y les indicó por señas que penetraran. La mujer no les acompañó ni los anunció, se limitó a cerrar y a dejarles que se presentaran por su cuenta. A todas luces, la cortesía elemental no era un ingrediente en el estofado de cristiandad y profecías fatídicas que los seguidores de la Spivey habían cocinado para sí.

Charlie y Henry se encontraron en una habitación de seis metros por cinco, amueblada de forma somera y barata. Varios clasificadores se alineaban en una pared. El centro estaba ocupado por una sencilla mesa metálica sobre la que había un bolso de mujer y un cenicero; detrás de la mesa, una silla plegable, también de metal, y delante otras dos iguales. Nada más. Ni cortinas en las ventanas. Ni mesas, ni armarios ni cachivaches. Tampoco había lámparas, tan sólo el aplique del techo que difundía un resplandor amarillento mezclándose con la luz lívida de la tormenta que llegaba a través de las altas ventanas y daba a la estancia un aspecto lúgubre.

Quizá lo más extraño de todo fuera la falta total de objetos religiosos: ni cuadros representando a Cristo, ni imágenes de figuras bíblicas o ángeles, ni encajes con mensajes religiosos bordados, ni ninguno de los objetos sagrados, o cursilerías según cada punto de vista, que cualquiera esperaría encontrar entre los fanáticos del culto. Tampoco habían visto nada de eso en el vestíbulo.

Grace Spivey estaba de pie al fondo de la habitación, junto a una ventana, dándoles la espalda y contemplando la lluvia.

Henry carraspeó.

Ella no se movió.

—¿La señora Spivey? —preguntó Charlie.

La mujer dio por fin media vuelta y se encaró con ellos. Iba vestida toda de amarillo: blusa de un amarillo pálido, alegre bufanda amarilla con lunares, falda de un amarillo oscuro y zapatos amarillos. Lucía brazaletes amarillos en cada muñeca y media docena de sortijas con piedras amarillas. El efecto era ridículo. La luminosidad de su vestimenta servía tan sólo para acentuar la palidez de su cara tumefacta, el carácter marchito de su piel marcada por la edad. Parecía estar dominada por caprichos seniles y creerse una jovencita de doce años camino de una fiesta para celebrar el cumpleaños de una amiga.

Su pelo gris aparecía revuelto; pero sus ojos mostraban más desorden todavía. Incluso desde aquella distancia se veía que eran unos ojos implacables y extraños.

Su postura era rígida, hombros enhiestos, brazos caídos y apretados contra el cuerpo, manos tensas formando puños.

–Soy Charles Harrison –se presentó–. Y éste es mi asociado, el señor Rankin.

Ella se adelantó dos pasos, tambaleándose como una borracha. Su rostro se contrajo, la blanca piel palideció aún más. Luego, dio un grito de dolor, estuvo a punto de caerse; pero se recobró a tiempo y se quedó oscilando como si el suelo se moviese bajo sus pies.

–¿Le ocurre algo? –inquirió Charlie.

–Tendrán que ayudarme –murmuró ella.

Él no se había esperado nada semejante. Imaginó que encontraría una mujer recia, con una personalidad vital, magnética, un tipo dominante que les haría perder el equilibrio desde el principio. Por el contrario, fue ella quien lo perdió, y de la forma más literal posible.

Siguió de pie; pero encogida, como si el dolor la partiera en dos. Sin embargo, conservó la rigidez y sus manos continuaron apretadas.

–Ayúdenme a sentarme antes de que caiga –pidió ella–. Son mis pies.

Charlie y Henry se le acercaron.

Harrison le miró los pies y quedó atónito al ver sangre en ellos. La cogió del brazo izquierdo y Henry del derecho, y entre ambos la llevaron casi en vilo hasta la silla que había detrás de la mesa metálica. Cuando se sentó, Charlie observó que tenía una herida abierta en cada empeine bajo la lengüeta de cada zapato, dos orificios idénticos como hechos con algo puntiagudo, no una navaja sino algo penetrante..., quizás un punzón de hielo.

–¿Quiere usted que llame a un médico? –preguntó desconcertado al verse de pronto tan solícito.

–No –rechazó ella–. Nada de médicos. Por favor, siéntense.

–Pero...

–Me pondré bien. Todo saldrá a pedir de boca. Dios vela por mí, ya sabe. Dios es bueno conmigo. Siéntense. Por favor.

Confusos, se aproximaron a las dos sillas al otro lado de la mesa; pero antes de que pudieran sentarse, la anciana abrió las manos y les mostró las palmas.

—Miren —susurró apremiante—. ¡Miren esto! ¡Fíjense bien!

El espantoso espectáculo impidió a Charlie sentarse. Cada palma tenía otro orificio sangrante como los de sus pies. Mientras él miraba estupefacto las heridas, la sangre empezó a brotar.

¡Lo más increíble era que ella estaba sonriendo!

Charlie dirigió una mirada a Henry y halló en sus ojos la misma expresión inquisitiva que, seguramente, tendrían los suyos: ¿Qué diablos estaba ocurriendo allí?

—¡Es por ustedes! —exclamó excitada la anciana.

Se inclinó hacia ellos extendiendo los brazos a través de la mesa, enseñándoles las palmas, incitándoles a mirar.

—¿Por nosotros? —inquirió pasmado Charlie.

—Una señal —respondió ella.

—¿Señal?

—Un signo sagrado.

Harrison le observó con fijeza las manos.

—¡Estigmas! —exclamó madre Grace.

«¡Dios mío, esta mujer debería estar en un manicomio!»

Un escalofrío recorrió la espina dorsal de Charlie, se retorció en la base del cuello y le dio un latigazo glacial.

—Las heridas de Cristo —aclaró ella.

«¿Dónde nos hemos metido?», se preguntó el investigador.

—Mejor será que llame a un médico —propuso Henry.

—No —rehusó ella en voz baja pero autoritaria—. Estas heridas duelen, sí; pero es un dolor dulce, un dolor benéfico, un dolor purificador, y no se infectarán; se curarán por sí solas. ¿Es que no lo entienden? Son las heridas que padeció Cristo, los orificios hechos por los clavos que le crucificaron.

«Está loca de atar», pensó Charlie. Y miró intranquilo hacia la puerta preguntándose a dónde habría ido la mujer del rostro orondo. ¿A buscar a otras dementes? ¿Se disponía a organizar el escuadrón de la muerte? ¿Preparaban algún sacrificio humano? ¿Y tenían la desfachatez de llamar cristianismo a eso?

—Sé lo que está pensando —dijo Grace Spivey con voz cada vez más alta y enérgica—. Usted no cree que yo tenga aspecto de profetisa. Usted no cree que Dios se manifieste mediante una vieja con apariencia de loca como yo. Pero es así como actúa el Señor. Cristo caminó con los proscritos, fue amigable con los leprosos, las prostitutas, los ladrones y los deformes, y los envió por el mundo para propagar Su Palabra. ¿Saben ustedes por qué? ¿Lo saben?

Ahora ella habló a grito pelado, de tal modo que su voz retumbó en las paredes, haciendo recordar a Charlie un evangelista de la televisión que hablaba a un ritmo hipnótico y era la viva imagen de un actor bien preparado.

—¿Saben ustedes porqué Dios elige a los mensajeros más inconcebibles? —insistió ella—. Porque quiere ponerlos a prueba. Cualquiera se sentiría tentado a creer en las prédicas de un niño bonito, un pastor con la cara de Robert Redford y la voz de Richard Burton. ¡Pero sólo los justos, sólo aquellos que quieren creer de verdad en la Palabra..., los que tienen suficiente fe, reconocerán y aceptarán la Palabra cualquiera que sea el mensajero!

Su sangre goteó sobre la mesa. Su voz se alzó hasta hacer vibrar las vidrieras.

—Dios los está probando. ¿No pueden oír ustedes su mensaje desentendiéndose del mensajero? ¿Son sus almas lo bastante puras para permitirles oír? ¿O hay dentro de sus cuerpos una corrupción que los deja sordos?

Charlie y Henry quedaron sin habla. En su parrafada había un componente hipnótico que los entontecía y reclamaba toda su atención.

—¡Escuchen, escuchen, escuchen! —les apremió—. Escuchen lo que les digo. Dios me procuró estos estigmas poco antes de que ustedes llamaran a la puerta. Él me ha hecho una señal, la cual sólo puede significar una cosa: ustedes no están todavía bajo la férula de Satanás, y el Señor les brinda una oportunidad para redimirse. Al parecer, ustedes no se dan cuenta de que la mujer es lo que su hijo es. Si ustedes están enterados y, no obstante, los protegen, Dios no les ofrecerá la redención. ¿Saben ustedes lo que son ellos? ¿Lo saben?

Charlie se aclaró la garganta, parpadeó y se libró de la bruma que le había velado por unos instantes el pensamiento.

—Yo sé lo que usted cree que ellos son —dijo.

—No es lo que yo creo. Es lo que yo sé. Es lo que Dios me ha dicho. El muchacho es el Anticristo. La madre es la Virgen negra.

Charlie no había esperado que la mujer fuera tan directa. Tuvo la seguridad de que ella iba a negar todo interés en Joey, al igual que hizo con la Policía. Quedó sorprendido ante tanta franqueza y no sabía cómo interpretarla.

—Yo sé que ustedes no están grabando esta conversación —dijo ella—. Aquí tenemos instrumentos que habrían detectado la grabadora. Se me habría alertado. Así que puedo hablar con toda sinceridad. Ese muchacho ha llegado para gobernar la tierra durante mil años.

—Tiene sólo seis —dijo Charlie—. Y es como cualquier otro niño de esa edad.

—No —rechazó ella extendiendo todavía más las manos para mostrar la sangre que manaba de las heridas—. No. Es algo mucho peor. Debe morir. Nosotros debemos matarlo. Es el deseo de Dios, la obra de Dios.

—Usted no puede arrogarse...

Ella le interrumpió.

—Ahora que están advertidos, ahora que Dios les ha expuesto la verdad, ustedes deben cesar de protegerlos.

—Son mis clientes —arguyó Charlie—. Yo...

—Si persiste en darles protección, usted se condenará —dijo preocupada la anciana, suplicándole que aceptara la redención.

—Nosotros tenemos una obligación...

—¡Maldito sea! ¿Es que no lo ve? Usted se pudrirá en el infierno. Perderá toda esperanza. Se pasará la eternidad sufriendo. Debe escucharme. Debe comprender.

Harrison miró los ojos febriles que le desafiaban enloquecidos. Sintió piedad por ella, mezclada con una repugnancia que le dejó incapaz de seguir discutiendo. Comprendió que había sido una visita inútil. Aquella mujer había rebasado las barreras del raciocinio.

Sintió todavía más temor por Christine y Joey que la pasada noche, cuando uno de los prosélitos de Grace Spivey disparó contra ellos.

Ella alzó unos centímetros las sangrantes palmas.

—Esta señal es por usted, sólo por usted, para convencerle de que yo soy, de hecho, un heraldo portador del verdadero mensaje. ¿Lo ve? ¿Lo cree ahora? ¿Lo entiende?

—Mrs. Spivey —dijo Charlie—, usted no debería haber hecho eso. Ninguno de nosotros dos es hombre crédulo, así que todo ha sido inútil.

El rostro de ella se ensombreció. Sus manos se contrajeron y se convirtieron otra vez en puños.

Charlie continuó:

—Si usted ha utilizado un clavo herrumbroso o sucio, espero que visite sin demora a su médico y le haga inyectarle la vacuna contra el tétanos. Eso podría ser muy serio.

—Usted está perdido para mí —dijo ella con una voz tan uniforme como la superficie de la mesa donde plantó las ensangrentadas manos.

–Vine aquí para intentar razonar con usted. Veo que eso no es posible. Así que permítame advertirle...

–Usted pertenece ahora a Satanás. Ha tenido su oportunidad...

–... que si usted no da marcha atrás...

–... y la ha rechazado.

–... si usted no deja en paz a los Scavello...

–¡Por tanto habrá de pagar un precio horrible!

–... yo ahondaré en todo esto sin cejar. Perseveraré contra viento y marea hasta verla comparecer ante los tribunales, hasta ver cómo su iglesia pierde la exención tributaria, hasta que todo el mundo sepa la clase de persona que es usted, hasta que sus adictos pierdan la fe que le tienen, hasta ver aplastado su perverso y demencial culto. No bromeo. Puedo ser tan implacable como usted, tan obstinado. Puedo acabar con su farsa. Deténgase mientras se le ofrezca la oportunidad.

Ella lo fulminó con la mirada.

–Mrs. Spivey –terció Henry–, ¿no quiere usted poner fin a esta locura?

Ella no dijo nada. Bajó la vista.

–Mrs. Spivey...

No hubo respuesta.

–Vámonos Henry –decidió Charlie–. Larguémonos de aquí.

Cuando se aproximaban a la puerta, ésta se abrió y un hombre enorme entró en la habitación agachando la cabeza para no darse contra el dintel. Mediría más de dos metros. Su rostro era una verdadera pesadilla.

«No parece real», pensó Charlie, sólo las imágenes de algunas películas podrían servir para describirlo. Era como un monstruo de Frankenstein con el inmenso y musculoso cuerpo de Conan *el Bárbaro,* un voluminoso corpachón creado por un guión pésimo y un presupuesto ridículamente bajo. La aparición vio llorar a Grace Spivey y su rostro se descompuso con una expresión tal de desesperación y furor, que heló la sangre en las venas a Charlie. El gigante alargó un brazo y aferrándolo por la chaqueta, casi lo levantó en vilo.

Henry sacó su arma; pero Charlie le dijo que se detuviera porque, aunque la situación fuera mala, no tenía por fuerza que representar una amenaza de muerte.

El hombretón dijo:

–¿Qué le han hecho ustedes? ¿Qué le han hecho?

–Nada –repuso Charlie–. Nosotros estábamos...

—Deja que se marchen —le ordenó Grace Spivey—. Déjales pasar, Kyle.

El gigante vaciló. Sus ojos, cual brillantes criaturas marinas ocultándose en las profundidades oceánicas, miraron a Charlie con una furia tan maligna, que hubieran causado pesadillas al propio diablo. Por fin soltó a Charlie y avanzó con pesado andar hacia la mesa ante la que se sentaba la mujer. Descubrió la sangre en sus manos y se volvió con violencia para mirar a Charlie Harrison.

—Se lo hizo ella misma —explicó Charlie escurriéndose hacia la puerta; no le gustó el tono quejoso de su propia voz; pero no había lugar para el orgullo; pues dar paso al coraje viril sería una prueba irrefutable de debilidad mental—. Nosotros no la tocamos.

—Déjales marchar —repitió Grace Spivey.

—Salgan —apremió el gigante en voz baja, amenazadora—. Aprisa.

Charlie y Henry procedieron como les decía.

La mujer de rostro orondo y ojos protuberantes los esperaba a la entrada de la rectoría. Mientras ambos atravesaban presurosos el vestíbulo, ella abrió la puerta. Apenas salieron al porche, cerró de un portazo y echó la llave.

Charlie salió a la lluvia sin abrir el paraguas. Levantó la cara hacia el cielo. Notó el agua fresca, limpia, y dejó que le cayera encima, porque se sentía contaminado por la locura de aquella casa.

—Dios nos ayude —murmuró tembloroso Henry.

El agua sucia borboteó a lo largo del canalón y formó un lago pardusco; desperdicios y porquerías navegaron como una flotilla de minúsculas embarcaciones en su superficie batida por el viento.

Charlie se volvió y contempló la rectoría. Ahora, su mugre y deterioro le parecieron representar algo más que la decadencia urbana ordinaria; esa decrepitud era reflejo de la mentalidad de sus ocupantes. En las ventanas polvorientas, en el maltrecho porche de pintura descascarillada, no sólo vio el estado ruinoso sino también el símbolo del deterioro humano. De niño, había leído muchas obras de ciencia ficción, y las seguía leyendo de tanto en tanto. Tal vez fuera eso lo que le hacía recordar la ley de la entropía, según la cual el universo y todo cuanto contiene se mueven en una única dirección elemental..., hacia la decadencia y el colapso, la disolución y el caos. La Iglesia del Crepúsculo parecía adoptar la entropía como expresión última de la divinidad y la locura agresiva, de la sinrazón y el caos. Y se deleitaba con ello.

Se asustó.

XXXI

Después del desayuno, Christine telefoneó a Val Gardner y a dos o tres personas más, les aseguró que ella y Joey estaban bien; pero no dijo a nadie dónde estaban. Por culpa de la Iglesia del Crepúsculo, había dejado de confiar por completo en sus amigos, incluida Val, y deploraba esa triste evolución.

Cuando terminaba de hacer las llamadas telefónicas, llegaron los nuevos guardaespaldas para relevar a Vince y a George. Uno de ellos, Sandy Breckenstein, era alto y delgado, de unos treinta años, con una nuez protuberante; hacía recordar a Ichabod Crane en los viejos dibujos animados de Disney, *La leyenda de Sleepy Hollow.* El compañero de Sandy era Max Steck, un hombre constituido como un toro, con enormes manos, pecho macizo y cuello casi tan ancho como la cabeza. Sin embargo, parecía un niño al sonreír.

Joey simpatizó al instante con Sandy y con Max, y pronto estuvo corriendo de un extremo a otro de la pequeña casa, intentando hacer compañía a ambos, bromeando con ellos, preguntándoles qué se sentía siendo guardaespaldas, contándoles su versión, graciosamente desvirtuada, de la historia de George Swarthout sobre la jirafa que sabía hablar y la princesa que no tenía caballo.

Christine no depositó su confianza en los nuevos protectores con tanta prontitud como Joey. Se mostró amigable pero cautelosa, vigilante.

Deseó haber llevado un arma consigo. Se había quedado sin pistola. La Policía se la confiscó la noche anterior para comprobar si figuraba en el registro. No podía coger un cuchillo de la cocina y pasearse por ahí empuñándolo; si Sandy, o Max, fuera un prosélito de Grace Spivey, el cuchillo podría precipitar la violencia en vez de prevenirla. Y si ninguno de los dos fuese un «crepuscular», ella les ofendería y provocaría su enemistad con una muestra tan patente de desconfianza. Sus únicas armas fueron la cautela y el ingenio, que no serían muy eficaces si se viera ante la Magnum 357 de un maníaco.

Sin embargo, cuando las complicaciones hicieron una visita poco después de las nueve, no provinieron de Sandy ni de Max, aunque fue Sandy quien, vigilando desde una silla por la ventana de la sala, vio que algo iba mal y les llamó la atención sobre ello.

Cuando Christine llegó de la cocina para preguntarle si quería más café, lo encontró escrutando la calle con visible tensión. El hombre se había levantado de la silla y miraba por la ventana con los prismáticos.

–¿Qué sucede? –preguntó ella–. ¿Hay alguien fuera?

Él continuó mirando unos instantes y bajó los prismáticos.

–Quizá no sea nadie.

–Pero usted cree que sí.

–Dígale a Max que aguce la vista en la parte trasera –dijo Sandy con la nuez moviéndosele arriba y abajo–. Infórmele de que una furgoneta ha pasado ya tres veces por delante de la casa.

Los latidos de su corazón se aceleraron como si alguien hubiese abierto un interruptor.

–¿Una furgoneta blanca?

–No. Una Dodge azul oscuro con un cartel en el costado. Probablemente no será nada. Sólo alguien que no esté familiarizado con el barrio y busca unas señas. Pero... ¡hum!, mejor será contárselo a Max de todas formas.

Ella se encaminó presurosa hacia la cocina, que estaba en la parte posterior, y se esforzó por dar la noticia con toda calma a Max Steck; no obstante, su voz tuvo un leve trémolo y no pudo controlar las manos que hicieron ademanes nerviosos, volando como mariposas.

Max comprobó la cerradura de la puerta, aunque la había revisado ya al entrar de servicio. Cerró por completo las persianas de una ventana y a medias las de la otra.

Chewbacca, que dormitaba en un rincón, alzó la cabeza y resopló, intuyendo una nueva tensión en el ambiente.

Joey siguió sentado ante la mesa junto a la ventana del jardín, muy atareado con sus lápices en colorear una lámina de su libro. Christine le hizo apartarse de la ventana y lo llevó al rincón junto al ronroneante frigorífico, lejos de la línea de fuego.

Con la escasa adaptabilidad emocional de un niño de seis años, él había olvidado ya gran parte del peligro que les obligaba a esconderse en una casa extraña. Ahora, todo le volvió a la memoria y sus ojos se dilataron:

–¿Es que viene la bruja?

–Probablemente no habrá nada de qué preocuparse, cariño.

Se inclinó, le ajustó bien los vaqueros y le metió la camisa que se le había salido un poco. Su expresión de miedo la conmovió. Le dio un beso en la mejilla.

–Debe ser una falsa alarma –comentó–. Pero los hombres de Charlie no quieren correr riesgo alguno. Ya sabes.

–Son súper –declaró el chiquillo.

–Claro que sí.

Ahora, que parecía que aquellos hombres estaban dispuestos a jugarse la vida por ella y por su hijo, Christine se sintió culpable al haber sospechado de ellos.

Chewbacca lanzó un gemido inquisitivo desde el fondo de la garganta y empezó a dar vueltas por la habitación; sus zarpas repicaron sobre las baldosas de la cocina.

Temiendo que el animal pudiera estorbar a Max en un momento crucial, Christine lo llamó, y también lo hizo Joey. El perro no podía haber aprendido ya su nuevo nombre, pero respondió al tono de voz. Se acercó al niño y se sentó a su lado.

Max atisbó por una rendija entre dos listones de la persiana y dijo:

–Esta maldita niebla es muy persistente.

Christine comprendió que el jardín, inmerso en niebla y lluvia, con sus azaleas, tupidas adelfas y verónicas, sus naranjos reducidos a miniaturas mediante artística poda, las lilas, el cenador cubierto de buganvilla y con numerosos arbustos, sería idóneo para que cualquiera pudiese aproximarse peligrosamente a la casa antes de ser descubierto.

Pese a las palabras tranquilizadoras de su madre, Joey miró al techo. Sobre el tejado, el sonido de la lluvia era muy intenso en aquella casa de una planta. El niño dijo:

–La bruja se acerca. Está llegando...

XXXII

El doctor Denton Boothe, psicólogo y psiquiatra, era una prueba viviente de que los herederos de Freud y Jung no conocían tampoco todas las respuestas. Una pared de su despacho estaba cubierta con diplomas de las universidades más prestigiosas de la nación, galardones otorgados por colegas suyos en media docena de organizaciones profesionales y doctorados honoríficos de instituciones docentes de cuatro países. A lo largo de treinta años, había escrito el tratado sobre psicología general más difundido y celebrado, y su posición como uno de los expertos de mayor sapiencia en su especialidad, la psicología patológica, era irrebatible. Sin embargo, por muchos que fueran sus conocimientos y experiencia, Boothe no carecía de problemas privados.

Era gordo. No de una tolerable robustez, sino gordo. Su peso excesivo resultaba brutal, abrumador. Cuando Charlie se encontraba con Denton Boothe (Boo para los amigos) después de no haberlo visto durante unas semanas, se sorprendía siempre ante la inmensidad del hombre; nunca le parecía recordar que estuviese tan gordo. Medía un metro setenta y ocho, más o menos la estatura de Charlie, pero pesaba ciento diez kilos. Su cara era una buena imitación de la luna. Su cuello, el basamento de una columna. Sus dedos semejaban morcillas. Cuando se sentaba, inundaba los sillones.

Charlie no podía entender por qué Boothe, un hombre capacitado para diagnosticar y tratar las neurosis incluso de pacientes reacios a todo tratamiento, era incapaz de corregir su apetito devorador y compulsivo. ¡Un verdadero enigma!

Pero ni su volumen desusado ni los problemas psicológicos subyacentes, podían alterar el hecho de que Boo fuera un hombre encantador y afable, divertido y pronto para la risa. A pesar de que tenía quince años más que Charlie y era muchísimo más ilustrado, ambos habían congeniado en su primer encuentro y eran buenos amigos desde hacía varios años. Cenaban juntos una o dos veces al mes, intercambiaban regalos en Navidad, y se esforzaban por mantenerse en contacto, lo cual sorprendía algunas veces a ambos.

Boo recibió a Charlie y a Henry en su despacho, en un apartamento de chaflán perteneciente a un rutilante rascacielos de Costa Mesa, y se empeñó en enseñarles su última hucha antigua. Coleccionaba huchas animadas con mecanismos de relojería que enrevesaban un poco el depósito de monedas. Tenía por lo menos dos docenas distribuidas en diversos lugares del despacho. La nueva era un complicado artefacto comparable por su tamaño a un humectador de cigarros puros; sobre la tapadera, estaban plantadas las figurillas metálicas, pintadas a mano, de dos barbudos buscadores de oro flanqueando a un asno representado con notable comicidad. Boo puso una moneda de veinticinco centavos en la mano de un buscador y pulsó un botón a un lado de la hucha. La mano del muñeco se alzó para alargar la moneda al segundo buscador, pero la cabeza del asno se abatió y apresó la moneda entre sus mandíbulas mientras el buscador la soltaba. El burro alzó otra vez la cabeza y la moneda descendió por su gaznate al interior de la hucha, mientras los dos buscadores meneaban la cabeza desalentados. En la albarda del pollino se leía su nombre: *Tío Sam.*

—El artilugio data de 1903. Hay sólo ocho ejemplares en el mundo, que se sepa —dijo enorgullecido—. Se titula «El recaudador de contribuciones»; pero yo le llamo «No hay justicia en un universo de borricos».

Charlie se rió; pero Henry pareció desconcertado.

Se acomodaron en un rincón de la estancia donde había sillones grandes y confortables alrededor de un velador cubierto de cristal. El sillón de Boo dejó escapar un suave gruñido cuando el psiquiatra hizo descansar su cuerpo en él.

Como el despacho estaba en el chaflán, la habitación tenía dos paredes maestras que eran de cristal en su mayor parte. El edificio daba la espalda a otras estructuras descomunales de Costa Mesa y miraba hacia una de las pocas comarcas agrícolas que aún quedaban en esta parte del país. Por tanto, no parecía que hubiese nada al frente, salvo un vacío gris compuesto de nubes revueltas, velos traslúcidos de niebla y abundante lluvia que resbalaba por las paredes de cristal formando un río vertical. Aquello causaba un efecto desorientador, como si el despacho de Boothe no existiera en este mundo sino en una realidad supletoria, en una nueva dimensión.

—¿Has dicho que se trata de Grace Spivey? —preguntó Boothe.

Él tenía un interés especial por las psicosis religiosas y había escrito un libro sobre la psicología de los líderes del culto. Grace Spivey le intrigaba, y él se había propuesto incluir un capítulo sobre ella en su próxima obra.

Charlie refirió a Boo lo de Christine y Joey, su encuentro con Grace en la South Coast Plaza y los atentados contra su vida.

Y aquel psicólogo, que no gustaba de la solemnidad con sus pacientes, que utilizaba el engatusamiento y el buen humor como parte de su terapia, y cuyo rostro no se ensombrecía jamás hizo un gesto de desagrado y dijo:

—Mala cosa. Muy mala. Siempre he tenido a Grace por una creyente sincera, no por una farsante de las que explotan el timo religioso para ganarse unos pavos. Ha estado siempre convencida de que el mundo se acerca a su fin. Pero jamás llegué a imaginar que estuviese tan enfangada en esa fantasía psicótica. —Suspiró y contempló el tempestuoso panorama que se dominaba desde su duodécimo piso—. Mira, ella habla mucho acerca de sus «visiones», las emplea para fustigar a sus seguidores hasta el frenesí. Yo he pensado siempre que no las tiene, que tan sólo finge tenerlas porque ha percibido que son una buena herramienta para hacer conversos y meter en cintura a los discípulos. Mediante las visiones, puede hacer que Dios ordene a sus acólitos hacer las cosas que ella quiere, cosas que quizás esa gente se negaría a aceptar si no creyera que las órdenes provienen directamente del cielo.

—Pero si ella es una creyente sincera —planteó Henry—, ¿cómo justifica esa falsedad ante su propia conciencia?

—¡Ah, fácil, fácil! —dijo el psicólogo apartando la mirada de la mañana henchida de lluvia—. Lo justifica diciendo que ella sólo transmite a sus seguidores las cosas que Dios les habría ordenado si se le hubiese aparecido en sus visiones. La segunda posibilidad, que resulta más perturbadora, es que ella vea y oiga de verdad a Dios.

—No querrás decir que le ve, en sentido literal —observó sorprendido Henry.

—No, no —atajó Boo agitando una mano rolliza.

Él era un agnóstico, flirteaba con el ateísmo. Algunas veces decía a Charlie que, considerando el estado miserable del mundo, Dios debía de estar pasando unas vacaciones prolongadas en Albania, Tahití, Cleveland o cualquier otro rincón remoto del universo donde las noticias no le llegaban.

—Quiero decir —continuó— que ella está viendo y oyendo a Dios pero, claro está, él es tan sólo un producto de su mente enfermiza. Cuando las personas psicóticas se pasan de la raya lo suficiente, suelen tener visiones, unas veces de naturaleza religiosa, otras no. Pero yo no habría creído jamás que Grace se hubiera distanciado tanto de los límites.

—Ha ido tan lejos —dijo Charlie— que, en el lugar adonde ha llegado, no tienen siquiera Taco Bells.

Boo se rió, no con tanta espontaneidad como Charlie hubiera deseado, pero se rió, lo cual era siempre preferible al ceño que le ponía tan nervioso. Boo no estaba encorsetado en el lenguaje profesional, nada era sagrado para él; tan pronto empleaba el término «mochales» como el de «perturbado mental». Y entonces dijo:

—Pero si Grace ha soltado por completo sus amarras, habrá algo en esa situación que será difícil de explicar.

Charlie se volvió hacia Henry y comentó:

—A él le encanta explicar cosas. Es un pedante nato. Intentará explicarte lo que es la cerveza mientras la estás bebiendo. Y no le pidas que te explique el significado de la vida porque entonces nos quedaremos aquí hasta que empiece a funcionar nuestro fondo de jubilación.

Boothe conservó su aire grave, lo cual no era característico de él.

—Ahora mismo no es el significado de la vida lo que me hace cavilar. Dices que Grace se ha distanciado de los límites, y me da la impresión de que estás en lo cierto. Pero, fíjate, si ella cree de verdad toda esa historia del Anticristo, y si se propone matar a un niño inocente, entonces padecerá sin duda una esquizofrenia paranoica con fantasías apocalípticas y megalomanía. Sin embargo, cuesta imaginar que alguien en semejantes condiciones sea capaz de actuar como una figura autoritaria y de dirigir el negocio de su culto.

—Quizás algún otro se ocupe de eso —sugirió Henry—. Tal vez ella sea sólo una figura representativa. Es posible que haya quien la esté utilizando.

Boothe negó con la cabeza.

—Es endiabladamente difícil manipular a un esquizofrénico paranoico del modo que usted sugiere. Esas personas son demasiado imprevisibles. Pero si ella se ha vuelto verdaderamente violenta, si ha empezado a obrar con arreglo a sus profecías fatídicas, no tiene que estar loca por fuerza. Podría haber otra explicación.

—¿Por ejemplo? —inquirió Charlie.

—Pues, por ejemplo..., quizás haya decepcionado a sus seguidores. Quizás el culto esté desintegrándose y ella recurra a esas medidas drásticas para renovar el entusiasmo de sus discípulos y retener su lealtad.

—No —dijo Charlie—. Ella está chiflada.

Y refirió a Boo la macabra entrevista mantenida poco antes con Grace.

Boothe mostró asombro.

—¿Se atravesó de verdad las manos con clavos?

—Bueno, eso no lo presenciamos —reconoció Charlie—. Tal vez uno de sus adictos empuñara el martillo. ¡Pero ella colaboró sin lugar a dudas!

Boo cambió de posición y su sillón se quejó.

—Existe otra posibilidad. La aparición espontánea de los estigmas de la crucifixión en las manos y los pies de personas psicóticas con complejos de persecución religiosa es un fenómeno raro pero no insólito.

Henry Rankin se maravilló.

—¿Quiere decir usted que fueron reales? ¿Quiere decir... que Dios se los hizo?

—¡Ah, no! No pretendo insinuar que eso fuera una señal sagrada genuina ni nada por el estilo. Ahí Dios no tuvo la menor intervención.

—Celebro oírte decir eso —manifestó Charlie—. Por un momento temí que te nos volvieras místico de repente. Y hay dos cosas que no espero verte hacer jamás: una que te vuelvas místico y otra que te hagas bailarín de ballet.

La expresión cavilosa en el rostro del hombre gordo no se disipó.

—¡Por Dios, Boo! —exclamó Charlie—. Yo estoy ya atemorizado; pero si la situación te preocupa tanto, me parece que no lo estoy ni la mitad de lo que debiera.

—Me hallo preocupado —confesó Boothe—. Respecto al fenómeno del estigma existen algunas pruebas de que, en un estado de frenesí mesiánico, una persona psicótica puede ejercer control sobre su cuerpo..., sobre la estructura de los tejidos... y casi... Bueno, un control psíquico que la ciencia médica no puede explicar. Como esos santones hindúes que caminan sobre ascuas o se tienden sobre clavos de punta e impiden toda lesión mediante un acto de voluntad. Las heridas de Grace serían la otra cara de la moneda.

Henry, que gustaba de todo lo razonable, ordenado y previsible, y esperaba que el universo fuese tan nítido y pulcro como su propio guardarropa, se mostró turbado a todas luces con aquella charla sobre facultades psíquicas.

—¿Entonces, pueden hacer sangrar su propio cuerpo sólo con pensar en ello? —preguntó.

—Probablemente no tendrán que pensarlo siquiera. Al menos de una manera consciente —contestó Boo—. Los estigmas son el resultado de un intenso deseo subconsciente de ser una figura o un símbolo religioso, de verse venerado o de formar parte integral de algo mucho más grandioso que uno mismo, algo cósmico —mientras hablaba, cruzó las manos sobre su amplio estómago—. Por ejemplo... ¿Qué sabéis acerca del supuesto milagro de Fátima?

—No mucho —respondió Charlie.

—La Virgen María se apareció allí a mucha gente, miles de personas —dijo Henry—. Fue allá por los años veinte, si mal no recuerdo.

—Una visita divina, portentosa y conmovedora... o uno de los casos más increíbles de histeria e hipnosis colectiva que jamás se ha registrado —dijo Boo, inclinándose a favor de la segunda hipótesis a juzgar por su expresión—. Centenares de fieles afirmaron haber visto a la Virgen María y describieron unos cielos turbulentos tiñéndose con todos los colores del arco iris. Entre los presentes, una multitud inmensa, dos personas mostraron los estigmas de la crucifixión; las manos de un hombre comenzaron a sangrar, y unos orificios de clavos aparecieron en los pies de una mujer. Otros más aseguraron que, sin haberse dado cuenta de nada, encontraron pequeñas punzadas formando círculo alrededor de la cabeza. Hay un caso bien documentado de un espectador que lloró lágrimas de sangre; el reconocimiento médico subsiguiente no halló ninguna lesión en los ojos ni descubrió ninguna causa posible de la sangre. En suma, la mente humana sigue siendo un mar inexplorado en gran parte. Aquí hay misterio –dijo al tiempo que se golpeaba la cabeza con un grueso dedo–, un misterio que tal vez no podamos desentrañar jamás.

Charlie se estremeció. Era espeluznante pensar que Grace se había abismado tanto en la locura que podía hacer sangrar espontáneamente su cuerpo, con el designio exclusivo de dar peso a sus fantasías enfermizas.

–Desde luego, tú tienes razón, probablemente, acerca del martillo y los clavos –prosiguió Boo–. Los estigmas espontáneos de la crucifixión son raros. Es de suponer que Grace se los hiciera ella misma... o que se lo ordenara hacer a alguno de los suyos.

La lluvia descendió arrolladora por las paredes de cristal, y un pájaro negro, lastimosamente empapado, llegó raudo buscando refugio del gélido aguacero; pero salió disparado sin llegar a estrellarse contra la ventana.

Pensando en lo que les había referido Boothe sobre lágrimas de sangre y estigmas infligidos mentalmente, Charlie dijo:

–Me parece que he descubierto por casualidad el significado de la vida.

–¿Y cuál es? –inquirió Boo.

–Creo que todos nosotros protagonizamos una película de horror cósmica que se proyecta en el cinematógrafo privado de Dios.

–Podría ser –admitió Boo–. Si lees bien la Biblia, comprobarás que Dios puede concebir castigos mucho más horribles que los que puedan haber soñado siquiera Tobe Hooper, Steven Spielberg o Alfred Hitchcock.

XXXIII

Con ayuda de sus prismáticos, Sandy Breckenstein había logrado leer, la tercera vez que pasó ante la casa, la matrícula de la furgoneta

Dodge azul con una escena de surf pintada al costado. Mientras Christine Scavello corría a la cocina para anunciar a Max la presencia del vehículo sospechoso, Sandy telefoneó a Julie Gethers, el enlace de Klemet-Harrison con la Policía, y le pidió una pista del Dodge.

Ahora, mientras esperaba la respuesta de Julie, se apostó tenso ante la ventana agarrando los prismáticos.

Al cabo de cinco minutos, la furgoneta dio una cuarta pasada marchando esta vez cuesta arriba.

Sandy le enfocó los prismáticos y vio, aunque de forma borrosa, dos hombres detrás del parabrisas anegado por la lluvia.

Ambos parecían tener un particular interés por la casa.

Luego, se alejaron. Sandy casi deseó que hubiesen aparcado allí delante. Al menos podría tenerlos vigilados. No le gustó perderlos de vista.

Mientras Sandy seguía plantado junto a la ventana, mordiéndose el labio y lamentando no haberse hecho contable como su padre, Julie, en el cuartel general, establecía contacto con el Departamento de Vehículos a Motor, y luego con la oficina del sheriff del Condado de Orange. Gracias a los ordenadores de ambas agencias, la información llegó rauda, y ella pudo transmitírsela a Sandy doce minutos después. Según el Departamento, la furgoneta azul estaba registrada a nombre de Emanuel Luis Spado, de Anheim. Y según la oficina del sheriff, que compartía datos candentes con todas las demás agencias policiales del Condado, Mr. Spado había denunciado el robo de su vehículo a las seis de aquella misma mañana.

Tan pronto como tuvo dicha información, Sandy fue a la cocina y se la trasladó a Max, quien le escuchó con no menos inquietud.

—Eso significa follón —masculló Max sin rodeos.

Christine Scavello, que había hecho colocarse a su hijo en el rincón del frigorífico, dijo:

—Pero ese vehículo no pertenece a la iglesia.

—Claro. Sin embargo, podría haberlo robado alguien de la iglesia —dijo Sandy.

—Para establecer cierta distancia entre el grupo religioso y cualquier ataque que ellos puedan desencadenar aquí contra nosotros —explicó Max.

—El hecho de que alguien pase por esta calle en una furgoneta robada, podría ser sólo una coincidencia —dijo la mujer con escasa convicción.

—No he conocido jamás una coincidencia que me guste —dijo Max sin quitar la vista del jardín trasero de la casa.

—Ni yo —corroboró Sandy.

—¿Pero cómo nos habrán encontrado? —inquirió Christine.

—Ni idea —farfulló Sandy.

—¡Que me cuelguen si lo sé! —exclamó Max—. Tomamos todas las precauciones imaginables.

Pero todos ellos pensaron en la explicación más probable: Grace Spivey había plantado un confidente en Klemet-Harrison.

Ninguno de los tres quiso decirlo. Tal posibilidad era demasiado pavorosa.

—¿Qué dijiste al cuartel general? —preguntó Max.

—Que enviaran ayuda —repuso Sandy.

—¿Crees que debemos esperar a que llegue?

—No.

—Yo tampoco. Aquí ofrecemos un blanco muy fácil. Este lugar fue una buena idea solamente mientras nos figurábamos que nadie lo encontraría. Ahora nuestra mejor opción es abandonarlo cuanto antes, ponernos en movimiento sin darles tiempo a que se enteren de que los hemos localizado. Ellos no esperarán que levantemos el campo de forma tan súbita.

Sandy se mostró conforme. Luego se volvió hacia Christine.

—Coja los abrigos. Y no más de dos maletas porque tendrá que llevarlas usted misma. En el camino hacia el coche, Max y yo necesitamos tener las manos libres; no podemos ocuparlas con el equipaje.

La mujer asintió. Pareció anonadada. La cara del niño se tornó de una lividez grisácea. Incluso el perro pareció preocupado. Olfateó el aire, ladeó la cabeza y lanzó un gemido peculiar.

Sandy no pudo decir que se encontrara mejor. Él sabía lo que les había sucedido a Frank Reuther y a Pete Lockburn.

XXXIV

El trueno sacudió las paredes de cristal.

La lluvia cayó con más fuerza que nunca.

Aunque surgiera calor de las rejillas del techo, Charlie no pudo reprimir un escalofrío que le dejó sudorosas las manos.

Denton Boothe siguió hablando.

—Yo he conversado con personas que conocían a Grace antes de ese fanatismo religioso. Muchas mencionaron lo muy unidos que estaban su marido y ella. Casados durante cuarenta y cuatro años. Grace lo idolatraba. Nada le parecía demasiado bueno para su Alberto. Ella tenía siempre la casa como a él le gustaba, cocinaba sólo sus platos favoritos, hacía todo del modo que él prefería. La única cosa que fue incapaz de darle fue la que él habría antepuesto a todas las demás: un hijo. Cuando ella se vino abajo en su funeral, se pasó el rato diciendo: «¡No le di un hijo, no le di un hijo!». Resulta concebible que un retoño varón sea para Grace un símbolo de su fracaso por no poder dar a su marido lo que deseaba más. Mientras él vivió, ella pudo reparar ese fracaso tratándolo como a un rey, pero cuando el esposo se fue al otro mundo, Grace no tuvo ningún atenuante para paliar su esterilidad, y quizás empezara entonces su odio contra los niños pequeños. Primero los aborrecería, después los temería y por último imaginaría que uno de ellos era el Anticristo y había venido aquí para destruir el mundo. Aunque lamentable, es una progresión comprensible para la psicosis.

—Si no recuerdo mal, ellos adoptaron una hija... —dijo Henry.

—La que impuso a Grace un reconocimiento psiquiátrico cuando salió a la luz ese asunto del Crepúsculo —apuntó Charlie.

—Cierto —asintió Boo—. Grace vendió su casa, liquidó las inversiones y dedicó todo el dinero a esa iglesia. Fue un proceder irracional, y la hija tuvo razón al intentar preservar la fortuna de su madre. Pero Grace pasó el examen psiquiátrico con banderas desplegadas.

—¿Cómo? —preguntó maravillado Charlie.

—Bueno, ella fue astuta. Sabiendo lo que el analista buscaría, tuvo la suficiente presencia de ánimo para disimular todas las actitudes y tendencias que habrían disparado la alarma.

—¡Pero ella estaba liquidando todas las propiedades para constituir una iglesia! —exclamó Henry—. Sin duda el médico vería que ese acto no era el de una persona racional.

—Todo lo contrario. Demostró que ella veía lo arriesgado de sus acciones y preveía todas las consecuencias potenciales, o por lo menos convenció al analista de que las tenía previstas; el mero hecho de que quisiera dedicar todos sus bienes a la obra de Dios, no habría sido suficiente para declararla una incapacitada mental. En este país tenemos libertad religiosa, como es sabido. Es una importante libertad constitucional, y la ley, respetuosamente, se mantiene al margen en tales casos.

–Has de ayudarme, Boo –dijo Charlie–. Explícame cómo piensa esa mujer. Proporcióname una palanca para manejarla. Muéstrame cómo disuadirla, cómo hacerle cambiar de idea acerca de Joey Scavello.

–Ese tipo de personalidad psicopática no se asusta, ni vacila, ni se desmorona. Precisamente se presenta la reacción opuesta. Con una causa en la que creer, sustentada por delirios de grandeza cuya naturaleza es eminentemente religiosa... Bueno, pese a las apariencias, ella es una roca que resiste a ultranza presiones y coacciones. Vive una realidad que se ha forjado para sí, y lo ha hecho tan bien que, con toda probabilidad, no podrás desvirtuarla, ni descomponer ni hacer que Grace pierda su fe en ella.

–¿Estás diciendo que me será imposible hacerle cambiar de idea?

–Yo lo creo así. Imposible.

–¿Entonces, cómo le hago renunciar a sus designios? Ella es una pluma al viento, debe de ser fácil manejarla.

–No me estás escuchando... o al menos no quieres entender lo que te digo. No debes cometer el error de suponer que ella es vulnerable por la sencilla razón de que es una persona psicótica. Ese tipo de problema mental entraña un vigor peculiar, una habilidad especial para aguantar el rechazo, el fracaso y toda forma de coacción, ¿comprendes? Grace desarrolló su imaginación psicótica con la única finalidad de preservarse contra esas cosas. Es un modo de acorazarse frente a las crueldades y las decepciones de esta vida, y esa coraza es, por cierto, endiabladamente resistente.

–¿Estás diciendo que esa mujer no tiene flaquezas? –preguntó Charlie.

–Todo el mundo las tiene. Sólo te estoy diciendo que, en el caso de Grace, no será fácil encontrarlas. Tendré que revisar mi archivo sobre ella y meditar un buen rato... Dame un día por lo menos.

–Pues medita aprisa –dijo Charlie levantándose–. Me están pisando los talones unos cuantos centenares de fanáticos religiosos con instintos homicidas.

Cuando abandonaban el despacho, Boo dijo antes de que alcanzaran la puerta:

–Charlie, sé que algunas veces depositas mucha fe en mí...

–Sí, tengo un complejo mesiánico acerca de ti.

Haciendo oídos sordos a la broma, Boo dijo con un tono taciturno desacostumbrado:

–Sencillamente, no quiero que pongas demasiadas esperanzas en lo que yo pueda facilitarte. Lo más fácil es que me sea imposible proporcionarte nada. Ahora mismo yo diría que, en realidad, hay sólo una respuesta, un medio de frenar a Grace si deseas la salvación de tus clientes.

—¿Y cuál es?

—Mátala —dijo Boo sin sonreír.

—Tú no eres ni mucho menos uno de esos psiquiatras cruentos que quieren dar siempre una segunda oportunidad al genocidio. ¿Dónde te graduaste? ¿Tal vez en la escuela huna de Atila para comecocos?

Charlie deseó que Boo accediera a bromear con él. La torva reacción de su amigo ante el relato de su entrevista con Grace aquella mañana había sido tan desusada que le trastornó. Necesitaba una carcajada. Le hacía falta oírle decir que había algún puente de plata en alguna parte. La sobriedad de Boo, acompañada de una expresión tétrica, fue casi más pavorosa que la ampulosidad extravagante de Grace.

Boo se limitó a decir:

—Escucha, Charlie, tú me conoces. Sabes que suelo sacarle punta a cualquier cosa. En ciertas situaciones me río de la demencia precoz. También me divierten ciertos aspectos de la muerte y los impuestos fiscales, la lepra, la política norteamericana y el cáncer. Incluso se me ha visto sonreír ante las reposiciones de Laverne & Shirley cuando mis nietos han insistido en hacérmelas ver con ellos. Pero no veo aquí nada digno de risa. Tú eres un amigo muy querido, Charlie. Tengo miedo por ti.

—¡No querrás decir de verdad que yo deba matarla!

—Sé que tú no cometerías a sangre fría un asesinato —dijo Boothe—. Pero mucho me temo que la muerte de Grace sea lo único que pueda desviar la atención de esos exaltados religiosos hacia otros objetivos que no sean tus clientes.

—¿De modo que, si yo fuera capaz de asesinar a sangre fría, habría solución?

—Sí.

—¡Dios santo!

—El asunto es espinoso —convino Boo.

XXXV

La casa no tenía garaje sino sólo un cobertizo, lo cual significaba que necesitarían exponerse para alcanzar el Chevrolet verde. A Sandy no le gustaba pero no había elección salvo la de permanecer en la casa hasta la llegada de refuerzos, y su instinto elemental le dijo que eso sería un error.

Él fue el primero en abandonar la casa por la puerta lateral saliendo directamente al cobertizo. La techumbre le libró de la lluvia y el emparrado lateral de madreselva impidió la entrada del agua por un costado; pero por el lado descubierto, el gélido viento impulsó sábanas de lluvia contra su cara.

Antes de hacer la señal convenida a Christine y Joey para que salieran, marchó hacia el final del cobertizo y salió al camino porque quiso asegurarse de que nadie acechaba frente a la casa.

Llevó el abrigo; pero prescindió del paraguas para tener libres las manos; la lluvia le azotó la cabeza descubierta, le pinchó la cara, le resbaló por el cuello. No vio a nadie ante la puerta principal, ni a lo largo del camino, ni agazapado entre los arbustos, así que dio una voz a la mujer para que se metiera en el coche junto con el chico.

Él avanzó unos cuantos pasos más por el sendero de salida con el fin de echar una ojeada a la calle, y entonces vio el Dodge azul. Estaba aparcado a una manzana y media, cuesta arriba y al otro lado de la calle, mirando hacia la casa. En el preciso momento en que la descubría, la furgoneta se apartó del bordillo y avanzó hacia él.

Sandy volvió la cabeza y vio que Christine, cargada con dos maletas y escoltada por el perro alcanzaba el coche mientras que el chico le abría la puerta trasera.

—¡Esperen! —les gritó.

Volvió la vista hacia la calle. Ahora la furgoneta se acercó aprisa. ¡Demasiado aprisa, diablosl

—¡A la casa! —gritó Sandy.

La mujer debió de haber estado esperando algo así, porque sin vacilar ni un instante, sin preguntar lo que ocurría, soltó las maletas, arrebató a su hijo y salió disparada por donde había venido hacia la puerta abierta junto a la que esperaba Max.

El resto de la acción sucedió en pocos segundos pero el terror alteró de tal modo su sentido del tiempo que a Sandy le pareció que transcurrían varios minutos de pánico ingobernable.

Primero, la furgoneta le sorprendió al cruzar la calle y penetrar en el césped dos casas más allá. Pero no se detuvo allí ni volvió a la calle. Avanzó rugiente por el césped de aquella casa, aplastando flores, proyectando barro y hierba a su paso, derribando una pila para pájaros... Por un momento, los neumáticos se atascaron pero el motor rugió y el conductor siguió adelante con furia maníaca.

«¡Qué diablos...!»

Una puerta del vehículo se abrió de golpe, y el hombre que viajaba en ese lado se arrojó al suelo y rodó por el césped.

A Sandy le parecieron ratas abandonando un barco zozobrante.

La furgoneta arremetió contra la valla de madera que separaba ese jardín de la siguiente propiedad.

Detrás de Sandy, Max vociferó:

—¿Qué sucede?

Ya tan sólo quedó una casa entre el Dodge y esta propiedad. *Chewbacca* ladró con furia.

El conductor dio más gas. Se acercó en tromba, como un tren expreso, como un cohete.

Su intención era demencial pero evidente: estrellar la furgoneta contra la casa donde ellos se ocultaban.

—¡Salid de ahí! —gritó Sandy a Christine, Joey y Max—. ¡Fuera de la casa! ¡Aprisa!

Max salió de estampía, y los tres, junto con el perro, volaron hacia el patio trasero, único lugar al que podían ir.

Lanzada cuesta abajo, la Dodge esquivó un jacarandá en el jardín vecino y topó con la valla entre las dos propiedades.

Entretanto, Sandy había dado la espalda a la furgoneta y corría ya pegado al flanco de la casa.

Detrás de él, la valla de madera cedió con un crujido como de huesos rotos.

Pasó corriendo junto al coche, saltó sobre las maletas abandonadas gritando detrás de los demás, apremiándoles a alcanzar la valla del patio trasero y el estrecho callejón más allá de ella.

Pero ninguno logró llegar a ese punto antes de que la furgoneta embistiera con tremendo impulso contra la casa. Apenas lo hizo, una explosión ensordecedora hizo vibrar el ambiente saturado de lluvia y por un momento pareció que se derrumbaba el propio cielo y que la tierra le salía al encuentro.

¡Aquella furgoneta había ido cargada de explosivos!

La onda expansiva alcanzó a Sandy, el cual sintió una oleada de aire abrasador, se vio rodando por el césped, atravesó impetuoso un macizo de azaleas y chocó contra la valla junto al callejón magullándose el hombro derecho; mientras tanto, surgieron llamas en la entrada de la casa, llamas y humo proyectándose hacia arriba en deslumbrante columna, y hubo una lluvia de escombros..., ladrillos rotos, vigas astilladas, tejas, listones y cristales, el respaldo acolchado de un sillón pasó soltando su relleno, así como la tapa de un retrete, almohadones de sofá, trozos de alfombra... Se cubrió la cabeza con ambas manos y rezó para que no le golpeara nada pesado ni agudo.

Mientras los fragmentos caían a su alrededor, Sandy se preguntó si el conductor de la furgoneta habría saltado al igual que el hombre que viajaba a su lado. ¿Lo habría hecho en el último instante... o estaba tan comprometido en el asesinato de Joey Scavello que permaneció al volante de la furgoneta hasta chocar con la casa? Tal vez estuviese ahora entre los escombros, con los huesos pelados y las manos esqueléticas aferrando todavía el ennegrecido volante.

La explosión semejó una mano gigantesca que golpeó en la espalda a Christine. Ensordecida durante un momento, salió despedida lejos de Joey. En un silencio breve pero espeluznante, rodó sobre un macizo florido y fangoso, aplastando espesos ramos de siemprevivas rojas y purpúreas, percibiendo las oleadas de aire sobrecalentado que pareció vaporizar por unos instantes la lluvia. Una rodilla golpeó dolorosamente contra el muro bajo de ladrillo que rodeaba el arriate, se le llenó la boca de porquería y acabó deteniéndose en el costado del cenador con su densa cobertura de bungavilla. Todavía en silencio, tablones de cedro, cascotes de yeso y otros escombros no identificables llovieron sobre ella y alrededor. Su oído empezó a recobrarse cuando el tostador que había utilizado poco antes para hacer el desayuno, cayó en la hierba y se alejó un trecho dando saltos como si fuera una cosa viva, arrastrando su cordón cual una cola. Un objeto pesadísimo, quizás una viga o un gran trozo de mampostería cayó sobre el techo del cenador en forma de túnel hundiéndolo. La pared contra la que se respaldaba ella se derrumbó hacia adentro, cubriéndola con ramas de bungavilla, y entonces se dio cuenta de lo cerca que la había rondado la muerte.

—¡Joey! —gritó.

No hubo respuesta.

Se apartó del ruinoso cenador, consiguió ponerse a gatas y por fin se levantó tambaleante.

—¡Joey!

Silencio.

Un humo maloliente atravesó el jardín procedente de la casa demolida; combinado con la persistente niebla y la lluvia batida por el viento, redujo la visibilidad a unos cuantos palmos. No logró ver a su pequeño ni supo a dónde mirar, de modo que marchó a ciegas hacia su izquierda respirando con dificultad a causa del humo acre y de su propio pánico, que era como un torno oprimiéndole el pecho. Tropezó con la puerta achicharrada y retorcida del frigorífico, se abrió paso entre dos diminutos naranjos, uno de los cuales se adornaba con una sábana hecha jirones, y pisó la puerta trasera de la casa que estaba de plano sobre la hierba a nueve metros de lo que había sido su marco. Encontró a Max Steck. El hombre vivía y estaba intentando desenredarse de una maraña espinosa de varios rosales entre los cuales había caído. Lo dejó atrás. Continuó llamando a Joey, y siguió sin obtener respuesta. Entonces, entre los múltiples escombros, descubrió un extraño e inquietante objeto, el muñeco E.T., uno de sus juguetes favoritos que había sido abandonado en la casa. La explosión le había arrancado las piernas y un brazo. La cara estaba abrasada. El redondo y pequeño vientre había reventado y por la abertura salía el relleno. A pesar de ser tan sólo un muñeco, parecía un presagio de muerte, un anuncio de lo que ella encontraría cuando diese al fin con Joey. Empezó a correr, sin perder de vista la valla, contorneando la casa, buscando frenética a su hijo entre tropezones y caídas, rezando para encontrarlo vivo y de una sola pieza.

—¡Joey!

Nada.

—¡Joey!

Ninguna respuesta.

Los ojos le escocían a causa del humo. Era difícil ver.

—¡Joooeeey!

Y entonces lo descubrió. Yacía en la parte trasera de la propiedad, junto a la cancela del callejón, boca abajo e inmóvil sobre el césped, empapado de lluvia. *Chewbacca* estaba a su lado husmeándole el cuello, intentando arrancarle una respuesta; pero el niño no podía responder, permanecía muy quieto, demasiado quieto.

XXXVI

Christine se arrodilló e hizo apartarse al perro.

Puso ambas manos sobre los hombros de Joey.

Por un momento, tuvo miedo de darle media vuelta, temió que su cara estuviese aplastada o los ojos reventados por algún escombro volador.

Entre gemidos y toses, en tanto que otra oleada de humo surgía de las calcinadas ruinas, Christine, muy despacio, lo colocó de espaldas. El rostro estaba intacto. Tenía tiznones pero no cortes ni fracturas visibles, y la lluvia estaba llevándose aprisa la suciedad. No vio ni rastro de sangre. ¡A Dios gracias!

Sus párpados se agitaron. Se abrieron. Los ojos fijaron la mirada.

Un golpe lo había dejado inconsciente, eso era todo.

El alivio que la invadió fue tan intenso que la hizo sentirse eufórica como si flotara a varios centímetros sobre el suelo.

Lo sostuvo entre sus brazos, y cuando los ojos del pequeño se aclararon, ella le colocó delante tres dedos y le preguntó cuántos veía.

El niño parpadeó y la miró confuso.

—¿Cuántos dedos, cariño? —repitió ella.

Él jadeó ansioso, limpiándose de humo los pulmones, y luego respondió:

—Tres. Tres dedos.

—¿Y ahora cuántos?

—Dos.

Max, que había conseguido librarse de los pertinaces rosales, se reunió con ellos.

Christine dijo a Joey:

—¿Sabes quién soy yo?

El chiquillo se mostró desconcertado, no porque le costase dar la respuesta, sino porque le parecía inconcebible que ella le hiciera semejante pregunta.

—Eres mamá —dijo.

—¿Y cómo te llamas?

—¿Es que no sabes cómo me llamo?

—Quiero comprobar si lo sabes tú.

—Bueno. ¡Claro que lo sé! Me llamo Joseph. Joseph Anthony Scavello.

No había habido conmoción temporal.

Ya mucho más tranquila lo estrechó contra sí.

Sandy Breckstein se agazapó junto a ellos, tosiendo a consecuencia del humo. Tenía un corte en la frente sobre el ojo izquierdo y la sangre le cubría parte de la cara; pero no era nada serio.

–¿Se puede mover al muchacho? –inquirió.

–Se encuentra bien –dijo Max Steck.

–Entonces salgamos de aquí. Ellos pueden venir a curiosear y comprobar si los explosivos han dado buena cuenta de nosotros.

Max abrió la cancela.

Chewbacca salió como una flecha camino del callejón, y los demás le siguieron. Era un callejón angosto, formado a ambos lados por los patios traseros de casas, así como por algún que otro garaje. Numerosos cubos de basura esperaban la recogida. No había canalones ni alcantarillas y el agua corría a todo lo ancho hacia el desagüe al pie de la colina.

Cuando los cuatro anadeaban en medio del superficial torrente sin haber decidido todavía hacia dónde dirigirse, otra cancela se abrió dos casas más arriba y un hombre alto con un impermeable amarillo con capucha salió al callejón. Pese a la lluvia y la escasa luz, Christine pudo ver que el individuo empuñaba un arma.

Max levantó su revólver con ambas manos y gritó:

–¡Suéltala!

Pero el desconocido disparó.

Max lo hizo también, tres disparos en rápida sucesión, y demostró tener mejor puntería que su enemigo. El fallido asesino recibió un balazo en la pierna y cayó incluso antes de que se extinguieran los ecos de los estampidos. Rodó sobre sí mismo salpicando agua, los pliegues de su impermeable amarillo semejaron las alas de un pájaro enorme y de brillantes colores. Chocó contra los cubos de basura, derribando algunos y casi desapareció bajo un montón de desperdicios. El arma se le escapó de la mano y rodó por el pavimento.

No se detuvieron a averiguar si el hombre estaba muerto o vivo. Podría haber otros «crepusculares» en las cercanías.

–Abandonemos esta vecindad –les apremió Max–. Busquemos teléfono para dar cuenta de esto y pedir un equipo de ayuda.

Con Sandy y *Chewbacca* abriendo la marcha y Max guardando la retirada, corrieron cuesta abajo resbalando un poco en el escurridizo asfalto pero sin llegar a caerse.

Christine miró hacia atrás dos o tres veces.

El hombre herido no se había levantado de entre los cubos derribados.

Nadie los persiguió.

¡Todavía no!

Doblaron a la derecha en el primer cruce y corrieron a lo largo de una calle llana que orillaba la ladera de la colina, pasando a un repartidor de leche que se apartó atónito de su camino. Se levantó un viento furioso, como si quisiera darles caza. Mientras ellos huían, los árboles batidos por las ráfagas cabecearon y se agitaron a su alrededor, los plumeros quebradizos de las palmeras entrechocaron con estrépito y una lata vacía de soda les pisaba los talones dando ruidosas volteretas.

Después de recorrer dos manzanas, el grupo abandonó la calle llana y entró en una avenida de pronunciada cuesta. Árboles imponentes, formando un túnel, acentuaron el tinte melancólico de aquel día gris, de modo que casi parecía más el atardecer que la madrugada.

Christine notó que el aliento le quemaba la garganta. Los ojos le escocieron todavía del humo, a pesar de que ya quedaba atrás, y el corazón le latió a un ritmo tan acelerado e impetuoso que le dolió el pecho. No pudo decirse hasta dónde aguantaría ese paso. No sería muy lejos.

Le asombró que las piernecitas de Joey se movieran con tanta energía. Ninguno de ellos se rezagó por consideración al niño; él se confió a sus propias fuerzas.

Un coche se les acercó cuesta arriba, sus luces asaetaron la neblina y las sombras profundas que arrojaban los árboles.

De súbito, Christine presintió que había gente de Grace Spivey detrás de esos faros. Cogió a Joey por el hombro y lo encaminó en otra dirección.

Sandy le gritó que se mantuviera a su lado, Max voceó algo que ella no pudo entender y *Chewbacca* comenzó a ladrar con furia, pero ella no les hizo caso.

¿Es que no veían cómo se aproximaba la muerte?

Oyó el motor del coche cada vez más ruidoso a sus espaldas. Fue un sonido feroz, hambriento.

Joey tropezó en un saliente de la acera y cayó de bruces.

Ella se lanzó sobre él para protegerlo del fuego mortífero que esperaba oír de un momento a otro.

El coche llegó a su altura. El gruñido de su ajetreado motor lo invadió todo.

–¡No! –gritó Christine.

Pero el coche los adelantó sin detenerse. Después de todo, no había sido la gente de Grace Spivey.

Christine se sintió ridícula cuando Max Steck la ayudó a levantarse. El mundo entero los perseguía. Eso era lo que le parecía a ella.

XXXVII

Cuando llegaron al barrio céntrico de Laguna Beach, se refugiaron de la tormenta y de los discípulos de Grace Spivey en la estación de servicio Arco. Después de que Sandy Breckenstein le mostrara al gerente sus credenciales de investigador privado y le explicara lo suficiente de la situación para obtener su cooperación, se les permitió instalar a *Chewbacca* en los lavabos, siempre y cuando lo ataran a un banco. Sandy no quiso dejar fuera al perro, no sólo porque el animal se calaría, aunque estaba ya bastante empapado y tembloroso, sino también porque existía la peligrosa posibilidad de que los hombres de la Spivey recorriesen la ciudad, buscándolos, y el animal les sirviera de pista.

Mientras Max, que acompañaba a Christine y al niño, permanecía en la parte trasera de los lavabos lejos de puertas y ventanas, Sandy utilizó el teléfono público en la pequeña y acristalada sala de ventas. Telefoneó a Klemet-Harrison. Charlie no estaba en la oficina. Entonces Sandy habló con Sherry Ordway, la recepcionista, y le explicó lo suficiente para hacerle comprender la gravedad de la situación, pero no le reveló el lugar donde estaban ni el número de teléfono. No le parecía que Sherry fuera la delatora que informaba a la Iglesia del Crepúsculo pero tampoco sabía a ciencia cierta hasta dónde llegaba su lealtad.

–Localiza a Charlie –dijo–. Sólo hablaré con él.

–¿Pero cómo va a saber él en dónde encontrarte? –inquirió Sherry.

–Te telefonearé otra vez dentro de quince minutos.

–¿Y si no puedo localizarlo en ese tiempo...?

–Llamaré cada cuarto de hora hasta que lo logres –dijo él y colgó sin más.

Después volvió a los húmedos lavabos que olían a lubricante y gasolina. Un Toyota de tres años estaba montado en uno de los dos suspendedores hidráulicos y un individuo de facciones zorrunas con mono gris se dedicaba a reemplazar el silenciador. Sandy dijo a Max y Christine que iba a costar un poco comunicar con Charlie Harrison.

El encargado de las bombas, un joven rubio, estaba poniendo cubiertas nuevas a un juego de ruedas cromadas, y Joey le observaba, fascinado por la potencia de las herramientas especiales. Rebosaba de preguntas; pero procuró no importunar al hombre con más de dos o tres. El pobre chico se hallaba calado hasta los huesos, fatigado y sucio; sin embargo, no se quejaba ni lloriqueaba como habrían hecho la mayoría de los niños en semejantes circunstancias. Era un chaval endiabladamente sensato y parecía capaz de ver el lado positivo de cualquier situación; en este caso, contemplar el montaje de cubiertas pareció compensarle de los contratiempos que acababa de soportar.

Siete meses antes, la esposa de Sandy, Maryann había traído al mundo un niño: Troy Franklin Brekenstein. Sandy esperó que su hijo le saliera tan sensato como Joey Scavello.

Luego pensó: «Si tengo que expresar algún deseo, mejor será que elija vivir el tiempo suficiente para ver crecer a Troy, sea sensato o no».

Transcurridos quince minutos, Sandy volvió a la sala de ventas, se aproximó al teléfono cerca de la máquina de golosinas y llamó a Sherry Ordway, en el cuartel general. Ella se lo había notificado a Charlie en su telecomunicador pero él no había dado aún señales de vida.

La lluvia tamborileó en el pavimento frente a la estación de servicio, y la calzada empezó a desparecer bajo un charco profundo; el encargado de las bombas terminó con otra cubierta y Randy se sintió más nervioso que nunca cuando telefoneó a la oficina por tercera vez.

Sherry le informó:

—Charlie está con Henry Rankin en el laboratorio de la Policía intentando averiguar si los forenses han descubierto algo acerca de esos cuerpos en la casa Scavello, por si ello pudiera ayudarles a establecer alguna conexión con Grace Spivey.

—Eso me suena a picar muy alto.

—Es lo mejor que tiene, supongo yo —respondió Sherry.

La noticia fue más que mala.

Sherry le dio el número en el que podría localizar a Charlie y él lo anotó en su pequeña agenda.

Sandy marcó el número del laboratorio forense, preguntó por Harrison y lo tuvo en la línea al instante. Le refirió el ataque contra la casa de Miriam Rankin, dándole bastantes más pormenores que a Sherry Ordway.

Aunque Charlie sabía por la recepcionista lo peor del asunto, mostró gran consternación y desaliento ante la celeridad con que la Spivey había localizado a los Scavello.

–¿Están bien los dos? –preguntó.

–Sucios y mojados pero ilesos –le aseguró Sandy.

–Así que tenemos entre nosotros un cambiachaquetas –murmuró Charlie.

–Eso parece. A menos que les siguieran a ustedes cuando dejaron la casa de ellos anoche.

–Estoy seguro de que no nos siguieron. Pero tal vez instalaron un micrófono en el coche que llevamos.

–Podría ser.

–Pero no es probable –dijo Charlie–. Me fastidia reconocerlo, sin embargo parece evidente que tenemos un topo en nuestra organización. ¿Desde dónde me telefonea usted?

En lugar de revelárselo, Sandy preguntó:

–¿Está Henry Rankin con usted?

–Sí. Aquí mismo. ¿Por qué? ¿Quiere hablar con él?

–No. Sólo deseo saber si él puede oírnos.

–La voz de usted no.

–Si le digo dónde estamos, la información debe ser para usted. Sólo para usted –recalcó Sandy, y se apresuró a añadir–: No es que tenga motivos para sospechar que Henry sea de la plantilla Spivey. No los tengo. Henry me inspira más confianza que la mayoría. Lo que me ocurre, a decir verdad, es que no confío en nadie que no sea usted. Sólo creo en usted, en mí mismo... y en Max, porque si fuese él, se habría cargado ya al chico.

–Si tenemos una manzana podrida –dijo Charlie–, lo más probable es que sea una secretaria, un contable o alguien por el estilo.

–Lo sé –respondió Sandy–. Pero yo he asumido una responsabilidad respecto a la mujer y al chico. Además, mi propia vida estará en juego mientras yo siga con ellos.

–Ahora dígame dónde se encuentran –pidió Charlie–. Me lo guardaré para mí e iré allí solo.

Sandy se lo comunicó.

–Con este tiempo... será mejor que me conceda cuarenta y cinco minutos –dijo Charlie.

—No pensamos ir a parte alguna —murmuró Sandy.

Colgó y se reunió en el garaje con los demás.

Cuando la lluvia comenzó la noche anterior, había habido un breve período de aparato eléctrico; pero no se había repetido en las últimas doce horas. Las tormentas de California solían ser mucho más mansas que las de otras partes del país. Aquí los relámpagos no eran un acompañamiento ordinario, y las violentas descargas eléctricas eran muy raras. Pero ahora, con sus colinas peligrosamente enfangadas, con la amenaza de los corrimientos de tierra, con sus calles inundadas y su costa batida por olas dos veces superiores a las normales, Laguna Beach se vio asaltada también, de forma inesperada, por formidables truenos y relámpagos. Acompañado de un estampido atronador que hizo temblar las paredes del edificio, un rayo catastrófico asaetó la tierra en algún lugar cercano, y durante un instante el día gris fue de una luminosidad cegadora. Con efectos estroboscópicos, la luz se coló por las puertas abiertas del garaje y por las sucias y altas ventanas, transmitiendo unos momentos de vida frenética a las sombras que se retorcieron y danzaron durante un segundo o dos. Le siguió sin pausa otro rayo, con un trueno todavía más estruendoso que hizo trepidar los cristales en sus manos, pero aún se dejó ver un tercer rayo y el asfalto mojado frente a la estación relució y expresó con reflejos centelleantes la cólera luminosa de las nubes.

Joey, que se había escapado de su madre hacia las puertas abiertas del garaje, daba un respingo cada vez que un trueno seguía al correspondiente relámpago; pero no se mostró asustado. Cuando los cielos se calmaron un momento, volvió la cabeza hacia su madre y dijo:

—¡Huau! Los fuegos artificiales de Dios, ¿verdad, mamá? ¿No fue eso lo que dijiste?

—Los fuegos artificiales de Dios —convino Christine—. Pero mejor será que te retires de ahí.

Otro rayo trazó un arco por el firmamento. El día pareció explotar cuando la corriente asesina lo atravesó. Fue peor que todos los anteriores, y el estampido no sólo hizo temblar las ventanas y las paredes sino que pareció también remover el fondo de la tierra. Sandy lo sintió incluso en los dientes.

—¡Huau! —exclamó el niño.

—Cariño, aléjate de esa puerta abierta —le dijo Christine.

El chico no se movió y al instante siguiente, su silueta quedó totalmente aureolada por una cadena de relámpagos todavía más fulgurantes que los precedentes, su potencia era tan impresionante, que el encargado de las bombas dejó caer, sobresaltado, una llave inglesa.

El perro gimió e intentó esconderse debajo del banco de trabajo. Christine corrió hacia Joey, lo cogió del brazo y lo apartó de la puerta.

—¡Huau, mamá, qué bonito!

Sandy intentó imaginar lo que sería sentirse niño otra vez, tan pequeño que no se apercibiera todavía de lo que es temible en este mundo, que la palabra «cáncer» no tuviera definición, que no tuviese ningún concepto real sobre el significado de la muerte, la inevitabilidad de los impuestos fiscales, el horror de la guerra nuclear ni la naturaleza traicionera del sistema circulatorio humano tan tendente al coágulo. ¿Qué se sentiría al ser niño otra vez, hasta el punto de poder contemplar con deleite una tormenta sin comprender que una chispa podría encontrar el camino hasta llegar a ti y freírte el cerebro en una diezmilésima de segundo? Sandy miró absorto a Joey Scavello y frunció el ceño. Se sintió viejo, sólo treinta y dos años pero terriblemente viejo.

Lo que le fastidió fue no poder recordar haber tenido jamás esa infancia tan desprovista de miedo, aunque él hubiera sido sin duda igual de inocente ante la muerte cuando tenía seis años. Se decía que los animales pasaban sus vidas sin ningún sentido de lo mortal, y parecía muy injusto que los hombres no disfrutaran del mismo privilegio. Los seres humanos no podían eludir el conocimiento de su muerte el cual, de modo consciente y subconsciente, les acompañaba cada hora de cada día. Si él hubiera podido cambiar unas palabras con esa fanática religiosa, Grace Spivey, habría querido saber cómo ella podía profesar semejante fe y devoción a un Dios que creaba seres humanos para dejarlos morir de una forma o de otra, pero siempre horrible.

Sandy suspiró. Estaba tendiendo a la morbosidad y eso no era lo suyo. A ese paso, necesitaría algo más que la habitual botella de cerveza cada noche antes de irse a la cama... Tal vez una docena de botellas. No obstante..., le gustaría hacer esa pregunta a Grace Spivey.

XXXVIII

Poco antes del mediodía, Charlie llegó a Laguna Beach y encontró a Sandy, Max, Christine, Joey y el perro esperándolo en la estación de servicio.

Joey salió a su encuentro corriendo y, en las puertas del garaje, gritó:

—Eh, Charlie, tendrías que haber visto la casa haciendo ¡pum! ¡Como en una película de guerra o algo parecido!

Charlie lo levantó en vilo y lo mantuvo así un momento.

—Yo esperaba que te hubieses enfadado con nosotros por este patinazo y te empeñaras otra vez en contratar a Magnum.

—¡No, diablos! —contestó el chico—. Vosotros estuvisteis formidables. De todas formas, ¿cómo podríais haber sabido que esto se iba a convertir en una película de guerra?

En efecto, ¿cómo?

Charlie llevó a Joey hasta la parte posterior del garaje, donde estaban plantados los otros entre sombras, estanterías de accesorios y pilas de neumáticos.

Aunque Sandy le hubiese dicho que la mujer y el chico estaban bien y él creyese a Sandy, su estómago se recompuso al fin cuando los vio con sus propios ojos. Una oleada de alivio que le invadió de pies a cabeza. Fue una fuerza física no sólo emocional y le recordó, aunque no necesitaba recordatorios, lo importantes que, en muy poco tiempo, habían llegado a ser para él aquellas dos personas.

El grupo ofrecía un aspecto lamentable. Todos estaban ya secos a esas alturas; pero desaliñados y exhaustos, con pelos lacios y enredados. Max y Sandy seguían pareciendo broncos, coléricos y peligrosos, el tipo de hombres que despejan un bar con sólo entrar en él.

El hecho de que Christine se hallara tan atractiva como cuando se acicalaba y vestía con esmero, fue un tributo a su belleza. Charlie recordó cómo se había sentido al abrazarla la noche pasada en la cocina de Miriam Rankin poco antes de irse a casa, y quiso hacerlo otra vez. Sintió la necesidad cálida y apremiante de rodearla con los brazos; pero delante de sus hombres no pudo hacer más que dejar en el suelo a Joey, estrecharle la mano entre las suyas y decir:

—Veo que se encuentra bien, gracias a Dios.

El labio inferior de ella tembló. Por unos instantes, dio la impresión de que la mujer quería abrazarse a él y llorar. Pero consiguió dominarse y murmuró:

–Me he estado diciendo sin cesar que era sólo una pesadilla... Pero no puedo despertar.

–Ahora debemos sacarlos de aquí, de Laguna –dijo Max.

–De acuerdo –asintió Charlie–. Me los llevaré en mi coche. Después de que nos hayamos ido, ustedes dos telefoneen a la oficina, y díganle a Sherry dónde están y pídanle que les envíe un automóvil. Luego vuelvan a la casa de Miriam...

–Allí no queda nada en pie –informó Sandy.

–Fue una explosión espantosa –terció Max–. Esa furgoneta tuvo que haber estado cargada de explosivos desde el suelo hasta el techo.

–Quizá no quede ni rastro de la casa –dijo Charlie–; pero los polis y los bomberos están todavía allí. Sherry lo ha verificado ya poniéndose en contacto con la Policía de Laguna Beach, y yo he hablado por teléfono con ella en mi camino hacia aquí. Informen a los polis, ayúdenles en lo que puedan y averigüen qué han descubierto ellos.

–¿Encontraron a ese sujeto del callejón, al que yo tumbé? –preguntó Max.

–No. Escapó.

–Debe de haber reptado. Le herí en la pierna.

–Entonces habrá reptado –dijo Charlie–. O hubo por allí un tercer hombre que le ayudaría a escapar.

–¿Un tercer hombre? –inquirió Sandy.

–Sí –dijo Charlie–. Según Sherry, el segundo hombre permaneció en la furgoneta hasta chocar con la casa.

–¡Dios santo!

–¡Son kamikazes! –exclamó trémula Christine.

–No debe de haber quedado mucho de él salvo un montón de partículas –comentó Max.

Podría haber hecho más comentarios; pero Charlie le hizo callar señalando con la cabeza al chico, que les estaba escuchando boquiabierto.

Quedaron silenciosos, imaginando el violento mutis del conductor de la furgoneta. La lluvia sobre el tejado semejó el solemne redoble de tambores en un cortejo fúnebre.

En ese preciso instante, el mecánico puso en marcha una llave de tuerca eléctrica que hizo saltar a todos.

Cuando el hombre cortó la corriente, Charlie miró a Christine y dijo:

—Bien, vámonos de aquí.

Observando receloso todo cuanto se movía bajo la tenaz lluvia, Max y Sandy los acompañaron hasta el Mercedes gris aparcado ante la gasolinera.

Christine se acomodó delante con Charlie, y Joey fue detrás con *Chewbacca*.

Sentado ya ante el volante, Charlie habló a Sandy y Max por la ventanilla abierta.

—Ustedes han hecho un trabajo extraordinario, diablos.

—Casi los perdimos —dijo Sandy rechazando el elogio.

—El hecho es... que no los perdieron —recalcó Charlie—. Y que ustedes están también a salvo.

Si otro de sus hombres hubiese perecido tras las muertes de Pete y Frank, no habría sabido cómo proceder. En lo sucesivo, sólo él conocería el paradero de Christine y Joey. Sus hombres seguirían trabajando en el caso, intentarían hallar la conexión entre la Iglesia del Crepúsculo y esos asesinatos y tentativas de asesinato, pero sólo él conocería el escondite de sus clientes hasta que se pusiera término, de una forma o de otra, a las andanzas de Grace Spivey. Así, los espías de la anciana no podrían dar con Christine y Joey, y él no tendría que lamentar la pérdida de otros hombres. Su propia vida sería la única que estaría en juego.

Tras esas reflexiones, Charlie subió el cristal de su ventanilla, accionó el cierre automático de todas las puertas y abandonó la estación de servicio.

En realidad, Laguna era una ciudad costera llena de vitalidad, encantadora, cálida y limpia; pero todo parecía sórdido en aquel día envuelto en lluvia, niebla gris y barro. A Charlie le hizo pensar en cementerios y tuvo la impresión de que caía sobre ellos algo así como la tapa de un ataúd. Respiró un poco mejor cuando salieron de la ciudad y se dirigieron hacia el norte por la autopista costera del Pacífico.

Christine volvió la cabeza y miró a Joey, el cual se hallaba muy tranquilo en el asiento trasero. *Brandy*... No. *Chewbacca* estaba tumbado en el asiento con la enorme y peluda cabeza sobre las rodillas del muchacho. Joey acariciaba distraído al perro al tiempo que, por la ventanilla, contemplaba el océano, que estaba alborotado frente a una muralla densa y cenicienta, avanzando hacia la playa desde una distancia de setecientos metros más o menos. Su rostro parecía inexpresivo, casi vacío aunque no del todo. Había cierto rictus sutil, algo que ella no le había visto nunca ni podía leer. ¿Qué estaría pensando el pequeño? ¿O sintiendo? Le había preguntado ya dos veces si se encontraba bien, y él le contestó que sí. Christine no quiso atosigarlo más; pero se inquietó.

No le preocupó sólo su seguridad física, aunque ese temor la devorase. La intranquilizó también su estabilidad mental. Si sobrevivía a la cruzada demencial de Grace Spivey contra su persona, ¿cuáles serían las secuelas emocionales que arrastraría consigo durante el resto de su vida? Era imposible que pudiera salir bien librado de todas esas experiencias. Habría consecuencias psicológicas sin lugar a dudas.

Ahora, Joey siguió acariciando la cabeza del perro; pero de una forma hipnótica, como si no advirtiera la presencia del animal, y contempló ensimismado el mar que se extendía más allá de la ventanilla.

—La Policía quiere que la lleve allí para un nuevo interrogatorio —le comunicó Charlie.

—Qué se vayan al diablo —replicó enfadada Christine.

—Ahora parecen más dispuestos a ayudar...

—Fueron necesarias todas esas muertes para recabar su atención.

—No los descarte del todo. Desde luego, nosotros le prestaremos mejor servicio de protección, y podremos averiguar algo que les ayude a que hagan pagar todo esto a Grace Spivey. Pero ahora que ellos tienen en marcha una investigación por homicidio, harán todo cuanto puedan para llegar a las actas de acusación y las condenas. Ellos serán quienes la detengan.

—No me fío de los policías —contestó ella sin rodeos—. Probablemente, la Spivey habrá introducido gente suya entre ellos.

—Ella no puede infiltrarse en todos los grupos policiales del país. No tiene tantos adeptos.

—Ni hace falta que sea en todas las fuerzas policiales —replicó Christine—. Basta que lo haga en las de las ciudades donde ella emprende la recaudación de fondos y busca a sus conversos.

—La Policía de Laguna Beach quiere hablar también con usted, claro está, sobre lo sucedido esta mañana.

—¡Al diablo también! Aunque ninguno de ellos pertenezca a la Iglesia del Crepúsculo, la Spivey estará esperando a que me persone en la comisaría; puede tener gente acechando para degollarnos apenas nos apeemos del coche. –Entonces le vino al pensamiento una idea horrible–. No nos llevará a una comisaría, ¿verdad?

–No. Yo he dicho tan sólo que ellos quieren hablar con usted. No dije que lo creyera una buena idea.

Ella se hundió en su asiento.

–¿Acaso quedan buenas ideas?

–Hay que mantener la frente alta.

–Sólo me pregunto qué vamos a hacer ahora. No tenemos ropa, nada salvo lo puesto; mi bolso y mis tarjetas de crédito. Lo que no es mucho. No tenemos ningún sitio donde recogernos. No nos atrevemos a encontrarnos con nuestros amigos ni a visitar los lugares en los que se nos conoce. Nos acosan como si fuéramos un par de animales salvajes.

–No es tan malo como lo pinta –la animó Harrison–. Los animales acosados no pueden darse el lujo de huir en un Mercedes Benz.

Ella agradeció ese intento de hacerle sonreír; pero no tuvo el ánimo suficiente para ello.

El bisbiseo monótono del limpiaparabrisas sonó como un latido extraño, no humano.

–Supongo que lo mejor será adentrarse en Los Ángeles –sugirió Charlie–. La Iglesia del Crepúsculo trabaja algo en esa ciudad, pero casi todas sus actividades se limitan a los condados de Orange y San Diego. En Los Ángeles pulula poca gente de Grace, así que habrá menos probabilidades de que alguien nos descubra por casualidad. El riesgo será mínimo.

–Ellos están por todas partes.

–Sea optimista –le aconsejó él–. Y recuerde esas pequeñas orejas de atrás.

Ella volvió la mirada hacia Joey y sintió cierto remordimiento al pensar que podría estar atemorizándolo. Pero daba la impresión de que el chico no había prestado atención a la conversación mantenida en los asientos delanteros. Seguía mirando por la ventanilla, no ya el océano sino el alineamiento de tiendas a lo largo de la autopista en Corona del Mar.

–Cuando lleguemos a Los Ángeles compraremos maletas, ropa, toallas..., todo cuanto necesiten –dijo Charlie.

–¿Y luego?

–Cenaremos.

–¿Y después?

–Buscaremos un hotel.

–¿Y qué pasará si alguno de los suyos trabaja en ese hotel?

–¿Y qué pasará si alguno de los suyos es alcalde de Pekín? –planteó Charlie–. Así pues, será mejor que tampoco vayamos a China.

Ella encontró esta vez la suficiente energía para sonreír. No fue gran cosa, pero sí todo lo que había dentro de ella, e incluso le sorprendió que hubiera podido responder así.

–Lo siento –se disculpó.

–¿Por qué? ¿Por ser humana y estar asustada?

–No quiero ponerme histérica.

–Entonces no lo haga.

–No lo haré.

–Excelente. Porque hay algunas novedades favorables.

–¿Cuáles?

–Uno de los tres muertos la pasada noche, el pelirrojo contra el que dispararon ustedes, ha sido identificado. Se llamaba Pat O'Hara. Pudieron encontrar en él pruebas positivas para su identificación porque era un ladrón profesional con un historial de tres arrestos y una condena.

–¿Ladrón? –exclamó ella, confusa ante esa aparición inesperada de un elemento criminal más ordinario.

–Y los policías han hecho algo más que asignarle un nombre. Han conseguido establecer una conexión entre él y Grace.

Ella se enderezó de repente, sorprendida.

–¿Cómo?

–La familia y los amigos del muerto dicen que él se afilió a la Iglesia del Crepúsculo hace ocho meses.

–¡Entonces ya está! –gritó ella muy agitada–. Eso es lo que ellos necesitan para ir por Grace Spivey.

–Bueno, ellos han vuelto a la iglesia para hablar otra vez con ella, claro está.

–¿Eso es todo? ¿Sólo hablar con ella?

–De momento, no tienen ninguna prueba para...

–¡O'Hara era uno de los suyos!

–Pero no hay prueba de que él actuara bajo sus órdenes.

–Ellos hacen todo lo que la Spivey les manda, exactamente todo cuanto les ordena.

–Pero Grace alega que su iglesia cree en el libre albedrío, que nadie de su gente se halla bajo un control más estricto que el de los católicos o los presbiterianos, y está tan sujeto al lavado de cerebro como cualquier judío en una sinagoga.

–Jilipolleces.

Christine lo dijo por lo bajo pero con pasión.

–Cierto –reconoció él–. Pero es endiabladamente difícil probarlo, en especial cuando no podemos echar el guante a ningún ex miembro de la iglesia que pudiera explicarnos lo que está ocurriendo allí.

Christine le miró incrédula, algo de su agitación se disipó.

–¿Entonces de qué sirve haber identificado a O'Hara como un «crepuscular»?

–Bueno, da cierto peso a su alegación de que Grace la está hostigando. Ahora los polis toman con mucha más seriedad su historia, lo cual no puede perjudicarnos.

–Necesitamos más que eso.

–Hay algo más aunque sea poco.

–¿El qué?

–O'Hara..., o quizá fuera el otro tipo que le acompañaba, dejó algo fuera de su casa. Una bolsa de compañía aérea. Dentro había herramientas para el allanamiento de morada; pero también otras cosas. Un gran frasco de plástico lleno de un líquido incoloro que resultó ser agua. Ellos no se explican por qué estaba eso allí ni cuál era su objeto. Algo más interesantes fueron una pequeña cruz de latón... y un ejemplar de la Biblia.

–¿Acaso no prueba eso que ellos desempeñaban una demencial misión religiosa?

–No lo prueba, no; pero es interesante de cualquier modo. Es un nudo más en el lazo del verdugo, otro detalle que ayuda a formular una acusación contra Grace Spivey.

–A este paso la haremos comparecer ante los tribunales hacia finales del siglo –comentó con acidez Christine.

Marchaban ahora por el bulevar MacArthur, subiendo y bajando cuestas a lo largo de Fashion Island, ante centenares de residencias valoradas en un millón de dólares cada una, hasta el área pantanosa de Newport Bay y campos de una hierba alta que se doblaba bajo la impetuosa lluvia y luego se enderezaba temblorosa cuando el errático tiempo tempestuoso cambiaba de dirección. A pesar de ser mediodía, casi todos los coches con que se cruzaban llevaban encendidos los faros.

Christine preguntó:

—¿Sabe la Policía que Grace Spivey imparte enseñanza... sobre la llegada del Crepúsculo, del Juicio Final, del Anticristo?

—Sí. Sabe todo al respecto —contestó Charlie.

—¿Sabe que ella cree que el Anticristo está ya entre nosotros?

—Sí.

—¿Y que pretende matarlo cuando lo encuentre?

—Ella no ha dicho nunca eso en ningún sermón ni en ninguna de las obras religiosas que ha publicado.

—Pero es eso lo que se propone. Nosotros lo sabemos.

—Lo que nosotros sabemos y lo que se puede probar son dos cosas diferentes.

—La Policía debería ser capaz de comprender que, por esa razón, ella tiene una idea fija con Joey y...

—Anoche, cuando la Policía la interrogó, ella negó conocerla a usted y a Joey, negó la escena en la South Coast Plaza. Dijo no comprender lo que usted tiene contra ella ni por qué intenta difamarla. Declaró que no había encontrado todavía al Anticristo ni creía siquiera seguirle de cerca. Ellos quisieron saber lo que haría si le encontrara algún día; y les contestó que presidiría las oraciones contra él. Le preguntaron si intentaría matarlo, y ella se mostró muy ofendida ante semejante insinuación. Afirmó que era una mujer de Dios, no una criminal. Aseguró que la oración sería suficiente. Ella dijo que encadenaría al demonio con oraciones, lo maniataría con oraciones y, mediante oraciones, exclusivamente, le enviaría al infierno.

—Y ellos la creyeron, claro está.

—No. Yo hablé con un detective esta mañana, leí el informe sobre su sesión con ella. Están convencidos de que es una desequilibrada, probablemente peligrosa, y que por tanto se la deberá considerar la sospechosa principal en los atentados.

Christine quedó sorprendida.

—¿Lo ve? —dijo Charlie—. Debe usted ser más positiva. Están ocurriendo cosas. No tan aprisa como quisiéramos, no, porque la Policía debe seguir ciertos procedimientos, ceñirse a las normas de la evidencia, respetar los derechos constitucionales...

—A veces parece como si, entre nosotros, las únicas personas que tienen derechos constitucionales sean los criminales.

—Lo sé. Pero hemos de trabajar dentro del sistema lo mejor que podamos.

Desfilaron ante el aeropuerto del Condado de Orange y tomaron la autopista de San Diego en dirección norte hacia Los Ángeles.

Christine echó otra ojeada a Joey, el cual no miraba ya por la ventanilla ni acariciaba al perro. Estaba acurrucado en un rincón del asiento trasero, con los ojos cerrados, la boca abierta y respiración pausada, profunda. El movimiento del coche le había mecido hasta dormirlo.

Entonces ella dijo a Charlie:

—Lo que me preocupa es que, en tanto que nosotros trabajamos dentro del sistema con lentitud y escrupulosidad, esa bruja Spivey no tiene ninguna regla que la modere. Ella puede moverse aprisa y ser brutal. Mientras nosotros procedemos con mucho tiento para no violar sus derechos, ella nos matará a todos.

—Pero quizá se destruya antes a sí misma.

—¿Qué quiere decir?

—Esta mañana fui a su iglesia. Me encontré con ella. Está desquiciada por completo, Christine. Es de lo más irracional. Se está desgarrando por todas las costuras.

Le refirió su entrevista con la anciana y el espectáculo de los sangrientos estigmas en sus manos y pies.

Si su designio había sido el de animarla describiendo a Grace Spivey como una lunática balbuciente haciendo equilibrios al borde del colapso, fracasó. La locura exacerbada de la vieja, hizo que ésta le pareciera más amenazadora, más inminente e implacable.

—¿Ha informado usted de eso a los polis? —inquirió Christine—. ¿Les ha dicho que ella amenazó a Joey en su presencia?

—No. Sólo hubiera sido mi palabra contra la suya.

Luego, le relató la conversación con Denton Boothe, su amigo el psicólogo.

—Boo dice que una persona psicótica de esa especie posee una energía sorprendente. Según él, no debemos esperar que su colapso nos resuelva este problema... Pero, al fin y al cabo, él no la vio. Si él hubiese estado en su oficina conmigo y con Henry... cuando ella nos enseñó sus manos ensangrentadas, se habría convencido de que esa mujer no podrá mantenerse firme por mucho tiempo.

—¿Le hizo su amigo alguna sugerencia? ¿Le dio alguna idea respecto a la forma de detenerla?

—Me dijo que lo mejor era matarla —respondió Harrison sonriendo.

Christine no sonrió.

El investigador apartó la vista de la autopista batida por la lluvia el tiempo suficiente para apreciar su reacción, y luego comentó:

—Desde luego Boo estaba bromeando.

—¿De verdad?

—Bueno..., no... Tal vez dijera lo que pensaba... Pero sabía que nosotros no podíamos considerar con seriedad semejante salida.

—Quizá sea la única solución.

Él la miró otra vez y su ceño de preocupación se acentuó.

—Espero que ahora sea usted quien está bromeando.

Ella no respondió.

—Escuche, Christine, si de una forma o de otra, usted consiguiera llegar hasta ella con un arma, si la matara, sólo lograría hacerse encarcelar. El Estado le arrebataría a Joey. Usted lo perdería de todas formas. Matar a Grace Spivey no es la solución.

Ella suspiró y asintió. No quiso discutir sobre ello.

Pero se preguntó si...

Quizás ella no terminase en prisión, y tal vez ellos le arrebatasen a Joey, pero el niño seguiría vivo.

Cuando Charlie conducía el Mercedes fuera de la autopista y tomaba la rampa del bulevar Wilshire en el sector occidental de Los Ángeles, Joey se despertó y quiso saber dónde estaban.

—Westwood —le informó Charlie.

—Yo no he estado nunca en Westwood —exclamó Joey.

—¡Ah! —se asombró Charlie—. Yo pensé que eras un hombre de mundo y que habías estado en todas partes.

—¿Cómo puedo haber estado en todas partes? —replicó el chico—. Tengo sólo seis años.

—Lo bastante grande para haber estado en todas partes —arguyó Harrison—. Diantre, cuando yo tenía esa edad, conocía todo el camino desde mi casa en Indiana hasta Peoria.

—¿Es ésa una palabra sucia? —preguntó receloso el pequeño.

Charlie se rió y vio que Christine le secundaba.

—¿Peoria? No, no es una palabra sucia sino un lugar. Me parece que, después de todo, no eres un hombre de mundo. Un hombre de mundo conocería Peoria tan bien como París.

—¿De qué está hablando, mamá?

—Está diciendo tonterías, cariño.

—Eso es lo que pensé —dijo el niño—. Muchos detectives hacen esas cosas. Jim Rockford es también así de tonto algunas veces.

—De él se me contagió —replicó Charlie—. Del viejo Jim Rockford.

Dejaron el coche en el aparcamiento subterráneo junto a la Westwood Play House, frente a la UCLA, y fueron a comprar ropa y artículos de primera necesidad a Westwood Village, pagándolo todo con tarjetas de crédito. A pesar de las circunstancias y a pesar del tiempo, fue una gira más bien agradable. Como todos los establecimientos tenían toldos o marquesinas, pudieron encontrar siempre un sitio seco para atar a *Chewbacca* mientras ellos deambulaban por el interior. El increíble aguacero, que resultaba ser el principal tema de conversación entre los dependientes, les ayudó a explicar la apariencia astrosa de Joey y Christine; nadie los miró de reojo. Charlie bromeó sobre algunas de las prendas que se probaron, y Joey alzó la nariz como si olfatera un olor acre cuando Charlie fingió interesarse por una chillona camisa deportiva color naranja. Al cabo de un rato eran casi como una familia común moviéndose en un mundo corriente donde todos los fanáticos religiosos estaban confinados en algún lugar del Oriente Medio luchando por el petróleo y sus mezquitas. Resultó grato pensar que ellos tres constituían una unidad y compartían unos lazos especiales; Charlie sufrió otro ataque de añoranza doméstica, cosa que él no había sentido nunca hasta conocer a Christine Scavello.

Hicieron dos viajes al coche para colocar sus compras en el portaequipajes. Cuando Christine y Joey tuvieron todo cuanto necesitaban, fueron a dos o tres tiendas para equipar también a Charlie. Como él no quiso volver a su propia casa y correr el riesgo de que alguien le siguiera la pista, compró una maleta, toallas y ropa para tres días.

A veces, veían personas en la calle que parecían observarles o dar la impresión de ser sospechosas por otras razones; pero en todos los casos el peligro resultó ser imaginario, y poco a poco se tranquilizaron. No obstante, continuaron vigilantes, avizorando sin cesar, pero sin comportarse como si hubiese maníacos armados acechando en cada esquina.

Terminaron sus compras coincidiendo con el cierre de los establecimientos y cuando encontraron un restaurante de aspecto acogedor (nada llamativo pero con muchas maderas oscuras de satinada superficie, vidrieras coloreadas y un menú rico en especialidades nutritivas como patatas rellenas de queso y *bacon),* eran casi las cinco y media. Temprano para cenar, pero como ninguno había almorzado, estaban hambrientos.

Pidieron antes unas copas. Luego Christine fue con Joey a los lavabos de señoras, donde ambos se asearon un poco y se pusieron algunas de las prendas que habían comprado.

Mientras ellos se ocupaban de eso, Charlie usó un teléfono público para llamar a la oficina. Sherrie, que estaba todavía en su mesa, le puso con Henry Rankin, quien había estado esperando su llamada pero sin muchas novedades que darle. A juzgar por los resultados del laboratorio, la Policía creía que la furgoneta Dodge robada había contenido dos o tres cajas de un explosivo plástico maleable que usaban algunas unidades de las Fuerzas Armadas estadounidenses, si bien no se había podido seguirle la pista hasta el punto de averiguar si ese material había sido comprado o robado. La tía de Henry, Miriam, con quien se había logrado establecer contacto en México, quedó consternada al conocer la desaparición de su casa; pero no culpó a Henry. No parecía dispuesta a volver pronto de su viaje, en parte porque no podría rescatar gran cosa de los escombros, en parte porque la compañía de seguros se ocuparía de cubrir la pérdida, y porque, además, ella había tomado siempre con buen talante las malas noticias. Pero, sobre todo, porque había conocido a un hombre muy interesante en Acapulco. Se llamaba Ernesto.

Aquello era la única novedad reciente.

—Pasaré por ahí dos veces al día para saber cómo progresa el caso y hacer alguna sugerencia —dijo Charlie.

—Si tengo más noticias sobre tía Miriam y Ernesto te lo comunicaré.

—Te quedaré agradecido.

Ambos permanecieron silenciosos un momento, ninguno de los dos quiso seguir la broma.

Por fin Henry preguntó:

—¿Consideras prudente intentar protegerlos tú solo?

—Es lo único viable.

—Me cuesta mucho creer que la Spivey haya plantado a alguien aquí, pero estoy observando a todos al microscopio, buscando el origen de la enfermedad. Si alguno de ellos es un «crepuscular», yo lo descubriré.

—Sé que lo harás —dijo Charlie.

No mencionó, como era de suponer, que otro empleado, Mike Specklovitch, estaba acechando a Henry, por orden suya, mientras éste vigilaba a los demás. Sintió cierta culpabilidad por esa falta de confianza, aunque ello fuera inevitable.

—¿Dónde estás ahora? —preguntó Henry.

—En el interior de Australia.

—¿Cómo? ¡Oh! No es asunto mío, ¿eh?

—Lo siento, Henry.

—Descuida. Tú estás jugando tus cartas de la única forma posible.

No obstante, pareció algo dolido por la desconfianza de su jefe.

Bastante deprimido por la forma en que aquel caso estaba haciendo añicos la muy valiosa camaradería entre sus empleados, Charlie colgó y regresó a la mesa. Llegó allí cuando la camarera le estaba sirviendo su martini con vodka. Pidió otro antes de tomar ni un sorbo del primero; luego, echó una ojeada a la carta.

Christine regresó de los lavabos con unos vaqueros de pana tostada y una blusa verde. Llevaba una bolsa con su ropa usada y unas cuantas toallas. Joey vestía vaqueros azules y una camisa de cowboy que parecía enorgullecerle mucho. Sus atuendos necesitaban una plancha de vapor pero estaban bastante más limpios y flamantes que la ropa que habían estado llevando desde la huida de la casa aniquilada de Miriam Rankin en Laguna Beach. Dejando aparte las arrugas de su blusa, Christine tenía un aspecto imponente, como mínimo, y el corazón de Charlie se regocijó al verla.

Cuando abandonaron el restaurante, llevando dos hamburguesas para *Chewbacca,* la noche había descendido por completo y la lluvia había remitido. Caía una ligera llovizna, el aire húmedo era de una pesadez opresiva; pero no parecía probable que se vieran obligados a iniciar la construcción de un arca. El perro olfateó las hamburguesas e, intuyendo que eran para él, insistió en que se le alimentara antes de volver al garaje. Engulló los dos emparedados allí mismo, frente al restaurante, y Christine comentó:

—Fíjese, tiene incluso los modales de *Brandy*.

—Tú has dicho siempre que Brandy no tenía buenos modales —objetó Joey.

—A eso me refiero precisamente.

Ahora que la tormenta parecía amainar, las aceras a lo largo del bulevar Westwood se llenaron con estudiantes de la UCLA que iban a cenar o al cine, mirones de escaparates y gentes camino del teatro matando el tiempo antes de dirigirse a la Playhouse. Los californianos son poco o nada pacientes con la lluvia y, después de una tormenta así, se echan a la calle eufóricos, ansiosos de pasear y tomar el aire, casi con un talante festivo. Charlie sintió que llegara la hora de partir; la Village semejó un oasis de cordura en un mundo trastornado; y agradeció el respiro que les procuraba.

El aparcamiento subterráneo había estado casi lleno cuando ellos llegaron por la tarde viéndose obligados a dejar el coche en el nivel inferior. Ahora, al tomar el ascensor hasta el fondo de la estructura, los tres tenían una moral mucho más alta de lo que hubieran creído posible pocas horas antes. No había nada como una buena comida, un par de copas y un largo paseo por las concurridas calles sin que nadie te largase un tiro para convencerse de que Dios seguía en sus cielos y el mundo estaba en paz.

Pero aquel alivio fue poco duradero. Terminó cuando se abrieron las puertas del ascensor.

Todas las luces inmediatas estaban fundidas. Se veían algunos resplandores a cierta distancia por la izquierda y otros por la derecha iluminando filas de coches, paredes de cemento y macizos pilares; pero frente al ascensor todo era oscuridad.

¿Sería sólo coincidencia que las tres o cuatro bombillas se hubiesen fundido al mismo tiempo? Esta pregunta inquietante pasó por el pensamiento de Charlie apenas se descorrieron las puertas metálicas. Antes de que pudiera reaccionar, *Chewbacca* empezó a ladrar hacia las sombras que había ante ellos. El perro se comportó con ferocidad alarmante, como si le dominara una furia súbita. Sin embargo, no salió disparado del ascensor para perseguir al objeto de su cólera, lo cual fue una señal infalible de que algo muy malo les esperaba.

Charlie alargó la mano hacia el tablero de botones.

Algo penetró silbando en la cabina y se estrelló contra la pared del fondo, a diez centímetros de la cabeza de Christine. ¡Una bala! Abrió un boquete en la superficie metálica. El estampido del disparo pareció casi una ocurrencia tardía.

–¡Al suelo! –gritó Charlie mientras pulsaba el botón para cerrar la cabina.

Otra bala atravesó las puertas cuando éstas comenzaron a cerrarse y él oprimió el botón del último piso. *Chewbacca* siguió ladrando. Christine gritaba. Por fin las puertas se cerraron, el ascensor emprendió su marcha ascendente y Charlie creyó oír un último disparo futil mientras ellos subían aprisa desde las profundidades de cemento.

Era evidente que los asesinos no habían esperado que el perro reaccionara con tanta rapidez y tan gran estrépito. Supusieron que Christine y Joey saldrían primero del ascensor, y no se hallaban preparados para atacar a su presa dentro del ascensor. De lo contrario los disparos habrían sido más certeros, y Joey o su madre, o ambos, estarían ya muertos.

Si hubiese suerte, los únicos pistoleros serían los del nivel más bajo del garaje. Pero si ellos hubiesen previsto esa contingencia, ante la posibilidad de que sus perseguidos lo intuyeran y no saliesen del ascensor, podrían haber apostado a otros en el piso superior. Como el ascensor se paraba en cualquier planta, otra escuadra podría estar esperando allí a que se abrieran las puertas.

«Pero, ¿cómo nos han encontrado? –se preguntó desesperado Charlie mientras Christine se levantaba del suelo–. ¡Por el nombre de Cristo! ¿Cómo?»

Conservaba todavía la pistola que había llevado a la Iglesia del Crepúsculo aquella mañana. La sacó y apuntó hacia las puertas.

El ascensor no se paró hasta alcanzar el último piso del garaje. Las puertas se abrieron. Luces amarillentas, paredes de cemento grisáceo. Coches rutilantes aparcados en angostos espacios. Pero nada de hombres con pistolas.

–¡Vamos! –apremió Charlie.

Los tres corrieron porque sabían que los hombres de la planta baja estarían moviéndose aprisa para perseguirlos.

XXXIX

Siguieron corriendo desalados por la Hilgarde Avenue, luego más allá, alejándose de la UCLA y del área comercial de Westwood, hasta llegar a un barrio residencial, tranquilo y elegante.

Charlie acogió agradecido la aparición de sombras; pero temió los círculos de luz rodeando cada farola, porque allí ellos eran los únicos transeúntes. Doblaron varias esquinas buscando escondites en el exuberante laberinto de las calles de la clase alta. Charlie empezó a creer que habían burlado a sus perseguidores, aunque supiera que pasaría mucho tiempo antes de que pudiera sentirse seguro por completo.

Aun cuando la lluvia había quedado reducida a una neblina y todos llevaban impermeables, los tres estuvieron otra vez mojados y tiritando cuando Charlie empezó a buscar un medio de transporte. A lo largo de la calle había numerosos automóviles aparcados. Avanzó furtivo por la acera, bajo los chorreantes árboles y las empapadas palmeras, probando puertas y esperando que nadie le viese desde las casas. Los tres primeros coches se hallaban cerrados a machamartillo; pero el cuarto, un Cadillac amarillo de dos años, cedió a sus tentativas por la puerta del conductor.

Con un ademán, indicó a Christine y a Joey que subieran.

–Aprisa.

—¿Están puestas las llaves? —inquirió ella.

—No.

—¿Piensa usted robarlo o qué?

—Sí. Suba.

—No quiero que quebrante la ley y termine en la cárcel por causa nuestra, y...

—¡Suba! —repitió apremiante.

El asiento delantero, forrado de terciopelo, ofreció espacio para los tres, de modo que Christine puso a Joey en medio temiendo al parecer tenerlo lejos de sí aunque fuera sólo en el asiento trasero. El perro pasó atrás, sacudiéndose el agua de su pelambrera y regando a todo el mundo en el proceso.

Dentro de la guantera, había una pequeña linterna que sin duda formaba parte del equipo, pues se guardaba en un compartimiento especial donde sus baterías se cargaban constantemente. Charlie la utilizó para escudriñar debajo del salpicadero hasta encontrar los alambres de la ignición. Hizo la correspondiente manipulación y el motor del Cadillac arrancó sin titubeos.

Apenas dos minutos después de abrir el coche, se apartaron del bordillo. Charlie recorrió la primera manzana sin encender las luces. Luego, al cerciorarse de que su fuga había pasado inadvertida, pulsó el interruptor de los faros y se dirigió hacia el Sunset Boulevard.

—¿Y qué pasará si nos detiene algún agente? —preguntó Christine.

—No lo hará. Probablemente, el propietario no denunciará el robo hasta mañana. E incluso si lo descubre dentro de diez minutos, pasará un buen rato hasta que la Policía se movilice.

—Pero nos pueden detener por exceso de velocidad...

—No me propongo correr.

—O cualquier otra violación del código...

—¿Me toma usted por un... conductor acrobático?

—¿Lo eres? —se interesó Joey.

—¡Ah, claro! Soy mejor que Evel Knievel.

—¿Quién?

—¡Me estoy haciendo viejo, Dios santo! —murmuró Charlie.

—¿Vamos a tener una persecución de coches como en la tele? —preguntó el chico.

—Espero que no —contestó Charlie.

—¡Cuánto me gustaría! —exclamó el niño.

Charlie miró por el espejo retrovisor. Había dos coches detrás de ellos. No pudo distinguir su marca ni ningún otro detalle. Fueron sólo dos pares de faros en la oscuridad.

—Pero, tarde o temprano, el coche aparecerá en la lista de vehículos robados... —advirtió Christine.

—Para entonces lo habremos aparcado en alguna parte y tendremos un coche nuevo.

—¿Quiere decir que robaremos otro?

—Desde luego no pienso recurrir a Hertz ni a Avis —aclaró él—. Un coche alquilado es fácil de localizar. Ellos pueden encontrarnos por ese conducto.

«¡Cómo estoy hablando, Dios santo —pensó—. Muy pronto me pareceré a Ray Milland en *Días sin huella,* imaginando una amenaza en cada esquina, viendo bichos gigantescos surgiendo de las paredes.»

En el siguiente cruce dobló a la izquierda.

Lo mismo hicieron los dos coches que les seguían.

—¿Cómo nos encontraron? —preguntó Christine.

—Deben de haber instalado un transmisor en mi Mercedes.

—¿Y cuándo pueden haber hecho semejante cosa?

—Lo ignoro. Quizá mientras estuve en su iglesia esta mañana.

—Pero usted dijo que había dejado un hombre en su coche mientras permanecía allí, alguien que pudiera pedir ayuda si usted no regresaba después del tiempo previsto.

—Sí. Carter Rilbeck.

—Entonces él les habría visto intentar colocar el transmisor.

—A menos, claro está, que él fuera uno de ellos —aventuró Charlie.

—¿Cree usted que podría serlo?

—Probablemente, no. Pero tal vez ellos plantaran el artilugio antes de eso. Tan pronto como supieron que usted me había contratado.

En Hilgarde, Charlie dobló a la derecha.

Los dos coches de detrás imitaron la maniobra.

—O quizá Henry Rankin sea un «crepuscular», y cuando le telefoneé hace un rato desde el restaurante tal vez localizase mi teléfono y averiguara dónde estaba yo.

—Usted dijo que él era como un hermano.

—Y lo es. Pero Caín era hermano de Abel.

Torció a la izquierda en el Sunset Boulevard, ahora con la UCLA a la izquierda y Bel Air en las colinas de la derecha.

Sólo les siguió uno de los coches.
—Me da la impresión de que usted se ha vuelto tan paranoico como yo —dijo ella.
—Grace Spivey no me deja otra opción.
—¿A dónde vamos?
—Mucho más lejos.
—¿A dónde?
—Todavía no estoy seguro.
—Hemos pasado mucho tiempo comprando ropas y cosas, y ahora todo ha desaparecido.
—Mañana podemos equiparnos otra vez.
—Yo no puedo ir a casa, no puedo trabajar, no puedo buscar refugio con ninguno de mis amigos...
—Yo soy su amigo —dijo Charlie.
—Ahora ni siquiera tenemos un coche.
—¡Claro que lo tenemos!
—Un coche robado.
—Con sus cuatro ruedas —respondió él—. Y corre lo suyo. Eso es suficiente.
—Me siento como si fuéramos vaqueros en una de esas viejas películas, cuando los indios los atrapan en un barranco cerrado y los van acorralando contra la pared.
—Recuerde también quiénes son los que triunfan en esas películas —le sugirió Charlie.
—¡Los vaqueros! —exclamó Joey.
—Exacto.
Harrison tuvo que detenerse ante un semáforo en rojo, y quiso la suerte que un patrullero de la Policía hiciera lo mismo al otro lado del cruce. No le gustó permanecer sentado allí, sentado y vulnerable. Vigiló por el espejo retrovisor y por el lateral al coche perseguidor, temiendo que, mientras estaban inmovilizados allí alguien surgiera de él portando un rifle.
Con una voz cansina que asustó a Charlie, Christine dijo:
—¡Cuánto me gustaría tener su aplomo!
«Y a mí también», pensó él con humor negro.
Las luces cambiaron. Charlie atravesó el cruce. Detrás de él el otro coche se rezagó un poco.
—Por la mañana todo tendrá mejor aspecto —vaticinó.
—¿Y dónde estaremos por la mañana? —preguntó ella.
Entretanto, habían alcanzado el cruce en el que Wilshire Boule-

vard quedaba ante ellos. Charlie dobló a la derecha, hacia la entrada de la autopista y propuso:

—¿Qué le parece Santa Bárbara?

—¿Habla en serio?

—No está tan lejos. Un par de horas. Podemos llegar allí hacia las nueve y media y tomar habitaciones en un hotel.

El coche desconocido había doblado también en Wilshire y seguía chupando rueda.

—Los Ángeles es una ciudad muy grande —objetó ella—. ¿No cree que estaremos más seguros escondiéndonos aquí?

—Es probable —admitió el investigador—. Pero yo no me siento seguro de verdad si no me establezco en un lugar que me parezca adecuado y donde pueda serenarme y pensar sobre el caso con una perspectiva más tranquila. No sé actuar bien cuando el pánico es constante. Ellos no supondrían que nos alejemos tanto de mi base de operaciones. Esperarán que ronde por ella, al menos desde Los Ángeles. Sé que allí estaremos a salvo.

Diciendo esto entró en la rampa de la autopista de San Diego camino del norte. Miró por el espejo retrovisor. No vio todavía al otro coche. Se dio cuenta de que estaba conteniendo el aliento.

Ella protestó.

—Usted no firmó el contrato para afrontar tantos percances, tantas contrariedades.

—¡Claro que sí! —respondió él—. Eso me deleita.

—¡Ya lo veo!

—Pregúntele a Joey. Él sabe todo acerca de nosotros, los detectives privados. Él sabe que disfrutamos con el peligro.

—Sí, mamá —dijo el niño—. Ellos adoran el peligro.

Charlie miró otra vez por el espejo retrovisor. Ningún otro coche había aparecido en la autopista detrás de ellos. Nadie les seguía.

Viajaron hacia el norte a través de la noche, y al cabo de un rato empezó a diluviar otra vez y la niebla se espesó. En algunos momentos, la bruma y la lluvia oscurecieron tanto el paisaje y la calzada que pareció como si no estuviesen avanzando por un mundo real, sino cruzando un ámbito espectral de espíritus y sueños.

XL

El apartamento de Kyle Barlowe en Santa Ana estaba amueblado para amoldarse a sus dimensiones. Había espaciosos reclinatorios Lay-Z-Boy, un gran sofá dividido en secciones de asientos profundos, robustas mesas y un sólido velador en el que un hombre podía apoyar los pies sin temor de hundirlo. Durante largo tiempo, había buscado en incontables almacenes de muebles usados hasta encontrar una mesa circular de comedor; un mueble sencillo y algo deteriorado, tal vez no demasiado atrayente. Pero era un poco más alta que casi todas las mesas de comedor, y le proporcionaba el espacio necesario para acomodar las piernas. En el cuarto de baño, había una bañera muy vieja con grandes pies de garra; y, en el dormitorio, una enorme cómoda que había adquirido por cuarenta y seis pavos, y una cama de matrimonio con un colchón de longitud extra, hecho a medida, que le daba acomodo aunque sin desperdiciar ni un centímetro de espacio. Aquél era el único lugar del mundo en el que podía sentirse verdaderamente cómodo.

Pero no esta noche.

No podía sentirse bien mientras el Anticristo estuviese vivo. Le era imposible descansar sabiendo que dos tentativas de asesinato habían fallado en las últimas doce horas.

Anduvo desde la pequeña cocina hasta la sala; regresó al dormitorio y volvió otra vez a la sala para mirar por las ventanas. La calle estaba iluminada por el resplandor amarillo macilento de los faroles, así como por el neón rojo y azul, rosado y purpúreo, una combinación que disfrazaba el verdadero color de cada objeto y daba a las sombras un filo borroso y eléctrico. Los coches de paso despedían plumas fosforescentes de agua que caían sobre el pavimento como lentejuelas. La lluvia parecía de plata fundida, aunque la noche no tuviera nada de calurosa.

Intentó ver la televisión. No logró interesarse por ella.

No podía estarse quieto. Se sentó para levantarse en seguida; tomó asiento en otra butaca, saltó de ella para ir a la alcoba y tenderse sobre la cama. Oyó un ruido extraño en la ventana, se levantó para investigar y descubrió que era sólo el agua de lluvia cayendo por el canalón. Regresó a su enorme lecho. Al poco, decidió que no quería estar tumbado y se fue a la sala.

¡El Anticristo estaba todavía vivo!

Pero eso no era lo único que le ponía nervioso. Intentó creerse que ninguna otra cosa le inquietaba, intentó sugestionarse de que lo único que le preocupaba era el muchacho Scavello; pero hubo de reconocer al fin que le agobiaba otra cosa.

La necesidad proverbial, una necesidad feroz. ¡La NECESIDAD! Él quería...

¡No!

Poco importaba lo que quisiera. No podría tenerlo. No podía rendirse a la necesidad. Jamás se atrevería.

Se dejó caer de rodillas en el centro de la sala y suplicó a Dios que le ayudara a resistir esa flaqueza suya. Rezó con pasión, dedicó al rezo toda su energía, toda su atención y devoción. Oró con una concentración tan intensa que empezó a sudar y a hacer rechinar los dientes.

Sintió todavía el antiguo, vil y aterrador apremio de mutilar a alguien, de aporrear y desgarrar, de hacer daño a alguna persona, de matar.

Desesperado, se levantó y fue a la cocina, se acercó al fregadero y abrió el grifo del agua fría. Puso el tapón en el desagüe. Luego, cogió cubitos de hielo del frigorífico y los dejó caer en el agua. Cuando el fregadero estuvo casi lleno, cerró el grifo, hundió la cabeza en el agua helada y la mantuvo así aguantando el aliento hasta que hubo de sacarla para respirar. Empezó a temblar y los dientes le castañetearon, pero sintió que todavía le dominaba la violencia. Hundió otra vez la cabeza en el agua, esperó hasta que sus pulmones amenazaban estallar; entonces la sacó escupiendo y tosiendo. Notó un frío glacial, un temblor ingobernable, pero el ansia de violencia creció sin medida.

Satanás debía de estar allí. Sin duda era eso. Satanás estaba allí sondando los antiguos sentimientos, enfrentándolo a ellos, tentándole, incitándole a desechar su última oportunidad de salvación.

«¡No lo haré!»

Revolvió todo el apartamento intentando detectar el escondite de Satanás. Miró en los armarios, abrió vitrinas, descorrió cortinas para escudriñar detrás de ellas. En realidad no esperaba ver a Satanás; pero estaba seguro de poder percibir la presencia del demonio en alguna parte por muy invisible que pudiera hacerse. Sin embargo, no encontró nada. Lo cual significó sólo que el demonio tenía gran habilidad para esconderse.

Cuando desistió por fin de buscar a Satanás, se hallaba en el baño, y echó una ojeada a su propia imagen en el espejo: ojos desorbitados por la furia, ventanas de la nariz dilatadas, músculos de las mandíbulas tensos, labios exangües y tirantes dejando ver los torcidos y amarillentos dientes. Aquella estampa le hizo recordar el fantasma de la Ópera. Evocó el monstruo de Frankenstein y un centenar de torturados rostros infrahumanos de películas que él había visto en el Chiller Theater.

El mundo le odiaba y él odiaba al mundo, a todos sus componentes, a los que se reían señalándole, a las mujeres que le encontraban repulsivo, a todos los...

«No. ¡Dios mío! Por favor. No me dejes pensar en esas cosas. Aparta mi pensamiento de esa cuestión. Ayúdame. Te lo ruego.»

No pudo retirar la vista de aquel rostro en el que se combinaban las facciones, caracterizadas, de Boris Karloff, Lon Chaney y Rhondo Hatten.

Él no se perdía nunca las viejas películas de terror cuando las proyectaban en la televisión. Muchas noches se sentaba a solas ante su modesto televisor en blanco y negro, cautivado por las imágenes espeluznantes. Cuando terminaba la película, se iba al baño, se miraba en ese mismo espejo y se decía que él no era tan feo, tan horrendo, tan malévolo como las criaturas que surgían de pantanos tenebrosos, llegaban desde más allá de las estrellas o escapaban de los laboratorios de científicos dementes. En comparación, él era casi corriente. A lo sumo poco agradable. Pero no lograba nunca dar crédito a sus propias palabras. El espejo no mentía. El espejo le mostraba un rostro hecho para provocar pesadillas.

Se sonrió a sí mismo en el espejo e intentó parecer amable. El resultado fue espantoso. La sonrisa careció de veracidad.

Ninguna mujer le querría a menos que la pagase, e incluso algunas rameras le rechazaban. ¡Perras! ¡Todas ellas! ¡Corruptas, apestosas y despiadadas perras! Sintió deseo de hacer daño a una de ellas, quiso descargar su dolor en alguna mujer y dejárselo dentro, de modo que durante un lapso, por lo menos, él no tuviese dolor.

No. Eso era un mal pensamiento.

Una forma de pensar maligna.

Recuerda a la madre Grace.

Recuerda el Crepúsculo, la salvación y la vida imperecedera.

Pero él lo quería. Lo necesitaba.

Se encontró ante la puerta de su apartamento sin poder recordar cómo había llegado allí. La entreabrió. Quiso emprender la marcha para buscar a una prostituta. O alguien a quien apalear. O ambas cosas.

«¡No!»

Cerró de un portazo, echó la llave y, apretando la espalda contra la puerta, miró frenético a su alrededor.

Debía actuar aprisa para salvarse.

Estaba perdiendo su batalla contra la tentación. Comenzó a gimotear entre temblores. Supo que no tardaría más de un par de segundos en abrir de nuevo la puerta, y esta vez se marcharía, saldría a la caza.

Presa del pánico, corrió a una pequeña estantería, eligió uno de los volúmenes de meditación que componían su colección de cien títulos, le arrancó un puñado de páginas y las arrojó al suelo; luego otro, y otros más hasta que quedaron sólo las cubiertas del libro, que por fin acabó destrozando... Le sentó bien mutilar algo. Quedó jadeante y tembloroso como un caballo desbocado; luego, se apoderó de otro libro, lo hizo trizas y arrojó los pedazos por encima del hombro; a continuación despedazó otro, y otro más...

Cuando recobró los sentidos, estaba en el suelo llorando muy bajo. Veinte libros deshechos, miles de páginas rasgadas se amontonaban ante él. Se sentó, sacó el pañuelo y se secó los ojos. Se puso de rodillas, se levantó. Cesó de temblar. La NECESIDAD se había disipado.

Satanás perdió su batalla.

Kyle no se había rendido a la tentación, y ahora sabía por qué Dios necesitaba hombres como él para librar la batalla del Crepúsculo. Si Dios formase su ejército con individuos que no habían pecado jamás, ¿cómo podría saber que esas personas se resistirían a las incitaciones del demonio? «Pero eligiendo hombres como yo –pensó Kyle–, hombres que sucumbieron al pecado, y dándonos una segunda oportunidad para salvarnos, brindándonos la ocasión de probarnos a nosotros mismos, Dios ha adquirido un ejército de soldados templados.»

Levantó la vista hacia el techo pero no lo vio. En su lugar contempló el cielo más allá, el corazón del Universo. Y dijo:

–Yo soy valioso, he logrado alzarme desde la sima del pecado y he demostrado que no me hundiré nunca más. Si lo que quieres de mí Señor, es que manipule al chico para Ti, ahora estoy presto. Entrégame al chico. Déjame tenerlo. Permítemelo.

Sintió que la NECESIDAD le dominaba de nuevo, el deseo de ahogar, desgarrar y aplastar; pero esta vez fue una emoción más pura, el deseo limpio, blanco, sagrado, de ser el gladiador de Dios.

Se le ocurrió que Dios estaba pidiéndole lo que él deseaba ante todo evitar. No quería matar otra vez. No quería hacer más daño al prójimo. Estaba ganando al fin cierta medida de respeto por sí mismo, vislumbraba la posibilidad, distante pero real, de poder vivir en paz algún día con el resto del mundo... y ahora Dios quería hacerle matar, quería utilizar su furia contra unos objetivos previstos.

«¿Por qué? –se preguntó dominado de súbito por una tristeza silenciosa–. ¿Por qué he de ser yo el elegido? Antes, solía crecerme con la necesidad; pero ahora me amedrenta. Y debe ser así. ¿Por qué se me ha de utilizar de ese modo? ¿Por qué no de otro?»

Como eso era lo que madre Grace llamaba «pensamiento erróneo», intentó borrarlo de su mente. Uno no debía nunca desafiar a Dios de ese modo. Había que aceptar sin rechistar lo que Él quería. Dios era misterioso. Algunas veces se mostraba severo, y entonces se hacía muy difícil entender por qué te exigía tanto. Por ejemplo: ¿Por qué el Señor quería que mataras, o por qué, para empezar, había hecho de ti un engendro cuando habría podido muy bien hacerte apuesto?

No. Ahí había mucho de pensamiento erróneo.

Kyle recogió los libros destrozados. Se sirvió un vaso de leche y se sentó junto al teléfono. Esperó a que madre Grace lo llamara para decirle que le había llegado la hora de actuar como el martillo de Dios.

CUARTA PARTE

LA CAZA

Todo lo que engaña también encanta.

PLATÓN

No hay escape
del abrazo de la muerte,
aunque le hagas emprender
una complicada cacería.

Los perros de la muerte
disfrutan con la persecución.
Basta ver la sonrisa
en los rostros de los sabuesos.

La caza no puede durar mucho;
los canes necesitan alimentarse.
Todo ocurrirá
con una rapidez aterradora.

The Book of Counted Sorrows

XLI

En Ventura, los tres abandonaron el Cadillac amarillo, y buscaron en otra calle residencial hasta que Charlie encontró un Ford LTD azul marino cuyo propietario había sido lo bastante imprudente como para dejar puesta la llave de ignición. Condujo el automóvil a lo largo de tres kilómetros y se detuvo otra vez en un aparcamiento mal iluminado detrás de un cine; allí quitó las placas de la matrícula y las metió en el portaequipajes. Luego cogió las de un Toyota aparcado al lado y se las puso al LTD.

Con un poco de suerte, el propietario del Toyota no se percataría hasta el día siguiente o quizá más tarde, de que le faltaban los indicativos legales. Una vez se diera cuenta, tal vez no denunciase el incidente a la Policía, al menos de inmediato. De cualquier forma, la Policía no incluiría las placas sustraídas en la lista de coches robados, como haría si desapareciese todo el vehículo, no pondría a cada policía del Estado sobre la pista de dos placas y, probablemente, no relacionaría ese insignificante delito con el robo del LTD. Consideraría el hurto de las placas como un caso más de vandalismo. Entretanto, el Ford robado tendría nuevas placas y nueva identidad. Dejaría de ser un coche caliente.

Abandonaron Ventura en dirección norte y alcanzaron Santa Bárbara a las diez menos diez de la noche del martes.

Santa Bárbara era uno de los refugios predilectos de Charlie cuando las presiones del trabajo se hacían abrumadoras. Solía alojarse en el Biltmore o en el Montecito Inn. Sin embargo, esta vez prefirió un motel algo sórdido, el Wile-Away Lodge en el extremo este de la State Street. Considerando su bien conocido gusto por las finezas de esta vida, aquél sería el último lugar en el que a alguien se le ocurriría buscarlo.

El alojamiento disponía de una minúscula cocina, y Charlie lo alquiló por una semana, firmando en el registro con el nombre Enoch Flint y pagando con dinero contante y sonante para no tener que mostrar una tarjeta de crédito al empleado.

La habitación tenía cortinas color turquesa, una quemada alfombra color naranja y colchas con un dibujo muy chillón en púrpura y amarillo. Y, una de dos, o el decorador había tenido un presupuesto muy restringido y había comprado todo cuanto hubiese disponible dentro de cierto precio..., o bien había sido un beneficiario muy afortunado de la ley sobre igualdad de oportunidades para el empleo. Las dos camas, de respetable tamaño, tenían unos colchones que resultaban demasiado blandos y estaban llenos de hoyos. El diván, convertible en tercera cama, parecía menos confortable todavía; los muebles restantes estaban desparejados y habían sido utilizados hasta la avaricia. En el baño había un espejo amarillento de edad indefinible, muchas baldosas rotas y un extractor que parecía asmático. La pequeña cocina, que no estaba a la vista del dormitorio, tenía cuatro sillas y una mesa, un fregadero con un grifo que goteaba, una maltrecha nevera, un fogón de gas, vajilla barata, cubertería todavía peor y una cafetera eléctrica provista con paquetes de café Sanka, azúcar y crema envasada, obsequio de la casa. No era gran cosa pero sí más limpio de lo que ellos habían esperado.

Mientras Christine metía en la cama a Joey, Charlie preparó una cafetera de Sanka.

Cuando ella entró en la cocina pocos minutos después, exclamó:

–¡Huuum! ¡Huele a gloria!

Él sirvió dos tazas.

–¿Cómo le va a Joey?

–Se durmió sin esperar a que terminara de arroparle. El perro está en la cama con él. Por regla general yo no lo consiento; ¡pero qué diablos! Me imagino que cualquier día puede amanecer con un bombardeo y marchar todo cuesta abajo a partir de ahí. Siendo así, lo menos que puedo hacer es permitirle que tenga a su perro sobre la cama.

Se sentaron a la mesa ante una ventana que tenía vistas al aparcamiento del motel y a una pequeña piscina rodeada de una barandilla metálica que necesitaba con urgencia una mano de pintura. Un letrero de neón teñía de color naranja el húmedo asfalto y los coches aparcados. La tormenta amainaba otra vez.

El café era bueno y la conversación fue mejor. Hablaron de todo lo que se les ocurrió... Política y cine, libros y lugares favoritos para las vacaciones, trabajo, música y comida mexicana... De todo, salvo de

Grace Spivey y el Crepúsculo. Parecía que hubiesen llegado a un acuerdo tácito para soslayar las circunstancias del momento. Necesitaban desesperadamente un respiro.

Pero aquella conversación fue para Charlie mucho más que eso; representó la ocasión de averiguar más cosas sobre Christine. Con la curiosidad obsesiva de un hombre enamorado, quiso conocer cada detalle de su existencia, cada pensamiento y opinión por intrascendentes que fueran.

Tal vez se hiciera ilusiones; pero Charlie sospechaba que su interés romántico por ella encontraba justa correspondencia. Esperó que fuera así. Deseó más que nada en el mundo que ella le quisiera.

Hacia medianoche, se encontró contándole cosas que no había dicho nunca a nadie, cosas que deseaba olvidar desde hacía mucho tiempo. Creyó que ciertos acontecimientos, al perder su fuerza, habían perdido también posibilidad de hacerle daño; pero cuando se refirió a ellos comprendió que el dolor había estado ahí todo el tiempo.

Le confesó su pobreza en Indianápolis, cuando no había siempre los alimentos suficientes ni el calor necesario en invierno, porque los cheques de la Beneficencia eran ante todo para vino, cerveza y whisky. Le explicó que no podía dormir por temor a que las ratas que infestaban su ruinosa chabola se le subieran a la cama y le mordieran la cara.

Le habló de su violento y alcohólico padre, que vapuleaba con regularidad a su madre como si eso fuera un deber conyugal del marido. Algunas veces, el viejo había vapuleado también a su hijo, por lo general cuando estaba demasiado bebido y desequilibrado para causar lesiones graves. La madre de Charlie había sido débil y alocada, con cierta debilidad también por la bebida; por lo pronto ella no había querido nunca un hijo y no se había interpuesto jamás cuando su marido le golpeaba.

—¿Viven todavía sus padres? —preguntó Christine.

—¡No, a Dios gracias! Ahora que me va bien, ellos acamparían ante mi portal, pretendiendo haber sido los mejores padres que pueda tener un chico. Pero no hubo nunca amor en aquella casa, ni afecto siquiera.

—Usted ha trepado lo suyo por la escala —comentó Christine.

—Sí. Sobre todo si se considera que yo no esperaba vivir mucho tiempo.

Ella miró hacia el aparcamiento y la piscina. Él atisbó también por la ventana. El mundo parecía tan callado y quieto que ellos podrían haber sido los únicos seres vivientes en él.

–Siempre pensé que mi padre me mataría tarde o temprano –dijo él–. Lo gracioso es que, incluso en aquella fecha tan lejana, yo quería ya ser detective privado porque los veía en la televisión... Richard Diamond y Peter Gunn... Yo sabía que a ellos no les asustaba nada, mientras que yo tenía siempre miedo de todo. Por tanto deseé más que nada no tener miedo.

–Y ahora, claro está, usted es intrépido –dijo ella con ironía.

Él sonrió.

–¡Qué sencillo parece todo cuando eres niño!

Un coche entró en el aparcamiento y ambos lo miraron atentos hasta que las puertas se abrieron y se apearon una pareja y dos niños pequeños.

Charlie sirvió más Sanka para los dos y dijo:

–Yo solía tumbarme en la cama escuchando a las ratas y rezando para que mis padres murieran antes de que pudiesen matarme. Y me enfadaba de veras con Dios porque no quería responder a mi plegaria. Yo no lograba entender por qué permitía que aquellos dos siguieran martirizando a un niño pequeño como yo que no podía defenderse. ¿Por qué no protegía Dios a los indefensos? Luego, cuando me hice un poco mayor, pensé que Dios no podía responder a mis plegarias porque era bueno y no quería matar a nadie, ni siquiera a unos desechos morales como mis padres. Así que empecé a rezar para que me permitiera sólo salir de aquel lugar. «Dios querido, soy Charlie, y todo cuanto quiero es poder marcharme de aquí algún día y vivir en una casa decente, y tener dinero y no estar asustado todo el tiempo.»

Rememoró de repente un episodio de humor negro que tenía olvidado durante años, y soltó una carcajada al recordarlo.

–¿Cómo puede reírse de eso? –preguntó ella–. Aunque yo sepa que las cosas le salieron muy bien, me da todavía mucha lástima aquel niño pequeño de Indianápolis. Como si él siguiera aún allí.

–No, no; es sólo... He recordado otra cosa, algo que resulta gracioso con ciertos tintes sombríos. Al cabo del tiempo, después de haber estado rezando a Dios durante un año más o menos, me cansé de lo mucho que tardaba la respuesta a mis oraciones, y entonces decidí pasarme un rato al otro campo.

–¿Al otro campo?

Mirando por la ventana un nuevo aguacero que danzaba en la oscuridad, Charlie dijo:

—Yo había leído esa historia sobre un hombre que vendió su alma al diablo. Un día él deseó algo que necesitaba de verdad, afirmó que vendería su alma por ello y... ¡puf! el diablo se le apareció con un contrato para firmar. Creí que el diablo era mucho más diligente y eficaz que Dios, y empecé a rezarle por la noche.

—Me figuro que él no se le aparecería jamás con un contrato.

—Ni hablar. Resultó ser tan ineficaz como Dios. Pero una noche se me ocurrió que mis padres irían con toda seguridad al infierno y que, si yo vendiera mi alma al diablo, terminaría allí también, en el mismo sitio en el que estarían mis padres para toda la eternidad. Entonces me asusté tanto que salté de la cama en plena oscuridad y recé con todo mi fervor para que Dios me salvara. Le dije que comprendía que debía tener una enorme acumulación de oraciones por contestar por lo cual le costaría lo suyo llegar a la mía. Me humillé y supliqué rogándole que me perdonara por haber dudado de Él. Supongo que hice algún ruido porque mi madre entró en mi habitación para ver lo que ocurría. Cuando le expliqué que estaba hablando con Dios, ella dijo: «¡Ah! ¿Sí? Pues dile a Dios que tu papá está fuera otra vez con alguna puta, y pídele de paso que le arranque la polla al muy bastardo».

—¡Cielos! —exclamó Christine riendo aunque algo turbada. Charlie adivinó que ella no estaba turbada por la expresión ni por su decisión de contarle esa anécdota; la turbaba que la grosería de su madre revelase cómo era la casa donde él se había educado.

—Entonces yo tenía sólo diez años —prosiguió Charlie—; pero había vivido siempre en el peor arrabal de la ciudad y además nadie tomaría a mis padres por Ozzie y Harriet, por tanto supe de qué hablaba ella y me pareció lo más cómico que oía en mi vida. Después de eso, cada noche, cuando decía mis oraciones, rememoraba, antes o después, lo que mi madre había querido que Dios hiciera a mi padre, y rompía a reír. No podía rezar sin soltar la carcajada. Pasado algún tiempo, cesé por completo de hablar a Dios; y cuando cumplí los doce o trece años pensé que, probablemente, no habría ni Dios ni diablo, y aunque los hubiere, uno necesitaría valerse por sí mismo para hacer fortuna en esta vida.

Ella le relató más cosas acerca de su madre, del convento y del trabajo que había requerido Wine & Dine. Algunas de sus historias le parecieron a Harrison casi tan tristes como los episodios de su propia juventud; otras eran cómicas; pero todas le resultaron de lo más fascinante, porque eran relatos de «ella».

De tanto en tanto, uno de los dos decía que deberían dormir un poco; y la verdad era que ambos se hallaban exhaustos; pero siguieron charlando ante otras dos tazas de Sanka. Hacia la una y media, Charlie comprendió que el afán por saber más cosas de sus respectivas vidas no era la única razón de ese insomnio forzado. Les daba miedo dormirse. Ambos miraron a menudo por la ventana, y él comprendió que los dos esperaban ver de un momento a otro un Ford blanco entrando en el aparcamiento del motel.

Por fin Harrison dijo:

—Mire, no podemos permanecer levantados toda la noche. Ellos no van a encontrarnos aquí. Es imposible. Debemos ir a descansar. Necesitamos estar en buena forma para lo que se avecina.

Ella miró por la ventana y propuso:

—Si dormimos por turnos, uno estará siempre despierto para hacer guardia.

—No es necesario. Nadie puede habernos seguido hasta aquí.

—Yo haré la primera guardia —insistió ella—. Usted váyase a dormir y le despertaré..., digamos..., a las cuatro y media.

—No. Yo estoy muy despabilado. Duerma usted.

—¿Me despertará a las cuatro y media para que me haga cargo?

—Está bien.

Llevaron sus tazas sucias al fregadero, las lavaron y luego..., sin saber cómo, se encontraron uno en brazos del otro y se besaron con dulzura. Las manos de él la acariciaron... Charlie se excitó al comprobar la exquisita forma de aquel cuerpo, la delicadeza de su piel. Si Joey no hubiese estado en la misma habitación, él le habría hecho el amor y aquello habría sido lo mejor que uno y otro conociera jamás. Pero todo cuanto pudieron hacer fue abrazarse en la pequeña cocina y, al final, la frustración se impuso al placer. Entonces ella le besó tres veces, una con apasionamiento y las otras dos rozándole suavemente las comisuras de la boca, tras lo cual se fue a dormir.

Cuando se apagaron todas las luces, él se sentó ante la mesa junto a la ventana y vigiló el aparcamiento.

No tenía la menor intención de despertar a Christine a las cuatro y media. Treinta minutos después de que ella se reuniera con Joey en la cama, cuando estuvo seguro de que se había quedado dormida, Charlie marchó sigiloso a la otra cama.

Esperando a que el sueño le venciera, pensó en lo que había contado a Christine sobre su niñez y, por primera vez al cabo de veinticinco años, murmuró una oración. Como antaño, rezó por la seguridad y liberación de un niño pequeño, aunque esta vez no fue aquel chico de Indianápolis que él había sido, sino un muchacho en Santa Bárbara que, por un capricho del destino, había llegado a ser objeto del odio de una anciana loca.

«No permitas que Grace Spivey haga eso, Señor. No consientas que mate a un niño inocente en Tu nombre. Es la mayor blasfemia. Si Tú existes de verdad, si Tu preocupación es real, éste es el momento adecuado para hacer uno de Tus milagros. Envía una bandada de cuervos para sacarle los ojos a la vieja. Manda una poderosa riada para que la arrastre hasta que se pierda de vista. Haz algo. Por lo menos un ataque cardíaco, una enfermedad coronaria, algo para detenerla.»

Mientras escuchaba su propia voz, vislumbró por qué había roto el silencio entre Dios y él después de tantos años. Porque, por vez primera en un largo período, huyendo de la anciana y sus fanáticos, se sintió como un niño, incapaz de afrontar los hechos y necesitado de ayuda.

XLII

En el sueño de Kyle Barlowe, él estaba siendo víctima de un asesinato; un adversario sin rostro le apuñalaba repetidas veces. Él sabía que estaba muriendo; sin embargo no experimentaba dolor ni se sentía atemorizado. Tampoco intentaba defenderse. Se rendía. Y, en esa aquiescencia, descubría una profunda sensación de paz jamás sentida. Aunque le estuvieran matando, era un sueño grato, no una pesadilla, y por alguna razón inexplicable, sabía que no se daba muerte a todo su ser sino a una parte de él, a su lado malo, sólo al notorio Kyle, tan odiado del mundo, y cuando esa parte de él feneciera, sería como cualquier otro, que era lo único que él había deseado de verdad en la vida. Ser igual que los demás...

El teléfono le despertó. Lo buscó a tientas en la oscuridad.

—¿Diga?

—¿Kyle?

Era madre Grace.

Se despejó al instante.

—Sí, soy yo.

—Han estado sucediendo muchas cosas —le comunicó ella.

Él miró las cifras fosforescentes del reloj. Eran las cuatro y seis minutos de la madrugada.

–¿Qué? –inquirió-. ¿Qué ha sucedido?

–Hemos estado quemando a los infieles.

–Yo quería estar presente cuando sucediera algo.

–Los hemos quemado y hemos cubierto de sal la tierra para que ellos no puedan volver –continuó alzando la voz.

–Me lo prometiste. Yo quería haber estado allí.

–No te he necesitado... hasta ahora –dijo madre Grace.

El hombretón echó a un lado las sábanas y se sentó en el borde de la cama sonriendo a la oscuridad.

–¿Qué quieres que haga?

–Ellos se han llevado al muchacho. Están intentando ocultarlo de nosotros hasta que su poder se acreciente, hasta que sea intocable.

–¿A dónde se lo han llevado?

–No lo sé con seguridad. Por lo pronto a Ventura. Eso sí lo sé. Estoy esperando más noticias o alguna visión que me esclarezca la situación. Entretanto, nosotros iremos hacia el norte.

–¿Quiénes?

–Tú, yo, Edna y seis u ocho de los demás.

–¿En persecución del muchacho?

–Sí. Prepara la maleta con alguna ropa y ven a la iglesia. Saldremos dentro de una hora.

–Estaré allí en un instante.

–Dios te bendiga.

Barlowe sintió miedo. Recordó el sueño, evocó lo bien que se había sentido en ese sueño, y creyó conocer su significado: él estaba perdiendo el gusto por la violencia, comenzaba a desaparecer su sed de sangre. Pero eso no era bueno ahora; pues, por primera vez en su vida, se le ofrecía la oportunidad de utilizar su talento para la violencia por una buena causa. En definitiva, su salvación dependía de ello.

Él debía matar al muchacho. Era lo indicado. No le convenía perder por completo ese odio amargo que le había animado durante toda su existencia.

Se le estaba haciendo tarde; el Crepúsculo se acercaba. Y ahora Grace le necesitaba para que actuara como el martillo de Dios.

XLIII

El miércoles por la mañana, dejó de llover y el cielo estuvo sólo cubierto a medias por las nubes.

Charlie se levantó primero, y ya estaba haciendo café cuando Christine y Joey despertaron.

Ella pareció sorprendida de que todos siguiesen vivos. Como no tenía bata, se envolvió en una manta y fue a la cocina con el aspecto de una *squaw* india.

–No me despertaste para hacer la guardia –le reprochó.

–No estamos en los marines –respondió sonriente Charlie, decidido a rechazar el pánico que le había amilanado pocas horas antes.

Cuando estaban demasiado tensos no actuaban, se limitaban a reaccionar. Y ése era el tipo de comportamiento que podía causarles la muerte.

Harrison necesitaba reflexionar, forjar planes. Y no podría hacer ninguna de las dos cosas si se pasaba el tiempo mirando hacia atrás. En Santa Bárbara estarían seguros siempre y cuando procediesen con un poco de cautela.

–Pero todos estuvimos dormidos al mismo tiempo –objetó Christine.

–Todos necesitábamos descansar.

–Sin embargo, yo tenía un sueño tan profundo... que ellos podrían haber irrumpido aquí, y la primera noticia que hubiéramos tenido habría sido el comienzo del tiroteo.

Charlie miró a su alrededor.

–¿Dónde se encuentran las cámaras? ¿Acaso no estamos filmando un comercial Sominex?

Ella suspiró y le dirigió una sonrisa.

–¿Crees que nos hallamos seguros?

–Sí.

–¿De verdad?

–Hemos sobrevivido a la noche ¿no?

Joey llegó a la cocina descalzo, en calzoncillos, con el pelo revuelto y el rostro soñoliento.

–He soñado con la bruja –dijo.

–Mientras sólo sea soñar, no te hará daño –lo tranquilizó Charlie.

El chico se mostró solemne. No hubo destellos en sus relucientes ojos azules.

–Soñé que utilizaba su magia para transformarte en un bicho y luego te pisoteaba.

–Los sueños no significan nada –dijo Charlie–. Yo soñé una vez que era Presidente de los Estados Unidos. Pero tú no ves que esté en la Casa Blanca, ¿verdad?

–Ella mató... En el sueño mató también a mi mamá –declaró Joey.

Christine lo estrechó contra sí.

–Charlie tiene razón, cariño. Los sueños no tienen ninguna significación.

–Nada de lo que he soñado en mi vida ha sucedido jamás –añadió Charlie.

El niño se acercó a la ventana. Miró fijamente el aparcamiento y dijo:

–Ella está ahí, en alguna parte.

Christine miró a Charlie, el cual adivinó lo que ella estaba pensando. Hasta entonces el chico había mostrado una resistencia sorprendente, reaccionando bien después de cada revés, recuperándose de cada horror, siempre dispuesto a volver a sonreír. Pero tal vez se hubiesen agotado sus recursos, quizá ya no hubiera más reacciones favorables.

Chewbacca entró silencioso en la cocina, se detuvo junto al niño y dejó oír un leve gruñido.

–¿Lo veis? –insistió Joey– *Chewbacca* lo sabe. Él sabe que la bruja esta ahí fuera, en alguna parte.

La locuacidad habitual del chiquillo no apareció por parte alguna. Era inquietante el verlo tan pálido y desanimado.

Charlie y Christine intentaron devolverle la alegría, pero él no estuvo por ésas.

Más tarde, a las nueve y media, desayunaron en una cafetería cercana. Charlie y Christine se mostraron hambrientos; pero hubieron de instar a Joey para que comiera. Se acomodaron en un reservado, junto a uno de los grandes ventanales, y Joey estuvo mirando sin cesar el cielo, donde algunas franjas azules semejaban alegres cuerdas coloreadas sosteniendo las parduscas nubes. Permaneció todo lo taciturno que pueda mostrarse un niño de seis años.

Charlie se preguntó por qué los ojos del chico se tornaban al cielo una y otra vez. ¿Esperaría que la bruja llegase volando en su escoba?

Sí, eso sería sin duda lo que le intranquilizaba. Cuando se tiene seis años, pensó, no siempre es posible distinguir entre los peligros reales y los imaginarios. A esa edad, crees en el monstruo que vive dentro del armario y estás convencido de que algo incluso peor se agazapa debajo de tu cama. Probablemente, para Joey tenía mucho más sentido buscar escobas en el cielo que vigilar la autopista por si aparecía alguna furgoneta blanca.

Chewbacca se había quedado en el coche frente a la cafetería. Cuando terminaron el desayuno, le llevaron una ración de huevos y jamón que él devoró afanoso.

—La última noche le dimos hamburguesas, ahora le traemos huevos y jamón —dijo Christine—. Necesitamos buscar aprisa una tienda que venda comida auténtica de perro, antes de que este chucho se acostumbre a la buena mesa.

Fueron otra vez de compras para adquirir ropas y efectos personales en un establecimiento frente a East State Street. Joey se probó algunas prendas, lo hizo con apatía, sin el entusiasmo que mostró la vez anterior. Apenas habló y no sonrió en absoluto.

A Christine le preocupó su talante. Lo mismo le ocurrió a Charlie.

Terminaron sus compras poco antes del almuerzo. La última cosa que compraron fue un pequeño dispositivo electrónico en Radio Shack. Por su tamaño semejaba un paquete de cigarrillos, era un producto para los paranoicos de los años setenta y ochenta que no habría hallado compradores entre las gentes de otras épocas más confiadas: se trataba de un detector de interceptaciones que te revelaba si tu línea telefónica se hallaba controlada por una grabadora o cualquier otro mecanismo para localizar llamadas.

En una cabina telefónica cercana a la entrada lateral de Sears, Charlie desenroscó el auricular y colocó un audífono que formaba parte del detector. Luego, desmontó el micrófono, utilizó una llave de coche para acortar el inhibidor que imposibilitaba las conferencias interurbanas realizadas sin intervención de la operadora, y marcó libre de gastos el teléfono de Klemet-Harrison en Costa Mesa. Si su material detectase alguna interceptación, él podría colgar en las primeras fracciones de segundo una vez establecida la conexión, y cortar la línea antes de que nadie pudiera siquiera determinar si la llamada se hacía desde otra área urbana.

Se oyeron dos timbrazos y luego un clic en la línea.

El medidor en la mano de Charlie no dio ninguna señal de interceptación.

Pero en lugar de la voz familiar de Sherry Ordway, respondió una grabación de la compañía telefónica: «El número que ha marcado usted no está ya en servicio. Por favor, consulte su guía para buscar el número correcto, o marque Información al objeto...».

Charlie colgó.

Lo intentó otra vez.

Obtuvo la misma respuesta.

Alarmado por un presentimiento de desastre, telefoneó a la casa de Henry Rankin. Lo cogieron al primer timbrazo, sin que el medidor señalara interceptación, y esta vez la voz no fue una grabación.

–¿Diga? –respondió Henry.

–Henry, soy yo. Acabo de llamar a la oficina pero...

–He estado esperando aquí, junto al teléfono, pensando que me telefonearías tarde o temprano. Tenemos complicaciones, Charlie. Infinitas complicaciones.

Christine observaba desde el exterior de la cabina, y no pudo oír lo que Charlie estaba diciendo pero sí intuir que algo malo había sucedido. Cuando él colgó al fin y abrió la puerta plegable, su rostro tenía un color ceniciento.

–¿Ha sucedido algo malo? –le preguntó.

Charlie miró de reojo a Joey y dijo:

–No, nada. He hablado con Henry Rankin. Están trabajando todavía en el caso, pero no hay ninguna novedad.

Mintió por no asustar a Joey; sin embargo, el chico lo intuyó, al igual que Christine, y se apresuró a inquirir:

–¿Qué ha hecho ahora? ¿Qué ha hecho la bruja?

–Nada –eludió Charlie–. Como no puede encontrarnos, está teniendo berrinches, allá en el Condado de Orange. Eso es todo.

–¿Y qué es un berrinche? –preguntó Joey.

–No te preocupes por eso. Todo marcha tal como se había planeado. Ahora volvamos al coche, busquemos un supermercado y repongamos las provisiones.

Antes, Christine había querido creerle sobre lo de estar a salvo en Santa Bárbara; pero ahora el miedo reptó fuera de su subconsciente y la poseyó una vez más.

Como si constituyera un presagio de nuevos peligros, el tiempo empeoró otra vez. Los cielos empezaron a encapotarse con nubes negruzcas.

Encontraron un supermercado. En ocasiones anteriores, mientras compraban, Joey solía caminar por los pasillos delante de ellos. Otras veces, se les adelantaba a la carrera para buscar los artículos de su lista deseoso de ayudar. Sin embargo, ahora andaba despacio y miraba con poco interés las estanterías.

Cuando el chico se alejó lo suficiente, Charlie dijo en voz baja:

—Anoche se aplicó la antorcha a mis oficinas.

—¿La antorcha? —preguntó desorientada Christine. Entonces sintió que las náuseas le revolvían el estómago—. ¿Quieres decir... un incendio provocado?

Él asintió mientras cogía de una estantería dos o tres latas de naranja en conserva y las dejaba caer en el carro de la compra.

—Todo... perdido... Mobiliario, equipo técnico, archivos... —Hizo una pausa mientras dos mujeres les adelantaban con sus carros; luego continuó—: Los archivos estaban en armarios a prueba de incendios; pero alguien abrió los cajones, sacó toda la documentación y la regó con gasolina.

Christine dijo consternada:

—Pero en un negocio como el tuyo, ¿no tenéis dispositivos de alarma?

—Había dos sistemas, independientes entre sí, ambos con sus respectivos grupos electrógenos para el caso de un apagón.

—Pero eso parece resistente a toda prueba.

—Así se supuso, en efecto. Pero la gente de esa mujer los neutralizó de alguna forma.

Christine sintió otra vez ganas de vomitar.

—¿Crees que fue Grace Spivey?

—Sé que fue Grace. Y no se ha enterado todavía de lo sucedido anoche. Además tiene que ser ella, porque todo eso deja entrever rabia, cierto aire de desesperación; y ahora mismo debe estar desesperada y encolerizada porque la hemos burlado. Ella no sabe dónde nos encontramos, no puede poner las manos sobre Joey, por tanto golpea donde puede, se desahoga con un frenesí disparatado.

Ella recordó la mesa Henredon de su despacho, las pinturas de Martin Gree, y exclamó:

—¡Oh! ¡Maldita sea, Charlie! ¡Cuánto lo siento! Por mi culpa has perdido tu negocio y todas tus...

—Eso es reemplazable —la animó él; aunque Christine podía ver que la pérdida le entristecía–. Los archivos importantes están en microfilmes y bien almacenados por ahí. Se pueden reproducir. Y encontraremos nuevas oficinas. La póliza de seguro cubrirá casi todo. No son los inconvenientes ni el dinero lo que me inquieta. El hecho es que, durante unos días por lo menos, mientras Henry reorganice las cosas allá abajo, mi gente no podrá seguir la pista a Grace Spivey, y nosotros no la tendremos como respaldo, apoyándonos. Por el momento habremos de valernos por nuestra cuenta.

La perspectiva era inquietante.

Joey regresó enarbolando una lata de piña.

–¿Puedo quedarme con esto, mamá?

–Claro –aceptó poniendo la lata en el carro.

Con la esperanza de devolver la sonrisa a su menudo y sombrío rostro, le permitió coger un paquete entero de Almond Joys y de cualquier artículo de los que le estaban habitualmente prohibidos.

Joey salió disparado para explorar el resto del pasillo.

Christine recordó a Charlie:

–Mencionaste que ha sucedido algo más anoche...

Él titubeó. Colocó en el carro dos tarros de puré de manzana. Luego, con una mirada de solidaridad y preocupación, le comunicó:

–También se aplicó la antorcha a tu casa.

Maquinalmente, sin ningún propósito consciente, ella empezó a catalogar lo que había perdido, tanto lo sentimental como las cosas valiosas que le habían robado con aquel incendio premeditado: todos los dibujos infantiles de Joey, la alfombra oriental de la sala, de quince mil dólares, el primer objeto costoso que ella había poseído, su primer gesto de derroche tras los años de privación impuestos por su madre; fotografías de Tony, su hermano fallecido hacía mucho tiempo, su colección de cristal Lalique...

Durante un momento angustioso, estuvo a punto de romper en llanto; pero entonces regresó Joey para decir que la sección de productos lácteos estaba al final del pasillo y que él querría un poco de queso artesano para acompañar a las rodajas de piña. Y Christine comprendió que perder alfombras orientales, pinturas e incluso viejas fotografías, tenía poca importancia mientras conservase a Joey. Él era la única cosa en su vida que no tenía sustitución. Se tragó las lágrimas y le dijo que fuera a coger el queso.

Cuando Joey se alejó otra vez, Charlie continuó:

–Y también la mía.

Por un instante ella no estuvo segura de haberle entendido.

—¿Incendiada?

—Hasta los cimientos —precisó.

—¡Oh, Dios mío!

Fue demasiado. Christine se creyó una portadora de plagas. Había ocasionado desastres a todo el mundo que intentaba ayudarla.

—Mira, Grace está desesperada —dijo muy agitado Charlie—. No sabe a dónde hemos ido, cree de verdad que Joey es el Anticristo y teme haber fallado en la misión que le ha encomendado Dios. Se halla furiosa, asustada, y golpea a ciegas. El hecho de que haya cometido tales desafueros significa que estamos seguros aquí. Y, sobre todo, significa que está destruyéndose a sí misma, y muy de prisa. Ha ido demasiado lejos. Se ha pasado mucho, muchísimo de la raya. Los polis no podrán por menos que relacionar esos incendios con los asesinatos en tu casa la noche pasada y con la voladura de la casa de Miriam Rankin en Laguna. Esto se ha convertido ahora en el acontecimiento más sensacional del Condado de Orange y quizá de todo el Estado. Ella no puede ir por el mundo volando e incendiando casas. ¡Por amor de Dios, ella ha desencadenado una guerra en el Condado de Orange, y nadie va a tolerarlo! Ahora los polis la emprenderán de verdad con esa loca. La freirán a interrogatorios y también a cada miembro de su iglesia. Examinarán con microscopio sus asuntos. Ella habrá cometido algún error la pasada noche; habrá dejado pruebas condenatorias. En alguna parte, de una forma o de otra. Todo cuanto necesitan los polis es un pequeño error. Lo detectarán y harán polvo todas sus coartadas. Esa mujer está acabada. Es sólo cuestión de tiempo. Todo cuanto hemos de hacer es mantenernos quietos aquí, en el motel, durante unos días, y aguardar a que la Iglesia del Crepúsculo se desintegre.

—Espero que tengas razón —dijo ella, pero no quiso concebir esperanzas otra vez.

Joey volvió con el queso y se quedó con ellos un rato hasta que entraron en un pasillo que contenía una pequeña sección de juguetes. Se escabulló para mirar las pistolas de plástico.

—Terminaremos la compra llevándonos algunas revistas, una baraja, unos cuantos juegos... En fin, lo que necesitemos para distraernos durante el resto de la semana. Después de que hayamos llevado todo a la habitación, me desembarazaré del coche...

—Pero yo pensé que el vehículo no aparecería en la lista de coches robados hasta dentro de unos días. Eso fue lo que dijiste.

Él se esforzó por no dar una impresión de pesimismo; pero le fue imposible disimular la inquietud en sus facciones y en su voz. Cogió con desenfado un paquete de Oreos y lo puso en el carro.

–Sí... Bueno, según Henry, los polis han encontrado ya el Cadillac amarillo que abandonamos en Ventura, y además lo han relacionado con el LTD sustraído y las placas cambiadas. Tomaron huellas dactilares del Caddy, y como mis huellas figuran en el archivo junto a mi solicitud para la licencia IP, establecieron muy aprisa la conexión.

–Pero yo creía, por lo que explicaste, que ellos no trabajaban nunca con tanta rapidez.

–De ordinario, no. Hemos tenido una pizca de mala suerte.

–¿Otra?

–Ese Cadillac pertenece a un senador del Estado. Y la Policía no trató esta desaparición como lo haría en un caso corriente.

–¿Nos han echado mal de ojo o qué?

–Sólo un poco de mala pata.

Pero era evidente que ese nuevo acontecimiento le había descompuesto.

Al otro lado del pasillo, frente a la sección de bollería, había patatas fritas, palomitas de maíz y otros acompañantes del aperitivo, justamente lo que ella intentaba prohibir a Joey. Pero ahora puso en el carro las patatas, bastoncitos de queso y cacahuetes fritos. Lo hizo en parte porque deseó animar a Joey, y en parte porque le pareció descabellado privarse de algo cuando el tiempo que les quedaba de vida podría ser muy breve.

–Así que ahora los polis no buscan tan sólo el LTD –dijo–. También te buscan a ti.

–Todavía hay algo peor –confesó con voz casi inaudible.

Ella lo miró pasmada, sin saber a ciencia cierta si quería seguir oyéndole. Durante los dos últimos días, Christine había tenido la impresión de que los tres estaban atenazados por un torno. En las pasadas horas esas tenazas se habían aflojado un poco, pero ahora Grace Spivey volvía a hacer girar la manivela.

–Ellos encontraron mi Mercedes en el garaje de Westwood. Un telefonazo anónimo los puso sobre su pista. Y en el portaequipajes... encontraron un cadáver.

–¿Quién? –preguntó atónita Christine.

–Todavía no lo saben. Un hombre de treinta y tantos años. Sin documentos de identificación. Tiene dos balazos en el cuerpo.

—¿Lo mataría la gente de la Spivey para colocarlo después en tu coche? —inquirió ella sin perder de vista a Joey que estaba probando unas pistolas de juguete al final del pasillo.

—Sí. Eso es lo que me figuro. Quizás él estuviera en el garaje cuando nos atacaron. O tal vez hubiera visto demasiado y tuvo que ser eliminado. Luego, se les ocurriría utilizar el cuerpo para poner a la Policía sobre mi rastro. Ahora Grace no tiene sólo a sus mil o dos mil adictos siguiéndonos; cuenta además con la ayuda de cada poli de este Estado.

Entonces se detuvieron, continuaron hablando quedo pero con énfasis, sin fingir ya que sólo les interesaban los comestibles.

—Pero sin duda la Policía no creerá que lo mataste tú.

—Ellos deberán dar por supuesto que estoy complicado de una forma o de otra.

—Comprenderán que ese hecho se relaciona con la iglesia, con esa demente... ¿no?

—Seguro. Sin embargo, también podrían suponer que el tipo aparecido en mi coche es de su gente y que yo lo he eliminado. De todos modos, aunque sospechen que se me ha tendido una trampa, seguirán necesitando hablar conmigo. Y por tanto, estarán obligados a expedir una orden de arresto contra mí.

Ahora les perseguía todo el mundo. Parecía un caso sin esperanza. La desesperación les caló hasta la médula, como un veneno destruyendo sus energías. Christine deseó sólo tenderse, cerrar los ojos y dormir.

—Vamos —la estimuló Harrison—. Terminemos la compra, llevemos todo al motel y luego... a desprenderse del coche. Quiero esconderme antes de que cualquier poli se fije en nuestras placas o me reconozca.

—¿Crees que la Policía sabe que nos hemos dirigido a Santa Bárbara después de abandonar Ventura?

—Ellos no pueden estar seguros. Pero se figurarán que si hemos huido de Los Ángeles en dirección norte, Santa Bárbara tiene muchas probabilidades.

Mientras recorrían los pasillos restantes y cuando desfilaban por caja para pagar sus adquisiciones, a Christine le era difícil respirar. Se sintió como si les enfocara sin cesar un reflector. Esperó escuchar de un momento a otro sirenas y alarmas.

Joey se tornó todavía más apático y solemne que antes. Daba la impresión de que intuía que le estaban ocultando algo. Tal vez no fuera conveniente callarle la verdad; pero Christine pensó que sería aún peor decirle que la bruja había incendiado su casa. Eso le haría suponer que no volverían nunca a ella, lo cual sería más de lo que el pequeño estaba en condiciones de afrontar.

¡Era casi más de lo que ella misma podía aceptar!

Porque ésa era la verdad. Tal vez ellos no volvieran nunca a casa.

XLIV

Charlie condujo el LTD a la zona de estacionamiento del motel, aparcó en la sección frente a su unidad... y le pareció ver movimiento tras la pequeña ventana de la cocina. Podría haber sido su imaginación, por descontado. O podría haber sido la camarera. Pero él no creyó que fuera ni una cosa ni otra.

Así que, en vez de parar el motor, puso la marcha atrás e hizo retroceder el LTD fuera del aparcamiento.

—¿Qué ocurre? —preguntó Christine.

—Tenemos compañía.

—¿Qué? ¿Dónde?

Desde el asiento trasero les llegó una voz tenue que era la esencia del terror.

—¡La bruja!

Frente a ellos, mientras se alejaban de espaldas, la puerta de su motel empezó a abrirse.

«¿Cómo diablos nos habrán descubierto tan pronto?», se preguntó maravillado Charlie.

A fin de no perder tiempo en la maniobra para marchar de frente, continuó en marcha atrás hacia la avenida que pasaba por delante del motel.

En la calzada apareció una furgoneta blanca que se acercó al bordillo para bloquear la salida del Wile-Away Lodge.

Charlie la vio por el espejo retrovisor y frenó en seco para evitar el choque.

Oyó unos disparos. Dos hombres empuñando armas automáticas habían surgido del motel.

—¡Al suelo!

Christine se volvió hacia Joey.

—¡Échate al suelo! —le gritó.

—Tú también —le ordenó Charlie mientras apretaba otra vez el acelerador y hacía girar el volante para contornear la furgoneta detrás de él.

Ella se soltó el cinturón y se agazapó manteniendo la cabeza por debajo de la ventanilla.

No había nada que Charlie pudiera hacer salvo salir de allí a una velocidad de todos los diablos.

Chewbacca ladró furioso. Fue un sonido para romper cualquier tímpano en el coche cerrado.

Harrison atravesó el aparcamiento en marcha atrás, arañando de refilón a un Toyota, rompiendo una esquina de la barandilla metálica que circundaba la piscina. No existía otra salida a la calle; pero eso no le importó. Se hizo su propia salida. Condujo hacia atrás por la acera y por el alto bordillo. El bastidor rozó algo con un largo chirrido, y Charlie rezó por que el depósito de gasolina quedara intacto. Luego, el LTD se descargó sobre el pavimento con una fuerte sacudida. El motor no se caló. ¡Gracias a Dios! Con el corazón marchando casi al mismo ritmo que los seis cilindros del automóvil, Charlie apretó el acelerador y siguió hacia atrás rugiendo hasta entrar en la State Street; estuvo a punto de chocar con un Volkswagen que subía embalado la cuesta, y dio lugar a que los conductores de otros seis vehículos frenaran y giraran el volante frenéticos para apartarse de su camino.

Entretanto, la furgoneta Ford blanca abandonó la salida del motel que había estado bloqueando; volvió a la calle e intentó arrollarles. El radiador del vehículo semejó una boca enorme y sonriente, era como las fauces de un tiburón cuando arremetió contra ellos. Dos hombres fueron visibles detrás del parabrisas. La furgoneta afeitó el guardabarros derecho del LTD, y hubo un desgarramiento de metal como el grito de un animal torturado, seguido por la caída estrepitosa de cristales al estallar el faro derecho del coche, el cual osciló de forma violenta a consecuencia del trastazo. Joey gritó, el perro gimió y Harrison casi se mordió la lengua.

Christine empezó a levantarse para ver lo que estaba sucediendo y Charlie le gritó que permaneciera quieta mientras cambiaba de velocidad y arrancaba hacia el este del Estado, contorneando en amplia curva la parte trasera de la furgoneta. Ésta hizo un intento de topar contra él en marcha atrás, pero fue esquivada a tiempo.

El investigador temió que el abollado guardabarros obstaculizara el funcionamiento del neumático y les obligara a detenerse tarde o temprano. Por suerte no ocurrió así. Se oyó un tintineo metálico como de trozos desprendidos del coche cayendo al suelo, pero no hubo ningún ruido de desgarramiento como el que haría una cubierta o un eje al encontrar una obstrucción.

Charlie oyó más disparos. Algunas balas alcanzaron el coche; no obstante ninguna penetró donde se hallaban los pasajeros. Luego, el LTD se movió rápido poniéndose fuera del alcance de sus perseguidores.

Charlie hizo rechinar los dientes con tal furor que las mandíbulas le dolieron; pero no pudo contenerse.

Más adelante, en el cruce, otra furgoneta Ford blanca apareció por su derecha y avanzó rauda desde la sombra profunda proyectada por un inmenso roble.

¡Estos tipos están por todas partes, Dios santo!

La nueva furgoneta se dirigió como un rayo hacia la intersección con la finalidad de bloquearles el paso. Para apartarse de su trayectoria, Charlie invadió temerariamente la calzada contraria. Un Mustang contorneó en amplio arco al LTD, y detrás de él un Jaguar rojo saltó el bordillo y se metió en el aparcamiento de una Burger King para evitar el encontronazo.

A todo esto el LTD había alcanzado la intersección. El coche respondía con demasiada lentitud pese a que Charlie apretaba el acelerador a fondo.

Por la derecha, la segunda furgoneta seguía avanzando aunque no pudiera ya cerrarle el camino. Como era demasiado tarde para eso, intentaba arrollarlo.

Charlie continuó en la calzada contraria. El conductor de un Pontiac que venía en dirección contraria, frenó con excesiva brusquedad y patinó. El coche se puso de costado y se deslizó, directamente hacia ellos, como un huracán arrollador.

Charlie aflojó el acelerador, pero no tocó los frenos porque si paraba por completo perdería toda movilidad y sólo conseguiría retrasar algo el momento del impacto.

Le bastó una fracción de segundo para considerar todas sus opciones. No podría girar hacia la izquierda, la otra calle del cruce, porque ésta se hallaba atestada de coches. No le era posible marchar hacia la derecha porque la furgoneta provenía de esa dirección para embestirle. Tampoco existía la solución de dar marcha atrás porque había muchos vehículos detrás de él y además no le daba tiempo a cambiar la velocidad. Sólo podía seguir hacia adelante tal como lo hacía el

Pontiac hacia él, continuar avanzando e intentar hurtar el bulto o más bien la masa de acero que, súbitamente, pareció tan grande como una montaña.

Una tira de goma se desprendió de las humeantes cubiertas del Pontiac y saltó en el aire cual una serpiente voladora.

En la siguiente fracción de segundo, la situación cambió: el Pontiac no continuó deslizándose de costado sino que giró hasta virar ciento ochenta grados desde la posición original. Ahora, la parte posterior apuntó al LTD y, aunque siguió deslizándose, fue ya un bólido menos amenazador. Charlie dobló el volante todo a la derecha, luego otra vez a la izquierda esquivando al desmandado Pontiac que pasó chirriando con dos centímetros escasos de holgura.

Fue entonces cuando la furgoneta arremetió contra ambos. Por fortuna, tocó sólo los cinco centímetros finales del LTD arrancando el parachoques con un sonido horrendo, y el coche entero pareció desintegrarse al ser arrastrado un par de metros. De repente, el volante pareció tener voluntad propia; escapó a las manos agarrotadas de Charlie girando vertiginoso y quemándole las palmas. Él dio un grito; pero lo apresó otra vez. Entre maldiciones, se tragó las lágrimas de dolor, que le nublaron por un instante la visión, y consiguió colocar de nuevo el coche de cara al este, pisó el acelerador y reanudó la marcha. Con un golpe de volante volvió a su propio carril e hizo sonar con insistencia el claxon para que los vehículos que se hallaban delante se apartaran de su camino.

Entretanto, la segunda furgoneta blanca, la que les había arrancado el parachoques, logró zafarse del barullo en la intersección y comenzó a perseguirlos. Al principio había dos coches delante de ella, luego uno, y por fin se había puesto inmediatamente detrás.

Al finalizar el tiroteo, Christine y Joey se habían sentado otra vez.

El chico miró por la ventanilla trasera hacia la furgoneta y exclamó:

—¡Es la bruja! ¡Puedo verla! ¡La veo!

—Siéntate bien y ponte el cinturón —le dijo Charlie—. Tal vez tengamos que dar algunos frenazos y giros súbitos.

La furgoneta los siguió a unos nueve metros, pero se fue aproximando.

Seis metros.

Chewbacca ladró de nuevo.

Con el cinturón ya puesto, Joey sujetó al perro con fuerza y lo tranquilizó.

La circulación delante de ellos se iba haciendo cada vez más densa y lenta.

Charlie miró por el retrovisor.

La furgoneta los seguía a sólo cuatro metros.

Tres.

—Se proponen embestirnos en marcha —dijo Christine.

Rozando apenas los frenos, Charlie se desvió hacia la derecha y entró en una calle estrecha, dejando atrás el denso tráfico y el trajín comercial de la State Street. Parecía que se hallaban en un antiguo barrio residencial: mucho bungalow, algunas casas de dos plantas, abundantes árboles añosos y coches aparcados sólo en una acera.

La furgoneta continuó tras ellos; pero se fue rezagando porque no podía doblar las esquinas tan aprisa como el LTD. Resultó ser un vehículo menos manejable que el coche. Con eso fue con lo que contó Charlie.

Tomó la próxima esquina a la izquierda aminorando la velocidad lo menos posible, casi sobre dos ruedas, a punto de perder el control en un bárbaro patinazo; pero manteniéndose firme por milagro, aunque abolló un coche aparcado demasiado cerca del cruce. Una manzana más allá, dobló a la derecha; luego a la izquierda, después derecha, por último izquierda otra vez... zigzagueando por las angostas calles, aumentando la distancia entre ellos y la furgoneta.

Cuando se encontraron ya «a dos esquinas» de la furgoneta y sus perseguidores no podían ver por dónde giraban, Charlie cesó de doblar al azar e inició la búsqueda de una ruta menos errática, calle por calle, encaminándose de nuevo hacia la State Street, cruzando la arteria principal y luego hacia el aparcamiento de otro centro comercial.

—No nos detendremos aquí, ¿verdad? —exclamó asombrada Christine.

—Pues sí.

—Pero...

—Los hemos perdido de vista.

—Por el momento, quizá. Pero ellos...

—Hay algo que necesito revisar —dijo Charlie.

Aparcó en un lugar lo más alejado posible del tráfico en la State Street, entre dos grandes vehículos, una caravana y un camión de carga.

Al parecer, cuando la segunda furgoneta blanca había arrancado el parachoques al LTD, también había dañado el tubo de escape y tal vez el silenciador. De resultas, un humo acre se introducía entre las juntas del suelo. Charlie les dijo que abrieran unos centímetros las ventanillas. No quiso parar el motor mientras se pudiera evitar; deseó estar presto para moverse en un momento dado, pero el humo se hizo demasiado denso y tuvo que detener el coche.

Christine se desabrochó el cinturón y se volvió hacia Joey.

—¿Te encuentras bien, cariño?

El niño no respondió.

Harrison lo observó.

El chiquillo estaba derrengado en un rincón. Sus manitas eran puños muy prietos. La barbilla hundida en el pecho. El rostro, lívido. Los labios le temblaban, pero él estaba demasiado asustado para gritar, paralizado por el miedo. A instancias de Christine, el pequeño levantó la vista por fin y dejó ver unos ojos horrorizados, cuarenta años más viejos que su rostro infantil.

El investigador sintió inmensa tristeza y fatiga al ver aquellos ojos y el alma torturada que revelaban. También sintió cólera. Le costó mucho dominar el impulso irracional de apearse, y regresar furtivo a la State Street para buscar a Grace Spivey y meterle unas cuantas balas en el cuerpo.

¡La muy perra! ¡La estúpida y demencial perra! ¡Lastimosa y aborrecible, delirante y repulsiva!

Chewbacca gimió muy quedo como si se diera cuenta del decaimiento de su joven amo.

El muchacho hizo un sonido similar y miró agradecido al animal, el cual apoyaba la cabeza sobre sus rodillas.

La bruja los había encontrado como por arte de magia. El niño dijo desde el principio que uno no puede ocultarse de una bruja por mucho que se esfuerce, y al parecer estaba en lo cierto.

—Joey... —le instó Christine—. ¿Te encuentras bien, cariño? Dime algo, hijo mío. ¿Te encuentras bien?

Al fin el chico asintió. Pero siguió sin querer, o sin poder, hablar. Y no hubo mucha convicción en su gesto de asentimiento.

Charlie comprendía que se sintiera así. ¡Resultaba dificilísimo creer que unas cosas tan terribles hubiesen ocurrido en un lapso de muy pocos minutos!

Los ojos de Christine se humedecieron. Charlie adivinó lo que ella estaba pensando... Temía que Joey hubiese perdido el juicio.

Y tal vez fuera así.

XLV

Por fin las revueltas nubes negruzcas desencadenaron la tormenta que se había estado gestando durante toda la mañana. La lluvia anegó el aparcamiento del centro comercial, aporreó el maltrecho LTD. Los fogonazos de los relámpagos iluminaron con su luz lívida el lóbrego cielo.

«Estupendo», pensó Charlie contemplando el panorama emborronado por la lluvia.

La tormenta, y sobre todo la electricidad estática, les proporcionaron un poco más de cobertura. Y, en esos momentos, necesitaban ayuda, viniera de donde viniera.

–Tiene que estar aquí –dijo él mientras abría el bolso de Christine y dejaba caer todo su contenido sobre el asiento entre ellos.

–Me es imposible concebir cómo puede estar ahí –dijo ella.

–Es el único lugar donde ellos pueden haberlo escondido –insistió él revolviendo frenético el contenido del bolso, buscando el objeto con más probabilidades de alojar un minúsculo transmisor–. Es la única cosa que nos ha acompañado durante todo nuestro recorrido desde Los Ángeles. Hemos dejado atrás las maletas, mi coche... No hay otro sitio donde puedan ocultarlo.

–Pero nadie se ha apoderado de mi bolso...

–Tal vez lo colocaron hace dos o tres días, cuando tú no recelabas de nada ni estabas alerta, antes de que comenzara toda esta locura –dijo él, consciente de que estaba dando palos de ciego, intentando eliminar de su voz toda inflexión de desespero; aunque sin conseguirlo por completo.

«Si no estamos transportando un transmisor sin saberlo –pensó–, ¿cómo diablos nos encontraron ellos tan aprisa? ¿Cómo diablos?»

Echó una ojeada al aparcamiento, se volvió y miró por la ventanilla trasera. Ni rastro de furgonetas blancas. Todavía.

Joey miró ensimismado a través del cristal. Sus labios se movieron pero no emitieron sonido alguno. Parecía exhausto. Por la rendija de la ventanilla, penetraban gotas de lluvia y le caían en la cabeza; pero él no demostraba notarlas.

Charlie evocó su propia y miserable infancia, recordó las palizas que había recibido de su padre, el rostro displicente de su alcoholizada madre. Pensó en otros niños indefensos por el mundo entero, que se convertían en víctimas porque eran demasiado pequeños para defenderse, y se sintió exaltado por una nueva e irresistible corriente de furia.

Examinó los objetos que habían estado en el bolso de Christine y cogió una polvera de malaquita verde; levantó la borla, sacó la pastilla de polvos y los dejó caer en la bolsa que colgaba del salpicadero. Luego inspeccionó la polvera pero no vio nada insólito. La golpeó un par de veces contra el volante, la rompió y examinó los trozos pero siguió sin descubrir nada sospechoso.

Christine dijo:

–Si hemos estado transportando un transmisor, algo que ellos hayan conseguido colocarnos a escondidas, el dispositivo habrá necesitado una fuente de energía, ¿verdad?

–Una batería –dijo él mientras desarmaba su tubo de labios.

–¡Pero no podría funcionar con una batería tan pequeña!

–Te asombrarías si supieras lo que ha hecho posible la tecnología moderna. Microminiaturización. Te sorprendería.

Aunque todas las ventanillas estaban abiertas dos o tres centímetros y dejaran entrar aire puro, los cristales se empañaron. Él no pudo ver el aparcamiento y eso le intranquilizó, así que puso en marcha el motor y encendió el descongelador, pese a que el humo del escape surgía por el silenciador averiado.

El bolso contenía también una pluma estilográfica de oro y un bolígrafo.

Desmontó ambos objetos.

–¿Pero a qué distancia transmitiría una cosa semejante? –inquirió Christine.

–Eso depende de su grado de perfeccionamiento.

–¿Cuánto, más o menos?

–Dos o tres kilómetros.

–¿Eso es todo?

–Bueno, tal vez seis kilómetros si fuera bueno de verdad.

–¿No hasta Los Ángeles?

–¡No, qué va!

Ninguna de las plumas contenía un transmisor.

–Entonces –dijo Christine–, ¿cómo han podido encontrarnos desde allí hasta aquí, en Santa Bárbara?

Mientras examinaba una cartera, una pequeña linterna, un frasco de Excedrin y otros objetos, él contestó:

–Quizás ellos tengan contactos en varias comisarías, y a lo mejor han sabido que el Cadillac robado ha aparecido en Ventura. Tal vez se hayan figurado que nos dirigíamos a Santa Bárbara, y habrán venido para rondar por aquí esperando tener suerte yendo de una calle a otra con sus furgonetas, manipulando sus receptores hasta acercarse lo suficiente para captar la señal del transmisor.

—Pero nosotros podríamos haber ido a un centenar de lugares distintos —insistió Christine—. No entiendo cómo pueden habernos localizado tan aprisa en Santa Bárbara.

—Es posible que ellos no nos buscaran expresamente aquí, sino que tengan equipos de búsqueda trabajando en Ventura, Ojai y una docena de ciudades.

—¿Hay probabilidades de que nos encuentren con sólo rondar por ahí en una ciudad tan grande como ésta, esperando captar la señal de nuestro transmisor?

—No muchas. Pero podría suceder. Es más, debe de haber sucedido así. Pues de lo contrario, ¿cómo iban a encontrarnos?

—La bruja —dijo Joey desde el asiento trasero—. Ella tiene... poderes mágicos..., poderes de brujería..., cosas de ésas.

Y se sumió otra vez en su silencio melancólico mirando ensimismado la lluvia.

Charlie estuvo casi dispuesto a aceptar la explicación infantil de Joey. La vieja era de una inexorabilidad no humana y parecía poseer un don misterioso para rastrear a su presa.

Pero, desde luego, no era magia. Había una explicación lógica. El transmisor miniaturizado y oculto era la más racional. Pero tanto si era un transmisor como cualquier otra cosa, ellos deberían analizarlo, aplicar al máximo el raciocinio y el sentido común. De lo contrario, no se librarían nunca de la vieja bruja y sus dementes.

Entretanto, las ventanillas se habían desempañado.

Siguió sin dejarse ver ninguna furgoneta blanca en el aparcamiento.

Harrison había revisado todos los objetos sin hallar el dispositivo electrónico que él había estado seguro de encontrar allí. Empezó a examinar el propio bolso, buscando bultos en su forro.

—Creo que deberíamos movernos de nuevo —dijo nerviosa Christine.

—Un instante —pidió Charlie, utilizando su lima de uñas para abrir las apretadas costuras de las asas del bolso.

—El humo del escape me está mareando —alegó ella.

—Abre un poco más la ventanilla.

En las asas no encontró más que el relleno de algodón.

—Nada de transmisores —dijo ella.
—Sin embargo, ésa es la única explicación.
—Pero, si no se halla en mi bolso..., ¿dónde?
—En alguna parte —dijo él frunciendo el entrecejo.
—Tú dijiste que debía estar por fuerza en el bolso.
—Me equivoqué. En cualquier otra parte...
Intentó reflexionar. Pero las furgonetas blancas le preocupaban demasiado para poder pensar con lucidez.
—Necesitamos movernos —acució Christine.
—Lo sé.
Dicho esto, Charlie soltó el freno de mano, metió la velocidad y se alejó del centro comercial, atravesando entre salpicaduras y grandes charcos.
—¿Y ahora a dónde? —preguntó ella.

XLVI

Durante un rato, atravesaron Santa Bárbara y el vecino Montecito sin destino fijo, manteniéndose alejados de las principales vías, pasando de una zona residencial a otra con el único objeto de moverse.

Acá y acullá, en los cruces o en la confluencia de las cunetas rebosantes de agua, se formaba una laguna que dificultaba o hacía imposible el paso. Los árboles empapados tenían un aspecto fláccido, y entre la lluvia y la niebla todas las casas, cualesquiera fuesen su color y estilo, parecían grises y sórdidas.

Christine temió que Charlie hubiera quedado vacío de ideas. O peor aún, que hubiese perdido toda esperanza. Pues no quería hablar y miraba apático las calles barridas por la tormenta. Hasta entonces, no se había dado perfecta cuenta de lo mucho que dependía del buen humor de Harrison, de su criterio optimista y de su tenacidad de bulldog. Era el aglutinante que la mantenía de una sola pieza. Jamás se le hubiera ocurrido pensar semejante cosa de un hombre, de ninguno; pero tenía que reconocerlo respecto a Charlie: sin él se sentiría perdida.

Joey hablaba cuando era interpelado; pero no tenía mucho que decir, y su voz era tenue, distante como la de un fantasma.

Chewbacca se mostró no menos letárgico y taciturno.

Escucharon la radio, pasaron de una emisora de rock a otra rural y a una tercera que tocaba swing y jazz. Todas las músicas le sonaron huecas. Los *spots* publicitarios le resultaban ridículos sin excepción: cuando huyes de una banda de lunáticos ¿cómo puede importarte que una marca de lubricante, whisky, pantalones tejanos o papel higiénico sea mejor que otra? Todas las noticias se redujeron al tiempo, y ninguna de ellas fue buena: inundaciones en media docena de ciudades entre Los Ángeles y San Diego; olas gigantescas, el mar invadiendo las salas de costosas viviendas en Malibú..., riadas de fango en San Clemente, Laguna Beach, Pacific Palisades, Montecito y algunos puntos del norte a lo largo de la tempestuosa línea costera.

El mundo personal de Christine se había desintegrado, y ahora el resto del planeta parecía empeñado en seguir su ejemplo.

Por fin, cuando Charlie cesó de cavilar y empezó a hablar, Christine sintió tal alivio que casi lloró.

—Lo principal es abandonar Santa Bárbara, buscar un escondite seguro y mantenernos escondidos hasta que Henry ponga otra vez en funcionamiento la organización. No podemos hacer nada para liberarnos hasta que todos mis hombres se centren en Grace Spivey y ejerzan presión sobre ella y los demás en esa maldita iglesia.

—¿Y cómo salimos de la ciudad? —preguntó ella—. Este coche está fichado.

—Sí. Además se cae a pedazos.

—¿Robamos otro juego de ruedas?

—No. Lo primero que necesitamos es metálico. Nos estamos quedando sin dinero, y no quiero utilizar tarjetas de crédito por doquier, pues dejaremos un rastro. Desde luego no importa que usemos tarjetas aquí porque ellos saben ya que estamos en Santa Bárbara, así que empezaremos a ordeñar nuestros plásticos para recoger todo el metálico posible.

Primero, fueron a una cabina telefónica, buscaron en las páginas amarillas y anotaron las señas de las oficinas bancarias más próximas del Wells Fargo y del Security Pacific. Charlie tenía sus cuentas en el primero, y Christine en el segundo, por lo que se refería al Condado de Orange.

En una sucursal del Security Pacific, Christine usó su tarjeta Visa para retirar mil dólares, que era la cantidad máxima permisible. En otra sucursal extrajo quinientos dólares con su Mastercard. En una tercera oficina empleó su tarjeta de American Express para comprar dos mil dólares de cheques de viaje en unidades de veinte y cien dólares. Luego, fuera del mismo Banco, utilizó su tarjeta de cajero automático. Podía permitirse retirar trescientos dólares cada vez, y extraer esa cantidad dos veces en un día. Por consiguiente, añadió seiscientos pavos a los mil quinientos que había obtenido con el Visa y la Mastercard. Y sumando los dos mil dólares en cheques de viaje, tuvo un bote de cuatro mil cien dólares.

—Ahora veamos lo que yo puedo agregar a eso —dijo Charlie.

Y se pusieron en camino hacia una sucursal del Wells Fargo.

—¡Pero si esto será suficiente para una temporada! —protestó ella.

—No para lo que he ideado —objetó él.

—¿Y qué has ideado?

—Ya lo verás.

Charlie llevaba siempre consigo un cheque en blanco. En la sucursal más próxima del Wells Fargo, después de presentar su documento de identidad y tener una larga conversación con el gerente, Charlie retiró siete mil quinientos dólares de los ocho mil doscientos cincuenta de su cuenta corriente.

Le preocupó la posibilidad de que la Policía hubiese informado a su Banco sobre la orden de arresto contra él y que el ordenador Wells Fargo advirtiera a todo cajero que avisara a las autoridades tan pronto como se presentase para retirar dinero. Pero la suerte le acompañó. Los polis no se movían tan aprisa como Grace Spivey y sus adictos.

En otros Bancos consiguió sacar diversas cantidades con sus tarjetas Visa, Mastercard, Carte Blanche y American Express.

En sus vueltas y revueltas por la ciudad, vieron dos veces coches policiales, y Charlie procuró escabullirse. Cuando no le fue posible hacerlo, contuvo el aliento, seguro de que había llegado el final, pero nadie los detuvo. Sabía que la suerte iba a ser cada vez más adversa. En cualquier momento, un poli recordaría su número de matrícula..., o la gente de la Spivey se presentaría otra vez.

¿Dónde estaría el transmisor si no se hallaba en el bolso de Christine? Tenía que haber un transmisor en alguna parte. Era la única explicación.

Minuto a minuto su inquietud creció hasta que acabó sintiéndose cubierto por un sudor frío.

A últimas horas de la tarde, habían acumulado ya un fondo común de catorce mil dólares.

La lluvia siguió cayendo.

La oscuridad llegó temprano.

—¡Se acabó! —decidió Christine—. Aunque pudiésemos arañar algunos centenares más, todos los Bancos están ya cerrados. ¿Y ahora qué?

Se detuvieron en un pequeño centro comercial donde compraron un bolso para Christine y una cartera en la que Charlie pudiera llevar los fajos de flamantes billetes que habían logrado reunir, así como un periódico local.

Unos titulares en la mitad inferior de la primera plana, captaron su atención: LA POLICÍA BUSCA A LÍDER DE CULTO RELIGIOSO POR INCENDIO PREMEDITADO Y ATENTADO CON BOMBAS.

Mostró la reseña a Christine. De pie bajo la marquesina de un establecimiento de confecciones, leyeron todo el artículo mientras la lluvia tamborileaba y gorgoteaba a su alrededor en el creciente crepúsculo. Sus nombres y el de Joey aparecían repetidas veces, y el artículo decía que Charlie había sido requerido para su interrogatorio en relación con la investigación de un homicidio; pero, por suerte, no había fotografías.

—Así que yo no soy el único a quien busca la Policía —comentó Charlie—. Quiere hablar también con Grace Spivey. Eso es en cierto modo un consuelo.

—Sí, pero no podrá acusarla de nada —arguyó Christine—. Es demasiado escurridiza, demasiado lista.

—Los policías no pueden asustar a una bruja —murmuró taciturno Joey.

—No seáis pesimistas —les aconsejó Charlie—. Si la hubieseis visto con esos boquetes en las manos y la hubierais oído vociferar, sabríais que está al borde del precipicio. No me sorprendería que se jactase de lo que ha hecho la próxima vez que hable con los polis.

—Escucha —dijo Christine—, ellos deben creer que esa mujer está en el Condado de Orange, o quizás en Los Ángeles, pero no aquí. ¿Por qué no telefoneamos a la Policía, una llamada anónima, claro está, y le decimos que ella se encuentra por estos contornos?

—Excelente idea —aprobó el investigador.

Charlie hizo la llamada desde una cabina telefónica y fue muy breve. Habló con un sargento de guardia llamado Pulaski y le dijo que el incidente habido en el Wile-Away Lodge a primeras horas de la tarde, estaba relacionado con Grace Spivey y la Iglesia del Crepúsculo. Describió las furgonetas blancas y advirtió a Pulaski que los crepusculares iban provistos con armas automáticas. Dicho esto colgó sin contestar a ninguna de las preguntas del sargento.

Cuando volvieron una vez más al coche, abrió el periódico por la página de anuncios clasificados, buscó la sección de Ventas y, al llegar al título Automóviles, empezó a leer.

La casa, pequeña, estaba muy bien conservada. Era una edificación del estilo Cape Cod, algo desusado en California, color azul pálido con persianas y marcos de ventana blancos. Al final del camino de entrada y en el porche, había faroles de latón con bombillas en forma de llama. Semejaba un refugio celestial y cálido contra la tormenta y otras vicisitudes de la vida.

Charlie había sentido una nostalgia súbita por su propio hogar, allá en North Tustin. De forma tardía, acusaba el terrible impacto de las noticias transmitidas por Henry aquella mañana: su casa, como la de Christine, calcinada hasta los cimientos. Se había dicho a sí mismo que los seguros cubrirían la pérdida, que era inútil llorar sobre el cántaro roto, que más le valía inquietarse por cosas de mayor importancia que lo perdido en el incendio. Pero ahora, echando al olvido lo que se había autosermoneado, le fue imposible ahogar el dolor sordo que se apoderó de su corazón. Plantado allí, en la gélida oscuridad de febrero, chorreando agua, cansado e inquieto, bajo el peso de su responsabilidad por la seguridad de Christine y Joey (una carga aplastante cada vez más onerosa), añoró sin poderlo remediar su sillón favorito, los libros tan familiares y la comodidad de su leonera.

«Déjate de historias –se amonestó colérico–. No hay tiempo para el sentimentalismo ni la compasión por sí mismo, si queremos continuar vivos.»

Su casa era escoria.

Su sillón favorito, ceniza.

Sus libros, humo.

Acompañado de Christine, Joey y *Chewbacca,* Charlie subió los peldaños del porche de una casa estilo Cape Cod y tocó el timbre.

Les abrió la puerta un sesentón de pelo canoso con un cardigan marrón.

–¿Mr. Madigan? –preguntó Charlie–. Le he telefoneado hace un rato sobre...

–¡Ah! Paul Smith, ¿verdad? –dijo Madigan.

–Sí.

—Pasen, pasen. ¡Oh! Traen un perro. Bien, átenlo ahí, en el porche.

Mirando más allá de Madigan la alfombra beige de una sala, Charlie dijo:

—Temo que ensuciemos su alfombra. ¿El jeep en cuestión es ése de la entrada?

—Ése es —asintió Madigan—. Aguarde un momento, voy a buscar las llaves.

Esperaron silenciosos en el porche. La casa estaba situada sobre una colina que dominaba Santa Bárbara. Abajo, la ciudad titilaba en la oscuridad entre cortinas de lluvia.

Cuando Madigan volvió, llevaba puestos un impermeable con capucha y unos chanclos de media caña. La luz ambarina del porche suavizó las arrugas de su rostro. Si ellos hubiesen estado haciendo una película y buscaran un personaje con estampa de abuelo afable, Madigan habría sido el elegido. Tomó a Christine y Joey por la esposa y el hijo de aquel Smith, y lamentó que hubieran de soportar un tiempo tan borrascoso.

—¡Oh! Nosotros somos de Seattle —mintió alegremente Christine—. Y estamos acostumbrados a capear un tiempo como éste.

Joey se recluyó aún más en su mundo privado. No habló a Madigan ni sonrió cuando el anciano le gastó una broma. Sin embargo, a menos que se supiese lo extravertido que era el chico, su silencio y gravedad pasaron por timidez.

Madigan parecía deseoso de vender el jeep cerrado, aunque no se apercibiera de lo evidente que resultaba su ansiedad. Él se creyó que actuaba con indiferencia pero no cesó de señalar el bajo kilometraje (cincuenta y dos mil), las cubiertas «como nuevas» y otras particularidades atrayentes.

Después de dialogar un rato, Charlie comprendió la situación del vendedor: Madigan se había jubilado un año antes y había descubierto en seguida que la Seguridad Social y una pensión modesta eran insuficientes para mantener el tren de vida que su esposa y él habían llevado. La pareja poseía dos coches, una embarcación, el jeep cerrado y los trineos locomóvil. Ahora debían elegir entre la navegación y los deportes invernales, así que querían desembarazarse del jeep y de los trineos. Madigan mostró amargura. Se lamentó de que la política fiscal del Estado le hubiese casi vaciado los bolsillos cuando era más joven.

—Si se hubiesen llevado sólo un diez por ciento menos —explicó—, yo tendría ahora una pensión que me permitiría vivir como un rey el resto de mi vida. Pero ellos se llevaron la mayor parte y la cagaron. Dispénseme, Mrs. Smith; pero eso fue exactamente lo que hicieron: cagarla.

La única iluminación provenía de dos lámparas del garaje; pero Charlie pudo ver que no había ninguna abolladura apreciable en el vehículo, ninguna señal de herrumbre o mala conservación. El motor arrancó al instante, no carraspeó ni petardeó.

—Podemos llevarlo a dar una vuelta —ofreció Madigan.

—No es necesario —contestó Charlie—. Hablemos de las condiciones.

El rostro de Madigan se iluminó.

—Entren en la casa.

—Repito que no queremos pisotear su alfombra.

—Entraremos por la puerta de la cocina.

Ataron a *Chewbacca* en un poste del porche, restregaron los pies, sacudieron los impermeables y le siguieron.

La cocina, de un amarillo pálido, era alegre y acogedora.

Mrs. Madigan estaba limpiando y cortando verdura en una tabla junto al fregadero. Era una mujer canosa, de rostro redondo; en suma, un tipo Norman Rockwell como su marido. Insistió en servir café a Charlie y Christine, y preparó una taza de chocolate bien caliente para Joey, quien no quiso tampoco hablarle ni sonreírle.

Madigan pidió por el jeep un veinte por ciento más de su valor; pero Charlie dio su conformidad sin vacilar, lo que el anciano escuchó con ojos como platos, incapaz de disimular su asombro.

—Bien... ¡Estupendo! Si usted vuelve mañana con un cheque cerraremos...

—Prefiero pagar al contado y llevarme el jeep esta noche —dijo Charlie.

—¿Al contado? —exclamó Madigan—. Bueno... ¡hum! Supongo que eso está en orden. Pero el papeleo...

—¿Es que debe usted todavía algo al Banco o no tiene aquí la tarjeta rosa?

—¡Ah, no! Está libre de todo pago, y tengo la tarjeta rosa aquí mismo.

—Entonces yo me ocuparé esta noche del papeleo.

—Tendrá que pasar por una prueba antes de solicitar que sea registrado a su nombre.

—Lo sé. Eso será lo primero que resuelva mañana.

—Pero si hay algún problema...

—Usted es un hombre honrado, Mr. Madigan. Estoy seguro de que me ha vendido un vehículo de primera.

—¡Ah, lo es! Me he cuidado mucho de él.

—Con eso me basta.

—Necesitará comunicárselo a su agente de seguros...

—Lo haré. Entretanto, estoy cubierto por veinticuatro horas.

El apresuramiento con que quiso proceder Charlie, más el pago al contado, no sólo sorprendió a Madigan, sino que también le intranquilizó y le hizo recelar. No obstante, le pagaron novecientos dólares más de los que esperaba obtener, y ello fue suficiente para asegurar su cooperacion.

Quince minutos después, los tres se marcharon en el jeep cerrado. Ni Grace Spivey ni la Policía podrían relacionar la venta con ellos, si no se presentaba ninguna solicitud para registrarlo.

Aunque la lluvia siguiera persistente, y a pesar de que un ocasional relámpago iluminara las nubes, la noche se les antojó menos amenazadora que antes de cerrar el trato con Madigan.

—¿Por qué, precisamente, un jeep? —preguntó Christine cuando encontraron la autopista y continuaron hacia el norte por la ciento uno.

—En el lugar adonde nos dirigimos —respondió Charlie—, necesitaremos un vehículo todo terreno.

—¿Y qué lugar es ése?

—Por lo pronto..., la montaña.

—¿Por qué?

—Conozco un sitio en el que podremos ocultarnos hasta que Henry o la Policía encuentre la forma de detener a Grace Spivey. Soy copropietario de una cabaña en la sierra, cerca del Tahoe.

—Eso está muy lejos...

—Pero es el lugar idóneo. Remoto. Hay una especie de contrato por rotación con otros tres propietarios. Cada uno de nosotros tiene varias semanas disponibles cada año, y cuando nadie la ocupa, la alquilamos. Se pensó que fuera un chalet de esquí; pero apenas se ocupa durante lo peor del invierno, porque la carretera de acceso sigue sin pavimentar. Fue proyectada para ser el primer chalet de veinte, y el condado prometió pavimentar la carretera; pero todo se vino abajo después de haberse construido el primero. Así que ahora hay una pista de un solo carril que no ha sido nunca hollada, y por tanto el acceso se hace difícil en la época invernal. Una mala inversión, al parecer, pero tal vez resulte ahora rentable.

—Nos pasamos el tiempo huyendo... No estoy habituada a rehuir mis problemas.

—Pero aquí no podemos hacer nada. Todo depende de Henry y de mis otros empleados. Nosotros tenemos que mantenernos fuera de la escena para conservar la vida. Y nadie nos buscará allá en la montaña.

Desde el asiento trasero, Joey dijo con voz plañidera:

—La bruja sí. Ella nos perseguirá. Ella nos encontrará. No podemos escondernos de la bruja.

XLVII

Como de costumbre, Grace no pudo dormir.

Después de abandonar Santa Bárbara y dirigirse hacia el norte durante un trecho, diez de ellos en dos furgonetas blancas y un Oldsmobile azul, hicieron alto al fin en un motel de Soledad. Habían perdido al muchacho. Grace estuvo segura de que él se encaminaba hacia la parte septentrional del Estado, lo notaba en sus huesos, pero no supo decirse hacia qué lugar del norte. Así pues, tuvo que detenerse y esperar noticias..., o bien una orientación sagrada.

Antes de inscribirse en el motel, había intentado entrar en trance, y Kyle hizo todo lo posible para ayudarla; pero ella no fue capaz de romper la barrera entre este mundo y el otro. Algo se interponía, una muralla que no había encontrado antes, una fuerza maligna e inhibidora. Estaba segura de que Satanás se encontraba allí, en la parte trasera de la furgoneta, y le impedía entrar en el reino del espíritu. Ninguna de sus oraciones había sido suficiente para ahuyentar al demonio y llevarla cerca de Dios, como había deseado.

Vencidos y fatigados, se detuvieron para pernoctar en el motel, y cenaron juntos en la cafetería, casi todos ellos demasiado desalentados y amedrentados para comer o hablar mucho. Luego, ocuparon habitaciones separadas, como monjes en sus celdas, a fin de orar, reflexionar y descansar.

Pero el sueño eludió a Grace.

Su lecho era firme y cómodo; pero ella se distrajo con las voces que provenían del reino del espíritu. Aunque no estuviera en trance, le hablaban desde el más allá, le hacían advertencias que no comprendía, le formulaban preguntas que no lograba interpretar. Era la primera vez, desde que recibió el Don, que se sentía incapaz de comunicarse con el mundo del espíritu, lo cual le causó frustración y temor. Se asustó porque sabía lo que eso significaba. El poder demoníaco sobre la tierra se acrecía por momentos: la Bestia había adquirido tal confianza que, en su audacia, podía interponerse entre Grace y su Dios.

El Crepúsculo se aproximaba más aprisa de lo previsto.

Las puertas del infierno se abrían de par en par.

Aun cuando ella no pudiera comprender las voces espirituales, a pesar de que sus gritos estuviesen ahogados y desfigurados, detectó urgencia en todas ellas, y supo que el abismo se abría muy cerca.

Tal vez si descansara, si durmiera un poco, después estaría más fuerte y mejor dotada para romper la barrera entre este mundo y el otro. Pero no hubo descanso. No fue posible en momentos tan desesperados.

Durante los últimos días, ella había perdido dos kilos y medio, los ojos le escocían por falta de sueño. Sentía añoranza de la época en que dormía. Pero las incomprensibles voces espirituales la acosaban, era una corriente continua, un verdadero torrente, una inundación de mensajes ultraterrenos. Su apremio la angustió, la empujó hasta el borde del pánico.

El plazo se agotaba. El muchacho cobraba fuerza por momentos.

Quedaba muy poco tiempo para hacer todo lo necesario.

Poquísimo tiempo. Tal vez ninguno.

No sólo la abrumaban las voces, sino también las visiones. Mientras, tumbada en la cama, miraba fijamente el techo oscuro, las sombras se animaron de pronto y los pliegues de la noche se transformaron en membranosas alas negras. Algo aborrecible descendió del techo... ¡No! Cayó sobre ella aleteando, lanzando silbidos y escupiéndole a la cara. Era algo viscoso y frío... ¡Oh, Dios mío, no, por favor! El aliento le apestaba a azufre. Ella dio arcadas, manoteó e intentó gritar pidiendo ayuda; pero la voz le falló al igual que ella había fallado a Dios. Sus brazos quedaron agarrotados. Dio patadas. Las piernas se le agarrotaron también. Se retorció. Arqueó el cuerpo. Unas manos ásperas la palparon, la pellizcaron, le dieron golpes. Una lengua mantecosa le lamió la cara. Vio unos ojos ígneos fulminándola con la mirada, una boca gesticulante llena de dientes retorcidos, una nariz arremangada, un rostro de pesadilla, que era humano y porcino a un tiempo, y en parte como las facciones de un murciélago. Al fin recobró la palabra aunque sólo fuera un susurro. Invocó frenética algunos de los nombres de Dios, de los santos, y estas palabras sagradas surtieron efecto en la sombra demoníaca. Primero se apartó de ella, sus ojos perdieron brillo, el hedor de su aliento se extinguió y, elevándose hacia el techo, desapareció en un revuelo por una esquina tenebrosa del aposento.

Grace se sentó. Echó hacia atrás las revueltas sábanas y el edredón. Se arrastró hasta el borde de la cama. Alargó un brazo hacia la lámpara de la mesilla. Las manos le temblaron. El corazón le martilleó con tal fuerza que el dolor se le extendió por todo el pecho y parecía que estaba a punto de fracturarle el esternón. Por fin encendió la luz. Ningún demonio se hallaba agazapado en la habitación.

Encendió las restantes luces y fue al baño.

Allí tampoco había demonios.

Pero ella supo que había sido real; sí, de una realidad horrible; estaba segura de que no se trataba de la imaginación ni se debía a la locura. ¡Ah, sí; ella lo sabía! ¡Conocía la verdad! ¡Conocía la espantosa verdad...!

Lo que no sabía era cómo ella había llegado desde el baño hasta el suelo, a los pies de la cama, donde se encontraba ahora. Al parecer, se había desvanecido en el cuarto de aseo y luego había reptado hacia la cama. Sin embargo, no pudo recordar nada. Cuando se recobró, estaba desnuda, tendida sobre el vientre, llorando muy quedo y arañando la alfombra.

Consternada y confusa, buscó su pijama y se lo puso... Entonces se apercibió de la serpiente bajo la cama. ¡Silbando! Era el sonido más execrable que jamás había oído. Salió reptando ondulante de debajo de la cama, tan enorme como una boa constríctor; pero con la maligna cabeza de un crótalo, los ojos compuestos de un insecto y los colmillos, tan grandes como un dedo encorvado y destilando veneno.

A semejanza de la serpiente en el Jardín del Edén, ésta la interpeló:

—Tu Dios no puede darte más protección. Tu Dios te ha abandonado.

Ella negó frenética con la cabeza:

—¡No, no, no!

El bicho se enroscó con sinuosidad nauseabunda. Alzó la cabeza hacia atrás. Sus mandíbulas se abrieron. Acto seguido la atacó mordiéndole en el cuello... Y un poco después, sin saber cómo había llegado allí, se encontró sentada en un taburete frente al espejo del tocador examinándose los ojos humedecidos e inyectados en sangre. Se estremeció. Sus ojos, a pesar de tener de ellos una imagen desvaída, expresaron algo que ella no quiso ver, de modo que miró a otra parte del espejo, a su cuello arrugado por la edad, y donde esperó hallar la mordedura de la serpiente. No vio herida alguna. ¡Imposible! ¡El espejo estaría mintiendo! Se llevó una mano a la garganta. Tampoco pudo palpar la marca. Y no hubo dolor. La serpiente no le había mordido después de todo. Sin embargo, ella lo recordaba con toda claridad...

Vio un cenicero ante su vista. Rebosante de colillas. Y ella sostenía un cigarrillo encendido en la mano derecha. Debía de haber estado sentada allí una hora o más, fumando en cadena, mirando el espejo... Y no obstante, le fue imposible recordarlo. ¿Qué le había sucedido?

Aplastó la colilla en el cenicero, se miró otra vez al espejo y quedó consternada. Era como si se viese por primera vez en muchos años. Observó que su pelo estaba crespo y enredado. Descubrió lo hundido de sus ojos, unos ojos con un cerco carnoso como de crespón y un tinte purpúreo nada sano. Sus dientes... ¡Dios mío! Daban la sensación de no habérselos cepillado desde hacía dos o tres semanas. ¡Se hallaban cubiertos de una placa amarillenta! El Don no la había privado sólo del sueño, sino también de otras cosas en su vida. Tenía plena conciencia de eso. Sin embargo, hasta ese instante no había percibido con tanta claridad que el Don, es decir, los trances y la comunicación con espíritus, la habían hecho olvidar por completo la higiene personal. Su pijama tenía manchas de grasa y ceniza de cigarrillo. Alzó las manos y se las miró estupefacta. Sus uñas estaban demasiado largas, sucias y astilladas. Y había mugre en los nudillos.

Ella había apreciado siempre la limpieza, la pulcritud.

¿Qué diría su Alberto si la viera ahora?

Por un momento se preguntó abrumada si su hija no habría tenido razón al hacerla hospitalizar para un reconocimiento psiquiátrico. Se preguntó si no sería, sencillamente, una anciana perturbada, senil, llena de extravagantes alucinaciones y delirios, en vez de una iluminada, una genuina líder religiosa. ¿Era el niño Scavello el verdadero Anticristo? ¿O sólo una criatura inocente? ¿Sobrevendría de verdad el Crepúsculo? ¿Sería, acaso, su temor al demonio la fantasía disparatada de una vieja demencial? De repente, estuvo segura de que su «sagrada misión» no era otra cosa que la cruzada de una lastimosa esquizofrénica.

No. Meneó la cabeza con violencia. ¡No!

Esas dudas despreciables habían sido inducidas por Satanás.

Éste era un Getsemaní. Jesús había padecido la agonía de la duda en el huerto de Getsemaní junto al arroyo de Quedrón. El Getsemaní de ella era un lugar mucho más humilde: un motel insignificante en Soledad, California. Pero constituía un punto crítico tan importante para ella como había sido para Jesús la experiencia en el huerto.

El Señor la estaba poniendo a prueba. Ella debía aferrarse a su fe en Dios y en sí misma.

Abrió los ojos. Se miró otra vez en el espejo. Siguió viendo locura en sus ojos.

¡No!

Cogió el cenicero y lo lanzó contra su imagen reflejada, haciendo añicos el espejo. Cristales y colillas llovieron sobre el tocador y el suelo.

Inmediatamente, Grace se sintió mejor. El demonio se había alojado en el espejo. Pero una vez roto el cristal, había acabado con su presa demoníaca. El aplomo la poseyó una vez más.

Ella tenía una misión sagrada.

No debía fallar.

XLVIII

Poco antes de medianoche Charlie hizo alto ante un motel. Tomaron una habitación con dos espaciosas camas. Christine y él se turnaron para dormir. Aunque el investigador tuviera la certeza de que no los habían seguido, y a pesar de que aquella noche se sentía más seguro que las precedentes, creyó oportuno que se hiciera guardia sin interrupción.

Joey tuvo un sueño irregular, despertando repetidas veces de pesadillas, estremeciéndose entre sudores fríos. Por la mañana, estaba más pálido que nunca, y habló incluso menos que antes.

La lluvia se había reducido a una llovizna ligera.

El cielo era bajo y gris, desapacible y opresivo.

Después del desayuno, cuando Charlie puso el jeep de cara al norte, camino de Sacramento, Christine viajó en el asiento trasero con el niño. Le leyó un libro de cuentos, así como tebeos que habían comprado el día anterior. Él escuchó pero no hizo preguntas, mostró poco interés y no sonrió ni una vez. Su madre intentó animarle a jugar una partida de naipes; pero él no quiso.

Harrison sentía cada vez mayor preocupación por Joey, y también experimentaba una frustración y una cólera crecientes. Él había prometido protegerlos y poner fin al acoso de la Spivey. Y ahora, todo cuanto hacía por ellos era ayudarles a huir, con el rabo entre las piernas, hacia un futuro incierto.

Hasta *Chewbacca* se mostraba deprimido. El animal se tendió en la zona de carga, detrás del asiento trasero, moviéndose raras veces, si acaso, para mirar un instante por la ventanilla el ceniciento día, y luego tumbarse de nuevo sin dejarse ver más.

Llegaron a Sacramento antes de las diez, localizaron un gran establecimiento de artículos deportivos y compraron muchas cosas que necesitarían para la montaña: sacos de dormir con forro aislante, por si el sistema calefactor de la cabaña no fuera lo bastante fuerte para combatir las temperaturas bajo cero del invierno; botas alpinas; trajes de esquiar... Blanco para Joey, azul para Christine, verde para Charlie; guantes; gafas ahumadas para evitar la ceguera de la nieve; gorros de punto; zapatos adecuados; cerillas para la intemperie en latas impermeables, un hacha y una veintena de artículos diversos. Charlie compró también una escopeta Remington del calibre treinta, y un rifle automático Winchester 100, que era un arma ligera pero muy potente. Adquirió asimismo munición en abundancia.

Estaba seguro de que la Spivey no los buscaría en la montaña.

Pero por si acaso...

Después de un almuerzo anticipado y rápido en McDonald's Charlie utilizó el detector electrónico en un teléfono público y llamó a Henry Rankin. La línea no estaba pinchada pero Henry tenía pocas novedades. Los periódicos del Condado de Orange y Los Ángeles rebosaban todavía de información sobre la Iglesia del Crepúsculo. Los polis seguían buscando a Grace Spivey. No obstante, les interesaba también el paradero de Charlie y se estaban impacientando; comenzaban a sospechar que él no quería presentarse porque era culpable del asesinato por el que querían interrogarle. Ellos no podían entender que él les evitara porque la Spivey pudiera tener adictos dentro del departamento policial; en cualquier caso, ellos rechazarían de plano semejante posibilidad. Entretanto, Henry se hallaba atareado con la reorganización de la empresa, y por lo pronto había instalado el cuartel general de la agencia en su propia casa. Le aseguró que dentro de veinticuatro horas se reanudaría el trabajo a toda máquina sobre el caso Spivey.

En una gasolinera, los tres usaron los lavabos para ponerse la ropa de invierno que habían comprado. La montaña no estaba ya muy lejos.

De nuevo en el jeep, Charlie tomó la dirección este, hacia la sierra; Christine continuó en el asiento trasero, leyendo cuentos a Joey, hablándole, intentando con ahínco, pero sin mucho éxito, hacerle salir de su concha.

La lluvia cesó.

El viento arreció.

Más adelante hubo nevisca.

XLIX

Madre Grace viajaba en el Oldsmobile. Ocho discípulos la seguían en dos furgonetas blancas. Ahora se hallaban en la interestatal número cinco, en el corazón de la California agrícola, desfilando entre inmensos campos llanos, donde los cultivos medraban incluso a mediados del invierno.

Kyle Barlowe conducía el Olds, unas veces anhelante y nervioso, otras aburrido y amodorrado, y a ratos deprimido por el tedio de la prolongada conducción en aquel paisaje agrisado por la lluvia.

Aunque las fuentes informativas de la Iglesia, en diversos departamentos policiales y otros lugares, no tuvieran noticias sobre Joey Scavello y su madre, ellos procedían hacia el norte de Soledad, porque Grace afirmaba que el chico y sus protectores habían seguido ese camino. Ella aseguraba haber tenido una visión durante la noche.

Sin embargo, Barlowe estaba convencido de que ella no había tenido visiones y estaba sólo haciendo conjeturas. La conocía demasiado bien para dejarse engañar. Entendía sus diversos talantes. Si ella hubiera tenido de verdad una visión, se mostraría eufórica. Sin embargo, estaba taciturna, silenciosa, arisca. Kyle sospechaba que Grace se hallaba desorientada, pero no quería confesarles que no estaba ya en contacto con el mundo espiritual.

Él sentía preocupación. Si Grace hubiese perdido su capacidad para hablar con Dios, si no consiguiera ya viajar al otro lado para comunicar con los ángeles y los espíritus de los muertos, ¿significaría eso que había dejado de ser la mensajera elegida de Dios? ¿Quería decir eso que su misión no contaba ya con la bendición divina? ¿O era una prueba de que el poder demoníaco sobre la tierra había aumentado de forma tan dramática que la Bestia podía interponerse entre Grace y Dios? Si esto último fuera cierto, el Crepúsculo estaría muy cercano, el Anticristo se revelaría pronto e iniciaría el reino milenario del Mal.

Después de hacerse esas reflexiones, Kyle echó una ojeada a Grace, la cual miraba absorta, a través de la lluvia, la carretera recta como una flecha. Por su aspecto, se diría que era mucho más vieja que la semana pasada. Había envejecido diez años en unos cuantos días. Parecía anciana de verdad. Piel carente de lustre, quebradiza, grisácea.

Su rostro no era lo único gris. Toda su ropa era también gris. Por motivos que Barlowe no acababa de entender, ella vestía siempre de un color único según los días; él creía que eso tenía un significado religioso, que se hallaba relacionado con las visiones; pero no estaba seguro. Él se había acostumbrado a sus atuendos monocromáticos; pero ésta era la primera vez que la veía vestida de gris. Amarillo, azul, rojo fuego, rojo manzana, rojo sangre, verde, blanco, púrpura, violeta, naranja, bermellón, rosa..., todos ellos los había llevado; pero siempre colores alegres, nunca tan sombríos como éste.

Grace no tenía previsto lo grisáceo. Aquella misma mañana, después de abandonar el motel, había ido de compras para adquirir zapatos grises, pantalones grises, blusa y suéter grises, porque no tenía ese tipo de ropa. Y se mostró muy disgustada, casi histérica hasta no cambiarse por completo al equipo gris.

—Éste es un día gris en el mundo espiritual —había dicho—. La energía es toda gris. No estoy sincronizada. No estoy sintonizada ni en contacto. ¡Necesito establecer contacto!

Ella había querido también joyería, porque adoraba las joyas; pero no había sido fácil encontrar sortijas, brazaletes y broches grises. Casi todas las alhajas eran de colores alegres. Tuvo que conformarse con una sarta de cuentas grises. Y ahora resultaba extraño ver sus manos pálidas y apergaminadas sin una sola sortija.

¡Un día gris en el mundo espiritual!

¿Qué significaba eso? ¿Era bueno o malo?

A juzgar por el comportamiento de Grace, era malo. Muy malo. El tiempo disminuía. Eso era lo que Grace había dicho esta mañana, pero no había querido entrar en detalles. El plazo se iba acortando, y ellos estaban perdidos. Se dirigían hacia el norte guiados sólo por un presentimiento.

Barlowe estaba atemorizado. Le preocupaba lo terrible que sería para él matar a alguien, porque ello representaría una reincidencia en sus antiguos hábitos aunque ahora lo hiciese por Dios. Le enorgullecía haber sabido resistir los violentos impulsos que antaño le dominaron, se sentía satisfecho de cómo había empezado a encajar en la sociedad, por sus pasos contados, y temía que un asesinato condujera al siguiente. ¿Era justo matar..., aunque fuera por Dios? Él sabía que ese razonamiento era erróneo; pero no podía desecharlo. Y algunas veces, cuando miraba a Grace, le asaltaba la idea inquietante de que quizás él hubiese estado equivocado todo el tiempo acerca de ella, de que aquella mujer pudiera no ser el agente de Dios... Y esto era también un pensamiento erróneo. La cuestión se reducía a lo siguiente: Grace le había enseñado que existían unas cosas denominadas valores morales, y ahora él no podía evitar aplicarlos a todo cuanto hacía.

Comoquiera que fuese, si Grace tenía razón acerca del chico, y sin duda la tenía, no se podía negar que el tiempo se acortaba; pero era imposible hacer nada salvo conducir, esperar a que ella recobrara el contacto con el mundo espiritual y telefonear de cuando en cuando a la iglesia de Anaheim para averiguar si había alguna novedad que fuese útil.

Barlowe pisó con más fuerza el acelerador. Marchaban ya a ciento diez kilómetros por hora, lo máximo que se podía alcanzar con semejante lluvia, incluso en aquella larga recta de autopista. Pero ¿acaso no eran ellos los Elegidos? Dios velaba por su seguridad, ¿no era cierto? Barlowe aceleró hasta que la aguja del velocímetro alcanzó el punto ciento veinte. Las dos furgonetas aceleraron detrás de él para no perderlo.

L

Tal como prometió Madigan, el jeep funcionó a la perfección. No les causó la menor contrariedad, de modo que alcanzaron el lago Tahoe en la tarde del jueves.

Christine se sintió fatigada, pero Joey se había animado un poco. Mostró más interés por el escenario circundante, lo cual representó un cambio positivo. No parecía más feliz, sólo más alerta, y entonces Christine recordó que, hasta entonces, el chico no había visto nunca la nieve, salvo en las fotografías de las revistas, en la televisión y en el cine. Y en Tahoe había toda la nieve que se quisiera. Los árboles estaban cargados de ella, el suelo cubierto por una blanca alfombra, sobre la que muchos más copos caían revoloteando del cielo plomizo. Según las predicciones difundidas por la radio, esa nevisca se tornaría tormenta importante durante la noche.

El lago, que marcaba la divisoria entre estados, pertenecía a California y a Nevada por igual. La ciudad de South Lake Tahoe, en el lado californiano, tenía muchos hoteles grandes. Aunque pareciera extraño, algunos eran bastante sórdidos para una zona turística tan encantadora y cara. También había numerosas tiendas, establecimientos de licores y restaurantes. En el lado de Nevada existían varios hoteles, casinos, salas de juego de toda especie, aunque sin tanto relumbrón como en Las Vegas. A lo largo de la orilla septentrional se notaba menos desarrollo y las estructuras de obra humana se fundían con el paisaje mejor que en la orilla meridional. A ambos lados de la frontera, tanto en el norte como en el sur, la Naturaleza ofrecía uno de los más hermosos escenarios sobre la faz terrestre, lo que muchos europeos han llamado la «Suiza americana»: picos coronados de nieve que destellaban incluso en un día nublado; inmensas florestas vírgenes de pino, abeto, pícea y otras coníferas; un lago que, en la temporada estival, libre de hielos, era el más cristalino y pintoresco del mundo, con azules iridiscentes y verdes deslumbrantes, un lago tan puro que se podía ver el fondo a dieciocho metros de profundidad.

Hicieron alto ante un mercado en la orilla septentrional, un edificio grande pero rústico bajo la sombra de alerces y píceas. Conservaban todavía casi todos los comestibles que habían comprado en Santa Bárbara el día anterior, los artículos que no pudieron colocar siquiera en el frigorífico y en la alacena del Wile-Way Lodge. Se desembarazaron de los perecederos, como era de rigor, y eso fue lo que adquirieron ahora: leche, huevos, queso, helados y congelados de todas clases.

A instancias de Charlie, la dependienta separó los alimentos congelados de los otros para embalarlos en una sólida caja de cartón con tapadera. En el aparcamiento, Charlie perforó por varios sitios la caja. Con ayuda de Christine, pasó el cordón de nilón que había comprado, por los orificios hechos, rodeó con él la caja y aseguró ésta en la baca del jeep, junto al equipaje. La temperatura era bajo cero; nada de lo que fuese sobre el techo se derretiría en el largo camino hacia la cabaña.

Mientras trabajaban (con *Chewbacca* como observador interesado desde el interior del jeep), Christine vio que muchos de los coches que estaban en el aparcamiento del mercado, se hallaban provistos de soportes para los esquíes. Ella quiso siempre aprender a esquiar. Se había prometido no pocas veces que algún día tomaría lecciones junto con Joey. Aprenderían juntos tan pronto como él tuviera la edad apropiada. Habría sido divertido. Ahora, sería con toda probabilidad una cosa que ellos no podrían hacer nunca juntos...

Fue un pensamiento endiabladamente torvo, impropio de ella.

Christine supo que debía mantener alta la moral, aunque fuera sólo por Joey. De lo contrario, él percibiría su pesimismo y se metería aún más hondo en la madriguera psicológica que parecía estar excavando para sí.

Pero no pudo desembarazarse de la melancolía que la estaba oprimiendo. Su ánimo se había hundido y no parecía haber forma de ponerlo otra vez a flote.

Quiso disfrutar del aire vivificante y puro de la montaña. Pero le pareció sólo un ventarrón de un helor mordiente. Cuando soplara de verdad, el tiempo sería insufrible.

Se dijo que la nieve era hermosa y que debería disfrutar de ella. No obstante, le pareció húmeda, fría e inhóspita.

Miró a Joey. Él se mantuvo a su lado, observando cómo Charlie hacía el último nudo con el cordón de nilón. Parecía un anciano menudo más que un niño. No hacía bolas de nieve. No sacaba la lengua para atrapar copos al vuelo. No tomaba carrerilla para patinar sobre las partes heladas del aparcamiento. No hacía ninguna de las cosas que cabía esperar de un niño pequeño cuando pisara un paisaje nevado por primera vez en su vida.

«Lo único que le ocurre es que está tan cansado como yo –se dijo Christine–. Ninguno de los dos hemos tenido una noche de descanso desde el pasado sábado. Una vez hayamos tomado una buena cena y hayamos tenido nuestras buenas ocho horas de sueño sin pesadillas y sin despertarnos doce veces por creer haber oído pisadas, nos sentiremos mucho mejor. Claro que sí. Seguro.»

Pero no pudo convencerse a sí misma de que se encontraría con más ánimo a la mañana siguiente ni de que sus circunstancias cobrarían un giro más favorable. Pese al largo recorrido de su viaje y a la lejanía del cobijo al que se dirigían, no se sintió segura. No era sólo que los persiguiesen dos mil fanáticos religiosos cuya obsesión era verlos muertos; aunque fuera, de por sí, bastante aflictivo. Pero había además algo extraño, un tanto sofocante, en los inmensos árboles que se alzaban por doquier como si acudieran a cercarlos desde todas las direcciones, algo relacionado con la claustrofobia en el agrupamiento de las montañas, que parecían confabularse para formar una muralla, una amenaza indefinible en las intensas sombras y la grisácea luz invernal de aquella ciudadela. Ella no se sentiría segura allí jamás.

Pero eso no era sólo imputable a las montañas. Ella no se sentiría segura en parte alguna.

Abandonaron la carretera principal que rodeaba el lago, y tomaron un camino asfaltado de dos carriles que ascendía en una serie de empinadas cuestas ante viviendas de aspecto costoso y chalets escondidos entre árboles apretados de follaje macizo. Si no hubiese habido luz en esas casas iluminando con resplandor cálido las sombras purpúreas debajo de los árboles, no se habría tenido noticias de su existencia. Allí se necesitaba encender las lámparas incluso en la hora clara del ocaso.

La nieve se amontonaba a ambos lados de la carretera, y en algunos sitios las nuevas precipitaciones reducían el paso a un solo carril. No cabía decir que circularan muchos vehículos: pasaron nada más que dos, otro jeep cerrado, equipado con un quitanieves y un todoterreno Toyota.

Hacia el final de la carretera asfaltada, Charlie creyó oportuno poner las cadenas en las ruedas. Aunque hubiera pasado recientemente una máquina quitanieves, las precipitaciones cubrían allí más terreno que en los trechos inferiores y había grandes placas de hielo. Charlie se metió en un desvío llano perpendicular a la montaña, frenó y fue a sacar las cadenas de la parte trasera. Necesitó veinte minutos para concluir el trabajo, y se dio cuenta, contrariado, de lo aprisa que se extinguía la luz solar entre las nubes preñadas de nieve.

Con mucho tintineo de cadenas prosiguieron la marcha, y muy pronto la carretera asfaltada dio paso a un sucio camino de carril único. Tenía rodadas en los primeros setecientos metros; pero, al ser más estrecho que la anterior carretera, tendía a cerrarse más aprisa. No obstante, el jeep lo escaló, con lentitud pero sin cejar.

Charlie no hizo la menor tentativa para entablar una conversación. Habría sido un esfuerzo vano. Desde que abandonaron Sacramento al comenzar el día, Christine se había mostrado cada vez menos comunicativa. Estaba ya casi tan silenciosa y taciturna como Joey.

Harrison observó descorazonado ese cambio, pero comprendió por qué ella encontraba dificultades para vencer su depresión. Las montañas, que por lo general inspiran ideas de espacios abiertos y libertad, ahora de forma paradójica transmitían una sensación agobiante. Ni siquiera cuando pasaron por un espacioso prado y los árboles se distanciaron de la carretera, cambió la apariencia del paisaje.

Probablemente, Christine se preguntaría si haber ido allí no habría sido un grave error.

También se lo preguntó Charlie.

Pero no existía ningún otro sitio adónde ir. Con la gente de Grace persiguiéndolos y la Policía buscándolos por toda California, imposibilitados de confiarse a las autoridades y ni siquiera a los propios empleados de Charlie, no tenían más opción que la de esconderse en un sitio donde nadie los localizara, lo cual significaba un lugar con poca gente.

Charlie se dijo que habían hecho lo más prudente, que habían sido cautelosos en la compra del jeep, que habían proyectado todo bien y se habían movido con admirable rapidez y flexibilidad, que eran dueños de su propio destino. Ellos permanecerían allí una semana más o menos, hasta que Grace Spivey fuera metida en cintura por su propia gente o por la Policía.

Pero a despecho de todo cuanto se dijo, se sintió como si huyeran despavoridos, sin el menor control. La montaña no procuraba sensación de ser un cobijo, sino una trampa. Era igual que si caminaran por la cuerda floja.

Intentó interrumpir ese curso de ideas. Sabía que no estaba pensando de una forma equilibrada. Por el momento, sus emociones se interponían. Hasta que pudiera reflexionar con calma, lo mejor sería apartar todo lo posible de su mente a Grace Spivey.

Cada vez fueron menos las casas y cabañas a lo largo del sucio camino, y después de recorrer unos quinientos metros no se veía ya ninguna.

Al terminar los primeros setecientos metros, desaparecieron las rodadas bajo varios palmos de nieve. Charlie detuvo el jeep, echó el freno de mano y paró el motor.

—¿Dónde está la cabaña? —inquirió Christine.

—A unos setecientos metros de aquí.

—¿Y qué hacemos ahora?

—Caminar.

—¿Con raquetas?

—Sí. Por eso las compré.

–No las he usado nunca.
–Puedes aprender.
–¿Y Joey...?
–Nos turnaremos para llevarlo en brazos. Luego, él puede permanecer en la cabaña mientras tú y yo volvemos a buscar...
–¿Quedarse allí solo?
–Tendrá al perro y estará seguro. La Spivey no puede saber que hemos venido aquí.
Joey no puso objeciones. No pareció haber oído siquiera lo que decían. Se pasó el rato mirando por la ventanilla, aunque sin ver nada, porque empañaba el cristal con su aliento.
Charlie se apeó y dio un respingo al sentir en la cara el mordisco del aire invernal. La temperatura había descendido mucho desde que abandonaron el mercado allá abajo junto al lago. Los copos eran enormes y caían más aprisa que antes. Se precipitaban del cielo bajo, impulsados por una brisa suave, pero que perdía suavidad por momentos mientras él se detenía unos instantes para echar una ojeada al bosque. Los árboles se apoyaban entre sí y parecían agazaparse dispuestos a saltar en los bordes del prado.
Sin poder explicarse por qué, le vino a la memoria un viejo cuento: *Caperucita roja*. Recordó la espeluznante ilustración que aparecía en el libro que él tenía cuando niño, un dibujo de Caperucita atravesando un bosque tenebroso invadido por el lobo.
Aquello le hizo evocar a Hansel y Gretel perdidos en el bosque.
De ahí pasó a pensar en brujas.
Brujas que asaban niños en hornos, para comérselos.
¡Dios santo! ¿Cómo no se le había ocurrido nunca que algunos cuentos infantiles son pavorosos?
Los copos se empequeñecieron pero cada vez cayeron más y más y más aprisa.
Poco a poco el viento empezó a aullar.

A Christine le sorprendió lo pronto que estaba aprendiendo a caminar con las embarazosas raquetas, y también comprendió lo difícil (quizás imposible) que habría sido hacer ese recorrido sin ellas, sobre todo con las pesadas mochilas que llevaban a cuestas. En algunos puntos, el viento había dejado casi al descubierto el prado; pero en otros, allá donde el terreno presentaba la más leve oposición al viento, la nieve se había acumulado hasta una altura de dos metros o incluso cuatro. Y desde luego había llenado cada vaguada y hondonada. Quien intentara cruzar sin raquetas una depresión desconocida, podría encontrarse en el fondo de un pozo nevado del cual le costaría muchísimo salir, si lo conseguía.

La grisácea luz crepuscular, que tenía un desconcertante aspecto artificial, jugaba con los reflejos y las sombras de la nieve, dando una falsa impresión de distancia, desfigurando las formas. A veces, un montículo nevado era tomado por una depresión hasta que, al alcanzarlo, se descubría que había que escalar en lugar de descender como se había esperado.

Joey encontró más difícil la adaptación a las raquetas, aun cuando llevaba un par pequeño, apropiado para niños. Como la luz diurna se estaba extinguiendo y ellos no querían terminar de descargar el jeep en plena oscuridad, no tuvieron tiempo para enseñarle a caminar con raquetas. Así que Charlie decidió llevarlo en brazos.

Aunque *Chewbacca* fuera un perro grande, demostró ser lo bastante ligero para no romper la costra de nieve. Asimismo, dio pruebas de poseer fino instinto para soslayar los lugares donde la costra era muy delgada o inexistente y encontrar casi siempre su camino alrededor de las hondonadas, saltando de un lugar barrido por el viento a otro. Se hundió tres veces; una supo valerse por sí mismo, pero las otras dos fue preciso ayudarle.

Desde el jeep abandonado, ascendieron una cuesta de doscientos cincuenta metros hasta alcanzar el lindero del prado. Luego, se adentraron en la arboleda siguiendo una carretera escondida bajo la nieve que llevaba hasta lo alto de una ancha loma, con una meseta arbolada a su derecha y un valle asfixiado por la vegetación a su izquierda. Aunque la caída de la noche tardara quizás una hora en llegar, el valle se fue sumiendo entre sombras grises, azules y violáceas hasta la oscuridad final, sin que se dejara ver ningún foco de luz allá abajo, por lo cual Christine supuso que no había viviendas.

A esas alturas ella sabía ya que Charlie era un hombre bastante más formidable de lo que parecía; a pesar de ello, le sorprendió sobre todo su aguante. Mientras su propia mochila empezaba a agobiarle como un camión cargado con bloques de cemento, Harrison no demostraba ningún fastidio por transportar la suya, mucho más grande y pesada. Por añadidura, llevó en brazos a Joey sin quejarse, y sólo se detuvo una vez en los primeros trescientos cincuenta metros para dejar al chico en el suelo y estirar los agarrotados músculos.

Recorridos unos sesenta metros, el camino se desvió del borde del valle y los condujo a través de la loma en lugar de ir cuesta arriba; pero luego torció de nuevo y subió otros treinta metros. Los árboles se espesaron; eran cada vez más grandes y frondosos y, en algunos trechos, el sendero se ensombreció tanto que parecía ya de noche. A su debido tiempo, alcanzaron otro prado bastante mayor que aquel en el cual dejaron aparcado el jeep; tendría unos doscientos metros de longitud.

—¡Ahí está la cabaña! —exclamó Charlie, y las palabras surgieron de su boca con penachos de aliento cristalizado.

Christine no la vio.

Él se detuvo, dejó a Joey otra vez en el suelo y señaló:

—Allí. En el extremo más alejado, justo frente a la línea de arbolado. Hay un molino de viento al lado.

Ella vio primero el molino, porque sus ojos captaron el movimiento de las palas giratorias. Era un molino alto, esquelético, no tenía nada de pintoresco, parecía una torre petrolífera más bien que algo que recordara un paisaje holandés. Se trataba de algo muy funcional y bastante feo.

Tanto la cabaña como el molino se fundían con los árboles a sus espaldas, pero ella supuso que serían más visibles en las horas luminosas del día.

—No me dijiste que hubiera un molino de viento —comentó—. Eso significa luz eléctrica, ¿verdad?

—Seguro. —Charlie sorbió por la nariz, enrojecida por el frío, al igual que las mejillas y la barbilla—. Y mucha agua caliente.

—¿Calefacción eléctrica?

—No, no. La energía que provee el molino tiene un límite. Incluso en un lugar tan ventoso como éste.

Christine observó que la trabilla en la chaqueta de Joey se había desabotonado y la bufanda estaba floja. Se agachó para ponerlo todo de la forma debida. El rostro del niño estaba más rojo que rosado y los ojos lagrimeaban.

—Ya casi hemos llegado, jefe.

Él asintió.

Una vez recobrado el aliento, reemprendieron la marcha cuesta arriba, con *Chewbacca* avanzando ante ellos a saltos, como si comprendiera que la cabaña era su destino final.

El edificio estaba construido con madera de secoya, que se había plateado un poco con la intemperie. Aunque el tejado de cedro, con dos vertientes, tuviera una inclinación muy pronunciada, la nieve se había adherido a él en algunos puntos. Las ventanas se hallaban cubiertas de escarcha. Los copos se habían acumulado sobre los escalones de la entrada y el propio porche hasta formar una alfombra helada.

Los tres se quitaron las raquetas y los guantes.

Charlie buscó una llave de reserva dentro de un escondite disimulado con habilidad en uno de los postes del porche. El hielo crujió cuando él empujó la puerta, y las bisagras congeladas chirriaron unos instantes.

Entraron. Christine admiró sorprendida el encantador interior de la cabaña. La planta baja consistía en una enorme estancia con una cocina al fondo y una larga mesa de pino a un lado de la cocina; luego, el espacio destinado a la sala de estar con parqué de roble bien encerado, alfombras de cordón, un confortable tresillo de color verde oscuro, lámparas de bronce, paredes revestidas de madera, cortinas de tejido escocés, en el que dominaba el verde para hacer juego con el tresillo, y una sólida chimenea de roca casi tan grande como un armario de pared. La mitad de la estancia estaba abierta a la segunda planta, y dominada por una galería. Arriba, tres puertas cerradas conducían a otras tantas habitaciones.

—Dos dormitorios y un baño —informó Charlie.

El efecto era rústico y, no obstante, muy refinado y confortable.

Un espacio embaldosado separaba la puerta principal del parqué de la sala. Allí fue donde se quitaron las botas llenas de nieve. Después, hicieron una gira de inspección por la cabaña. Había algo de polvo en los muebles y el aire olía a rancio. No había corriente eléctrica porque los interruptores principales se hallaban en la caja de fusibles y ésta se encontraba en la cámara de baterías debajo del molino. Pero Charlie dijo que iría allí y remediaría la situación en un par de minutos. Junto a cada una de las chimeneas, la grande de la sala y las dos más pequeñas de los dormitorios, había un montón de leños cortados y astillas. Charlie los utilizó para encender tres fuegos. Todas las chimeneas estaban equipadas con Heatolator, de modo que la cabaña entera estaría caldeada incluso en los días más gélidos del invierno.

—Al menos nadie ha entrado ni ha destruido cosas —se alegró él.

—¿Acaso eso es un problema aquí? —preguntó Christine.

—No, la verdad. Durante los meses de calor, cuando las carreteras están despejadas, casi siempre hay alguien alojado en este refugio. En la época en que la carretera se halla cerrada por la nieve y no hay nadie para cuidar de la casa, casi todos los posibles desvalijadores ignoran que haya una cabaña tan adentrada en el bosque. Y los que lo saben... Bueno..., probablemente pensarán que el esfuerzo no vale la pena. Sin embargo, cada vez que uno llega en primavera, se pregunta si no se encontrará con una casa saqueada.

Los fuegos ardieron a la perfección, y las aberturas del Heatolator en la chimenea principal expulsaron corrientes de aire caliente que fueron acogidas con agradecimiento. Entretanto, *Chewbacca* se había aposentado ya ante el foco de calor con la cabeza entre las patas delanteras.

—¿Y ahora qué hacemos? —inquirió Christine.

Mientras abría una de las mochilas y sacaba una linterna, Charlie contestó:

—Ahora, Joey y tú sacáis todo de estas bolsas mientras yo voy a ver la forma de proveernos de electricidad.

Christine y Joey llevaron las mochilas a la cocina, y Harrison se puso otra vez las botas. Se marchó al molino y la mujer y el niño colocaron las latas en los armarios. Parecían una familia ordinaria tomándose unas sencillas vacaciones para esquiar e instalándose muy contentos al pensar en la feliz semana que les aguardaba. Casi fue así. Casi...

Christine intentó comunicar un aire festivo a Joey, silbando alegres canciones, gastándole inocentes bromas y simulando que ella iba a disfrutar de esta aventura. Pero, una de dos: o el niño descubrió su ficción, o bien no le prestó la menor atención, porque respondió raras veces y no sonrió ni una.

Con una pala, Harrison se dedicó a despejar de nieve las puertas de madera ante los escalones que conducían a la cámara debajo del molino, cuyo monótono girar era como una matraca sobre su cabeza. Descendió dos tramos, que profundizaban bastante en el suelo; la cámara de baterías estaba bajo la línea de congelación. Cuando alcanzó el fondo, se encontró en una oscuridad azulada que desmerecía la blancura a los copos que se colaban detrás de él, haciéndoles parecer partículas grisáceas de ceniza. Charlie sacó del bolsillo la linterna y la encendió. Ante su vista, había una pesada puerta metálica. La llave de la cabaña abrió también esta cerradura y, al cabo de un momento, se halló en el recinto de las baterías, donde todo parecía estar impecable: cables, veinte acumuladores de gran potencia alineados en dos bancos macizos, una estructura de cemento conteniendo toda la maquinaria, y una estantería con herramientas.

Un hedor insoportable le asaltó. Adivinó al punto su origen y comprendió que tenía que ponerle remedio, pero primero se acercó a la caja de fusibles y movió los interruptores de la posición CERRADO a la de ABIERTO. Una vez hecho esto, pulsó la tecla de pared y encendió los dos tubos fluorescentes del techo. Esa luz dejó ver tres ratones muertos y putrefactos, uno en el centro del recinto, y los otros dos junto al primer banco de baterías.

Era preciso colocar allí latas de raticida, sobre todo durante el invierno, cuando los ratones tendían a buscar cobijo, porque, si se les dejara moverse a su antojo, roerían todo el material aislante de los cables y la instalación eléctrica estaría hecha un desastre cuando llegase la primavera.

El ratón que se hallaba en el centro de la pequeña cámara llevaba mucho tiempo muerto. El proceso de descomposición había seguido su curso en los minúsculos despojos. Se veían huesos, jirones de piel apergaminada y poco más.

Los dos del rincón eran bajas más recientes. Los diminutos cuerpos aparecían hinchados y pútridos. Las órbitas de los ojos hervían de gusanos. A todas luces, ambos habían muerto pocos días antes.

Conteniendo las náuseas, Harrison marchó fuera y, cogiendo la pala, regresó para recoger a las tres pequeñas carroñas y llevarlas hasta el bosque detrás del molino para arrojarlas entre los árboles. Incluso después de tirarlas, y no obstante el viento aullador que soplando desde la ladera limpiaba el mundo a su paso, Charlie no pudo quitarse de la nariz el tufo de la muerte, el cual le acompañó durante el camino de vuelta a la cámara de baterías en cuya atmósfera húmeda y rancia fluctuaba todavía, por supuesto.

No tenía tiempo para una inspección minuciosa del equipo; pero quiso echarle una ojeada para asegurarse de que los ratones habían muerto antes de causar daños graves. Cables e hilos habían sido roídos un poco en algunos puntos, pero no existía motivo para temer que se quedaran sin luz a causa del sabotaje de los roedores.

Cuando estaba a punto de felicitarse por la integridad del sistema, oyó a sus espaldas un ruido extraño y amenazador.

LI

El día se fundía ya en la oscuridad. El color se retiraba del escenario por donde ellos circulaban, dejando árboles, colinas y todo cuanto componía el paisaje, tan gris como la superficie de la autopista.

Kyle Barlowe encendió los faros y se encorvó sonriente sobre el volante del Oldsmobile.

¡Ahora sí! Ahora poseían una pista real que seguir. Ahora tenían algo sólido a que agarrarse. Información. Un plan lógico. No iban ya guiados por un presentimiento, una oración. No conducían a ciegas, camino del norte, simplemente porque pareciese una buena idea. Sabían al fin dónde se hallaba el chico, dónde debía estar. Tenían un destino, y Barlowe empezaba a creer otra vez en el liderazgo de madre Grace.

Ella iba en el asiento contiguo, respaldada contra la puerta, sumida en uno de esos sueños breves pero de profundidad abismal que la sorprendían con una frecuencia decreciente. ¡Bien! A la mujer le hacía falta descanso. El enfrentamiento estaba cercano. La hora de la verdad. Cuando estuvieran cara a cara con el demonio, ella necesitaría de toda su energía.

Y si Grace no era la mensajera de Dios, ¿por qué les había llegado esa información vital? Aquello probaba que ella tenía razón, que obraba bien, que decía la verdad. Y, por tanto, debía ser obedecida.

Por el momento, sus dudas se disiparon.

Barlowe miró por el retrovisor. Las dos furgonetas iban casi pegadas a ellos. ¡Cruzados! Cruzados sobre ruedas en vez de a lomos de caballo.

LII

Cuando Harrison oyó el extraño ruido a sus espaldas, giró sobre sí mismo en actitud defensiva. Esperó ver a Grace Spivey plantada en el umbral de la cámara; pero la perturbación no era de origen humano. Se trataba de una rata.

El repugnante animal se interponía entre él y la salida. No obstante, Charlie estaba seguro de que no provenía de la nieve, porque parte del ruido percibido había sido como de algo surgiendo por debajo de la maquinaria. El bicho estaba chillando y fulminándole con sus ojos rojizos como si le amenazara con impedirle la huida.

Era una rata endiabladamente grande. A pesar de su tamaño, prueba de que había estado bien alimentada en otro tiempo, no tenía un aspecto saludable. Su pelambrera no era suave, sino grasienta, enmarañada y mate. Tenía una sustancia negruzca y costrosa en las orejas, con toda probabilidad sangre, y una espuma sanguinolenta en el hocico. Los efectos del veneno. Ahora, atenazada por el dolor, y delirante, podría ser un enemigo audaz y malévolo.

Y había que considerar otra posibilidad todavía más desagradable. Quizá no fuera víctima del veneno. Tal vez la espuma del hocico representara un síntoma de rabia. ¿Podrían los roedores transmitir la rabia con tanta facilidad como los perros y los gatos? Cada año, los funcionarios municipales encargados de controlar a los portadores del virus, descubrían en las montañas californianas algunos animales rabiosos. A veces se ponía en cuarentena diversos parques del Estado hasta poder verificar que no existía una epidemia de hidrofobia.

Lo más probable era que aquella rata no estuviera afectada por la terrible enfermedad, sino por el veneno. Pero si él se equivocara y la rata le mordiera...

Deseó haber traído la pala a la cámara de baterías después de desembarazarse de los ratones muertos. No tenía a mano ningún instrumento defensivo salvo su revólver, algo demasiado potente para un trabajo tan pequeño. Era como cazar faisanes con un cañón.

Se enderezó, y el leve movimiento inquietó a la rata, que se fue derecha hacia él.

Harrison dio un salto atrás, contra la pared.

El animal llegó rápido, chillando. Si se le subiese por la pierna...

Le largó una patada y le dio de lleno con la puntera reforzada de su bota. El puntapié la proyectó a través de la habitación. El bicho se estrelló contra la pared entre chillidos y cayó al suelo patas arriba.

Charlie alcanzó la puerta y la atravesó antes de que la rata recuperase su posición normal. Subió raudo las escaleras, cogió la pala que estaba apoyada contra el pedestal del molino, y descendió otra vez.

La rata se hallaba al otro lado de la puerta abierta haciendo un ruido continuo. Era una mezcla de silbidos y gemidos que Charlie encontró escalofriante. El animal intentó atacarle de nuevo.

Empleó la pala como una maza, golpeó a la rata una vez y otra. Al tercer golpe, se calló. La examinó y, viendo que se estremecía todavía, le descargó otro mazazo aún más fuerte, y entonces se quedó inmóvil y silenciosa, a todas luces muerta. Él bajó despacio la pala, jadeando.

¿Cómo pudo una rata de semejante tamaño introducirse en la cámara cerrada?

Los ratones sí, eso era comprensible porque a los ratones les basta una diminuta rendija o grieta para pasar. Pero aquella rata era mayor que doce ratones juntos; requería por lo menos un boquete de cinco o seis centímetros de diámetro, y como el techo de la cámara era de cemento reforzado y las paredes bloques de escoria y mortero, el bicho no habría podido roerlos para abrirse una entrada. En cuanto a la puerta de la cámara era metálica, inviolable e inviolada.

¿Pudieron haberla dejado encerrada el pasado otoño cuando los últimos veraneantes abandonaron el lugar, o cuando los encargados del mantenimiento en la empresa inmobiliaria visitaron la cabaña con objeto de acondicionarla para el invierno? No. El animal se habría comido el raticida y habría muerto muchos meses antes. Su envenenamiento era reciente, y por tanto hacía poco que había accedido a la cámara de baterías.

Dio una vuelta a la estancia buscando el agujero por el que había salido la rata; pero todo cuanto encontró fueron dos o tres fisuras del mortero por donde ningún otro animal mayor que un ratón podía colarse después de ganar acceso al espacio vacío entre las paredes.

Era un misterio. Y mientras miraba ensimismado la rata muerta, tuvo la espeluznante impresión de que el breve y violento encuentro entre él y la repelente criatura era una cosa más importante de lo que parecía, algo que poseía un significado, porque aquella rata simbolizaba algo. Por otra parte, él había crecido con el terror de las ratas que infestaban el tugurio en el que pasó su infancia, por lo que esos animales habían ejercido siempre un poderoso influjo sobre él. Le vinieron a la mente las viejas películas y viñetas de horror, que presentaban escenas en cementerios antiguos con ratas bullendo por doquier. ¡Muerte! Eso era lo que solían simbolizar las ratas. Muerte, decadencia, la venganza de la tumba. Tal vez aquello fuera un presagio, un augurio de que la muerte, personificada por Grace Spivey, les sobrevendría allí, en la montaña, un aviso para que se aprestaran.

Charlie reaccionó en seguida. ¡No! Se estaba dejando llevar por la imaginación. Como en su oficina, el lunes pasado, cuando él miró a Joey y creyó ver sólo una calavera desnuda donde debiera haber estado el rostro del niño. Aquello había sido pura imaginación..., y esto también. Él no creía en cosas como los presagios. Ellos no encontrarían la muerte allí. Grace Spivey no descubriría a dónde habían ido. No podría ni en mil años.

Joey no iba a morir.

El muchacho estaba a salvo.

Todos se hallaban a salvo.

Christine no quiso dejar solo a Joey en la cabaña mientras ella y Charlie volvían al jeep para recoger el resto de las provisiones. Sabía que Grace Spivey no estaba cerca, que la cabaña era segura, que nada podría suceder durante su breve ausencia. No obstante, le aterró la posibilidad de encontrar muerto a su niño cuando volviera.

Pero Charlie no podría traer todo sin ayuda; era injusto esperar de él que lo hiciera. Y Joey no debería acompañarles porque les retardaría demasiado, ahora que se extinguía aprisa la luz diurna y la tormenta se cernía de forma peligrosa. Ella debería ir, y Joey quedarse. No cabía elección.

Se dijo que tal vez le hiciera bien quedarse un rato a solas con *Chewbacca*, porque ello evidenciaría la confianza que Charlie y ella tenían en la seguridad del escondite elegido. Y gracias a esa experiencia, él podría recuperar algo de su aplomo y esperanza.

Sin embargo, después de abrazarlo y besarlo, de darle ánimos y de haberlo dejado acomodado en el sofá verde ante la chimenea, Christine no encontró la energía suficiente para dar media vuelta y marcharse. Cuando cerró la puerta de la cabaña y miró cómo Charlie echaba la llave, se dejó dominar por el miedo hasta el punto de querer casi vomitar. Al alejarse del porche y descender los escalones cubiertos de nieve, sintió una debilidad dolorosa en las piernas que casi la incapacitó. Cada paso que la alejaba de la cabaña, era como avanzar por otro planeta cuya fuerza de gravedad fuera cinco veces superior a la terrestre.

Desde que escalaron la loma partiendo del lugar en el que estaba aparcado el jeep, el tiempo había empeorado de forma espectacular, y la hostilidad extremada de los elementos empezó a ocupar sus mentes, desplazando el otro temor hacia el subconsciente. El viento sopló a unos cuarenta y cinco kilómetros por hora, alcanzando a ratos los setenta y cinco. Barría la montaña con aullidos de trasgo y sacudía los árboles. Los copos no eran ya grandes y fofos, sino prietos y menudos;

impulsados por el vendaval, se acumulaban en el suelo a una velocidad sorprendente. Al subir la loma no se habían puesto los pasamontañas; pero ahora Charlie había insistido en llevarlos para el descenso. Y aunque ella se hubiera negado al principio porque aquella máscara la asfixiaba, acabó alegrándose de llevarla puesta porque la temperatura había sufrido un descenso drástico y ahora estaba bajo cero. Además, soplaba un viento glacial. Bajo la protección del pasamontañas, las agujas de hielo impelidas por la ventisca consiguieron entumecerle la cara; sin él, habría sufrido congelación en alguna parte.

Cuando alcanzaron el jeep, la luz diurna se fue extinguiendo como si el mundo estuviese en una olla gigantesca sobre la cual descendiera muy despacio una tapadera descomunal. La nieve cubrió el vehículo y la cerradura, medio congelada, se resistió cuando Charlie intentó introducir la llave.

Llenaron sus mochilas de latas, cajas de comestibles, cerillas, munición y otros objetos. Harrison ató una cuerda a los tres sacos de dormir, bien enrollados, y se rodeó la cintura con el otro extremo, de forma que pudiera arrastrarlos; los tres eran ligeros, elaborados con tejido de vinilo resistente al frío, y que se deslizaría muy bien por la nieve. Tuvo la seguridad de que no le crearían muchos problemas. Christine llevaba el rifle en bandolera, y Charlie la escopeta. Ninguno de los dos habría podido acarrear ni una cosa más sin desplomarse bajo la carga. Sin embargo, quedaban aún bastantes provisiones en el jeep.

—Volveremos por el resto —gritó Charlie para que le oyera por encima del viento aullador.

—¡Ya casi ha oscurecido! —protestó ella, pues se había dado cuenta de lo fácil que era perderse de noche en una tormenta de nieve.

—Mañana —concretó Harrison—. Volveremos mañana.

Ella asintió y él cerró con llave el jeep, aunque el infernal tiempo era un elemento disuasivo para los ladrones. Ningún criminal con amor propio, habituado a la vida fácil a costa del trabajo ajeno, se aventuraría en una noche así.

Emprendieron el regreso hacia la cabaña con mucha más lentitud que en el camino de ida, estorbados por la impedimenta, el viento que les fustigaba y el hecho de que ahora ascendían en lugar de descender. Caminar con raquetas había resultado de una facilidad sorprendente... hasta ese momento. Cuando escalaron el primer montículo, Christine notó que los músculos del muslo se le agarrotaban; luego, los de la pantorrilla; entonces tuvo la certeza de que despertaría dolorida y rígida al día siguiente.

El viento barrió la nieve ya depositada en el suelo y se vistió con capas y túnicas cristalinas que aletearon y giraron hasta formar torbellinos danzantes bajo la luz crepuscular. En la luminosidad que agonizaba, los diablos de la nieve semejaron espíritus, gélidos espectros merodeando por la solitaria vastedad de la cumbre del mundo.

Los montículos parecían más empinados que cuando hicieron el viaje por primera vez, con Joey y el perro. Sus raquetas eran sin duda dos veces mayores que antes..., y su peso se había multiplicado por diez.

La oscuridad los rodeó cuando estaban todavía en el bosque y no habían alcanzado siquiera el montículo superior. Pero no corrieron peligro de perderse porque el suelo cubierto de nieve tenía una vaga fosforescencia natural, y la banda clara de la carretera mostraba una ruta inconfundible entre los densos árboles.

No obstante, cuando alcanzaron el montículo superior, el furor de la tormenta neutralizó la ventaja que representaba la ligera luminosidad de la nieve. Arreció tanto la nevada, se hizo tan espesa y el viento acumuló nubes tan densas de aglomerados copos, que si no hubiera sido por las luces encendidas en la cabaña, se habrían desorientado sin la menor duda y habrían corrido serio peligro de errar sin rumbo fijo o de estar caminando en círculo hasta el colapso y la muerte a sólo trescientos metros del asilo. El resplandor tenue y ambarino en las ventanas de la cabaña era como un faro salvador. En ciertos instantes, cuando la nieve racheada cegó, por un momento, ese faro, Christine tuvo que luchar contra el pavor, detenerse y esperar hasta un nuevo atisbo de su meta, pues cada vez que avanzaba sin ver las luces daba siempre varios pasos en dirección equivocada. Y aunque se mantuviera cerca de Charlie, lo perdió de vista con frecuencia; pues a ratos la visibilidad se reducía a cincuenta o sesenta centímetros.

Los calambres en las piernas se acrecentaron, las punzadas en hombros y espalda se hicieron insufribles, y el helor nocturno consiguió abrirse camino a través de sus numerosas prendas de abrigo. A pesar de todo, ella dio la bienvenida a aquella tormenta aunque le apeteciera maldecirla. Por primera vez en cinco días, empezó a sentirse segura. Aquello no era una tormenta..., ¡sino un huracán! Ahora se encontraban aislados del mundo. Incomunicados. Por la mañana, la nieve los cercaría. El temporal era la mejor garantía que se le podía ofrecer. Si por algún milagro Grace Spivey descubriera su paradero, no podría alcanzarlos hasta pasados un día o dos por lo menos.

Cuando entraron por fin en la cabaña encontraron a Joey más animoso que lo habían dejado, con nuevo color en la cara. Se mostró dinámico y hablador por primera vez en las últimas cuarenta y ocho horas. Incluso sonrió. Era un cambio sorprendente y, por unos instantes, misterioso; pero luego se hizo evidente que la tormenta lo había confortado al igual que a Christine.

—Ahora estaremos tranquilos, ¿verdad, mamá? Las brujas no pueden volar con escobas en una tormenta. ¿No es así?

—¡Claro que no pueden! —le aseguró Christine mientras se desembarazaba de la mochila—. Esta noche todas las brujas estarán paradas.

—Reglas de la AFB —dijo muy serio Charlie.

Joey lo miró interrogador.

—¿Qué es... la AFB?

—Administración Federal de Brujas —respondió Charlie mientras se quitaba las botas—. Es la agencia gubernativa que expide licencias de bruja.

—¿Se necesita una licencia para ser bruja? —inquirió el niño.

Charlie fingió sorpresa.

—¡Ah, por descontado! ¿Qué te imaginabas? ¿Acaso creías que cualquiera puede ser bruja? Por lo pronto, si una chica desea ser bruja, deberá probar que es de mala condición. Por ejemplo, tu mamá no sería apta. Además, una aspirante a bruja ha de ser fea, porque las brujas son siempre horrorosas, y si una señora guapa como tu mamá quiere ser bruja, necesitará someterse a una intervención de cirugía plástica para ponerse feísima.

—¡Huau! —exclamó por lo bajo Joey con ojos como platos—. ¿Eso es de verdad?

—Sí, pero no lo peor —prosiguió Charlie—. La tarea más peliaguda de quien quiera ser bruja es encontrar uno de esos sombreros negros y picudos.

—¡Ah! ¿Sí?

—Bueno, piensa un poco acerca de ello. Tú has ido de tiendas con tu mamá cuando ella se compra ropa. ¿Acaso viste esos sombreros altos, negros y picudos en algún establecimiento?

El niño frunció el ceño cavilando.

—No, no los has visto —aseveró Charlie mientras llevaba una de las pesadas mochilas a la cocina—. Nadie vende esos sombreros porque nadie quiere a las brujas como clientas. Las brujas huelen a alas de murciélago, colas de tritones, lenguas de salamandra y a todas esas cosas raras que ellas meten siempre en sus calderos. Nada espanta tanto a los compradores de una tienda como una bruja que apeste a morro de cerdo hervido.

–¡Pumba! –exclamó Joey.

–Exacto –dijo Charlie.

Christine sintió tal felicidad y alivio al ver que Joey reaccionaba otra vez como un niño de seis años, que le costó mucho contener las lágrimas. Le entraron deseos de abrazar a Charlie, estrecharlo contra sí y darle las gracias por su fortaleza, por su modo de tratar a los niños... y por ser el hombre que era.

Fuera, el viento aulló y bufó, gimió y silbó.

La noche envolvió la cabaña. La nieve la vistió.

En la chimenea de la sala, los grandes leños chisporrotearon y crujieron.

Los dos trabajaron juntos para hacer la cena. Después, se sentaron en el suelo de la sala y jugaron a las adivinanzas. Charlie contó varios chascarrillos a Joey y éste los encontró graciosísimos.

Christine se sintió en la gloria. Segura.

LIII

La tienda de vehículos para nieve en South Lake Tahoe estaba a punto de cerrar cuando Grace Spivey, Barlowe y los otros ocho entraron, procedentes de la misma calle donde se habían comprado trajes de esquiar y otra ropa de abrigo. Todos vestían sus nuevos equipos y, por su apariencia, se diría que eran de Tahoe. Para sorpresa y placer del propietario de Mountain Country Sportmobile, un hombre corpulento de nombre Orley Treat pero apodado por sus amigos *Brinco,* según él mismo les dijo, los visitantes adquirieron cuatro patines y dos remolques planos para arrastrarlos.

Kyle Barlowe y un pastor llamado George Westvec llevaron casi toda la conversación porque Westvec sabía mucho de vehículos para la nieve y Barlowe estaba muy bien dotado para lograr el mejor precio posible de todo cuanto compraba. Su enorme tamaño, su impresionante apariencia y ese aire de violencia controlada a duras penas, le daban cierta ventaja en cualquier tipo de negociación; pero esa habilidad negociadora no se reducía a la intimidación. Poseía también un olfato superior para barruntar los puntos fuertes y flacos del interlocutor, sus limitaciones e intenciones. Eso era algo que él había averiguado acerca de sí mismo después de que Grace le hizo abandonar una vida de autoacusación y comportamiento social patológico; y fue un descubrimiento tan halagador como sorprendente. Había contraído una deuda eterna con madre Grace, no sólo porque ella hubiera salvado su alma, sino también porque le había brindado la oportunidad de conocer y explorar los talentos que sin ella habrían quedado ignotos.

Orley Treat, demasiado robusto para un apodo tan juvenil como *Brinco,* caviló sin tregua a fin de adivinar quiénes serían aquellos tipos. No paró de hacer preguntas a Grace, a Barlowe y a los demás, tales como si pertenecían a algún club o si tenían lazos consanguíneos entre sí.

Sin olvidar ni un instante que la Policía se interesaba todavía por hablar con Grace sobre ciertos acontecimientos recientes en el Condado de Orange, y temiendo que alguno de los discípulos cometiera sin querer una indiscreción con Treat, Barlowe despachó a todo el mundo, excepto a George Westvec, y les encargó que recorrieran los moteles cercanos a lo largo de la carretera principal y seleccionaran uno con suficientes habitaciones libres para darles acomodo a todos.

Cuando pagaron los patines con montones de dinero en metálico, Treat quedó boquiabierto sin dar crédito a sus ojos. Barlowe percibió la codicia en su mirada, y supuso que Treat habría ideado algún medio para falsear sus libros contables y sustraer ese dinero contante y sonante a la curiosidad fiscal. Aunque su propia curiosidad le causara casi un dolor físico, Treat cesó de inmiscuirse en los asuntos de sus clientes por temor de echar a perder el trato.

Como las furgonetas blancas no estaban preparadas para enganchar remolques, Treat aseguró que él se encargaría de que les soldaran los elementos necesarios aquella misma noche.

—Estarán listas mañana temprano... Digamos... a las diez.

—Antes —dijo Grace—. Mucho antes. Necesitamos remolcar eso hasta la zona norte hacia el amanecer.

Treat sonrió y señaló los ventanales panorámicos más allá de los cuales la nieve impulsada por el viento caía espesa al resplandor azulado del aparcamiento.

—El hombre del tiempo anuncia quizá medio metro. El frente borrascoso no pasará hasta las cuatro o las cinco de mañana, así que los equipos quitanieves no despejarán la autopista hacia la zona norte hasta las diez o incluso las once. Es inútil que ustedes pretendan salir antes.

Grace contestó a su parrafada:

–Si usted no puede tener listos los enganches de nuestras furgonetas y los patines para las cuatro y media de la madrugada, no habrá trato.

Barlowe sabía que ella estaba faroleando porque aquél era el único establecimiento donde podían adquirir los elementos que necesitaban. Pero, a juzgar por la expresión de desaliento en el rostro de Treat, éste tomó en serio su amenaza.

–Escúcheme, *Brinco* –dijo Barlowe–. Esa soldadura requerirá sólo un par de horas. Estamos dispuestos a darle una bonificación si lo hace esta noche.

–Es que tengo que montar los patines y...

–Pues móntelos.

–Pero yo estaba echando ya el cierre cuando ustedes...

–Mantenga abierta la tienda dos horas más –dijo Barlowe–. Sé que es una contrariedad. Y comprendo su sacrificio. De verdad. Pero dígame, *Brinco,* ¿cuántas veces vende usted cuatro patines y dos remolques en una sola operación?

Treat suspiró.

–De acuerdo, estarán listos para recogerlos a las cuatro y media de la madrugada. De todas formas ustedes no alcanzarán jamás la zona norte a esas horas.

Grace, George Westvec y Barlowe se marcharon a la calle, donde les esperaban los otros.

Edna Vanoff se adelantó y dijo:

–Hemos encontrado un motel con suficientes habitaciones para todos, madre Grace. Está a trescientos metros por esta carretera. Podemos ir dando un paseo.

Grace levantó la vista hacia el cielo crepuscular, guiñando cuando la nieve le azotó la cara y le emblanqueció las cejas. Largos mechones grisáceos, mojados y crespos, escaparon de su gorro de punto, y ella se los recogió por detrás de las orejas.

–Satanás trajo esta tormenta. Él intenta que nos retrasemos. Quiere ponernos trabas para que cuando alcancemos al muchacho sea ya demasiado tarde. Pero Dios nos despejará el camino.

LIV

Hacia las nueve y media, Joey se fue a dormir. Lo metieron en la cama entre sábanas limpias, bajo un grueso edredón azul y verde. Christine quiso quedarse con él en el dormitorio, a pesar de que no tenía todavía ganas de dormir; pero Charlie deseaba hablar con ella por si pudieran prever entre ambos ciertas contingencias.

—Tú estarás muy bien solo, ¿verdad que sí, Joey? —dijo.

—Lo supongo —dijo el niño.

Bajo aquel edredón abrumador y con la cabeza apoyada en una enorme almohada de plumas parecía un minúsculo duendecillo.

—No quiero dejarlo solo —insistió Christine.

—Nadie puede llegar hasta aquí sin pasar por la planta baja —arguyó Charlie—, y si viniera alguien nosotros le detendríamos.

—La ventana...

—Es una ventana de segundo piso. Ellos tendrían que colocar una escalera contra la casa para alcanzarla, y dudo mucho que lleven consigo una escalera.

Christine frunció el ceño, no muy convencida de que careciesen de la escalera.

—Aquí estamos perfectamente aislados —insistió Harrison—. Escucha ese viento. Aun cuando ellos supieran que estamos en estas montañas, aunque conocieran la existencia de esta cabaña, que no la conocen, no podrían llegar hasta aquí esta noche.

—Estaré bien, mamá —dijo Joey—. Tengo a *Chewbacca.* Y Charlie ha dicho que, según las reglas de la AFB, las brujas no vuelan cuando hay tormenta.

Ella suspiró, lo arropó y le dio un beso de buenas noches. Joey quiso dar también un beso a Charlie, lo cual fue una nueva experiencia para éste. Cuando los labios del pequeño le rozaron la mejilla, sintió infinidad de emociones: deseo furioso de protegerlo, apreciación de la pureza afectiva del niño y de su profunda vulnerabilidad; impresión desgarradora de inocencia y dulce sencillez; conmovedor, y también aterrador, descubrimiento de una confianza absoluta por parte del niño. Fue un momento tan grato, tan asombroso y satisfactorio, que Charlie no pudo comprender cómo había llegado a los treinta y seis años sin formar una familia.

Tal vez su destino quiso verlo allí, esperando a Christine y Joey cuando ambos le necesitaban. Si él hubiese tenido su propia familia no habría podido jugárselo todo por los Scavello, como había hecho; esas hazañas recientes, más allá de lo requerido por el deber, habrían correspondido a uno de sus hombres..., quien podría no haber sido tan sagaz ni haberse comprometido tanto como él. Cuando Christine entró por primera vez en su despacho, él se quedó atónito ante su belleza, y tuvo la impresión de que ambos estaban destinados a encontrarse de una forma o de otra. Sabía que se habrían encontrado de un modo diferente si la actuación de Grace Spivey no los hubiese unido. Sus relaciones parecían... insoslayables. Y ahora encontró igual de insoslayable y justo que él se constituyera en protector de Joey, que llegara a ser pronto el padre legal del niño, y que cada noche le oyera decir, «buenas noches, papá», en lugar de «buenas noches, Charlie».

¡El destino!

Era un vocablo, un concepto, al cual no había dedicado nunca muchas reflexiones. Si la semana pasada alguien le hubiese preguntado si creía en el destino, probablemente le habría contestado que no. Ahora le pareció una verdad elemental, natural e innegable, que todos los seres humanos habían de cumplir un destino y que el suyo estaba unido al de aquella mujer y aquel niño.

Cerraron las pesadas cortinas de la ventana del dormitorio, y dejaron encendida una lámpara con una toalla alrededor de la pantalla para tamizar la luz. Joey se quedó dormido mientras ellos la colocaban. *Chewbacca* se acurrucó también en la cama. Christine hizo una seña pausada al perro para que se bajara; el animal la miró con una fijeza lastimera. Charlie susurró que *Chewbacca* podía quedarse donde estaba. Por último, se retiraron de la habitación con sigilo exagerado dejando la puerta entreabierta unos centímetros.

Mientras descendían las escaleras, ella miró hacia atrás dos o tres veces, como si le remordiera dejar solo al niño; pero Charlie la cogió del brazo y la condujo con firmeza a la mesa. Se sentaron, tomaron café y conversaron mientras el viento gemía en el follaje y el granizo tamborileaba en la ventana o resbalaba sibilante por el cristal.

—Ahora —dijo Charlie—, en cuanto pase esta tormenta y las carreteras queden abiertas en la falda del monte, me propongo ir al mercado y llamar a Henry Rankin desde un teléfono público para saber cómo van las cosas. Iré cada dos días por lo menos, o quizás incluso a diario. Mientras yo esté fuera, creo que lo mejor será que Joey y tú os escondáis en la cámara de baterías debajo del molino. Eso...

—No —se apresuró a rechazar ella—. Si tú bajas de la montaña, nosotros iremos contigo.

–Será fatigoso si se hace cada día.

–Me aguantaré.

–Pero tal vez Joey no pueda.

–Nosotros no nos quedaremos solos aquí –declaró con tono terminante.

–Pero teniendo presente que la Policía nos busca, llamaremos más la atención si vamos en grupo, será más fácil...

–Iremos contigo a dondequiera que vayas. Por favor. ¡Por favor!

Él asintió.

–Está bien.

Sacó un mapa que había comprado en la tienda de artículos deportivos de Sacramento, lo extendió sobre la mesa y le enseñó la ruta de escape que ellos utilizarían si, contra todos los pronósticos, la gente de la Spivey se presentara, y no tuviesen tiempo suficiente para huir por la vía normal. Seguirían escalando la montaña hasta la cima del siguiente collado; luego, se desviarían hacia el este y descenderían al valle que había en esa dirección, buscarían el arroyo que corría por el fondo del valle y seguirían su curso hacia el sur, hacia el lago. Sería un recorrido de siete u ocho kilómetros..., que parecerían un centenar en el escabroso terreno nevado. Pero habría buenos puntos de referencia en todo el camino y pocas probabilidades de perderse mientras ellos tuviesen el mapa y la brújula.

Poco a poco, su conversación se desvió del tema Grace Spivey y hablaron de sí mismos, exploraron el pasado de cada uno, de las preferencias y aversiones, las ilusiones y las esperanzas. Se definieron mutuamente mucho mejor de lo que habían tenido la oportunidad de hacerlo hasta entonces. A su debido tiempo, dejaron la mesa, apagaron las luces y se acomodaron en el gran sofá ante el hogar de piedra, sin más alumbrado que el parpadeante resplandor del fuego para ahuyentar las sombras. Su conversación se hizo más íntima, se dijeron más con menos palabras y, por último, incluso sus silencios contuvieron una información más rica.

Charlie no pudo recordar el primer beso. Descubrió de repente que se habían estado tocando y besando con creciente pasión desde hacía un buen rato; entonces le acarició un pecho y pudo sentir el pezón erecto a través de la blusa, ardiendo en el centro de la palma. La lengua de ella se movió dentro de su boca y también quemaba. Sus labios fueron abrasadores, y cuando él le tocó la cara con la yema de los dedos, el contacto resultó tan electrizante que parecía como si saltaran chispas y despidiera humo. Él no había deseado nunca a una mujer ni una milésima parte de lo que deseó a Christine y, a juzgar por la forma en que ella arqueó el cuerpo contra el suyo y tensó los músculos, lo deseaba y lo necesitaba con un apasionamiento equiparable. Él supo que, a pesar de las circunstancias y de lo poco apropiado del lugar que les había procurado el destino, ellos harían el amor allí, aquella noche. Era inevitable.

La blusa de ella quedó desabotonada. Él le apresó los pechos con la boca.

—¡Charlie! —gimió ella susurrante.

Él le lamió los abultados pezones, con deleite, con mimo.

—No —dijo ella.

Pero no lo rechazó, sólo le dio un leve empujón sin convicción, como si deseara que se la convenciera.

—Te quiero —dijo él.

Y no mintió. En pocos días se había enamorado de su cara, exquisitamente formada, de su cuerpo, de su mente compleja e ingeniosa, de su bravura ante la adversidad, de su espíritu indómito, de su forma de caminar, de su pelo agitado por el viento...

—Joey... —dijo ella.

—Está durmiendo.

—Podría despertar...

Charlie le besó la garganta, sintió las pulsaciones bajo sus labios. El corazón de ella latió aprisa. El suyo también.

—El niño podría salir a la galería, mirar hacia abajo y vernos —objetó Christine.

Él la apartó y la condujo a un diván largo y mullido que estaba bajo el saliente de la galería, fuera de la vista, entre sombras purpúreas.

—No deberíamos... —insistió ella, pero sin dejar de besarle cuello y barbilla, labios, mejillas y ojos—. Incluso aquí..., si él se despierta...

—Nos llamará primero —dijo Charlie jadeante, sintiendo dolor de tanto deseo—. No bajará a una sala tan oscura.

Christine le besó la nariz, las comisuras de la boca, le plantó una cadena de besos a lo largo de la mandíbula; se detuvo en una oreja.

Él le acarició el cuerpo, se deleitó con tanta perfección de formas y con la delicadeza de su piel. Cada suave concavidad y convexidad, cada ángulo cautivador, la curva esplendorosa de pechos y caderas, la tersura del vientre, la rotundidad madura de las nalgas, la redondez esbelta de muslos y pantorrillas... Halló que toda ella, milímetro a milímetro, era la definición exacta de la feminidad ideal.

—Está bien —murmuró ella rendida—. Pero en silencio...

–Ni un sonido –prometió él.

–Ni el menor ruido...

El viento gimió en la ventana sobre el diván, pero él exteriorizó su intenso placer sólo en el pensamiento.

En el instante más inoportuno, pensó indolente ella. El lugar menos idóneo. La hora más inconveniente. El todo más inadecuado.

Joey... podría... despertarse...

Aunque eso le importara, no le preocupó; no demasiado, no lo suficiente para ofrecer resistencia.

Charlie había dicho que la quería, y Christine se lo dijo también a él. Sabía que ambos expresaban la verdad, que era cierto, real. Ella no supo muy bien desde cuándo le quería; pero, si lo calculara con la necesaria precisión, probablemente podría determinar el momento exacto en que el respeto, la admiración y el afecto dieron paso a algo mucho mejor y más poderoso. Después de todo, ella lo había conocido sólo pocos días antes; en tan breve tiempo no sería difícil determinar el momento del enamoramiento. Desde luego en este instante ella no pudo reflexionar sobre nada ni coordinar las ideas; se sintió arrebatada, aunque eso fuera impropio de su carácter.

Pese a sus mutuas manifestaciones de amor, no fue solamente amor lo que la indujo a desechar toda cautela y arriesgarse a ser oídos en los momentos culminantes de su pasión; fue también una lujuria beneficiosa, sana. Ella no había deseado nunca a un hombre tanto como deseaba a Charlie. De repente, necesitó tenerlo dentro de sí, no podría respirar hasta que él la poseyera. El cuerpo del hombre era enjuto, los músculos recios y bien dibujados, sus hombros cincelados, sus bíceps de dureza roqueña, su pecho ancho y suave... Todo él la excitó hasta el extremo que no recordó haberse sentido nunca así. Cada nervio de su cuerpo fue muchas veces más sensitivo que antes; cada beso y cada contacto, cada caricia exterior e interior fueron tan explosivos y placenteros que bordearon los límites del dolor, un placer asombroso, un placer que la sació y desplazó todo lo demás, cualquier otro pensamiento, hasta que se abandonó a él, asombrándose del ardor con que le abrazaba, incapaz de comprender o rechazar la fiebre primitiva de mujer en celo que la poseía.

La necesidad de estar callado, el juramento de silencio, surtió un extraño e irresistible efecto erótico. Incluso al alcanzar el punto culminante, Charlie no gritó, sólo le aferró las caderas y la estrechó contra sí, arqueó el dorso y abrió la boca; pero permaneció mudo; y, sin poder explicárselo, al contener el grito contuvo también su energía y virilidad, pues no perdió ni por un instante la erección, y ambos hicieron una pausa sólo para cambiar de posición, continuando fundidos uno contra otro, pero dando la vuelta sobre el diván hasta que ella quedó encima y cabalgó sobre él con una fluidez neumática y un ritmo ondulante que no tuvo comparación posible con nada de lo que él había conocido hasta entonces, haciéndole perder toda noción de tiempo y espacio, y sumiéndolo en la melodía sedosa y silente de carne y movimiento.

Ella no había estado jamás tan falta de reparos en el acto carnal. Durante largo rato, se olvidó de dónde estaba e incluso de quién era, se transformó en un animal, un organismo inconsciente y copulador, obsesionado con la obtención de placer, ajeno a todo lo demás. Sólo una vez se interrumpió el ritmo hipnótico de su ayuntamiento. Fue cuando ella tuvo la impresión súbita de que Joey había bajado las escaleras y estaba escondido entre sombras observándolos; pero, al levantar la cabeza del pecho de Charlie y mirar alrededor, no vio nada salvo las siluetas borrosas de los muebles, iluminados apenas por el fuego agonizante, y entonces comprendió que había visto visiones. La placentera lujuria se apoderó otra vez de ella con una violencia que la sorprendió e incluso la asustó. Se entregó por completo al acto carnal incapaz de hacer otra cosa, perdida sin remedio en él.

Antes de darse por satisfechos, Charlie había sido sacudido por tres orgasmos y había perdido la cuenta de los de ella; pero no necesitó nada para saber que ninguno de los dos había experimentado jamás algo semejante. Cuando todo terminó, él temblaba todavía y se sentía como drogado. Permanecieron tendidos, sin hablar, hasta que percibieron poco a poco el viento aullando fuera y notaron que el fuego moribundo había dado paso, sigiloso, a cierto helor en la estancia. Entonces se vistieron de mala gana y marcharon escaleras arriba, donde prepararon el segundo dormitorio para ella.

—Yo debería dormir con Joey y dejarte esta cama —manifestó Christine.

—No. Sólo conseguirás despertarlo si entras ahí. El pobre chico necesita descanso.

—Pero ¿dónde dormirás tú?

—La galería será mi aposento.

–¿En el suelo?

–Pondré un saco de dormir delante de la escalera.

Por unos instantes, la ensoñación que había en sus ojos dio paso a la ansiedad.

–Creí haberte oído decir que ellos no tendrían ninguna probabilidad de llegar aquí esta noche, incluso si...

Él le puso un dedo en los labios.

–No la hay. Ninguna. Pero, por la mañana a Joey no le agradaría encontrarme en tu cama, ¿verdad? Y los muebles de abajo son demasiado blandos para dormir. Así que utilizaré un saco. En tal caso, ¿por qué no colocarlo al comienzo de la escalera?

–¿Y por qué no tener también un arma al alcance, verdad?

–Claro. Aunque no la necesite. Y no la necesitaré, ya lo verás. Así que vete a tu cama.

Cuando ella estuvo debajo de las sábanas él se despidió con un beso y salió de espaldas dejando la puerta entornada.

En la galería, Charlie miró su reloj y se sorprendió de lo tarde que se había hecho. ¿Era posible que hubiesen estado haciendo el amor durante casi dos horas? ¡No! Su ayuntamiento había tenido algo de terrorífico y deliciosamente animal; hubo una entrega recíproca con un abandono y una intensidad que llegaron a anular la noción de la realidad. Pero él no se había tenido nunca por un semental fogoso, y no podía creer que hubiese actuado de forma tan insaciable todo ese tiempo. Sin embargo, su reloj no se había adelantado jamás, y desde luego no podía haber adelantado una hora o más en los últimos treinta minutos.

Se dio cuenta de que estaba plantado allí, solo, frente al dormitorio de ella, sonriendo como el gato *Cheshire,* muy satisfecho de sí mismo.

Reavivó el fuego de la planta baja, llevó un saco de dormir a la galería, lo desenrolló, apagó la luz del rellano y se deslizó dentro de la acolchada bolsa. Escuchó el furor de la tormenta, pero no por mucho tiempo. El sueño llegó cual una marea oscura.

Soñó que estaba arropando a Joey, estirando sábana y manta, ahuecando la almohada, y el chico quería darle un beso de buenas noches. Él se inclinaba y notaba que los labios del niño eran duros y fríos en su mejilla. Cuando miró hacia abajo, el pequeño no tenía ya cara, sino una calavera desnuda con dos ojos de mirada fija, algo horrible, fuera de lugar en aquella faz blanqueada. Charlie no había sentido labios sobre la mejilla sino una boca sin carne, unos dientes helados. Retrocedió lleno de terror. Joey echó hacia atrás las sábanas y se sentó en la cama. Era un niño normal exceptuando que, en lugar de cabeza, tenía sólo una calavera. Mientras los ojos protuberantes fulminaban a Charlie, las manos menudas del niño empezaron a desabotonar su pijama Jinetes del espacio, y cuando su pequeño pecho quedó al descubierto, empezó a resquebrajarse. Charlie intentó dar media vuelta y huir; pero no pudo; tampoco consiguió cerrar los ojos ni mirar a otra parte, sólo pudo contemplar el agrietado pecho del niño, de cuyas fisuras surgió una horda de ratas con pupilas rojizas como las del roedor que se hallaba en la cámara de baterías; primero diez, luego cien y por último un millar de ratas, hasta que el niño se quedó vacío y se convirtió en un montón de piel, como un globo desinflado. Y entonces los repugnantes animales avanzaron hacia él...

En ese momento, despertó; sudoroso, boqueando con un grito ahogado en la garganta. Algo le impidió moverse, sujetándole brazos y piernas, por un momento temió que fueran las ratas surgiendo del sueño para perseguirle, y manoteó con pavor, lo cual le hizo ver que estaba dentro del saco de dormir. Encontró la cremallera, se libró de la opresión y avanzó a gatas hasta tropezar, en la oscuridad, con una pared. Se respaldó contra ella y escuchó los latidos descompasados de su corazón.

Cuando pudo dominarse al fin, entró en el dormitorio de Joey para reponerse de la horrible pesadilla. Vio que el niño dormía pacíficamente. *Chewbacca* alzó la peluda cabeza y bostezó.

Charlie miró su reloj, comprobó que había dormido unas cuatro horas. El alba se avecinaba.

Volvió a la galería. No podía dejar de temblar.

Bajó y se hizo café.

Intentó no pensar en la pesadilla, pero le fue imposible evitarlo. Jamás en su vida habla tenido un sueño tan vívido, lo cual le indujo a creer que aquello había tenido poco de pesadilla y mucho de clarividencia, que era un presagio de acontecimientos que se avecinaban. No que surgieran ratas de Joey. ¡Claro que no! El sueño había sido simbólico. Lo que significaba era que el chiquillo iba a morir. No quería creerlo, anonadado por la idea de que él no fuese capaz de proteger al pequeño. Por mucho que lo intentaba, no lograba convencerse de que no había sido más que un mero sueño. Lo supo, lo notó en los huesos: Joey estaba condenado a morir. Tal vez lo estuvieran todos ellos.

Charlie se levantó de la mesa, dejando a medio terminar el café, y se acercó a la puerta principal. Limpió el vaho del cristal hasta que pudo ver el porche cubierto de nieve. No alcanzó a distinguir gran cosa, sólo algunos copos fluctuantes y oscuridad. Ya había pasado lo peor de la tormenta. Y la Spivey estaba ahí fuera. En alguna parte. Eso era lo que significaba el sueño.

LV

Hacia el amanecer la tormenta pasó de largo.

Christine y Joey se levantaron temprano. El chico no se mostró tan bullicioso como la noche pasada. Se encerró otra vez en la taciturnidad y el desespero; pero les ayudó a hacer el desayuno y comió bien.

Después de desayunar, Charlie se abrigó bien y marchó fuera para probar el rifle comprado el día anterior en Sacramento.

Durante la noche habían caído más de treinta centímetros de nieve. Los montones estaban bastante más altos que el día anterior y cegaban dos o tres ventanas de la planta baja. Las ramas de conífera se hallaban más abatidas bajo la nieve nueva y el mundo guardaba tal silencio que semejaba un cementerio.

El día era frío, gris, desapacible. Por el momento no soplaba viento alguno.

Harrison había hecho un blanco con una cartulina cuadrada y dos tiras de bramante. Lo aseguró al tronco de un abeto Douglas que se alzaba a pocos metros del molino, retrocedió veinte metros y se tendió boca abajo en la nieve. Utilizando como apoyo un saco de dormir enrollado, hizo tres disparos con el suficiente intervalo para asegurarse de que el retículo estaba enfilado con la diana.

El Winchester Modelo 100 iba equipado con una mira telescópica de potencia tres, que le acercaba el blanco al alcance de la mano. Comprobó que cada una de las balas alcanzaba el objetivo previsto.

Los estampidos alteraron la quietud matutina de la montaña y expandieron el eco por los distantes valles.

Charlie se levantó, caminó hasta el blanco y midió el punto medio de los impactos, que resultó ser el lugar equidistante entre los tres balazos. Luego, midió la distancia entre el punto del impacto y el de puntería (es decir, la diana con la que enfiló el retículo), y esa cifra le reveló el ajuste que requería el alcance. El rifle se desviaba hacia abajo y a la derecha. Así pues, corrigió el dispositivo de elevación y el de desvío; luego se tendió otra vez vez e hizo tres disparos más. Comprobó complacido que, en esta ocasión, cada proyectil había encontrado el centro del blanco.

Comoquiera que una bala no se traslada en línea recta sino trazando una trayectoria curva, cruza dos veces la línea de mira, una al elevarse y otra al caer. Con el rifle y la munición que estaba utilizando, Charlie pudo calcular que cada bala disparada cruzaría primero la línea de mira a unos dieciocho metros, luego se elevaría hasta alcanzar, a los ochenta de recorrido, una altura de siete centímetros por encima de la diana, y después descendería para cruzar por segunda vez la línea de mira a los ciento sesenta metros más o menos. Por lo tanto el Winchester quedó ajustado para los ciento sesenta metros.

No quería matar a nadie.

Esperó que las muertes no fuesen necesarias.

Pero ahora estaba dispuesto.

Christine y Charlie se pusieron las raquetas, se cargaron las mochilas y descendieron la montaña hasta el prado para terminar de descargar el jeep.

Charlie llevó el rifle colgado al hombro.

—No esperarás complicaciones, ¿verdad? —inquirió ella.

—No. ¿Pero de qué sirve poseer un arma si no la mantienes siempre al alcance?

Ella soportó mejor que la pasada noche el hecho de dejar solo a Joey; pero, así y todo, esa circunstancia no la hizo muy feliz.

El alborozo del niño había durado poco. El chico se había retraído otra vez, retirándose a su mundo interno privado. El cambio resultaba incluso más inquietante, pues tras su recuperación del día anterior por la tarde, ella pensaba que el pequeño volvía para quedarse definitivamente con ellos. Si se recluyera en el silencio y la desesperación, podría ensimismarse más que antes, y quizá no saliera ya de su letargo. Era posible que un niño perfectamente normal y extravertido cayera en un comportamiento de autista y cortara casi todas, o todas, sus interacciones con el mundo real. Ella había leído acerca de casos semejantes; pero esas cosas no la habían preocupado nunca tanto como las enfermedades o los accidentes, porque Joey había sido siempre un niño comunicativo, alegre, abierto. El autismo lo veía como algo que podía sucederles a los hijos de otras personas, pero nunca al suyo, tan expresivo y parlanchín. Sin embargo, ahora... Aquella mañana él habló poco. No sonrió nada. Ella hubiese querido acompañarle cada minuto, abrazarle cuanto pudiese; pero recordó que dejarlo solo un buen rato la noche antes había servido para convencerle de que la bruja no estaba cerca. Abandonarle a sus propios recursos durante el día, podría surtir el mismo efecto beneficioso.

Christine no miró hacia atrás cuando Charlie y ella marcharon cuesta abajo distanciándose de la cabaña. Si Joey les observara desde una ventana, podría interpretar esas miradas como una muestra de temor por él, y entonces se contagiaría de su propia inquietud.

Su aliento tomó forma sólida y le rodeó la cabeza como un nimbo. El aire era de un frío mordiente; pero, como no soplaba viento, no necesitaron ponerse los pasamontañas.

Al principio, ninguno de ellos habló, se limitaron a caminar y buscar su ruta por la nieve blanda. Se hundían de cuando en cuando a pesar de las raquetas, y procuraban pisar corteza firme. Tenían que hacer guiños porque el resplandor de la nieve les fatigaba los ojos incluso en un día nublado como aquél. Sin embargo, cuando alcanzaron el bosque en la base del prado, Charlie dijo:

–¡Hum...! Acerca de lo de anoche...

–Yo primero –se apresuró a decir ella, hablando muy quedo porque había tanta calma que los susurros parecían alaridos–. Me he pasado toda la mañana algo..., bueno, un poco avergonzada.

–¿Por lo ocurrido anoche?

–Sí.

–¿Te arrepientes de haberlo hecho?

–No, no.

–Estupendo. Porque yo estoy seguro de no arrepentirme.

–Sólo quiero hacerte saber... –explicó– que mi forma de comportarme anoche..., tan ansiosa..., tan agresiva..., tan...

–¿Apasionada?

–Fue más que pasión, ¿no te parece?

–Me parece.

–¡Dios mío! Me conduje como un... animal o algo parecido. Era como si no tuviera nunca bastante de ti.

–Eso halagó mi ego –respondió él sonriendo gesticulante.

–No sabía que tu ego estuviese desinflado.

–No lo estaba. Pero, por otra parte, jamás me he creído un don de Dios para las mujeres.

–Y desde anoche sí te lo crees, ¿no?

–Ni mucho menos.

Se habían adentrado ya unos doce metros en el bosque. Entonces, se pararon, se miraron y se dieron un beso tierno.

—Sólo quiero hacerte entender —continuó ella— que yo no me he comportado nunca así.

Él fingió sorpresa y decepción.

—¿Quieres decir que no te vuelve loca el sexo?

—Sólo contigo.

—Eso será, digo yo, porque soy verdaderamente un don de Dios para las mujeres.

Christine no sonrió.

—Escucha, Charlie, es importante para mí que lo entiendas. Anoche... no sé qué ocurrió dentro de mí.

—Yo entré dentro de ti.

—Seamos serios, por favor. No quiero que creas que he sido así con otros hombres. Porque no lo he sido. Jamás. Anoche hice cosas contigo que no he hecho nunca. Ni siquiera sabía que podía hacerlas. En verdad, fui como un animal salvaje. Me refiero a que... no soy mojigata pero...

—Ahora escúchame tú —pidió Charlie—. Si anoche tú fuiste un animal, yo fui una bestia. No es mi costumbre perder por completo el control así; y, ciertamente, no es mi norma ser tan exigente..., tan áspero. Sin embargo, no me avergüenzo de ello, y tampoco deberías avergonzarte tú. Nosotros nos hemos visto favorecidos con algo especial, algo único, y ésa es la razón de que ambos nos sintamos capaces de dejarnos llevar como lo hicimos. A ratos fue un tanto primitivo... pero también formidable, ¿no crees?

—Sí, Dios mío.

Se besaron otra vez, aunque con suma brevedad, pues les interrumpió un ronroneo distante, pero creciente.

Charlie ladeó la cabeza y tendió el oído.

El sonido aumentó por momentos.

—¿Aeroplano? —preguntó ella, y levantó la vista hacia la estrecha banda de cielo entre los árboles que flanqueaban el sendero.

—Trineos locomóviles —dijo Charlie—. Hubo un tiempo en que las montañas estaban tranquilas, serenas. Ya no. Esos malditos trineos se hallan por todas partes, como pulgas en un gato.

El rugido de los motores aumentó.

—No llegarán hasta aquí, ¿verdad? —preguntó preocupada ella.

—Podrían.

—Suenan como si estuvieran casi encima de nosotros.

–Probablemente se encuentran todavía bastante lejos. Aquí arriba el sonido es engañoso.

–Pero si nos encontramos con sus conductores...

–Diremos que hemos alquilado la cabaña. Mi nombre será... ¡hum! Henderson. Tú te llamarás Jane Henderson. Vivimos en Seattle. Estamos aquí haciendo algo de esquí para escapar del tumulto. ¿Lo pescas?

–Lo pesco.

–No menciones a Joey.

Ella asintió. Reemprendieron la marcha cuesta abajo.

El sonido de los trineos locomóviles fue creciendo... pero de pronto enmudecieron uno tras otro hasta que reinó otra vez un silencio profundo envolviendo las montañas en el que sólo se percibían los suaves crujidos y chirridos de las raquetas en la nieve.

Cuando alcanzaron la siguiente brecha en la línea de árboles sobre el borde superior del prado, vieron cuatro trineos locomóviles y ocho o diez personas agrupadas alrededor del jeep, a unos doscientos cuarenta metros de ellos. Demasiado lejos para que Christine distinguiera su aspecto o siquiera si eran hombres o mujeres. Eran sólo figuras pequeñas y oscuras sobre el campo nevado de blancura deslumbrante. El jeep estaba medio enterrado en la nieve reciente; pero aquellos desconocidos se atareaban limpiándolo y probando las puertas.

Christine oyó voces lejanas; mas no pudo entender las palabras. El ruido de cristal roto le llegó como un tintineo a través del aire frío y vivificante. Entonces comprendió que no eran unos vulgares entusiastas del trineo locomóvil.

Charlie la empujó hacia la oscuridad debajo de los árboles, a la izquierda del sendero y ambos estuvieron a punto de caer porque las raquetas no estaban hechas para escabullirse y correr. Se apostaron bajo una cicuta gigantesca. Sus ramas extendidas se desplegaban a unos dos metros y medio del suelo proyectando sombras sobre la fina capa de nieve que cubría allí la tierra. Charlie se apoyó contra su enorme tronco y atisbó por detrás de él, más allá de otras dos cicutas, hacia el prado y el jeep. Abrió el estuche de los binoculares que colgaba de su cinto y siguió espiando con los anteojos.

–¿Quiénes son? –preguntó Christine al ver que Charlie enfocaba los prismáticos; aunque estaba segura de conocer la respuesta, no quiso creerla, no tenía el ánimo suficiente para ello–. Desde luego no se trata de un grupo de gentes aficionadas a los deportes. Si fuera así, no irían por ahí rompiendo ventanillas de coches estacionados.

—Tal vez sea una pandilla de chavales —dijo él sin dejar de enfocarlos— buscando un poco de jaleo.

—A nadie se le ocurriría profundizar tanto en la montaña nevada sólo para buscar jaleo.

Charlie se apartó dos pasos de la cicuta, sostuvo con ambas manos los prismáticos y miró hacia abajo. Por fin dijo:

—He reconocido a uno de ellos. El grandullón que llegó al despacho de Grace en la rectoría, justo cuando Henry y yo nos marchábamos. Ella le llamó Kyle.

—¡Oh, Dios mío!

En definitiva, la montaña no era un refugio sino un callejón sin salida. Una trampa.

De pronto, la soledad de los grandiosos bosques y laderas transformó su repliegue a la cabaña en la maniobra de un miope, un insensato. Consideraron una buena idea apartarse de la gente, retirarse adonde no los conocieran; pero, al mismo tiempo, se habían privado de toda ayuda; ahora nadie acudiría a auxiliarles si eran atacados. Allí, en aquel lugar gélido y elevado, se les podría asesinar y enterrar sin que nadie se enterase de lo ocurrido, excepto sus asesinos.

—¿La ves... a ella? —preguntó Christine.

—¿A la Spivey? Creo que... sí..., la única persona que sigue sentada en un trineo locomóvil. Estoy seguro de que es ella.

—¿Pero cómo han podido encontrarnos?

—Alguien averiguaría que yo soy copropietario de la cabaña. Lo recordaría y se lo diría a la gente de la Spivey.

—¿Henry Rankin?

—Tal vez. Muy pocas personas conocen la existencia de este refugio.

—Pero, así y todo..., ¡tan aprisa!

—Seis..., siete... Son nueve. No. Diez.

«Vamos a morir», pensó ella. Y por primera vez desde que abandonó el convento, desde que perdió su religión, deseó no haberle vuelto la espalda por completo a la Iglesia. De repente, comparada con la insania de las creencias religiosas profesadas por la Spivey, la antigua y misericordiosa doctrina de la Iglesia católica romana se le antojó muy atrayente y reconfortante; deseó poder volver a ella ahora, sin verse como una hipócrita, deseó poder pedir ayuda a Dios, y suplicar la divina intercesión de la bienaventurada Virgen María. Pero uno no podía rechazar a la Iglesia, desterrarla de su vida... y después correr a ella cuando la necesitabas y esperar que te atendiera sin hacer antes penitencia. Dios requería de tu fe tanto en los buenos tiempos como en los malos. Si ella muriese a manos de esos fanáticos, se iría del mundo sin hacer una confesión final a un sacerdote, sin los ritos póstumos y sin que la enterraran en suelo sagrado. Le sorprendió que esas cosas le parecieran importantes después de tantos años desestimando su valor.

Charlie colocó los prismáticos en su estuche y lo cerró. Se descolgó el rifle del hombro.

—Tú regresa a la cabaña —dijo—. Tan aprisa como puedas. Manténte entre los árboles hasta que alcances la revuelta del sendero. Después de eso, ellos no te podrán ver desde el prado. Viste a Joey. Mete algunos comestibles en tu mochila. Haz todo cuanto creas oportuno para estar presta.

—¿Es que tú te quedas aquí? ¿Por qué?

—Para matar a unos cuantos de ésos.

Se abrió los bolsillos del chaquetón. Estaban repletos de cartuchos. Así, cuando vaciase el cargador del rifle, podría volverlo a cargar sin pérdida de tiempo.

Ella titubeó, temerosa de abandonarle.

—¡Ve! —le ordenó—. ¡Apresúrate! No nos queda mucho tiempo.

Con el corazón alterado, ella asintió, dio media vuelta y empezó a marchar entre los árboles, patinando aprisa tanto como se lo permitían las raquetas, que no era mucho, y alzando los brazos con frecuencia para apartar las ramas de su camino. Agradeció que los inmensos árboles atajasen el paso del sol e impidiesen así el desarrollo de la maleza, pues de lo contrario esa maraña habría enredado las raquetas y habrían entorpecido su avance.

La buena puntería con un rifle requiere dos cosas: una postura lo más firme posible y la presión sobre el gatillo en el momento justo y con el mínimo esfuerzo. Hay pocos tiradores de rifle, sean cazadores o militares, que puedan considerarse buenos. Muchos se empeñan en precipitar el disparo, cuando se les ofrecen otras posiciones bastante más favorables; o aprietan el gatillo con un movimiento rápido que les desequilibra por completo la puntería.

El tirador de rifle dispara mejor tendido boca abajo, sobre todo cuando apunta desde una superficie inclinada.

Después de quitarse las raquetas, Charlie se movió hacia el perímetro del bosque hasta el mismo lindero del prado, y se arrojó al suelo. Allí la capa nevada tenía sólo cinco centímetros de grosor, porque el viento del oeste barría el prado y la empujaba casi toda en dirección este, formando montículos en el flanco de la floresta. La pendiente era pronunciada en ese punto, y él dominaba desde allí a la gente de abajo que seguía bullendo alrededor del jeep. Charlie alzó el rifle y lo hizo descansar sobre la base de la mano izquierda; luego, dobló el brazo de modo que el codo quedara directamente debajo del rifle. En esa posición, el arma no oscilaría porque la soportaban bien los huesos del antebrazo, el cual servía como un pilar entre la tierra y el rifle. Apuntó a la figura oscura que se hallaba en el trineo locomóvil que iba en cabeza. Se le ofrecían mejores blancos; pero él estaba seguro que aquélla era Grace Spivey. Su cabeza sobresalía detrás del parabrisas, lo cual hacía que hubiera una cosa menos de la que preocuparse: ningún plexiglás desviaría la trayectoria de la bala. Si él pudiera eliminarla, quizá los otros perdiesen su noción de compromiso y sufriesen un colapso psicológico. Para un fanático, sería aniquilador el hecho de que su pequeña diosa de hojalata muriera ante sus propios ojos.

Curvó el dedo enguantado alrededor del gatillo, pero no le gustó el contacto, no consiguió percibir la conexión, así que se quitó el guante con los dientes y puso el dedo desnudo en el gatillo... lo cual fue mucho más satisfactorio. Tuvo el retículo alineado con el centro de la frente de Grace Spivey porque, a aquella distancia, la bala caería atravesando la línea de mira justamente cuando encontrara su objetivo y penetraría a dos centímetros y medio más abajo. Con un poco de suerte... entre los ojos. Si no hubiese suerte sino sólo destreza, le golpearía la cara o la garganta.

A pesar de la temperatura bajo cero, Charlie sudaba. El sudor le resbaló desde las axilas.

¿Se podría denominar a esto legítima defensa? Por el momento, ninguno de ellos le apuntaba con un arma. Él no corría un peligro de muerte inminente. Desde luego, si no consiguiera eliminar a unos cuantos del grupo antes de que se le acercaran, le avasallarían. Sin embargo, vaciló. No había hecho nunca una cosa semejante... a sangre fría. Una tenue voz interna le advirtió que, si recurría a emboscadas de esta especie, no sería mejor que los monstruos con quienes se enfrentaba. Pero si no recurriese a ellas, moriría tarde o temprano... así como Christine y Joey.

El retículo continuó sobre la frente de la Spivey.

Charlie apretó el gatillo, pero no hasta el fondo porque la presión inicial desviaría un poco el rifle, de modo que lo mantuvo en esa posición hasta colocar otra vez el retículo sobre su blanco y entonces, casi como si le faltara tiempo, dio un apretón seco, súbito para llegar al final del recorrido. El rifle vomitó y él reculó; pero no anticipándose a la explosión sino como una reacción posterior, con lo cual fue demasiado tarde para que la bala se desviara porque había salido ya del cañón. Una reculada prematura era lo que se debía evitar, y la tracción de dos tiempos engañaba siempre un poco al subconsciente, lo suficiente para que la explosión en el cañón causara una leve sorpresa.

Pero hubo otra sorpresa adversa cuando Charlie creyó ver que la Spivey se inclinaba un poco hacia adelante en el trineo locomóvil para coger algo justamente al sonar el disparo. Ahora, al enfocar otra vez la mira telescópica, él no consiguió verla, lo cual podría significar que la había tocado y ella se había desplomado bajo el parabrisas del trineo locomóvil... o bien que la mujer se había agachado en el penúltimo momento, salvándose por casualidad, y ahora estaba acurrucada en un ángulo muerto.

Al instante apuntó el rifle a otro del grupo, un hombre plantado junto al jeep, que se había vuelto hacia él al oír el estampido, mal dotado para la reacción inmediata, confuso, sin verdadera noción del peligro.

Charlie hizo fuego. Esta vez vio que su blanco saltaba hacia atrás y quedaba despatarrado sobre la nieve, muerto o malherido.

Siguiendo el lindero del bosque, Christine alcanzó la revuelta, zafándose a la vista de los de abajo. Cuando caminaba ya por terreno más transitable, oyó un disparo y luego otro, o quizá dos más. Quiso volver a Charlie, quiso ayudarle allí; pero comprendió que no podría hacer nada. No tuvo siquiera tiempo para mirar hacia atrás. Así pues, redobló su esfuerzo, exhalando una verdadera neblina. Intentó caminar ligera sobre la nieve; rompía a cada paso la costra en su precipitación y buscaba frenética los trechos barridos por el viento para poder aligerar su marcha.

¿Qué pasaría si le sucediese algo a Charlie? ¿O si no pudiera reunirse con ellos en la cabaña?

Christine no era persona habituada al aire libre. No sabría cómo luchar por la supervivencia en aquella vastedad inhóspita. Si ellos tuvieran que abandonar la cabaña sin Charlie, se extraviaría en el campo abierto y morirían congelados.

Entonces, como si la Naturaleza quisiera aguijonear su miedo hasta límites insoportables, como si se burlara de ella, empezó a nevar otra vez con intensidad.

Cuando el primer hombre cayó desplomado, casi todos los demás se pusieron a cubierto detrás del jeep; pero dos de ellos corrieron hacia los trineos locomóviles convirtiéndose en blancos perfectos; Charlie no desperdició la ocasión y apuntó a uno de ellos. Esta bala, también bien colocada, alcanzó al hombre en el pecho, lanzándole sobre uno de los trineos, y de allí al suelo, donde quedó muy quieto.

El otro hombre se dejó caer, presentando un blanco exiguo. Charlie disparó de todas formas. Esta vez le fue imposible verificar si había acertado porque su presa quedó oculta detrás de un montículo de nieve.

Entonces cargó de nuevo.

Se preguntó si algunos de ellos serían cazadores o antiguos soldados con la suficiente experiencia para localizar su posición. Consideró la conveniencia de moverse a lo largo del lindero hasta encontrar otra situación ventajosa, porque además tuvo la certeza de que las sombras de los árboles disimularían sus movimientos. Pero presintió que la mayoría de ellos no era gente experimentada en tales quehaceres ni estaba hecha para la guerra de guerrillas, así que permaneció donde estaba y esperó a que alguno de ellos cometiera un error.

La espera no fue larga. Uno de los que se pusieron a cubierto detrás del jeep resultó ser demasiado curioso para su propio bien. Cuando había transcurrido ya medio minuto desde el último disparo, el «crepuscular» asomó poco a poco para echar un vistazo, todavía medio agazapado, presto a dejarse caer, probablemente figurándose que esa postura encorvada le hacía un blanco casi imposible cuando, en realidad, ofrecía a Charlie una gran superficie sobre la que tirar. También era probable que se creyese capaz de besar el suelo tan pronto como oyese el menor sonido; pero recibió el impacto y quedó muerto antes de que le alcanzara el estampido del disparo.

¡Tres abatidos! Quedaban seis... suponiendo que hubiese matado también a la Spivey.

Por primera vez en su vida, Charlie Harrison se alegró de haber hecho el servicio militar en Vietnam. Habían transcurrido quince años desde entonces pero la astucia del combatiente no le había abandonado por completo. Conoció el terror paralizante de ambos protagonistas, el cazador y el cazado, esa tensión nerviosa que la batalla produce como ninguna otra situación, pero él supo cómo usar esa tensión, cómo aprovecharla para mantenerse alerta y presto.

Los otros permanecieron muy quietos, enterrándose en la nieve, pegados al jeep y a los trineos locomóviles. Charlie pudo oír cómo se llamaban unos a otros, pero ninguno de ellos osó moverse otra vez.

Sabía que sus enemigos continuarían así durante cinco o diez minutos, y se preguntó si no le convendría aprovechar ese respiro para levantar el campo y regresar a la cabaña. Pero existía la posibilidad de que, si les superaba en paciencia, podría tener otro acierto tan pronto como ellos cobraran un poco de confianza. Por el momento no corrió peligro de perder su ventaja manteniéndose escondido, de modo que siguió en el lindero del bosque. Cargó otra vez sin perderlos de vista. Le entusiasmó su puntería aunque le desagradara sentir tanto orgullo por eso. Haber eliminado a tres perseguidores produjo una euforia salvaje; pero, al mismo tiempo, se avergonzó de sentirla. El cielo parecía duro, metálico. Cayeron leves copos de nieve. De momento no sopló el viento. Excelente. Podría alterar su puntería. Entretanto, abajo, la gente de la Spivey había cesado de hablar. Un silencio preternatural retornó a la montaña.

Los de abajo parecieron temorosos de él.

Por lo menos, así quiso suponerlo Charlie.

LVI

Al llegar a la cabaña, Christine encontró a Joey plantado en la sala. Su cara tenía un tinte ceniciento. El niño había oído el tiroteo y lo sabía.

–¡Es ella!

–Escucha, cariño, ve a buscar tu traje de esquiar y tus botas. Saldremos muy pronto.

–Es ella, ¿verdad? –inquirió él muy quedo.

–Debemos estar dispuestos para partir apenas llegue Charlie.

–Pero ¿es ella?

–Sí –confesó Christine; las lágrimas llenaron los ojos del niño y ella lo estrechó contra su pecho–. Todo saldrá bien. Charlie cuidará de nosotros.

Ella le miró a las pupilas; pero él no le correspondió; más bien parecía ver a través de ella, hacia un mundo distinto, un mundo exclusivamente suyo. El vacío de aquella mirada la escalofrió.

Christine había esperado que él se vistiera solo mientras ella metía cosas en la mochila; pero el chiquillo parecía a punto de caer en un estado catatónico. Permaneció allí plantado e inmóvil con expresión ausente y brazos colgantes. Ella cogió su traje de esquiar y lo vistió, se lo puso encima del suéter y los vaqueros que llevaba. Luego unos calcetines gruesos en los menudos pies, y las botas cuyos cordones ató. Después, depositó su pasamontañas y sus guantes en el suelo junto a la puerta para no olvidarlos cuando se marcharan.

Después, fue a la cocina y seleccionó comestibles y otros artículos para la mochila. Joey la acompañó y se mantuvo a su lado. De improviso, salió de su trance y con las facciones desfiguradas por el miedo exclamó:

–*¡Brandy!* ¿Dónde está *Brandy*?

–Querrás decir *Chewbacca,* cariño.

–*Brandy*. ¡Quiero decir *Brandy*!

Atónita y consternada. Christine cesó de embalar cosas y acuclillándose frente a él le puso una mano en la cara:

–No me hagas esto cariño..., no preocupes tanto a tu mamá. Recuérdalo. Sé que no lo harás. ¿No recuerdas que *Brandy*... se murió?

–No.

–La bruja...

–¡No!

–...lo mató.

El niño meneó la cabeza con violencia.

–¡No, no! *¡Brandy!* –llamó con verdadera desesperación–. *¡Brandy! ¡Braaaandy!*

Ella le sujetó. El muchacho se debatió furioso.

–Por favor, cariño, por favor...

En ese momento, *Chewbacca* llegó a la cocina para averiguar la causa de tanta conmoción. El niño se zafó de Christine, cogió gozoso al perro y le abrazó la peluda cabeza.

–*¡Brandy!* ¿Lo ves? Es *Brandy*. Está todavía aquí. Me has engañado. *Brandy* está bien. No le ha ocurrido nada al viejo *Brandy*.

Durante un momento, Christine no pudo respirar ni moverse porque el dolor la paralizó, no un dolor físico sino emocional, profundo y amargo. Joey estaba enloqueciendo. Ella creyó que el pequeño había aceptado la muerte de su perro, que todo había quedado solucionado cuando ella le obligó a llamar *Chewbacca* al nuevo animal, en lugar de

Brandy II. Pero ahora... Cuando ella le hablaba, él no le respondía ni la miraba, sólo murmuró palabras cariñosas al perro; lo acarició y abrazó. Christine gritó su nombre. El niño siguió sin contestar.

Ella hizo mal al permitir que tuviera esta réplica del otro. Debió haberlo llevado otra vez a la perrera y hacerle elegir otro chucho; cualquiera menos un spaniel dorado.

O quizá no. Quizás ella no pudiera hacer nada para salvar su cordura. No cabía esperar que un chiquillo de seis años se mantuviera firme mientras su mundo se derrumbaba en derredor. Muchos adultos se habrían desmoronado antes. Aunque ella pretendiera lo contrario, los problemas mentales y emocionales del niño habían sido inevitables.

Un buen psiquiatra le habría ayudado. Esto fue lo que se dijo ella. Su apartamiento de la realidad no era permanente. Tenía que creerlo así. ¡Tenía que creerlo! De otra forma, no podrían ir a ninguna parte.

Ella vivía para Joey. Él era su mundo, su significado. Sin él... Lo peor de todo era que ahora no tenía tiempo para abrazarlo, consolarlo y hablarle, que era lo que él necesitaba desesperadamente... y ella también. Pero la Spivey se acercaba y el tiempo pasaba... Por tanto, tuvo que hacer caso omiso de Joey, apartarse de él cuando más la necesitaba, dominarse y seguir introduciendo cosas en la mochila. Las manos le temblaron, las lágrimas le rodaron por las mejillas. Ahora, aunque Charlie salvara la vida de Joey, ella podría perder a su niño para conservar de él sólo el cascarón viviente pero vacío.

La llenó el odio más negro contra la Spivey y la Iglesia del Crepúsculo. No quiso sólo matarlos. Deseó torturarlos primero. Deseó hacer gritar a la vieja perra, hacer suplicar gracia a aquella asquerosa tiparraca ¡repugnante e inmunda, podrida y demencial!

Con palabras tiernas, mimosas, Joey murmuró:

—*Brandy... Brandy... Brandy.*

Y acarició a *Chewbacca*.

LVII

Transcurrieron siete minutos sin que ningún secuaz de la Spivey osara dejarse ver. Por fin uno se asomó para averiguar si Charlie estaba todavía avistándolos.

Lo estaba y también hizo fuego. Sin embargo, y aunque era la oportunidad que había estado esperando, se mostró tardo, demasiado tenso. Tiró del gatillo en lugar de presionarlo con suavidad, se desvió del blanco y falló.

La respuesta llegó al instante. Se había imaginado que aquella gente iría armada; pero no tuvo la confirmación absoluta hasta entonces. Dos rifles abrieron fuego contra la parte superior del prado. Pero las primeras balas alcanzaron el bosque a unos cincuenta metros de él por la izquierda; los impactos en los árboles fueron audibles. Los siguientes disparos se le acercaron, tal vez a veinticinco metros, todavía a su izquierda. Los tiradores siguieron disparando y aproximándose. Adivinaron más o menos su posición, e intentaron provocar una reacción para localizarlo con exactitud.

Al acercarse los disparos, él hundió la cabeza y se apretó contra el suelo en las sombras dispersas del lindero. Oyó las balas silbando entre las ramas sobre su cabeza. Le llovieron trozos de corteza, agujas y piñas, algunas de las cuales le cayeron sobre la espalda. Pero si los tiradores esperaban un golpe de suerte, habrían quedado decepcionados. El fuego se desplazó poco a poco hacia su derecha, lo cual denotó que ellos sabían tan sólo que los disparos procedían de arriba y desconocían el lugar del prado en el que se apostaba su asaltante.

Charlie alzó la cabeza, levantó el rifle, aplicó el ojo a la mira telescópica... y descubrió, sorprendido, que los disparos tenían otra finalidad; la de cubrir a dos «crepusculares» que estaban corriendo como locos por el bosque en el extremo oriental del prado.

—¡Mierda! —exclamó.

Intentó largar un disparo a uno de los dos corredores. Pero éstos se movieron aprisa a despecho de la nevada, levantando pequeñas polvaredas de copos cristalinos. En el preciso momento en que conseguía fijar el retículo en uno de ellos, ambos se zambulleron en la oscuridad entre los árboles y desaparecieron de la vista.

Los «crepusculares» que estaban junto al jeep suspendieron el fuego.

Charlie se preguntó cuánto tiempo tardarían los dos del bosque en abrirse camino entre los árboles para atacarle por la espalda. No mucho. Aquellos bosques tenían poca maleza. Cinco minutos. Quizá menos.

Él podría causar todavía algún daño, incluso aunque los que quedaban en el prado no se dejasen ver. Fijó uno de los trineos locomóviles en el retículo de la mira telescópica y le largó dos ráfagas a la parte delantera esperando destrozar algo vital. Si los dejara a pie, retardaría su marcha, haría que la caza fuese más fácil. Apuntó a otro trineo y le metió dos balas en el motor. La tercera máquina, que estaba casi oculta entre las otras, ofreció un blanco menos claro, sin embargo, le envió cinco disparos, y cargó otra vez el rifle. Un fuego tan nutrido les permitió localizar su posición. Desde abajo, llegó una serie de estampidos, pero esta vez todas las balas se estrellaron a pocos metros de él.

Como el cuarto trineo locomóvil se encontraba detrás del jeep, fuera de su alcance, no le quedó nada por hacer. Se puso el guante que se había quitado poco antes y se arrastró sobre el vientre hacia las profundidades del bosque hasta encontrar un gran tronco de cicuta y las necesarias balas. Antes, se había quitado también las raquetas para poder tumbarse boca abajo y sacar el máximo partido del rifle. Ahora se las puso de nuevo procurando hacer el menor ruido posible, tendiendo el oído para captar la aproximación de los hombres que intentaban rodearle por el brazo oriental del bosque.

Había esperado oírlos o verlos muy pronto; pero comprendió que esa gente procedería con extrema cautela. Se figurarían que él los había visto escurrirse por el bosque y estarían seguros de que se hallaba al acecho; sabían que, por añadidura, estaría más familiarizado con el terreno. Así que ambos avanzarían muy despacio, examinando a conciencia cada árbol, cada peña y hondonada que se presentaran ante su vista, temerosos de una emboscada. Por tanto, tardarían en aparecer por allí cinco minutos o incluso diez y, una vez llegaran, perderían otros diez minutos por lo menos registrando el área hasta convencerse de que él se había replegado, lo cual les brindaría a Christine a Joey y a él una ventaja de veinte o veinticinco minutos.

Así pues, se movió por el bosque tan aprisa como pudo hacia el prado superior y la cabaña.

Los copos siguieron cayendo.

El viento se levantó.

Entretanto, el cielo había descendido oscureciéndose. A pesar de que era todavía de mañana, parecía el atardecer. Pero no, ¡diablos! Parecía más tarde que eso, muchísimo más: ¡Parecía el fin de los tiempos!

Chewbacca se mantuvo pegado a Joey, como si intuyera que su joven amo le necesitaba, pero el niño no prestó ya la menor atención al perro. Se perdió en un mundo interior, ajeno a éste.

Mordiéndose el labio e intentando reprimir su preocupación,

Christine terminó de meter las provisiones en su mochila, hizo un montón ordenado de todas las cosas que deberían ir a la de Charlie y justo cuando cargaba la escopeta, él llegó a la cabaña con el rostro enrojecido por el aire cortante las cejas blancas de nieve; pero sus ojos eran lo más frío de su apariencia.

—¿Qué ha sucedido? —preguntó ella mientras Harrison cruzaba la sala hacia la mesa de comedor dejando un rastro de nieve medio derretida.

—Los borré del mapa. ¡Como patos en una caseta de feria, Dios!

—¿A todos ellos? —le preguntó mientras le ayudaba a desprenderse de la mochila y la extendía sobre la mesa.

—No. Maté o malherí a tres. Y tal vez haya tocado a otro; pero lo dudo.

Ella empezó a introducir cosas con verdadero frenesí en la mochila impermeable de vinilo.

—¿Y la Spivey?

—No lo sé. Puede que le haya dado. Quizá. No puedo decirlo.

—¿Y vienen hacia acá?

—Es muy posible que lo hagan. Pero les llevamos veinte minutos de ventaja.

La mochila quedó a medio llenar, hizo una pausa con un bote de cerillas y, mirándolo fijamente, Christine dijo:

—¿Qué te ocurre, Charlie? Algo marcha mal, ¿no?

Él se quitó la nieve que le goteaba por la frente.

—Yo..., yo no he hecho nunca nada semejante. Fue... una carnicería. En la guerra es natural, aquello era la guerra. Pero esto es diferente.

—También lo es.

—Supongo que sí. Excepto que... cuando disparé contra ellos... me gustó. Y jamás me ha gustado, ni siquiera en la guerra.

—Eso no tiene nada de malo —dijo ella sin cesar de meter cosas en la mochila—. Después de todo lo que nos han hecho pasar, me gustaría deshacerme a tiros de unos cuantos. ¡Ah, si se me ofreciera la oportunidad, Dios mío!

Charlie miró a Joey.

—Ve a coger tus guantes y tu pasamontañas, jefe.

El chico no respondió. Siguió plantado junto a la mesa con rostro inexpresivo y ojos muertos.

—¡Joey! —dijo Charlie.

El pequeño siguió sin reaccionar. Miró las manos de Christine mientras ésta apretujaba varios objetos en la segunda mochila; pero no parecía que las viese.

—¿Qué le pasa? —inquirió Charlie.

—Sólo ocurre que él..., él... se ha ido.

Christine se esforzó por contener las lágrimas.

Charlie se acercó al niño y, poniéndole una mano en la barbilla le hizo levantar la cabeza. Joey alzó la vista hacia Charlie pero sin verlo. Harrison le habló. No logró sacarle de su marasmo. El niño esbozó una sonrisa vaga, sin alegría, una sonrisa espectral, pero ni siquiera eso fue destinado a Charlie; fue por algo que él había visto o pensado en el mundo adonde había ido, algo que estaba a varios años luz. Las lágrimas brillaron en sus ojos, pero la espeluznante sonrisa no se borró de su rostro, y él no gimió ni hizo el menor sonido.

—Maldita sea —masculló Charlie.

Luego, abrazó al pequeño. Joey no le respondió. Entonces Charlie cogió la primera mochila, que estaba llena, pasó ambos brazos por los tirantes, se la ajustó bien y puso las hebillas por delante del pecho.

Christine terminó con la segunda mochila, se aseguró de que todos los bolsillos estuviesen bien cerrados y se la echó a la espalda.

Charlie le puso los guantes y el pasamontañas a Joey.

La mujer cogió la escopeta cargada y siguió a Charlie, Joey y *Chewbacca* fuera de la cabaña. Miró hacia el interior antes de cerrar la puerta: unos cuantos leños ardían en la chimenea. Una de las lámparas de bronce estaba encendida difundiendo una suave luz ambarina. El sofá y los sillones tenían un aspecto confortable e invitador.

Se preguntó si volvería a sentarse otra vez en un sillón, si vería de nuevo algún día una luz eléctrica. ¿No sería más probable que muriese en el bosque aquella misma noche y que su sepultura fuese un montón de nieve?

Cerró la puerta y se volvió para enfrentarse con la solidez gélida y gris de la montaña.

Llevando en brazos a Joey, Charlie condujo a Christine alrededor de la cabaña para adentrarse en el bosque a espaldas de ésta. Hasta internarse en la pantalla de vegetación, miró nervioso una vez y otra hacia el prado que dejaban atrás, esperando ver aparecer a la Spivey con su gente.

Chewbacca se les adelantó unos cuantos metros, anticipándose con un sexto sentido a la dirección de su marcha. El animal luchó un poco con la nieve hasta encontrar terreno firme dentro del bosque, y entonces avanzó dando alegres saltos, con ansiosa vivacidad, desdeñando las formaciones rocosas, los árboles caídos y toda suerte de obstáculos.

Encontraron alguna maleza en el lindero del bosque, pero más adelante los árboles cerraron filas y la maleza desapareció. El terreno se elevó y se hizo escabroso, a excepción de un cauce superficial que, en primavera, probablemente, se llenaría con el agua procedente del deshielo en los puntos altos. Siguieron por aquel cauce que apuntaba hacia el noroeste, la dirección que les convenía. Sujetaron las raquetas a sus mochilas porque durante las próximas horas progresarían debajo de inmensos árboles, donde la capa de nieve no era profunda. En algunos lugares, las ramas de las frondosas coníferas estaban entrelazadas de tal modo que debajo de ellas, el suelo apenas tenía nieve.

No obstante, había la suficiente para que dejaran un rastro muy claro. Charlie pudo haber borrado las huellas deteniéndose a ratos; pero no se tomó la molestia. Pérdida de tiempo. Las señales que dejaría intentando borrar las pisadas, serían tan patentes como las propias pisadas, pues el viento no podría desarrollar toda su fuerza en la espesura del bosque, al menos a ras del suelo, así que no eliminaría las marcas del barrido. Sólo les quedaba el recurso de acelerar la marcha con la esperanza de aventajar a sus perseguidores. Quizá más tarde, si lograban cruzar algunos espacios de campo abierto, la fuerza creciente del viento podría ser lo bastante intensa para disimular su paso.

¡Si...!

Si consiguieran atravesar esta zona forestal y salir al campo abierto...

Si no les dieran alcance los sabuesos de la Spivey dentro de los próximos cuarenta y cinco minutos...

¡Si...!

El bosque era muy umbrío, y pronto descubrieron que las estrechas rendijas de los pasamontañas limitaban su campo de visión. Tropezaron y dieron trompicones porque no veían todos los obstáculos del sendero, y al fin tuvieron que quitarse los pasamontañas. La temperatura bajo cero les mordió la cara pero no tuvieron más remedio que soportarlo.

Charlie temió que su ventaja sobre la Spivey y su gente se estuviera reduciendo. Se habían entretenido en la cabaña casi cinco minutos. Ahora les llevarían un cuarto de hora de adelanto, si acaso. Y como él no se podía mover tan aprisa como quisiera, pues iba cargado con

Joey, no dudó lo más mínimo de que su ventaja decrecería peligrosamente minuto a minuto.

El terreno se hizo más abrupto; Charlie empezó a jadear y oyó el jadeo de Christine a sus espaldas. Las pantorrillas y los muslos se le agotaron y empezaron a dolerle; los brazos le pesaron con la carga del niño. El cauce, tan conveniente hasta entonces, comenzó a curvarse hacia el este, que era una dirección no deseada. Se mantuvo todavía hacia el nordeste a lo largo de un buen trecho; pero luego Charlie hubo de dejar en el suelo a Joey para poder caminar por un terreno mucho más escabroso. Si querían salvarse, el niño tenía que andar.

¿Y qué pasaría si el pequeño se negaba? ¿Qué iba a ocurrir si se quedaba plantado, mirando al vacío?

LVIII

Grace se acurrucó dentro del trineo locomóvil, manteniendo baja la cabeza aunque sus viejos huesos protestaran de esa posición tan forzada.

Era un día negro en el mundo espiritual. Aquella mañana, al descubrir el conturbador acontecimiento, temió no ser capaz de vestirse en armonía con las energías espectrales. ¡Ella no tenía ropa negra! No había habido nunca un día negro con anterioridad a esto. Por fortuna, Laura Panker, una de sus discípulas, poseía un equipo de esquiar negro y ambas tenían más o menos las mismas medidas. Así que Grace cambió su traje gris por el conjunto negro de Laura.

Pero ahora casi deseaba no estar en contacto con los santos ni con los espíritus de los muertos. Las energías espectrales que ellos irradiaban eran de una uniformidad perturbadora, teñida de miedo.

Grace se vio asaltada también por imágenes premonitorias de la muerte y la condenación; pero éstas no provenían de Dios. Tenían otra fuente con un matiz sulfúreo. Mediante esas visiones que le causaban una perturbación emocional, Satanás estaba intentando destruir su fe, aterrorizarla. Él quería verla dar media vuelta y huir, abandonar su misión. Grace sabía lo que maquinaba el Padre de toda Mentira, lo sabía muy bien. Algunas veces, cuando miraba los rostros de quienes la rodeaban, no veía sus verdaderas fisonomías, sino tejido putrefacto y carne devorada por los gusanos; y esas visiones de muerte la perturbaban. El demonio, tan sabio como malévolo, era conocedor de que ella no cedería nunca a la tentación; y por tanto intentaba quebrantar su fe con el martillo del miedo.

No le daría resultado. ¡Jamás! Ella era fuerte.

Pero Satanás seguía intentándolo. A ratos, cuando la mujer miraba el cielo tempestuoso, veía «cosas» en las nubes: cabezas de cabras gesticulantes, monstruosas fauces de cerdo con colmillos salientes. También oía voces en el viento. Voces siniestras, sibilantes, haciendo promesas falsas, hablando de placeres perversos, y las descripciones hipnóticas de esos actos inenarrables eran ricas en imágenes de la belleza mutante del Mal.

Mientras permanecía acurrucada en el trineo locomóvil, ocultándose del francotirador que estaba en la parte superior del prado, Grace vio de repente doce enormes cucarachas, tan grandes como su mano, escurriéndose por el suelo del artilugio, por sus botas y a pocos centímetros de su cara. La repugnancia casi le hizo dar un salto. Eso había sido lo que el demonio pretendió; esperaba que ofreciese un mejor blanco y facilitara la labor de ese Charlie Harrison. Tragó saliva a duras penas, ahogándose en sus náuseas, y continuó hecha un ovillo dentro del exiguo espacio.

Vio que las cucarachas tenían cabeza humana. Sus rostros minúsculos, llenos de dolor, aversión de sí mismos y terror, se alzaban para mirarla. Comprendió que aquellos seres eran almas condenadas que habían reptado por el infierno hasta que, pocos momentos antes, Satanás las había transportado allí para demostrarle cómo torturaba él a sus súbditos, para probarle que su crueldad no tenía límites. Grace se asustó tanto que casi perdió el dominio sobre su vejiga. Mirando pasmada a los bichos de faz humana, pudo haberse preguntado cómo era posible que Dios permitiese la existencia del infierno. Eso fue lo que el demonio quería oírle decir. ¡Sí! Se imaginó que ella se preguntaría si, al permitir la crueldad satánica, Dios no sería a su vez cruel. Supuso que pondría en duda la virtud de su Hacedor. Esa visión tenía la finalidad de infundir desesperación y temor en el fondo de su corazón.

Entonces observó que uno de aquellos bichos tenía el rostro de su difunto marido, Alberto. ¡No! Alberto había sido un hombre bueno. Alberto no pudo haber ido al infierno. ¡Eso era una falsedad! La diminuta cara se alzó y dejó escapar un alarido sin hacer el menor sonido. ¡No! Alberto había sido un hombre afable, inocente, un santo. ¿Alberto en el infierno? ¿Alberto condenado para la eternidad? Dios no haría semejante cosa. Ella esperaba encontrarse otra vez con Alberto en el cielo; pero si él hubiese tomado la dirección contraria...

Se sintió al borde de la locura.

¡No! ¡No, no, no! Satanás mentía. Intentaba desquiciarla.

A él le gustaría eso. ¡Vaya que sí! Si ella perdiese el juicio no podría seguir sirviendo a Dios. Si cuestionase su salud mental, cuestionaría asimismo su misión, su Don, y sus relaciones con Dios. Ella no debía dudar de sí misma. Estaba cuerda, y Alberto se hallaba en el cielo. Tenía que arrinconar toda duda, entregarse por completo a una fe ciega.

Cerró los ojos para no ver las cosas que reptaban por sus botas. Pudo sentirlas, incluso a través del recio cuero, pero hizo rechinar los dientes, escuchó los disparos de rifle y rezó, y cuando, al cabo de un tiempo prudencial, abrió los ojos, las cucarachas habían desaparecido.

Quedó a salvo por un rato, pues había rechazado al demonio.

También cesaron los disparos de rifle. Ahora, Pierce Morgan y Denny Rogers, los dos hombres que habían sido enviados al bosque para rodear a Charlie Harrison, llamaron a gritos desde la parte superior del prado. El camino quedaba despejado. Harrison se había ido.

Grace se apeó del trineo locomóvil y vio a Morgan y a Rogers en lo más alto del prado, agitando los brazos. Se volvió hacia el cuerpo de Carl Rainey, el primer hombre abatido. Estaba muerto, con un enorme boquete en el pecho. El viento cubría de nieve sus brazos extendidos. Grace se arrodilló a su lado.

Poco después Kyle se le acercó.

—O'Connor está también muerto. Y George Westvec. —Su voz tembló de pena e ira.

—Nosotros sabíamos que algunos deberían sacrificarse —dijo ella—. Sus muertes no serán en vano.

Los demás los rodearon: Laura Panken, Edna Vanoff y Burt Tully. Todos se mostraron tan iracundos y resueltos como asustados. Ellos no volverían la espalda para huir. Ellos eran creyentes.

—Ahora Carl Rainey... ha subido al Cielo y está en brazos de Dios —salmodió Grace—. Lo mismo cabe decir de... —Tuvo dificultad para recordar los nombres de O'Connor y Westvec, titubeó y rogó porque el Don no desterrara muchas más cosas de su memoria—. Lo mismo cabe decir... de George Westvec y... Ken... Ken..., ¡hum! Kevin..., Kevin O'Connor..., todos ellos en el Cielo.

Poco a poco la nieve tejió un sudario sobre el cuerpo de Rainey.

—¿Los enterraremos aquí? —inquirió Laura Panken.

—La tierra está helada —observó Kyle.

—Dejadlos entonces. No hay tiempo para entierros —decidió Grace—. El Anticristo está a nuestro alcance; pero sus poderes crecen de hora en hora. No podemos demorarnos.

Dos trineos habían quedado inutilizados. Grace, Edna, Laura y Burt Tully viajaron en los otros dos, mientras Kyle los seguía a pie hacia lo alto del prado, donde esperaban Morgan y Rogers.

Una oleada de tristeza sacudió a Grace. ¡Tres hombres muertos! Siguieron adelante, a saltos, avanzando sólo cuando había sido explorado el terreno, temerosos de caer en otra emboscada.

El viento arreciaba. Los copos de nieve se iban haciendo más grandes por momentos. El cielo era todo sombras de muerte.

Muy pronto ella se enfrentaría con el niño y su destino quedaría sellado.

QUINTA PARTE

LA CACERÍA

Pestilencia, epidemia y guerra
asolan este lastimoso suelo.
Y nada es eterno;
ésa es la verdad que hemos de afrontar.

Cuánto tiempo y cuánta energía desperdiciamos
fraguando la muerte mutua.
Nadie está a salvo en parte alguna.
Ni padre, ni hijo, ni madre.

The Book of Counted Sorrows

A juzgar por el hormigueo de mis pulgares, algo maligno se nos viene encima.

WILLIAM SHAKESPEARE, *Macbeth*

Nada entristece más a Dios que la muerte de un niño.

DOCTOR TOM DOOLEY

LIX

—Eso está bien. Así me gusta mi niño —dijo Christine al observar que Joey seguía a Charlie entre los árboles encaminándose hacia una acentuada caída de la pendiente a mitad de camino del pico.

Había temido que el pequeño no quisiera caminar y se quedase petrificado a semejanza de un zombi. Pero quizá no estuviese tan ajeno a la realidad como parecía. El niño no habló ni la miró, pareció paralizado por el miedo; pero dio muestras de hallarse lo bastante sintonizado con este mundo para comprender que necesitaría seguir moviéndose si quería evitar a la bruja.

Sus piernecillas no eran fuertes, su voluminoso traje de esquiar le estorbaba un poco y el declive era pronunciado en algunos lugares; pero él continuó adelante aferrando las peñas y agarrándose a la escasa maleza para conservar el equilibrio. Marchó con dificultad creciente, gateó en algunos sitios. Christine, que lo seguía de cerca, tuvo que levantarlo por encima de troncos caídos o ayudarle a cruzar una formación rocosa particularmente resbaladiza. Con el chico, no podían avanzar tan aprisa como quisieran, pero marcaron por lo menos un buen ritmo. Si hubieran tenido que llevarlo a cuestas, se habrían visto obligados a detenerse con frecuencia.

Chewbacca se les adelantó varias veces. Brincaba y trepaba por las arboladas cuestas como si fuera lobo y no perro; a sus anchas en aquella región primitiva. A menudo el can cobrador se detuvo muy por encima de ellos y miró hacia atrás, resollando y alzando una oreja de un modo cómico. El niño, al verlo, parecía cobrar ánimo y se movió con renovado esfuerzo; por lo tanto, Christine supuso que debería agradecer la presencia del animal, aunque su semejanza con *Brandy* contribuyera al deterioro mental de Joey.

La verdad era que ella había empezado a temer que el perro no tuviera muchas probabilidades de sobrevivir. Su capa era espesa, cierto;

pero también sedosa, no como la áspera pelambrera de un lobo o de cualquier otro animal de aquellas latitudes. La nieve había empezado ya a congelar las puntas de sus largos pelos en flancos y vientre, así como una gran parte de la cola y las puntas de las orejas. A pesar de ello, no parecía sentir molestias ni acusaba los efectos del frío; pero... ¿cómo se encontraría dentro de una hora? ¿O dos horas? Las almohadillas de sus patas no estaban hechas tampoco para un terreno tan escabroso. Era un animal doméstico, después de todo, habituado a la vida fácil de las zonas urbanas. Muy pronto sus patas estarían llenas de cortes y llagas, empezaría a cojear y, en lugar de correr delante, se rezagaría.

Y si *Chewbacca* no pudiera hacer camino, si el pobre chucho muriera allí, ¿cómo le afectaría eso a Joey?

¿Lo mataría?

Quizás. O tal vez lo enviara muy lejos, de forma irreversible, a su silencioso mundo interior.

Durante dos o tres minutos, Christine oyó un ronroneo distante por debajo y detrás de ellos, y dedujo que serían los trineos locomóviles rugiendo en el prado superior y cercando la cabaña. Ese hecho fatídico debió de haber penetrado la niebla mental de Joey, porque, durante unos minutos, el pequeño hizo un valeroso esfuerzo y se movió más aprisa, trepando con uñas y dientes. Sin embargo, cuando el ruido de los trineos se apagó, le ocurrió lo mismo a su energía, y volvió a su paso trabajoso y lento.

Los tres alcanzaron el rellano en la cima e hicieron una pausa para recobrar el aliento; pero ninguno habló, porque ello hubiera requerido una energía que debían ahorrar para mejor ocasión. Además, no había nada de qué hablar, salvo del momento de su captura y muerte.

Varios metros más allá, algo surgió de una maraña de cornejo y salió disparado por el suelo forestal, causándoles gran sobresalto.

Charlie se descolgó el rifle.

Chewbacca adoptó una postura rígida y dejó escapar un ladrido agudo.

Fue sólo un zorro gris que se desvaneció entre las sombras.

Christine supuso que seguía la pista de alguna presa, una ardilla, un conejo de las nieves o cualquier otro animal. La vida debía de ser dura allá arriba, en invierno. Sin embargo, ella no estuvo a favor del zorro sino del ser al que se amenazaba. ¡Ella sabía muy bien lo que era sentirse perseguido!

Charlie se echó otra vez el rifle al hombro y todos reanudaron la escalada.

Por encima del último repecho antes de la cumbre, los árboles se aclararon y hubo más nieve sobre la tierra; pero no la suficiente para ponerse las raquetas. Charlie encontró un sendero de ciervos que seguía la ruta de menor resistencia hacia la parte llana de la cima. Allá donde la vereda cruzaba sin remedio por nieve profunda que pudiera haber dificultado la marcha de Joey, los ciervos habían allanado el camino... Tenían que haber pasado docenas de ellos desde la última gran tormenta, aplastando la nieve con sus pezuñas... Gracias a eso, el niño pudo avanzar sin muchos resbalones ni tropezones.

Chewbacca se agitó con el olor de los ciervos, gimió y gruñó desde el fondo de la garganta; pero no ladró. Christine se dio cuenta de que el animal había ladrado sólo una vez desde que abandonaron la cabaña. Incluso cuando el zorro los sobresaltó, él había dejado oír tan sólo un leve sonido que no podía haber llegado muy lejos, como si intuyera que un ladrido habría sido como un faro para la bruja. O tal vez no poseía la energía suficiente para trepar y ladrar al mismo tiempo.

Cada paso hacia arriba no sólo servía para distanciarlos de sus perseguidores, sino que parecía llevarlos hacia un tiempo más riguroso. Dio la impresión de que el invierno era una realidad geográfica más que una condición atmosférica, un lugar palpable en lugar de una estación, y de que ellos se adentraban en su gélido reino.

El cielo se veía sólo unos centímetros más alto que las copas de los árboles. La nevada se había convertido en una densa precipitación que caía al sesgo entre pinos y abetos. Cuando alcanzaron la cresta de la cima no encontraron árboles. Christine observó que una nueva tormenta había hecho su aparición y que, a juzgar por su primera fase, sería incluso peor que la de la noche pasada. La temperatura quedó muy por debajo de cero y el viento empezó a soplar desde los valles, reforzado por las corrientes termales y desencadenando ráfagas cada vez más violentas, mientras ellos estaban plantados allí intentando recuperar el aliento. Dentro de dos o tres horas, la montaña sería un infierno blanco. Y ya no contaban con el refugio cálido de la cabaña.

Charlie no los condujo en seguida cuesta abajo, hacia el próximo valle. Se volvió e, irguiéndose en el borde de la cima, miró caviloso el camino por donde habían venido. Sin duda había tenido una idea feliz, una especie de plan. Christine lo adivinó y esperó que fuese bueno. El adversario les superaba en número y armamento. Ellos tendrían que ser endiabladamente sagaces si querían triunfar.

Se agachó junto a Joey. Como el niño había estado moqueando, la mucosidad se le había congelado en el labio superior y sobre una mejilla. Ella, con la mano enguantada le limpió la cara lo mejor que pudo; luego le besó cada uno de los ojos y lo estrechó contra sí colocándolo de espaldas al viento.

Él no habló.

Sus ojos miraron a través de ella como antes.

«Te mataré, Grace Spivey –pensó Christine contemplando el camino por donde habían venido, hacia los bosques–. Te mataré por lo que has hecho a mi pequeño, te volaré esa maldita cabeza.»

Guiñando contra la nieve que el viento le lanzaba al rostro, Charlie inspeccionó la cima y decidió que aquél era el sitio idóneo para una emboscada. Era una lengua alargada, sin árboles, corriendo de norte a sur, con cinco metros escasos de anchura en algunos sitios y, como máximo, diez, libre de nieve en su mayor parte por los vendavales que castigaban sus contornos. Formaciones rocosas, pulimentadas y esculpidas por siglos de viento, se alzaban a todo lo largo de la cresta proporcionando una veintena de soberbios escondites desde los cuales se podría observar el ascenso de los «crepusculares».

Por el momento, no había ninguna señal de la Spivey y su gente. Desde luego la vista no podía alcanzar mucho en el interior del sombrío bosque. Aunque los árboles de la pendiente inmediata no estuviesen tan apretados como los de las colinas, formaban como una muralla a no más de ochenta o cien metros. Más allá de ese punto, podría acercarse todo un ejército sin ser visto. Y el viento, silbando y gimiendo a través de la cumbre, semejó el murmullo estruendoso de gigantescas ramas que se agitaron, ahogando todo sonido que pudieran haber hecho los perseguidores.

Sin embargo, Charlie supo por instinto que los sectarios se hallaban todavía a veinte minutos de ellos o incluso más. Escalar la cumbre del monte les había costado lo suyo a causa de Joey, y Charlie había estado seguro de haber perdido una ventaja preciosa. Pero, al recapacitar, comprendió que la banda Spivey ascendería con cautela, precaviéndose contra otra emboscada, al menos en los primeros trescientos metros hasta recobrar la confianza. Además, probablemente, se habrían detenido un buen rato para inspeccionar la cabaña, con la consiguiente pérdida de minutos. Así, pues, él disponía de tiempo suficiente para prepararles una pequeña fiesta de bienvenida.

Acercándose a Christine y Joey se arrodilló a su lado.

El niño estaba todavía ausente, casi catatónico, sin percatarse siquiera de que el perro se frotaba afectuoso contra su pierna.

Charlie dijo a Christine:

—Descenderemos al próximo valle y nos alejaremos todo cuanto nos lo permitan cinco minutos, encontraremos un lugar para que estéis un rato a resguardo de la intemperie. Luego yo volveré aquí y los esperaré.

—No.

—Me será posible pescar por lo menos a uno antes de que se pongan a cubierto.

—No —repitió Christine moviendo la cabeza con terquedad—. Si te propones esperarlos aquí, nosotros lo haremos contigo.

—¡Imposible! Una vez concluido el tiroteo, quiero estar en condiciones de replegarme aprisa, a la carrera. Si vosotros estáis junto a mí, deberé moverme con lentitud y perderemos casi toda la ventaja que les llevamos.

—No creo que nos convenga separarnos.

—Es el único recurso.

—Eso me asusta.

—Necesito pescarlos uno a uno, si puedo.

—Sigue dándome mucho miedo —murmuró Christine mordiéndose el labio.

—No habrá peligro para mí.

—¡Vaya si lo habrá, diablos!

—No. De verdad. Estaré por encima de ellos cuando empiece a disparar y, además, bien escondido. No sabrán de dónde proviene el fuego hasta que sea demasiado tarde, es decir, cuando yo me haya mudado de posición. Tendré todas las ventajas.

—Tal vez ellos no nos sigan hasta aquí arriba.

—Lo harán.

—No es una escalada fácil.

—Nosotros la hemos hecho. Ellos podrán hacerla.

—Pero la Spivey es una mujer vieja. No está habituada a estos avatares.

—Entonces ellos la dejarán atrás, en la cabaña, con un par de guardianes, y el resto vendrá por nosotros. Tengo que hacérselo difícil, Christine. Debo matar a todos ellos si puedo. Te juro que la emboscada no será nada peligrosa. Abatiré a uno o dos y me escabulliré sin darles la oportunidad de localizar mi posición y contestar al fuego.

Ella no dijo más.

—Vamos —apremió él—. Estamos perdiendo tiempo.

Titubeando todavía un momento, Christine asintió y se puso en pie.

—Vamos.

Era una mujer de cuerpo entero. Él no sabría decir cuántos hombres habrían hecho ese recorrido sin quejarse; tampoco creía que muchas mujeres hubieran accedido a quedarse solas en un bosque helado y en semejantes circunstancias por muy necesaria que hubiese sido la separación. Christine tenía tanto vigor y estabilidad emocional como belleza.

No lejos de la cresta, y por el norte, Harrison encontró el sendero de ciervos, y los tres lo siguieron hacia el próximo valle. La vereda trazó dos rodeos para evitar las pendientes más pronunciadas y aprovechar al máximo los contornos accesibles del terreno. Charlie esperó poder conducirlos hasta el fondo antes de regresar para tender su trampa a la banda Spivey. Sin embargo, transcurrieron cinco minutos y no habían alcanzado todavía el suelo del valle ni estaban siquiera a mitad de camino, porque el sendero de ciervos facilitaba el descenso, pero también multiplicaba la distancia.

Charlie halló un lugar donde la senda contorneaba un escollo y luego pasaba por debajo de una peña cuya parte saliente formaba un abrigo natural, no una cueva propiamente dicha, pero lo más parecido, a resguardo del viento y de la escasa nieve que se filtraba entre los árboles. Por el extremo del nicho, el más alejado de la curva, la ladera sobresalía como una muralla, de modo que el abrigo estaba cerrado por tres de sus cuatro lados.

—Esperadme aquí —dijo—. Mejor será que rompas algunas ramas muertas en el centro de esa pícea y hagas una hoguera.

—Pero tú te ausentarás sólo veinte o veinticinco minutos. ¿Crees que vale la pena encender una hoguera para tan poco tiempo?

—Nos hemos estado moviendo desde que dejamos la cabaña —respondió él—. Hemos estado generando sin cesar calor corporal. Pero, cuando te sientes aquí, sin moverte, notarás muy pronto el frío.

—Nos ofendes si crees...

—Ahora eso importa poco. Con toda probabilidad seguiréis necesitando el fuego. Aunque a ti no te haga falta, a Joey sí. Él no tiene los recursos físicos de un adulto.

—Está bien. Otra solución es que sigamos andando por el sendero de ciervos hasta que nos des alcance.

—No. Uno se extravía con demasiada facilidad por estos bosques. Podría haber ramales a lo largo de la ruta. Podrías pasar por uno sin verlo. Luego, si yo lo viera, no sabría a ciencia cierta cuál de los dos caminos habíais seguido.

Ella asintió.

—Haz la hoguera aquí, en la misma vereda —prosiguió Charlie—. Pero más allá del saliente. Así el humo no se acumulará dentro; y sin embargo podréis sentir el calor.

—¿No verán el fuego ellos? —inquirió Christine.

—No. Ellos están todavía lejos de la cumbre, y no tienen una vista clara del cielo —dijo al tiempo que soltaba aprisa las raquetas de su mochila—. Además, no importa que lo vean. Yo me interpondré entre vostros y ellos, y espero llevarme por delante a uno o dos e inducirlos a esconderse durante diez minutos como mínimo. Así que, cuando ellos reemprendan la marcha, esta hoguera se hallará apagada y nosotros nos encontraremos abajo, en el valle. —Se desembarazó de su mochila y la dejó caer; conservó sólo el rifle y unos puñados de munición—. Ahora tengo que volver a allá arriba.

Ella lo besó.

Joey pareció no percatarse de su partida.

Charlie marchó por donde había venido, a lo largo del angosto sendero, sin correr, pero con premura, porque le iba a costar más subir que bajar y no podía perder ni un segundo.

Dejar solos en el bosque a Christine y Joey representó la decisión más penosa de su vida.

Joey y *Chewbacca* esperaron debajo del saliente peñascoso mientras Christine deambulaba entre los árboles para recoger leña. Bajo las inmensas ramas verdes y de aspecto sano, las coníferas proveían abundante ramaje seco, con piñas y agujas parduscas y quebradizas, que serían una excelente yesca. Este follaje estaba seco porque el ramaje superior retenía gran parte de la nieve. Por añadidura, las ramas más altas se doblaban bajo la nieve y rompían con su peso las varas secas. Por consiguiente, Christine quebró y arrancó con relativa facilidad la leña que necesitaba, y reunió muy pronto un enorme montón.

Utilizando fluido de encendedor y una sola cerilla, tuvo al punto una hoguera rugiente frente al recoveco donde se recogía con Joey y *Chewbacca*. Apenas sintió el calor del fuego, se dio cuenta de lo hondo que había penetrado el frío en sus huesos, a despecho de la ropa de invierno, y entonces comprendió lo peligroso que habría sido esperar allí sin moverse y sin lumbre.

Joey se respaldó contra la pared de roca y miró la fogata con expresión vacua, sus ojos semejaron dos óvalos planos de cristal pulido, vacíos de todo excepto del reflejo de las saltarinas llamas.

El perro se tumbó y empezó a lamerse una zarpa, luego la otra. Christine no estuvo segura de que sus patas tuvieran magulladuras o cortes, pero sí pudo apreciar que le dolían un poco aunque el animal no gimiera.

Alrededor de ellos la piedra empezó a absorber el calor de las brasas, y como el viento no penetrara en la oquedad, el aire se caldeó muy pronto de forma sorprendente.

Christine se sentó junto a Joey, se quitó los guantes, corrió la cremallera de un bolsillo de su chaquetón y sacó una caja de cartuchos de escopeta. La abrió y la colocó al lado del arma que ya estaba cargada. Era por si Charlie no reapareciera jamás... y en su lugar lo hicieran otros.

LX

Cuando Harrison alcanzó la cumbre, estaba sin aliento y un dolor lacerante latía rítmicamente en sus muslos y pantorrillas. La espalda, los hombros y el cuello le dolían como si la pesada carga le oprimiese todavía. Tenía que cambiar el rifle de una mano a otra porque los músculos de los brazos estaban también agarrotados y doloridos.

Y eso que él no estaba en baja forma; allá en el Condado de Orange, cuando su vida era normal, acudía al gimnasio dos veces por semana y recorría ocho kilómetros una mañana sí y otra no. Si estaba comenzando a fatigarse, ¿cómo se sentirían Christine y Joey? Incluso si él pudiera acabar con dos o tres fanáticos de la Spivey, ¿hasta cuándo resistirían la mujer y el niño?

Intentó apartar de su pensamiento tales interrogantes. No quería pensar en ello porque sospechaba que las respuestas serían poco alentadoras.

Corriendo agazapado porque el viento sobre la cumbre había ganado en violencia hasta el punto de hacerle perder el equilibrio, cruzó la estrecha lengua peñascosa. La nieve cayó ahora tan espesa que, en la cima calva, la visibilidad quedó reducida a diez o quince metros, y bastante menos cuando se desencadenaban las ráfagas. Él no había contemplado nunca una nevada semejante; no se veían caer copos sino verdaderas masas, a causa del frío. Si no hubiese sabido, exactamente, a dónde se dirigía, podría haberse desorientado, lo que habría representado perder un tiempo precioso yendo y viniendo por la cumbre; pero avanzó sin vacilar hacia un depósito de rocas erráticas a lo largo de la cresta y se dejó caer sobre el estómago en un lugar que ya había elegido con anterioridad.

Allí podría estar escondido sobre el mismo borde de la pendiente, en una muesca entre dos apelmazados afloramientos de una larga serie de formaciones graníticas, y dominar el serpenteante sendero de ciervos que Christine, Joey y él acababan de escalar, y por donde ascenderían también los «crepusculares» sin la menor duda. Se adelantó un poco para mirar los árboles de abajo, y le sobresaltó un movimiento a no menos de ochenta metros. Levantó aprisa el rifle y, al observar por la mira telescópica, descubrió dos hombres.

¡Dios santo!

Pero ¿sólo dos? ¿Dónde estarían los demás?

Vio que la pareja se movía hacia un ángulo muerto de la vereda y supuso que serían los últimos de la partida. Los otros, delante de esos dos, habrían salvado ya el recodo y reaparecerían muy pronto en un punto más alto del sendero.

El primero de los que estaban a la vista, era de estatura mediana y vestía ropa oscura. El segundo, de una talla asombrosa, lucía un equipo azul de esquiar sobre el que llevaba una *parka* marrón con capucha, con un forro de piel cuya vuelta enmarcaba su rostro.

El gigante de la *parka* debía de ser el hombre que él vio en la rectoría de la Spivey, el monstruo llamado Kyle. Charlie se estremeció. Kyle le espeluznaba tanto como madre Grace.

Él había supuesto que tendría que esperar allí un buen rato, diez minutos o incluso más, hasta verlos aparecer; pero ahora los tuvo casi encima. Debieron haber ascendido sin pausa, sin explorar el terreno, con temeridad, desdeñando las posibles emboscadas. Si él hubiese tardado unos minutos más en llegar allí, se habría dado de narices con ellos.

El sendero de los ciervos trazó un recodo. Los dos «crepusculares» contornearon la roca, un pequeño promontorio con pinos y abetos, desapareciendo del campo visual.

El corazón le latió descompasado mientras dirigía la mira hacia el lugar donde el sendero surgía de entre los árboles. Vio un trecho descubierto, de unos seis metros, en el que podría afinar la puntería sobre sus blancos. Les separarían sólo cincuenta metros, lo cual significaba que cada bala se elevaría más o menos tres centímetros en el punto del impacto; en consecuencia, debía apuntar a la parte inferior del pecho para conseguir un balazo en el corazón. Según lo distantes que estuvieran entre sí los bastardos, por lo menos tres de ellos podrían entrar en esa zona descubierta antes de que el primero se aproximara al siguiente ángulo muerto. Pero él no se creyó capaz de pescar a los tres, en parte porque cada uno cubriría al siguiente; además, se desperdigarían para ponerse a cubierto apenas sonase el primer disparo en el bosque. Podría abatir a otro durante esa carrera loca hacia algún refugio; pero el tercero lograría esconderse antes de que él pudiese apuntarle.

Charlie depositó sus esperanzas en dos.

El primero apareció, pasando de las sombras a una cascada de luz blanquecina que se colaba por una brecha entre los árboles. Aplicó el retículo al blanco y vio que se trataba de una mujer. Era una mujer joven, más bien bonita. Charlie vaciló. Entonces apareció el segundo «crepuscular». Desvió el cañón hacia el nuevo blanco. Otra mujer menos bonita aunque no tan joven como la primera.

¡Cuánta sagacidad! Ellos enviaban por delante a las mujeres con la esperanza de hacer fracasar la emboscada. Habían contado con sus escrúpulos ante el dilema de matar a una mujer, escrúpulos que aquellos tipos no tenían. Resultaba casi divertido. Ellos eran la gente de iglesia, se tenían por representantes de Dios, y a él por un infiel, pero no veían ninguna contradicción en el hecho de que el código moral de él pudiera ser más exigente e inviolable que el suyo.

Su plan podría haber tenido éxito, si él no hubiese hecho el servicio militar en Vietnam. Pero quince años atrás él había perdido a dos buenos amigos y casi su propia vida cuando una aldeana acudió sonriente a recibirles y se hizo volar por los aires al detenerse ellos para hablarle. Y esa persona no era el primer fanático que él encontró en su camino, si bien los otros habían estado motivados por la política en vez de por la religión. Aunque no existía gran diferencia. Tanto la política como la religión podían ser algunas veces un veneno. Y sabía muy bien que el odio irracional y la sed de violencia que corrompían a un verdadero creyente, podían transformar a una mujer en una asesina rabiosa tan letal como cualquier hombre con una misión. La locura y el salvajismo institucionalizados no sabían de limitaciones respecto a los géneros.

Él tenía que considerar la suerte de Joey y Christine. Si perdonase la vida a aquellas mujeres, éstas matarían a la mujer que amaba y a su hijo.

«Y también me matarán a mí», pensó.

Le repelió la necesidad de matarla, pero desvió otra vez el punto de mira hacia la primera mujer, aplicó el retículo a su pecho y disparó.

La «crepuscular» dio un salto hacia atrás y cayó fuera del sendero. Ya muerta, golpeó las ramas secas de una pícea desencadenando un pequeño alud de nieve sobre su cabeza.

Entonces sucedió algo adverso e inesperado.

Cuando Christine acababa de echar más gasolina al fuego y se acomodaba otra vez junto a Joey bajo el saliente rocoso, oyó el primer estampido del rifle levantando ecos por todo el bosque.

Chewbacca alzó la cabeza y enderezó las orejas.

Otros disparos sonaron un segundo después; pero éstos no los hizo el rifle de Charlie. Fue una serie continua de detonaciones, un estruendoso y metálico «cra cra cra» que ella reconoció por las películas antiguas, la voz de un arma automática de repetición que te congelaba la sangre, tal vez de una metralleta. Era un sonido frío, horrendo, aterrador que llenó el bosque. Pensó que si la Muerte riera, sonaría así.

Dedujo que a Charlie se le presentaban complicaciones.

Harrison no tuvo tiempo siquiera de hacer el segundo disparo. La metralleta le interrumpió metiéndole el miedo en el cuerpo. Durante un momento, el estrépito del arma automática repercutió en un centenar de puntos a lo largo de la montaña, y era difícil calcular de dónde provenía. Pero los acontecimientos de los últimos días habían evidenciado que nada de lo aprendido en la guerra había pasado al olvido. Así pues, él conjeturó aprisa que el tirador no estaba en la pendiente sino en la propia cumbre, a su lado por así decirlo, al norte de su posición.

Ellos habían despachado un batidor y el batidor le había tendido una trampa.

Apretándose contra el suelo, intentando fundirse con la roca, Charlie se preguntó por qué no habrían tendido antes la trampa. ¿Por qué no lo habían abatido apenas pisó la cumbre? Tal vez el explorador hubiese estado distraído mirando hacia otro lado. O quizá la intensa nevada le hubiese rodeado en el instante oportuno, otorgándole un manto temporal de invisibilidad. Eso podría explicarlo en parte, porque él recordó haber visto caer unos copos inmensos y apelotonados justo cuando llegaba a la cumbre.

La metralleta guardó silencio por unos instantes.

Oyó una serie de ruidos metálicos y un sonido chirriante; supuso que el adversario estaba reemplazando el cargador vacío del arma.

Antes de que pudiera asomarse para echar un vistazo, el hombre empezó a disparar otra vez. Las balas rebotaron en las rocas que le amparaban, haciendo saltar esquirlas de granito, lo que le hizo pensar que ninguno de los disparos anteriores se habían acercado tanto como éstos. Antes, el tirador estuvo descargando proyectiles contra las rocas al norte de su posición. Ahora, el penetrante silbido de las balas rebotadas se alejaba hacia el sur de la cresta. Dedujo que el agresor estaba tirando a ciegas por desconocer la situación de su blanco.

Así pues, vio que, después de todo, había una posibilidad de abandonar vivo la cima.

Recogió los pies debajo del cuerpo, oculto todavía detrás de los peñascos. Giró un poco sobre sí mismo hasta quedar de cara al norte.

El tirador suspendió el fuego.

¿Estaría estudiando el terreno para cambiar de posición? ¿Se dispondría a poner un nuevo cargador?

Si se tratara de lo primero, el hombre seguiría bien armado y sería peligroso; en el segundo caso, estaría momentáneamente indefenso.

Charlie no pudo oír los mismos ruidos que percibió antes, cuando el cambio de cargadores; pero como no podía estar agazapado allí toda la vida, saltó, se enderezó y vio ante sí a su enemigo, a tan sólo seis metros, plantado en la nieve. Era un individuo con pantalones marrones y una *parka* oscura, y no estaba cambiando el cargador de la metralleta sino escrutando muy atento la lengua de tierra más allá de Charlie hasta que éste surgió como por encanto y captó su atención. El hombre gritó y volvió la metralleta hacia Harrison.

Pero Charlie tuvo a su favor el elemento sorpresa y disparó primero. La bala atravesó la garganta del «crepuscular».

El hombre pareció dar un gran brinco hacia atrás, enarbolando el arma automática y disparando una ráfaga inútil al cielo cargado de nieve. Luego, se desplomó. Tenía desgarrado el cuello, cercenada la espina dorsal y había perdido parte de la cabeza. La muerte había sido instantánea.

Y en el preciso momento en que la muerte abrazaba al tirador, cuando el estampido del disparo rasgaba el aire, Charlie vio un segundo hombre sobre la plataforma rocosa, a nueve metros detrás del primero y un poco a la derecha, junto a la cresta peñascosa. Éste empuñaba un rifle, que disparó al tiempo que él descubría el peligro. Como si le golpeara una almádena, Charlie giró sobre sí mismo y se derrumbó. Se dio un fuerte golpe contra el suelo y quedó tendido detrás de los peñascos, en un ángulo muerto respecto al nuevo tirador, a salvo pero no por mucho tiempo. Sintió frío, mucho frío, y torpor en la parte izquierda del pecho incluidos el brazo y el hombro. Aunque no apareciera todavía el dolor, comprendió que le habían alcanzado, y de pleno. Tuvo la impresión de que era una mala herida.

LXI

Los gritos hicieron a Christine salir del recoveco y correr más allá de la hoguera agonizante, hacia el sendero.

Levantó la vista y miró en dirección de la cumbre. Pero no pudo ver todo hasta la cima de aquella pared que cerraba el valle, porque estaba demasiado distante, y además la nieve y los árboles bloqueaban su visión.

Los gritos continuaron. Algo espantoso había ocurrido. ¡Dios mío! A pesar de la distancia y de los efectos amortiguadores del bosque, fue un alarido horrible de dolor y pavor que helaba la sangre. Christine se estremeció y no por el helor del aire.

Parecía Charlie.

¿No estaría dejándose llevar por la imaginación? Podría ser cualquier otro. Era un sonido demasiado lejano, y muy ahogado por los árboles, para poder asegurar que fuera de Charlie.

Prosiguió durante medio minuto o quizá más. A ella le pareció una hora. Quienquiera que fuese, estaba desgañitándose de tal forma que estuvo a punto de contagiarla y hacer que le acompañase en sus alaridos. De pronto el sonido se extinguió, como si la persona que vociferaba se hubiese quedado sin la energía suficiente para exteriorizar su agonía.

Chewbacca acudió al sendero y miró hacia la cima.

Se hizo el silencio.

Christine esperó.

Nada.

Entonces regresó al acogedor nicho donde Joey continuaba estupefacto y cogió la escopeta.

Era una herida en el hombro. Grave. Tenía todo el brazo inerte y no podía mover la mano. Gravísima. Tal vez mortal. Él no lo sabría hasta que pudiese quitarse el chaquetón y la ropa interior para echar una ojeda al destrozo... o hasta que empezara a desvanecerse. Si perdiera el conocimiento con aquel frío glacial se moriría, tanto si los «crepusculares» acudían para rematarle como si no.

Apenas se sintió herido, Charlie gritó, no porque el dolor fuera insufrible (el dolor no había llegado aún), ni porque tuviese miedo (aunque en verdad, estaba endiabladamente asustado), sino porque quería que el hombre que le había disparado le creyera malherido. Gritó como si se le salieran las entrañas por una enorme abertura en la barriga; gritó igual que si estuviera herido de muerte; y mientras gritaba, se tendió boca arriba sobre la nieve, apartó a un lado el rifle porque ya le servía de poco no pudiendo usar ambas manos; se abrió la cremallera del chaquetón y sacó el revólver de su funda. Seguidamente, empuñando el arma con la mano sana, la derecha, escondió el brazo debajo de su cuerpo para ocultarla. El brazo izquierdo inutilizado quedó extendido, con la palma de la mano hacia arriba, inanimado. Entonces empezó a subrayar sus gritos con resuellos agónicos; después hizo decrecer los gritos para sustituirlos por horribles estertores. Por fin enmudeció.

El viento amainó por unos instantes como si colaborara con él. La montaña quedó silenciosa cual una tumba.

Oyó movimiento más allá de los peñascos que le protegían del pistolero. Botas claveteadas sobre piedra libre de nieve. Pocas pisadas y rápidas. Luego, silencio cauteloso. Después más pisadas.

Contó con que este individuo fuera un aficionado al igual que el tipo de la metralleta.

Pisadas. Ahora más próximas. Mucho.

Abrió los ojos de par en par y miró pasmado el cielo gris. La formación rocosa le resguardó bastante de la nieve, pero no evitó que le cayeran copos en la cara y las pestañas, lo que le obligó a recurrir a toda su fuerza de voluntad para no parpadear.

Dejó caer la mandíbula inferior pero contuvo el aliento porque, si se le escapara en forma de espiral congelada, le delataría.

Transcurrió un segundo. Cinco segundos. Diez.

Dentro de medio minuto más o menos, él necesitaría respirar. Los ojos le empezaron a lagrimear.

De pronto, aquello se le antojó un plan fatídico. Estúpido. Él iba a morir allí. Tenía que pensar en algo mejor, más inteligente, y aprisa.

Entonces apareció el «crepuscular», contorneando cauto el mogote granítico.

Charlie miró fijamente el cielo, haciéndose el muerto; por consiguiente no pudo ver el aspecto del desconocido; captó su presencia de una forma periférica, por así decirlo. Pero estuvo seguro de que su papel como cadáver fue convincente, sobre todo porque había procurado proveer una cantidad muy generosa de su propia sangre como decorado.

El pistolero se acercó más, quedó plantado sobre él, mirando sonriente hacia abajo.

Charlie hubo de esforzarse por no mirarlo, tuvo que continuar con las pupilas clavadas hacia el frente sin moverlas. No fue nada fácil. Los ojos se dejaban atraer, naturalmente, hacia el movimiento.

El desconocido tenía todavía un rifle y se mantenía incólume, mejor armado y más ágil que él. Si descubriese que aún vivía, remataría su faena en una fracción de segundo.

Un latido.

Otro.

Charlie pensó de forma irracional: «¡El tipo oirá mi corazón!».

Ese terror instintivo dio paso a un temor más realista..., la posibilidad de que el pistolero le viera el pulso latiendo en el cuello o la sien. Este pensamiento le llenó de pavor hasta tal punto que casi se movió. Pero recordó que el chaquetón y su capucha le tapaban el cuello y las sienes, de modo que el fluir rítmico de su propia sangre no le traicionaría.

Entonces el «crepuscular» se acercó al borde de la pendiente y gritó a sus correligionarios en la ladera:

—¡Lo pesqué! ¡Pesqué al hijo de puta!

Aprovechando que la atención del pistolero estaba en otra parte,

Charlie rodó un poco hacia la izquierda para liberar la mano derecha que había escondido debajo de las nalgas y sacó el revólver.

El «crepuscular» dio un grito ahogado y empezó a volverse.

Charlie le disparó dos veces, una en el costado, otra en la cabeza.

El hombre se precipitó por el borde, aplastó algunos matorrales, siguió rodando cuesta abajo entre los árboles y se estrelló contra el robusto tronco de un pino, muerto sin tener siquiera la oportunidad de gritar.

Volviéndose sobre el estómago, Charlie se arrastró hasta el borde de la ladera y miró hacia abajo. Entretanto, algunos correligionarios de la Spivey habían salido de sus escondites como respuesta a los gritos triunfales del pistolero. Al parecer, algunos creyeron que su enemigo seguía con vida. Con toda probabilidad supondrían que los dos disparos habían sido hechos por su propio compañero para rematarlo, y por ende se figurarían que el cuerpo que caía rodando desde la cumbre era el del investigador. No se parapetaron otra vez hasta que él les gritó «¡bastardos!» y les largó dos balas de revólver. Entonces se escurrieron hacia sus escondrijos tenebrosos y seguros igual que una manada de ratas barruntando al gato.

Harrison les disparó las dos balas restantes del revólver sin esperar tocar a nadie ni afinar la puntería, sólo con la intención de asustarles y mantenerlos escondidos.

—¡Me cargué a los dos! —vociferó-. Ambos han muerto. ¿Cómo es que los dos han muerto si Dios está de vuestra parte?

Nadie respondió desde abajo.

Los gritos le dejaron sin aliento. Esperó un momento, hizo varias inspiraciones profundas para evitar que los otros percibieran debilidad en su voz. Luego gritó otra vez:

—¿Por qué no salís y dejáis que Dios detenga las balas cuando yo dispare?

No hubo respuesta.

—Eso sería una buena demostración, ¿no es verdad?

Siguió sin haber respuesta.

Tomó aire a fondo otra vez.

Después intentó flexionar la mano izquierda, y los dedos se movieron pero continuaron rígidos e insensibles.

Se preguntó si habría matado a los suficientes para inducirles a retirarse, y echó la cuenta. Habían caído dos en la cumbre, uno en el sendero y tres en el prado cuando todos se resguardaron detrás del jeep y de los trineos locomóviles. Seis muertos. Seis de diez. ¿Cuántos habría allá abajo, en el bosque? ¿Tres? Él creyó haber visto tres allí: otra mujer, Kyle y el hombre que había marchado delante de Kyle hacia el final de la fila. Pero ¿no se habría quedado atrás uno de ellos para acompañar a madre Grace? Sin duda, ella no habría querido permanecer sola en la cabaña. Y tampoco habría podido llegar hasta allí por un terreno tan escabroso. ¿Sería capaz de hacerlo? ¿Estaría ahora entre los árboles, a treinta y cinco o cuarenta metros de él, agazapada entre las sombras cual un viejo y diabólico trasgo?

—¡Estoy esperando aquí! —gritó Charlie.

Sacó del chaquetón seis proyectiles y cargó el revólver, con dificultad por tener sólo una mano útil.

—¡Tarde o temprano tendréis que moveros! Necesitaréis estirar los músculos o de lo contrario os acabaréis helando. —Su voz tenía un sonido espectral en el silencio nevado—. Os quedaréis yertos y os congelaréis poco a poco hasta morir.

El efecto anestésico tras el balazo fue desapareciendo. Sus nervios empezaron a responder y el primer asalto del dolor le paralizó el hombro y el brazo.

—Cuando estéis dispuestos podremos poner a prueba vuestra fe —gritó—. Entonces veremos si creéis de verdad que Dios está de vuestra parte. Cuando estéis dispuestos a levantaros y a dejarme que os largue un balazo, entonces veremos si Dios desvía la bala.

Charlie esperó medio minuto hasta asegurarse de que nadie iba a responder; luego, enfundó el revólver y se deslizó fuera de la cima. Ellos no sabrían a ciencia cierta si él se había ido. Tal vez lo sospecharan; pero no podrían estar seguros. Permanecerían ocultos durante media hora, quizá más, antes de arriesgarse a reemprender el ascenso. Al menos él rogó a Dios que fuera así, pues necesitaría cada minuto de la espera.

Aguantando el dolor del hombro, sordo pero cada vez más intenso, reptó sobre el vientre a través de la superficie llana del pináculo, moviéndose como un cangrejo mutilado, y no se levantó hasta alcanzar el lugar donde el terreno empezaba a descender por el otro lado y la senda de ciervos se perdía entre los árboles.

Cuando intentó levantarse, percibió una debilidad sorprendente en las piernas. Se le doblaron, y volvió a caer de espaldas, lastimándose el brazo herido. Sintió como si una ola inmensa y negra avanzara rugiente hacia él. Contuvo el aliento y cerró los ojos hasta que la ola pasara, resistiéndose a dejarse arrastrar por ella. El dolor dejó de ser sordo y se convirtió en lacerante, como si una criatura viviente estuviese escondida en su hombro y se abriese camino a través de la carne. Ya fue bastante malo cuando se quedó absolutamente inmóvil, pero el movimiento lo hizo diez veces peor. Sin embargo, no le era posible quedarse allí. Por mucho que fuese el dolor, él debería levantarse y volver a Christine. Si tenía que morir, no quería estar solo en aquel bosque cuando le llegase la hora. ¡Por Cristo!, esa forma de pensar tan negativa era inexcusable. El pensamiento es el padre de la acción, ¿no es cierto? Aunque el dolor era insufrible, eso no significaba que la herida fuera mortal. Él no había hecho ese gran recorrido para rendirse con tanta facilidad. Existía una oportunidad. Siempre la había. Él había sido optimista toda su vida. Logró superar a unos padres agresivos y alcohólicos y vencer a la miseria. Había sobrevivido a la guerra. ¡Pues también sobreviviría a esto, maldición! Ya en el borde de la cresta, se agarró a una rama de pícea y logró al fin levantarse. Se respaldó sobre el tronco del árbol para mantenerse en pie.

No sintió vértigo, lo cual constituía una buena señal. Después de hacer varias inspiraciones profundas y permanecer durante un minuto apoyado, sus piernas parecieron menos inconsistentes. El dolor de la herida no se atenuó; pero Charlie encontró que se estaba adaptando a él poco a poco; era preciso hacerlo así, o escapar a sus tenazas mediante el desvanecimiento, un lujo que no podía permitirse. Se apartó del árbol haciendo rechinar los dientes cuando el fuego en su hombro se avivó. Descendió por el sendero de ciervos moviéndose más aprisa de lo que había esperado, aunque no tanto como la primera vez, cuando Christine y Joey le acompañaban. Marchó apresurado, pero también cauto, temeroso de resbalar, caer y dañarse aún más el hombro y el brazo. Si se desplomara sobre el lado izquierdo, la explosión de dolor le haría perder el conocimiento con toda probabilidad, y entonces tal vez no pudiera recobrarlo antes de que la Spivey y su gente estuvieran hurgando sobre él con el cañón de un arma.

Cuando ya se hallaba a cuarenta o cincuenta metros de la cima, Charlie pensó que debió haberse llevado consigo la metralleta. Quizás hubiera dos o tres cargadores en el cuerpo del pistolero muerto. Eso equilibraría un poco las cosas. Con una metralleta, podría tenderles otra emboscada y borrarlos del mapa esta vez.

Se detuvo y miró hacia atrás preguntándose si le convendría regresar a buscar el arma. El sendero ascendente a sus espaldas le pareció más empinado de lo que recordaba. La escalada se le antojó más desafiadora que si se tratase de la cara más inaccesible del monte Everest. La respiración se le aceleró de sólo mirarla.

Al estudiar la posibilidad, el sendero pareció empinarse todavía más. ¡Si era casi vertical, diablos! No encontró las fuerzas necesarias para regresar, y se maldijo por no haber pensado en la metralleta cuando estaba allí. Comprendió que su cabeza no estaba tan despejada como creía.

Prosiguió la marcha descendente.

A unos veinte metros más abajo, por el sendero, el bosque pareció girar alrededor de él. Se detuvo y afirmó bien las piernas, como si de ese modo pudiera detener el carrusel de árboles. Consiguió aminorar un poco su marcha pero no detenerla, así que al fin prosiguió cauteloso poniendo un pie delante del otro con deliberada parsimonia como un borracho intentando demostrar su sobriedad a un poli.

Entretanto, el viento había arreciado y organizaba una algarabía entre los inmensos árboles. Algunos de los más altos crujían cuando las partes más elevadas y delgadas de sus troncos se bamboleaban a impulsos de las caprichosas ráfagas. Las macizas ramas chocaban entre sí, y las agujas de conífera producían unos ruidos que parecían trallazos. Al poco, el estruendo se acrecentó semejando un millar de puertas abriéndose sobre goznes herrumbrosos, los restallidos y silbidos crecieron de tono hasta que el estruendo fue doloroso y él se sintió como si estuviera dentro de un tambor. Se tambaleó, tropezó, casi cayó... Comprendió que gran parte del ruido no lo ocasionaba el viento en los árboles sino su propio cuerpo; se dio cuenta de que estaba oyendo rugir su propia sangre a medida que aumentaban los latidos de su corazón. El bosque empezó a girar otra vez y, al hacerlo, atrajo la oscuridad del cielo y la arrolló a su alrededor como si fuera una devanadera hasta que el bosque giratorio no pareció ya un carrusel sino un telar tejiendo los hilos de oscuridad para hacer un paño negro, y este paño ondeó en torno suyo y lo envolvió impidiéndole ver a dónde iba, haciéndole tropezar otra vez y caer...

¡Dolor!

Un fogonazo cegador.

Oscuridad.

Negrura.

Más profunda que la noche.

Silencio...

Él estaba reptando por esa negrura fosca, buscando frenético a Joey. Tenía que encontrar pronto al niño. Había averiguado que *Chewbacca* no era un perro corriente sino un autómata relleno de explosivos. Joey ignoraba la verdad. Probablemente, ahora estaría jugando con el animal. En cualquier momento, la Spivey pulsaría un botón, el can estallaría y Joey moriría. Él reptaba hacia una mancha gris en la oscuridad. De pronto, se encontraba en un dormitorio y veía a Joey sentado en la cama. También estaba allí *Chewbacca* sentado como una persona, enarbolando un puñal con una zarpa y una horquilla con la otra. El chico y el perro estaban comiendo un bistec. Él exclamaba: «¿Qué estás comiendo, por amor de Dios?». Y el niño respondía: «Está muy rico». Él se levantaba junto a la cama y le arrebataba la carne. El perro gruñía. Él decía: «¿Es que no lo ves? ¡Esa carne está envenenada. Te están envenenando». Joey replicaba: «No. Está muy buena. Deberías probarla». Entonces él recordaba los explosivos escondidos en el perro y advertía sin tardanza a Joey. Pero demasiado tarde. En ese momento, sonaba una gran explosión. Pero no era el perro el que había explotado, sino Joey. Su pecho se abría, surgía de él una horda de ratas, iguales a la que estaba en la cámara de baterías bajo el molino. Todas se abalanzaban sobre él. Retrocedía; pero los animales se le subían por las piernas. Le cubrían por completo, veintenas de ratas, y le mordían. Caía, vencido por su número; la sangre le brotaba, una sangre fría, y él lanzaba un alarido...

Y entonces despertó dando arcadas. Notó una sangre fría por toda la cara, se la limpió y luego se miró la mano. No era sangre, sino nieve.

Se encontró tendido de espaldas en el centro del sendero, mirando las copas de los árboles y un trozo de cielo gris del que la nieve caía con una densidad impresionante. Se levantó con gran esfuerzo. La garganta se le llenó de flemas. Tosió y escupió.

¿Cuánto tiempo habría estado inconsciente?

Imposible saberlo.

Lo que pudo ver del sendero que venía de la cresta del monte estaba desierto. La Spivey y su gente no le habían dado alcance todavía... De modo que no podía haber estado inconsciente mucho tiempo.

El dolor del brazo y el hombro activó nervios a lo largo de la espalda y el pecho, y por el cuello hasta el cráneo. Intentó alzar el brazo con cierto éxito, y pudo mover un poco la mano sin agravar el sufrimiento.

Se arrastró hasta el árbol más próximo e intentó levantarse; pero no lo logró. Esperó un momento, lo intentó otra vez y fracasó de nuevo.

Christine. Joey. Ambos contaban con él.

Recorrería reptando un trecho hasta recobrar las fuerzas. Probó con manos y rodillas, descargando casi todo el peso en el brazo derecho aunque requiriendo cierta ayuda del izquierdo. Ante su sorpresa, fue capaz de arrastrarse hacia adelante a un ritmo aceptable. Allá donde el ángulo de la cuesta se lo permitía, aceptó la asistencia de la gravedad y se deslizó algunas veces hasta seis o siete metros de un tirón.

No sabía muy bien cuánto necesitaba recorrer para alcanzar el saliente rocoso bajo el que había dejado a Christine y a Joey. Podría aparecer tras el primer recodo... o estar aún a ochenta metros. Había perdido la capacidad de apreciar distancias, pero no el sentido de orientación... Así que siguió reptando hacia el fondo del valle.

Pocos minutos, o pocos segundos, más tarde se dio cuenta de que había perdido su rifle. Probablemente, se le habría desprendido del hombro cuando cayó. Debería volver a buscarlo. Pero tal vez se hubiese salido del sendero para caer entre los arbustos o en un laberinto de peñas. De haber ocurrido así, no sería fácil encontrarlo. Conservaba todavía su revólver. Y Christine tenía la escopeta. Esas armas habrían de bastar.

Siguió reptando por el sendero y llegó a un árbol caído que le cortaba el paso. No recordó haberlo visto allí antes, aunque pudiera haber estado. Se preguntó si no se habría equivocado de camino. Pero en los dos primeros viajes él no había visto ninguna rama a través del sendero... ¿Cómo era posible que hubiese errado el camino? Se recostó contra el tronco...

Y estaba en el consultorio de un dentista atado a una butaca. Le habían crecido un centenar de dientes en el hombro y el brazo, y la suerte había querido que todos ellos necesitasen la horadación del canal de la raíz. El dentista abría la puerta y entraba. ¡Era Grace Spivey! Empuñaba el escariador más enorme y pavoroso que él jamás había visto, pero no se proponía siquiera utilizarlo en los dientes de su hombro... ¡Iba a abrirle un boquete a través del corazón!

Y su corazón latió furioso cuando él se despertó y se encontró derrumbado sobre el tronco caído.

Christine.

Joey.

No podía fallarles.

Se encaramó por el tronco y, sentándose en él, se preguntó si se atrevería a caminar. Decidió que no. Se dejó caer otra vez sobre las rodillas. Y vuelta a reptar.

Al cabo de un rato el brazo mejoró.

Se le quedó muerto. Eso era mejorar.

El dolor cedió.

Reptó de nuevo.

Si se detuviera un momento para acurrucarse y cerrar los ojos, el dolor se iría por completo. Sabía que ocurriría así.

Pero continuó arrastrándose.

Sintió sed y calor a pesar del aire glacial. Hizo una pausa, recogió un poco de nieve y se la llevó a la boca. Percibió un sabor a cobre, a putrefacción. De todas formas, se la tragó, porque su garganta parecía arder y la repelente nieve era por lo menos refrescante.

Ahora todo lo que necesitaba antes de moverse otra vez era un momento de descanso. Aunque el día no fuese resplandeciente, la luz grisácea filtrándose entre los árboles le dañaba los ojos. Si pudiera cerrarlos sólo unos instantes, atajar el resplandor gris por segundos...

LXII

A Christine no le gustaba dejar solos a Joey y a *Chewbacca* debajo del saliente; pero no tuvo otra elección porque sabía que Charlie estaba en apuros. El tiroteo no fue lo único que la había alarmado. Su preocupación se debía, en parte, a los alaridos que habían cesado hacía un rato, y también al hecho de que él tardaba demasiado. Pero, sobre todo, fue un presentimiento que podía llamarse intuición femenina: sabía que Charlie la necesitaba.

Le aseguró a Joey que no se alejaría mucho, sólo unos ochenta metros por el sendero para ver si descubría alguna señal de Charlie. Abrazó al niño, le preguntó si iba a portarse bien y creyó percibir un leve asentimiento por su parte, pero no pudo arrancarle ninguna otra reacción.

—No vayas a ninguna parte mientras yo esté ausente —dijo.

El chico no respondió.

—No dejes ni un segundo este lugar. ¿Me entiendes?

El niño se limitó a parpadear. Y siguió sin mirarla de frente.

—Te quiero, mi vida.

Nuevo parpadeo del pequeño.

—Y tú, cuida de él —ordenó a *Chewbacca.*

El perro resopló.

Entonces Christine cogió la escopeta y partió por el sendero, más allá del moribundo fuego. Miró hacia atrás. Joey continuó sin mirarla:

estaba recostado sobre la pared rocosa, cabizbajo, con la espalda encorvada, mirando fijamente el suelo. Temiendo abandonarlo pero temiendo también por Charlie, miró al frente y tomó el sendero de ciervos.

El calor de la fogata la había aliviado un poco. Sus articulaciones y sus músculos no estaban tan envarados como hacía un rato; y no se dolía tanto cuando caminaba.

Los árboles la protegieron del viento; pero sabía que éste soplaba con furia, pues hacía un fuerte ruido fantasmal en las ramas más altas. En aquellos lugares donde el bosque se abría para mostrar parches de cielo plomizo, la nieve caía tan espesa que casi parecía lluvia.

Apenas hubo recorrido sesenta metros, tras el segundo recodo del sendero vio a Charlie. Estaba tendido boca abajo en medio del camino, con la cabeza ladeada.

¡No!

Se detuvo a un metro de él. No quiso acercarse más por miedo a lo que podía descubrir.

Se hallaba inmóvil.

¿Tal vez muerto?

¡Oh, Dios santo! ¡Si estuviese muerto... ellos lo habrían matado! Él y ella se habían amado y ahora él se encontraba muerto por su causa. Christine se sintió enferma al pensarlo. Los colores sombríos, hoscos, del día la abrumaron, notó cómo la dominaba una frialdad gris, una desesperación paralizante.

Pero la pesadumbre tuvo que ceder su lugar al miedo, porque ahora ella y Joey dependerían de sus propias fuerzas y, sin Charlie, ella no creía que pudieran salir vivos de la montaña. La muerte de él parecía presagiar su propio destino.

Christine escrutó el bosque en torno suyo y llegó a la conclusión de que estaba sola con el cuerpo. Evidentemente, Charlie había sido herido en la cima y había conseguido llegar hasta allí con gran esfuerzo. Al parecer, los fanáticos de la Spivey se hallaban todavía al otro lado del monte.

O tal vez él hubiese matado a todos.

Descolgándose del hombro la correa de la escopeta, se le acercó remisa, pues no estaba segura de tener el ánimo suficiente para examinar su rostro yerto. Se arrodilló a su lado... y observó que respiraba.

Su propio aliento se le cortó en la garganta, y le pareció que el corazón se le detenía.

¡Estaba vivo!

Inconsciente, pero vivo.

¡Todavía ocurrían milagros!

Quiso reír pero reprimió ese impulso, sintió el temor supersticioso de que los dioses, incomodados con su alegría, le arrebatasen a Charlie. Lo tocó. Él murmuró algo pero sin despertar. Lo colocó de espaldas, y gruñó sin abrir los ojos. Vio la desgarrada hombrera de su chaqueta y comprendió que le habían herido allí. Alrededor de la desgarradura, descubrió costras de sangre oscura y congelada adheridas al tejido. Aquello presentaba mal aspecto; pero él se hallaba con vida.

—¿Charlie?

Como no contestó, le tocó la cara. Pronunció otra vez su nombre y entonces él abrió los ojos. Por un momento, estuvieron desenfocados, pero al fin la miraron y parpadearon. Christine comprobó que estaba consciente; amodorrado y aturdido, pero no delirante.

—Lo perdí —dijo él.

—¿El qué?

—El rifle.

—No te preocupes de eso —le aconsejó ella.

—Maté a tres de ellos —informó con lengua estropajosa.

—Bien hecho.

—¿Dónde están ahora? —inquirió inquieto.

—Deben de hallarse cerca.

—No lo creo.

Harrison intentó sentarse.

Una corriente oscura de dolor circuló en su interior; respingó y contuvo el aliento.

Durante un instante, ella pensó que iba a desvanecerse otra vez.

Charlie se puso demasiado pálido, con una blancura cadavérica.

Le estrechó la mano hasta que el dolor remitió.

—Todavía vienen otros —murmuró mientras intentaba sentarse de nuevo consiguiéndolo esta vez.

—¿Puedes moverte?

—Estoy muy débil...

—Tenemos que salir de aquí.

—Estuve... arrastrándome.

—¿Puedes andar?

—Sin ayuda, no.

—¿Y si te apoyas en mí?

—Tal vez.

Christine le ayudó a levantarse, le dio apoyo, le animó a descender por el sendero. Al principio su progreso fue lento, vacilante; luego, avanzaron un poco más aprisa, resbalaron dos o tres veces y casi cayeron, pero alcanzaron el saliente a su debido tiempo.

Joey no reaccionó ante su llegada. Pero cuando Christine ayudaba a Charlie a sentarse en el suelo, *Chewbacca* se les acercó agitando la cola y lamió en la cara al herido.

Mientras tanto, las paredes rocosas habían absorbido mucho calor de la fogata, que era apenas un montón de ascuas, y lo irradiaban en todas direcciones.

—Muy agradable —murmuró Charlie.

Su voz, demasiado ensoñadora, no gustó a Christine.

—¿Mareado? —preguntó.

—Un poco.

—¿Confuso?

—Lo estuve. Ahora, no.

—¿Visión borrosa?

—No, nada de eso.

—Quiero verte la herida —dijo ella mientras empezaba a quitarle la chaqueta.

—No hay tiempo —objetó él sujetándole las manos.

—Lo haré muy de prisa.

—¡No hay tiempo! —insistió.

—Escucha; ahora mismo, con todo el dolor que tienes, no podrás moverte con rapidez.

—Seré una maldita tortuga.

—Y estás perdiendo todas tus energías.

—Me siento como... un crío.

—Pero aquí tenemos un estupendo botiquín de primeros auxilios, y tal vez podamos echarte un remiendo y aliviarte algo el dolor. Entonces podrás ponerte en pie y moverte con más presteza. Si es así, estaremos contentísimos de perder un poco más de tiempo.

Después de cavilar sobre ello, asintió.

—Bueno... Pero mantén el oído alerta. Puede ser que ellos... no estén muy lejos.

Christine le quitó la maltrecha chaqueta, le desabotonó la camisa y se la apartó del hombro herido; luego, le desabrochó y bajó la parte superior de su ropa interior aislante, que estaba empapada de sangre y sudor. Había un feo orificio en la parte izquierda del pecho, justo debajo de la clavícula. Al contemplar el lastimoso cuadro, sintió como si se revolvieran unas serpientes dentro del estómago. La hemorragia había remitido, pero la carne alrededor de la herida aparecía hinchada y enrojecida con un aspecto muy malo.

—¿Pierdo mucha sangre? —inquirió él.

—La perdiste.

—¿Y ahora?

—Todavía sangra un poco.

—¿Borbotones?

—No. Si la bala hubiese tocado una arteria, a estas horas estarías muerto.

—Tuve suerte.

—Mucha.

Una herida alargada apareció en su espalda. En ese lado, la carne tenía tan mal aspecto como en el otro, y ella creyó ver esquirlas de hueso entre los jirones ensangrentados de carne.

—No tienes dentro la bala —dictaminó.

—Eso es un regalo.

El botiquín estaba en la mochila de él. Christine lo sacó, abrió un pequeño frasco de ácido bórico y vertió la solución en la herida. Aquello produjo furiosos espumarajos, pero no le escoció como lo habría hecho el yodo o el Merthiolate. Con cierto aire soñador, desenfadado, Charlie observó el burbujeo.

Ella metió presurosa un puñado de nieve en un jarrillo y puso éste sobre las ascuas.

Charlie salió de su ensoñación, meneó la cabeza como si quisiera despejarse y dijo:

—¡Corre!

—Hago todo lo que puedo —contestó ella.

Cuando el ácido bórico terminó su acción, Christine espolvoreó los orificios de entrada y salida con un antibiótico amarillento, y luego con unos polvos blancos anestésicos. Cortó casi por completo la hemorragia. Se quitó los guantes para trabajar más aprisa y mejor, usó compresas de algodón y gasa así como un rollo de gasa de cinco centímetros para elaborar un vendaje satisfactorio aunque improvisado. Lo aseguró con tanto esparadrapo que pudo tener la certeza de que quedaba bien fijo.

—¡Escucha! —dijo él.

Ella quedó muy quieta.

Ambos tendieron el oído, pero percibieron sólo el viento en los árboles.

—No son ellos —le tranquilizó Christine.

—Todavía no.

Chewbacca nos avisará si alguien se acerca.

El perro, tendido junto a Joey, parecía tranquilo.

Entretanto, el aire glacial había absorbido ya el calor almacenado en la piedra. La covacha debajo del saliente rocoso se estaba enfriando. Charlie tenía violentos temblores.

Ella lo vistió presurosa, le subió la cremallera del chaquetón, le colocó la capucha en su sitio abrochándosela debajo de la barbilla; luego, retiró de las ascuas el cacharro con nieve derretida. El botiquín de primeros auxilios contenía Tylenol, un calmante que no era, ni mucho menos, lo bastante activo para aliviarle; pero no disponían de otra cosa. Le administró dos tabletas y, tras cierto titubeo, una tercera. Al principio, Charlie encontró bastante dificultad para tragarlas, y esto la inquietó; pero él dijo que se debía sólo a la sequedad de su boca y garganta, y cuando ingirió la tercera tableta pareció sentirse mejor.

Harrison no podía transportar su mochila y por tanto sería preciso dejarla atrás.

Christine sacó algunos objetos de la suya para dejar espacio al botiquín; luego, cerró bien todas las bolsas. Hecho esto, metió los brazos por los tirantes y aseguró la última correa a través de su pecho.

Ahora ansiaba con verdadero frenesí emprender la marcha. No necesitaba un reloj para saber que el tiempo se les estaba quedando corto.

LXIII

Kyle Barlowe era un hombre grande pero no carente de agilidad. Podía moverse con sigilo y pie seguro cuando se lo proponía. Diez minutos después de que Harrison matara a Denny Rogers y arrojara su cuerpo desde la cima del monte, Barlowe surgió cauteloso de la maraña de arbustos secos en la que se había escondido y se deslizó a través de la ladera hacia un lugar donde las sombras se extendían cual helados charcos de noche. Desde allí, se lanzó, con movimientos felinos, a un inmenso árbol caído; y de éste a una peña de ásperas aristas que surgía de la ladera. No ascendió ni descendió por la pendiente, sólo se movió en sentido lateral alejándose del área que Harrison dominaba y en la cual ellos quedaban inmovilizados; aunque no por mucho tiempo con un poco de suerte.

Transcurridos otros diez minutos, cuando estuvo seguro de que el investigador no le veía, Barlowe dejó a un lado la cautela y se lanzó temerario cuesta arriba hasta la cresta. Allí atravesó una brecha entre dos formaciones rocosas y se irguió sobre la plataforma labrada por el viento.

Llevaba consigo un Smith & Weson, Magnum 357 en una funda debajo del sobaco. Se abrió el chaquetón lo suficiente para alcanzar el revólver.

La nevada se hizo tan intensa que era imposible ver a más de seis metros y, a ratos, ni eso siquiera. Tan limitada visibilidad no le molestó. Por el contrario, la tomó como un regalo de Dios. Entretanto, él había imaginado ya cuál era el lugar desde el que Harrison les disparaba. Lo encontraría sin dificultad. Y la espesa nieve le ocultaría del detective..., suponiendo que se hallara todavía en la cima, lo cual era dudoso.

Kyle se movió hacia el sur afrontando el furioso vendaval. Las ráfagas le fustigaron la cara, le hicieron apretar los ojos... Pero habrían derribado con más facilidad los macizos árboles a lo largo de la cresta.

Cuarenta metros más allá Kyle encontró el cuerpo de Morgan Pierce. Los ojos abiertos pero ciegos no parecían humanos, pues estaban cubiertos por unas cataratas lechosas que en realidad eran películas de hielo quebradizo. Cejas, pestañas y bigote se hallaban congelados. El viento se afanaba por rellenar de nieve los ángulos que formaban los brazos, las piernas y el cuello torcido del hombre muerto.

A Barlowe le sorprendió que Harrison no hubiese cogido el Uzi de Pierce, un arma compacta de fabricación israelí. Él lo recogió con la esperanza de que la nieve no le hubiese causado daño alguno. Decidió no confiar en él mientras no tuviese ocasión de probarlo. Así que se lo colgó del hombro y conservó el Magnum en la mano derecha.

Manteniéndose pegado a los afloramientos graníticos que había a lo largo del sector oriental de la cima, gateó hacia el lugar desde el que Harrison les había disparado y por el que arrojó cuesta abajo a Denny Rogers. Adelantando el revólver, Barlowe dobló el peñasco que formaba el parapeto norte del nido de Harrison..., y no se sorprendió al descubrir que el detective había desaparecido.

El escondrijo entre las formaciones rocosas estaba bastante protegido del viento; por lo tanto la nieve había cuajado dentro del nicho. El cobre brilló en la nieve: algunos casquillos de bala.

Kyle descubrió también sangre en la roca que formaba las paredes de aquel abrigo: manchas oscuras, congeladas en el grisáceo granito.

Se agachó y escudriñó los casquillos que asomaban del manto nevado. Barrió con la mano la leve capa de copos caídos durante la última media hora, apartando de paso los casquillos, y encontró mucha más sangre en la capa subyacente de nieve. ¿Sangre de Denny Rogers? ¿Y si fuera la de Harrison? Tal vez Rogers hubiese herido al bastardo.

Tras ese examen, Barlowe dio la espalda al sector oriental de la cresta y empezó a buscar el lugar donde el sendero de ciervos proseguía hacia el siguiente valle. Puesto que el Anticristo y sus escoltas habían seguido el sendero hasta allí, era lógico suponer que continuarían por el mismo camino cuesta abajo en la otra vertiente del monte. Los copos no se adherían a la plataforma barrida por el viento, sino que se apilaban en el borde de la cresta, donde el vendaval no pegaba tan fuerte y las peñas y arbustos les prestaban puntos de apoyo para acumularse y disimular la entrada del sendero de ciervos. Casi le pasó inadvertido. Estuvo un rato pateando a ciegas pero, por fin, vio huellas, tanto humanas como de ciervo, en la capa más delgada de nieve bajo los árboles.

Descendió unos cuantos metros la cuesta hasta encontrar lo que había esperado: manchas de sangre. Denny Rogers no podía haber dejado ese rastro. Ahora no le cabía la menor duda de que Harrison se hallaba herido.

LXIV

Charlie se mostró impresionado, pero no sorprendido, ante la rapidez y firmeza con que Christine se hizo cargo de la situación. Ella los puso otra vez en marcha sendero abajo hacia el valle.

Joey y *Chewbacca* los siguieron. El niño no dijo nada, marchó arrastrando los pies como si pensara que estaban perdiendo el tiempo con ese intento de fuga. Pero no se paró ni se rezagó. El perro imitó a su amo y anduvo silencioso con cabeza colgante y ojos clavados en el suelo.

Charlie esperaba oír gritos en el sendero detrás de ellos. Temía escuchar una andanada de disparos en cualquier momento.

Pero la nieve cayó, el viento aulló, los árboles crujieron y se agitaron, y la gente de la Spivey continuó sin dejarse ver. Él debió de haberlos asustado lo suyo con la última emboscada. Habrían permanecido por lo menos media hora en el lugar en que los dejó, temerosos de abandonar su escondrijo; y cuando empezaron a moverse, sin duda procedieron con extremada cautela en su ascenso hacia la cima.

Sería demasiado esperar que aquella tropa renunciara a la persecución y volviese grupas. Esa gente no renunciaba jamás. Él había aprendido por lo menos eso acerca de ellos. Su amigo, el obeso psicólogo Denton Boothe, tenía razón. Sólo la muerte detendría a esa casta tan especial de fanáticos.

El sendero, al descender serpenteante la mitad inferior de la pared del valle, siguió un trazado más errático que antes. No alcanzarían el fondo tan pronto como habían supuesto.

Durante los primeros veinte minutos, Charlie no requirió mucha ayuda. En su mayor parte, la senda era transitable y poco exigente. Unas cuantas veces, necesitó aferrarse a un árbol o apoyarse en una peña para mantener el equilibrio, y en dos o tres ocasiones, cuando el declive era demasiado pronunciado, hubo de buscar la ayuda de Christine, pero esta necesidad no fue constante. Marchó bastante mejor de lo que hubiera creído posible cuando arrancaron.

Aunque el Tylenol y los polvos antibióticos le hubieran calmado el dolor punzante en hombro y brazo, el suplicio subsistió. En realidad, seguía siendo tan intenso, no obstante la acción atenuante de las drogas, que no le habría extrañado quedar incapacitado del todo; pero descubrió que toleraba el dolor mucho más de lo que había imaginado: se estaba adaptando a él, con un constante rechinar de dientes y una mueca permanente de agonía, pero adaptándose.

Sin embargo, transcurridos otros veinte minutos, su energía empezó a flaquear, y necesitó más a menudo la ayuda de Christine. Al cabo de veinticinco minutos, alcanzaron el suelo del valle y entonces él comenzó a sentir cierto vértigo. Cinco minutos después, cuando llegaron al lindero de un espacioso prado donde la nieve y el viento golpeaban la tierra como martillos, Charlie tuvo que detenerse y descansar antes de abandonar el amparo del bosque. Se sentó debajo de un pino y se recostó contra el tronco.

Joey tomó asiento a su lado pero no dijo nada, no pareció darse cuenta siquiera de su presencia. Charlie estaba demasiado exhausto para intentar hacer hablar o sonreír al chico.

Chewbacca se lamió las zarpas, las cuales se hallaban algo ensangrentadas.

Christine se sentó también y sacó el mapa que Charlie había extendido sobre la mesa de la cabaña el día anterior, cuando insistía en enseñarle cómo saldrían de las montañas si la Spivey y su gente llegaran con la intención de acorralarlos. ¡Dios santo, qué improbable le había parecido entonces una situación semejante, y qué terriblemente inevitable se demostraba ahora!

Christine hubo de plegar el mapa y hacerlo lo más pequeño posible para poder estudiarlo, porque el viento, soplando desde el prado, enviaba ráfagas intermitentes contra los árboles, profundizando en el espeso bosque lo bastante para arramblar con todo cuanto encontraba a su paso.

Más allá del perímetro de la floresta, una furiosa nevisca asolaba el suelo del valle. El viento del sudoeste rugía como un tren expreso desde un extremo del valle al otro, llevando por delante cortinas de nieve. Los copos eran tan espesos que sólo quedaba visible una tercera parte del prado, al final de la cual el mundo parecía terminar en una muralla blanca e impenetrable. Pero a ratos el viento se aplacaba durante unos segundos, o cambiaba de dirección, y entonces se abrían las cortinas opacas de nieve dejando ver más árboles en el otro extremo del prado así como la lejana pared del alargado valle y, todavía más allá, la cresta de otro monte distante donde el hielo y la roca brillaban como cromo no obstante la lobreguez reinante.

Según el mapa, un pequeño riachuelo atravesaba el prado y corría a lo largo del valle. Ella miró y remiró, escrutando el blanco torbellino más allá del bosque; pero no pudo ver el arroyo ni siquiera cuando se abrían las movedizas cortinas de copos. Supuso que estaría helado y cubierto por la nieve. Si ellos siguieran ese curso, en vez de cruzar el prado para pasar al otro brazo del bosque, alcanzarían tarde o temprano la parte superior de una cuenca estrecha que descendía hacia el lago, pues el valle formaba embudo hacia el sudoeste, y ellos se encontraban todavía a bastante altura sobre el Tahoe. El día anterior, al sacar por primera vez el mapa, Charlie había dicho que seguirían esa ruta si tuviesen que abandonar la cabaña y echarse al campo. Pero eso había sido antes de que le hiriesen. Era un recorrido de cinco o seis kilómetros hasta la civilización, una marcha nada desalentadora..., si se estaba en buenas condiciones físicas. Pero ahora no era así; él estaba lesionado y débil, y además había en perspectiva una nevisca cobrando intensidad. En tales condiciones, no existía la menor esperanza de llegar por esa ruta al lago; el viaje de cinco o seis kilómetros sería tan épico como una expedición a través de China.

Christine escudriñó desesperada el mapa para buscar otro camino o alguna indicación de refugio; después de consultar varias veces el código para interpretar los símbolos cartográficos, descubrió unas cuevas. Se hallaban en el mismo lado del valle, a unos seiscientos metros de allí por el nordeste. Según el mapa, aquellas cuevas eran un punto de referencia para los excursionistas aventurados que se interesaban por las pinturas rupestres indias y tenían la manía de coleccionar puntas de flecha. Christine no pudo determinar si se trataba sólo de una o dos cuevas pequeñas o de toda una red, pero se imaginó que serían por lo menos lo bastante grandes para servir de refugio y protegerlos tanto de los fanáticos de la Spivey como del no menos asesino temporal.

Así que se aproximó a Charlie, puso la cabeza junto a la suya para poder entenderse por encima del cacofónico viento, y le explicó lo que se le había ocurrido. Él manifestó una conformidad absoluta, lo cual la animó y le hizo tener más fe en su plan. Dejó de preguntarse preocupada si ir a las cuevas sería una decisión acertada, y empezó a preguntarse inquieta si ellos serían capaces de hacer el recorrido con aquella tormenta.

—Podríamos caminar hacia el nordeste a través del bosque, siguiendo la pared del valle —dijo a Charlie—. Pero eso dejaría un rastro.

—Mientras que si saliéramos al prado antes de emprender la marcha por el valle, si viajáramos campo a través, la nevisca borraría en cuestión de segundos nuestras huellas.

—Eso es.

—La Spivey y su gente nos perderían aquí mismo.

—Exacto. Desde luego, para alcanzar las cuevas tendremos que entrar de nuevo en el bosque bastante más al norte; pero no hay ni una probabilidad entre un millón de que ellos descubran otra vez nuestro rastro. Por lo pronto, esperarán que descendamos por el valle, en dirección sudoeste, hacia el lago, porque la civilización está al final de esa trayectoria.

—Justo —aprobó Charlie, y se lamió los agrietados labios—. No hay nada al nordeste de nosotros..., salvo más tierra agreste.

—Ellos no nos buscarán en esa vecindad..., ¿verdad? —inquirió Christine.

—Lo dudo —dijo él—. Pongámonos en marcha.

—Caminar por campo abierto con tanto viento y nieve..., no va a ser fácil —le advirtió ella.

—Me encuentro bien. Puedo hacerlo.

Pero él no parecía capaz de ello. Se diría que no podría ni levantarse siquiera. Sus ojos estaban acuosos y enrojecidos. Su rostro, demacrado y horriblemente pálido, sus labios exangües.

—Pero tú tendrás... que cuidar de Joey —añadió Charlie—. Lo mejor será que cortes un trozo de cuerda... y lo lleves a remolque.

Fue una buena sugerencia. En campo abierto la visibilidad era sólo de unos ocho metros en los mejores momentos, descendiendo a tres o cuatro cuando el viento arreciaba arrastrando nieve consigo. Joey podría apartarse unos cuantos pasos, y una vez separados sería muy difícil si no imposible reunirse de nuevo. Christine cortó un trozo del rollo de cuerda que colgaba de su mochila e hizo un ronzal que los unió cintura con cintura con dos metros de separación, dando al niño suficiente libertad de movimiento.

Charlie miró nervioso repetidas veces hacia el camino por el que habían llegado.

A Christine le inquietó más el hecho de que *Chewbacca* mirara también ese mismo camino. El animal seguía tumbado, con relativa calma, pero había enderezado las orejas y gruñía desde el fondo de la garganta.

Ayudó a Charlie y al niño a ponerse los pasamontañas, porque ahora los necesitarían tanto si las rendijas de los ojos obstaculizaban su visión como si no. Ella también se lo puso; luego se echó la capucha y se la sujetó bien debajo de la barbilla.

Joey se levantó sin que se lo dijeran. Ella lo consideró una buena señal. El niño se mostraba todavía perdido, distante, ajeno a cuanto le rodeaba; pero al menos sabía en el subconsciente que era hora de partir, lo cual significaba que no estaba ido por completo.

Christine ayudó a Charlie, el cual ofrecía muy mal aspecto.

Los últimos seiscientos metros hasta las cuevas iban a ser una verdadera tortura para él. Pero no se podía hacer otra cosa.

Manteniendo una mano sobre el brazo bueno de Charlie para prestarle ayuda tan pronto como la necesitara, y atada a Joey, Christine los condujo hacia el prado. El viento era como una bestia enfurecida. La temperatura del aire sería, como mínimo, de veinte bajo cero. Los copos no eran blandos, se apretaban formando minúsculos perdigones cristalizados que rebotaron con sonido incisivo en la ropa aislante de Christine. Si el infierno fuese gélido en lugar de tórrido, ésta sería su representación.

LXV

Cenizas y ramas medio calcinadas eran todo cuanto quedaba de la fogata que ardía poco antes en el centro del sendero de ciervos. Kyle Barlowe esparció a patadas los carbonizados restos.

Luego, se metió bajo el saliente rocoso y examinó la mochila abandonada. Vio trozos de papel en un rincón del nicho, envolturas de vendas.

—Tenías razón —dijo Burt Tully—. El hombre está herido.

—Tanto que no puede ya acarrear su carga —contestó Barlowe dando la espalda al material abandonado.

—Pero sigo sin estar seguro de que nos convenga perseguirle, sólo nosotros cuatro —murmuró Tully—. Necesitamos refuerzos.

—No hay tiempo para pedirlos —arguyó Kyle Barlowe.

—Pero es que... ¡él ha matado ya a tantos de los nuestros!

—¿Acaso te estás amedrentando?

—¡No, no! —exclamó Tully; aunque parecía asustado.

—Ahora eres un soldado —dijo Barlowe—. Bajo la protección de Dios.

—Lo sé. Es sólo... que ese tipo..., Harrison..., es un tirador endiabladamente bueno.

—No lo es tanto desde que Denny le disparó.

—¡Pero él mató a Denny! Deben quedarle todavía muchos cojones.

Kyle le replicó impaciente:

—Tú viste el lugar donde él cayó a lo largo del sendero, al que ella acudió para ayudarle.

—Pero los refuerzos...

—Olvídate de eso —cortó Kyle apartándole a un lado.

Él tenía también sus dudas, y se preguntó si no estaría mostrándose áspero con Burt para quitarse de la cabeza su propia aprensión.

Edna Vanoff y madre Grace los estaban esperando en el sendero.

La anciana no tenía buen aspecto. Sus ojos inyectados en sangre aparecían muy hundidos y casi cerrados por la carne inflamada que los rodeaba. Estaba allí plantada, con la espalda encorvada y doblada por la cintura; era la viva imagen de la extenuación.

A Barlowe le sorprendió que hubiese podido llegar tan lejos. Él quiso que permaneciese en la cabaña con algunos escoltas; pero ella se empeñó en adentrarse en las montañas con ellos. Sabía que madre Grace era una mujer vital, con un nervio muy considerable para su edad; pero, así y todo, le sorprendió su avance infatigable a través del bosque. De cuando en cuando, todos tuvieron que ayudarla a salvar algún escollo, y hubo un momento en el que él tuvo que llevarla en brazos a lo largo de unos veinte metros; pero la mayor parte del tiempo la mujer se valió de sus propias fuerzas.

—¿Cuánto tiempo hace que ellos abandonaron este lugar? —le preguntó Grace con voz cascada y labios exangües.

—Es difícil de calcular. El fuego está frío; pero con este temporal las ascuas se enfrían aprisa.

—Si Harrison está tan malherido como creemos —terció Burt Tully—, ellos no podrán marchar a buen ritmo. Y, seguramente, les estaremos dando alcance. Así pues, nos podemos permitir un avance lento, y ser cautelosos, asegurarnos de que no caemos en otra emboscada.

—No —rectificó Grace—. Si ellos están cerca, deberemos apresurarnos y acabar de una vez.

Dicho esto dio media vuelta, avanzó un paso, tropezó y cayó.

Barlowe le ayudó a levantarse.

—Me preocupa usted, Madre.

—Estoy bien —dijo ella.

Pero Edna Vanoff intervino.

—Tiene aspecto de... estar agotada, Madre.

—Tal vez le conviniera descansar aquí unos minutos —sugirió Burt.

—¡No! —protestó madre Grace, y sus enrojecidos ojos miraron a uno tras otro dejándolos paralizados—. No unos minutos. Ni un minuto siquiera. No nos está permitido conceder al muchacho ni un segundo más de lo que nos hemos propuesto. Ya os lo he dicho..., cada segundo que él vive, su poder se acrecienta. ¡Os lo he repetido mil veces!

—Pero, Madre —objetó Barlowe—, si te sucede algo, los demás no podremos continuar la misión.

Él dio un respingo ante el poder penetrante de aquellos ojos. Y ahora, la voz de ella adquirió un matiz especial, sólo perceptible cuando tenía una visión, una resonancia incisiva que vibró en sus propios huesos:

–Si yo fallo, deberéis seguir adelante. Continuaréis. Es una blasfemia decir que vuestra lealtad es para mí más que para Dios. Vosotros seguiréis adelante hasta que os fallen las piernas, hasta que no podáis dar ni un paso más. Y entonces tendréis que continuar aún, o Dios no se apiadará de vosotros. Ni piedad ni gracia. Si le falláis en esto, dispondrá que vuestras almas sean relegadas a los ejércitos del infierno.

Había personas que no se dejaban perturbar cuando madre Grace les hablaba de esa manera. Algunas no oían más que divagaciones de una vieja loca. Otras huían como si ella las amenazara. No faltaban las que se reían. Pero Kyle Barlowe había sido siempre humilde. Todavía se dejaba arrebatar por su voz.

«¿Pero me mostraré arrobado y dócil cuando ella me ordene que mate al muchacho? ¿Me resistiré a la violencia que yo solía aplicar para mi propio beneficio? Errónea forma de pensar.»

Los cuatro abandonaron el saliente rocoso y descendieron por el sendero de ciervos, Barlowe a la cabeza, después Edna Vanoff, madre Grace en tercer lugar y Burt Tully cerrando la marcha. El aullar del viento semejó una gran voz demoníaca, y para Barlowe fue un recordatorio constante de las fuerzas malignas que ahora mismo estaban conspirando para asumir el control de la tierra.

LXVI

Christine empezó a creer que no saldrían jamás vivos del prado. Aquello era peor que una ventisca. Aquello fue un alud blanco con un viento tan recio que habría sido huracán en un clima tropical, y con la nieve cayendo de forma tan violenta y abrumadora que no le permitía ver más allá de un metro. El mundo se desvaneció; ella se movió por un paisaje de pesadilla sin el menor contorno, en un mundo compuesto únicamente de nieve y luz gris; no logró divisar el bosque por parte alguna. Tampoco podía tener siempre a la vista a Joey, el cual se dejaba arrastrar en el otro extremo del ronzal. Era pavoroso. Y aunque la luz fuera gris y difusa, había un resplandor que lo inundaba todo haciendo que los ojos le ardieran, convencida de que era muy cierto que el reflejo de la nieve causara ceguera. ¿Qué harían ellos si hubiesen de buscar a tientas el camino por el prado, y guiarse sólo por el instinto hacia el extremo nordeste del valle? Conocía la respuesta: morirían. Hizo una pausa cada treinta pasos para consultar la brújula protegiéndola con las manos enguantadas, y aunque ella procurara siempre moverse en línea, descubrió varias veces que estaban equivocándose de dirección, y hubo de corregir su curso.

Incluso sin desorientarse ni perderse, podrían morir allí mismo si no se movían con la suficiente diligencia, pues hacía más frío del que ella jamás imaginara, tanto frío que no se habría sorprendido si se hubiese quedado congelada de repente con un pie en el aire.

Joey la preocupó sobremanera, pero el pequeño se mantuvo firme a su lado mucho después de que ella temiera verlo caer. Irónicamente, su ensimismamiento casi catatónico, le fue beneficioso en aquellas circunstancias; habiéndose desligado del mundo real, el frío y el viento le afectaron menos de lo que lo hubieran hecho en otras condiciones. Así y todo, los elementos le harían flaquear a su debido tiempo y entonces ella debería sacarlo del prado para llevarlo al abrigo relativo del bosque, tanto si habían alcanzado la zona de las cuevas como si no.

Charlie corrió peor suerte que el niño. Tropezó con frecuencia, cayó de rodillas dos o tres veces. A los cinco minutos, empezó a buscar a ratos el apoyo de Christine. Al cabo de diez minutos lo necesitó más que a ratos. Transcurridos quince, requirió ayuda constante, lo cual les aminoró el paso hasta hacerlo poco más que un mero arrastrar de pies.

Christine no pudo decirle a ninguno de los dos que se proponía dirigirse muy pronto hacia el bosque porque el viento imposibilitó toda conversación. Cuando ella daba cara al viento, éste le hacía tragarse las palabras apenas las pronunciaba, y cuando lo esquivaba, sus frases quedaban hechas jirones cual un paño sutil y se diseminaban en forma de sílabas sin sentido.

Durante largos minutos, perdió de vista a *Chewbacca,* y varias veces tuvo la seguridad de que no volvería a ver nunca más al perro; pero el animal reapareció siempre, hecho una lástima y débil a todas luces, pero vivo. Su pelambrera era una costra de hielo, y cuando surgía de entre las cortinas de nieve semejaba un resucitado retornando de ultratumba.

El viento barrió casi por completo de nieve vastas áreas del prado, dejando sólo unos centímetros de la que estaba prieta en algunos lugares; la apiló hasta en los menores obstáculos, llenó hondonadas y depresiones, formando trampas que nadie podía ver ni evitar. Ellos habían decidido abandonar las raquetas de Charlie junto con su mochila, en parte porque su hombro herido le impedía llevarlas a cuestas por más tiempo, y en parte porque él había perdido la firmeza de pisada para usarlas. De resultas, ni ella ni Joey podían usar sus propias raquetas para salvar los amontonamientos de nieve porque ambos debían seguir la misma ruta de Charlie. A veces Christine se encontraba de repente hundida en la nieve hasta las rodillas, luego hasta medio muslo y profundizando todavía, y entonces tenía que desandar camino y abrirse paso alrededor del montón, lo cual no resultaba nada fácil teniendo en cuenta que no sabía a dónde diablos se dirigía. Otras veces pisaba una hondonada que la nieve había llenado, y entonces, sin el menor aviso, se encontraba rodeada de nieve hasta la cintura.

Temió la aparición de un declive abrupto o de una concavidad verdaderamente honda. Las concavidades no eran raras en una comarca montañosa como aquélla; ellos habían pasado junto a algunas a lo largo del día, pozos aparentemente sin fondo, algunos muy antiguos con un cerco de piedra caliza pulimentada por el agua. Si ella diera un paso en falso y se hundiera allí con nieve sobre la cabeza, Charlie podría no ser capaz de rescatarla, aun suponiendo que ella no se hubiese roto las piernas en el proceso. Tampoco estaba segura de poder liberar a uno o a otro si cayera en una trampa similar.

Ese peligro la intranquilizó tanto que se detuvo y se desató el ronzal de la cintura. Temió la posibilidad de arrastrar consigo a Joey hacia un abismo. Se arrolló la cuerda alrededor de la mano derecha; así podría siempre soltarla si cayera en una verdadera trampa.

«Las cosas que más tememos –se dijo–, no nos suceden jamás, es siempre algo distinto lo que nos abate, algo inesperado...» Por ejemplo, el encuentro casual con Grace Spivey en el aparcamiento del South Coast Plaza el pasado domingo por la tarde. Pero cuando se encontraban en el prado, cuando ella estaba casi presta para conducirlos otra vez hacia el bosque, ocurrió lo peor después de todo.

Charlie acababa de encontrar nuevas energías y le había soltado el brazo.

De repente, Christine pisó nieve profunda y comprendió que se había encontrado, justo, con lo que temía. Intentó echarse hacia atrás; pero, como marchaba inclinada hacia adelante para oponerse al viento, no pudo recobrar a tiempo el equilibrio. Soltando un alarido que el viento redujo a un gritito, se hundió con nieve sobre la cabeza y tocó fondo a dos metros y medio de profundidad, con la pierna izquierda torcida dolorosamente debajo del cuerpo.

Levantó la vista y vio que la nieve caía sobre ella rellenando el hueco que su cuerpo había abierto.

Iba a morir sepultada viva.

Ella había leído en los periódicos historias sobre obreros enterrados vivos, asfixiados o aplastados hasta morir, en fosas no más profundas que ésta. Desde luego, la nieve no era tan pesada como los escombros o la arena y no la aplastaría; además ella podría abrirse camino hacia arriba, y aunque no lograse salir del todo, le sería posible respirar bajo la nieve, porque ésta no era tan compacta y sofocante como la tierra... Pero tales reflexiones no aliviaron su pánico.

Dio golpes de tijera con los pies un instante después de tocar fondo, pese al dolor de la pierna, y arañó la nieve buscando un asidero firme en la pared oculta del pozo. Pero no encontró nada, salvo nieve. Una nieve blanda, dúctil, de una inconsistencia irritante.

Continuó vociferando. Una pella de nieve le cayó en la boca abierta, ahogándola. El foso se fue rellenando sobre su cabeza, por todas partes, la masa blanca le cubrió los hombros; luego la barbilla... ¡Dios santo! Ella no cesaba de apartársela de la cabeza, intentando a la desesperada mantener libres los brazos y la cara; pero la nieve fue más rápida que su excavación.

Arriba, apareció el rostro de Charlie, el cual se había tendido en el suelo para asomarse por el borde y mirarla. Le gritó algo. Ella no pudo entender lo que decía.

Azotó la nieve, pero ésta la abrumó, una cascada siempre creciente cayendo por todas partes hasta aprisionarle los doloridos brazos. ¡No! Y aquella patética espuma blanca siguió desmoronándose hasta cubrirle otra vez la barbilla y casi la boca. Apretó los labios y cerró los ojos, segura de que se hundiría por completo, de que la nieve le cubriría la cabeza, de que Charlie no podría rescatarla y de que aquel pozo sería su tumba. Pero, de pronto, el desmoronamiento cesó antes de que su nariz quedara enterrada.

Christine abrió los ojos y miró hacia arriba desde el fondo de una sima blanca, hacia Charlie. Las paredes de nieve mantenían un equilibrio inestable que podría romperse en cualquier momento desencadenando otra vez el desmoronamiento.

Ella quedó rígida, temerosa de moverse, respirando anhelante.

¡Joey! ¿Qué habría sido de Joey?

Había soltado la cuerda (y a Joey) tan pronto como se había visto de cabeza en el pozo. Esperó que Charlie hubiese sujetado al niño antes de que éste se precipitara también por el borde. En su estado apático, el chico no habría hecho nada para evitar correr su misma suerte. Y si hubiese caído dentro del pozo, existían muchas probabilidades de que no lo encontrasen jamás. La nieve lo habría cubierto y, con aquel viento aullador, ellos no podrían localizarlo por sus gritos cuando unos cuantos centímetros de nieve sofocaran cualquier sonido.

Christine no hubiera creído jamás que su corazón pudiese latir con tanta rapidez y fuerza sin explotar.

Arriba, Charlie alargó su brazo bueno con la mano abierta, y agitó los dedos como indicándole que la agarrara.

Si ella librara sus brazos de la nieve que los aprisionaba, podría aferrarle la mano, y entonces, sumando su esfuerzo al de él, quizá lograra salir del agujero. Pero, al librar sus brazos, podría desencadenar otra avalacha que le cubriría la cabeza con una capa de sesenta centímetros de espesor. Tendría que ser cautelosa, proceder con lentitud y tiento.

Movió el brazo derecho bajo la nieve, arriba y abajo, hasta hacerle un hueco; luego volvió la mano hacia arriba y rascó la materia blanca, desprendiendo un trozo tras otro y dejándolos caer a lo largo del brazo; al cabo de pocos segundos excavó un túnel hasta la superficie. Entonces retorció el brazo en el túnel y consiguió sacarlo hasta el codo. Lo estiró cuanto pudo y agarró la mano extendida de Charlie. Tal vez lo lograra, después de todo. Pudo desprender el otro brazo y aferró la muñeca de Harrison.

La nieve a su alrededor se desplazó. Sólo un poco.

Él empezó a tirar, y ella le ayudó cuanto pudo.

Las paredes blancas comenzaron a desmoronarse otra vez. La nieve la absorbió como si se tratase de arenas movedizas. Sus pies perdieron el fondo a medida que Charlie la aupaba. Pataleó, frenética, buscando la pared sólida de la hondonada, y por fin la tocó e intentó hundir el pie en ella y usarla como estribo para empujar hacia arriba. Mientras tanto él fue retrocediendo para subirla poco a poco. Esto debió de ser una agonía para el herido, porque la tensión pasó de su brazo y su hombro buenos al hombro herido, minando las escasas energías que le quedaban. Pero dio resultado. ¡A Dios gracias! La nieve absorbente empezó a soltarla. Ahora ella estuvo ya lo bastante arriba para arriesgarse a coger el brazo de Charlie con una sola mano mientras se asía con la otra el borde de la hondonada. El hielo y la tierra helada cedieron bajo sus dedos apresadores, pero se aferró de nuevo y esta vez apresó algo sólido. Entre el esfuerzo de Charlie y la tierra sólida bajo su mano, logró auparse, salir y tenderse de espaldas resollando, gimiendo con la turbadora sensación de haber escapado a las frías fauces de una criatura viviente y de haber sido casi devorada por una bestia compuesta de hielo y nieve.

De pronto, se percató de que la escopeta, que había llevado colgada del hombro al caer en la trampa, se le había descolgado o la correa se había roto. Debió de haber quedado en el pozo. Pero el agujero se había cerrado detrás de ella cuando Charlie la sacó a tirones. Podía darla por perdida.

No le importó. La Spivey no les seguiría con su gente en aquella ventisca.

Se puso a gatas y se alejó de la hondonada buscando a Joey. Lo encontró allí cerca, tendido en el suelo, acurrucado sobre un costado, en posición fetal, con las rodillas recogidas y la cabeza hundida entre ellas.

Chewbacca estaba pegado a su lado como si supiese que el niño necesitaba su calor, aunque pareciera que el animal no tenía ningún calor que dar. Su pelambrera era una costra de nieve y hielo, y se le veía también hielo en las orejas. El perro la miró con sus ojos castaños y lastimeros, unos ojos llenos de confusión, sufrimiento y temor.

Ella se avergonzó de haberle achacado, en parte, el retraimiento de Joey, y de que hubiera un momento en el que deseó no haberlo visto jamás. Le puso la mano sobre la enorme cabeza, y el animal la hocicó afectuoso pese a su debilidad.

Joey estaba despierto, consciente pero muy dolorido. La nieve se adhería a su pasamontañas. Si no lo sacaba pronto de aquel viento, el niño se congelaría. Sus ojos parecían todavía más distantes que antes.

Ella intentó ayudarle a levantarse, pero el pequeño no pudo. A pesar de estar agotada y temblorosa y de tener la pierna izquierda dañada por la caída, decidió llevarlo en brazos.

Sacó la brújula del bolsillo, la estudió, y se volvió para ponerse de cara a la dirección este-nordeste, hacia la zona de terreno forestal donde deberían estar las cuevas. Podía ver sólo a metro y medio o dos metros, y entonces la tormenta se descargó cual un pesado cortinaje.

Sorprendida de su propio nervio, levantó a Joey y lo sostuvo entre sus brazos. El instinto maternal la impulsó a salvar al hijo sin considerar el propio desgaste, y la desesperación puso en acción sus últimas reservas de adrenalina.

Charlie se colocó a su lado. Pudo mantenerse sobre los pies, pero ofrecía mal aspecto, casi tan malo como el de Joey.

—¡Necesitamos alcanzar el bosque! —gritó ella—. ¡Hemos de alejarnos de este viento!

Christine no creyó que él la hubiese oído, que no era posible con aquella virulenta borrasca bramando a través del prado, pero Charlie asintió como si hubiese adivinado su intención, y todos se sumieron en la blancura, esperando que la brújula los guiase hasta el abrigo relativo de los colosales árboles, arrastrando los pies con exagerada cautela para no caer de nuevo en otra trampa de la nieve.

Christine miró hacia atrás. *Chewbacca* se levantó para seguirles, pero muy desmadejado. Aunque pudiera mover las patas, tendría pocas probabilidades de llegar hasta los árboles. Ésta sería, con toda probabilidad, la última vez que vería al animal; la tormenta lo engulliría, al igual que el pozo había intentado engullirla a ella.

Cada paso fue una dura prueba.

Viento. Nieve. Frío cruel.

Sería más probable morir que seguir adelante.

Ese pensamiento la asustó y le infundió la voluntad necesaria para dar unos cuantos pasos más.

Existía un detalle favorable: no cabía duda de que su rastro quedaría borrado por completo. El viento furioso y la atroz nevada ártica harían imposible que los secuaces de la Spivey les siguieran. La nieve cayó del cielo como si la vertieran de inmensas tinajas, descendió rauda en forma de sábanas y aglomerados.

Otro paso... Y otro más.

Como si quisiera revestirlos con armaduras, el viento les cubrió con nieve brazos y piernas, pecho y espalda hasta que sus ropas se mimetizaron con el paisaje.

Algo apareció al frente. Una forma oscura. Se materializó en la tormenta por unos instantes; luego, una ráfaga todavía más furiosa de nieve la eclipsó. Reapareció de nuevo. Esta vez no se esfumó. Y surgió otra. Enormes borrones de oscuridad. Formaciones espectrales que aparecían más allá de las blancas cortinas. Poco a poco sus siluetas se perfilaron, se definieron mejor. Sí. Un árbol. Varios árboles.

Se internaron en el bosque al menos cuarenta metros, hasta encontrar un lugar donde las ramas entrelazadas sobre sus cabezas eran tan espesas que apenas dejaban pasar la nieve. La visibilidad mejoró. Asimismo se libraron de los puños brutales del tiempo.

Christine se detuvo, dejó en el suelo a Joey y le quitó el pasamontañas cubierto con una costra de nieve. Cuando miró su cara, el corazón le dio un vuelco.

LXVII

Kyle Barlowe, Burt Tully y Edna Vanoff rodearon a Grace en el lindero del bosque bajo la última conífera. El viento pareció lamerles desde el prado como si tuviera hambre de su calor. Grace se quitó los guantes y extendió los brazos con las palmas hacia el prado, más allá de los árboles, para recibir impresiones psíquicas. Los otros esperaron silenciosos a que ella decidiera cuál había de ser el siguiente paso.

Fuera, en el terreno abierto del valle, la fulminante ventisca era igual que una cadena interminable de explosiones de cargas de dinamita, un rugido incesante, violentas oleadas de viento semejantes a maretazos, nieve tan densa como el humo. Un tiempo apropiado para el fin del mundo.

–Ellos siguieron este camino –dijo madre Grace.

Barlowe sabía ya que sus presas habían dejado el bosque allí porque sus huellas se lo revelaban. Otra cuestión muy distinta era saber la dirección que habían tomado hacía el campo abierto; aunque hubieran abandonado aquel lugar poco tiempo antes, su rastro no habría sobrevivido mucho más allá del perímetro del bosque. Esperó a que madre Grace le revelara algo que le era imposible discernir por su cuenta.

Estudiando con aire preocupado el campo de nieve ante su vista, Burt Tully dijo:

–No podemos exponernos ahí fuera. Moriríamos todos.

De repente, Grace bajó las manos y se internó entre los árboles. Los demás la escoltaron, alarmados por su expresión de terror.

–Demonios –murmuró ella con voz ronca.

–¿Dónde? –inquirió Edna.

Grace tembló de pies a cabeza.

–Ahí fuera.

—¿En la tormenta? —preguntó Barlowe.

—Centenares..., millares..., esperándonos... agazapados tras los cúmulos de nieve... dispuestos a saltar... y destruirnos.

Barlowe miró hacia el campo abierto. No pudo ver nada, salvo nieve. Quiso poseer el don de madre Grace. Había espíritus malévolos muy cercanos, y él no era capaz de detectarlos, lo cual le hizo sentirse pavorosamente vulnerable.

—Debemos esperar aquí —decidió Grace—. Hasta que pase la tormenta.

Burt Tully mostró un alivio patente.

—Pero el chico... —objetó Barlowe.

—Se hace más poderoso —reconoció Grace.

—¿Y el Crepúsculo?

—Se aproxima.

—Entonces, si esperamos...

—Llegaremos demasiado tarde —sentenció ella.

—¿No querrá protegernos Dios si vamos al prado? —inquirió el hombretón—. ¿Acaso no estamos armados con Su poder y Su gracia?

—Debemos esperar. Y rezar —fue la única respuesta que tuvo de ella.

Entonces Kyle supo cuán tarde era en realidad. Tan tarde que ellos deberían estar más vigilantes que en ninguna ocasión anterior. No podrían permitirse ya la temeridad. Ahora Satanás era una presencia tan poderosa y real en este mundo como el propio Dios. Tal vez la balanza no se hubiese inclinado todavía a favor del demonio, pero el equilibrio se hacía sumamente delicado.

LXVIII

Christine arrancó la costra helada que cubría el pasamontañas del niño, y Charlie hubo de apartar la mirada al ver la cara del pequeño.

«Les he fallado», pensó.

La desesperación le dominó llenándole los ojos de lágrimas.

Se sentó en el suelo con la espalda contra un árbol. Descansó también la cabeza sobre el tronco, cerró los ojos e hizo varias inspiraciones profundas intentando atajar los temblores, procurando pensar de forma positiva, tratando de convencerse a sí mismo de que todo acabaría bien... Pero sin conseguirlo. Él había sido un optimista toda su vida, y ese descubrimiento tan reciente de la duda perturbadora del alma, fue devastador.

El Tylenol y los polvos anestésicos surtieron un efecto muy leve, e incluso ese alivio mínimo se fue extinguiendo por momentos. El dolor en el hombro aumentó otra vez y empezó a extenderse como antes por el pecho y el cuello, hasta la cabeza.

Christine habló con ternura y en tono alentador a Joey, a pesar de que, al mirarlo, sintiera deseos de llorar, como le había ocurrido a Charlie.

Él hizo un esfuerzo para recobrar el aplomo y contemplar al niño.

El rostro infantil se hallaba rojo, abultado, y lo desfiguraban las pústulas causadas por el viento glacial. Los ojos estaban casi cerrados por la hinchazón; una sustancia viscosa cubría los bordes de los párpados y se adhería también a las pestañas. La tumefacción obturaba las fosas nasales de modo que el niño respiraba sólo por la boca; los labios estaban agrietados, gordísimos y sangrantes. Casi toda la cara, de un rojo furioso, contrastaba con dos manchas grisáceas en las mejillas y otra en la punta de la nariz, lo cual pudiera ser un síntoma de congelación, aunque Charlie pedía a Dios que no fuese así.

Christine miró a Charlie y su propio desaliento se hizo patente en sus turbados ojos, aunque no en su voz.

—Bueno. Necesitamos movernos. Saca a Joey de este horrible frío. Hemos de encontrar esas cuevas.

—No veo el menor indicio de ellas —confesó Charlie.

—Deben de estar cerca. ¿Necesitas ayuda para levantarte?

—Puedo hacerlo solo.

Ella levantó a Joey. El niño no la abrazó, y dejó caer los brazos, inertes. Christine miró de reojo a Charlie, el cual suspiró, se aferró al árbol y se levantó con esfuerzo, muy sorprendido de haber podido hacerlo hasta el final.

Todavía le sorprendió más ver aparecer, un segundo después, a *Chewbacca*, cubierto de nieve, con la cabeza colgante, una imagen andante de la miseria. La última vez que contempló al perro, allá fuera, en el prado, Charlie tuvo la seguridad de que el animal se vendría abajo y moriría bajo la tormenta.

—¡Dios mío! —exclamó Christine al verlo aparecer, y mostró tanta sorpresa como Charlie.

«Eso es importante —pensó Harrison—. El hecho de que el perro se sobreponga... significa que todos vamos a sobrevivir.»

Deseaba con todas sus fuerzas creerlo así. E intentó convencerse a sí mismo. ¡Pero estaban tan lejos de casa!

Tal como les iban las cosas, Christine supuso que serían incapaces de encontrar las cuevas y vagarían por el bosque hasta caer exhaustos y morir de frío. Pero al fin el destino les reservó un poco de suerte y encontraron lo que estaban buscando, en menos de diez minutos.

El bosque clareó en la vecindad de las cuevas porque el terreno se hizo extremadamente rocoso. Ascendió en desiguales escalones pétreos, montículos y protuberancias, salientes y desniveles. Al haber allí menos árboles, la nieve encontró paso libre y formó formidables acumulaciones en la base de la pendiente y en muchos puntos altos donde un repecho o un pequeño saliente le proporcionaba acomodo. Pero también soplaba más viento desde las copas de los árboles circundantes, un viento que barría la nieve. Christine vio las bocas de tres cuevas en las formaciones inferiores, adonde Charlie y ella podrían trepar, y también cinco o seis en las formaciones superiores; pero éstas fuera de su alcance. Tal vez hubiera más aberturas ocultas y cerradas ahora por la nieve, porque aquella porción de la pared del valle parecía ser un laberinto de túneles, cuevas y cavernas.

Condujo a Joey hasta un grupo de peñascos y le hizo echarse al abrigo del viento.

Chewbacca cojeó detrás de ellos y se desplomó agotado junto a su amo. Era asombroso que el perro hubiese podido hacer todo ese recorrido, pero resultó evidente que no iría mucho más lejos.

Con un suspiro de agradecimiento y un resoplido de dolor, Charlie se dejó caer al suelo cerca de Joey y del perro.

Su aspecto asustó a Christine tanto como la deformada cara de Joey. Sus ojos inyectados en sangre parecieron febriles, dos ascuas ardientes en el rostro quemado. Ella temió quedarse allí sola con los cuerpos de las únicas personas a quienes amaba, cuidadora de un cementerio que acabaría siendo el lugar de su propio descanso eterno.

—Echaré una ojeada a esas cuevas —dijo a Charlie, gritando para que la oyera porque ahora estaban otra vez en campo abierto, más o menos—. Veré cuál es la más conveniente para nosotros.

Él asintió. Joey no reaccionó. La mujer les dio la espalda para encaramarse por el peñascoso terreno hacia la primera abertura oscura en la cara del contrafuerte.

No sabía a ciencia cierta si la pared del valle estaba compuesta en esta parte de piedra caliza o granito; pero no le importó, porque al no ser espeleóloga no podía saber qué variedad de roca era la más segura para una cueva. Además, aunque éstas fuesen poco seguras, ella tendría que usarlas porque no existía ningún otro sitio adonde ir.

La primera cueva tenía una entrada angosta y baja. Christine sacó la linterna de su mochila y se metió en aquel boquete de la tierra. Tuvo que avanzar a gatas y, en algunos lugares, el paso fue tan estrecho que se hicieron necesarias algunas contorsiones. Después de tres o cuatro metros, el túnel desembocó en una cámara de unos cuatro metros de lado y un techo apenas lo bastante alto para ponerse de pie. Era lo bastante grande para alojarlos, pero distaba mucho de lo ideal. Otras galerías conducían desde la cámara hacia el interior, quizás a cámaras mayores, pero ninguna de aquellas aberturas era lo bastante ancha para permitirle el paso. Christine salió otra vez al viento y la nieve.

La segunda cueva no fue tampoco conveniente; pero la tercera se aproximó a lo ideal todo lo que cabía esperar. El paso de entrada era lo bastante alto para que ella no necesitara reptar, y lo bastante ancho para ahorrarle las contorsiones. Había un pequeño amontonamiento de nieve ante la abertura, pero lo salvó sin dificultad. A unos tres metros dentro de la roca, la galería torció en ángulo agudo a la derecha y después de otros dos metros, giró con el mismo ángulo a la izquierda, una pantalla doble que servía para resguardarse del viento. La primera cámara tenía unos seis metros de anchura por nueve o nueve y medio de longitud así como una altura de tres o tres y medio, con un suelo pulido, y paredes fracturadas, carcomidas en algunos puntos y en otros pulimentadas por el agua.

A la derecha, otra cámara comunicaba con ésta. Era más pequeña y con el techo más bajo. Había varias estalactitas y estalagmitas que parecían haberse formado con cera gris derretida, y en algunos lugares se unían para formar unos pilares con talle de avispa. Christine paseó el rayo de luz por su alrededor, descubrió un pasaje hacia el final de esta segunda cámara y supuso que conduciría a una tercera caverna; pero eso fue todo lo que necesitó saber.

La primera estancia tenía cuanto ellos requerían. Hacia el fondo, el suelo se elevaba y el techo descendía y, en el último metro y medio, el piso subía de forma abrupta formando una cornisa con un metro y medio de profundidad y seis de anchura, sólo a un metro y pico del techo. Explorando con la linterna este nicho elevado, Christine descubrió un orificio de sesenta centímetros en la pared rocosa que se abría a la oscuridad más completa, y comprendió que había encontrado una enorme chimenea natural con su propia corriente. El orificio debería de conducir a otra cueva más alta en la ladera rocosa, de modo que ésta, o bien otra todavía más alta, tendría salida al exterior; así que el humo ascendería de forma natural hacia la distante promesa del aire libre.

Tener un fuego era importante. No habían llevado consigo los sacos de dormir porque unos objetos tan voluminosos habrían retardado su marcha, y porque esperaron alcanzar el lago antes del anochecer, en cuyo caso no los habrían necesitado. La ventisca y el balazo en el hombro de Charlie habían alterado sus planes; y ahora, sin sacos para combatir el helor nocturno y poder conservar el calor corporal, el fuego era de vital importancia.

A ella no le preocupó que el humo pudiera delatar su posición. El bosque lo disimularía, y tan pronto como las volutas sobrepasaran los árboles, se disiparían en el torbellino blanquecino de la tormenta. Además, los fanáticos de la Spivey buscarían con toda seguridad por el sudoeste, hacia el extremo del valle que conducía a la civilización.

Aquella cámara poseía otro rasgo característico que, al principio, aumentó su atracción. Una pared estaba decorada con un dibujo de dos metros de altura representando un tótem indio, un oso, tal vez pardo. Había sido grabado en la roca con un tinte amarillento corrosivo. Se podría decir que era tosco o, por el contrario, muy estilizado; Christine no se hallaba lo suficiente documentada sobre el tema para encontrar esa sutil diferencia. Todo cuanto sabía con seguridad era que tales dibujos significaban buena suerte para los ocupantes de la cueva; la imagen del oso entrañaba, presuntamente, un espíritu real que proveería protección. En principio, eso parecía ser beneficioso. Charlie, Joey y ella necesitaban toda la protección posible. Pero, al detenerse un momento a examinar aquel oso de un amarillo sulfúrico, tuvo la impresión de que había en él algo amenazador. Era algo ridículo, claro estaba, un mero indicio de su lamentable estado de ánimo, porque aquello era tan sólo un dibujo en la piedra. No obstante, al reconsiderarlo, se dijo que ella habría preferido otro mural grisáceo y burdo en lugar del tótem.

Pero no se le ocurrió buscar otra cueva sólo porque no le agradara la decoración de aquélla. La chimenea natural compensó de sobra el gusto tan especial de sus anteriores ocupantes. Con un fuego para dar luz y calor, la gruta proveería un refugio casi tan aceptable como la cabaña que dejaron atrás. No sería tan cómoda, por supuesto;

pero, de momento, a ella no le preocupaba el confort, lo que ansiaba era que su hijo, Charlie y ella se mantuvieran vivos.

A pesar del suelo pétreo que servía de silla y cama, Charlie quedó encantado con la cueva, y por el momento se le antojó tan lujosa como la suite del mejor hotel. Sólo la posibilidad de escapar al viento y a la nieve era una bendición incomparable.

Durante más de una hora, Christine estuvo recogiendo leña, crujientes ramas secas de coníferas para hacer un fuego y mantenerlo vivo hasta el amanecer. Realizó viajes y más viajes a la cueva con cargas de combustible, formando una gran pila de leños, así como de ramaje ligero que sirviera de yesca.

Charlie admiró su energía. ¿Surgiría ese nervio tan sólo del instinto maternal para preservar la vida de su retoño? No parecía haber otra explicación. Ella tenía que haber sufrido un colapso mucho tiempo antes.

Comprendió que debería apagar la linterna cada vez que ella se marchase, y encenderla cuando regresara con más leña, porque le preocupaba que las pilas se agotasen. Pero la dejó encendida por miedo a que Joey reaccionase mal al encontrarse sumido en una oscuridad total.

El niño se hallaba muy malparado. Su respiración era fatigosa. Permaneció inmóvil y en silencio junto al perro, no menos exhausto.

Mientras escuchaba el jadeo de Joey, Charlie se dijo que haber encontrado la cueva era una buena señal, un indicio de que su suerte mejoraba, de que ellos iban a recuperar sus energías en un día o dos para encaminarse luego hacia el lago. Pero otra voz más sombría dentro de él preguntó si la cueva no sería, en vez de eso, una tumba; y aunque no quería considerar una posibilidad tan deprimente, le fue imposible desecharla.

Escuchó asimismo el gotear del agua en la cámara adyacente. Las frías paredes rocosas y los espacios huecos amplificaban el leve sonido y hacían que pareciese portentoso, extraño, cual un latido mecánico o, quizás, el golpeteo de una uña sobre una lámina de cristal.

Las llamas proyectaron una titilante luz anaranjada sobre el tótem amarillo, y el oso pareció danzar en la grisácea pared berroqueña. Un calor gozosamente acogido se difundió desde el ardiente montón de leña. La chimenea natural funcionó como esperaba Christine, conduciendo el humo hacia cavernas más altas y dejando limpio el ambiente. La acción secadora del fuego absorbió bastante la humedad del aire y eliminó casi todo el tufo mohoso y un tanto desagradable que había dominado en la malsana cámara desde que ellos la ocuparon.

Durante un buen rato, todos se limitaron a recrearse con el calor, sin hacer ni decir nada e incluso intentando no pensar.

A su debido tiempo, Christine se quitó los guantes, echó hacia atrás la capucha de su chaquetón y por último se despojó de éste. La cueva no era lo que se dice un tostadero, y las corrientes de aire la atravesaban desde las cavernas contiguas; pero su camisa de franela y la ropa interior aislante resultaban suficientes. Luego, ayudó a Charlie y a Joey a quitarse sus chaquetones. Acto seguido, administró más Tylenol a Charlie. Le quitó el vendaje y volvió a espolvorear la herida con polvos antibióticos y anestésicos.

Él dijo que no le dolía mucho.

Pero ella sabía que le estaba mintiendo.

Los verdugones que afligían a Joey empezaron a desaparecer. La hinchazón se rebajó y la malparada cara recobró poco a poco sus justas proporciones. Las fosas nasales quedaron desobstruidas y ya no necesitó respirar por la boca, si bien continuó resollando un poco como si tuviese una congestión pulmonar.

«Que no sea neumonía, Dios mío, por favor», pensó Christine.

Sus ojos se abrieron más; pero mostraron todavía un vacío pavoroso. Ella le sonrió, le hizo dos o tres muecas cómicas intentando que reaccionara, pero todo en vano. Tenía la impresión de que el pequeño no la veía siquiera.

Charlie creyó no tener hambre hasta que Christine empezó a calentar guisantes y salchichas vienesas en el plato de aluminio que formaba parte de su equipo culinario. El aroma le despertó los jugos gástricos y también provocó gruñidos de sus tripas. De repente, tembló de hambre.

Sin embargo, tan pronto comenzó a comer se sació aprisa. El estómago se le hinchó, haciendo que encontrara cada vez más dificultad para tragar. El simple acto de masticar aumentó hasta la exacerbación su dolor de cabeza, el cual se extendió hacia el cuello y la herida del hombro haciéndose cien veces peor. Por último, los alimentos perdieron su sabor y después le parecieron amargos. En definitiva, Charlie comió la cuarta parte de lo que esperaba ingerir, e incluso ese parco yantar le cayó mal.

—¿No puedes comer más? —le preguntó Christine.

—Ya veremos un poco más tarde.

—¿Qué es lo que te pasa?

—Nada.

—¿Acaso sientes náuseas?

—No, no. Estoy bien. Sólo cansado.

Durante unos instantes ella le examinó en silencio, y él se esforzó por sonreír para contentarla.

—Bueno —dijo Christine—. Cuando estés dispuesto a tomar más, lo volveré a calentar.

Mientras el fluctuante fuego hacía brincar y revolotear las sombras en la pared, Charlie observó cómo Christine alimentaba a Joey. El niño quiso comer y pudo tragar; pero ella tuvo que aplastar las salchichas y los guisantes y darle esa mezcla a cucharadas como si estuviese alimentando a un bebé y no a un chaval de seis años.

Una sombría sensación de fracaso dominó una vez más a Charlie.

El pequeño había huido de una situación intolerable, de un mundo sobremanera hostil, a otro fantástico que él encontraba más aceptable. ¿Hasta dónde habría profundizado en ese mundo interno tan suyo? ¿Quizá demasiado lejos para regresar?

Joey no quiso tomar más alimento. Su madre se disgustó por lo poco que había comido; pero no pudo forzarle a tomar ni un bocado más.

Luego, dio también comida al perro, el cual demostró más apetito que su amo. Charlie pensó que no deberían desperdiciar alimentos con *Chewbacca.* Si se presentara otra tormenta, si el viento no se apaciguara durante los próximos días, se verían obligados a racionar las últimas provisiones que les quedaban y lamentarían la pérdida de cada bocado que hubiesen dado al perro. Pero sabía cuánto admiraba ella la bravura y perseverancia del animal, además de creer que su presencia impedía que Joey se hundiera definitivamente en un estado catatónico profundo. No tuvo, pues, valor para decirle que dejara de alimentar al chucho. De momento no. Esperaría hasta la mañana. Tal vez el tiempo cambiara para entonces, y ellos pudieran encaminarse hacia el sudoeste y el lago.

Christine se apresuró a cambiar la posición del niño. A modo de almohada, usó su chaquetón plegado. El efecto fue inmediato. El resuello se suavizó.

Observando al chiquillo, Charlie pensó: «¿Te sientes tan mal como yo, pequeño? Espero que no, Dios mío. No mereces esto. Lo que mereces es un guardaespaldas más avispado; eso sí que es seguro, maldita sea».

El dolor de Charlie era mucho peor de lo que él había confesado a Christine. La nueva dosis de Tylenol y de polvos anestésicos había ayudado un poco; pero no tanto como la primera. El dolor en hombro y brazo no semejaba ya una cosa viva que intentase abrirse camino a mordiscos dentro de su cuerpo. Era más bien como si muchos enanos de otro planeta se esforzaran en su interior por romperle los huesos en diminutos fragmentos, abrirle los tendones, sajarle los músculos y verter ácido sulfúrico sobre todo ello. Lo que esos personajes intentaban era vaciarle poco a poco, emplear el ácido para abrasarle las entrañas hasta que le quedase sólo la piel, y entonces ellos inflarían el fláccido saco de pellejo con el fin de exponerlo en un museo de su propio mundo. Eso era lo que a él le parecía. Se encontraba mal, muy mal.

Más tarde, Christine salió a la boca de la cueva para recoger nieve con objeto de derretirla y tener agua potable. Entonces descubrió que había anochecido. Desde el interior de la gruta ellos no habían podido oír el viento; pero éste seguía enfurecido. La nieve caía sesgada desde la oscuridad, y el aire gélido, turbulento, martilleaba la pared del valle con rabia ártica.

Ella regresó a la cueva, puso al fuego el recipiente lleno de nieve, y conversó un rato con Charlie. La voz de él era débil. Sin duda sentía más dolor del que decía; pero ella le dejó creer que la había engañado porque no se podía hacer nada para aliviarle. Al cabo de una hora escasa, y a pesar de la mordedura de la herida, él se quedó dormido, igual que Joey y *Chewbacca*.

Christine se sentó dando la espalda al fuego, entre su hijo y el hombre a quien ella amaba, y miró hacia el frente de la cueva, observando las sombras y los reflejos de las llamas que bailaban una frenética gavota en la pared. Con una parte de su mente escuchó los ruidos insólitos, y con otra vigiló la respiración del hombre y del niño, temerosa de que uno u otro cesara de respirar cuando menos lo esperase.

Tenía a su lado el revólver cargado. Había descubierto desolada que, en los bolsillos del chaquetón de Charlie, no había más proyectiles. La caja de las municiones quedó atrás, en su mochila, abandonada cuando ellos dejaron el saliente rocoso después de vendarle la herida. El rifle y la escopeta habían desaparecido. El arma corta era su única protección y tenía sólo seis balas.

El oso tótem relució en la pared.

A las ocho y diez, Christine echó más combustible al fuego, Charlie gimió en su sueño, moviendo la cabeza a un lado y a otro, sobre la almohada que ella le hiciera con su chaquetón. Rompió en un sudor espeso.

Una mano sobre su frente bastó para revelar que tenía fiebre. Lo observó durante un rato esperando que se tranquilizara; pero lo que hizo fue empeorar. Los gemidos se tornaron leves gritos, y luego menos leves. Comenzó a farfullar. A ratos, murmuró palabras sin sentido. En otros momentos, lanzó un borbotón de frases desarticuladas.

Al final, Charlie se agitó tanto que ella cogió dos tabletas de Tylenol, llenó de agua un jarrillo e intentó despertarlo. Aunque pareciese que el sueño le había aplacado un poco, no despertó con lucidez. Cuando abrió los ojos, estaban turbios y desenfocados. Deliraba también, y no parecía reconocerla.

Ella le hizo tomar las pastillas y él bebió ansioso el agua. Se durmió otra vez antes de que ella le retirara el cacillo de los labios.

Continuó gruñendo y murmurando durante un rato; y, a pesar de su copioso sudor, empezó a temblar. Los dientes le castañetearon. Christine lamentó no disponer de mantas. Apiló más leña en el fuego. Aunque la cueva estuviera relativamente caliente, pensó que nunca podría haber demasiado calor.

Hacia las diez, Charlie se tranquilizó otra vez, cesó de agitar la cabeza y de sudar, y durmió pacíficamente.

Ella se dijo que era el sueño lo que le atenazaba. Pero temió que pudiera ser el coma.

Algo chirrió.

Christine cogió el revólver y se puso en pie de un salto igual que si hubiese escuchado un alarido.

Joey y Charlie siguieron durmiendo como si tal cosa.

Ella tendió el oído y el chirrido se repitió, algo más que un sonido breve, toda una serie de chirridos, un rechinamiento estridente aunque lejano.

No era un sonido de piedra, ni de tierra, ni de agua, tampoco un sonido muerto. Algo distinto, algo vivo.

Christine asió la linterna. Con el corazón latiendo desacompasado, y empuñando el revólver delante de sí, se acercó sigilosa al ruido. Parecía provenir de la caverna contigua.

Aunque le llegaban amortiguados, los estridentes chirridos le erizaron el vello de la nuca, porque tenían mucho de horripilantes y extraños.

Se detuvo ante la entrada de la siguiente cámara y exploró con el rayo de luz el espacio que tenía delante. Vio las estalactitas y estalagmitas semejantes a cera, las húmedas paredes rocosas, pero nada fuera de lo común. Ahora parecía que los ruidos procedían de otro punto más lejano, de la tercera caverna, o incluso de una cuarta.

Al ladear la cabeza para escuchar con creciente atención, Christiene comprendió de repente qué era lo que estaba oyendo: murciélagos. Una multitud de ellos a juzgar por su algarabía.

Era evidente que los animales anidaban en una cámara distinta, en algún lugar diferente de la montaña; entraban y salían por otra ruta, pues allí no había señales de su presencia, ni despojos ni excrementos... ¡Magnífico! A ella no le importaría compartir las cuevas con los mamíferos voladores mientras ellos se mantuvieran en su territorio.

Volvió a Charlie y Joey y se sentó entre ambos, dejó el arma a su lado y apagó la linterna.

Luego se preguntó qué pasaría si la Spivey y su gente se presentaran, bloquearan la entrada de la cueva y no les dejaran más opción que internarse en la montaña buscando otra salida, una puerta trasera a la seguridad. ¿Qué sucedería si ella, Charlie y Joey se vieran forzados a huir de cueva en cueva y tuviesen que pasar, tarde o temprano, por la cámara en la que anidaban los murciélagos? Ese espacio estaría lleno hasta las rodillas de excrementos y habría centenares, quizá millares de animales negros colgados del techo, y unos cuantos, o incluso todos, padecerían la rabia, porque el murciélago es un notorio propagador de esta enfermedad...

«¡Deténte!», se dijo encolerizada.

Ella tenía ya bastantes preocupaciones. Los lunáticos de la Spivey. Joey. La herida de Charlie. El tiempo. El largo viaje de retorno a la civilización. Era una locura añadir los murciélagos a la larga lista. Sólo había una probabilidad entre un millón de que se vieran obligados a acercarse a ellos.

Intentó calmarse.

Echó más leña al fuego.

Los chirridos se extinguieron.

Las cuevas quedaron silenciosas otra vez, salvo por la respiración dificultosa de Joey y el crepitar del fuego.

Christine se sintió soñolienta.

Intentó todos los trucos que le vinieron a la cabeza para mantenerse despierta; pero el sueño fue venciéndola poco a poco.

Temió dejarse llevar. Joey podría empeorar mientras ella dormitaba. A lo mejor Charlie la necesitaba y ella no se daba cuenta.

Además, alguien debía hacer guardia.

La Spivey y su gente podrían aparecer a lo largo de la noche.

No. La tormenta. Las brujas no estaban autorizadas a volar con sus escobas en tormentas semejantes.

Sonrió al recordar cómo Charlie había bromeado con Joey.

La titilante luz de la llama era hipnótica...

No obstante, alguien debería hacer guardia.

Sólo una cabezada.

Brujas...

Alguien... debería...

Fue una de esas pesadillas en las que ella sabía que estaba dormida, que los acontecimientos no eran reales; pero ello no la hacía menos horrenda. Soñó que todas las cuevas del contrafuerte se hallaban conectadas en un inextricable laberinto, y que Grace Spivey y sus terroristas religiosos habían llegado a esta caverna desde otras cámaras alineadas a lo largo de la ladera. Soñó que los «crepusculares» estaban preparando un sacrificio humano, y que la víctima era Joey. Ella intentaba matarlos; pero cada vez que disparaba contra uno, el cadáver se dividía en dos nuevos fanáticos así que matándolos no hacía más que multiplicar su número. Un frenético terror se acrecentaba dentro de ella, al igual que las huestes de sus enemigos. Todas las cuevas del murallón llegaron a bullir con gente de la Spivey. Era como una horda de ratas y cucarachas. Entonces, al percatarse de que estaba soñando, empezó a sospechar que los seguidores de madre Grace no estaban sólo en las cuevas del sueño sino también en las reales, en el mundo auténtico más allá del sueño, y perpetraban un sacrificio humano tanto en la pesadilla como en la realidad. Si ella no se despertaba y los detenía, los individuos matarían de verdad a Joey, lo asesinarían mientras él estaba dormido. Se debatió para librarse del sueño atenazador; pero no pudo lograrlo, no logró desvelarse; y ahora, en su pesadilla, ellos iban a rajar la garganta del niño. ¿Y en la realidad, más allá de la ensoñación?

LXIX

Cuando Christine despertó por la mañana, Joey estaba comiendo una barra de chocolate y acariciando a *Chewbacca*.

Ella lo observó durante un momento y se dio cuenta de que las lágrimas le resbalaban por las mejillas. Sin embargo, esta vez lloró de felicidad.

El pequeño pareció estar retornando del exilio psicológico que él mismo se había impuesto. Su forma física también había mejorado. Tal vez se pusiera bien del todo. ¡A Dios gracias!

La tumefacción había desaparecido de su cara para dar paso a un color más sano, aunque no del todo saludable, y no parecía que el chico encontrara ya ninguna dificultad para respirar. Sus ojos estaban todavía vacíos, y seguía mostrando retraimiento; pero no con el aire distante y patético del día anterior.

El hecho de que hubiera acudido a los víveres y rebuscado entre ellos hasta encontrar el chocolate, era alentador. Y, al parecer, se había ocupado también de echar leña al fuego, porque éste brillaba alegre cuando debería ser un montón de carbones apagados por no haber sido alimentado durante la noche.

Ella se arrastró a gatas hasta él y le dio un abrazo. Su hijo se lo devolvió pero sin brío. Tampoco habló ni se dejó engatusar con bromas hasta el extremo de pronunciar aunque sólo fuera una palabra. Continuó sin mirarla cara a cara, como si no se diera cuenta por completo de que su madre estaba allí, acompañándole; sin embargo, ella tuvo la impresión de que, cuando apartaba la vista de él, sus ojos, de un azul intenso, la contemplaban y perdían algo de esa mirada vidriosa, de esa expresión hipnótica. No estuvo segura. Ni pudo soprenderle. Pero se atrevió a esperar que el niño estuviese volviendo a ella, buscando a tientas su camino desde el borde del autismo; supo que no debería acuciarle ni abrumarlo con una insistencia excesiva.

Chewbacca no se había despabilado tanto como su joven amo, si bien daba la impresión de estar menos débil y desmadejado que la pasada noche. Mientras Christine observaba cómo el chico lo mimaba, el chucho pareció recobrar salud y energía, respondiendo a cada caricia como si la mano de Joey tuviese poder curativo. A veces, daba la impresión de que existía una compenetración admirable, misteriosa y profunda, una vinculación espontánea en las relaciones entre los niños y sus animales domésticos.

Joey sostuvo la barra de chocolate ante sí, la volvió de un lado y de otro, y la miró absorto. Luego, esbozó una vaga sonrisa.

Christine, que se había pasado el tiempo con el ansia de verlo sonreír, sonrió a su vez por puro contagio.

A sus espaldas, Charlie despertó con un respingo, y ella se le acercó solícita. Vio al instante que, a diferencia de Joey y el perro, él no había mejorado. Ya no deliraba; pero, en otros aspectos, su estado seguía siendo pésimo. La cara tenía el color y la textura del pan sin cocer y se hallaba cubierta de sudor. Los ojos se escondían en el cráneo, como si los huesos y demás tejidos que los sustentaban se hubiesen desintegrado bajo el peso de las cosas que habían visto. Unos temblores irreprimibles le estremecían y, a ratos, se convertían en violentas sacudidas que distaban muy poco de las convulsiones.

La fiebre le había deshidratado en parte. Cuando intentó hablar, la lengua se le pegó al cielo de la boca.

Ella le ayudó a sentarse para hacerle ingerir más Tylenol con un vaso de agua.

—¿Te encuentras mejor?

—Un poco —contestó en un susurro.

—¿Cómo va el dolor?

—Lo tengo por todas partes.

Creyendo que él estaba desorientado, Christine insistió:

—Quiero decir el dolor del hombro.

—Sí. A ése... me refiero. Ya no se limita... al hombro. Da la sensación... de que está por todas partes... Ahora... me recorre todo el cuerpo... desde la cabeza hasta los pies...

Ella miró su reloj.

—¡Dios santo! ¡Las siete y media! Debo de haber dormido durante horas sin moverme ni un centímetro... y en este suelo tan duro.

—¿Cómo está Joey?

—Míralo.

Él volvió la cabeza y contempló al niño en el momento justo en que le daba a *Chewbacca* el último trozo de chocolate.

—Está progresando, creo yo —dijo Christine.

—Gracias a Dios.

Peinó con los dedos el pelo húmedo de Charlie apartándoselo de la frente.

Cuando ellos hicieron el amor en la cabaña, ella lo consideró el hombre más guapo que había conocido. Le extasió el contorno de cada uno de los músculos y huesos de aquel cuerpo masculino. Incluso ahora, que estaba deshecho, lívido y débil, le pareció atractivo... ¡Tenía unas facciones tan sensitivas, unos ojos tan acariciadores...! Christine deseó tenderse a su lado, rodearlo con los brazos, estrecharlo contra sí, pero tuvo miedo de hacerle daño.

—¿Podrás comer algo? —preguntó.

Él negó con la cabeza.

—Deberías intentarlo. Necesitas recobrar tu energía.

Harrison parpadeó con ojos legañosos, como si intentara aclarar la visión.

—Tal vez más tarde. ¿Todavía... nieva?

—Aún no he salido esta mañana.

—Si se ha despejado... deberás partir sin tardanza prescindiendo de mí.

—Bobadas.

—En esta época del año... el tiempo suele mejorar... sólo... un día... o incluso unas cuantas horas. Tú tendrás que aprovechar el buen tiempo... tan pronto como se presente... para salir de las montañas... antes de la siguiente tormenta.

—Sin ti, no lo haré.

—No puedo caminar —arguyó él.

—Lo sabrás cuando lo intentes.

—No puedo, te digo. Apenas... logro hablar.

Incluso el esfuerzo de la conversación le debilitó. La respiración se le hizo más penosa con cada palabra.

Su estado la aterrorizó, y la idea de dejarlo solo le pareció despiadada.

—No estás en condiciones de ocuparte del fuego —protestó.

—Claro que sí. Acércame más a él, hasta que quede al alcance de mi brazo. Y recoge leña... para dos o tres días. Estaré bien.

—Te será imposible preparar la comida y calentarla...

—Déjame dos o tres... barras de chocolate.

—Eso no es suficiente.

Él se puso ceñudo y, durante unos instantes, consiguió aumentar el volumen de su voz para darle un tono inflexible:

–Tienes que partir sin mí. Es el único recurso, maldita sea. Es lo mejor para ti y para Joey... y también para mí... porque no podré salir de aquí mientras no intervenga un equipo médico de evacuación.

–Está bien. –Se avino ella–. De acuerdo.

El hombre se quedó exhausto tras el breve parlamento. Cuando habló de nuevo, su voz no fue ya un susurro sino un murmullo apenas audible que se extinguía al final de cada palabra.

–Cuando... llegues... abajo... al lago... podrás enviar... ayuda... para mí.

–Bueno, todo esto es ocioso mientras no averigüe si la tormenta ha pasado o no –dijo ella–. Mejor será que eche una ojeada.

Cuando se disponía a levantarse, se oyó una voz masculina que les llamaba desde la boca de la cueva, más allá del paso con doble pantalla:

–¡Sabemos que estáis ahí! ¡No podéis ocultaros de nosotros! ¡Lo sabemos!

Los sabuesos de la Spivey los habían encontrado.

LXX

De una forma instintiva, sin detenerse a considerar lo peligroso de sus actos, Christine arrebató el revólver cargado y atravesó corriendo la cueva hacia el paso en forma de «Z» que conducía fuera.

–¡No! –le gritó Charlie.

Ella hizo caso omiso, alcanzó la primera revuelta del pasaje y torció a la derecha sin molestarse en comprobar antes si había alguien allí; vio sólo la cercana pared rocosa y un vago resplandor grisáceo en la siguiente revuelta más allá de la cual continuaba el trecho recto de túnel hacia la salida. Se abalanzó con abandono temerario porque esto sería, probablemente, lo último que esperasen verla hacer la Spivey y su gente, y también porque le fue imposible actuar de otra forma: había perdido por completo el dominio de sí misma. Aquellos bastardos, locos, malévolos y estúpidos, la habían expulsado de su casa, la habían puesto en fuga, la habían acorralado allí, en un boquete de la tierra, y ahora se proponían matar a su bebé.

El hombre invisible gritó otra vez:

–¡Sabemos que estáis ahí!

Christine, que no había padecido histerismo en ningún momento de su vida, ahora se tornó histérica sin poder evitarlo. No le importó; por el contrario, le agradó muchísimo dejarse llevar por una ira ciega, por el deseo salvaje de derramar la sangre de aquella gente, de hacerle sentir lo que era el dolor y el pánico.

Alardeando del mismo desprecio irracional ante el peligro con que había tomado la primera revuelta del pasaje, abordó la segunda, recorrió el último trecho de túnel hacia la salida y vio una silueta perfilada en la luz gris de la mañana, un hombre con una *parka* y la capucha echada sobre la cabeza. Sostenía un rifle.

¡No! Era una metralleta, y la apuntaba más o menos al suelo, no hacia el túnel, porque no esperaba ni por asomo que ella se le echara encima ofreciendo un blanco perfecto en la boca de la cueva. Y eso fue lo que ella hizo cual un demencial kamikaze. ¡Y al diablo con las consecuencias!

Lo cogió por sorpresa, y cuando él alzaba el cañón de su metralleta para detenerla, ella le disparó una vez, dos, tres... acertando siempre porque él estaba tan cerca que era casi imposible fallar.

El primer disparo le hizo saltar, el segundo lo lanzó hacia atrás y al tercero se desplomó. La metralleta se le escapó de las manos. Por un momento, Christine creyó poder apoderarse de ella; pero cuando salió de la cueva, aquella arma tan codiciada estaba rodando ya por la pendiente rocosa.

Observó que había cesado de nevar, que el viento no soplaba con fuerza y que había otras tres personas en la cuesta detrás del hombre a quien acababa de matar. Una de ellas, un tipo increíblemente gigantesco, a su izquierda, corrió agazapado para ponerse a cubierto, como reacción instantánea ante los disparos que habían aniquilado a su compinche, cuando el cuerpo sin vida acababa de golpear el suelo y rodaba todavía por la pendiente. Los otros dos «crepusculares» no fueron tan veloces como el gigante. Una mujer maciza y de baja estatura quedó plantada a tres metros escasos, un blanco perfecto. Christine apretó el gatillo, casi reflexiva, y la cara de la mujer explotó como si hubiera pinchado un globo lleno de agua roja.

Aunque Christine había recorrido el pasaje y salido de la cueva en silencio, ahora empezó a vociferar sin control, gritándoles invectivas, desgañitándose hasta el punto de dolerle la garganta y enronquecer. Empleó palabras que no había usado nunca, le pasmó lo que oía salir de sus propios labios, le fue imposible callarse, porque el furor redujo su voz a unos cuantos ruidos inarticulados y obscenidades disparatadas.

Mientras se desgañitaba y veía explotar la cara de la mujer maciza, Christine se volvió hacia el tercer «crepuscular», el que estaba a su derecha, a unos seis metros, y vio de inmediato que era Grace Spivey.

¿Cómo podría una mujer de su edad tener el nervio suficiente para escalar aquellas alturas y luchar contra el clima extenuante de las montañas? ¿Acaso la locura le infundía energía? Sí, era muy probable. Su demencia excluía toda duda, todo cansancio, del mismo modo que la protegió del dolor cuando se atravesó las manos y los pies para simular los estigmas de la crucifixión.

«¡Que Dios nos ayude!», pensó Christine.

El virago permaneció erguida e inmóvil, arrogante y provocativa como si la desafiara a apretar el gatillo. Christine notó el poder extraño y paralizador en los ojos de la anciana. Pero, inmune a los efectos hipnóticos de aquella mirada demencial, hizo un disparo aguantando el salto del revólver entre sus manos. Falló a pesar de la escasa distancia. Oprimió de nuevo el gatillo y quedó atónita al ver que fallaba por segunda vez. Al tercer intento descubrió que se había quedado sin munición.

¡Dios santo!

Ni una bala más. Ni otra arma a la que recurrir. ¡Dios santo! Sólo las manos desnudas.

Está bien, puedo hacerlo, puedo hacerlo con mis propias manos... Estrangularé a esa perra, le arrancaré la maldita cabeza.

Entre sollozos, maldiciones y alaridos, impulsada por una oleada irresistible de horror, se abalanzó sobre la Spivey. Pero el otro «crepuscular», el gigante, empezó a disparar contra ella desde detrás de unas peñas. Las balas hicieron impacto en la roca y salieron rebotadas con un penetrante chirrido. Las oyó cortar el aire cerca de su cabeza. Comprendió que si moría no podría ayudar a Joey, así que dio media vuelta hacia la cueva.

Otro disparo. Cortantes esquirlas de roca saltaron desde el punto del impacto.

Ella siguió histérica; pero, de repente, toda esa energía maníaca cesó de alimentar el furor y la sed de venganza para desviarse hacia el instinto de conservación. Con el sonido de explosiones a sus espaldas, se internó tambaleante en la cueva. El gigante abandonó su escondite y la persiguió. Las balas se estrellaron contra la piedra cercana, y ella esperó recibir una en la espalda. Por fin alcanzó la entrada y recorrió el primer trecho del pasaje en forma de «Z» creyendo encontrarse, de momento, a salvo del pistolero. No fue así; una última bala rebotó alrededor de la primera revuelta y se le introdujo en el muslo derecho. Christine se desplomó de costado y notó que las tinieblas la envolvían.

No quería sucumbir al efecto paralizador del trauma que sigue a la herida, y se defendió a la desesperada contra la oscuridad que le nublaba la vista. Se arrastró a lo largo del pasaje.

No creyó que la persiguieran de inmediato, pues no podían saber que poseía sólo un arma. Procederían con cautela.

Pero lo harían. Precavidos. Despaciosos. Aunque no lo bastante lentos.

Ellos eran inexorables, como un pelotón de persecución en una película del Oeste.

Sudando a pesar del aire helado, arrastrando la pierna y tirando de ella como si fuera un trozo de cemento, Christine llegó a la cueva donde Charlie y Joey la esperaban a la luz vacilante del fuego.

–¡Dios santo, te han herido! –exclamó Charlie.

Joey no dijo nada. Permaneció plantado junto a la repisa donde ardían los leños. La luz fluctuante proyectó sombras sangrientas en su rostro. Se chupó el pulgar mientras la observaba con ojos enormes.

–No es gran cosa –dijo ella no queriendo dejarles entrever lo asustada que estaba, y se apoyó contra la pared sosteniéndose con una pierna.

Se llevó una mano al muslo y notó sangre pegajosa. No quiso mirarlo. Si sangraba mucho, necesitaría un torniquete. Pero no había tiempo para los primeros auxilios. Si se detenía a aplicar un torniquete, la Spivey o el gigante podrían echársele encima y volarle los sesos.

No notó mareo ni corrió peligro inminente de desvanecerse; pero empezó a sentirse débil.

Vio que estaba sosteniendo todavía la pistola descargada, inútil. La dejó caer.

–¿Te duele mucho? –le preguntó Charlie.

–No.

Eso era cierto porque de momento no sentía gran dolor. Pero sabía que se presentaría muy pronto.

Fuera, el gigante bramó:

–¡Entregadnos al muchacho! ¡Os permitiremos vivir si nos entregáis al chico!

Christine no le hizo caso.

—Me he cargado a dos de esos bastardos —le comunicó a Charlie.

—¿Cuántos quedan? —preguntó él.

—Dos más.

No quiso dar detalles adicionales pues pretendía evitar que Joey se enterara de que Grace Spivey era uno de esos dos.

Entretanto, *Chewbacca* se había levantado sobre sus cuatro patas y estaba gruñendo desde el fondo de la garganta. Christine se sorprendió de que el perro pudiera levantarse; pero, así y todo, vio que distaba mucho de haberse recuperado; parecía enfermo y tambaleante. No podría plantar cara para defender a Joey.

Entonces descubrió el cuchillo de cocina que estaba en el extremo más distante de la estancia entre Charlie y Joey. Pidió al niño que se lo trajera, pero el pequeño la miró estupefacto sin moverse, y no hubo forma de conseguir que lo hiciese.

—¿No queda más munición? —inquirió Charlie.

—Ninguna.

Desde fuera llegó otra vez el grito:

—¡Entregadnos al chico!

Charlie intentó arrastrarse hacia el cuchillo, pero la debilidad y el dolor le impidieron realizar la tarea. El esfuerzo le hizo resollar, el resuello desencadenó una tos demoledora y ésta lo dejó extenuado... con saliva sanguinolenta en los labios.

Christine experimentó la sensación frenética de que el tiempo transcurría imparable, como la arena deslizándose por un embudo.

—¡Entregadnos al Anticristo!

Christine comenzó a avanzar hacia el otro extremo de la habitación, siguiendo la pared y pegándose a ella mientras saltaba con la pierna buena. Si pudiera apoderarse del cuchillo y regresar a este extremo de la cámara, esperaría escondida a la entrada del pasaje y, cuando los dos aparecieran, tal vez ella pudiera abalanzarse y apuñalar a uno de los enemigos.

Por fin alcanzó las provisiones, se inclinó y agarró el cuchillo... Entonces se dio cuenta de que tenía una hoja muy corta. Le dio vueltas y más vueltas entre las manos, intentando convencerse de que aquélla era el arma que necesitaba. Pero tendría que perforar una *parka* y la ropa interior para causar daño. La hoja no tenía suficiente longitud para eso. Si se le ofreciera la oportunidad de acuchillarles la cara... Pero ellos llevarían armas, lo cual no le hacía concebir esperanzas sobre la posibilidad de realizar con éxito un asalto frontal.

¡Maldición!

Disgustada, arrojó lejos de sí el cuchillo.

–El fuego –dijo Charlie.

Al principio ella no le entendió.

Él se llevó una mano a la boca para limpiarse la saliva sanguinolenta que todavía expelía.

–El fuego. Es... un arma.... buena.

¡Claro! El fuego. Mejor que un cuchillo con una hoja ridícula.

De repente Christine recordó otra cosa que, combinada con una tea llameante, podría ser casi tan eficaz como un arma de fuego.

Mientras tanto, en la pierna herida le había empezado a latir un dolor sordo con tanta celeridad como su rápido pulso; pero apretó los dientes y se inclinó junto al montón de provisiones.

Agacharse no resultó fácil, y requirió una dolorosa maniobra. Tuvo miedo de no poder incorporarse otra vez, aunque tuviese la pared como apoyo. Rebuscó entre los artículos que sacó de la mochila el día anterior y, pocos segundos después, encontró la lata de gas para encendedor que decidieron comprar por si tenían dificultades en que prendiera el fuego en la chimenea de la cabaña. Se metió la lata en el bolsillo derecho de los pantalones.

Cuando se levantó, el suelo de piedra osciló ante su vista. Se agarró al borde de la repisa y esperó a que el mareo pasara.

Luego, se volvió hacia la lumbre, arrebató una rama encendida de entre dos leños mayores. Temió que se apagara al retirarla de las llamas; pero el palo siguió ardiendo como una brillante antorcha.

Joey no se movió ni habló; pero observó interesado sus manejos. El niño dependía de ella. Era una vida que quedaba a merced de sus manos.

No oyó más gritos desde el exterior. Ese silencio le hizo recelar. Podría significar que la Spivey y el gigante se encaminaban hacia adentro y tal vez hubiesen llegado al pasaje en forma de «Z».

Christine inició el viaje de vuelta alrededor del recinto, pasando junto a Charlie, y dirigiéndose hacia el pasaje donde podrían aparecer de un momento a otro los «crepusculares». Siguió la ruta más larga, porque dadas sus condiciones era también la más segura. Se dio cuenta, muy a pesar suyo, de los inestimables segundos que estaba desperdiciando; pero no quiso arriesgarse a seguir la línea recta cruzando la estancia porque, si lo hiciera, podría desmayarse o tal vez se apagase la antorcha. Empuñó la rama encendida con la mano izquierda y empleó la otra para apoyarse en la pared; avanzó cojeando en lugar de saltar a la pata coja, porque el primer método era más rápido, y se atrevió a usar un poco la pierna herida aunque el dolor la sacudiera cuando descargaba demasiado peso sobre ella. Aunque el dolor latía todavía coincidiendo con su agitado pulso, no era ya sordo, sino un dolor agudo, lacerante, que empeoraba con cada latido del corazón, atormentándola.

Por un instante, se preguntó cuánta sangre estaría perdiendo; pero se contestó que eso importaba poco mientras no fuese mucha; en el caso de que brotara de una vena principal o de una arteria seccionada, sería inútil intentar ponerle remedio, porque un torniquete no la salvaría en un lugar tan aislado, a tantos kilómetros del puesto médico más próximo.

Cuando terminó de hacer todo el camino hasta el extremo más alejado de la cámara y se detuvo junto a la boca del túnel, la cabeza le daba vueltas y sentía náuseas. Dio unas arcadas y notó el vómito en el fondo de la garganta, pero consiguió reprimirlo. La luz cambiante del fuego, lamiendo las paredes, comunicó un amabiente amorfo a la cueva, como si sus dimensiones y contornos estuviesen en un estado de fluidez constante. Daba la impresión de que la piedra no era piedra sino un extraño plástico que se fundía y se moldeaba sin cesar: los muros se distanciaron unos de otros; luego, se cerraron, demasiado próximos entre sí, y volvieron a alejarse. Allá donde había una forma rocosa convexa, apareció de súbito una concavidad; el techo se abultó hacia abajo hasta tocarle casi la cabeza; después se retiró de golpe hacia su nivel original; el suelo se agitó, se elevó y, acto seguido, descendió hasta parecer que iba a escapársele de los pies.

Cerró los ojos desesperada, los apretó cuanto pudo, se mordió el labio e hizo profundas inspiraciones hasta que se sintió menos mareada. Cuando los abrió de nuevo, la cámara ofrecía un aspecto de solidez inalterable. Ella se sintió relativamente estable, pero supo que era una estabilidad frágil.

Se apretó contra la pared en una ligera depresión a un lado del pasaje. Sostuvo la antorcha con la mano izquierda y se metió la derecha en el bolsillo para sacar la lata de gas. Sujetándola entre tres dedos y la palma, empleó el pulgar y el índice para desenroscar la tapadera dejando al descubierto la rígida boquilla de plástico. Y se aprestó a actuar. Concibió un plan. Un buen plan. Tenía que ser bueno porque era el único que pudo idear.

Con toda probabilidad, el hombretón sería el primero en pasar a la cueva. Empuñaría un arma, seguramente el mismo rifle semiautomático que empleó fuera. Lo llevaría delante de sí, apuntando al frente y a la altura de la cintura. Ahí estribó el problema: necesitaba rociarle antes de que él pudiera dirigir el cañón hacia ella y apretar el gatillo, algo que él podría hacer en... quizá dos segundos. Tal vez uno. El factor sorpresa era su única esperanza. Él estaría esperando disparos, cuchillos..., pero no aquello. Si ella le regara con gas de encendedor apenas asomase la cabeza, él podría sorprenderse lo suficiente para perder un segundo entero en la reacción, más otro segundo de consternación al oler el gas y deducir que había sido rociado con algo muy inflamable. Ése era el tiempo que ella necesitaría para prenderle fuego.

Christine contuvo el aliento y escuchó.

Nada.

Aunque ella no regase con combustible la piel del gigante y lograse sólo impregnarle la *parka*, él dejaría caer el rifle, horrorizado y empavorecido, para sacudirse las llamas. Con toda seguridad.

Hizo una profunda inspiración y tendió el oído otra vez.

Todavía nada.

Si ella consiguiera rociarle la cara, no sería sólo el pánico lo que le haría soltar el arma. Él se vería asaltado por un dolor intenso cuando las llamas le comieran los ojos y se le cayera la piel a tiras.

El humo escapó de su antorcha y se extendió en abanico a lo largo del techo buscando una salida.

Al otro extremo de la habitación, Charlie, Joey y *Chewbacca* esperaban en silencio. El exhausto perro se dejó caer derrengado sobre sus cuartos traseros.

«¡Adelante, Grace Spivey, adelante, maldita seas!»

Christine no tenía una gran fe en su habilidad para usar con eficacia el combustible del encendedor y la antorcha. Se figuró que, en el mejor de los casos, tendría sólo una probabilidad entre diez de salir triunfante; pero deseaba que ellos aparecieran cuanto antes para concluir de una vez el asunto. La espera le parecía peor que el inevitable enfrentamiento.

Algo crujió y explotó, haciéndole pegar un brinco; pero fue sólo el fuego en el otro extremo de la habitación, una rama desintegrándose entre las llamas.

«¡Adelante!»

Le entraron ganas de asomarse por la esquina y escudriñar el pasaje, poner fin a la tensión. No se atrevió. Si lo hiciera, perdería la ventaja de la sorpresa.

Creyó oír el leve tictac de su reloj. Debió de haber sido la imaginación, pero el sonido fue contando los segundos de todas formas: tic, tic, tic...

Si ella rociase al hombretón y le prendiera fuego sin salir malparada, debería ocuparse después de la Spivey. La vieja llevaría consigo un arma sin lugar a dudas.

Tic, tic...

Si aquella furia llegase inmediatamente detrás del gigante, tal vez la explosión de fuego y los alaridos la desconcertaran. La vieja mujer podría estar lo bastante confundida para permitirle dar otro golpe con más líquido de encendedor.

Tic, tic...

La chimenea natural aspiraba el humo de la hoguera; pero el de la antorcha ascendía al techo y empezó a formar una nube sofocante, la cual se extendió por la estancia enrareciendo el aire que necesitaban para respirar, aprovechando cada corriente errática para escapar pero sin moverse lo bastante aprisa. De momento, el tufo no era nocivo; pero dentro de pocos minutos empezaría a ahogarles. Había poco riesgo de asfixia porque las cavernas tenían mucha ventilación; sin embargo el humo sofocante les debilitaría todavía más. De todas formas, no podía apagar la antorcha; era su única arma.

«Pronto sucederá algo mejor –pensó–. Muy pronto.»

Tic, tic, tic...

Distraída con el problema del humo y con el imaginario, aunque no por eso menos enloquecedor, sonido del tiempo, Christine estuvo a punto de no reaccionar cuando le llegó un sonido importante. Fue un solitario clic y como un restregamiento. Se extinguieron antes de que lograra deducir si procedía de la Spivey o del hombretón.

Esperó tensa, enarbolando la antorcha, adelantando ante sí la lata de gas, con los dedos prestos para oprimir los costados del recipiente.

Mas restregamientos.

Un leve sonido metálico.

Christine se apartó de la depresión donde se había acomodado, rezando porque su pierna herida aguantase...

Y, de repente descubrió que los ruidos no procedían del pasaje en forma de «Z» sino de la caverna contigua hacia el interior de la ladera.

Atisbó un rayo amortiguado de linterna en la cámara adyacente, pues la luz atravesó las estalactitas. Luego desapareció.

¡No! ¡No era posible!

Percibió movimiento en la divisoria de oscuridad entre ambas cavernas. Un hombre increíblemente alto, de anchas espaldas y faz horripilante, surgió de las tinieblas y quedó plantado en el borde de la luz fluctuante, a unos cuatro metros de Christine.

¡Demasiado tarde! Ella comprendió que la Spivey había preferido la red de cavernas a la entrada del túnel, mejor defendida. Pero ¿cómo? ¿Cómo habían sabido ellos cuáles eran las salas que conducían a ésta? ¿Acaso tenían mapas de las cuevas? ¿O habían confiado en la suerte? ¿Cómo podían ser tan afortunados?

Era demencial.

Injusto.

Christine avanzó un paso, dos, fuera de las sombras en las que se había mantenido muy quieta.

El gigante la vio. Levantó su rifle.

Ella le lanzó el fluido del encendedor.

Demasiado lejos. El líquido inflamable trazó un arco como de metro y medio, pero acabó esparciéndose sobre el suelo pétreo a sesenta o noventa centímetros del intruso, el cual habría adivinado al instante que, si ella le atacaba con un arma tan primitiva, era porque no le quedaba munición para la pistola.

—Déjala caer —dijo con frialdad.

Su meditado plan pareció de pronto patético, descabellado.

¡Joey! El niño dependía de ella. Era su última defensa.

Dio un paso más.

—¡Déjala caer!

Su pierna herida cedió antes de que él pudiera disparar. Y se vino abajo.

—¡Christine! —exclamó Charlie con angustia y desesperación.

La lata de gas rodó por el suelo y se detuvo en un rincón inaccesible para ella, Charlie y Joey.

Christine cayó sobre el muslo herido y lanzó un alarido cuando el dolor explotó cual una granada de mano.

Mientras se desplomaba, la antorcha se le escapó de la mano y fue a caer sobre el reguero de gas que ella había lanzado a aquel hombre horrendo. Una línea de llamas se elevó, alumbrando por unos instantes la cueva con una luz resplandeciente, luego tembló y se extinguió sin causar daño a nadie.

Gruñendo y enseñando los dientes, *Chewbacca* se lanzó sobre el hombretón, demasiado débil para ser eficaz. Hizo presa en la *parka;* pero el gigante asió el cañón del rifle con ambas manos y descargó la culata sobre el cráneo del perro, el cual dejó escapar un aullido agudo y breve, y se derrumbó, inconsciente o muerto, a los pies del gigante.

Christine se aferró a su conciencia para combatir las oleadas de negrura que la asaltaban.

Haciendo muecas como el personaje de una vieja película de Frankenstein, el gigantón avanzó hacia el centro de la estancia.

Christine observó que Joey retrocedía hasta el rincón más apartado de la cueva.

Ella le había fallado.

¡No! Tenía que haber algo que ella pudiese hacer, Dios santo.

Necesitaba emprender alguna acción decisiva, cualquier cosa que invirtiera los términos de forma dramática, algo que los salvara. Sí, algo tenía que haber. Pero no se le ocurrió nada.

LXXI

El hombre inmenso se adentró en la cueva. Era el monstruo que Charlie conoció en la rectoría de la Spivey, el gigante de rostro avieso. La bruja le había llamado Kyle. Mientras veía cómo avanzaba por la cámara y observaba el acobardamiento de Christine ante el grotesco atacante, Charlie sintió por igual temor y aborrecimiento de sí mismo. Se atemorizó porque supo que iba a morir en aquella cueva malsana y solitaria, y aborreció su propia debilidad, su actuación ineficaz e incompetente. Sus padres habían sido débiles e ineficaces, se refugiaron en una neblina de alcohol a modo de consuelo por su incapacidad para afrontar la vida; desde su primera juventud, Charlie había jurado no asemejarse jamás a ellos. Él se había pasado la vida aprendiendo a ser fuerte, siempre fuerte. No había esquivado nunca un reto, en especial porque sus padres hicieron siempre lo contrario. Y él perdía raras veces una batalla. Odiaba perder. Sus padres habían sido los perdedores, no él, Charlie Harrison de Klemet-Harrison. Un perdedor era débil en cuerpo, mente y espíritu, la debilidad era el mayor pecado existente. Y ahora él, en sus actuales circunstancias, casi paralizado por el dolor, tenía que reconocer que era débil como una cría de gato y luchaba para conservar la lucidez. No había forma de eludir la verdad, y esta verdad era que él había traído a Christine y a Joey a este lugar, les había impuesto esta situación con la promesa de ayudarles, una promesa huera. Ellos le necesitaban y él no podía hacer nada en su favor. Se acercaba al final de su vida traicionando a quienes amaba, lo cual no le diferenciaba mucho de su alcohólico padre y de una madre devorada por el odio y la bebida.

En cierto modo, sabía que estaba siendo demasiado severo consigo mismo. Él había hecho todo cuanto le fue posible. Nadie podría haber hecho más. Pero siempre había sido demasiado severo consigo mismo, y ahora no iba a cambiar. No importaba lo que él hubiera querido hacer sino lo que había hecho. Y lo que había hecho era enfrentarlos con la muerte.

Detrás de Kyle, otra figura atravesó el arco entre ambas cámaras. Una mujer. Durante unos instantes, se mantuvo en la sombra; luego, se dejó ver a la luz anaranjada del fuego. ¡Grace Spivey!

Con un esfuerzo, Charlie torció el rígido cuello, parpadeó para aclarar su borrosa visión, y miró a Joey. El niño estaba en un rincón, de espaldas a la pared, las manos a los costados, con las palmas apretando el muro como si quisiera atravesar la roca y escapar de aquella estancia. Sus ojos parecían salírsele de las órbitas. Algunas lágrimas resbalaban por sus mejillas. No existía duda de que había regresado del universo fantástico hacia el cual trataba de huir. Estaba claro que el mundo auténtico atraía ahora toda su atención por obra y gracia de una realidad escalofriante: la presencia aborrecible de Grace Spivey.

Charlie intentó alzar los brazos porque, si pudiera hacerlo, podría también sentarse; y si lograra sentarse, sería capaz de levantarse y, si se levantara, se decidiría a luchar. Pero no pudo alzar los brazos. Ninguno de los dos. Ni un centímetro.

La Spivey se detuvo para mirar a Christine.

—No le haga daño —pidió ésta, sin otra opción que la súplica—. Por el amor de Dios, no lastime a mi pequeño.

La Spivey no contestó. En lugar de ello, se volvió hacia Charlie y cruzó la estancia muy despacio, arrastrando los pies. En sus ojos hubo una mirada de triunfo y odio maníaco.

Charlie sintió terror y repulsión por lo que veía en aquellos ojos y apartó la vista de ella. Frenético, intentó idear algo que pudiera salvarlos, algún tipo de acción, el empleo de un arma que les hubiera pasado inadvertida.

De repente, tuvo la certeza de que les quedaba todavía una salida, de que no estaban condenados sin remisión. Aquello no fue fruto de la ilusión ni de un sueño febril. Conocía demasiado su propia manera de ser para fiarse de semejante cosa; él confiaba sólo en sus corazonadas, y ésta fue más real y fiable que cualquiera de las que había tenido jamás. Quedaba todavía una salida. Pero... ¿Dónde? ¿Cómo? ¿De qué manera?

Cuando Christine miró los ojos de Grace Spivey se sintió como si una mano glacial le hurgara el pecho para atenazarle el corazón en una presa. Durante un momento, no pudo parpadear ni tragar saliva, no le fue posible respirar ni pensar. Aquella vieja estaba loca. Sí, era una lunática rabiosa; pero había poder en sus ojos, una energía perversa. Ahora Christine comprendió por qué la Spivey lograba hacer retener conversos para su irracional cruzada. Luego, la bruja se apartó de ella, y Christine pudo respirar otra vez y volver a notar el dolor lacerante en su pierna.

La Spivey se detuvo ante Charlie y lo miró con fijeza.

«Ella hace caso omiso de Joey a propósito –pensó Christine–. A su entender, él es la razón de que haya hecho tanto camino y se haya arriesgado a recibir un balazo, la causa de que se haya esforzado en estas montañas arrostrando dos tormentas de nieve, y ahora no le presta atención a fin de saborear el momento, disfrutar de su triunfo.»

Christine había cultivado un odio negro contra la Spivey, pero ahora era más negro que cualquier negrura. Expulsó todo otro sentimiento de su corazón. Por unos segundos, expulsó incluso el amor que le inspiraba Joey, y se hizo absorbente, omnímodo.

Entonces la demente se volvió hacia el chiquillo, y el odio de Christine se replegó para dar paso a unas oleadas contradictorias de amor y pánico, remordimiento y horror.

Otra cosa la obsesionó asimismo: la sensación persistente de que era posible todavía hacer algo para abatir a la Spivey y al gigante, si ella pudiese pensar con claridad.

Por fin Grace se encaró con el niño.

Percibió al instante el aura oscura que le rodeaba y que él mismo irradiaba, y temió mucho que fuera demasiado tarde para ella. Quizás el poder del Anticristo hubiese crecido en exceso, tal vez el chico fuese ahora invulnerable.

Vio lágrimas en su rostro. Todavía fingía ser sólo un normal muchachito de seis años, pequeño, asustado e indefenso. ¿Acaso creía él que la engañaría con su ficción, que tendría probabilidades de hacerla dudar en esta hora final? Antes, ella había tenido momentos de duda, como en aquel motel de Soledad, pero esos períodos de debilidad habían sido breves, y ahora todos ellos quedaban muy atrás. Dio unos pasos hacia él.

El niño intentó encogerse aún más en el rincón; pero se adhería ya tanto a la juntura de las paredes rocosas que semejaba una excrecencia pétrea en forma de niño.

Ella hizo alto a unos dos metros del chaval y dijo:

—Tú no heredarás la tierra. No en mil años. Ni por un minuto siquiera. Yo he venido para detenerte.

El pequeño no respondió.

Ella notó que sus poderes no habían aumentado todavía lo suficiente para anularla, y cobró confianza. Él continuaba temiéndola. ¡Lo había alcanzado a tiempo! Sonrió.

—¿Creíste de verdad que podrías huir de mí?

La mirada del niño fue más allá, y ella comprendió que se dirigía al maltrecho perro.

—Ahora tu cancerbero no te ayudará —dijo.

Él empezó a temblar y a mover los labios como si se esforzara por hablar. Ella le vio formar la palabra «mamá» pero sin poder emitir el menor ruido.

Grace Spivey asió una funda sujeta a su cinturón y sacó un cuchillo de caza con larga hoja. Era puntiagudo y lo habían afilado con correas hasta darle el corte de una navaja barbera.

Christine vio el cuchillo e intentó saltar del suelo; pero el dolor brutal en la pierna desbarató su intento haciéndole desplomarse justo cuando el gigante la encañonaba con su rifle.

Dirigiéndose a Joey, la Spivey continuó:

—He sido elegida para esta tarea por mi dedicación a Alberto durante muchos años, porque sé cómo entregarme por completo. Y así es como me he consagrado a esta santa misión..., sin reservas ni titubeos..., dedicándole cada gramo de mi energía y fuerza de voluntad. Nunca hubo la menor probabilidad de que pudieras escapar a mi persecución.

Con la intención desesperada de detener a la Spivey, de conmoverla, Christine dijo:

—Escúcheme, por favor, escúcheme. Usted está equivocada, absolutamente equivocada. Él es sólo un niño pequeño, mi pequeño, yo lo quiero y él me quiere. —Sus frases eran balbuceantes, e incluso inarticuladas, y se enfureció consigo misma por no saber encontrar palabras convincentes–. ¡Oh, Dios mío, si usted pudiera ver lo dulce y cariñoso que él es, comprendería que se ha confundido por completo. Usted no puede apartarlo de mí. ¡Sería tan..., tan disparatado!

Haciendo caso omiso de Christine, enarboló el cuchillo y continuó dirigiéndose a Joey.

–Yo he pasado muchas horas rezando sobre esta hoja. Y cierta noche vi que el espíritu de uno de los ángeles del Todopoderoso descendía del cielo y entraba por la ventana de mi dormitorio. Pues bien, ese espíritu reside aquí, dentro de este instrumento consagrado, y cuando te acuchille con él, no será sólo su hoja lo que te rasgue la carne, sino también el espíritu angélico.

La locura de la mujer fue delirante, y Christine comprendió que una llamada a la lógica y la razón, sería tan inútil como lo había sido la apelación al sentimiento. No obstante, ella tenía que intentarlo. Con creciente desesperación, suplicó:

–¡Espere! Escúcheme. Usted está equivocada. ¿Es que no lo ve? Aun cuando Joey fuese lo que usted dice..., que no lo es, sólo pensarlo parece una locura... Pero si lo fuese, incluso si Dios lo quisiera muerto, ¿por qué no habría de destruirlo el mismo Dios? Si deseara que muriese mi pequeño, ¿por qué no matarlo enviándole un rayo o el cáncer, o haciendo que lo atropellara un coche? Dios no tendría necesidad de usted para desembarazarse del Anticristo.

Esta vez, la Spivey contestó a Christine pero sin volverse hacia ella; la mirada de la anciana quedó clavada en Joey. Habló con un fervor pavoroso, su voz tuvo altibajos como la de un revivalista, pero más enérgica que la de cualquier Elmer Gantry, con una exaltación feroz que transformaba algunas palabras en gruñidos animales y con una animación inefable que otorgaba a otras frases una sonoridad cantarina. El efecto fue aterrador e hipnótico, y Christine imaginó que así sería el que Hitler y Stalin causaron antaño a las multitudes:

–Cuando el Mal aparece entre nosotros, cuando lo vemos actuar en este trastornado mundo, sólo podemos caer de rodillas y suplicar a Dios que nos libre de él. El Mal y la tentación vil son una prueba para nuestra fe y virtud, un desafío que debemos afrontar cada día de nuestra vida con objeto de demostrarnos a nosotros mismos que somos merecedores de la salvación y del ascenso al cielo. No podemos esperar que Dios nos quite el yugo porque, en primer lugar, es un yugo que nos hemos impuesto nosotros mismos. Nos cabe la sagrada responsabilidad de afrontar el Mal y triunfar sobre él, con nuestros medios, con esos recursos que el Todopoderoso nos ha procurado. Así es como ganamos un lugar a su mano derecha, acompañados de los ángeles.

Por fin la anciana se desentendió de Joey para enfrentarse con Christine. Sus ojos parecieron más perturbadores que nunca. Y prosiguió su arenga:

–Y tú revelas tu propia ignorancia y tu irrecusable falta de fe al atribuir el cáncer, la muerte y otras aflicciones a nuestro Señor, Dios del cielo y la tierra. No fue él quien trajo el mal a la tierra y afligió a la Humanidad con diez mil plagas. Fue Satanás, la abominable serpiente, fue Eva, en el bendito jardín de paz, quien divulgó los conceptos de pecado, muerte y desesperación entre los miles de generaciones siguientes. Nosotros mismos traemos el Mal, y ahora, cuando el Mal definitivo pisa esta tierra en forma de niño, nos corresponde el deber de solventarlo por nuestra cuenta. Es ésta la prueba de las pruebas. ¡Y en ella se centra la confianza que la Humanidad entera deposita en nuestra capacidad para superarla!

La furia de la anciana dejó sin habla a Christine, le arrebató toda esperanza.

La Spivey se volvió hacia Joey y dijo:

–Huelo tu corazón pútrido. Siento el mal que irradias. Es una frialdad que me llega hasta la médula y la hace vibrar. ¡Ah, yo te conozco muy bien! ¡Vaya si te conozco!

Luchando contra el pánico, que amenazaba con endosarle una incapacidad emocional y mental tan peligrosa con la indefensión física, Christine hurgó todos los recovecos de su mente para buscar un plan, una idea salvadora. Estuvo dispuesta a intentar cualquier cosa por muy descabellada que pareciese... ¡Cualquier cosa! Pero no halló nada.

Observó que Charlie, a pesar de su estado, había conseguido sentarse. Con su debilidad extrema y el dolor abrumador, cualquier movimiento habría representado una tortura para él. Pero no se habría movido sin razón alguna, ¿no era cierto? Tal vez se le hubiese ocurrido ese recurso que ella no podía concebir. Christine quiso creerlo así. ¡Eso era lo que había estado esperando con todo su corazón!

La Spivey cogió el cuchillo por la hoja y ofreció la empuñadura al horrendo gigante.

–Sonó la hora, Kyle. La apariencia del muchacho es engañosa. Se le diría pequeño y enclenque; pero él cobrará fuerza, se resistirá, y aunque yo sea la Elegida, no tengo ya la fortaleza física de otros tiempos. Te corresponde a ti.

Una expresión extraña desfiguró el rostro de Kyle. Christine esperó ver allí muecas de triunfo, ansiedad y odio maníacos, pero en lugar de eso apareció una mezcla de inquietud, confusión... y vacilación.

–Kyle –dijo la Spivey–, ha llegado la hora de que seas el martillo de Dios.

Christine se estremeció. Se arrastró por el suelo hacia el gigante, tan horrorizada que pudo desentenderse por unos momentos del dolor en la pierna. Se aferró al borde de su *parka*, esperando hacerle perder el equilibrio y arrebatarle el arma, un plan desatinado considerando el tamaño y el vigor del individuo. Pero no tuvo tiempo de ponerlo en práctica, porque el hombre la golpeó con la culata de su rifle igual que había hecho con el perro. Le dio en el hombro, y la hizo caer hacia atrás, dejándola sin aliento. Mientras intentaba recobrarlo, se llevó la mano al hombro magullado y rompió en sollozos.

Haciendo un tremendo esfuerzo, casi a punto de perder el conocimiento, Charlie se sentó, pues pensó que quizá viera la situación de forma diferente desde una nueva posición, y tal vez localizara de una vez la solución que escapaba a su percepción. Sin embargo, siguió sin idear nada que pudiera salvarlos.

Kyle cogió el cuchillo y entregó el rifle a Grace.

La anciana dejó paso libre al gigante.

El monstruoso hombre dio vueltas al cuchillo entre las manos, mirándolo fijamente con cierta confusión. La hoja relució a la luz espectral del fuego.

Charlie intentó auparse aferrándose a la repisa de más de un metro que formaba el hogar, con el designio de coger un leño encendido y arrojárselo. Con el rabillo del ojo, la Spivey lo vio debatirse bajo el peso muerto de su propio cuerpo, y dirigió el rifle hacia él. Pero pudo haberse ahorrado la molestia, porque él no tuvo siquiera fuerza suficiente para alcanzar el fuego.

Kyle Barlowe miró el cuchillo en su mano, luego al muchacho y no supo decirse cuál de los dos le asustaba más. Él había usado cuchillos mucho antes. Había rajado a diversas personas, incluso las había matado. Aquello le resultaba fácil, y le servía para desahogar parte de la furia que se almacenaba periódicamente en su interior como el vapor en una caldera. Pero ya no era el mismo hombre de entonces. Ahora él controlaba sus emociones. Al fin conseguía entender su forma de ser. El antiguo Kyle había odiado a todo el mundo con quien se encontraba, tanto si lo conocía como si no, porque todos le habían rechazado sin remedio. Pero el nuevo Kyle sabía que ese aborrecimiento le causaba más daño a él que a nadie. Además, ahora sabía que no siempre se le había rechazado por su fealdad, sino porque era arisco y colérico. Grace le había proporcionado sentido de la responsabilidad y aceptación, y, a su debido tiempo, él había descubierto afecto; y, tras el afecto, aparecieron los primeros indicios de cierta capacidad para amar y dejarse amar. Y ahora, si él usara aquel cuchillo, si matara al muchacho, podría deslizarse por sí solo, en un inevitable salto atrás, hacia el abismo del que había logrado salir. Tuvo miedo del cuchillo.

Pero también le asustaba el muchacho. Él sabía que Grace tenía un poder psíquico, pues la había visto hacer cosas que no podría hacer ninguna persona corriente. Por tanto, ella debía de tener razón cuando decía que el chico era el Anticristo. Si él se abstuviera de matar a la criatura demoníaca, traicionaría a Dios, a Grace y a la Humanidad entera.

¿Pero acaso no se le estaba pidiendo que mancillara su alma para poder ganar la salvación? ¿Matar para obtener la bendición? ¿Tenía sentido eso?

—No haga daño a mi pequeño, por favor —imploró Christine Scavello.

Kyle bajó la vista hacia ella y su dilema se agudizó. Aquella mujer no le pareció una virgen tenebrosa, respaldada por el poder de Satanás. La vio dolida, angustiada, suplicando gracia. Él le había hecho daño y sintió una punzada de culpabilidad por la lesión infligida.

Intuyendo que algo marchaba mal, madre Grace dijo:

—¡Kyle!

Encarándose con el muchacho, Kyle echó hacia atrás la mano armada con el cuchillo para descargar todo el poder de sus músculos con el primer golpe. Su rostro se descompuso en una espantosa máscara de terror y el sudor bañó la pastosa piel. El pequeño cuerpo se encogió como si sintiera ya el dolor inminente.

—¡Golpéale! —le apremió madre Grace.

Diversas preguntas desfilaron raudas por la cabeza de Kyle.

«¿Cómo puede ser misericordioso Dios, si me deja soportar el peso de mis monstruosas facciones? ¿Qué clase de dios es el que me libra de una vida inicua llena de violencia, dolor y odio..., sólo para obligarme a matar otra vez? Si Dios gobierna el mundo, ¿por qué permite tanto sufrimiento, dolor y miseria? ¿Sería mucho peor si gobernara Satanás?»

–¡El demonio está imbuyendo dudas en tu mente! –dijo Grace–. De ahí proviene todo, Kyle. No de tu interior. ¡Del demonio!

–No –respondió él–. Tú me enseñaste siempre a pensar sobre las buenas acciones, a hacer lo justo, y ahora quiero tomarme un minuto, ¡sólo un minuto!, para reflexionar.

–No reflexiones. ¡Actúa! –ordenó ella–. O apártate de mi camino y déjame usar ese rifle. ¿Cómo puedes fallarme en el momento decisivo después de todo lo que he hecho por ti?

Grace tenía razón. Él se lo debía todo. Si no hubiese sido por ella, estaría todavía traficando con droga, viviendo en el arroyo, consumiéndose de odio. Si le fallase ahora, ¿dónde quedarían su honor y su gratitud? Y, al fallarle, ¿no reincidiría en su antigua vida casi con tanta seguridad como si usara el cuchillo según le pedía ella?

–Por favor –pidió Christine Scavello–. ¡Oh, Dios mío, no haga daño a mi bebé, por favor!

–¡Envíalo de vuelta al infierno para siempre! –gritó Grace.

Kyle se sintió como si lo desgarraran. Él había estado formulando juicios morales y utilizando una escala de valores desde hacía pocos años, no el tiempo suficiente para que aquello se convirtiera en un hábito del subconsciente, no lo bastante para afrontar un dilema como aquél. Se dio cuenta de que las lágrimas le rodaban por las mejillas.

La mirada del niño se alzó desde la punta de la hoja.

Kyle miró los ojos del pequeño y sufrió una sacudida.

–¡Mátalo! –vociferó Grace.

Kyle tuvo violentos temblores.

También tembló el muchacho.

Sus miradas no se encontraron tan sólo... Se fundieron... Y a Kyle le pareció que podía ver no sólo con sus propios ojos, sino también mediante los ojos del chico. Fue casi una empatía mágica, como si él fuera a un tiempo él mismo y el niño, el atacante y la víctima. Se sintió enorme, peligroso..., y a la vez pequeño, desvalido. Experimentó una confusión repentina y creciente. Su visión se nubló por un momento. Entonces se vio..., o creyó verse, cerniéndose sobre el niño, se vio, literalmente, desde el punto de vista del muchacho, como si él fuera Joey Scavello. Fue un momento turbador de visión interior, extraño y desconcertante, casi una experiencia de desdoblamiento. Mirándose con los ojos del muchacho, le consternó su apariencia, el salvajismo de sus propias facciones, la insensatez de aquel ataque. Un escalofrío le corrió por la espina dorsal, y le faltó el aliento. Esa visión tan poco halagadora de sí mismo fue el equivalente psíquico de un golpe en la cabeza, psicológicamente traumático. Parpadeó. El momento de visión interior pasó, y volvió a ser el de siempre, aunque con una terrible neuralgia y una sensación persistente de vértigo. Por último, supo al fin lo que debía hacer.

Ante la sorpresa de Christine, el gigante dio la espalda a Joey y arrojó el cuchillo a las llamas, más allá de Charlie. Pavesas y ascuas revolotearon cual un enjambre de luciérnagas.

–¡No! –gritó Grace Spivey.

–Me he hartado de matar –farfulló el hombretón, vertiendo copiosas lágrimas que suavizaron su aspecto bronco y peligroso, como la lluvia sobre el cristal de una ventana vela y suaviza el paisaje del exterior.

–No –repitió la Spivey.

–Es un error –dijo él–. Aunque lo haga en tu nombre..., es un error.

–El demonio puso ese pensamiento en tu mente –le advirtió la anciana.

–No, madre Grace. Lo pusiste tú.

–¡El demonio! –insistió ella frenética–. ¡El demonio lo puso ahí!

El gigantón titubeó, tapándose la cara con sus inmensas manos.

Christine contuvo el aliento y observó con esperanza y temor ese enfrentamiento. Si aquella criatura de Frankenstein se revolviera contra su ama, podría ser un aliado formidable; mas, por el momento, no parecía lo bastante estable para librarlos de su crisis. Aunque hubiese arrojado el cuchillo, parecía confuso, presa de un torbellino mental y emocional, e incluso algo inseguro sobre sus pies. Cuando se llevó las manos a la cara y bizqueó a través de las lágrimas, tenía un aspecto dolorido, casi como si le hubieran aporreado. En cualquier momento, podría volverse hacia Joey y matarlo, después de todo.

–El demonio puso esa duda en tu mente –insistió Grace Spivey abalanzándose sobre el hombre alto y gritándole–: ¡El demonio, el demonio, el demonio!

Él se quitó las manos húmedas de la cara, y miró parpadeante a la anciana.

–Si ha sido el demonio, se puede decir entonces que no es malo del todo. No puede ser malo del todo si quiere que yo no mate nunca más.

Dicho esto, caminó vacilante hacia el pasaje que conducía fuera de la cueva, se detuvo ante la entrada y se respaldó agotado contra la pared, como si necesitase unos momentos de reposo después de una tensión extenuante.

–Entonces lo haré yo –exclamó furiosa la Spivey, que hasta entonces había sujetado el rifle por la correa, y pasó a empuñarlo con ambas manos–. Tú eres mi Judas, Kyle Barlowe, mi Judas. Me has fallado. Pero Dios no me fallará. Y yo no fallaré a Dios como has hecho tú. No, yo no. No puedo fallarle. Soy la Elegida. ¡Yo no le fallaré!

Christine miró a Joey. El niño continuaba en el rincón, con la espalda contra la piedra, levantando ahora los brazos y mostrando las pequeñas palmas como si quisiera desviar las balas que le iba a disparar Grace Spivey. Sus ojos eran enormes, miraban horrorizados a la vieja mujer como si ésta le hubiese hipnotizado. Christine quiso gritarle que corriera; pero eso sería inútil porque la Spivey se interponía en su camino y sin duda le detendría. Además, ¿a dónde podría ir el muchacho? Fuera, con el aire bajo cero, no tardaría en sucumbir. Dentro, internándose en las cuevas, la Spivey lo perseguiría y le daría pronto alcance. El niño estaba atrapado, tan pequeño e indefenso y sin ningún sitio en el que poder refugiarse.

Christine miró a Charlie, el cual lloraba, frustrado, por su propia incapacidad para ayudar; ella intentó lanzarse sobre Grace Spivey, pero se lo impidieron la pierna herida y el hombro magullado; por último, miró desesperada a Kyle y le dijo:

–¡No le permita hacerlo! ¡No le deje que haga daño a mi hijo, por amor de Dios!

El gigante se redujo a mirarla con un parpadeo estúpido. Parecía presa del pasmo; no estaba en condiciones de arrebatar el rifle a la Spivey.

–Por favor, se lo ruego, deténgala –le suplicó Christine.

–¡Tú, cállate! –advirtió Grace dando un paso amenazador hacia Christine; luego dijo a Joey–: Y no te molestes en usar esos ojos conmigo. A mí no me causarán efecto. Yo sé resistirme.

La anciana encontró ciertas dificultades con el manejo del arma, y cuando al fin consiguió dispararla, el proyectil salió alto y se estrelló contra la pared sobre la cabeza de Joey, tocando casi el techo; la explosión levantó ecos múltiples y ensordecedores en aquel recinto cerrado. El ruido atronador y el retroceso del arma sorprendieron a la Spivey, sacudiendo su inestable cuerpo. La mujer, tambaleante, retrocedió dos pasos e hizo fuego otra vez sin proponérselo. Esa segunda bala dio en el techo y rebotó por toda la estancia.

Joey lanzó alaridos.

Christine gritó buscando algo para lanzar, cualquier arma por primitiva que fuese; pero no encontró nada. El dolor en la pierna herida era como un grillete oprimiéndola contra la piedra, y lo único que pudo hacer en su frustración fue aporrear el suelo.

La anciana avanzó hacia Joey empuñando el rifle de mala manera; pero con la determinación evidente de realizar esta vez su tarea. Sin embargo, algo no le salió bien. O se había quedado sin munición o el arma se había encasquillado, porque empezó a forcejear colérica con ella.

Cuando se extinguían los ecos del segundo disparo, se dejó oír un sonido misterioso desde el fondo de la montaña; se añadió a la confusión, surgiendo desde las otras cavernas, era un estruendo aterrador que Christine no pudo identificar al principio.

En efecto, el arma se había encasquillado. La Spivey consiguió expulsar el casquillo que se había atascado en la cámara. El cilindro de cobre saltó por los aires, reflejando la luz de las llamas, y rebotó en el suelo con un leve tintineo.

Un golpeteo extraño, como de cuero, se acercó, procedente del interior de la montaña. El aire glacial vibró con él.

La Spivey se desentendió de Joey para mirar hacia la entrada de la cámara contigua por la que, pocos minutos antes, habían llegado el gigante y ella.

—¡No! —exclamó, y pareció haber adivinado lo que se les venía encima.

Y, en ese momento, Christine cayó en la cuenta.

¡Murciélagos!

Un torbellino atronador de aleteos.

Al cabo de un instante, los animales invadieron las cavernas adyacentes y aquélla. Eran un centenar de ellos, dos centenares, o más, elevándose hacia el techo abovedado, chillando, agitando sin tregua sus alas de pergamino, moviéndose arriba y abajo como flechas, una multitud hirviente de sombras vertiginosas en el límite superior de la luz del hogar.

Como obedeciendo a una señal, todos los murciélagos dejaron de chillar. Sólo se oyó el ruido de su aleteo, una mezcla de susurros, golpeteos y vuelos sibilantes. Su silencio era tan anómalo que resultaban preferibles los chillidos.

«¡Oh, no!», dijo para sí Christine.

Bajo el manto de aquella aterradora asamblea, el aplomo maníaco de la Spivey se quebrantó. La mujer hizo dos disparos contra aquella bandada de pesadilla; un acto absurdo y peligroso.

Tal vez les provocara la detonación o tal vez hubiera otro motivo oculto... Comoquiera que fuese, los murciélagos descendieron en picado cual una sola criatura, una nube negra de minúsculas máquinas asesinas, todo garras y dientes, e hicieron presa en Grace Spivey. Rasgaron su traje aislante de esquiar, se enredaron en su pelo, hundieron las garras en su carne y quedaron adheridos allí. Ella anduvo tambaleante por toda la caverna, agitando los brazos y girando sobre sí misma como si ejecutara una danza macabra o como si intentara emprender el vuelo con ellos. Entre gritos apagados y boqueadas, chocó contra una pared, rebotó y los siniestros roedores siguieron aferrados a ella, mordisqueándola, torturándola.

Kyle Barlowe dio dos pasos vacilantes hacia la vieja, y se detuvo, con más desconcierto que temor.

Christine no quería mirar; pero le era imposible evitarlo. Aquella horrible batalla la dejó paralizada.

La Spivey daba la impresión de llevar una vestidura compuesta por centenares de harapos negros aleteantes. Su rostro desapareció bajo la andrajosa túnica. Los murciélagos mantuvieron un silencio espeluznante exceptuando los ruidos peculiares de sus membranosas alas, pero se agitaron con frenesí creciente e intenciones malignas. La hicieron pedazos.

LXXII

Al fin los murciélagos se inmovilizaron.

La Spivey quedó también inmóvil.

Durante un minuto, los repulsivos animales formaron un sudario negro y viviente que cubría el cuerpo, estremeciéndose apenas cual un paño agitado por una leve brisa. Poco a poco, su silencio se hizo más anómalo, más perceptible e inquietante. No parecían murciélagos ordinarios ni se comportaron como tales. Dejando aparte la asombrosa oportunidad de su aparición y la concreción de su ataque, aquellos pequeños y oscuros seres mostraban un aspecto..., tenían un aire... que causaba una extrañeza indefinible. Christine observó que algunas de las diminutas y malignas cabezas se alzaban y miraban con ojos rojizos a un lado y a otro, como si esperaran una orden del líder de su bandada. Al parecer, la orden llegó por fin en una voz que sólo ellos pudieron oír, pues levantaron el vuelo al unísono y se dirigieron hacia las otras cavernas cual una nube súbita y ondulante.

Kyle Barlowe y Charlie quedaron silenciosos, pasmados.

Christine no quiso mirar hacia la mujer muerta.

Y no pudo apartar la vista de su hijo. El niño estaba vivo... Sobrevivía de forma increíble, sorprendente, milagrosa. Después del terror y del sufrimiento por los que había pasado, después de enfrentarse a una muerte inevitable, según le pareció entonces, Christine tuvo dificultad para creer que aquel indulto final fuese real. Pensó, de forma irracional, que si apartara la vista de Joey, aunque fuera sólo un momento, el pequeño no estaría vivo cuando ella lo mirase otra vez, y su extraordinaria salvación resultaría ser una ilusión, un sueño.

Deseó más que nada en el mundo, tocarle el pelo, la cara, estrecharlo contra sí, sentir el latido de su corazón, y el calor de su aliento en el cuello. Pero sus lesiones le impidieron llegar hasta el rincón donde su hijo se hallaba; y él parecía estar sufriendo un trauma momentáneo que le hacía ignorar su presencia.

Más allá, en las otras cuevas, los murciélagos dieron muestras de haber reanudado sus actividades habituales, pues chillaron otra vez como si se disputasen entre sí los puestos preferidos. Su algarabía espectral, que acabó hundiéndose en el silencio una vez más, causó un escalofrío a Christine, el cual se intensificó cuando vio que su hijo, casi hipnotizado, ladeaba la cabeza como si entendiera el lenguaje estridente de aquellas criaturas infernales. Mostraba una palidez perturbadora. Su boca se curvaba en lo que parecía una vaga sonrisa; pero Christine decidió que era más bien una mueca de disgusto, de horror, provocada por la escena que todos acababan de presenciar y que le había causado un estupor casi paralizante.

Cuando el griterío renovado de los murciélagos se extinguió poco a poco, el miedo atenazó a Christine, aunque no por lo que le había sucedido a Grace Spivey. Tampoco le asustó la posibilidad de que los murciélagos regresaran y matasen de nuevo. Sin explicarse por qué, ella sabía que los animales no iban a volver; y este conocimiento extraño fue, precisamente, lo que la horrorizó. Ella no quiso averiguar de dónde le provenía, no quiso preguntarse «cómo» lo sabía. No se atrevía a reflexionar sobre su posible significado.

Joey estaba vivo. Ninguna otra cosa importaba. El estampido del arma había atraído a los murciélagos y el destino había querido (o tal vez la gracia de Dios) que los animales limitaran su ataque a Grace Spivey. Joey estaba vivo. ¡Vivo! Lágrimas de alegría le inundaban de repente los ojos. Joey vivía. Ella debería concentrarse en ese maravilloso giro del destino, pues era ahí donde comenzaba su destino normal, y ella estaba determinada a que fuera un futuro resplandeciente, lleno de amor y felicidad en el que no tuvieran lugar la tristeza ni el miedo ni, sobre todo, las «dudas».

La duda podría devorarte, destruir tu felicidad, transformar el amor en amargura. La duda podría incluso interponerse entre una madre y su bien amado hijo abriendo un abismo insalvable... Y ella no debía permitir que tal cosa sucediera.

No obstante, un recuerdo agitó su memoria sin que nadie lo hubiese solicitado: ocurrió el martes, Laguna Beach, la estación de servio Arco donde ellos esperaran a Charlie después de haber escapado por milagro a la bomba que destruyó la casa de Miriam Rankin; ella, Joey y los dos guardaespaldas plantados junto a un montón de neumáticos, con el mundo exterior estremecido por una tormenta eléctrica tan tremenda que parecía anunciar el fin del mundo; Joey avanzando hacia las puertas abiertas del garaje, fascinado por los relámpagos, un devastador trallazo tras otro, un espectáculo jamás visto por Christine, y menos en la California meridional, donde ese aparato eléctrico era insólito; Joey contemplándolo sin temor, como si aquello fuera sólo un espectáculo de fuegos artificiales, como si..., como si supiera que no podía hacerle daño. ¿O tal vez como si fuera una «señal», como si la ferocidad preternatural de la tormenta fuera, por una razón o por otra, un mensaje que él entendía y que le infundía esperanza?

«¡No! ¡Sandeces!»

Se esforzó por apartar de su mente esas ideas estúpidas. Ése era, justamente, el tipo de insensatez que podían contagiarse por la simple proximidad de personas como Grace Spivey. Dios mío, aquella vieja había sido como una portadora de plagas, propalando irracionalidad, corrompiendo a todo el mundo con sus fantasías paranoicas.

¿Pero qué decir de los murciélagos? ¿Por qué habían acudido en el momento justo? ¿Por qué habían atacado sólo a Grace Spivey?

«Deténte –se dijo–. Estás..., estás haciendo una montaña de un grano de arena.» Los murciélagos acudieron porque se asustaron con los primeros disparos que hizo la vieja. El ruido fue tan estrepitoso que los alarmó y les hizo salir de estampida. Y cuando llegaron... ella les disparó y los enfureció. Sí, claro. Ocurrió así.

Salvo que... si los primeros disparos asustaron a los murciélagos, ¿por qué no sucedió lo mismo con el tercero y el cuarto? ¿Por qué no les hicieron volar lejos? ¿Por qué la atacaron y la eliminaron... de una forma tan conveniente?

No.

Sandeces.

Entretanto, Joey miraba fijamente el suelo, con una lividez anémica; pero empezó a emerger de su estado catatónico. Se chupó nervioso un dedo, como un niño pequeño que cree haber hecho algo que enfadara a su madre. Al cabo de unos segundos, alzó la cabeza y sus ojos se cruzaron con los de Christine. Intentó sonreír a pesar de sus lágrimas; no obstante, sus labios estaban todavía paralizados por el trauma, por el miedo. Nunca tuvo un aspecto tan dulce ni tan necesitado del amor materno. Su endeblez y su vulnerabilidad la enternecieron.

Con la visión nublada por el dolor, sintiéndose muy débil por la infección y la pérdida de sangre, Charlie se preguntó si todo lo acontecido en la cueva había sido realidad o producto de su imaginación febril.

Pero los murciélagos fueron de carne y hueso. Su sangrienta obra yacía a pocos metros, y no dejaba lugar a dudas.

Se dijo con firmeza que el extraño ataque contra Grace Spivey tenía una explicación natural, racional; pero no pudo convencerse por completo de sus propias afirmaciones. Tal vez los murciélagos estuviesen rabiosos; esto podría explicar por qué no huyeron de la detonación, sino que, por el contrario, se sintieron atraídos, pues todos los animales rabiosos mostraban especial sensibilidad (y enfurecimiento) ante las luces brillantes y los ruidos estruendosos. ¿Pero por qué habrían mordido y arañado sólo a Grace, haciendo caso omiso de Joey, de Christine, de Barlowe y de él mismo? Miró a Joey.

El niño había salido de su trance, de aquel estado como de autismo, y se había acercado a *Chewbacca*. Estaba arrodillado junto al perro, gimiendo, queriendo tocar al inmóvil animal; pero se mostraba temeroso y hacía vagos ademanes de indefensión.

Charlie recordó cuando el lunes pasado, en su despacho, miró a Joey y vio una calavera sin carne en lugar de una cara. Fue una visión muy breve, duró apenas un pestañeo, y él la había desterrado al fondo de su mente. Si entonces le inquietó, era debido a que le hizo pensar que podría significar la muerte de Joey. Pero como él no había dado crédito jamás a las visiones ni a la clarividencia, no atribuyó mayor importancia al hecho. Ahora, sin embargo, se preguntó si aquella visión habría sido real. Tal vez no significara que Joey moriría; tal vez significase que Joey «era» la muerte.

¡Vaya! Esos pensamientos probaban tan sólo que su fiebre debía de ser muy alta. Joey era Joey..., ni más ni menos..., no tenía nada de extraño.

Sin embargo, Charlie recordó también la rata en la cámara de baterías, y el sueño que había tenido aquella misma noche, en el que las ratas..., mensajeros de muerte..., habían surgido del pecho del muchacho.

«Esto es una locura –se dijo–. He sido detective demasiado tiempo. No me fío ya de nadie. Ahora estoy buscando engaño y corrupción incluso en los corazones más inocentes.»

Mientras acariciaba al perro, Joey empezó a hablar, las palabras le salieron a borbotones, entremezcladas con gemidos.

–¿Está muerto, mamá? ¿Ha muerto *Chewbacca*? ¿Mató... ese hombre malo... a mi perro?

Charlie miró a Christine, la cual tenía el rostro cubierto de lágrimas y en sus ojos asomaba una nueva inundación. Parecía haber perdido el habla. Emociones contradictorias pugnaban por posesionarse de sus encantadoras facciones: horror por la muerte cruenta de la Spivey, sorpresa por su propia supervivencia, y felicidad a la vista de su hijo incólume.

Observando su júbilo, Charlie se avergonzó de haber mirado con recelo al chico. Ahora bien, él era detective, y un detective tenía el deber de ser receloso.

Escrutó otra vez a Joey, pero no detectó el mal radiante del que hablaba la Spivey, ni se sintió en presencia de algo monstruoso. Joey siguió siendo un niño de seis años. Y por añadidura un niño guapo con una sonrisa dulce. Todavía capaz de reír y llorar, inquietarse y esperar. Charlie había visto lo que le había sucedido a Grace Spivey. Sin embargo, Joey no le inspiraba miedo porque... ¡Maldición! Él no podía empezar a creer de repente en diablos, espíritus y anticristos. Él había tenido siempre el interés de un profano en la ciencia; había abogado en todo momento por los programas espaciales, desde su infancia; había creído siempre que la lógica, la razón y la ciencia (el equivalente realista de la cristiana Santísima Trinidad) solventarían algún día todos los problemas de la Humanidad y todos los misterios de la existencia, incluidos el origen y el significado de la vida. Y, probablemente, la ciencia podría explicar también lo que había sucedido allí; un biólogo o zoólogo con conocimientos especiales sobre los murciélagos encontraría que su comportamiento quedaba enmarcado en las pautas de lo normal.

Mientras Joey estaba acurrucado junto a *Chewbacca*, acariciándole y llorando, la cola del perro se movió y al poco golpeó el suelo.

–¡Mira, mamá! –gritó–. ¡Está vivo, está vivo!

Christine vio que el perro rodaba sobre un costado, se levantaba y se sacudía. El animal, que había parecido hallarse muerto, ahora no se mostraba ni siquiera atontado. Se alzó sobre las patas traseras, colocó las dos zarpas en los hombros de su joven amo y empezó a lamerle la cara.

El niño se rió y le alborotó la pelambrera.

–¿Cómo estás, *Chewbacca*? Mi buen perro. El querido y viejo *Chewbacca.*

«¿Chewbacca o *Brandy?»*, se preguntó Christine.

Brandy había sido decapitado por la gente de la Spivey, y lo enterraron con todos los honores en un bonito cementerio de animales domésticos en Anaheim. Pero si ellos fuesen ahora a ese cementerio y abriesen la tumba, ¿qué encontrarían? ¿Nada? ¿Un cajón de madera vacío? ¿Y si *Brandy* hubiese resucitado y hubiera corrido hasta la perrera con el tiempo suficiente para que Charlie y Joey lo adoptaran otra vez?

«Basura –se dijo encolerizada Christine–. Pensamientos malsanos. Estúpidos.»

Pero no pudo quitarse de la cabeza esas ideas enfermizas, las cuales la condujeron a otras reflexiones irracionales.

Siete años antes..., el hombre en el crucero..., Lucius Under... Luke. ¿Quién había sido en realidad?

¿Quién?

¡No, no, no! Imposible.

Christine cerró los ojos, apretándolos cuanto pudo, y se llevó una mano a la cabeza. ¡Estaba tan fatigada! Exhausta. No tenía fuerza para soportar esas especulaciones febriles. Se creyó contaminada por la locura de la Spivey, mareada, desconectada de todo... Tal vez se sintieran también así las víctimas del paludismo.

Luke. Durante años ella había intentado olvidarlo; ahora trató de recordar. Un hombre de unos treinta años, delgado, musculoso. Pelo rubio blanqueado por el sol. Ojos azul claro. Piel bronceada. Dentadura blanca, perfecta. Sonrisa cautivadora, modales desenvueltos. Era una combinación encantadora, aunque no muy original, de artificialidad y sencillez, de experiencia mundana y de inocencia; un conversador hábil, que sabía cómo tratar a las mujeres hasta obtener lo que quería. Y ella lo había tomado por un practicante del *surf*, Dios santo. Eso era lo que él parecía, el prototipo del joven californiano aficionado al *surf*.

Pero no podía creer que Luke hubiese sido Satanás, a pesar de que sus energías se le escapaban por la herida, acrecentando sin cesar su mareo; a pesar de que la extenuación y la pérdida de sangre debilitaban su capacidad mental haciéndola vulnerable a las acusaciones demenciales de la Spivey. ¿El diablo disfrazado de aficionado al *surf*? Demasiado banal para darle crédito. Si Satanás fuese real, si quisiera un hijo y deseara que ella lo concibiese, ¿no le habría resultado más sencillo sorprenderla una noche con su apariencia verdadera? Ella no podría haberle ofrecido resistencia. ¿Por qué no violarla sin rodeos agitando sus alas y meneando el rabo?

Luke había bebido cerveza en cantidad y se mostró como un apasionado de las patatas fritas. Había orinado, se había duchado y se había lavado los dientes como cualquier otro mortal. Algunas veces, su conversación llegó a ser tediosa, plúmbea. ¿Acaso el diablo no debería de haber sido por lo menos un ingenio infalible? No cabía duda de que Luke había sido Luke, ni más ni menos. Christine abrió los ojos.

Joey estaba riendo y abrazando a *Chewbacca*. ¡Tan feliz...! ¡Tan corriente!

«Desde luego –pensó–, el diablo podría haberse permitido el perverso placer de usarme a mí particularmente a mí, para que concibiese a su hijo.»

Después de todo, ella era una ex monja. Su hermano había sido sacerdote... y mártir. Ella se apartó de la fe. Y era virgen cuando se entregó a aquel hombre en el crucero. ¿Acaso no representaba ella el instrumento perfecto para que el diablo escarneciera la concepción de la Virgen?

¡Auténtica locura! Sintió aborrecimiento de sí misma por dudar de su hijo, por dar crédito a los disparates de la Spivey.

Sin embargo... ¿no había mejorado muchísimo su vida tan pronto como quedó embarazada del pequeño? Ella había disfrutado de una salud fenomenal... Ni resfriados ni jaquecas... Felicidad y éxito en los negocios. Como si estuviera... bendita.

Convencido de que su perro estaba bien, Joey se desentendió de *Chewbacca* y corrió a Christine. Frotándose los ojos enrojecidos y sorbiendo por la nariz, preguntó:

—¿Ha terminado todo, mamá? ¿Estaremos bien? Estoy todavía muy asustado.

Ella le miró a los ojos, aunque no quería creerlo. Para su sorpresa, no vio nada espantoso en ellos, nada que le helara la sangre.

Brandy... No. *Chewbacca* acudió a ella y le hocicó la mano.

—Mamá —dijo Joey arrodillándose a su lado—: Tengo miedo. ¿Qué te han hecho ellos? ¿Qué quieren hacerte? ¿Vas a morir? No te mueras, por favor, no te mueras, mamá, por favor.

Ella le puso una mano en la cara.

El niño se mostraba asustado, tembloroso. Pero esto era preferible al trance, durante el cual permaneció ausente.

Se apretó contra ella. Christine, tras unos instantes de vacilación, lo rodeó con el brazo bueno. Su hijo. Su niño. El contacto con aquel cuerpo, acurrucado contra el suyo, fue maravilloso, de un prodigio indescriptible. Ese contacto le causó mejor efecto que cualquier medicina imaginable, pues la revivificó, le despejó la cabeza y disipó las imágenes enfermizas y los temores demenciales que habían sido el perverso legado de Grace Spivey. Al abrazar al pequeño y sentir cómo él se le adhería necesitado de amor y de promesas tranquilizadoras, Christine se curó del contagio enloquecedor de la Spivey. Aquel niño era fruto de su útero, ella lo había traído al mundo y era lo más precioso que poseía... Lo sería siempre.

Mientras tanto, Kyle Barlowe, con la espalda contra la pared, se había deslizado hasta el suelo y había enterrado el rostro entre las manos para no ver los horribles restos de madre Grace. Pero el perro se le acercó, le husmeó y él hubo de levantar la vista. El chucho le lamió la cara..., lengua cálida y hocico frío, como la lengua y el hocico de cualquier otro perro. Su cara semejó la de un payaso. ¿Cómo pudo él haber imaginado jamás que aquel perro era un sabueso del averno?

—Yo la quería como a una madre, y ella cambió mi vida, así que permanecía a su lado incluso cuando eligió un camino erróneo y se hizo mala, incluso cuando empezó a... hacer verdaderas locuras. —Kyle habló asombrado de escuchar el sonido de su propia voz, sorprendido de oírse explicando sus acciones a Christine Scavello y a Charlie Harrison–. Ella poseía... ese tipo de poder. No se le puede negar. Era... como en las películas..., clarividente. ¿Comprenden? Psíquica. Por eso consiguió seguirles a ustedes y al muchacho... No porque Dios la guiara... ni porque el muchacho fuera hijo de Satanás..., sino sólo porque era eso..., clarividente. –Esto era algo que él no había sabido hasta oírselo decir a sí mismo; y seguía ignorando lo que iba a decir hasta que escuchaba las palabras que acudían a él–. Ella tenía visiones. Supongo que no eran tan religiosas como yo pensaba. No le provenían de Dios. Ni mucho menos. Tal vez ella lo supiera todo el tiempo. O quizá se hallase confundida. Es posible que creyera que estaba hablando con Dios. No me parece que lo hiciera con mala intención, ¿saben? Ella pudo haber interpretado mal sus visiones, ¿no es verdad? Pero hay una gran diferencia entre tener receptividad psíquica y ser Juana de Arco ¿eh? Una diferencia enorme.

Charlie escuchó los forcejeos de Kyle Barlowe con su conciencia y experimentó un curioso alivio al escuchar la voz profunda del horrendo gigante expresando remordimiento. Ese efecto sedante se debió en parte al hecho de que Barlowe estaba ayudándoles a comprender los acontecimientos recientes bajo una luz menos fantástica que la difunta por Armagedón. Les estaba demostrando cómo se podía ser paranormal sin necesidad de ser sobrenatural ni causante de cataclismos. Pero Charlie fue susceptible también al tono ronroneador y la cadencia de la voz del hombretón, a la leve humareda reinante, y a cierta cualidad indefinible de la luz, o del calor, que le hicieron receptivo para ese mensaje, al igual que el sujeto de un hipnotizador es receptivo para toda clase de sugerencias.

–Madre Grace lo hizo con buena intención –insistió Kyle–. Se confundió hacia el final. Fue una confusión. Y yo, Dios me ayude, la secundé a pesar de que tenía mis dudas. Estuve a punto de ir demasiado lejos. Me faltó poco... Dios me ayude..., me faltó poco para usar el cuchillo contra ese niño pequeño. Fíjese. Lo que sucede... Bueno..., creo que tal vez su Joey..., que es posible que su niño tenga también cierta facultad psíquica. ¿Comprende? ¿No lo ha notado nunca? ¿Ningún indicio? Me parece que él es un poco como la propia madre Grace, aunque no lo sepa, aunque su poder no se haya hecho evidente todavía... Y «eso» fue lo que ella percibió en el niño... Pero lo interpretó mal. Ahí está el quid. Eso lo explica todo. Pobre Grace. Mi pobre y dulce Grace. Ella lo hizo con buena intención. Créanlo. Sí, lo hizo con buena intención, y también yo, y asimismo la gente de nuestra iglesia. Todos lo hicimos con buena intención.

Chewbacca dejó a Kyle para aproximarse a Charlie, él permitió al perro que le hocicara afectuoso. Percibió sangre enmarañando sus peludas orejas, lo cual significaba que Barlowe le había asestado un golpe muy duro con la culata del rifle. Sin embargo, el animal parecía haberse recobrado por completo. Sin duda habría sufrido una tremenda conmoción. No obstante, no se mostraba entontecido ni desorientado.

El perro le miró a los ojos.

Charlie frunció el ceño.

–Ella lo hizo con buena intención –remachó Kyle–. Lo hizo con buena intención –repitió una vez más, y llevándose ambas manos al rostro, empezó a sollozar.

Acurrucado contra su madre, Joey dijo:

–Él me asusta, mamá. ¿De qué está hablando? Me asusta.

–No pasa nada –dijo Christine.

–Él me asusta.

–Todo va bien, jefe.

Ante la sorpresa de Charlie, Christine encontró la energía suficiente para sentarse y retroceder casi un metro hasta recostarse contra la pared. Un momento antes, se hallaba demasiado extenuada para moverse e incluso para hablar. Su rostro tuvo también mejor aspecto, menos pálido.

Sorbiendo todavía, limpiándose la nariz con la manga y frotándose los ojos con su puñito, Joey preguntó:

–¿Y tú, Charlie? ¿Te encuentras bien?

Aunque ni la Spivey ni su gente representaran ya una amenaza, Charlie tuvo la certeza de que iba a morir en aquella cueva. Se encontraba muy mal; transcurrirían muchas horas hasta que se pudiera pedir ayuda y recibirla. Él no duraría tanto tiempo. A pesar de todo, intentó sonreír a Joey, y con una voz tan débil que a él mismo le asustó, repuso:

–Me encuentro bien.

El niño dejó a su madre y se le acercó.

–Magnum no podría haberlo hecho mejor que tú –declaró.

Joey se sentó junto a Charlie y le puso una mano encima. Harrison dio un respingo; pero todo marchó bien, perfectamente. Luego, perdió el conocimiento durante dos o tres minutos, o quizá se adormeciera tan sólo. Cuando despertó, Joey se hallaba otra vez con su madre, y Kyle Barlowe se disponía a partir.

—¿Qué ocurre? ¿Qué sucede ahora?

Christine mostró evidente alivio al observar su recuperación.

—No hay ninguna posibilidad de que tú y yo salgamos de aquí por nuestros propios medios —dijo—. Hemos de ser transportados en camilla. Mr. Barlowe se ha prestado a pedir ayuda.

Barlowe sonrió tranquilizador, fue una expresión horrorosa en aquel rostro tan cruelmente constituido.

—Ha cesado de nevar y no hay viento. Si sigo los senderos forestales, alcanzaré la civilización dentro de una hora. Es posible que antes de la noche consiga enviar aquí un equipo de montaña para rescatarles. Estoy seguro de poder hacerlo.

—¿Se lleva usted a Joey? —preguntó Charlie, y, al hablar, notó que su voz era más fuerte que antes; que ya no tenía que esforzarse tanto—. ¿Lo sacará usted de aquí?

—No —intervino Christine—. Joey se quedará con nosotros.

—Me moveré más aprisa sin él —arguyó Barlowe—. Además ustedes dos lo necesitarán para alimentar el fuego de tanto en tanto.

—Yo cuidaré de ellos, Mr. Barlowe —terció Joey—. Puede contar conmigo. Con *Chewbacca* y conmigo.

El perro soltó un leve ladrido, uno solo, como si confirmara la promesa del pequeño.

Barlowe dirigió otra sonrisa espantosa al chiquillo, y éste le respondió con un alegre mueca. Joey había aceptado la conversión del gigante con bastante más prontitud que Charlie, y esa confianza parecía ser objeto de una actitud recíproca.

Barlowe los dejó.

Los tres permanecieron en silencio durante largo rato.

Ninguno miró ni de reojo el cadáver de Grace Spivey, como si éste fuera otra formación de la roca.

Apretando los dientes y preparándose para una angustiosa y, probablemente, infructuosa espera, Charlie intentó sentarse. A pesar de que, poco antes, no poseía la fuerza necesaria para hacerlo, ahora descubrió que era una tarea bastante fácil. El dolor del balazo en el hombro había remitido de forma espectacular, ante su enorme sorpresa, y ahora era sólo un dolor sordo sin demasiada dificultad. Las demás lesiones le causaron cierta molestia pero no se podía decir que fueran tan enojosas y agotadoras como antes. Se sintió algo... revivificado... y ahora tuvo la seguridad de poder mantenerse vivo hasta que llegara el equipo de rescate para sacarlo de la montaña y llevarlo al hospital.

Se preguntó si esa mejora sería cosa de Joey. El niño había acudido a él, le había puesto la mano encima, y entonces se quedó dormido. Cuando, dos o tres minutos después, recobró el conocimiento, se encontró parcialmente curado. ¿Sería ése uno de los poderes del niño? De ser así, se trataba de un poder imperfecto, pues su curación no había sido total, ni mucho menos: la herida de bala no se había cerrado, las magulladoras y laceraciones mostraban si acaso una leve mejoría y, en términos generales, él se encontraba sólo un poco mejor. Esa imperfección del poder curativo (suponiendo que existiera) pareció refrendar la explicación que les había dado Barlowe. Esa insuficiencia denotaba que era un poder desconocido para el propio Joey, una facultad paranormal exteriorizada de forma inconsciente. Lo cual significaba que él era sólo un niño pequeño dotado con un don especial. Porque si él fuera el Anticristo, poseería un poder milagroso e ilimitado que le permitiría curarle aprisa y por completo, así como a su madre.

¿O no? Claro que sí. Claro que lo haría.

Chewbacca volvió a Charlie.

Seguía habiendo una costra de sangre en las orejas del perro.

Charlie miró fijamente los ojos del animal.

Luego lo acarició.

La herida que Christine tenía en la pierna cesó de sangrar y el dolor se extinguió. Ella se sintió muy lúcida. Cada minuto que pasaba, apreciaba más su supervivencia, que era (ahora lo veía claro) un tributo, no a la intervención de fuerzas sobrenaturales, sino a su propia resistencia y determinación. Así pues, recobró la confianza y empezó a pensar de nuevo en el futuro.

Durante unos minutos, cuando estuvo desvalida y sangrando mientras la Spivey se cernía amenazadora sobre Joey, Christine se había entregado a una desesperación poco característica de su temperamento. Llegó a caer en un talante tan sombrío, que cuando los furiosos murciélagos reaccionaron ante las detonaciones y atacaron a la peligrosa vieja, ella se había preguntado por un instante si Joey no sería después de todo el extraño ser que dejaban entrever las acusaciones de Grace. ¡Santo cielo! Ahora, con Barlowe en busca de ayuda, con la atenuación de su dolor, con la posibilidad creciente de que todos sobrevivieran, y observando cómo Joey echaba unas cuantas ramas al fuego, no lograba comprender cómo pudieron haberla asaltado unos temores tan tenebrosos y desatinados. Tal vez su extenuación y desánimo la hubiesen inducido a escuchar el mensaje demencial de la Spivey. A pesar de que ese momento de histeria había pasado y de que la estabilidad se había restablecido, Christine sintió escalofríos al comprender que ella misma había sido, aunque sólo por un instante, campo abonado para las locuras de la terrible mujer.

¡Cuán fácil podía ser! Una lunática divulga sus desvaríos entre los crédulos, y muy pronto hay una multitud histérica o, como en este caso, un culto; y todos se creen guiados por las mejores intenciones, y acorazados contra cualquier duda por un fariseísmo exacerbado. Ahí radica el mal, se dijo, no en el niño pequeño, sino en la fatal atracción que siente la Humanidad por las respuestas fáciles aunque sean irracionales.

Desde el otro lado de la sala, Charlie preguntó:

—¿Confías en Barlowe?

—Creo que sí —contestó Christine.

—Podría cambiar otra vez de idea durante el camino.

—Creo que nos enviará ayuda —dijo ella.

—Si cambiase de idea sobre Joey, no necesitaría volver. Le bastaría dejarnos abandonados aquí, porque el frío y el hambre harían el trabajo en su lugar.

—Apuesto cualquier cosa a que volverá —dijo Joey sacudiéndose las manitas después de arrojar unas ramas al fuego—. Creo que, después de todo, es un buen chico. ¿No te parece, mamá? ¿No estás de acuerdo en que él es un buen chico?

—Sí —respondió Christine—. Él es un buen chico, cariño.

—Como nosotros —apostilló Joey.

—Como nosotros —repitió ella.

Pocas horas después, bastante antes del anochecer, los tres oyeron el helicóptero.

—Ese molinillo estará equipado con esquíes —dijo Charlie—. Aterrizarán en el prado y el equipo de rescate subirá hasta aquí.

—¿Nos vamos a casa? —preguntó Joey.

Christine lloró de alivio y felicidad.

—Nos vamos a casa, cariño. Mejor será que cojas el chaquetón y los guantes y empieces a ponértelos.

El niño corrió hasta el montón de ropa aislante que se encontraba en el rincón.

—Y gracias —dijo Christine a Charlie.

—Os he fallado —murmuró él.

—No. Al final hemos tenido un poco de suerte... Primero la indecisión de Barlowe; luego, los murciélagos. Pero no habríamos llegado tan lejos si no hubiese sido por ti. Fuiste grandioso, Charlie. Te quiero.

Vaciló en dar la respuesta apropiada, porque abrazarla a ella significaría abrazar también al niño; ahí no había escapatoria. Y él no se sintió cómodo del todo con el chiquillo, aunque se esforzaba en creer que la explicación de Barlowe era la adecuada.

Joey se encaminó ceñudo hacia Christine. El lazo de su capucha estaba demasiado flojo, y no podía deshacer el engorroso nudo que había hecho.

—Dime, mamá, ¿por qué me ponen un cordón de zapato debajo de la barbilla?

Christine le ayudó sonriente.

—Creí que sabías ya muy bien hacerte las lazadas de los zapatos.

—Lo sé —respondió enorgullecido el chaval—. Pero han de estar sobre mis pies.

—Bueno, entonces me temo que no podremos considerarte un niño mayor mientras no seas capaz de hacerte un lazo de zapatos dondequiera que te lo pongan.

—¡Córcholis! Entonces no creo que sea nunca un niño mayor.

Christine acabó de anudar el cordón.

—¡Ah, lo serás algún día, cariño!

Charlie los observó mientras ella abrazaba a su hijo. Y suspiró. Luego, meneó la cabeza y, aclarándose la garganta, dijo:

—Yo también te quiero, Christine, de verdad.

Dos días después, en el hospital de Reno, tras haber soportado la asistencia de innumerables médicos y enfermeras, varias entrevistas con la Policía y una con un representante de la Prensa, al cabo de largas conversaciones con Henry Rankin y luego de dos noches de sueño inducido por las drogas, Charlie pudo disfrutar la tercera noche de un descanso sin ayuda médica. No tuvo dificultad para dormirse; pero soñó.

Y soñó que hacía el amor a Christine, pero no fue una fantasía sexual sino más bien una rememoración de su ayuntamiento en la cabaña. Él no se había entregado nunca de forma tan completa como esa noche lo hizo con ella. Y, al día siguiente, Christine prescindió de todo pudor para explicarle que había hecho con él unas cosas que jamás se le habría ocurrido hacer con ningún otro hombre. Ahora, soñando, los dos se unieron con el mismo fervor y ahínco sorprendentes, dejando a un lado toda inhibición. Sin embargo, en el sueño, al igual que en la realidad, hubo también algo... salvaje, una ferocidad animal, como si el acto sexual compartido entre ambos fuese algo más que una expresión de amor y placer... como si constituyese una ceremonia, un vínculo que le comprometía por completo con Christine, y por ende, con Joey. Cuando Christine se abrió ante él, cuando penetró profundamente en su cuerpo, con la fuerza de un toro, el suelo empezó a abrirse debajo de ambos (aquí el sueño se apartó de la realidad) y el diván comenzó a deslizarse por una abertura cada vez más ancha. Aunque ambos percibieron el peligro, no pudieron hacer nada para evitarlo, no les fue posible interrumpir su ayuntamiento ni siquiera para salvarse, sino que continuaron apretando carne contra carne mientras la grieta del suelo se ensanchaba y atisbaban algo en la oscuridad abismal, algo que tenía hambre de ellos. Charlie quiso separarse de Christine, huir; intentó gritar; pero no pudo, sólo fue capaz de aferrarse a ella y penetrarla mientras el diván se hundía por el boquete abierto, el suelo de la cabaña se desvanecía sobre sus cabezas, y ellos se sumían dentro de...

Charlie se sentó jadeante en la cama de hospital.

El paciente en la otra cama gruñó un poco, pero no despertó de su profundo sueño.

La habitación estaba a oscuras, salvo por la tenue luz al pie de cada cama y el resplandor lunar que entraba por la ventana.

Charlie se recostó contra la cabecera.

Poco a poco, su acelerado pulso y su respiración frenética remitieron.

Quedó bañado en sudor.

Aquel sueño revivió todas sus dudas sobre Joey. Val Gardner había volado desde el Condado de Orange para llevarse consigo a Joey aquella misma tarde, y Charlie había lamentado de verdad la marcha del crío. El niño se había mostrado tan sagaz, tan lleno de buen humor, tan pródigo de bromas ingenuas, que el personal del hospital llegó a encariñarse con él; por otra parte, sus frecuentes visitas le habían hecho las veladas más rápidas y agradables. Pero ahora, por culpa de su pesadilla, lo cual equivalía a decir de su subconsciente, se encontró otra vez en un torbellino emocional.

Charlie se había creído siempre un hombre bueno, un hombre que se conducía de un modo justo, que procuraba ayudar al inocente y castigar al culpable. Por eso había querido pasar su vida representando el papel de investigador privado. Sam Spade y Philip Marlowe, Lew Archer y Charlie Harrison: hombres morales, hombres admirables, quizás incluso héroes. ¿Y qué? ¿Qué significaba que hubiesen ocurrido ciertas cosas? ¿Y si Joey hubiese movilizado a aquellos murciélagos? ¿Y si *Chewbacca* fuese *Brandy,* muerto dos veces y resucitado otras tantas por su amo? ¿Y si Joey no era la persona psíquica e inocente que creía Barlowe... sino más bien el demonio que veía la Spivey? ¡Desvaríos! Pero... ¿y si no lo fueran? ¿Qué debe hacer un hombre bueno en semejante caso? ¿Cuál es la actitud adecuada?

Varias semanas después, en un atardecer dominical de abril, Charlie visitó el cementerio de animales domésticos en el que había sido enterrado Brandy. Había llegado después de que cerraran, en plena oscuridad, y llevaba consigo un pico y una pala.

La pequeña tumba, con su modesto epitafio, se hallaba a mano derecha sobre un montículo, tal como le había explicado Christine, entre dos laureles indios; la hierba semejaba plata bajo la luz de una luna en cuarto menguante.

BRANDY
QUERIDO PERRO
COMPAÑERO Y AMIGO

Charlie se plantó junto al recuadro, lo miró sin ganas de actuar, pero sabedor de que no tenía otra opción. No hallaría paz mientras no averiguase la verdad.

Bajo el manto nocturno, un silencio preternatural presidió aquel cementerio donde dormían para la eternidad gatos, perros y conejillos de Indias, hámsters, loros y conejos.

A regañadientes, Charlie se quitó la chaqueta ligera, dejó a un lado la linterna y se puso al trabajo. La herida del hombro se le había cicatrizado bien, más aprisa de lo que suponían los médicos, pero él no estaba todavía en forma y sus músculos empezaban a dolerle del esfuerzo. De pronto, la pala dejó oír un sonido a hueco cuando golpeó la tapa de una caja de pino muy sólida, aunque tosca y sin adornos, a unos sesenta centímetros de profundidad. Pocos minutos después, puso al descubierto el pequeño ataúd, el cual se hizo visible bajo el resplandor lunar como un rectángulo pálido rodeado de tierra negruzca.

Sabía que el cementerio ofrecía dos sistemas básicos para los enterramientos: con caja o sin ella. En ambos casos, se envolvía al animal en un paño para meterlo dentro de una bolsa de lona con cremallera. Era evidente que, Christine y Joey habían optado por el servicio completo, pues una de esas bolsas con cremallera apareció dentro de la caja.

¿Pero contenía esa bolsa los restos de *Brandy*... o estaba vacía? No percibió el hedor de la descomposición; pero eso sería de esperar si la bolsa fuese a prueba de humedad y estuviera herméticamente cerrada.

Se sentó sobre el borde de la tumba diciéndose que necesitaba recobrar el aliento. Pero lo cierto era que quería demorar el momento todo lo posible. Temió abrir el ataúd del perro, no porque esperara encontrar un spaniel dorado comido por los gusanos, sino porque le enfermaba pensar en la posibilidad de no hallar nada.

Tal vez debiera suspender todo, rellenar la tumba y marcharse. Quizá fuera mejor no averiguar lo que era Joey Scavello.

Después de todo, algunos teólogos argumentaban que el demonio, al ser un ángel caído, era intrínsecamente bueno y no malvado, sino sólo «diferente» de Dios.

Entonces recordó de repente algo que había leído en el colegio, unas líneas de Samuel Butler, uno de sus favoritos: «Y como disculpa del demonio, se debe recordar que hemos oído sólo a una parte del litigio. Dios ha escrito todos los libros».

La noche olió a tierra húmeda.

La luna acechó.

Por fin, levantó la tapa del pequeño féretro.

Vio dentro un saco con cremallera. Dubitativo, se tendió sobre la tierra junto a la tumba, extendió los brazos y colocó las manos sobre la bolsa. Decidió poner en práctica una versión macabra del juego de la gallina ciega palpando los contornos de la cosa encerrada allí y se fue convenciendo, poco a poco, de que aquello era el cadáver de un perro cuyo tamaño sería más o menos el de un spaniel dorado.

Conforme. Eso era suficiente. Allí estaba la prueba que él había necesitado. Sólo Dios sabría por qué creía necesitarla; pero allí estaba.

Harrison había tenido la impresión de que... se le «ordenaba» descubrir la verdad; no le había impulsado sólo la curiosidad, sino también una compulsión obsesiva que le venía de adentro, una motivación apremiante que algunos habrían interpretado como la mano de Dios empujándole todo el tiempo; pero que él preferiría no analizar ni definir. Las últimas semanas se habían caracterizado por ese apremio, por una voz interna impulsándole a hacer una visita al cementerio de animales domésticos. Acabó sucumbiendo y se había comprometido a poner en práctica este necio esquema. Lo que había encontrado no era la prueba de una maquinación infernal sino la evidencia de su propia insensatez. Aunque no había nadie que pudiera espiarle en el cementerio de animales, se sonrojó. *Brandy* no había vuelto desde la tumba. *Chewbacca* era otro perro. Y él había sido un estúpido por sospechar lo contrario. Esta constatación era suficiente para probar la inocencia de Joey; no hacía falta abrir la bolsa e imponerse la dura prueba de contemplar los repelentes despojos.

Se preguntó qué habría hecho si hubiese encontrado vacía la tumba. ¿Habría matado él mismo al niño para destruir al Anticristo? ¿Habría librado al mundo de Armagedón? ¡Tremendo disparate! Él no podía haber hecho semejante cosa, aunque Dios se le hubiese aparecido con ondeantes vestiduras blancas, una barba ígnea y una orden de muerte escrita en tablas de piedra. Su propios padres habían sido vapuleadores de niños, y él la víctima. Ése era el crimen que más le soliviantaba: el infanticidio. Aunque la sepultura hubiese estado vacía, aunque ese vacío le hubiese convencido de que la Spivey tenía razón acerca de Joey, él no habría podido ir contra el niño. No podría aventajar a sus enfermizos padres cometiendo un acto semejante. Si lo hiciere, tal vez pudiese vivir durante algún tiempo con esa proeza, porque se sentiría seguro de que Joey no era un inocente niño pequeño, sino un ser malévolo. Pero, a medida que el tiempo pasara, surgirían cada vez más dudas. Empezaría a pensar que se había imaginado el inexplicable comportamiento de los murciélagos; la tumba vacía tendría cada vez menos significación, y todos los demás indicios y portentos terminarían pareciéndole una divagación suya. Comenzaría a decirse que Joey no era demoníaco sino un chico muy bien dotado, que no estaba poseído por poderes sobrenaturales sino que poseía simples facultades psíquicas. Acabaría llegando a la conclusión de que había destruido a un niño especial, pero absolutamente puro y nada malévolo.

Charlie permaneció boca abajo sobre la tierra fría, húmeda.

Miró fijamente la tumba del perro.

El bulto envuelto en lona siguió enmarcado por las tablas pálidas de pino. Era un bulto negro que podía contener cualquier cosa si sus manos no le hubiesen revelado que dentro se hallaba un perro; así que no había necesidad de abrirlo, no había necesidad alguna.

La lengüeta de la cremallera reflejó la luz lunar. Su guiño plateado semejó el de un ojo único, frío, escrutador.

Aunque abriese la bolsa y encontrara sólo piedras, o incluso algo mucho peor, cualquier monstruosidad inimaginable que fuera prueba positiva del origen demoníaco de Joey, él no podría actuar como vengador de Dios. Y por otra parte, ¿qué lealtad debía él a un dios que permitía tantos sufrimientos en el mundo? ¿Y qué decir de su propio sufrimiento siendo niño, la terrible soledad, las palizas y el constante temor que había soportado? ¿Dónde había estado entonces Dios? ¿Podría empeorar mucho más la vida porque sobreviniese un cambio en la monarquía divina?

Rememoró la hucha mecánica de Palmer Boothe: «No hay justicia en un universo de asnos».

Tal vez un cambio aportara justicia.

De todas formas, ni Dios ni el demonio gobernaban el mundo, a su entender.

Él no creía en reinados divinos.

Lo cual hacía todavía más ridícula su presencia allí.

La lengüeta de la cremallera seguía reluciendo.

Rodó sobre sí mismo y se quedó de espaldas, para no ver el brillo del largo cierre metálico.

Luego, se levantó y recogió la tapa del ataúd. La colocaría en su lugar, rellenaría la tumba y se volvería a casa. ¡Había que afrontar la situación de una forma razonable!

Vaciló.

¡Maldición!

Renegando con furia de su propia compulsión, soltó otra vez la tapa.

Alargó un brazo hacia la tumba y levantó la bolsa. Descorrió la cremallera en toda la longitud del saco y se oyó un ruido como de un insecto.

Empezó a temblar.

Retiró el paño envolvente.

Enfocó la linterna y quedó boquiabierto.

¿Qué diablos...?

Con mano temblorosa dirigió el rayo de la linterna hacia la pequeña lápida y, a la luz titilante, leyó otra vez la inscripción; luego, enfocó la luz una vez más sobre el contenido de la bolsa. Por unos instantes no supo qué pensar de su descubrimiento, pero poco a poco se disipó la bruma de su confusión. Después, dio la espalda a la tumba, se alejó algo de los despojos corruptos que despedían un hedor repelente y reprimió el fuerte deseo de vomitar.

Cuando las náuseas remitieron, Charlie empezó a temblar; pero de risa más que de miedo. Quedó plantado en el silencio de la noche, sobre un pequeño montículo en un cementerio de animales domésticos, un hombre adulto que había sido presa caprichosa de una superstición infantil. Se sentía como el blanco de una broma cósmica, una buena broma, que le hizo reventar de risa, pero también verse como un asno de primera fila. El perro que se hallaba en la tumba de *Brandy* era un setter irlandés, no un spaniel dorado, no el célebre *Brandy,* lo cual significaba que el personal del lugar había metido la pata hasta las corvas, enterrando a *Brandy* en cualquier otra tumba y metiendo equivocadamente al setter en aquel agujero. Al parecerse entre sí todas las envolturas de los perros, el error de la funeraria era no sólo comprensible sino inevitable. Si el enterrador era descuidado, o si le daba a la botella de cuando en cuando, lo cual era más probable, existían numerosas probabilidades de que, en aquel cementerio, muchos perros estuviesen enterrados bajo unas lápidas equivocadas. Después de todo, enterrar al perro de la familia no era un asunto tan serio, ni mucho menos, como enterrar a la abuelita o a tía Emma; las precauciones no habían de ser tan meticulosas. ¡Claro que no! Para localizar el lugar donde descansaba *Brandy*, tendría que averiguar la identidad del setter y expoliar una segunda tumba. Al contemplar los centenares y centenares de pequeñas lápidas, comprendió que eso era una tarea imposible. Además, carecía de importancia. El error de la funeraria le cayó como un jarro de agua fría en plena cara; le hizo recobrar el sentido común. De pronto, se vio como el héroe de una vieja película de horror deambulando por un cementerio en persecución de... ¿De qué? ¿Del perro de Drácula? Sus carcajadas fueron tan violentas que hubo de tomar asiento para no caerse.

Se decía que los caminos del Señor son inescrutables, y tal vez el demonio tuviera también sus caminos misteriosos; pero Charlie no pudo creer que el demonio fuera tan retorcido y sutil, tan tortuoso y necio como para enturbiar la pista hasta la tumba de *Brandy,* provocando un trastrueque mortuorio en un cementerio para animales domésticos. Semejante demonio podría intentar también comprar el alma de un hombre ofreciéndole una fortuna en cupones de béisbol, por lo cual no se podía tomar en serio a tal diablo.

Ahora bien, ¿cómo y por qué se había ocupado él tan seriamente de esta cuestión? ¿Habría sido contagiosa la manía religiosa de Grace Spivey? ¿Habría contraído él la fiebre de los que anunciaban el fin del mundo?

Su risa surtió un efecto depurador, y cuando se extinguió por agotamiento, se sintió como nunca desde hacía semanas.

Utilizó la pala para colocar la bolsa con el perro muerto dentro de la tumba, colocó la tapa de la caja, echó paladas de tierra sucia hasta llenar el agujero, lo apisonó, limpió la pala en la hierba y regresó a su coche.

No había hallado lo que esperaba, y quizá no hallase jamás la verdad; pero sí había encontrado más o menos lo que «deseaba»: una salida, una respuesta aceptable, algo con lo que pudiera vivir... La absolución.

Al principio de mayo en Las Vegas hacía un tiempo agradable, con el bochornoso calor veraniego todavía por venir; pero con las gélidas noches invernales pasando a la historia hasta el año siguiente. Un aire tibio y seco se llevó por delante todos los recuerdos que aún les quedaban de la espantosa persecución en la alta montaña.

El primer miércoles del mes, por la mañana, Charlie y Christine iban a casarse en una capilla no sectaria, que les divirtió mucho por su fantástica pomposidad, su risible mal gusto y su proximidad inmediata a un casino. Ellos no veían su boda cual una ocasión solemne, sino como el comienzo de una gozosa aventura que debería iniciarse entre risas, y no con fausto y prosopopeya. Además, apenas decidieron casarse, les acometió el deseo frenético de hacerlo cuanto antes, y no hubo ningún otro lugar que pudiera cumplir su horario con tanta puntualidad como Las Vegas, con su liberalidad en materia de matrimonios.

Llegaron allí la noche anterior, alquilaron una pequeña *suite* en el Bally's Grand y, al cabo de pocas horas, la ciudad pareció favorecerles con unos auspicios que les auguraban un futuro feliz como pareja. Cuando se dirigían a cenar, Christine echó cuatro monedas de veinticinco centavos en una máquina tragaperras, y aunque era la primera vez que probaba fortuna en eso, sacó el premio gordo de mil dólares.

Más tarde, jugaron un poco a las «veintiuna» y ganaron casi otros mil dólares cada uno. Por la mañana, al salir de la cafetería después de un soberbio desayuno, Joey encontró un dólar de plata que se le había caído a alguien y, por lo que a él se refería, su buena suerte sobrepasó con mucho a la de su madre y Charlie:

—¡Todo un dólar! ¡Y de plata!

Habían llevado consigo a Joey, pues Christine no podía soportar la idea de dejarlo solo. La prueba reciente, que casi le había hecho perder al chico, pesaba todavía en su ánimo, y cuando él escapaba a su vigilancia más de dos o tres horas, se ponía muy nerviosa.

—A su debido tiempo me tranquilizaré —había dicho Christine a Charlie—. Pero todavía no. Entonces, podremos salir los dos solos y dejar al niño con Val. Te lo prometo. Pero todavía no. De modo que, si quieres casarte conmigo, deberás cargar con mi hijo durante toda la luna de miel. Muy romántico, ¿no?

Charlie no puso ninguna objeción. A él le gustaba el pequeño. Era un excelente compañero, bien educado y conversador; despierto y afectuoso.

Así que Joey sirvió de padrino en la ceremonia, y él estuvo encantado con su papel. Guardó el anillo con aire grave, solemne. En el momento justo, se lo entregó a Charlie, con una sonrisa tan animosa y cálida que hubiera podido derretir el oro en que estaba montado el diamante.

Concluida la ceremonia oficial, cuando todos abandonaron la capilla a los acordes discográficos de *Joy to the World* cantado por Wayne Newton, ellos decidieron prescindir de la limusina ritual y caminar hasta el hotel. Hacía un día tibio, azul, claro (salvo algunas nubecillas blancas diseminadas por el cielo); muy hermoso en suma, no obstante el bullicio del bulevar Las Vegas cuyas aceras estaban abarrotadas.

—¿Y qué hay del banquete de bodas? —inquirió Joey mientras andaban.

—Si no hace siquiera dos horas que has desayunado —dijo Charlie.

—Soy un niño y estoy creciendo.

—Eso es cierto.

—¿Cómo es para ti un buen banquete de bodas? —preguntó Christine.

Joey caviló durante un trecho y por fin dijo:

—¡Big Macs y Baskin-Robbins!

—¿No sabes lo que pasa cuando comes demasiados Big Macs? —dijo Christine.

—¿Qué?
—Pues que creces hasta parecerte a Ronald MacDonald.
—Es verdad —terció Charlie—. Se te pone una gran nariz roja, crece un pelo anaranjado grotesco y los labios se te hacen también rojos y enormes.
Joey se rió entre dientes.
—¡Cuánto me gustaría que *Chewbacca* pudiera estar aquí, caramba!
—Estoy segura, cariño, de que Val lo cuidará muy bien.
—Sí, pero él se está perdiendo toda la diversión.
Deambularon por la acera con Joey entre ambos. Incluso a esa hora temprana, algunos de los grandes letreros y marquesinas destellaron.
—Creceré hasta tener también los graciosos y enormes pies de un payaso? —preguntó Joey.
—Ni más ni menos —respondió Charlie—. Calzarás el número cincuenta.
—Lo cual te impedirá conducir un coche —agregó Christine.
—Y bailar.
—No me interesa bailar —declaró Joey—. No me gustan las chicas.
—¡Ah, dentro de unos años te gustarán! —dijo Christine.
—Eso es lo que dice *Chewbacca* —contestó Joey frunciendo el ceño—. Pero yo no lo creo.
—Así que *Chewbacca* habla de esas cosas, ¿eh? —se burló Christine.
—Bueno...
—Y si te descuidas será una autoridad en materia de chicas.
—Si te pones así me rindo —replicó el chico—. He querido haceros creer que él habla.
Charlie se rió y guiñó un ojo, a su reciente esposa, por encima de Joey.
—Oye —dijo el chaval volviendo a la carga—. Si como demasiados Big Macs, ¿me crecerán también las graciosas manos de los payasos?
—Claro —contestó Charlie—. Te crecerán tanto que no podrás hacerte el lazo de los zapatos.
—Ni hurgarte la nariz —agregó Christine.
—Eso no me importa porque yo no me hurgo la nariz —respondió indignado el pequeño—. ¿Sabes lo que me ha dicho Val sobre hurgarse la nariz?
—No. ¿Qué te ha dicho Val? —preguntó dubitativa Christine.
Charlie observó que ella estaba un poco temerosa de la respuesta porque el chico aprendía sin cesar de Val el lenguaje más inadecuado del mundo.

Guiñando al sol, como si intentara recordar con toda exactitud lo que Val le había dicho, Joey repuso:

—Me ha explicado que las únicas personas que se hurgan la nariz son los golfos, los Looney Tunes, los inspectores de hacienda y su ex marido.

Charlie y Christine se miraron y rompieron a reír. ¡Qué bien sentaba reír!

—Oídme, muchachos —dijo Joey—, si queréis estar, ya sabéis..., huuum..., a solas, podéis dejarme en el cuarto para juegos del hotel. No me importa. Aquello es estupendo. Allí tienen muchos juguetes bonitos y cosas de ésas. Oídme, muchachos, ¿no os gustaría jugar un poco más a las cartas o con esas tragaperras en las que mamá ganó dinero anoche?

—Me parece que, por ahora, dejaremos los juegos de azar, cariño.

—¡Ah! —exclamó decepcionado el niño—. ¡Yo creo que deberías jugar, mamá! Ganarás. Apuesto cualquier cosa. Ganarás mucho más todavía... ¡De verdad! Sé que ganarás. Lo sé, no te digo más.

El sol asomó por detrás de una nubecilla y cayó con fuerza sobre el pavimento, destelló en el cromo y el cristal de los coches viajeros, dio mayor brillo a los fastuosos hoteles y casinos haciéndoles parecer más limpios, e hizo titilar el propio aire de una forma fantástica.

Todo acabó con luminosidad solar, no en una noche oscura y tormentosa.

ÍNDICE

Título de la edición original: *The Servants of Twilight*
Traducción del inglés: Manuel Vázquez
Diseño de la colección: Emil Tröger
Ilustración: Carme Peris

Círculo de Lectores, S.A.
Valencia, 344, 08009 Barcelona
1 3 5 7 9 1 9 0 2 8 6 4 2

Licencia editorial para Círculo de Lectores
por cortesía de Plaza & Janés Editores, S.A.

Depósito legal: B. 116-1991
Fotocomposición: gama, s.a., Barcelona
Impresión y encuadernación: Printer industria gráfica, s.a.
N. II, Cuatro caminos s/n, 08620 Sant Vicenç dels Horts
Barcelona, 1991. Printed in Spain
ISBN 84-226-3245-4
N.º 19968